吴其南 著

中西儿童文学理论对话录

不对称的镜像

浙江大学出版社

·杭州·

图书在版编目（CIP）数据

不对称的镜像：中西儿童文学理论对话录 / 吴其南
著. -- 杭州：浙江大学出版社，2025. 6. -- ISBN 978-
7-308-26199-9

Ⅰ. Ⅰ058

中国国家版本馆 CIP 数据核字第 20253Q4N10 号

不对称的镜像

——中西儿童文学理论对话录

BU DUICHEN DE JINGXIANG

ZHONGXI ERTONG WENXUE LILUN DUIHUA LU

吴其南　著

责任编辑	平　静
责任校对	赵　伟
封面设计	周　灵
出版发行	浙江大学出版社
	（杭州市天目山路148号　邮政编码310007）
	（网址：http://www.zjupress.com）
排　版	杭州林智广告有限公司
印　刷	浙江新华印刷技术有限公司
开　本	710mm×1000mm　1/16
印　张	22.75
字　数	384千
版 印 次	2025年6月第1版　2025年6月第1次印刷
书　号	ISBN 978-7-308-26199-9
定　价	88.00元

··· 前 言 ···

　　这是一部偏重儿童文学基本理论问题的集子。副标题名为《中西儿童文学理论对话录》，是因为它们多少都与西方儿童文学理论有关。我的意思不是说这些论文本身都在与西方儿童文学理论对话，而是将中国和西方儿童文学理论的对话当作一种现象来看待和探讨。这是一个大题目，是20世纪初以来几代人都在做的事情。本书并不想为这方面的交流、对话去做全面的梳理，那需要看很多资料，读很多书，还要站在现代理论的高度对其进行理解和评说，这些条件我都不具备。我只能从自己的角度，检查一下一路走来看到的、听到的，特别是那些照亮过自己的东西，说一点自己学习的感想和心得。世界太大，一个人的视野太有限了。好在广阔的世界都是由这些有限的视角和视野构成的。

　　中西儿童文学理论的交流很早便开始了，早到中国儿童文学的诞生，很大程度上便是借着域外相关理论的引进、阐发、改造才实现的。这是一件好事，因为这从一开始，就将我们对儿童文学的认识放到一个较高的基点上。但从一个多世纪的实践来看，结果很难说是令人满意的。一个简单的事实：将20世纪以来双方的论文、专著放在一起看，就会发现，双方的话是不怎么能说到一块儿去的。像复演说（文化人类学）、儿童本位论（儿童中心主义），在20世纪的中国儿童文学理论中是绵延不已的话题，至今仍热闹非凡；可看西方的儿童文学理论，却很少有人提及，更不用说作为话语中心引起许多人的关注了。教育儿童的文学主要出现在苏联的儿童文学理论中，对中国的儿童文学理论和创作都产生了很实际的影响，但在西方儿童文学理论中算不了主流，并且常常是在否定的意义上被谈及的。而西方主流儿童文学理论常谈的话题，如结构主义、心理分析、原型批评、女性主义、叙述学等，则在很长时间里没有进入我们的视野。这样，交流虽然在进行，但有点各说各话，隔膜是显而易见的。

　　这首先自然是社会生活的不同引起的。话语是一种语言现象，语言的边界是世界的边界。说什么，不说什么，都是由环境、由人们的生存状态决定的。20世纪以来，中国走着和西方非常不同的道路。一方面，我们和西方一样都在走向现代化，方向上大体是一致的；另一方面，在什么是现代化，现代化表现在哪些地方，如何实现现代化等问题上，我们又有着自己的选择。而且，经济的现代化和社会、文化的现代化又不全是一回事情。在现代化的各要素中，人的现代化是最重要的。而人的现代化又突出地体现在对未来一代、未来几代人的设计上，这就和儿童教育、儿童文学等紧密地联系起来了。要理解这些年中西儿童文学、儿童文学理论的同和不同，这是一个大的背景。比如，为什么20世纪中国儿童文学中，红色儿童文学、红色儿童文学理论会成为最主要的色调？为什么现代派文学及其理论在很长时间没有进入中国人的视野？为什么这些长期被忽视的理论和实践在20世纪末突然爆发式地涌了进来？涌进来以后又依然龃龉不断？这些都要到各自的生活中去寻找答案。

肯定也有时间的原因。即18世纪以来，中西儿童文学及其理论都处在世界文化发展的不同阶段上。毋庸讳言，近代以来，中西儿童文学理论的对话是不对等的：我们从西方输入的多，对西方输出的少。为什么一些重要的西方文学理论没有引起我们的注意，而一些非主流的理论却引起了持久的热情呢？精神分析、原型批评，深层次是更切合儿童文学研究的，20世纪初就出现在西方文化批评里。弗洛伊德的一些著作20世纪二三十年代已被介绍到中国来，没有引起儿童文学理论界的注意，而文化人类学（复演说）这样一个在西方不甚入流的文化理论，却在中国儿童文学中引起轩然大波。儿童中心主义（儿童本位论）只是一个教育理论，却在中国儿童文学理论中引得一些研究者反复言说（说得到位不到位好像只有天知道）。这和中国的现代化进程有关，也和中国的教育现代化、文化现代化、知识体系和社会制度的现代化有关。清末民初，现代化的社会形态较为清晰地展现在人们面前，人们迫切需要一个他者将自己身上的旧传统转移出去，"野蛮人""小野蛮人"便被发明出来了；为了反对传统文化，反对传统文化中的社会本位、尊者本位、老者本位，于是有了儿童本位、儿童中心等的提倡。但这里是否也存在着对西方文化的不够理解或理解得较为片面的问题？或者，我们对西方的文化、自己的文化，了解得都不够深入的问题？不管怎样，我们毕竟忽视了一些非常重要的内容，在一些不甚重要的问题上逗留的时间太久了。

更深层次的原因可能还是来自各自的文化传统。我们可能还低估了中国的传统文化在面对西方文化时表现出来的坚韧性、顽强性。从表面上看，一个多世纪来的中西儿童文学理论对话，西方话语占据明显的优势，中国大量引进西方儿童文学理论（包括红色儿童文学理论），所谓的中国儿童文学理论，一定程度上就是这些理论、话语的延伸和展开。所以形成这种局面，有多方面的原因，也不独儿童文学理论为然。但因此就认为中国儿童文学理论完全屈从、臣服了，那也是太不了解中国文化、太不了解20世纪的中国儿童文学理论了。中国文化，从较为消极的角度说，是一种偏向保守的文化；从较为积极的角度说，是一种极其顽强的文化。中国传统社会是宗法制的小农经济社会，家族文化一定意义上成为民族文化的底色。以亲缘关系为基础建立起社会的等级制度，以上为本，以尊为本，以社会为本，别的都可以变，唯这个等级制度很少改变。研究儿童教育、儿童文学，谈中国儿童文学的发展，很容易低估这个传统的顽强性。这几年，我因为写《中国儿童文学源流论》，读了一些这方面的书，深切地感到，中国传统的询唤儿童的方式对今天儿童文学的影响，可能远比我们想象的强大。没有这样一个视野，谈中西文化、中西儿童文学理论比较，是不太说得清楚的。

好在进入21世纪以后，中国社会发生了根本性的变化，中国变得强大了，中国文化更能显出自己的个性了，我们也能在更为平等的基础上比较中西儿童文学理论了。这是来之不易的成果，我们应该珍惜。

••• 代序 1 •••

走向儿童文学新观念

随着近年中国儿童文学的繁荣，特别是一些中国作家的作品被译成外文在国外出版并在一些国际评奖中获奖，儿童文学领域渐渐有一种舆论，说中国儿童文学已经是世界儿童文学的水平、走在世界儿童文学的前列了。文学创作主要面对人的感性，没有相对统一、可以衡量的标准；文学理论的情况不同一些，但仍属于感性学，和主要面对客观世界的自然科学也有不小的差异，比较起来仍有困难。较稳妥的办法是先放下简单的价值判断，梳理一下彼此的表现，看看各自呈现出什么样的特点。只是，这是一项颇繁难的工作，要由很专业的人去做。在儿童文学理论这个领域，根据已经翻译引进的很有限的资料，看到的情形似乎并不像人们想象的那么乐观。

首先是话题，就是说什么，研究讨论什么。不同的话题不仅涉及不同的领域，而且代表不同的层次。西方的儿童文学理论，如佩里·诺德曼的一系列著作，在谈什么样的话题？在谈儿童文学的双重意识、双重文本、双重隐含读者；在谈儿童文学中隐藏的成人，这一隐藏的成人如何定义了儿童文学；在谈儿童文学与其说是反映儿童欲望的文学，不如说是成人塑造儿童形象以表现自己对儿童的愿望的文学；最初的儿童文学是欧洲中产阶级趣味的物化形态；儿童并非一定天真，而是成人要他们天真，他们便天真了；成人看儿童，犹如现代人看原始人、城里人看乡下人，主要是一种类似殖民者看殖民地人们的心态和视角，如此等等。可我们的儿童文学理论在谈什么？ 20世纪80年代（也即诺德曼写作《儿童文学的乐趣》那段时间），曾有儿童文学要姓"儿"、科学文艺要姓"科"一类让人哭笑不得的讨论。现在，这些问题是不谈了，谈得最多的仍是儿童文学要有教育性、趣味性；如何寓教于乐、作品的内容和形式如何统一；近年则是热衷于探讨儿童文学创作中的新动向，新媒介带来儿童文学内容和形式上的变化，如跨学科写作（一个怪怪的名字：分学科是理论领域、研究领域的事，怎么拉到创作领域去了？创作领域的"学科"是如何分的？）、儿童文学要有创新意识等等。两相比较，一个明显的感觉就是中国儿童文学理论所谈的话题不够专业，什么本质、大方向、新动向、创新意识、当前儿童读者的阅读兴趣等，不是说这些问题不可以谈，而是这些问题属于理论研究的外围，属于思想现状、市场现状的问题，应该留给市场分析员、出版社的编辑和营销人员去做，他们做这些事情一定比理论工作者有效得多。

当然还有如何谈的问题。话题和谈法其实是紧密地联系在一起的，现代文学理论的一个基本认识就是真理即方法，有什么样的方法就有什么样的真理。赛义德的"东方主义"是一种理论还是一种方法？站在后殖民的立场上看殖民主义对殖民地文化的影响，是一个立场的问题，看问题的视角的问题，是一个方法问题，但其揭示的无疑是一个深刻的理论问题；心理分析是一个方法问题，但其将目光投向人的潜意识，从潜意识的角度看儿童文学，看儿童心理，看人的成长，揭示的问题又是其他理论无法达到的。西方 20 世纪儿童文学理论是 20 世纪西方批评方法的产物。读他们的著作，犹如走进现代批评的森林，各种新的批评方法纷至沓来，令人目不暇接。佩里·诺德曼从后殖民主义的角度看儿童文学，贝特尔海姆从精神分析的角度研究传统童话，尼古拉耶娃从女性主义的角度讨论儿童小说，杰西卡·斯特拉利从进化论的角度分析维多利亚时代的儿童小说，仅从使用方法的角度就让人眼前一亮，感到自己被带入了一个崭新的世界。反观我们的理论著作和论文，却多围绕在社会学、政治文化、泛教育学等领域。透过现象看本质，儿童文学要有儿童情趣，跨学科研究等，大半属于浅层次的演绎、归类的问题。演绎、归类也是方法，但如果没有新的阐释和发掘，大可以交给计算机去做。

话题、方法的后面是观念，一种对人、对文学、对儿童成长的理解。文学塑造人，影响儿童的成长，这一般是没有什么异议的，但什么算成长，文学如何塑造人，回答可能就非常不同了。中国古代文论一直强调文学对人对社会的教化作用，到当代，则有了儿童文学就是教育儿童的文学的著名命题，到了近年，则又有了对娱乐、游戏等等的推崇。但阿尔都塞等人谈文学，不仅视其为一种社会意识形态，而且是一种意识形态国家机器，不是一般地塑造人，而是像宗教、伦理一样生成人，将人传唤成社会生活中的主体——一种既独立又依附的人，由此就和佩里·诺德曼所说的双重意识、双重文本、双重隐含读者等有了联系。阿尔都塞的观点不是不可以讨论的，但至少比一味地强调教化、娱乐等更深刻、更具有理论含量吧？而且，教化的内容总是先在的，突出文学的教化意义，必然导致文学与宣传的合谋，成为宣传的附庸，而文学之为文学，其本性恰恰在于它是发现，是召唤、开掘未知的世界，将存在作为存在者召唤出来。正是在这样的意义上，米兰·昆德拉称没有发现的文学是不道德的。如此，文学理论是否也应将自己的理论触角放在对发现的发现上？没有这样的视野而谈什么本质、大方向，不是成为宣传便是成为宣传的宣传，不管说得如何都与文学批评没有多大的干系了。

中国儿童文学理论的这种现状当然是有其复杂的历史和现实的原因的。中国儿童文学自觉本来就迟，自觉后的儿童文学很长一段时间处在被"殖民"的位置上。不仅被西方文化殖民，而且被政治文化殖民，人们也习惯了一种像殖民者看被殖民者的看儿童的视角，将殖民者的预设当作自明性一类的东西了。更致命的是，儿童文学的读者虽然众多但却是从不读理论的，读也读不懂，他们的许多阅读愿望都是一些成人"研究"出来的。这就导致理论和阅读的某种脱节。也因此，研究的队伍一直很小，而且普遍地缺少专业素养。早期的研究多是作家、编辑、中小学教师兼做的，后来又加了一些文化行业的行政领导人，这种现象直至今天仍普遍地存在。作家、编辑、中小学教师、行政领导人当然也可以研究儿童文学，但应有相应的专业素养，作为理论工作者获得尊敬，而不是他们的其他身份或资源。这种专业素养在目前中国那个小得可怜的评论家队伍中也一样贫乏。即使一些挂着专家教授招牌被人请来请去做报告的人，这一行不行跑到那一行指手画脚的人，在理论上也未必都谈得上入门，更不要说现代观念、现代意识了。我们现在常说新的批评方法，有的兴起于20世纪初，有的兴起于20世纪末，如精神分析等，离现在都一个多世纪了，我们一些人还在那儿将其作为一种反传统的力量予以拒绝。其实，说拒绝也未必准确，只不过不熟悉而习惯性地排斥罢了。

这后面自然还有一理论工作者的人格力量的问题。阿尔都塞是将文学、文化等都归入意识形态国家机器的。如果同意米兰·昆德拉的观点，视文学为一种发现，有时难免会与意识形态形成某种形式的紧张，为此，一个真正的理论家是要做好付出代价的准备的。有人已经指出：知识分子以独立为第一义。独立于权力，独立于金钱，独立于大众。这话好说，做起来谈何容易。曾听一些出版社的编辑说，他们选项目、审读作品，常常是冲着评奖、能不能改编成影视剧等去的。想评奖当然不错，但任何奖都是有自身标准的。有得必有失，重要的是得到什么，失去什么。现在能影响儿童文学的，首先是出版，还有就是评奖。真正的文艺批评是说不上什么话的。但这也不能成为一个时代儿童文学批评毫无作为的理由。儿童文学理论要真正发展，就必须有一批有独立人格的人，有一批有现代意识、现代文学观念的人，不张狂，不气馁，会学习，不跟风，即使身处旷野，也能想着前面的灯，朝着有光明的远方默默前行。

以此祝福"儿童文学新观念丛书"的出版。

（2020 年，海燕出版社出版一套由我主编的理论丛书——新观念儿童文学理论丛书，包括《雕刻童年时光：中国儿童电影史探》（谈凤霞）、《儿童剧场基础理论研究》（赵琼）、《中国儿童阅读图画书的反应研究》（宁欢）、《少女文学与文学少女》（韦伶）、《中国古代童话文学研究》（吴其南）。此文是我为该丛书写的序，收入本书时稍有改动。）

••• 代序 2 •••

用什么为这代儿童打精神的底子

本丛书题名"世界优秀儿童文学作品选讲"，顾名思义，分两部分，一为"选"，一为"讲"，即首先在浩如烟海的世界儿童文学中选出一些优秀的作品，然后对这些作品进行读解、评论。在宽泛的意义上，"选"也可以视为一种"讲"。为什么选这个作品不选那个作品？这里面就包含了一种标准，一种态度，这种标准和态度就是一种"讲"，一种无声的"讲"。本书同时包含了这两种形式的"讲"：即其中一部分只选不讲，或者说以选代讲；但更强调亦选亦讲，一种实际的"讲"。

读书，特别是文学作品的阅读，有各种方法，不是所有的阅读都需要选、讲。自己到书海中去淘，去摸索，是阅读中不可或缺的方法。但适当地选、讲也是阅读的重要方法之一。书太多，人的时间、精力有限，不可能把所有的书都读一遍，总要有所选择。选择需要比较，比较需要较大范围的阅读，需要眼光，这在儿童自己那儿是很难做到的。特别是"讲"，一方面，可以帮助小读者较正确、较深刻地理解作品；另一方面，就是一些小读者自己的认识，也往往渴望得到一种认同。当小读者从别人那里看到一种和自己相近的理解时，他会为自己的理解获得认同而感到兴奋，有一种认同群体也被群体认同、走入一种文化共同体的感觉。这便是成长。

类似的问题自古以来就存在，只是在当下变得更为突出。知识爆炸，知识更新的周期缩短，学生的学业加重，来自其他媒体的艺术形式对文学阅读的挤压，更重要的是，就在僵化的极左文化还未消退之际，商业文化、后现代文化、大众亚文化又大量涌进，整个阅读领域变得良莠不齐、鱼龙混杂。一些无社会责任心的人，因为利益的驱动，专找一些品位低下但却能招徕读者的书籍推向市场，导致不雅文化泛滥成灾。须知，儿童处在生命的源始处，单纯、洁白如一张纸，又娇嫩柔弱如一株刚出土的苗，他们睁着一双天真的大眼睛看着这个世界，对别人所说的一切都充满了信任，贪婪地将身边的一切都像空气和养分一样吸收到他的身体和心灵中去，我们所给予的一切，其实都在为他们打精神的底子。底子是影响人一生的东西。底子打好了，以后的路就会踏实；底子打得不好，以后的脚步就会虚飘、轻浮甚至走到邪路上去。如此，选择什么样的东西为孩子们打精神的底子，自然就是一个不能不慎重的问题。本书努力将人类历史中最优秀、最健康的作品作为自己的第一标准。这里当然也有艺术见解的问题，都想用健康优秀的作品引导读者，但对什么是健康优秀的作品，理解却各不相同。这也是推动我们编选这个选本且偏重"讲"的原因之一。本书强调艺术水准，在内容健康的前提下，一般不选那些极白极俗专职搞笑的作品，即便它们在儿童读者中有很大的影响。文学阅读不仅塑造人的心灵，也培养人的欣赏能力，这是那些只会插科打诨逗人一乐的作品无法做到的。

还有一个讲解深度的问题。一般来说，儿童文学不深，但也不是所有作品都能一眼看透。文学作品的意义是分层次的，许多作品在表层含义下还有较深的意蕴，有些阅读只获取表层含义而忽略深层意蕴，甚至连表层含义都理解得不正确或不甚到位，是很遗憾的。马克思当年就曾说，我播下的是龙种，收获的却是跳蚤！我们也不要把作家的"龙种"变成"跳蚤"。作为讲解，本书不只讲意蕴也讲写作方法，即在"看热闹"的同时也看点"门道"。"讲"的文字常常要比原作深一些，因为这些内容不全是为小读者准备的。本书的讲解更多是向成人——特别是家长和老师——或年龄较大的儿童说的。儿童文学不全是为儿童写的，成人也可以阅读儿童文学。法国著名儿童文学作家马塞尔·埃梅在他的《捉迷藏故事集》的"作者前言"中，第一句话就说："这些故事是写给四岁到七十五岁的孩子们看的。"（注意，这句话没有语病——引者注）成人，特别是父母和老师阅读儿童文学，除像一般读者那样阅读外，还常常有一个任务，就是把自己的理解传递给孩子。这儿的前提自然是，他们自己的阅读要较为正确和具有深度。

所选篇目，以现当代为主。鲁迅当年谈到"仙人下棋""山中方七日，世上已千年""司马温公敲水缸"之类的故事时曾说："这些故事出世的时候，岂但儿童们的父母还没有出世呢，连高祖父母也没有出世，那么，那'有益'和'有味'之处，也就可想而知了。"但既题名"世界优秀儿童文学作品选讲"，自不能完全割断历史，所以也选了少数几篇属于古典的儿童文学作品。这儿依据的原则一般是：在文学史上很有名、很重要，对今天的儿童仍有意义；或是我们过去的理解不全面、不深入，甚至不正确，比如只将《灰姑娘》理解为一个道德意义上的后母故事。我们努力吸取一些现代的最新研究成果，力求将它们讲得深透一些，对读者更好地理解这些作品、提高自己的阅读能力，应该是有益的。

在本丛书编选过程中，一些篇目包括一些讲述，曾让一些小朋友看过，并吸纳他们的意见做了一些修改。放到社会上，是一次更大的检验，希望能得到更多的认同，也希望得到更多的批评。

（2016年，海燕出版社出版了一套由吴其南、吴翔之、胡迦墨主编的"世界优秀儿童文学作品选讲"。此文是我为该丛书写的前言，收入本书时稍有改动。）

目 录

第一辑　中西儿童文学理论对话史论

中国儿童文学研究的范式演进

　　范式是一个相对完整的认知体系。托马斯·库恩说："按照其已确定的用法，范式就是一种公认的模型或模式。"① 模型或模式是有结构的。接受某一种范式，不仅表明一批科学家具有相同或相近的看世界的方式，而且这种看世界的方式能够将自己和其他看世界的方式区分开来，就是说，范式和范式间具有不可通约性，从一个范式到另一个范式的演进具有跳跃性。在一般的意义上，范式就是一种理论体系。比如，经典力学和量子力学就是两种不同的认识世界的范式，采取经典力学还是量子力学看到的是不同的世界。

　　但在不同领域，范式的具体所指、范式的涵盖面确实是有所不同的。库恩所说的范式是人类从整体上认识世界的模型或模式，重点在物理学。后来的人们将它们运用到包括人文学科在内的认知的各个侧面，一些重要的、较具普遍意义的认识世界的方法也被放到范式中去观照和理解，我们这儿所说的儿童文学研究中的范式演进就有这种性质。但这一范畴也不应该被过度地泛化，如有些人所说的"跨学科研究"，把非文学领域的研究方法移用到文学研究中来，根本不具有库恩所说"公认的模型或模式"的特征，顶多也就是一种一般的批评方法及其借用而已。将这种批评方法运用到儿童文学中来，称其为一种范式，这就非常的不恰当（这种批评方法极其古老，并非从周作人才开始的。中国古代一些有关萌芽状态儿童文学的观念，很多都是从儿童教育、道德伦理、政治文化等领域借用的）。将一种普通的研究方法指认为范式，只会降低范式在人类认知中的地位。

　　但范式本身并不是封闭的。不仅组成范式的各因素间充满裂隙，这一范式和那一范式间也不一定有绝对的界限。虽然范式有相对稳定的结构，但同时也包

---

① 托马斯·库恩：《科学革命的结构（第四版）》，金吾伦、胡新和译，北京大学出版社，2012，第 19 页。

含了反对甚至瓦解这一结构的力量，这种力量很多时候就是结构内部的革命性因素。在适当的条件下，这些革命性因素会引起结构的裂变，使结构自我调整或完全破裂，发生新的转换，推动人们的认识在前进的阶梯上不断地向上攀登。①

20 世纪以来的中国儿童文学研究也经历了并仍经历着类似的演变。

一、复演说

中国儿童文学最初的范式是复演说。（本书有讨论复演说和儿童本位论的专论，此处，包括下节的儿童本位论，只进行简单介绍和评说。）

中国古代并非没有可供儿童欣赏的文学作品，如大量的儿歌、儿童故事、民间童话、写儿童也能为儿童所理解的古典诗歌等。但一则，传统的儿歌、童话、民间故事等主要在民间口头上流传，即使被记录整理，也大多是文言，无法再返回受到很少教育的民间，无法在扩大了的基础上重建民间故事等与民间的联系，无法像欧洲的民间故事那样，因为搜集、整理、出版而极大地扩展这些作品的流传范围，逐渐成为一种类型。二则，更重要的是，人们的文学观、儿童观的问题。人们没有在思想观念上将儿童和成人区分开来，没有意识到儿童不同的文学需要，无法在观念上想到有一类主要供儿童欣赏的文学作品，自然无法抽象出这一类型的模型或模式。这种状况一直延续到 20 世纪初，即辛亥革命前后的那段时间。

清末民初、辛亥革命前后是中国社会大变动的时期。受世界潮流的影响，最先醒来的中国人迫切希望从旧社会、旧体制、旧文化的束缚中走出来，走出来的条件之一就是认清旧体制、旧文化，划出与它们的界限，就像要证明自己已经长大成人就要证明自己已脱离儿童期不再是小孩子了一样。这时首先要做的就是"找出"旧体制、旧文化的特点，而这些特点又恰恰是现在的自己没有的，这种"没有"、不同便成为自己超越对象，从旧体制、旧文化中走出来了的证据。当时，在西方，在日本，恰好正兴起一股被称为文化人类学的思潮。这种思潮认为，个体的发生是群体发生的复演，儿童期相当于人类发展中的野蛮期，儿童就是"小野蛮"，与之相对应的意思自然是，已经长大的成人相当于人类群体的文明人，不是孩子也不再"野蛮"了，文明与野蛮的差距就是成人与儿童的差距。不管准确与否，以这种方式，复演说将"儿童"作为一个群体建构出来了，

①　托马斯·库恩：《科学革命的结构（第四版）》，金吾伦、胡新和译，北京大学出版社，2012，第 92-95 页。

将"儿童"和"成人"区分开来了。就是说，复演说急着要证明的并非"儿童是儿童"，而是"成人是成人"，因为要证明"成人是成人"，要证明"我是我"，就必须证明"我不是你""我不是他"，将"你""他""儿童"连带着一起发明出来了。

这立即影响到中国的儿童文学。文化人类学的一个基本信念是，生活相近心理同准，心理同准则其文化也必然相近甚至相同。既认定个体的儿童期等同于人类群体的野蛮期，原始人是"古野蛮"，儿童便是"小野蛮"。野蛮人缺少理性思维，他们感受世界的方式是互渗的，万物有灵的，即将自己烙印于自然界，使万物向我生成，由此产生的便是浸润着这种思维的神话和传说。那么以此类推，作为"小野蛮"的儿童的文学也应是荒诞的、物我不分的甚至万物有灵的，儿童文学的任务就是尽量搜集这些东西给他们看。因为野蛮期是人生的一个阶段，是跳不过去的，不重视这个阶段，强行跳过去，或把成人的东西强行地塞给他们，就会使人生受伤，造成儿童的扭曲，是不正确的。以这种方式，中国人在 20 世纪初其实也将"童话""儿童文学"等"发明"出来了。

这种儿童观很快左右了人们对儿童文学的认识，并在实际的操作层面表现出来。最集中的表现，就是人们不甚关心儿童文学的创作，而是认为儿童文学创作就是搜集整理世代流传的神话、寓言、民间传说、民间故事、童谣甚至笑话等，就和 18、19 世纪西方的贝洛尔、格林兄弟等人所做过的那样。于是出现许多搜集整理出来的类似"原始人之文学"的作品，成为当时人们心目中的儿童文学的标准形态。理论领域，也将"童话、儿童文学即原始人之文学"作为普遍的立论基础。虽然当时西方的安徒生、王尔德等人创作的儿童文学作品已经被介绍到中国来了，但由于人们受主流范式的影响，这些创作在一段时间里多少被忽略了。虽然由于各种原因，中国没有产生像格林兄弟那样的民间童话的搜集整理大家，没有产生像《鹅妈妈的故事》《格林童话》那样的作品，但却推动和促成了儿童文学的独立，在儿童文学史上写下不可磨灭的一页。

复演说成为中国儿童文学第一个理论范式，有偶然的因素也有必然的因素。复演说来自西方的文化人类学，而文化人类学主张通过儿童去研究原始人、原始文学。复演说的主要主张者周作人恰好非常喜欢民俗学、原始文学，他在日本留学期间正值文化人类学在日本蓬勃兴起的时期。没有这些偶然因素，复演说会不会在 20 世纪初被引入中国，引入后呈现为一种什么样的形态，都是很难确定的。从必然的方面说，中国文化，特别是中国诗词，向来有将原始初民、乡间野民、儿童放在一起，称其为天籁、天真、质朴的传统。虽然只是一种感觉，没有人从理论上予以较深论述，但却标志着中国文化的一个维度。20世纪初的复演说继承了这个传统，将其和西方的文化人类学结合起来，为一个古老的概念注入了现代科学的内涵。可惜的是，五四运动以后，虽然不少人拿复演说作为儿童文学的立论基础，但都未深入下去，未看到这后面其实有一个广阔的空间。原始人、乡村野民、儿童及其文学更多与原型、集体意识、集体无意识相联系，更多与行为语言相联系，更多与原始生态相联系，是人类生存的出发点，是现代人回望的精神家园，所以天然地有一种诗的、文学的性质。20世纪30年代以后，因为忙着革命、救亡，复演说渐渐淡出人们的视野，但没有消失，一遇适当时机，如"文革"后的那段时间，就会再一次地表现出来。

二、儿童本位论

复演说为儿童共同体的想象和建构、为儿童文学的独立提供了理论依据，并以一批从民间搜集整理的作品为人们心目中的儿童文学提供了理想的样式，但是，在感觉上，人们对将儿童文学和传说中的民间童话等同起来并不是一点没有疑惑的。毕竟，将个体的童年和群体的童年等同起来，认定儿童文学就是原始人的文学，是超越一般人的经验的。许多民间故事，包括周作人大力推荐的《旁氏》《女雀》《蛇郎》《螺女》等，写兄弟相争，写男女相爱，感觉上也与儿童文学有距离。在现实生活中，一些并非人类童年遗留物的创作性作品，复演说基本上都将它们忽略了。这自然成为作为一个范式的复演说的矛盾、裂隙，这种矛盾、裂隙扩展开来，遇到适当的时机，便发展为复演说范式自身的危机。

这种危机随着五四运动前后儿童本位论的普遍传播而出现了。儿童本位论本是一种教育理论，来源于美国教育家杜威的儿童中心主义。杜威认为，过去的教育都知道教儿童，却不知儿童应该怎样教；只知道将成人希望儿童知道的东西往他们脑袋里灌，而不知他们是否需要这些东西，是否能接受这些东西。新式的教育则要来一个哥白尼式的转变，将教育的中心转到儿童、受教育者一边来。到中国的儿童本位论，就是要以儿童、受教育者为中心、出发点和评价标准。儿童文学中，就是要重视儿童读者的兴趣、能力、成长需要，按照儿童的需要选择题材、设计故事、提炼主题，反对将只属于成人社会的道德伦理等随意地引到儿童文学，中来。这里说的儿童是现实的孩子，而不是文化人类学意义上的童年的人类，或美学意义上的"童心"、童趣，这就将儿童文学转到现实的、创作的轨道上来了。

儿童本位论本质上是一种资产阶级的教育理论。资产阶级的生产方式是一种雇佣型的生产方式，资本家要自由地雇佣工人，就必须打破人对土地的依附，将人变成除自己的身体外一无所有的人，以便为自由地被人雇佣创造条件。相对于封建社会对土地、土地所有者的依附，这确是一种解放。这种"解放"是需要从人还是孩子时就开始的。由于尊重人生各阶段和谐发展的规律，儿童本位论也强调儿童和成人的区别，这和文化人类学主张的复演说便有了共同语言，一定程度上走到一起了。复演说和儿童本位论都信本质论，但二者对儿童"本质"的看法却不同。复演说认为儿童"野蛮"，儿童本位论却从未这样认为。儿童本位论所说的儿童是现实生活中的儿童，其所说的"童心"常是普遍人性，或普遍人性在儿童阶段的特殊呈现。这和中国人一说儿童就爱用的"单纯稚拙""天真烂漫"之类就有了联系。但五四时期和随后的一段时间，人们主要在批判占主流地位的旧道德、旧文化，为处在边缘的人群、文化争权利，突出包括儿童在内的边缘群体和主流文化的距离，而对儿童、儿童文化自身到底有什么特点，包括儿童本位论和儿童中心主义的不同，儿童本位论和复演说的差别，都还是缺乏深入细致的探讨的。这不能不在很长一段时间影响人们对儿童本位论的准确把握。

但儿童本位论在创作领域产生的影响远不像其在理论领域产生的影响那么大。一则，儿童本位论原本是一种教育理论，虽然儿童教育和儿童文学都面对儿童，在很多地方相通，但教育毕竟主要是对人的知识、理性说的，而文学主要是对人的感觉、感性说的。同样是对人的塑造，塑造的侧面不同，使用的方法也不可能完全一样。儿童本位论最大的意义是改变了人们看儿童、理解儿童的方式，将成人与儿童对话的侧重点大幅度地调整到儿童、接受者一边。文学接受更多建立在读者自由选择的基础上，和带些强制性的儿童教育是不同的。二则，儿童本位论是一种建立在资产阶级生产、生活方式基础上的教育人建构人的方式，它努力将人从传统的对土地的依附中解放出来，但未必就能给人真正的自由。说教学中教师要围着学生转，是说教学的内容、方法要从儿童出发，要适合儿童的能力、需要，但这种能力、需要是谁来认定和执行的？当然仍是社会、成人，特别是占主流地位的意识形态。以为儿童本位就是儿童中心，儿童在教学或文学对话中就真的占据主导地位，不是无知就是过分天真。进入20

世纪 30 年代以后，儿童本位论便渐渐淡出人们的视野，而到 20 世纪 50 年代末以后，则成了人们一再批判的对象。但作为一种范式，儿童本位论无论在教育领域还是在文学领域，表现得都比人们想象的顽强得多。直到 20 世纪末，21 世纪开始之后，儿童本位论都一再地浮现出来，即使不喜欢它的人，也不能不在将其作为对立面的时候一再地提到它。

三、教育儿童的文学

复演说和儿童本位论主要兴盛在 20 世纪一二十年代，进入 20 世纪 30 年代以后，它们虽依然存在，被写进各种教科书和论文，但实际影响却已日渐式微。这时兴起的新的文学类型是红色儿童文学。红色儿童文学作为革命的无产阶级的意识形态，在当时虽然仍处在被压迫的地位，影响却日益扩大。即使是在上海这样诞生了中国儿童文学，可以称为复演说和儿童本位论大本营的地方，红色儿童文学也逐渐成为占主导地位的文学样式，更不用说在延安及其他革命根据地了。1949 年革命胜利以后，红色文学成为国家文学，实际上成为中国文学的唯一样式了。

红色儿童文学从诞生的那天起就奉行和复演说、儿童本位论完全不同的理论。红色儿童文学的出发点是社会和成人，儿童主要是作为被教育对象出现的。虽然红色儿童文学也不否认儿童和成人间的差别，也讲对儿童兴趣和能力的尊重，但出发点却明显地是在社会和成人这一边。"儿童文学是教育儿童的文学"（具体提出这一理论，即将这种观念变成文字的是鲁兵，但这也是当时儿童文学界一致的看法。陈伯吹、贺宜、张天翼、严文井等都有类似说法），就是按社会和成人的需要对儿童进行规训，将儿童的思想、感情统合到社会、成人的轨道上来。了解儿童、熟悉儿童是为了更好地规训他们。红色儿童文学也讲外因是变化的条件，内因是变化的依据；还讲尊重儿童的兴趣、能力，但目的是要发挥儿童的主观能动性，变社会、成人的欲望为儿童自己的欲望，"不是要我学，而是我要学"，发自内心地和体制接轨，成为体制的组成部分，既承担体制成员的责任和义务，也享受体制成员的权利和待遇。体制无疑是社会中心、成人中心的。

"教育儿童的文学"作为一个范式，在中国儿童文学中出现的时间似乎较复演说、儿童本位论为迟，因为儿童文学作为一种类型，是清末民初在西方文学的影响下才走向自觉的。但作为一种精神，"教育儿童"其实已包含在古代教育和文学之中了。中国古代文论的一个基本原则是"文以载道"。"文以载道"是从"道"出发的，用主流意识形态肯定的"道"去教化民众，移风易俗，改造每一个具体的个体，这里，"道"是主体，是本位，是出发点和归宿。红色儿童文学在这一点上和传统的文学大体是一致的。从这一意义上说，教育儿童的文学作为一种范式，出现的时间看似较复演说、儿童本位论迟，但比复演说、儿童本位论有更深远的社会、文化基础，其在20世纪中国儿童文学理论中被广泛推崇，不仅有主流意识形态的推力，也有深厚的文化基础的作用。

红色儿童文学和传统的儿童教育，以及与儿童有关的文学也有巨大的不同。在教育的内容上，传统与儿童教育、与儿童有关的文学讲家国情怀。家是有氏族传统的家，国是封建王朝的国。红色儿童文学讲的是阶级意识、阶级觉悟，用无产阶级思想占领一切思想文化阵地。这在不同时期也有不同表现。在20世纪三四十年代，红色文学主要讲述反抗的正当性和合理性；20世纪50年代，红色文学成为国家文学，主要讲述如何用主流意识形态对儿童进行塑造，将儿童培养成革命事业的接班人；20世纪60年代以后，又加进路线斗争、无产阶级专政条件下继续革命的内容。红色儿童文学也包含对儿童的文化、知识、一般思想品德的教育，在形式上，红色文学站在阶级、国家、主流意识形态的立场上，讲述的是革命、国家建设、培养革命事业接班人的内容，都是宏大叙事；作者和叙述者往往合二为一，多是故事外高视点权威叙述；语言明晰畅晓，便于读者理解和把握；也讲情趣，但情趣主要服务于内容，是为了更好地传递内容而存在。

教育儿童的文学对20世纪的儿童文学创作产生了深刻的影响。这点，它和复演说、儿童本位论不同。复演说是一种文化理论，关心民间文学的搜集整理而不关心创作；儿童本位论是教育理论，改变的是人们关于儿童的观念，即使涉及儿童文学创作也是间接的；教育儿童的文学则可以是一种直接的有关儿童文学创作的理论：一是大致确定了作品的主题指向；二是大致确定了作品的题材范围；三是大致确定了作品的叙述方式；四是大致确定了作品的语言风格。不是说教育儿童的文学没有变化，而是变化要在"红色"的范围内进行。无可否认，红色儿童文学，是20世纪中国儿童文学最重要的范式，产生了不少高质量的作品，如张天翼、严文井、金近等的童话，刘真、萧平等的小说，柯岩等的儿童诗，至今都代表着20世纪中国儿童文学的最高水平。相较之下，理论则显得贫弱，从 20 世纪 30 年代到 80 年代，无论是基础理论还是作家作品评论，都少有较有价值的成果。

自中国现代儿童文学自觉以来，红色儿童文学是最主要的类型，其理论基础教育儿童的文学自然也成为 20 世纪中国儿童文学的一个最主要的范式。儿童是建构出来的，教育儿童的文学直言不讳地道出自己的抱负，按主流意识形态的要求培养革命事业的接班人，有其自身的合理性。从缺陷的一面说，"教育儿童的文学"毕竟是采取了现实政治文化的视角，将文学当作宣传，多少是滑向非文学的轨道了。教育儿童的文学虽然是从社会、成人、意识形态出发，但其实并没有意识到文学的建构性，或者说不愿意承认文学的建构性，因为它是将自身的范式当作不容置疑的真理甚至是"法"来看待的。所以，也只有在意识形态的光环稍稍褪去以后，人们才有可能将其作为一种理论、一个范式来讨论。

四、现代派

进入 20 世纪 80 年代以后，中国一步步打开了改革开放的大门。和其他领域一样，西方文学积累了数百年特别是进入 20 世纪以后创造的成果像潮水一样涌进来，使人目不暇接。经过最初一段时间的欣喜和饥不择食的忙乱之后，人们很快将注意力集中在西方 20 世纪以后的各种新文学类型及其背后的表现方法上，于是有了 1985 年被称为中国文学方法年的说法。结构主义、符号学、精神分析、原型批评、新批评、读者反应批评、文化批评、神话批评等，当时，人们给这些批评方法一个总的名字：现代派。现代派包含的内容极为庞杂，彼此间差别很大，能将它们放在一起是因为它们有一个共同的特点：都批评 20 世纪以前的传统，都努力表现得和 20 世纪以前的文学观念不一样。其中一些就和儿童文学批评紧密相关。

1. 读者反应批评

儿童文学为什么能成为文学大家庭中一个相对独立的文学类型？主要就是其读者对象不同，是"以少年儿童为目标读者"的作品。"读者反应批评"恰是讨论读者、阅读的批评。不能说中国儿童文学不关心读者，翻看当代儿童文学的有关论文，说得最多的题目之一就是不要忘了小读者、儿童文学要有儿童情趣之类。但所说的儿童兴趣、情趣多是给定的，如好幻想、喜欢听故事之类，或者发调查表，问儿童喜欢什么作品，依然没有深入儿童的阅读过程中去。读者反应批评却是对读者阅读内在机制的研究。读者如何走入文本，如何认同或拒绝认同隐含读者，如何让另一个人进入自己的内心，如何把自己变成另一个人，等等。这些对中国的儿童文学理论都有极大的启发意义。

2. 精神分析

精神分析原是病理学理论，被移用到文学等领域是它发现了潜意识，而潜意识与文化的各个侧面都密切相关。尤其是文学，被看作作者潜意识的化妆表演。但个体的潜意识是怎么来的呢？弗洛伊德认为是作者对童年创伤性经验的压抑。这就使精神分析成了儿童文学批评中最具价值的理论之一。我们可以从作者的生活道路，特别是童年的生活遭遇，去破解作品中一些用一般批评方法很难破解的难题。如陈丹燕的《女中学生三部曲》中，常常有一只黑色的老猫，狡猾阴险、行动诡秘，每次出现都带来一种阴森森的预感。仅从文本自身，有时很难知道作者为什么要创造这么一个艺术形象，为什么要这样写。后来根据陈丹燕的创作谈，知道是作者小时候看童话剧《马兰花》，里面挑拨离间、唆使大兰杀害小兰的，就是一只黑色的老猫。这只老猫在童年的作者心中留下了浓重的阴影。随着岁月的逝去，作者自己都忘了，但其实没有消失，而是被压入了潜意识，平时不觉得，到写作时就不由自主地从作者的笔下流出来了。类似的细节还表现在许多作者的创作中。

3. 结构主义

结构主义文学批评主要来自索绪尔的语言学理论。在中国的儿童文学批评中，除语言学及其在成人文学中的应用外，还有两个来源是特别应该提及的：一个是普罗普的民间故事研究；一个是皮亚杰的儿童心理学研究。普罗普的"民间故事"也有被直接译作"童话"的，就是将能搜集到的俄罗斯民间故事（童话）放在一起比较，从中抽象出 31 种故事元，认为俄罗斯民间故事就是这些故事元的不同选择和组合。皮亚杰在《儿童心理学》和《发生认识论原理》中，就是将儿童的心理看作一种结构。这种结构不是与生俱来一成不变的，而是不断生成的。认识不是刺激—反应（S⇄R）而是刺激—心理结构—反应（S⇄A⇄R），刺激、反应不仅要经过人的心理结构而且是双向作用，刺激导致反应，反应也影响刺激。成长就是这样一个主客互动的生成过程。皮亚杰的理论深刻地影响了中国的儿童文学研究，刘绪源的有些论文就运用了这一理论。

4. 新批评

新批评又称文本细读。"文本细读"的侧重点不在"细读"而在"文本"。中国文学一直不缺乏细读，一些古代的"诗话""词话"对作品的体味，就是今人也要叹为观止的。但中国文论历来强调知人论世，将作品放到社会生活、作者个人经历的大背景下去观照，文本细读却努力将文本孤立出来，研究文本自身的语词、语境、结构、篇章，认为作品的意义很大程度上是由其自身的语言结构决定的。20 世纪 80 年代，班马曾经写过一篇论文，题目叫《任溶溶的句子》，从句子、句法的角度去评论任溶溶的诗，是一篇典型的文本细读的批评。张梅的《晚清五四时期儿童读物上的图像叙事》，有的评论一个刊物，有的评论一个具体的作品，虽不像新批评那样将对象从背景中孤立出来，但条分缕析，深入细致，也可看作文本细读的例子。

另外，原型批评、文化批评，在世纪之交的中国儿童文学批评中，都有较成功的运用。但真正推动中国儿童文学批评走向现代化的还是西方一些文学理论的引进。仅就儿童文学而言，就有佩里·诺德曼的《儿童文学的乐趣》《隐藏的成人——定义儿童文学》《说说图画：儿童图画书的叙事艺术》等。诺德曼的理论是完全从现代、后现代的理论范式出发。正是这些著作，将中国儿童文学批评带入了新世界。

如果同意现代派文学理论的共同特点就是反传统的话，在世纪之交，中国的儿童文学理论终于从传统的思维方式中走出来，走向现代文学批评的轨道了——虽然其在实际的运用中表现得并不充分。

五、解构主义

在前面的几种理论范式中，复演说、儿童本位论注重接受者、被教育者，教育儿童的文学注重社会、成人、教育者；复演说、儿童本位论、教育儿童的文学偏向传统，现代派偏向反传统，虽然都是对话，都同时包含对话的双方，但作为不同的范式，差别是显而易见的。这些差别很大的范式间是不是也有共同点呢？

特点是比较中的存在。比较需要他者。认识"我"要参照"你"和"他"。这就需要将"我""你""他"都从其背景中间离出来，放到一定距离外去观照、比较。没有他者，没有从"我"中走出来，是无法对"我"进行认识的。同理，没有比较，没有他者，也是无法将复演说、儿童本位论、教育儿童的文学、现代派等放在一起，作为一个整体去发现其共同点的。在世纪之交，这个他者在儿童文学批评中隐隐地出现了，这就是后现代主义的批评范式。

"后现代"不是一个很统一的理论派别，即便都持后现代观点的人，互相间也有许多不同的看法，但大体而言，持后现代理论的人都对世界抱一种建构主义的看法。世界不是客观的、先在的、外在于人的，而是意向的、建构的、与人融合在一起的。世界是人的世界，每个人都带着自身的世界，就像蜗牛带着它的壳在世界上行走一样。这样，原先那个绝对客观的、没有视点的看待世界的范式便消解了。在后现代主义者、建构主义者看来，复演说、儿童本位论、教育儿童的文学甚至现代派等范式之间，无论彼此有多少不同，它们在"世界是有本质的"这一点上是相同的，它们的主张者都是本质论者。复演说认为儿童有本质，这本质就是"野蛮"；儿童本位论者认为儿童有本质，这本质就是"童心"，如单纯、天真烂漫等；教育论者认为世界有本质，这本质就是世界内在的发展规律，教育、成长就是用这些规律将儿童规训、规范到自己主张的轨道上来，成为自己正在宣传的事业的接班人；现代派，如新批评等，也没有否认本质的存在。在更深层次，本质论也是出于一种对理性的信仰。相信历史是进步的，相信人有一种普遍的人性，相信语言能全面、正确地反映世界，相信人定胜天，相信世界能一步步走向世界大同。这不正是我们在 20 世纪儿童文学创作中看到的景象？一些人张扬"野蛮"，一些人赞颂童心，一些人兜售"规律"，每个人都认为真理在自己的手里。主张复演说、儿童本位论的人说教育儿童的文学不尊重儿童，支持教育儿童的文学的人批评复演说、儿童本位论是人性论，彼此互不相让，因为他们都认为真理是客观的、唯一的，而自己是真理的唯一代表，自己是在替天行道。他们虽然主张不同，但相信世界有本质，有绝对真理，自己是真理的化身的信仰是一样的。

可后现代主义却从中看到了裂隙。因为事实简单地摆在那儿：复演说、儿童本位论说自己把握的是世界的本质，教育儿童的文学也说自己把握的是世界的本质，可它们在理论上又是相反的，那么我们应该信谁呢？谁更正确，是真正的本质呢？本质论具有排他性。既把自己的信仰当作唯一的东西，自然不能容忍其他认识的存在。这也恰好印证，复演说也好，儿童本位论也好，教育儿童的文学也好，它们都是一种话语，一种观念，一种理论范式，是人们建构出来的，有自己的基础、条件，有自己的特定内容，有自己的利益诉求，有自己的适用范围，是相对的。正如诺德曼所说的，并不是儿童生来天真，而是成人要他天真，按成人心目中的天真塑造儿童，儿童自然就天真了。同样，儿童也未必天生野蛮，成人讲儿童与成人相对，成人是文明，儿童是野蛮，以儿童的野蛮衬托成人的文明、不野蛮，儿童便成为人们心目中的"小野蛮"了。时过境迁，"小野蛮"便被"革命事业的接班人"代替了。"革命事业的接班人"也只是从特定阶级出发的一种理想塑形，其他阶级自然也会有自己的理想塑形。每个阶级、每种文化都有自己的理想儿童，"儿童"作为一个统一的、抽象的、有自身确定内核的概念便消解了。解构导致世界的平面化，但却更接近事物的本来面貌。

后现代主义也不是一个创作理论，其在实际的创作方面所起的作用也颇为有限。20世纪90年代初，李国伟等曾创作一种开放情节的小说：在每一节的结尾设置不同选择，不同的选择发展出不同的故事，这样，读一本书就像读了许多本书。我在《中国少儿文学也在走向后现代主义？》一文中对这种创作现象做过评论。作为一种实验，谈不上成功，却使中国读者实际地看到后现代主义是一种什么样的看待世界的方式。这只是一种极端，真正的后现代主义也未必都是这样表现的。后现代主义就是消解本质、消解结构，只要承认世界的建构性，承认不同的目光可以建构出不同的世界，就可能成为后现代、后弗洛伊德、后结构、后殖民、后文化、后神话、后理论……近年还有"后真相"，等等。解构主义也是一种结构，后现代主义也是一种范式。后现代主义开辟了人类认识世界的新边界，而不是终结人们对世界的理解。后现代主义之后人们一定会找到新的角度、新的范式，世界也会呈现出新的样态。

六、儿童文学各范式间的关系是共时的也是历时的

从"复演说"到"儿童本位论"到"教育儿童的文学"到"现代主义"到"后现代主义"，我们梳理了现代中国儿童文学发展中的几种主要范式。按托马斯·库恩的理论，范式间是不可通约的。即使像复演说和儿童本位论，范式中包含的要素及要素的结构范式都有许多重叠，但在对"儿童是什么"这个关节点上，彼此的回答还是非常不一样的，这种不一样使我们有可能将它们区分开来，也使它们之间的承接和演进呈现为某种跳跃性。

　　既然各范式在不同时期都有存在，在同一时期各范式间就有可能并存，或发生龃龉、竞争，或互相支援、和平共处。儿童文学中各范式间的关系主要是共时性的。晚清至五四运动时期，是复演说、儿童本位论的天下，但教育儿童的文学一直在场。特别是 20 世纪 80 年代以后，"童心论"平反，带动儿童本位论再次登上历史的舞台；红色文学、教育儿童的文学是主旋律；现代派、后现代主义强势登场，八仙过海，各显神通。越是开放的时代，不同范式现身的机会越多，共时性的特征可能越明显。这里当然有时代和文学自身发展的原因。时代不同，文学发展的阶段不同，范式可以同时存在，但存在的方式不一定相同。有的显，有的隐；有的处在主导地位，有的处在从属地位，大家一起推动儿童文学向前演进。犹如钢琴演奏，起伏变化，才能弹出抑扬顿挫的曲调来。

　　各范式间的关系更具有历时性。复演说（文化人类学）、儿童本位论主要盛行在从辛亥革命到 20 世纪 30 年代末的那段时间，复演说引进的时间略早一些。因为观点较为接近，五四运动以后的一些教科书甚至没有将它们区分开来。因为这两个理论原属不同的领域，承接、演进的特点也不明显。但在周作人那儿，是先接受复演说后接受儿童本位论的。红色文学、教育儿童的文学兴起于 20 世纪 30 年代，其源头可以追溯到五四运动甚至更早，20 世纪五六十年代成为国家文学。如果说复演说和儿童本位论的关系是相辅相成，教育儿童的文学与它们的关系则更多是相反相成。现代派和后现代主义都是 20 世纪 80 年代以后才被引进的，开始的时候，人们甚至没有将它们区分开来。但在西方，在它们最早生成的地方，是明显有时间上的先后的：先有现代派、现代主义，而后才有后现代主义，后现代主义是对现代主义的反拨和承续。现代主义、后现代主义都是创作理论，各领域都有一大批作品，成为理论范式是稍后的事情。这两个范式现在都方兴未艾。

　　又是共时，又是历时，这既深化同时代的儿童文学，使儿童文学显出丰富性，又使人看到儿童文学在总体上是变动不居、不断向前的。套用一句现成的话，就是波浪式向前的。一排波浪不断地向前，今天这个浪头在前，明天那个浪头在前，有起伏，有回流，但总体上还是前进的。本文没有谈及中国儿童文学各范式间的重叠和矛盾，没有谈及各范式间的更替和更替的内在机制，但知道这里面有一个广阔的世界。将来人们讨论中国儿童文学理论批评史，这或许也是一个有吸引力的角度。

儿童文学和浪漫主义文学观

读中外儿童文学史，会发现儿童文学的发展和浪漫主义的关系非常密切。在一般文学理论里，浪漫主义分创作精神和表现方法两个层次。浪漫主义的创作精神侧重表现创作者的内心世界，偏重理想，常常将未然的东西当作已然的东西写；表现方法上常常不在乎细节上的真实，情感逻辑重于现实逻辑。这种创作精神和表现方法都在儿童文学包括早期的非成熟的类儿童文学中一再地表现出来。西方如此，中国亦如此。

一

最先表现出这种特点的是人类童年时期的文学。19世纪末，西方曾出现一种被称为文化人类学的理论，将远古的原始人、原始文学和今天的儿童、儿童文学联系起来，通过今天的儿童、儿童文学去想象远古的原始人、原始文学。20世纪初，这一理论经日本传入中国，在中国儿童文学自觉的过程中发挥过重要作用。简单地抽去时间，将两个距离遥远的事物硬性地放在一起，甚至等同起来，自然不甚科学，因而出现许多错讹，但作为一种研究方法，在比喻、借鉴的意义上互相发明，却是一条很好的路径。因为二者确实有许多相似之处。

一是儿童和原始人生存状态上的相似。原始人处在人类的童年时期，生产力极为低下，生产方式很少分化。你打猎我也打猎，你摘野果子我也摘野果子，大家处在大致相同的生产水平上。由此导致生活方式的趋同和趋近。人与人之间的关系也相对简单，部落常常是多数人无法逾越的边界，更不可能有阶级、社会组织等的划分。现代社会的儿童是现代社会的存在，这点，今天的儿童和原始人是有本质的不同的。但现代社会的儿童处在社会的边缘，一定意义上还没有实际地进入社会，他们的生活内容主要是吃、玩、游戏，学些极简单极紧要的知识，和原始人一样，具有某种混沌性。这种混沌性拉开了与具体生活的距离，具有某种诗性的特征。

二是思维方式上的相似。原始人生产方式、生活方式是不分化的，他们的思维方式很大程度上也是混沌的、不分化的。既没有将自己与他人分离开来，也没有将人与自然分离开来，他们的思维是神秘的、互渗的。遵从由近及远的原则，他们将自我延伸开去，将在自己身上感受到体验到的东西投射出去，使外物也带上"我"的色彩。于是，世界万物便被想象为有思维、有情感，能像人一样感知、理解，甚至像人一样说话和行为，即整个世界都被人化，带上万物有灵的色彩。儿童的思维多少也有这种倾向。不过，儿童处在理性思维占主导地位的现代社会里，即使有万物有灵的倾向也被浸润在理性思维的汪洋大海里，不可能有效地表现出来，而且很快就被理性思维同化了。原始人却像在一个大的幼儿园，没有老师，没有家长，没有教科书，互渗思维是共同的。由此创造的形象也容易成为集体表象，并一代代地传下来。这种表象是人们心灵的外化，只不过不是哪个具体的个人的心灵的外化，而是作为群体的原始人的心灵的外化，这就使他们想象出来的作品，不管是不是具有诗的形式，却一样有诗的性质。

这种诗性也表现在艺术形象的外在形态上。由于以我为中心，将自我投射出去，使外物皆着我之色彩，这样的形象不可能是写实的。神话之所以被称为神话，就在于它主要写神、神的世界，而不是写人、人的世界。但神其实是不存在的。神、神的世界是人、人的世界的投射，所以高尔基说，通过奥林匹斯山上诸神喧嚣、吵闹、打斗，我们听到的是原始人打猎的声音、捕鱼的声音、喂牛吃草的声音、火堆旁唱歌跳舞的声音。这种以非生活本身形式塑造艺术形象的方式，成为后来浪漫主义文学主要的塑造艺术形象的方式。

人类的童年时期过去以后，神话慢慢淡出人们的视野。但一则，神话的淡出是一个漫长的过程，神话以后，不同形式的后神话、类神话还不断地生产出来；二则，淡出并不是绝然的消逝。神话消逝的过程也是一个文体演变的过程，就像中国神话中的盘古一样。开天辟地以后，盘古倒下了，他的身体化为山脉丘陵，他的血液化成江河湖海，他的鼻息化作风……是一种改变了方式的存续。在后来的传奇、志怪、民间童话、民间故事等艺术形式中，我们都能看到神话的影子。其中，儿童文学是受益最多的艺术形式之一。神话对儿童文学的影响，一是表现在作品的内在精神上，即童年时期蓬勃向上、不理解对象就把自己变成对象的初生牛犊不怕虎的气概上；二是以非生活本身形式塑造艺术形象的表现方式上，而这也是浪漫主义创作方法最基本的内容。

二

作为一种自觉的文学类型，童话文学最早是在 17 世纪的欧洲出现的。

据杰克·齐普斯在《作为神话的童话／作为童话的神话》等书中的考察，"文学童话最早是作为一种客厅游戏的方式，于 17 世纪中期从贵族妇女们的沙龙中发展出来的"[①]。文艺复兴运动以后，人文精神在欧洲逐渐深入人心，虽然封建贵族阶级依然把持着政权，但变革的浪潮已经在文化思想的深层暗流涌动。其中，以个体的人的自觉为中心的启蒙已在不同国家表现出来。不仅在经济领域刚刚崭露头角的新兴资产阶级跃跃欲试，就是一些贵族，特别是那些思想较为开明、对即将到来的社会大变动较为敏感的贵族，也进入了启蒙运动的行列。这当中就有一些女性，包括一部分贵妇人。贵妇人开办沙龙在欧洲似有传统，17、18 世纪的贵妇人沙龙自然不都与启蒙有关，但有些贵妇人沙龙却招引了一些启蒙主义者，如卢梭就是从贵妇人沙龙中脱颖而出的。由于沙龙设在贵妇人家里，由贵妇人主持，写出来的作品由贵妇人资助出版，其话题、内容、形式、趣味等自然受到女性的影响。一般来说，这些作品较少直接触及现实，较少涉及政治等社会重大问题，倒是传统的民间故事、奇谈怪论、人物逸闻趣事等受到青睐，具有明显的"精神游戏"的特征。"妇女们在谈话中会自发地提及民间故事，并使用到其中的某些母题。最后，她们开始把讲述这些故事作为一种文学式的娱乐和插曲，或者说作为一种发明出来以愉悦听者的餐后甜点。这种社会娱乐功能也伴随着另外一个目的，亦即对于自我认识以及恰当的贵族礼仪的表现。对于童话故事的讲述使妇女们得以以一种代表了她们自己以及贵族阶层趣味的方式来描画自我、社会礼仪和相互关系。她们因此十分强调某些演说的法则，比如自然性和无定形性。"[②]文学童话就是在这样的环境中被创造出来的。它们并

---

① 杰克·齐普斯：《作为神话的童话／作为童话的神话》，赵霞译，少年儿童出版社，2008，第 4 页。
② 同上书，第 5 页。

不是为儿童写作的。比如最早出现在贝洛尔《鹅妈妈的故事》中的《小红帽》，就是劝诫和警告宫廷中少不更事的女孩如何防范色狼；博蒙夫人的《美女和怪兽》表现的是女性对男性的征服和改造，是最早具有女权意识的作品，等等。这些作品以优雅的语言讲述着女性的情趣和希冀，表达着正在成长的个性精神，充满理想和幻想的色彩，显然受到启蒙主义思想的影响，表现出与个性主义相一致的浪漫精神。

欧洲儿童文学走向自觉的关键一步是改变了对儿童的看法。在中世纪的宗教神学里，人类始祖亚当、夏娃因偷吃圣果被逐出伊甸园，人生来就是有罪的，以后的所有努力就是为了赎罪。在这样的视野里，儿童一生下来就是有罪之身。有罪就要赎罪，赎罪就要 pray（祈祷），儿童生活主要内容是 pray 而不是 play（玩，游戏），这导致欧洲儿童生活、儿童文学中绵延不绝的 pray 和 play 之争。文艺复兴、启蒙运动突破了这种宗教桎梏，高扬人性的旗帜，儿童也不再被视为有罪之身，而是和自然排在一起，成为世界上最纯真的存在。由此，儿童的纯真成为一个至高的美学范畴，人们要做的，是保护它而不是改变它。由此出现了威廉·布莱克的《天真之歌》、华兹华斯的《抒情歌谣集》、彭斯的《我的心啊在高原》等一系列歌颂童年童心的作品。这些作品不一定都是为儿童所写，但实际上成为欧洲创作型儿童文学的源头。"从这个概括性的术语——'浪漫主义的美学观'变迁的向度观之，儿童文学是有意识地以观念的力量来涉入作者与读者关系的核心中。浪漫主义所定义的美学观念急速改变，此乃儿童文学的源头。人们对童年益发地感兴趣，不再将童年视为原罪获得控制的一段时期，而认为童年是'纯真'的，并且能显示出自我的'真实本性'。由此，儿童文学与焉诞生。"[1] 这是直接将浪漫主义看作儿童文学诞生的母体了。

浪漫主义对儿童文学又一个较为直接的影响是将目光转向人的内心世界，表现自我，表现个性，特别强调人的想象、幻想能力。人们一般认为，理解能力弱的人想象能力强。儿童知识少，理解能力明显偏弱，想象能力、幻想能力自然就突出一些。这就将文学创作和儿童、童年联系起来了。更进一步，一些作家、理论家如柯勒律治甚至认为，优秀的儿童文学能表现作家的"深层自

---

[1] Deborah Cogen Thacker / Jean Webb：《儿童文学导论：从浪漫主义到后现代主义》，杨雅捷、林盈蕙译，天卫文化图书有限公司，2005，第13页。

我"。① 这一认识后来得到弗洛伊德的呼应。弗洛伊德认为文学作品表现作家的潜意识,潜意识是作者童年创伤性经验的积淀。荣格将此推广到人类群体,于是又将文学创作和群体童年的经验、表象等联系起来了。近年,我国一些作家也有类似的看法。这一理论可以探讨。但在当时,一些作家模仿儿童,睁着一双天真的大眼睛看世界,世界因此被染上一层温柔纯真的色彩。华兹华斯的《抒情歌谣集》中就有许多这样的作品。

浪漫主义文学也不都是超时间的。像豪夫童话中的《冷酷的心》等,对资本主义兴起过程中由野蛮扩张导致的人性丧失加以严厉批判,就是很有现实针对性的。这时,人们主要是就其表现手法而言。这也是浪漫主义文学与儿童文学相同的方面之一。

三

中国的情形与西方也有些相似。神话以后,浪漫精神、浪漫主义表现手法主要在非写实文学中延留和发展,以致后来的复演说将志怪小说、民间故事、民间童话中的一些作品视为古代儿童文学的主要形式。与此同时,浪漫精神、浪漫主义表现方法也在创作文学中表现出来。中国没有基督教那样的宗教传统,故也没有将刚生下来的孩子看作有罪之身的观念。早在老子、孟子的一系列论述中,就有了"赤子之心"等说法。延伸到创作,就有了许多写儿童、以纯洁的童心为赞颂对象的作品。如牧童诗,可以看作田园诗的一种类型,写自然,写乡野,一牛一童一笛,一种清新得如天地开辟时的浪漫气息,是古典诗歌中最适合儿童阅读的类型之一。

按李泽厚先生的说法,中国文学在明清之际兴起了"浪漫洪流"。"明代中叶以来,社会酝酿着重大变化,反映在传统文艺领域内,表现为一种合规律性的反抗思潮,如果说,前述小说、木刻等市民文艺表现的是日常世俗的现实主义,那么,在传统文艺这里,则主要表现为反抗伪古典主义的浪漫主义。下层现实主义和上层的浪漫主义恰好彼此渗透,相辅相成。"② 非常有意义的是,代表这一

---

① Deborah Cogen Thacker / Jean Webb:《儿童文学导论:从浪漫主义到后现代主义》,杨雅捷、林盈蕙译,天卫文化图书有限公司,2005,第14页。
② 李泽厚:《美的历程》,文物出版社,1981,第194页。

洪流的旗帜性作品是李贽的《童心说》。"夫童心者，真心也，若以童心为不可，是以真心为不可也。"①创作需要真心，需要真情实感，童心就是真心、真情实感的典型表现，童心被提到一个很崇高的位置。这一美学理想在成人文学中的表现且不论，仅就儿童文学和与儿童文学相近的作品而言，是起了非常重大、直接的作用的。一个最典型的表现，就是在明清之际，许多人开始对流传在民间的童谣进行较成规模的搜集和整理。《天籁集》《广天籁集》《北京儿歌》《越谚》等，大多数都是很成熟的儿童文学作品，可以看作儿童文学最早在某一艺术类型中的自觉。而且，所有这些搜集整理者，几乎都是自觉地将童心、天籁作为自己的美学追求的。所谓"童子歌曰童谣。以其言出自胸臆。不由人教也"②。童谣发自胸臆，一如自然界之天籁，把人籁和天籁美妙地统一在一起了。中国古代的儿童文学源流也于此达到一个高潮。

另一个高潮在晚清、五四运动时期。晚清至五四运动有些类似欧洲的启蒙主义时期，其突出标志就是人的觉醒。中国人被旧文化、旧礼教禁锢得太久了，迫切需要一次凤凰涅槃，从旧世界的灰烬里诞生一个全新的自我。各种力量，包括妇女、儿童等向来处在边缘的人群也被动员起来，结成统一战线，向旧文化、旧礼教发动了猛烈的攻击。为批判旧文化、旧制度的腐败、腐朽，童心、童年的纯真等又被召唤到战场，成了一支向旧文化发起冲锋的力量。叶圣陶的《小白船》，写了一个纯净得几近透明的世界，小白船、孩子、小白兔、善良的乡野人，组成一幅美好的童话画卷，和当时正在热炒的复演说形成呼应。黎锦晖的《月明之夜》，背景是一个月光似水的夜晚。一样的纯净，一样的明媚，有意义的是，故事不是写人如何向往天堂、向往月中世界，而是月亮女神向往人间、走向人间。冰心的《寄小读者》，用极其温润的笔调歌唱母爱、童心、自然，虽没有直接批判旧文化，却和腐朽的旧文化、旧世界形成强烈的反照。这是中国儿童文学自觉后的第一批作品，也是最早的充满浪漫精神的创作型儿童文学作品。

五四运动以后，儿童文学逐渐走向独立、成熟，其与浪漫主义的关系也发生了一些变化。浪漫主义是极为强调表现作家的主观自我的，但在儿童文学中，作家的自我是淡化的、隐含的，这就使作家的自我较难在儿童文学中表现出来。儿

---

① 李贽:《童心说》，载郭绍虞主编《中国历代文论选·三》，上海古籍出版社，1980，第117页。
② 杜文澜辑《古谣谚·卷一百》，周绍良点校，中华书局，1958，第1062页。

童文学本身也很难形成较为独立的文学思潮和创作方法。但浪漫精神和浪漫主义的创作手法与儿童文学的联系在深层依然是存在的，在创作中也以这样那样的方式延续下来，如20世纪80年代以来，曹文轩等人的创作，包括作者一力提倡的文学的悲悯精神等，个中都有着浪漫主义的渗透。这种创作精神和创作方法会一直延续下去。

四

浪漫主义对儿童文学的影响也不都是正面的。其中，所谓的伪浪漫主义，便是典型的一例。为什么会出现伪浪漫主义？浪漫主义分创作精神和创作手法两个层次。就创作方法而言，因为处在形式的层面，具有较大的公用性，不同内容的浪漫主义作品，甚至一些非浪漫主义作品，都可以用。而创作精神层次，就复杂多了。不管是积极浪漫主义还是消极浪漫主义，是将理想放在未来还是放在过去，都是有其现实基础的，是可以激励人热爱生活、为更美好的生活去奋斗的。如果理想的内容没有现实基础，或是将理想建立在虚假的基础上，尽管激情澎湃，采用许多浪漫主义表现手法，也仍是伪浪漫主义的。

伪浪漫主义的一个经典表现是20世纪50年代的"大跃进"诗歌。那段时间，整个社会都被极度膨胀的热情鼓动着，大炼钢铁，大放卫星，几年超英，几年赶美，跑步进入共产主义。于是有了全民大炼钢铁之举："火光，人群；人群，火光。到处是人群，到处是火光……"连孙悟空、哪吒这些神话中的人物也被"召唤"到现实生活中来。有了这个大的背景，一些所谓的新民歌便应运而生了。其中有些是优秀的作品，但也有些属于狂热的群体意志的极度膨胀，是一种伪浪漫主义，属于浪漫主义的末流了。

伪浪漫主义有时是很难辨别的。特别是像"大跃进""文化大革命"那样的年代，整个社会都被一种幼稚的激情笼罩着，理性的声音被压抑，许许多多的人形成一股潮流，连一些被称为社会良心的文学也被裹挟其中。这时，让还没有实际进入社会的儿童、少年能站出来独立思考几乎是不大可能的。但不大可能也非绝对的不可能，"文革"中，就有一些经历了最初的风暴的红卫兵勇敢地退出来，对眼前的一切进行自己的思考。特别是动乱过去以后，痛定思痛，较快从时代的阴影中走出来。"黑夜给了我黑色的眼睛，我却用它寻找光明。"伪浪漫主义对人们的吸引力也大幅度地降低了。

五

不管承不承认浪漫主义是儿童文学的"源头"，儿童文学是不是主要借浪漫主义"诞生"，浪漫主义对儿童文学的巨大影响是无法否认的。直到今天，写实主义越来越多地成为文学创作的主导方法，浪漫主义的影响仍普遍存在。而且，其在儿童文学中的影响要比在其他文学类型中影响更大一些。

但是浪漫主义与儿童文学的距离也是不容忽视的。一个典型的表现是，列在浪漫主义名下的作品写儿童的不少，但真正适合儿童阅读、属于儿童文学的作品却不多。西方的牧歌、天真之歌，日本的歌咏儿童的作品，中国古代的牧童诗、近代以来的回忆童年的小说散文，直到今天仍层出不穷。有些作品，如《城南旧事》等，还达到相当高的艺术水准。但真正进入儿童阅读的作品并不多，人们常常也不将它们作为儿童文学来看待。个中原因，是需要进一步思考的。

浪漫主义强调表现内心，表现个性，表现激情，表现理想，为此，常常借用一些非现实的表现手法。但是，这种表现是从谁出发的，用谁的眼睛看，用谁的耳朵听，用谁的心灵去感受的？当然是成人，是作为成人的作家。作家越是进入自己的内心，越是表现自我，可能就越是拉开了与儿童读者的距离。儿童文学是以儿童为目标读者的，以儿童为目标读者要在内容上适合儿童的成长需要，能引起儿童的阅读兴趣，要大致适合他们的接受能力。将儿童看作纯真的代表，希望以纯真的童心去拯救世道人心，不管其愿望是否天真，首先其作为一种社会、美学理想，是需要历世很深的人才能感悟的；而对于已逝的往昔生活的怀念，温暖、忧郁中有一种伤感，更是较深的美学情绪。孩子们还没有从自己的童年状态中走出来，对于这种主要属于过来人的情绪，也是较难感受和体验的。

这就又涉及所谓的"深层心理"的问题。是不是自己越深入自己的内心世界，就越能与儿童相通？班马的回答是肯定的，并认为这"大概是触到了人性和审美的什么'根'"。沿此思路，可以建立一种新的儿童文学文体。"理由正是来自'儿童文学'这一文体形态本身所含有的潜在因素——它的沟通神话的古老。它的沟通科幻的年轻。它的泛神论的亲近自然。它的哲学气的寓言本色。它本就善于谈生态圈。它甚至可以涉及异化。它拿手的就是梦、幻、魔。它等于发生论——哲学艺术因素如果有所融合，而形成一种文体，难道不有点艾托马托夫的'星球意识'？难道不有点反人本主义文学的气息？"① 说实话，我对班马的这一理论，一直是深怀异议的。无可怀疑，作者为其理想中的儿童文学展开了一片宏大的视野，为在这宏大的视野中探索儿童文学这一文体的"根"做了极有意义的工作，并卓有成效。但是，其是否能真正用于儿童文学实践，甚至建立一种新的儿童文学文体，我是深表怀疑的。理由仍在，写儿童、表现儿童心理的东西和适合儿童接受的东西不是一回事。这里有一个接受能力的问题。就算我们同意柯勒律治、弗洛伊德的观点，人的深层自我是一个童年的、自然的世界，这个世界与现实的儿童心理、儿童生活相通，也不能保证文学作品写了这个世界，就能为儿童所理解和感受。童年在童年之外，理解童年要从童年中站出来。由于年龄是一个阶梯式的展开，文化年龄和生物年龄又不完全是同一回事，给"儿童"和"儿童"为标准划出的界限带来许多复杂的因素，但写儿童的作品不一定自然地和儿童相通，这个结论还是大致可以成立的。这也是牧童诗、叶圣陶童话、《城南旧事》等（也包括班马自己的一些作品），虽然有很高的艺术水准，却很难在儿童中普及开来的原因。真正能描写和欣赏儿童心理、儿童世界的是成人。

但很多儿童文学还是从写儿童的作品开始的。古代，儿童没有形成一个文化群体，人们也没有将儿童视为一个读者群体的观念，也很少想到有意识地去为儿童写作。浪漫主义文学最早将目光投向童年，投向儿童，在文学史上留下了一些儿童的身影，多少成为最早的儿童文学的源头，并在儿童文学自觉过程中发挥了很积极的作用。我们应该珍惜这一份遗产，并在新的历史条件下将其发扬光大，使今天的儿童文学更丰富、更多样化。

---

① 班马：《你们正在悄悄地超越》，载金逸铭选编《探索作品集》，江西少年儿童出版社，1989，第413页。

礼与中国儿童的身体建构

在中国近代史上，五四运动是作为一场类似于欧洲启蒙运动的新文化运动留驻史册的。处于五四运动时期的一代人，尽管出身、经历、主张各不相同，最后的道路也不一样，但运动开始，却都不约而同地将批判的锋芒指向旧文化、旧礼教。鲁迅成为新文化运动的旗手，他的《狂人日记》一开始就揭示了旧礼教的"吃人"性质，发出"救救孩子"的呼喊，是一篇讨伐旧礼教的檄文，是五四运动和新文化运动的共同旗帜。

但五四运动以后，这一批判未能进行下去。个中原因，有人说是救亡压倒启蒙，有人说是中国人找到了新的道路，但"救救孩子"的任务其实并没有很好地完成。这一点，鲁迅自己其实是早已觉悟到了。在写于1933年的《我们怎样教育儿童的？》一文中，他说："中国要作家，要'文豪'，但也要真正的学究。倘有人作一部历史，将中国历来教育儿童的方法，用书，做一个明确的记录，给人明白我们的古人以至我们，是怎地被熏陶下来的，则其功德，当不在禹下。"[1] 只是，在一个社会大变动的时期，"武器的批判"显然比"批判的武器"更有吸引力。"文豪"尚不被人看重，更遑论坐冷板凳的"学究"了。

但救亡、启蒙等原因毕竟还是较为外在的，"救救孩子"的任务被延搁应该也有新文化自身的原因。所谓礼教"吃"人，鲁迅描绘和揭示的本是一个视觉性颇强的直接作用于儿童身体的行为，但这一点一开始就没有受到人们特别的重视，以为那不过是作者设定的一个精神病叙述者的臆想，其意义只在其象征层面。后来则将这一点也予以淡化，主要专注其精神含义，将旧礼教对儿童身体上的扭曲和异化完全忽视了。忽视礼教对人的身体的戕害，就无法深入到礼教

---

[1]　鲁迅：《我们怎样教育儿童的？》，载《鲁迅论儿童文学》，徐妍辑笺，海豚出版社，2013，第109页。

吃人的内在机制中，也就不可能将旧礼教的对人的毒害深入地揭示出来。这是我们今天讨论儿童成长、讨论儿童的身体建构不能不重新重视的问题。

一

礼是在原始巫术礼仪基础上发展出来的一整套典章、制度、仪式。按《礼记》自己的解释，"礼也者，理也""礼也者，理之不可易者也"。经过一再的修订，不断地发展、完善、固化，到董仲舒提出独尊儒术以后，变成一整套带有法典性质、社会一切成员都必须遵守的规则、秩序、纲常。这些规则、秩序、纲常不仅写在经典里，也溶解在人们的心灵、情感、行为里，"是一种理性形态的价值结构或认识—权力系统"[①]。"礼教吃人"，很大程度上就是指用旧礼教束缚、麻痹、异化人的头脑，使人在做任何事，想任何问题时，都首先想到礼，遵循礼教，变成旧礼教的执行者和维护者。就儿童教育而言，就是从小就泯灭他们的人性，"非礼勿视，非礼勿听，非礼勿言，非礼勿动"，变为木偶，变为工具，变为行尸走肉，总之是让原来那个有生气有欲望的人出局，化为乌有，不存在了。

但是，礼教绝不只是"理"，它更是"仪"，即仪式。将理看作礼的内涵、内容，仪则是礼的外在表现，在更多时候，礼并不是以理论的形式出现的，不是以理性的方式对人产生作用的。研究传统礼教的人都发现，中国礼仪有一个明显的特点，就是只做不说：告诉你怎么做，但不告诉你为什么要这样做。"虚坐尽后，食坐尽前。坐必安，执尔颜。长者不及，毋儳言。正尔容，听必恭。毋剿说，毋雷同。必则古昔，称先王。侍坐于先生，先生问焉，终则对。请业则起，请益则起。父召，无'诺'；先生召，无'诺'：'唯'而起。侍坐于所尊，敬毋余席。"[②] 这是指导儿童如何和长者相处的话，怎么站，怎么坐，怎么应，怎么行，一举手一投足，处处都有十分具体和明确的规定。不是和你说理，不向你解释为什么要这样做，而是直接吩咐、命令你怎么做。按要求做了，就是守规矩、有礼，否则就是不懂规矩、无礼。这还是在家里，在学校里，在日常生活里，特别是与礼仪有关的群体活动中，这种按规定安排人的身体的行为就表现

---

① 李泽厚：《由巫到礼 释礼归仁》，生活·读书·新知三联书店，2015，第176页。
② 杨天宇：《礼记译注》，上海古籍出版社，2004，第12页。

得更加明显。所以，许慎说："礼，履也。"① 礼是行动，是一种在空间安置人的身体的艺术，通过对空间化的人的身体的安置和操控，将世界、人际关系、人的身体都秩序化了。这种秩序化了的人际关系、人与世界的关系，按阿尔都塞的说法，就是一种物质化的意识形态。礼主要是一种操作系统，是一系列可视可听可触摸的存在和行为方式。这种存在和行为方式不直接诉诸人的理解、理性，却以毋庸置疑的方式规训人、建构人。如中国礼教主"敬"，在祭祀祖先的仪式上，孩子是由于"敬"而跪还是由于跪（且是反复不断地跪）而变得"敬"？可能是后者更符合实际一些。苏霍姆林斯基就曾说过，孩子进入教堂，那种封闭而向上延伸的空间，那种集体一致的跪拜方式，那种群体性的喃喃祈祷和唱诗的声音，会永远留在他们的记忆中。中国祭祀仪式对儿童的作用有过之而无不及。

这就将礼和儿童的身体建构紧密地联系起来了。伊格尔顿在《文学事件》一书中说，人的身体是像语言一样被建构的。身体不应被简单地理解为那个作为实体的 body（身体），而是它的实践形式。"当人类的肉体被看成在本质上具有表达性，相当于说身体不仅仅是对象，而是一种有目的的实践形式。"② 一个身体，置放在什么样的时空里，是静止还是运动，怎么静止，怎么运动，包括前面说的怎么站、怎么坐、怎么说、怎么行，站在谁的前面、谁的后面，和后面或前面的人距离多远，这些就是现实的身体的存在状态。将身体看作一种语言，这种存在状态便是物质形态的能指；而当某种礼、礼仪按一定的方式将人的身体置放在某一空间，以某种方式排列组合并促其行动，这种身体的存在方式便有了特定的意义指向，能够自我言说，这种言说的内容，即身体实践形式的意义，便是此时的身体语言的所指，身体的外在表现和其内在意义便像一枚硬币的两面一样有机地统一起来了。礼对人的塑造，也通过对人的身体的安置，真正落到实处了。一个孩子一来到世界，周围就有各种各样的规矩等着他，有各种各样的物质化的语言在向他说话，他要做的就是按照这些规矩、这些礼去做，在做的过程中被规训、被塑造。因此，要理解儿童身体及其塑造过程，就必须深入到礼、礼仪中去。

---

① 许慎：《说文解字》，中华书局，1984，第 7 页。
② 特里·伊格尔顿：《文学事件》，阴志科译，陈晓菲校译，河南大学出版社，2017，第 234 页。

二

在一次讲座中，我曾听戏剧理论家余秋雨先生说，中国古代戏剧文学不发达，因为中国人的生活中充满太多的戏剧因素、太像戏剧，以致戏剧作为一种艺术创造反而被忽视了。传统的礼仪在很大程度上就是戏剧，至少是包含了很多的戏剧因素，非常接近戏剧表演了。

礼仪接近戏剧首先表现在它也是有"剧本"的。戏剧写的是虚拟的世界当然是有剧本的，一出戏讲一个什么样的故事，有哪些人物，分别在什么时候出场，彼此间的关系怎样，都是由作家事先创作，演员就是按剧本派定的角色进行表演，动作、台词都是由剧本事先设定的。演员演出时当然有自己的发挥，但大的框架是限定了的。而真实的现实生活是没有先在的剧本的，一切都随缘化生、充满偶然性。可礼仪活动却被高度程式化了，人们是按某种脚本在表演。如冠礼，按《礼记》的记述，人到弱冠之年，需先由家里到祖庙抽签，选好筮日。筮日前三天，父亲作为冠礼的主人，要告知亲友即筮宾，请他们届时到场。地点需在自己的家庙里。冠者若是嫡长子，席位设在正东面的阼阶上；庶子，则设在偏东的阼阶上。冠礼开始时，正宾依次将缁布冠、皮弁、爵弁戴在冠者头上，并致祝词说：今日吉祥，为你加冠，愿你抛弃童稚之心，养成成人之德。然后向冠者敬酒并再次表示祝福。礼毕，父亲为冠者取字，然后由人带着见母亲、兄弟及乡里的成人，接受众人的祝贺并向众人行成人礼，从此便被视为成人、进入成人的世界了。[①] 既是演出，个体就不只是生活中的某某，还是剧情中的一个角色，按照特定的角色去表演。一个剧本、一个仪式是一个符号系统，是有自身的结构和意义指向的，其中的人际关系像一张网，儿童进入仪式按要求表演自己的角色时，就是将自己从日常生活间离出来，放到一个新的网络中，在新的网络中确定自己的位置、角色和身份，开始与这一网络中其他人互动，甚至与神互渗，自己只是网络上的一个点，处在这个点上的身体呈现出什么样的形态，主要不是由自己，而是由网络、由剧本设定的角色决定的。

网络化就是格式化、秩序化。将人的身体放入某种网络中，就是将身体放入某种秩序之中。中国礼教一个突出的特点是讲究正名。"凡人之所以为人者，

---

① 杨天宇：《礼记译注》，上海古籍出版社，2004，第812-814页。白话译文参考彭林的《中国古代礼仪文明》中的有关叙述。

礼义也。礼义之始，在于正容体、齐颜色、顺辞令。容体正，颜色齐，辞令顺，而后礼义备，以正君臣、亲父子、和长幼。"[1] 儿童的身体是还没有出生就被编织进了许多不同的网络，即被纳入不同的秩序的。中国家庭的孩子一般都是随父姓的，未出世便被编进了父亲家族的网络。出生三个月取名，名是要讲究排行的，上一代人排什么，这一代人排什么，也是事先确定好了的，一个名三个字，有两个是事先确定了的。名不只是一个符号，它代表了一个位置。"一个萝卜一个坑"，按中国人的规矩取名，孩子就被正式地放到事先已经确定的那个"坑"里了。以后遇到事，如吃饭上不上桌子，上桌子坐在哪儿；祭祀祖先时有没有资格进祠堂，进了祠堂站在哪儿；参加长辈的葬礼有没有资格戴孝帽，要戴什么颜色，几寸高，几根麻，都预先确定下来了。家、家族的网络只是许许多多的网络之一，此外还有亲戚的网，同乡和社区的网，同学的网，行业的网，国家的网，民族的网，直至天人合一，融入自然、宇宙的网。个体在不同的网络中有不同的位置，身体（"萝卜"）的形状取决于网络上的那个点、那个模子（"坑"）的形状。

　　凡文化凡网络都讲秩序，中国礼教、中国礼教建构儿童身体的网络和类似的网络相比，有什么特别之处？这个特别之处就是它有极强的等级性。"正名"就是定级，不同的名表示不同的级别，按级别一级一级地排下去。君臣，夫妇，父子，兄弟，朋友，等等。到封建社会后期，这一套规定被凝定、固化下来，就成了三纲五常。在这个纲常体系里，名分不一样，地位不一样，权利、义务也不一样。即使是同样的行为，用在不同等级的人的身上，也有不同的处置方式。唐律就曾明文规定，父杀子判罪比杀常人轻，子杀父判罪比杀常人重。就像一张网，有纲有目；纲也有主纲次纲，目也有大目小目。主纲统率次纲，大目制约小目，如此纲举目张，才能等级分明秩序井然。但这也并不意味着处在上面处在被尊崇地位的人就可以为所欲为。中国文化的智慧在于，它在将较大的权力赋予在上在尊的人的同时，又对他们的行为做了不少限定，同时给处在下层的卑弱者某些安抚和补偿，提出君仁臣忠，父慈子孝，宽厚待民，广施仁政等。否则，在下在弱者有权进行反抗。虽然这可能也只是一种策略，一种统治术，但毕竟为惩罚破坏秩序者提供了一些依据，对在上位者形成一些限制和威

---

[1]　杨天宇：《礼记译注》，上海古籍出版社，2004，第812页。

慑。这样，每个人都忠于自己的职分，君君臣臣，父父子子，不仅将等级秩序落到实处，也为等级制度披上一层温情脉脉的面纱。

格式化、秩序化将儿童身体组织进某种先在的网络，在将个体纳入某种组织、某种系统，在将个体淡化使其消失的同时，一种被称为"集体"的大身体便诞生了。就像一个大型的团体操，每个人都按统一、一致的方式活动，看过去就像一个人在行动一样。大身体不是个体的简单相加，它在将不同的个体聚集在一起的同时又对他们进行了抽象，数量增加了，内容却被单质化了。单质化的大身体增加了个体的认同感、力度感，但却易对身体的质感、生命性、多方向性产生压抑，让个体的感性生命出局。

三

将礼仪看作某种近似戏剧的活动，存在于礼仪活动中的身体便有演员与角色的双重身份。作为演员，他的身体是具体的、现实的、受现实关系制约的；作为角色，他生活在剧情中，受剧情和角色的限定，这是一对矛盾。斯坦尼斯拉夫斯基认为，理想的状况是演员忘掉自己，完全沉浸到剧情中，成为角色，成为哈姆雷特或奥菲莉亚。但在事实上，完全泯灭自己是不大可能的。可是，在中国的礼仪中，这种在戏剧演出中都很难做到的事情，却成为对现实生活中的儿童的一项基本要求，因而演出了更多的压抑、扭曲儿童身体的悲剧。

只要查一查中国古代的儿童读物，查一查《礼记》一类的礼学经典，查一查与人的身体建构有关的书籍，包括那些与儿童生活紧密相关的文学作品，就会发现，其中很少有关于人的身体的记录和研究。正像鲁迅说的，中国人将身体看作一个大口袋，里面装了些莫名其妙的东西。即使如《黄帝内经》这样专门研究人的身体、对身体进行修复救治的著作，其对身体的描述也主要是以天拟人，多是象征性、比拟性的，很少对身体自身具有解剖学特征的科学性探索和描述。

> 童子之节也，缁布衣，锦缘，锦绅，并组，锦束发，皆朱锦也。肆束及带，勤者有事则收之，走则拥之。（《礼记》）
> 凡为人子弟，须是常低声下气，语言详缓，不可高言喧哄、浮言戏笑。父兄长上有所教督，但当低首听受，不可妄自议论。（朱熹：《童蒙须知》）

步从容，立端正。揖深圆，拜恭敬。勿践阈，勿跛倚，勿箕踞，勿摇髀。（李毓秀：《弟子规》）

诸如此类，比比皆是，不是对儿童的身体有什么样的描述，而是应该有怎样行为的规定。从先秦到五四运动，具体说法或有变化，总体精神一以贯之，连表述的方式都一脉相承：都是语录体、格言体，无时间无地点，表示放之四海而皆准；都是命令句，大量使用"须""皆""必""毋""不可"等词，斩钉截铁，无任何商量余地；只说"童子""弟子"，其间再无任何差别，作者也根本没想到他们之间还有差别。或者说，作者根本不关心、不在乎他们之间的差别，他在乎的只是要将这些童子、弟子教诲成什么样的人。作者手里有一个模子，他在乎的只是这个模子，只是怎样用这个模子将对象塑造成自己需要的人。就像希腊神话中的普洛克路斯忒斯之床一样，长的切短，短的拉长，不是改变床以适应人，而是改变人以适应床。明乎此，就不难理解中国古代与儿童身体建构有关的文献为什么满纸讲身体又不见身体了。

这便是礼教吃人的内在机制。本来，人的身体像其他任何物种一样，都有自身的尺度。受精卵发育，十月怀胎，分娩后割断和母亲身体上的联系，然后学会坐，学会爬，学会行走，学会自己吃饭，学会说话，学会和周围环境互动，进入社会和文化，这里的每一步都因个体先天条件的不同、个体与环境的关系的不同而有自己的形式，而在这些不同后面，则是一种属于物种自身的发展节律和向度，只有充分地尊重这个节律和向度，在其基础上因势利导，将物种自身的生命潜力激发出来又经过规范和引导，生命才会变得和谐和充盈。传统礼教不关心儿童作为物种的尺度，不关心不同个体间的差别，甚至不关心具体的时间、空间、社会现实的影响，用一个统一的刻板的模子去规训、压榨一个个具体的血肉之躯，等到这些血肉之躯失去生气、生命，变成"伥"，陪着"老虎"再去吃人，礼教吃人就真正落到实处。鲁迅先生所说的礼教吃人，指的应该就是这种建构人的身体的方式。

这也是五四文化先驱们在控诉礼教吃人、努力"救救孩子"时，不约而同地把目光投向西方的儿童本位论的原因。儿童本位论并不是否定成人在儿童教育、儿童身体建构中的作用，而是要求成人在对儿童进行教育、规训的时候，要从儿童出发，要了解儿童的特征；不仅要了解人作为一个物种的特征，而且要了解具体儿童作为个体的特征，因材施教，按照儿童自身成长发展的规律因势利导，和谐、顺利地成长。刘道玉先生将这两种不同的塑造人的方式概括为"塑造"和"成长"①。五四运动对吃人礼教的批判就是从"塑造"到"成长"的转变。这是一个总体上的立足点的转变，类似于哥白尼的天文学从传统的"地心说"到"日心说"的转变，所以惊世骇俗，震撼了那么多的人。特别是那些身处黑屋子、像龚自珍笔下正在被压制成病梅的枝条一样的孩子们来说，无疑是从隙缝中看到了一线光明。

四

传统礼教以及传统礼教建构儿童身体的方式，是和传统社会的生产方式及社会的整体结构相适应的，甚至可以说是从后者中派生出来的。传统中国是一个建立在小农经济基础上的宗法人伦的国家，整个社会都是按家族制的方式建立起来的。家、国同构，以治家的方式治国，以治家、治国的方式治人。家以血缘关系为纽带，当人们把社会关系建立在人伦关系的基础上，一个宗法性的人际关系便自然而然地出现了。处在这样的网络中，社会要求每个人要做的，就是像排演大型团体操中的演员一样，找到自己在网络中的位置，按这个位置设定的动作去表演，越投入越忘我越好。时间一长，就由忘我走向无我了。而五四时期人们能对其发动猛烈的抨击，从深层看，也是中国的小农经济、宗法人伦社会走向解体引起的。引进西方的儿童本位论，要求在儿童的身体建构中更多地注意儿童自身成长的因素，给儿童成长以更多的自由，只不过是新的生产方式和新的社会结构方式在儿童身体建构中的一种投影罢了。

但是，一种生产方式的被取代，一种社会结构的解体，绝不是一朝一夕的事情。有时，大的纲、目被拆散了，局部的、细小的纲、目依然存在，而人们的日常生活恰恰是由这些细小的纲、目决定的。中国传统社会的超稳定性很大程度上是由这种细胞层次上的超稳定性决定的。辛亥革命推翻了两千年的封建帝制，五四运动开辟了一个文化上的新纪元，但建立在家族制基础上的旧礼教仍然根深蒂固。直到今天，一些乡村的家族祠堂仍香火不断，一些企业，特别是建立在家族制基础上的企业内部，人际关系依然是等级森严。这种残留自然

---

① 刘道玉：《"塑造"与"成长"》，《现代大学周刊》2017年1月23日。

会反映到道德、意识形态等层面上来。加之意识形态和社会生产方式发展的某些不同步等原因，就形成我们在近年的现实生活中看到的，一些人为对抗随商品经济发展而出现的物欲横流，开始怀念传统文化，表现之一就是打着"国学"旗号的旧礼教如《弟子规》《女儿经》之类的兴起，不少男孩女孩又被家长驱赶着背诵这些充满封建毒素的礼教的旧典。此情此景，当年大声疾呼"救救孩子"的五四运动先驱若是见了，不知该作何感想。

这不全是重提传统礼教者的错。除去上面所说的生产方式、社会结构等方面的原因，更主要还在于"塑造"和"成长"并不是两种完全不相干的建构儿童身体的方式，礼仪、规训在儿童身体建构中的作用也不都是负面的。李泽厚在讨论宋明礼学时就指出："人的主体意志和道德行为并不建筑在自然欲求的基础之上，而是建立在理性主宰、支配感性的能力和力量之上。"[1] 将人的身体纳入某种网络中予以建构，也不是中国传统礼教独有的。工业社会的生产也将人的身体束缚在流水线上，卓别林《摩登时代》对此就有过很深入的揭示。就是现在的一些人所说的后工业生产，电子媒介一样具有将人的身体网络化、格式化的特征，同样是更多地注重生产者自身的"模子"而非具体个人的身体。中国礼教压抑人、异化人，不只在其只注重主流意识形态的"模子"，也在其于网络上为个体留出的空间太小、太刻板、太一成不变了。

但五四运动以后，尽管有种种挫折，建构儿童身体的空间毕竟是大大地拓展了。至20世纪末，商品经济发展、新媒介普遍使用、赛博空间进入人们的视野，不仅只重"模子"不重物种自身尺度的建构儿童身体的方式而且"模子"本身也发生了变化。麦克卢汉曾提出借助新媒体重返游牧社会的想法。"今天的年轻人欢迎重新部落化，无论其感觉多么模糊。他们把重新部落化当作从文字社会的千篇一律、异化和非人性化中解脱出来的办法。"[2] 游牧社会处在人类群体的童年时代，文字尚未发明和使用，人们主要依赖口语进行交际，人际关系极为单纯，人与自然的交流多而受社会关系的影响小，所以，虽然受着许多物质的制约但自主地建构、支配身体的空间却相对较大。赛博空间在一定程度上将人的身体从现实的束缚中解放出来，人处在一个相对虚拟的环境中，等于在某种程度上挣脱了礼教、礼仪一类思想活动对人的束缚，不需要一个萝卜一个坑地

---

[1] 李泽厚：《中国古代思想史论》，生活·读书·新知三联书店，2008，第269页。
[2] 埃里克·麦克卢汉、弗兰克·秦格龙《麦克卢汉精粹》，何道宽译，南京大学出版社，2000，第298页。

被别人在空间里安置，是不是获得了较大支配自身身体的自由？新媒介自有新媒介的局限，但随着社会的进步，人类征服自然和建构自身手段的增加，儿童身体建构无疑会获得一些新的机会。

复演说是一种弱成人中心主义

中国的儿童文学是在清末民初走向自觉的，自觉的表现之一，就是在整个创作都刚刚起步、许多创作者都还在暗中摸索的时候，出现了一些起点颇高的理论论述，以致使人们觉得，似乎是理论走到了创作的前面。这种感觉其实是不准确的。因为这是局限在中国儿童文学的范围中看的。如果我们拉开距离、放开眼界，把中国儿童文学放在世界范围中看，儿童文学在19世纪中期的欧洲已经走向自觉并迎来自己的首个黄金时期了。世界儿童文学理论的发展和成熟，肯定是与这个大背景密切相关的。中国最初的儿童文学理论，主要是从西方借鉴而不是从中国的儿童文学创作中总结出来的。

最先进入中国人视野的儿童文学理论（或曰与儿童文学有密切关系的理论）主要有两种，一是复演说，一是儿童本位论，引入的时间都在清末民初，且都在五四时期达至高潮。这两种理论还互相影响、互相交织，共同为正在走向自觉的中国儿童文学奠定了基础。在许多人的印象里，儿童本位论的影响更为细致、深入、持久；我个人觉得，在儿童文学理论领域，复演说的作用其实更基础、更根本、更具文学性一些。

一、复演说引入过程中的语义变迁

复演说源自西方的文化人类学。文化人类学是在19世纪后期、在达尔文的进化论影响下发展出来的一种人类学理论。达尔文的生物进化论认为，物种不是在开始时就由上帝安排好了的，而是在发展的过程中不断进化、生成的。文化人类学是人类学的一个分支，偏重从文化的角度去研究人类，主要是研究原始的人类。但原始的人类毕竟是很久很久以前的存在，我们不可能重回历史的现场。研究的方法，较为直接的，一是根据历史文献，一是根据后代人的考古发掘。此外，还有两种较为间接的方法，一是考察、研究一些现在还留存的原始部落，他们被称为历史的活化石；还有一个就是考察、研究今天的儿童，因为人们认为儿童和原始人之间有许多相同、相似的地方。如德国生物学家海克尔就通过解剖学，认为胎儿在母腹中的孕育重复了人类从动物到人的历程。不管人们是否认同海克尔，反正在一段时间内，许多人是将原始人、乡野的未开化人、儿童，放在同一个维度上来看待了。

最早受到这一理论影响的是民俗学、民间文化领域。纽伯里、格林兄弟、安德鲁·朗等搜集、整理的童话原本就是接近童年人类（原始人、乡野人、儿童）的文化的。文化人类学提出后，人们便找到了理论上的依据。这一风潮很快传到日本，柳田国男、小川未明、岩谷小波、平内逍遥，还有许多其他知名和不知名的学者、作家、爱好者，群起响应。他们不仅搜集、整理、出版了许多流传民间的文学作品（包括许多从中国和其他国家流传到日本的作品），翻译、引进西方文艺复兴以来的民俗学、民间文学理论，还发表了许多自己的见解，形成了一个日本的民俗学、儿童学研究的小高潮。这极大地启发了本来就热爱民俗学和儿童学、此时正在日本留学的周作人。

周作人是从一开始就关注民俗学、民间文学的。他早年即已读过赫胥黎的《天演论》，在南京水师学堂读书时，曾据阿拉伯民间故事《天方夜谭》中《阿里巴巴和四十大盗》改写了《侠女奴》，留学日本时，又据英文翻译了哈葛德和安德鲁朗（通译安德鲁·兰或安德鲁·朗）的《红星佚史》。《红星佚史》原名《世界欲》（The World's Desire），安德鲁朗是著名的人类学家，这是周作人接触人类学的开始。"我到东京的那年（一九〇六），买得该莱（Gayley)的两本《英文学中之古典神话》，随后又得到安德鲁朗（Andrew Lang）的两本《神话仪式宗教》，这样便使我与神话发生了关系。"[①]回国后，他先后写了《童话研究》（1912）、《童话略论》（1913）、《儿歌之研究》（1914）、《童话释义》（1914）等论文，奠定了他从人类学出发研究民俗学、民间文学的基础。因为当时人们是将童话（即后来的儿童文学）当作民间文学的一部分来看待的，周作人研究民俗学、民间文化便自然地兼及儿童文学。《童话略论》开篇即说："童话研究当以民俗学为据，

---

① 周作人：《知堂回想录·拾遗癸》，河北教育出版社，2002，第757页。

探讨其本原更益以儿童学，以定其应用之范围乃为得之。"[1] 至 1920 年的《儿童的文学》："照进化论讲来，人类的个体发生原来和系统发生的程序相同：胚胎时代经过了生物进化的历程，儿童时代经过了文明发达的历程，所以儿童学上的许多事项，可以借人类学上的事项来作说明"[2]，并称儿童为"小野蛮"，归纳出儿童、原始人面对世界的一些共同特点。同一时期，鲁迅、胡适、孙毓修、顾颉刚也持大体相近的看法。至此，中国的以复演说为基础的儿童文学理论就建立起来了。以后的几本《儿童文学概论》，一些有关儿童文学的论文，大体都以此为立论的依据。

但从西方的文化人类学到中国的复演说，其语义是发生了很大变化的。理解这种变化，不仅有助于理解文化人类学，也是中国早期的儿童文学理论不可或缺的。

西方的文化人类学，将儿童和原始人联系起来，主要是作为一种方法来使用的，且顺序是从儿童到原始人，即认为今天的儿童，生活在偏远地区、与社会有些隔绝的乡野人和原始人有些相近，通过今天的儿童、乡野人的研究去推想原始人，主要是对原始人、原始文化的研究，而非对今天的儿童、儿童文学的研究。但到中国，这个顺序却被颠倒了，人们不是将复演说作为一种方法，通过对今天的儿童的研究去推想原始人，而是作为一种理论、一种规律，用当时一些人对原始人、原始文化的某些已有认识、理解，去推想今天的儿童和儿童的文学，主要属于民俗学、民间文化、儿童文学的研究和理解。经过这一颠倒，中国的复演说和原来的文化人类学在实际内容上已发生很大的变化。

原来的文化人类学用今天对儿童的观察、理解原始人，"儿童"和"原始人"在性质上都是未定的。中国的复演说用今天人们对原始人的某些理解去推想儿童，原始人的一些特点在人们的认识中已经是先在的了。如处在人类发展的童年期，是野蛮的、自我中心的、物我不分的、好幻想的、万物有灵的……用这种先在的"特点"去推断今天的儿童，今天的儿童也自然成为小野蛮，是物我不分、自我中心、喜好幻想、万物有灵的了。我们不是说当时人们对原始人的了解都来自对今天的儿童的研究，比如玛格丽特·米德等人的认识，出自现代原始

---

[1]　周作人：《童话略论》，载《周作人散文全集》卷一，钟叔河编订，广西师范大学出版社，2009，第276页。

[2]　周作人：《儿童的文学》，载《周作人散文全集》卷二，钟叔河编订，广西师范大学出版社，2009，第272页。

部落的研究就可能更多一些，但将原始人定型化，并用这种定型化的形象去想象今天的儿童，不知不觉就将今天的儿童原始化，许多矛盾、危机也就隐含其中了。

接下去便是文化、文学的问题。由于认定儿童和原始人处在同一发展程序，思维相近，文化也必定"同准"。如认定儿童和原始人的思维都是野蛮的、好奇的、万物有灵的，所以他们的文学都是变形的、非生活本身形式的，神话的、传奇的、精灵的、妖魔鬼怪的，人在天上飞，动物说人话，大人莫名其妙，儿童却如鱼在水。从神话到传奇到童话，这就是儿童文学的本体。现在的儿童文学作家的任务就是搜集这些东西给他们看，哪怕中了"毒"也不要紧，以后可以再慢慢爬出来。这样，复演说就把儿童文学的理论依据在文学作品的层面上落实下来了。

二、复演说对儿童本位论的综合

中国的复演说不仅对文化人类学进行了适合自己需要的选择和改造，而且将它和其他与儿童相关的理论放在一起进行了综合，其中最主要的就是儿童本位论。

儿童本位论原名儿童中心主义，也是清末民初传入中国并经中国人改造过的。人们一般将其归名于杜威。杜威是美国著名的教育家、经验主义美学大师。杜威强调教育的非目的性，即教育不要不问对象就先确定一个目标，把受教育者往自己确定的模子里按。五四运动前夕，这种教育方法被蔡元培、胡适、陶行知等介绍到中国来，被称为儿童本位论。周作人本不治教育学，对儿童本位论的内容似无很深的理解，他在论文中很少提及杜威，很少引用其有关论述，但他很敏锐地感觉到儿童本位论在很多方面和复演说相通，于是将儿童本位论纳入到复演说的框架中使用。他在 1909 年写的《域外小说集著者事略》中，介绍安兑尔然（安徒生），称"其造童话，以小儿之目，观察庶类，而以诗人之笔写之。故美妙天成，殆臻神品"[①]；在 1914 年写成的《小学成绩展览意见书》中，他明确要求"以儿童为本位"；特别是在 1920 年写的《儿童的文学》中，他批评

---

① 周作人：《域外小说集著者事略》，载《周作人散文全集》卷二，钟叔河编订，广西师范大学出版社，2009，152 页。

前人不懂儿童，拿"圣经贤传"往儿童脑袋里灌，都显出将复演说和儿童本位论综合使用的倾向。

为什么能将复演说和儿童本位论放在一起融通使用？自然是因为二者在诉求上有相同的地方：二者都强调儿童是人生相对独立的阶段，不能把成人的心理、情感、需求强行地推广到儿童中去，那样会使儿童失去自己。以往的教育学、社会生活就是如此。延伸到文学，就是儿童的文学要有自己的特点。至于这种特点是什么，文化人类学将儿童和原始人等同起来，称儿童为小野蛮，所以有野蛮、荒唐的思想，常常幻想出一些后来的成人想不到的事情。儿童本位论则更多强调兴趣、趣味，这和复演说虽不相同但没有明显的矛盾，所以在《儿童的文学》中，周作人引用麦克林托克的话，把趣味放到较突出的位置。五四运动以后的几本儿童文学教科书，采用的都是与此相近的观点。现在许多研究者谈现代儿童文学理论，谈儿童本位论，也主要是围绕着这一点进行的。

但是儿童本位论和复演说在很多方面是非常不同的，由于当时的社会情势，都要反对占主导地位的传统文化，都要强调处在边缘的儿童等与成人的不同，都要推动处在边缘的儿童群体向中心移动，人们将二者纳入一个统一的模式中运用，几乎没有受到阻碍，二者间的不同，不是被忽视就是有意识地被掩盖了。但正是这些忽视和掩盖，给日后中国儿童文学理论的发展，带来不少负面效果。

其一，复演说和儿童本位论都讨论儿童，但实际所指是不同的。儿童本位论讨论的是现实的儿童，是生活在今天社会的儿童的教育、文化、文学等；所以，儿童本位论对儿童的把握都是结合着今天的现实生活，特别是杜威所说的现代民主社会的生活现实进行的，能让人感受到很强的现代社会生活的气息。文化人类学、复演说讨论的主要是童年时期的人类；文明社会的乡野人、儿童之所以能进入文化人类学、复演说的视野，是因为他们是原始社会、原始人的"遗留"，是原始社会、原始人的复演。在复演说中，走进儿童，走进儿童心理，走进偏远的乡野，走进乡野人的文化，走进现代生活尚存的原始部落，就如同回到了原始社会。儿童本位论靠近进化论，是向前看的；复演说靠近退化论，是向后看的。

其二，儿童本位论讨论现实的、具体的儿童。现实的、具体的儿童不仅是无限多样的，而且是每时每刻都在发生变化的。较之成人，儿童的一大特点就是以极快的速度成长着。儿童本位论的基本含义就是要深入儿童的成长实际，根据变化着的儿童的兴趣、能力、成长需要等来确定教材和教学方法，以达到教育的最佳效果。复演说讨论的是抽象的儿童，是儿童较为超越的那些层面，时间是静止的，儿童也是静止的。应该承认，在历史进化中，有一些东西的变化快，比如人的生理特征以及由生理特征发展出来的行为方式，走路、说话、跑步等。而有一些东西的变化是极其缓慢的，比如思维方式，其变化可能就缓慢一些。因为思维的内容是和现实世界联系着的。复演说的一些论述，便是就此而言的。但变化缓慢不是不变，复演说完全抽去时间，把儿童、乡野人、原始人等同起来，显然是不正确的。

其三，影响到对各自所说的儿童特点的把握。杜威的理论关注的是现实的、具体的儿童，所以很少将儿童作为一个整体去谈他们的特点。但复演说是将现实的儿童和原始人放在一起，比照着谈他们的共同点，得到的结果自然是给定的、超越的。如野蛮、万物有灵、好奇、好幻想等等。后来，周作人因为要综合儿童本位论，对儿童本位论做了较大的让步，承认儿童也是因人而异不断发展的，幼儿有幼儿的特点，儿童有儿童的特点，少年有少年的特点，但也仅此而已，得出的幼儿、儿童、少年的特点仍是给定的、固定的。影响到他们的文学，自然也是给定的、固定的：幼儿喜欢什么，有什么特点；儿童喜欢什么，有什么特点，如此就成为一些《儿童文学概论》的固定模式。追根溯源，复演说是始作俑者。

文化人类学是一种文化理论，儿童本位论是一种教育理论，二者虽然都出自现代的西方，但彼此间并无太多的交集。五四运动时期，两种理论差不多同时被引入中国，并因为两种理论都包含了重边缘的特征，所以被中国人看中，进行整合，收到了一些效果，在发明儿童、发明儿童文学中起了重要的作用，但也由于五四运动的悄然远去而淡出人们的视野，很多内容没有深入下去。在儿童文学理论领域，就是记住"儿童不是缩小的成人"的说法，其余多不甚了了。20世纪中国儿童文学理论总体不够深入，也就不难理解了。

三、复演说是一种弱成人中心主义

初看，文化人类学、复演说似乎没有涉及与成人的关系。谈儿童、谈乡野人、谈原始人，将儿童、乡野人、原始人放在一起，抽象出他们作为童年人类的特点，包括他们文学需求上的特点，与现代社会的成人好像没有什么关系。这点，儿童本位论很不一样。儿童本位论，或曰儿童中心主义，即将儿童放在中心、本位，就是意味着还有边缘，要将与儿童相对应的其他因素推到边缘去。用杜威的话说，就是来一次哥白尼式的革命，不是儿童围着成人转，而是成人围着儿童转。这显然是将儿童、儿童教育、儿童文学放到儿童—成人的关系中去理解，一开始就表现出强烈的革命性、颠覆性。周作人等虽然将复演说和儿童本位论放在一起进行了综合，但不是将两个理论框架都打碎了重新塑造，也不是用儿童本位论去综合复演说，而是以复演说为基础去综合儿童本位论，将儿童本位论纳入复演说的框架。这样，复演说综合、纳入儿童本位论的一些内容，但原来包含在儿童本位论中的成人—儿童的对话关系也被极大地淡化了。

但复演说并非真的没涉及现实的成人与儿童的关系，只不过是隐含的。

"儿童""乡野人""原始人"其实都是比较中的存在。为什么我们将史前人类称为原始人？这是相对于现代人而言的。为什么将偏远地方的人称为乡野人？这是相对于都市人而言的。为什么将未成年的人称为儿童、小孩？因为有成人在，是相对于成人而言的。将儿童、乡野人、原始人合在一起，称其为"儿童""童年时期的人类"，是从现代的都市的成年人的角度看待并给出的。相对于现代都市的成年人，儿童、乡野人、原始人是"他者"。为什么要创造、发明出这么一个他者？有了原始人，才显示自己是现代人，显示自己已从原始人中超越出来；有了乡野人，才显示自己是城里人、都市人，都市是现代文明的象征；有了孩子，才显示自己已经长大了，是成人，不会像孩子那么幼稚和无知了。通过将儿童和乡野人、原始人放在一起，视其为童年时期的人类，并将这个群体的特征和具有自然科学意义的野蛮人同位，复演说拉出了成人与儿童的巨大距离，在将儿童作为一个群体召唤、发明出来的同时，也完成了对他们的"殖民"。从这一意义上说，复演说仍是从成人出发、以成人为中心的。

但这和传统的完全不承认儿童的世界的儿童观是非常不同的。鲁迅说："往昔欧人对于孩子的误解，是以为成人的预备；中国人的误解，是以为缩小的成人。直到近来，经过许多学者的研究，才知道孩子的世界，与成人截然不同。"①把小孩当作"缩小的成人"算不算成人中心？恐怕很难。因为中心是相对于边缘

---

① 鲁迅：《我们现在怎样做父亲》，载《鲁迅论儿童文学》，徐妍辑编笺，海豚出版社，2013，第22页。

而说的。把儿童当成缩小的成人，儿童连边缘的位置都没有了。这是一种唯成人的文化，至少也是强成人中心。这种强成人中心，是家长制、等级制、集权主义在与儿童有关的社会生活、文化中的投影。相比之下，复演说虽仍是成人中心，但温和多了。这主要从两个方面表现出来。其一，承认童年是人生的一个相对独立的阶段，有自己的特点，我们不应该将成人世界的一些规则、要求简单地运用到儿童身上去；其二，儿童相当于人类社会的野蛮期，常有新奇怪诞的思维，我们应该顺着儿童的思维去理解他们的文学，进而创作符合他们思维特点的文学。"童话作于洪古，及今读者已昧其指归，而野人独得欣赏，其在上国，凡乡曲居民及儿童辈亦尤喜闻之，宅境虽殊而精神未违，因得仿佛通其意趣。故童话者亦谓儿童之文学。"① 作者没有说野蛮、怪诞一定是好的，但认为这是人类进程中的一个阶段，是跳不过去的，是不应该被否定的。若说这仍是成人中心主义，也是一种弱成人中心主义。

这很容易让人联想到古代的性善论。人之初，性本善，不善、伪善是后来学会的，所以性善论常常和退化论连在一起。小国寡民啊，田园啊，天籁啊，差不多也是将原始人、乡野人、儿童放在一起观照，放在一起赞美的。但复演说和传统的性善论是非常不同的。性善论明显是一种社会意识、道德意识和美学意识。因为不满当前的成人社会，所以鼓吹回到原始初民，回到田园乡野，回到孩子，用初民、乡野人、孩子的单纯质朴去救治社会的腐败和堕落，是一种多少有些天真的想象。复演说看着与此有些相似，但走的不是同一条路子。复演说取的不是社会学的角度，而是人学的角度；不是以想象中的童年人类的描写特征去针砭当前的社会，而是将对儿童的探讨放在一个具有自然科学性质的背景上，通过与原始人、乡野人的并置，探讨儿童生理上、心理上、文化上的特点。性善论是浪漫的，复演说是现实的。复演说既没有否定童年人类思维的新奇怪诞，也没有以此去否定成年人。在复演说里，童年、成年是人生的不同阶段，各有特点，谁也不应该否定谁或取代谁。周作人对童年人类许多文学作品的分析，都是努力回到历史的现场，很少有怀古文学和田园文学常有的忧郁情绪，归根结底，是偏向现实主义而不是浪漫主义的。

① 周作人：《童话研究》，载《周作人散文全集》卷一，钟叔河编订，广西师范大学出版社，2009，第264页。

四、怎样看待复演说在儿童文学中的意义

通过将儿童和原始人、乡野人放在一起，复演说将儿童和成人区分开来，将"儿童"作为一个群体发明出来了。但成人发明儿童主要还是为着自己，弱成人主义依然是一种成人中心主义。这也解释了复演说为什么在清末民初被中国的知识阶层看中——当时启蒙主义在中国广泛传播，人们意识到旧中国的腐朽没落，迫切地希望来一次凤凰涅槃式的改造，从落后的旧中国中走出来，以创造一个现代的、文明的、能屹立于世界强国之林的中国。复演说将儿童和原始人、乡野人放在一起，推出去，以显示自己现代文明人的身份，是中国人从野蛮、落后的旧我中挣扎、解放出来的一种方式。

复演说、弱成人中心主义的积极意义同时从两个方面表现出来。

一方面，弱成人中心主义不同于传统的唯成人主义和强成人中心主义。唯成人主义将儿童看成缩小的成人，完全不承认儿童的世界。弱成人中心主义则不仅承认儿童的世界，将儿童作为一个群体召唤出来，而且对儿童的世界是肯定的，至少是不否定的。复演说将人们世代相传的对童年的美好感觉，将人们对已逝岁月的集体记忆，放到一个具有自然科学特征的基点上，为一个情绪性的感知提供了解剖学、生理学的基础。在中国儿童、中国儿童文学发展史上，这是极具历史意义的一步。

另一方面，弱成人中心主义又不同于一些人到现在都在极力鼓吹的较完全意义上的儿童中心主义或儿童本位论。把儿童的兴趣放在第一位，儿童喜欢什么就创作什么，成人完全围着儿童转，这事实上是不可能的。社会有社会的意识形态，不同时代的意识形态可以非常地不同，但处在中心的总是主导阶级的、成人的。成人和儿童的对话是一种结构，样式可以千变万化，但成人的主导作用是无法否认的。非常可惜的是，周作人用复演说综合儿童本位论，本有机会对此进行较深入的思考，但他太偏向复演说了，不仅没有深入下去，还做了一些不到位的论述，一个本属正确的出发点却被后来一些半吊子理论家的渲染绑架了。

复演说中的负面内容表现在许多不同的方面。

复演说的突出缺陷在于它的思维模式是本质论的。将儿童和人类的童年期联系起来，通过儿童去想象原始人类，这本来只是一种方法论，而复演说超出

了方法论，将原始人、乡野人、儿童都相对地固定下来，合成一个名为"童年人类"的整体，从这个整体中去抽象他们的共同特点，不管抽象得如何，都落入了本质论的窠臼。其实，如我们上面说的，"儿童"是生成的，"原始人""乡野人""原始社会""乡野社会"也都是生成的，是人们出于各种需要发明出来的。为什么发明出这样的儿童，这样的原始人、原始社会，要到发明这些概念的历史中去寻找，要到发明这些概念的成人和社会中去寻找。不否认归纳也是认识世界的一种方法，但方法就是方法，只能放在世界是生成的这个大背景上才有意义。原始文学、古代文学是原始社会、古代社会的意识形态，现代社会的儿童文学是现代社会的意识形态。复演说恰在世界观的层面，将原始人、乡野人、儿童都静止化、给定化了。复演说的许多弊病都是从这种本质论的思维方式生发出来的。

即使是从归纳的角度看，一个事物的特征也可以是多种多样的。周作人从民俗学、文化人类学出发，将儿童和原始人、乡野人等同起来，说他们同为童年时期的人类，本已证据不甚充分；说原始人是人类发展中的野蛮期，推导出文明社会的乡野人的"文明的野蛮"，儿童是"小野蛮"，逻辑上也甚牵强；说童年期和野蛮期的人类都好奇，不理解世界就把自己变成世界，喜欢怪诞的人物和事件，至少是夸张化、片面化了。原始文学、乡野人的文学，主要在口头上流传，许多特点也是在口头流传中形成的。今天的儿童文学虽然也有口头流传的成分，受口头文学的影响，但主体部分已是作家的个人创作，属书面文学了；此时仍用口头文学的特点去框范整个儿童文学，无疑是画地为牢、作茧自缚。复演说兴盛一时，不久后就淡出人们的视野，这虽有社会变动的原因，但其自身理论上的缺陷是不能忽略和低估的。

更进一步，就又涉及儿童文学中成人与儿童的关系了。从上面的讨论中我们已经看到，周作人的复演说对此是非常矛盾的。一方面，将儿童看作小野蛮，努力拉开自己与他们的距离，对儿童是一种歧视、殖民；另一方面，作者没有否定野蛮，认为那是成长过程中跳不过去的阶段，所以应该顺应它，尽量把适合儿童趣味的东西给他们看。这后一方面带来的效果，有积极的，就是要求为儿童写作的作品，要理解和尊重儿童的兴趣和能力，不能把他们毫无兴趣或根本没有能力接受的东西硬往他们手里塞，塞的结果只能招致他们的反感，这样的例子在历史上太多了；也有消极的，就是过分强调儿童的兴趣，一定意义上变成对儿童较低的接受兴趣和能力的迁就，失去了儿童文学引领、培养儿童的审美能力，对儿童的心灵进行塑造的作用。这方面周作人本有机会修正自己，因为他主张的复演说是综合了儿童本位论的复演说，儿童本位论在这方面是有较深入也较正确的探讨的。但由于种种原因，复演说错过了更科学地把握成人与儿童进行文学对话的规律的机会。

复演说是中国第一个相对完整的儿童文学理论，传统中国文学偏重从社会出发，以社会为本位，而儿童在社会生活中永远处在边缘，不太可能将儿童作为一个相对独立、相对平等的群体与成人进行对话。而在"人的文学"的视野里，儿童作为人生一定相对独立阶段的意义便显示出来了。但复演说通过将儿童和童年时期的人类的等同，第一次将"儿童"作为一个群体召唤出来，导致儿童文学的自觉，这是中国儿童文学发展中关键的一步。虽然复演说在思维形式上留有很深的本质论的痕迹，但将儿童、儿童文学和人类的野蛮期、野蛮期的文化联系起来，还是给人们的想象留出了空间，有非常灵动的一面。五四时期以后，一些题名"儿童文学概论"之类的教科书，完全陷入本质论的窠臼，一说到儿童文学，就是情感性、幻想性、趣味性之类的论述，和复演说的思维方式不能说全无干系，但主要仍是自身思维板结造成的，不能都归责于复演说等理论。

儿童本位论为什么在中国扎不下根来？

关于儿童本位论，中国儿童文学理论已经说得够多了。我也说过，主要在两个地方：一是 1984 年发表的《"儿童本位论"的实质及其对儿童文学的影响》，是十年动乱后最早对儿童本位论进行肯定性评价的文章。虽然受当时大环境的影响，带有阶级斗争理论的痕迹，但其中一些基本观点，包括对儿童本位论的批评，我至今仍是坚持的。二是《20 世纪中国儿童文学的文化阐释》，其中有一章论及儿童本位，自己觉得在视野和研究方法上有些提高，但不少地方仍未很好地深入下去。重谈儿童本位论，既是对自身理论的一种检讨，也是对中国儿童文学有关理论的一次反思。谈中西儿童文学理论的对话，这也是跳不过去的话题之一。

一、杜威关于儿童中心的论述

儿童本位论主要是一种教育理论，一般都认为，其来自实用主义大师杜威关于儿童中心的有关论述。

> 旧教育……消极地对待儿童，机械地使儿童集合在一起，课程和教法的划一。概括地说，学校的重心是在儿童之外，在教师，在教科书以及在其他你所高兴的任何地方，唯独不在儿童自己即时的本能和活动之中。在这样的条件下，就说不上关于儿童的生活。也许可以谈一大套关于儿童的学习，但认为学校不是儿童生活的地方。现在，我们教育中将引起的改变是重心的转移。这是一种变革，这是一种革命，这是和哥白尼把天文学的中心从地球转到太阳一样的那种革命。这里，儿童成了太阳，而教育的措

施则围绕着他们转动，儿童是中心，教育的措施便围绕他们而组织起来。[①]

这段话出自杜威1899年对芝加哥实验学校学生家长和赞助人的几篇讲演汇集成的一本小册子：《学校与社会》。在稍后的《儿童与课程》（1902）中，作者谈及人们对学校里课程设置的看法，一派重课程，认为课程是教学的逻辑起点；一派重学生，重儿童，认为学生、儿童是起点，是中心，是目的，只有儿童、学生的需要才能为教学提供标准。杜威对这两种意见都提出了批评。"'旧教育'的缺点是在未成熟的儿童和成熟的成年人之间做了极不合理的比较，把前者看作尽快和尽可能要送走的东西；而'新教育'的危险也就在于把儿童现在的能力和兴趣看作决定性的重要的东西。"[②] 作者的观点是从儿童的生活出发，但绝不要将儿童的生活看作固定的东西。在这之后，作者还发表了《达尔文对哲学的影响》（1910）、《民主主义与教育》（1916）、《我们怎样思维》（1933）、《教育与社会秩序》（1939）等论文和专著，综合起来，下面几点是特别值得注意的。

一、"教育是生活的过程，而不是将来生活的预备。"[③] 这是杜威在他最早的论著《我的教育信条》（1897）中提出来的。1916年，他在《民主主义与教育》中又说："我的最后结论是：生活就是发展；而不断发展，不断生长，就是生活。用教育的术语说，就是：（1）教育过程在它自身以外无目的；它就是它自己的目的。（2）教育过程是一个不断改组、不断改造和不断转化的过程。"[④] 在一般人印象里，教育总是为未来的工作做准备的，思想的、文化的、知识的、技术的。但既是准备，难免有一些"从属"的性质。这可能是我们不能将童年、学习阶段看作一个有相对独立阶段的主要原因。面对传统的看法，杜威的理论属于石破天惊之论。他是从个体生命和谐的角度而非社会功利的角度来看教育和成长的。这也是他能将自己和传统教育区别开来的地方。

二、教育是受教育者的经验的重组，所以，教育要从儿童自身出发，动力也在受教育者自身。在西方，洛克曾认为，儿童是一块白板，给"我"一打儿童，"我"可以将其培养成英雄、伟人，也可以将其培养成流氓、骗子。杜威不同意这种看法，他认为儿童不仅与生俱来地有某种接受图式，这种图式也是每

---

① 杜威：《杜威教育论著选》，赵祥麟、王承绪编译，华东师范大学出版社，1981，第32页。
② 同上书，第83页。
③ 同上书，第4页。
④ 同上书，第154页。

时每刻都在发生变化的。教育应该从这种内在的变化的图式出发，而不是从外面将一套成人社会的规则强加于他。这不仅和一味从成人从教科书出发的教育不同，也和将儿童视为某种相对确定的存在不同。从儿童出发，就是要尊重儿童自身成长的节律，就是要深入儿童生活，随儿童生活的变化而变化，但这绝不是放弃成人在儿童教育中的主导作用。谁去发现儿童成长的节律？谁去创造条件促使这些节律的实现？当然是社会，是成人。以为杜威提倡儿童中心就是真的一切围着儿童转，是不正确的。

三、这就将教育、儿童成长与社会的关系的问题凸显出来了：教育、儿童成长，是在社会生活中实现的。杜威是实用主义大师，他的教育理论明显地反映着他的实用主义的哲学观念。他所说的学校，就不是一个纯粹读书的地方，更不像中国的旧式学校，为着将来的科举而闭门读经。他强调的是儿童生活，儿童教育要有作为人生一个阶段的全部丰富性。为此，杜威不仅将社会生活引入学校，而且将学校放到社会生活中去，他描述的一些学校就有我们印象中的实验学校的性质。学生不仅读书，而且参加生产劳动，参加社会生活，在社会生活中学习，并将自己的知识放在社会生活中进行检验。"教育儿童就是改变他的环境"，这里所说的环境主要指社会环境。把儿童孤立起来，鼓吹所谓的"儿童世界"，并不是杜威的想法。

杜威的理论主要是教育学而非文学，它们对文学的影响是间接的而不是直接的。实用主义教育学主要影响人们的儿童观，主要影响人们看儿童、看儿童生活的角度和方式。上升到哲学上，也是一种理解人、理解世界的方式。只有放在杜威所处的时代，放到他说的民主社会的背景上，才能对其关于儿童、教育的论述有更深的理解。

二、西方与儿童中心主义相关的理论资源

杜威的教育理论是非常丰富的。仅从上面的梳理即可看出，在教育者和教育接受者的关系方面，他显然更注重教育接受者的内在尺度。这在西方不是一个孤立的、突然产生的奇思妙想，相反，它有极深远的历史传统。这方面，杜威既继承了西方文化这方面的传统，也通过自己的努力将其推进到新的深度。

这方面，最早、最著名的例子是希腊神话中关于普洛克路斯忒斯之床的故

事。魔鬼普洛克路斯忒斯有一张床，抓到人，就把人往床上按，把人弄得和床一样长。如果人长了，就把人切掉一截；如果人短了，就抓住人的头和脚拼命地拉，直到拉得和床一样长。床是统一的、唯一的尺度。这显然是对只重主体尺度而忽视物种自身尺度的一种讽刺和抗议。（中国人的说法是"黄鳝和泥鳅拉得一般长"。）一定意义上，这也是对人类童年时期神话思维的一种反思。神话思维偏重从"我"出发，以己度人，以己度物，让自然界向人生成，这在童年时期的人类那儿是很难避免的，但也忽视了物种自身的尺度。普洛克路斯忒斯之床的故事一定程度上反映了人类理性意识的觉醒。

古希腊哲学家中，最早关注物种自身尺度的是苏格拉底。苏格拉底有一个理论：知识不是从外面灌输的，是每个人原来就有的。教育的作用就是唤醒，像助产婆帮助婴儿出生一样。（现实生活中，苏格拉底的母亲就是一位助产婆。）所以，教育不是灌输而是唤醒。一万次的灌输不如一次真正的唤醒。他有一个很重要的比喻，就是将人的心灵看作蜡版。人心是蜡版，经验就是印在蜡版上的字。蜡版上写什么，写得怎么样，和来自外面的"字"即经验本身有关，也和蜡版、人自身心灵的质量有关，也都告诉人们：引领儿童，必须要有对儿童自身的尊重，要有对儿童自身的了解。这被认为是西方儿童中心主义的最初源头。[①]

西方理性意识的真正自觉是在文艺复兴、启蒙运动之后。文艺复兴、启蒙运动高扬人，不是抽象的人，而是具体的、有思想、有感情、有认识能力的人。由于资产阶级作为一个新兴的阶级登上历史的舞台并站稳了脚跟，对自己、对未来都充满了信心，因而能够较为客观地认识自己和自然界，自然科学以前所未有的速度发展起来。自然科学是强调对事物自身进行探索和认识的。物是物，人是人；大人是大人，孩子是孩子，他们自身的特点都应该得到尊重。启蒙运动的杰出代表人物让－雅克·卢梭（1712—1778）的《爱弥儿》就是在这样的背景下诞生的。"出自造物主之手的东西，都是好的，而一到人的手里，就全变坏了。他要强使一种土地滋生另一种土地上的东西，强使一种树木结出另一种树木的果实……他不愿意事物天然的那个样子，甚至对人也是如此，必须把人像练马场上的马那样加以训练；必须把人像花园中的树木那样，照他喜爱的样子弄得歪歪扭扭。"[②] 这就是所谓的"自然教育"，按照人自身的节律自然地成长。由

---

① 《古希腊教育论著选》，张法琨选编，人民教育出版社，2007，第27页。
② 卢梭：《爱弥儿　论教育》，李平沤译，商务印书馆，1978，第5页。

此发展出西方的儿童中心主义教育思想，是杜威教育思想的主要来源之一。

启蒙主义对人性的高扬在自然科学那里得到了回应。其中最主要的，就是达尔文（1809—1882）对生物进化规律的发现。进化论否定了目的论，事物不是上帝在创造世界的时候已经设定好了的。进化论揭示，生物是进化的，进化是一个过程，进化的动力不在事物的外部而在事物的内部，在于环境对物种的选择，物竞天择，适者生存。这一思想深刻地影响了杜威。"杜威服膺达尔文的地方在于这样的事实：尽管达尔文本人可能不愿意做'伟大的设计者'的对手，但他关于起源和物种的观点，基于一种变化、成长、过程、进化和产生的假设，彻底地动摇了'设计'的观点，并且替代了杜威称为'不变与终极的超越的假设'及其'视变化和创生为缺陷和虚幻'的观点。"[1] 杜威和达尔文一样，也将世界看成一个过程的世界。

说得最深刻的还是马克思。在《1844年经济学哲学手稿》中，他说："动物只生产它自己或它的幼崽所直接需要的东西；动物的生产是片面的，而人的生产是全面的；动物只是在直接的肉体需要的支配下生产，而人甚至不受肉体需要的支配也进行生产；动物只生产自身，而人再生产整个自然界；动物的产品直接同它的肉体相联系，而人则自由地对待自己的产品。动物只是按照它所属的那个种的尺度和需要来建造，而人却懂得按照任何一个种的尺度来进行生产，并且懂得怎样处处都把内在的尺度运用到对象上去；因此，人也按照美的规律来建造。"[2] 既尊重主体的尺度又尊重物种自身的尺度，将二者有机地统一起来，人按美的规律对万物进行塑造，其中自然包括对人的塑造。

将杜威的教育理论放在西方文化的背景上，可以看到，它们既是历史的产物，也是作者所在时代的产物。杜威之后，人们继续朝着这一方向进行探索，如让·皮亚杰的同化—顺应理论，就将人们对教育、对儿童心理学的认识，推进到新的深度。

三、中国与儿童本位相关的理论资源

这种状况同样反映在中国文化的发展中。

① 詹姆斯·坎贝尔：《理解杜威：自然与协作的智慧》，杨柳新译，北京大学出版社，2010，第30页。
② 马克思：《1844年经济学哲学手稿》，人民出版社，1985，第53页。

最早也最著名的应是孔子的因材施教理论。这是从《论语·先进篇》中表现出来的。孔子的学生子路和冉有提出同一个问题："闻斯行诸？"孔子做出了完全不同的回答。对子路的回答是："有父兄在，如之何其闻斯行之？"对冉有的回答是："闻斯行之。"孔子的另一个学生公西华不解。孔子解释说："求也退，故进之；由也兼人，故退之。"两人性格不同，所以要采取不同的方法。这种注重从接受对象的特点出发的方法，直到今天仍是人们不断讨论的教学原则之一。只是，儒学成为国家意识形态之后，总体上强调对人的规训，孔子的这一观点主要停留在技术领域，其丰富内容多少被忽视了。

这方面，更有实际内容的，是老庄一派的自然哲学，后来延伸到老庄的社会政治学和教育哲学。

老子说：

> 天地不仁，以万物为刍狗；圣人不仁，以百姓为刍狗。（《道德经·第五章》）

老子所说的"刍狗"，即古人祭祀时采野蒿扎成的祭品。用时即采，用完即扔。意谓人君对百姓像祭祀者用刍狗一样，不需要事先的道德仁义灌输，任其随性生长，自生自灭。

庄子说：

> 昔者有鸟止于鲁郊，鲁君说之，为具太牢以飨之，奏九韶以乐之。鸟乃始忧悲眩视，不敢饮食。此之谓以己养养鸟也。若夫以鸟养养鸟者，宜栖之深林，浮之江湖，食之以委蛇，则安平陆而已矣。（《庄子·外篇·达生》）

这段话在《庄子·外篇·至乐》中也讲过：

> 颜渊东之齐，孔子有忧色。子贡下席而问曰："小子敢问：回东之齐，夫子有忧色，何邪？"孔子曰："善哉汝问。昔者管子有言，丘甚善之，曰'褚小者不可以怀大，绠短者不可以汲深。'夫若是者，以为命有所成而形有所适也，夫不可损益。吾恐回与齐侯言尧、舜、黄帝之道，而重以燧人、神农之言。彼将内求于己而不得，不得则惑，人惑则死。且女独不闻邪？昔者海鸟止于鲁郊，鲁侯御而觞之于庙，奏九韶以为乐，具太牢以为膳。鸟乃眩视

忧悲，不敢食一脔，不敢饮一杯，三日而死。此以己养养鸟也，非以鸟养养鸟也。夫以鸟养养鸟者，宜栖之深林，游之坛陆，浮之江湖，食之鳅鲦，随行列而止，逶迤而处。彼唯人言之恶闻，奚以夫谯谯为乎！咸池九韶之乐，张之洞庭之野，鸟闻之而飞，兽闻之而走，鱼闻之而下入，人卒闻之，相与还而观之。鱼处水而生，人处水而死。彼必相与异，其好恶故异也。故先圣不一其能，不同其事。名止于实，义设于适，是之谓条达而福持。"（《庄子·外篇·至乐》）

两段话一个意思，强调"鸟养"而非"己养"。何为"鸟养"？就是把鸟当鸟养。把鸟当鸟养，就是顺乎鸟性，放归自然，吃野虫，宿树丛，淋雨雪，喝雨露，随性而飞，随性而歌；而所谓的"己养"，是按人类自己的意愿去养鸟：关在高贵美丽的金丝笼中，闻九韶之乐，具太牢为膳。结果呢？"鱼处水而生，人处水而死"，不同的物种有不同的生存条件，不顾及物种自己的生存需要，只能是害了物种自身。

老、庄的这些理论被后人一再重复、引申，其中较多的还是集中在政治领域，于是有了许多要尊重民众的自由选择，尽量少折腾、不折腾，尤其不要乱折腾的理论。这方面，柳宗元的《种树郭橐驼传》就是有代表性的一篇。一个身体有些畸形的人，种出的树却枝条舒畅，茎叶茂盛，结出的果子更是丰硕味美。何以如此？主要就是"顺其性"，让其自然生长。由此，作者联想到统治者的治民方式。为什么民不得其生？就是统治者不懂安民的道理，今天这个主意，明天那个主意，结果民不聊生。结论还是要像郭橐驼所做的一样，顺物之性，因势利导，可以收到事半功倍的效果。

这一理论向教育、文学的方向稍作推进，便成为重视接受者、读者的理论了。东汉荀悦写过一篇《孺子驱鸡》的寓言："孺子驱鸡者，急则惊，缓则滞。方其北也，遽要之，则折而过南；方其南也，遽要之，则折而过北。迫则飞，疏则放。志闲则比之，流缓而不安则食之。不驱之驱，驱之至者也，志安则循路而入门。"所谓不驱之驱，关键仍在"顺其性"。养一般的小鸡小鸭如此，养千里马更是如此。韩愈的《马说》认为：千里马有千里马的特征，不了解这些特殊特征，按一般的马去喂，结果吃不饱、喝不足，连一般马的要求都达不到，遑论千里？自宋、明以后，教育有较大的发展，其中的问题也更突出地表现出来。

有人株守传统的规训儿童的办法，将一套儒家的旧规矩往孩子们的脑子里灌，与儿童的天性发生冲突，酿成许多不应发生的悲剧。有人意识到这一点，儿童的兴趣、能力、需要等再次进入人们的视野，于是有了许多更重视儿童自身特点的呼吁。如王筠的《教童子法》，就特别论及儿童自身的积极性在学习中的作用。比起老子、庄子，王筠的论述较为浅近，但切中眼前的实际。龚自珍的《病梅》，批评世人以病态为美，使本来舒畅的枝条变得畸形，可以看作对旧教育的一次控诉。

注重对象自身的尺度，这种认识和注重主体的尺度一样古老。但不能不说的是，在漫长的古代社会里，这种认识绝大部分时候都是处在较为从属的地位，是被压抑着的。人们更重视的，还是主体自身的尺度，占统治地位的主流意识形态的尺度。用主体自身的尺度、主流意识形态的尺度去丈量对象、规训对象，将对象询唤到自身的标准中来，成为自己认可的主体。在中国，是直到五四时期，事情才悄悄地发生了些变化。

四、儿童中心（本位）主义为什么在五四运动前后发展出一个小高潮

中国和西方古代都有从物种、被教育者自身出发的认识，但在很长的时间里，它们都循着自身的文化传统平行地发展。直到进入民国以后，随着杜威教育理论的引入，两种认识才正面地接触和交融——虽然主要是以西方文化影响中国文化的方式进行的。

最早向中国人介绍儿童中心主义是英国传教士坎贝尔·布朗士。在《中国儿童》（The Chinese Children）中，他虚构了一个名叫"孩儿谷"的地方：

在很远很远的中国，在那儿的群山中，有一个非常隐蔽的地方叫"孩儿谷"……

要进入山谷，就得离开小道，穿过一片小树林，一会儿就来到了一个空旷的小草坪。草坪边上是一道堤岸，堤岸上满是鲜花，绽开在灌木和疏疏落落的树木丛中。

空气中弥漫着淡淡的杏仁味儿。你尽可以用眼睛饱餐这秀美的景色：瞧那绚丽的野玫瑰与杜鹃花，火红的、深玫瑰红的、粉红的，一丛丛、一簇簇盛开着，满目灼灼的红色燃烧在绿草和灌木丛中；那些白色的花儿，比如

白茉莉啦，铁线莲啦，还有其他说不上名儿来的花儿，有的宛如刻在象牙上的羽毛，有的呢，又仿佛毛茸茸的雪球，衬着绿油油的密密麻麻的叶子，显得格外妖娆；花丛中，彩蝶翩翩起舞。此情此景，仿佛中国童话里的山神打开了仙境之门任你遨游。

中国成年人的日常生活大多是贫瘠单调的，就像那条在小山丘中蜿蜒盘旋的荒芜小道。但说到孩子们的生活，情形就大不一样了。就像你走在这条小道上，满目都是荒山秃岭，突然间却发现了一个姹紫嫣红的花园。长者对孩子们无微不至的关怀和无私的爱，就像这迷人的花园里盛开的鲜花。

《中国儿童》写于 1909 年，地点是中国的青州，应该是最早一批向西方介绍中国儿童生活的作品。作者没有提到儿童中心或儿童本位等概念，但内容上和儿童中心、儿童本位是完全相通的。或者说，这段充满诗情画意的描写就是从儿童中心论、儿童本位论中演化出来的，是儿童中心或儿童本位的文学化。可能是来自西方的原因吧，作者对儿童中心理论显然是熟悉的。作者不仅按儿童中心主义创造了一个美好的儿童世界，而且将这个世界安放在中国，可以看作儿童中心主义在中国传播的开始。

与此差不多同时的文章是孙毓修的《童话·序》。1909 年，商务印书馆派孙毓修主编《童话》丛刊，开编伊始，孙毓修写了一篇序，说明丛书编纂的缘起和想达到的要求。大抵是：新教育起，学校兴教科书，教科书比较严谨，不适合学生课外阅读，强行推行效果不好，于是顺应儿童心理和趣味，以欧美儿童小说为范例，编选各种故事以迎之。没有直接用儿童本位一类词，但意思已非常接近。后来许多儿童文学专论，大抵不出此文的意思。

中国人最先向国人介绍杜威和儿童中心主义的是蔡元培。1912 年 2 月，蔡元培刚就任民国第一任教育总长，就在《民立报》《教育杂志》《东方杂志》等报刊上发表《对于新教育之意见》，提纲挈领地谈及他对新教育的看法，其中谈到杜威的实用主义（当时称"实利主义"）："实利主义之教育，以人民生计为普通教育之中坚，其主张最力者，至以普通学术，悉寓于树艺、烹饪、裁缝及金、木、土工之中"[1]；"今日美洲之杜威派，则纯持实利主义者也"[2]。他在同年

---

① 蔡元培：《蔡元培全集·第二卷》，中国蔡元培研究会编，浙江教育出版社，1997，第 10 页。
② 同上书，第 14 页。

7 月发表的《全国临时教育会议开会词》中，还特地谈到正风靡西方的儿童中心主义：

> 民国教育与君主时代之教育，其不同之点何在？君主时代之教育方针，不从受教育者本体上着想，用一个人主义或用一部分人主义，利用一种方法，驱使受教育者迁就他之主义。民国教育方针，应从受教育者本体上着想，有如何能力，方能尽如何责任；受如何教育，始能具如何能力。从前瑞士教育家（裴斯泰洛齐）有言：昔之教育，使儿童受教于成人；今之教育，乃使成人受教于儿童。何谓成人受教于儿童？谓成人不敢自存成见，立于儿童之地位而体验之，以定教育之方法。民国之教育亦然。①

蔡元培的意见在当时曾引起热烈的讨论甚至激烈的辩论。在蔡元培之后，胡适、陶行知、黄炎培等也介绍过杜威。到五四时期，杜威来华讲学，讲演稿汇成《杜威五大讲演》在中国出版。1922 年，当时的教育部门曾专门发文，要求中小学按儿童本位论的方式讲学。儿童本位论、杜威的教育理论在中国的影响，也由此达到高峰。

但蔡元培介绍杜威的儿童中心理论，用的是"儿童本体""儿童之地位"，而非"儿童本位"，所说的内容主要在教育学上。是谁将"儿童本体""儿童之地位"改成"儿童本位"？是谁将儿童本位论引入儿童文学？或者说，中国儿童文学中的儿童本位论是不是一定来自杜威的儿童中心理论，其间有许多问题尚需进一步讨论。周作人是儿童文学中最早使用儿童本位的理论家之一。1914 年，他在《学校成绩展览会意见书》中说："对于征集成绩品之希望，在于保存本真，以儿童为本位，而本会审查之标准，即以此而行之。"② 但周作人只在辛亥革命前后不长的一段时间接触过儿童教育，对西方教育理论似不甚熟悉，终其一生也很少谈及杜威。他感兴趣的是民俗学，特别是当时正在欧洲国家和日本广泛传播的文化人类学。他的敏锐处在于很快发现文化人类学和儿童中心、儿童本位论的相通处，通过将儿童和原始人等同起来，视儿童为小野蛮，将儿童和成人区分开来，承认儿童有一个和成人不同的世界，不能简单地将成人的东西硬搬到儿童中来，而这，恰是儿童本位论极力主张的观点。在周作人的理论里，儿

---

① 蔡元培：《蔡元培全集·第二卷》，中国蔡元培研究会编，浙江教育出版社，1997，第 177 页。
② 周作人：《周作人散文全集》卷一，钟叔河编订，广西师范大学出版社，2009，第 369 页。

童本位论和文化人类学互相发明、互相支援，但侧重点还是在文化人类学一边，不是用儿童本位论去整合文化人类学，而是用文化人类学去整合儿童本位论。这为正在走向自觉的儿童文学提供了理论基础，在周作人之后，谈儿童文学的人，基本上都是从这一基础出发，甚至是整个地建立在这样的基础之上的。

但这一理论从一开始就包含了自身的危机。

首先，杜威的理论本身就包含了一些自身的缺陷。杜威讲过儿童中心，但没有讲过儿童中心主义。他所说的儿童生活是一个过程，且在不同人那儿有不同的表现，这和许多中国人所说的儿童本位是不同的。但是，他用了一个很形象但又很容易引起误解的比喻：传统教育以教科书为中心，成人、老师是太阳，学生围着老师、教科书转；现在要来一个哥白尼式的颠倒，儿童是太阳，老师、教科书要围着学生转。这就给人一种感觉，作者过于偏重物种自身的尺度，从一个中心转到另一个中心，中心变了，但突出中心而非对话的思维方式没有根本地改变。如果说，成人中心、教科书中心虽不正确但还容易做到，儿童中心、学生中心就很难操作了。儿童期是一个过程，有其自身发展的节律，但谁来发现这种节律？谁来促使这些节律正常地实现？只能是成人，只能是社会。成人、社会要了解儿童、理解儿童、一定程度上顺应儿童，但绝不可能放弃自己在儿童教育中的主导地位。引申到儿童文学中来也是如此。从古到今，从五四时期到现在，哪种儿童文学是真正由儿童、读者说了算的？

其次，从杜威到中国，从教育学到儿童文学，从儿童中心论到儿童本位论，其间发生了一个重要的变化，就是融进了文化人类学，儿童中心论变成了复演说。这主要归功于周作人，但也绝不只是周作人一人之力。通过将儿童等同于原始人，将儿童文学等同于原始文学，归纳出儿童、儿童文学好奇、好空想、野蛮等特点，复演说将儿童本位论所说的儿童、儿童文学与成人、成人文学的差距的论述落实到了实处，但也将儿童、儿童文学抽象化、本质化了。推而广之，将儿童文学的各种类型甚至整个儿童文学创作都抽象化、本质化了。结果儿童文学就是世代流传、没有时间没有社会背景的民间故事。延伸下来，到20世纪末仍大量出现的儿童文学概论中，多是文学的本质、儿童文学的特殊性、童话的特点、儿童诗的特点、儿童小说的特点等，机械板滞。这和五四时期儿童本位论的错位引导不能说没有关系。

最后，这也割断了儿童、儿童文学和社会的联系。前面说到，杜威的教育理论是非常强调教育、儿童成长和社会的联系的。教育即生长，生长就是向社会生成。控制一个人就是控制他的环境，改造一个人就是改造他的环境。这和马克思所说的"人是社会关系的总和"的观点是一致的。但到了中国的复演说，包括用复演说改造过的儿童本位论那儿，儿童等于原始人，儿童文学等于原始文学，时间没有了，历史没有了，社会生活没有了，留下的只是儿童和原始人相同的发展程序，儿童和原始人相似的思维方式。但这种思维方式、这种发展程序是从哪儿来的？推来推去，最后只剩下生物决定论，与生俱来的。这就走到和杜威的教育理论完全相反的方向去了。

五四运动以后，儿童本位论在中国教育和中国儿童文学中都急剧衰落。20世纪 30 年代，阶级斗争已成为中国文学的主要视角；50 年代，不要说儿童本位论，就是与儿童本位论有点关系的"童心论"都成了批判对象；进入 80 年代以后，情景有了很大的变化，"童心论"平反，儿童本位论也渐渐成为肯定的对象。但是，儿童本位论走向衰落的大趋势没有根本地改变。这里有我们上面说的儿童本位论自身缺陷的原因，也有人们认识上的原因。如一些对儿童本位论没有什么理解却喜欢拉大旗作虎皮的人，将儿童本位论仅看作对儿童特点的重视，儿童文学要顺应儿童的兴趣、能力等，大部分都是五四时期的人们已经论述过的，既浅且陋，指望这样的人去深化有关儿童本位论的讨论，结果自然是可想而知了。

五、儿童本位论为什么在中国扎不下根来

从以上的叙述不难看出，儿童本位论在中国的历史基本上是一部失败的历史。一个在五四时期曾经风光无限的理论，为什么在五四时期以后迅速地走向衰落呢？若说儿童本位论的弱点，其在五四时期已经存在；人们对儿童本位论理解上的缺陷，也同样可以追溯到五四时期，可为什么五四时期没有引起关注却在五四退潮以后显现出来了呢？

这就需要重新回到杜威的理论上来。

杜威说教育要从被教育者出发，按照儿童成长的节律、需要安排教育的内容和形式，这在理论上并不是很难懂。但是，一接触到儿童成长的实际，问题就会立即呈现出来。儿童期到底是一个什么样的阶段？人一生下来就带有什么

样的密码? 这种密码在何种程度上规定了成长的可能和限度? 这些问题, 仅从生物科学的角度看, 都不是能一劳永逸地解决的。比如人的大脑, 人的神经系统, 其发展过程, 其许多方面, 到现在都是谜。这给科学广阔的空间, 但也给分歧留出了滋生地。这个问题可能永远都不会得到完全彻底的解决。这种状况会不断地反映到儿童教育、儿童文学中来。

认识要从对象出发, 但也不可能只从对象出发。除了物种自身的尺度, 更有主体的尺度。任何认识都包含了主体, 有着主体的投射。有人说"人之初, 性本善", 他看到的、想到的或想达到的是一种样子的童年; 有人说"人之初, 性本恶", 他看到的、想到的或想达到的就是另一种样子的童年。长期以来, 文学在反映儿童生活的问题上奉行浪漫主义文学观, 将儿童、儿童生活诗化、田园化, 将成长看作一个退化的过程; 与此相反, 进化论将希望放在未来, 明天比今天好, 成长是一个向前、向上的过程。这些不同的儿童观、成长观, 它们之间能找到相同的成长节律吗? 这也是在儿童本位论问题上人们无法取得统一意见的重要原因。

这样, 我们就逐渐接近了儿童本位论讨论中最核心的问题: 权利问题。

儿童中心、儿童本位, 都强调从儿童出发, 强调儿童、学生自身的特点, 这种特点到底是什么? 仅仅是儿童自身的兴趣、能力, 如讲趣味、讲娱乐之类的吗? 看看卢梭是怎么说的。

> 一般的教育方法还有一个错误, 首先对孩子只讲他们的责任, 而从来不谈他们的权利, 所以开头就颠倒了: 他们应该知道的事情, 一样也没有告诉他们, 而他们不应该知道的和同他们毫不相干的事情, 却全对他们讲了。①

我读《爱弥儿》, 这是最感震撼的句子之一。我们的教育、我们的文学, 天天在向儿童讲什么"宝宝乖, 宝宝听妈妈的话!""小猪猪不讲卫生, 生病了, 小朋友也要讲卫生。""你们要好好学习, 将来为祖国建设做贡献!""你们要学会尊重别人, 这样别人才会尊重你"……有的用概念、逻辑的方式说, 有的用形象的画面说, 意思大体都是: 你们应该怎么做, 你们的责任是什么。和孩子们讲点义务讲点责任并不错, 但卢梭认为, 我们首先应该告诉孩子: 他们的权利是什么? 孩子有孩子的权利, 学生有学生的权利, 读者有读者的权利, 公民有公民的

---

① 卢梭:《爱弥儿 论教育》, 李平沤译, 商务印书馆, 1978, 第 103 页。

权利，我们告诉过他们应该拥有的权利吗？以儿童阅读而言，一些人总是说，儿童好奇心强，喜欢听故事，从儿童出发，就要给他们多讲故事。可故事是一系列有因果联系的事件的叙述。故事性越强的作品，抽象的程度越高，离真实的世界越远，作者、叙述者在文本中所起的作用越大。在这些作品中，读者是根本插不上嘴的。说是从儿童出发，其实只是把小读者当听众，当被教育、被形塑者，是非常"霸道"的。这类打着为儿童的旗号而实质上充满对儿童歧视的作品，在今天的儿童文学中也是比比皆是。

如何在这样的背景上，谈杜威的教育理论和中国儿童文学中的儿童本位论？杜威的理论和卢梭是较为接近的。

> 民主主义不仅是一种政府的形式；它首先是一种联合生活的方式，是一种共同交流经验的方式。各个人参加某一种有趣的事，每个人必须使自己的行动，参照别人的行动，必须考虑到别人的行动，使自己的行动有意义有方向，这样的人大量地在空间上扩大开去，就等于打破阶级、种族和国家之间的屏障，这些屏障过去使人们看不到他们活动的全部意义。[①]

> 选票和多数统治是社会支配的外间和大抵机械的符号与表现。它们是手段，是在某一时期找到的最好办法，但在它们的底下有两个观念：第一，关于自己在生活秩序中的地位。自己福利和那个社会秩序的关系等，个人权利和义务去形成其信仰并表达其信赖；第二，在与他人处于平等的地位时，每人作一个人计算，最后产生社会的意识，作为多数人观念的最后表现。我想也许我们只是在新近才认识的那种观念是一切完善教育的本质。[②]

民主是社会的大多数（最好是每个人）都受教育，受教育时尊重每个人的权利、兴趣和能力，尊重自己的权利也尊重别人的权利，包括孩子们的权利、兴趣和能力。杜威的理论比较重边缘、重个体、重大众、重弱势群体，是在为边缘、为个体、为弱势群体争权利。在儿童教育儿童文学中，学生、读者多属较弱势的一方，提倡儿童中心儿童本位，就将人们的关注引到属于弱势的一方来。这或许也就解释了为什么儿童本位论在五四时期突然受到那么多的关注。

---

① 杜威：《杜威教育论著选》，赵祥麟、王承绪编译，华东师范大学出版社，1981，第164页。
② 同上书，第406页。

五四时期是一个主流文化受到猛烈批判、讨伐的时期。为了向主流的旧文化进攻，各种边缘的、被压抑的文化，如女性文化、儿童文化、民间文化等都被动员起来，结成了统一战线，演出了一场声势浩大的新文化运动。在这样的背景下，偏重边缘、偏重多元文化的儿童本位论走入人们的视野，并在短时间内吸引了许多文化巨人的注意力，也就不难理解了。

五四运动以后，社会情势发生了很大的变化。20世纪30年代兴起红色文学强调阶级斗争，带有人性论倾向的儿童本位论淡出人们的视野是顺理成章的事。1949年以后，红色文学成为国家文学，更注重文学对儿童的规训，这时，主要产生在资本主义"民主社会"的文学理念被边缘化也是情理之中的事情。所以，现在人们谈儿童本位，多半也只是要关注儿童兴趣、要有娱乐性等，在浅表的层面打圈。我们不应完全否定产生在资本主义文化土壤中的认识，但这种认识肯定不是万能的。儿童本位论主要产生于西方的"民主社会"并主要是为那个社会服务的，它虽重视边缘、重视儿童，但不一定就是真正为大众服务的。在资本主义社会，个人有将劳动力卖给这个资本家或那个资本家的自由，但没有不将劳动力卖给资本家阶级的自由。这也应是我们看待儿童中心主义、儿童本位论的角度。

想象力是"保卫"出来的？

——儿童文学理论中"退化论"之批判

近年来，儿童文学中有一个喊得颇为响亮的口号："保卫想象力！"放到具体的场合，说得全一点，也称："保卫童心！保卫儿童的想象力！"它们是一些论文的立论基础，一些儿童文学活动的宗旨，一些出版社评奖和丛书出版的主题。

稍加辨析，"保卫童心"和"保卫儿童的想象力"在含义上显然是有区别的。童心被认为是一种精神品性，如天真、单纯、清洁、质朴等，保卫童心就是保卫这些品性。想象力是一种能力，和体力、智力、思维能力等一样，是一种内在于人，能对对象进行感知、理解和评价，对环境施加影响的力量。一定条件下，精神、品性也可以被看作一种能力，天真、无机心，有时比狡诈、有手段更能影响人。老子说的"无为而无不为"，似乎就有这方面的含义。但在儿童文学中，人们谈"童心"很少是从这样的角度着眼的。对于一般意义上的"童心"，人们已经说得够多了，本文不想在此再花力气，径直将注意力放到"想象力"这个主要论题上来。

一、保卫想象力和退化论

何为"儿童的想象力"？在当前的条件下，儿童的想象力何以需要"保卫"？按这一主张的倡导者的解释：儿童有一种先在的与生俱来的想象力，这种想象力在现实的社会生活中正在受到破坏，所以需要保卫。

有一种东西，是我们与生俱来的，我们一出生就有，但是随着我们年龄的增长，它很可能会慢慢地流失掉。越小的孩子，他的想象力会越丰富。我打个比方，比如说一个还在摇篮里的孩子，他看到一个超人从他的头顶上飞过，他是不会感到惊讶的，他认为人可能就是会飞的。但是到三四岁的时候，你告诉他说，爸爸会飞，他会说爸爸骗人。然后到了六七岁的时候，你再告诉他说，世界上是有奥特曼的，他会说你骗人。等到上初中的时候，你跟他说奥特曼、超人，他会觉得你很幼稚。这种现象当然一方面说明他在融入社会，在变现实，但另外一方面也证明了，想象力是在流失的。所以我觉得，我们为什么要留住想象力，就是说这种与生俱来的想象力，是非常珍贵的。一个人如果可以保留好想象力的话，他就（可能）会成为爱因斯坦，成为乔布斯，成为非常伟大的人。但是如果你的想象力流失了以后，你就会变成一个很平庸的人。而且非常可惜的是，这种东西流失了以后，就再也回不来了。所以说我们要把它尽量地保护住。"[1]

其他主张保卫童心、保卫想象力的讨论都是在差不多的层次上进行的。

这不是一种新理论，它很早就存在，就是文化人类学中的退化论：在人（既可以指作为群体的人，也可以指作为个体的人）的长大过程中，许多能力不是变强而是变弱了。其中一些还会逐渐消失，消失了以后再也回不来了。按理说，能力的讨论更接近自然科学（至少其中的一部分属于自然科学），自然科学的东西是更容易形成统一认识的。人，作为群体的人类，从原始人、野蛮人变成现代人、文明人；作为个体的人，从柔弱的婴儿长大为幼儿、儿童、少年、成人，能力的快速增长不是明摆在那儿吗？为什么还有退化的疑问呢？问题的复杂性就在于，人类的能力可以表现在许多方面，有些能力看不见摸不着，是很难用简单的数据或大家都能认同的标准去度量、测试和推论的。比如，我们可以因为甲10岁、乙5岁而推断甲的力气比乙大，却不能推断其文化能力也一定有相应的增长；不能因为一个民族生产力的发展就断定其生存状态一定有相应的改善。人类有一些能力是与生俱来的，有一些能力是后天习得的，有一些能力是随社会的发展不断发展的，也有一些能力未必是与时俱进的。作为群体的人类如此，作为个体的人也如此。

---

[1] 参见无锡教育电视台对迪斯尼签约作家杨鹏的专访（2018-06-09），杨鹏读书会，转引自大连出版社官网。

先从作为群体的人类说起。柏拉图在《理想国》中引用古希腊诗人赫西俄德的话，将人类历史分为四个世纪：黄金世纪、白银世纪、青铜世纪、黑铁世纪；维科在《新科学》中将古埃及的历史分为"神的"、"英雄的"和"人的"三个时代，都隐含有退化的含义。基督教说，最早的人生活在伊甸园，无知识但也无忧无虑，后来在蛇的引诱下偷吃禁果，于是被逐出伊甸园，一个美好的世界就此失落了。以后人的全部努力，就是"复乐园"，重新回到美丽的伊甸园中去。在中国，孔子"述而不作"，述的就是周公或比周公更早的社会；老子提倡小国寡民；孟子宣扬"赤子之心"；李贽推崇"童心论"；延续到20世纪，就成了鲁迅先生笔下九斤老太的"一代不如一代"论；叶圣陶、冰心、黎锦晖等都曾发出过"重返童年"的呼唤。这些都属退化论。只是当时人们的研究或推想多是从人性、社会制度等方面切入的，真正从能力上说原始人优于现代人的并不多。

但也不是完全没有。如在中国的神话传说中，上古人的寿命就比后来的人长得多。据说彭祖活了800岁，尧活了500岁，一般人活二三百岁是常事；相应的，人的力气也比后来的人大。神话中，有许多担山赶月的大力士，也许不足为凭，但像后来的项羽那样，"力拔山兮气盖世"，似乎是不难遇见。随着历史的发展，个体的生命力似乎不是越来越强而是越来越弱。叶圣陶的《克宜的经历》，就描写过一个和艾略特笔下的"荒原"颇为相似的景象：一个城市里住了许多许多的人，乍一看去，熙熙攘攘，灯红酒绿，一片繁华，但放到魔镜下一看，完全是另一个样子："人瘦得只剩皮包骨头，脸上毫无血色，灰白得吓人"；"室内充满了病人痛苦的呻吟"；"他们的腿和脚又细又小，就跟鸡爪子一个样"；"他们不能行走，不能劳动，得不到一切吃的东西，只好在那里等死"……要说退化，这大概是最可怕的退化了。虽然《克宜的经历》也是用童话、用虚拟的手法写的，但作者对世界的感觉还是有自己的现实基础的。即使是现在，进入现代社会、后现代社会，一些人的此类恐惧不仅没有消失，而且还随着机器人的广泛使用而更强化了。

想象力也是一种能力。它作为人类具有的一种颇为特殊的能力，也在退化之列吗？在有些人那儿，回答不仅是肯定的，而且比其他能力更甚之。依据之一，就是马克思曾经说过，希腊神话是古代的人们借助想象以征服自然力，是想象的结果，也是进一步想象的土壤，至今仍是不可企及的典范。这或许就是现在一些人说童年最富想象力，随着年龄的增大，这种想象力不可避免地走向消逝、消失的背景和依据。但是，马克思所说的神话的想象是自觉的想象吗？因为没有直接地征服自然的能力，便借助想象以间接地征服自然。这种想象从积极的方面说，是借助想象把人类的能力延伸到目前尚不能到达的地方，成为实际征服前的预演；从消极的方面说，也可能以这种想象为满足，将想象变成一种腐化意识（科林伍德语），其创造的结果也不是真正的文学。神话的真正不可重复性、不可企及性表现在它的天真性。从后人、从科学的眼光看，奥林匹斯山、宙斯诸神等都是不存在的，是原始人想象、幻想的产物，但进行这种想象和幻想的人不知道这一点，他们是把自己想象、幻想出来的世界当作现实来对待的。我们应该珍惜这份宝贵的、无法重复也无法企及的成果，但应清醒地认识到，它们只能存在于人类的童年时代，一定程度上还是无意识地误打误撞的结果。只有从这种无意识的想象中走出来，不是想象某种真实的东西而是真实地想象某种东西的时候（马克思语），文学才能真正发生，才能达到无意识想象难以达到的水平。我们还应该看到，童年人类的无意识想象虽然创造了神话的辉煌，但带来的负面效果也是不容忽视的。人们似乎也没有真正计算过，因为要从这种无意识想象的羁约中走出来，人类曾付出什么样的代价。我们不应该为从原始人的无意识想象中走出来而感到庆幸吗？在智慧机器人已经批量生产并在某种程度上构成对人类自身存在的威胁时，还留恋原始人幼稚的不成熟的想象或幻想真的还有必要吗？

二、退化论与个体成长

从个体的角度批评退化论，较之从群体的角度批评退化论稍难一些。因为直观的经验摆在那儿：原始社会是现代人发明的，崇古者说了许许多多原始社会原始人的好处却无法证实。现在非洲、美洲、大洋洲上还生活着一些原始部落，无论从生产力还是从生产关系的角度看，基本上还处于原始社会的阶段。问问那些崇古论者：你们那么喜欢原始部落，愿意到那些部落中去居住吗？可能回答大多是否定的。但假如从个体的角度出发问他们：如果可能，你们愿意回到儿童世界，像孩子们那样生活吗？回答"不愿意"的人可能就没有那么多了。

有一些能力似乎真的是与生俱来且无法与时俱进的。生活经验和科学研究都能证明，儿童期是人的视力最好的时期，视力从十几岁就开始呈下降的趋势。

听力也与此相近。触觉味觉似乎也是年龄小的人较敏锐。年龄一大，就不可避免地走向衰退。记忆力似乎也有类似的特点。小时候的事情记得特别牢，年龄大了，就容易忘记。"保卫想象力"如果从这个角度切入，应该是有意义的，也是有一些可讨论的余地的。但这主要是就生理现象而言的。无论是视觉、听觉、味觉、触觉，都绝不是单纯的生理现象，更不要说和人的认识、情感直接相关的幻想、想象等心理行为了。马克思说，人的五官感觉的形成是以往全部历史的产物。一个人看到什么、听到什么是他能看到什么、能听到什么；如果不具备相应的能力，对象摆在那儿，也是视而不见、听而不闻的。一个孩子，听觉再敏锐也听不懂贝多芬的音乐，视觉再敏锐也看不懂凡·高的画。一个有经验的品酒员能区分上百种酒；一个好的厨师能品出最细微的味觉上的差别；一个普通市民天天在市场买东西，也未必能觉出今天的市场和昨天的有什么不一样，但一个训练有素的市场调研员只要到市场走一圈，就能发现今天的市场和昨天的有什么不同。这些能力主要都是文化的产物，是和个人的立场、经验等联系在一起的。

这就联系到现象学的基本观点：感觉、想象、思维是有对象的（意向性客体）。想象，不论是用象去想还是想出一个象来，其实都要以某些先在的储存为基础。就和现实的建筑师一样，在进入具体的设计之前，头脑中是有各种各样的蓝图的，设计就是在这些蓝图的基础上进行新的创造。这自然是一个复杂的过程，牵涉到许多具体的条件。他可以在原来的基础上进行修改，可以在看起来保留外观的条件下加入一些崭新的因素，可以打破原有的范式另起炉灶，但无论怎样创新，一点没有先在的储存是无法想象的。儿童头脑中没有很多储存，没有包袱，相对于死板的、僵化的、落后的套路是一种优势，但其优势也只在此。真正优秀的建筑师有几个是完全按套路建构自己的作品的呢？储存是一种基础，基础越坚固、越厚实，建造美丽的高楼大厦越容易。基础不仅是承载物，还有生发力。一个人头脑中有许多各种各样的表象，表象间可以互相矛盾互相遮蔽，更可以互相映照互相激发，这很可能就是新影像、新事物生成的过程。很难想象，一个没有许多图像储存的人能设计出真正有创造力的建筑。有比儿童还没有想象力的成人作家，但儿童永远写不出《红楼梦》那样的作品。从这一意义上我们完全可以说，虽然有种种差异，就总体而言，人类的想象力都是进化的而不是退化的。

个体的心理发展还可以借与群体心理发展的比较看得更为清楚。群体想象力不是退化的，但毕竟借助无意识幻想创造了神话那样在某种意义上是不可企及的作品，而后来的儿童想象是连这点也不可能做到的。童年时期的人类像一个幼儿园，大家都是孩子，你怎样想，我也可能怎样想，想错了，也无人出来纠正，反而会以讹传讹，由个人无意识变成集体无意识。或者说，个体的想象就是在某种集体无意识的指导下进行的，本身就是集体无意识的显现。现在的孩子生活在现代社会中，现代社会是理性意识占主导地位的社会，儿童即使有一些原始人的互渗性思维的残留，也处在理性意识的汪洋大海中，这些思维即使出现也得不到认同，反而会被嘲弄，很快得到纠正。比如，现在有一个孩子说他看见飞人了，马上会受到其他小朋友的反驳，得到老师、家长的纠正。如果稍大一点，是小学生，就有教科书的正面引导。如果做不到这些，家长和老师就会被批评为不负责任。杨鹏说一个还在摇篮里的孩子，看到一个超人从他的头顶上飞过，是不会感到惊讶的（存疑：一个摇篮中的孩子知道什么是超人？他脑子里怎么有"超人"的形象和概念？什么叫"飞"？摇篮中孩子的脑子里哪来"飞"的意象？他能将"飞"和"停在空中"区分开来？），并为孩子长大后不再相信超人的存在惋惜不已。[1] 这不是真正的想象，也不是真正的幻想，这是一种错误的认知。神话中也包含了类似的错误认知，但神话之所以成为艺术，恰恰是在这种错误认知被认识以后，人们从这种错误的认知中走出来，站在高处俯视这种认知，欣赏这种认知中的幼稚和天真，才成为艺术的。孩子大了，不相信超人在头顶上飞，是再正常不过的事情，有什么好遗憾的？如果老大不小了，还把超人在头上飞当真事来相信，那做父母的才该着急呢！

三、想象力是怎样生成的

想象力不是"保卫"出来的，更不是随着年龄的增长必然走向退化的。儿童的想象力来自何处？比之"保卫"论，我更相信想象力是培养出来的。

培养不否定先天条件。人的很多能力都有一个自身发展的过程，恩格斯曾经说，劳动创造了人自身。原来，人也是像许多动物一样四肢着地行走的，经

---

① 参见无锡教育电视台对迪士尼签约作家杨鹏的专访（2018-06-09），杨鹏读书会，转引自大连出版社官网。

过漫长的进化才站起来，这一"站"整个地改变了人的历史：不仅改变了人的外在形态，而且开阔了视野，改变了脑容量，发展了思维和想象，直至出现语言和文字。有研究说，很久很久以前，人和其他动物同处在一个空间里，人在体力上比很多动物不占优势，很容易被袭捕。夜晚的时候，视力受到限制（很多动物似乎不受此类限制），逃跑变得尤为困难，只好夜伏昼出。夜晚躲在山洞里，脑子里出现白天见到的事物，特别是被其他动物追赶，或自己的伙伴被其他猛兽吃掉的景象，或感到恐惧，或感到庆幸，或借助愿望在脑子里战胜、杀死对象的景象，人类幻想力、想象力就是在这样的环境中发展起来的。世世代代，这种想象力不仅积淀在人的脑海中，改变了人的脑子质量，而且积淀在人的肌肉里，变成一种肌肉记忆，变成一种面对环境的反射、反应能力。这种脑质量、肌肉记忆和反应能力是能够遗传的，这就成为后来人与生俱来的先天条件。

但是，先天条件毕竟只是提供了一种发展的基础和可能性，具体如何发展，还要看后天的条件及其运用。为什么原始人、儿童看起来好像有一种与生俱来的想象力？维柯说是因为"推理力愈薄弱，想象力也就成比例地旺盛"。这种说法不怎么正确，但有一定道理。原始人、儿童还没有从世界中站出来，不能将世界当成对象化的客体，这限定了他们对世界的科学把握，却本能地将自己烙印于对象，使对象向我生成，万物皆着我之色彩。于是出现许多奇特的想象。但这毕竟建立在错误认知的基础上，不是对世界的科学反映，随着时间的推移，被超越是必然的。

但超越不是完全的抛弃。按科林伍德的说法，想象处在感觉和思维之间，是感觉被思维改造时呈现出来的新形式。看到一株从地上生长出来的有躯干、有枝丫、有叶子的植物，听到这株植物在风中发出摇曳的声音，人们马上知道这是"树"；为什么称其为"树"而不是别的什么命名，如"草"或"菜"之类？因为脑子里有类似的形象，有关于这类形象的命名。此类形象和命名是怎么来的？是先有感觉还是先有命名？这是一个永远无法准确回答的鸡生蛋蛋生鸡的问题。感觉处在永恒的变动中，此一刻看到、听到、触摸到的东西是关于某一对象的感觉，下一刻就逝去了。如何使某一感觉不再流逝？只有用"注意"的方式，将这一感觉从其背景中隔离出来、凸显出来。脱离了背景的感觉相对稳定，后来的类似感觉，就可以拿来与此比较。这相对稳定的感觉就成了记忆中的"树""草""菜"等的来源。"有一种不同于感觉却与感觉密切相关的经验形式,这种经验与感觉的关系如此密切,以致很容易被误会为感觉;而两者的差别在于,我们在这种经验中所'感知'的色彩、声音等等,以这种或那种方式保留在头脑里,它们可以被预测和回忆,虽然这些同样的色彩和声音,就其为感受物的资格而言,已不再被看见和听到了。经验这一另外的形式就是我们通常称为想象的东西。"①感觉具有一种特殊的单纯性,想象涉及的却是经验间的关系,其基本形式是联系、联想。既涉及此时的感觉和以往的感觉的联想,也涉及这一经验和另一经验的联想。

感觉是即时的、印象的、发散的、朦胧的,是无轨道、无方向、不可重复的;思维却是偏逻辑的,有轨道、有方向的。当我们用思维对感觉进行改造时,就是在保留感觉的某些特征的同时,将时间、理性等赋予感觉,使感觉有了轨道和方向,虽然依旧形象、朦胧、和人的身体相联系,但变得可以重复、可以感受、可以理解了。想象中的经验不是真实的感觉。或者说,想象根本不在乎真实与否的问题。"虚拟,它是在愿望的审查下起作用的想象。"②愿望既是无意识的又是渗透了理性的,愿望是无意识的意识。愿望在想象和幻想中常常是一种动力,一个女孩顶了一罐牛奶到街上卖,为什么浮想联翩,奶变牛,牛变奶,最后自己也成了阔小姐?因为她有这种愿望。愿望使想象有了方向,使本来杂乱无序的感觉有了结构,有了意义。这其实就是一个命名的过程。这种命名反过来又深化了感觉,激发出新的感觉。

《红楼梦》深邃、细腻的想象是儿童、原始人做梦都无法想象的。西方现代派文学很多地方借鉴了神话的意象,但其达到的深度,也是神话、童话无法想象的。所以,想象不是要排除理性,而是要排除僵化的、已经成为思维桎梏的"理性"。也只有这样,感觉、想象、思维才能进入新的、更高的层次。

这就进入思维的领域了。思维总体上是理性的。我们谈及思维最先想到概念、逻辑、推理,但思维不一定都是概念、逻辑、推理的。概念、逻辑和推理是思维的高级形态。我们平时所说的形象思维,就同时具有形象、感性和逻辑推理的特征。形象连着感觉,概念属于理性,形象思维处于二者中间,这就是我们所说的想象的内容了。

---

① 罗宾·乔治·科林伍德:《艺术原理》,王至元、陈华中译,中国社会科学出版社,1985,第209页。
② 同上书,第141页。

四、幻想：想象力的一种特殊形式

想象处在感觉和思维之间，兼具感觉和思维的特点，这种双重性贯穿想象的全过程。但是，在想象自身的谱系中，感觉和思维所占的比重、所起的作用是可以不同的。有些想象更接近感觉，有些想象更接近思维。更接近感觉的想象更少受到理性的制约，更具有瞬间性、流动性、变异性和无意识性，来往倏忽，变幻无常，把握起来更为困难，这就是我们常说的"幻想"。幻想不是和想象并列的另一种心理现象，它包含在想象中，是想象的一种特殊形式。也可以说，它是想象中较为低级的形态，是想象中较接近感觉的那一部分。

幻想的首要特征是它的非理性、无意识性。由于接近感觉，很大程度上还保留着感觉的基本特点。感觉是转瞬即逝的，当思维以注意的方式将某一感觉间离开来以后，它仍然保留着感觉的某些不稳定特征。放在幻想中，就是联想的随意性、倏忽性。一会儿在东，一会儿在西，一会儿上天，一会儿入地，精遨八极，心游万仞，看起来几无规律。规律是逻辑，是理性；没有规律，就是没有理性。不是全无理性，而是理性占的比重较小，控制力较为薄弱。幼儿说话、做事、想事便有这种特点。东一榔头西一棒子，中间充满跳跃性；不是由于省略而产生的空白，而是不知道逻辑的乱蹦乱跳，而没有逻辑的乱蹦乱跳就是非理性。幻想的重要特征之一就是接近感觉的非理性。但这和感觉的非理性还是有区别的。感觉是转瞬即逝，没有自己的内在动力；幻想是在愿望推动下的联想，是有动力的，这也带来幻想有一定稳定性的一面。感觉完全不可追溯，幻想则具有某种可追溯性。

幻想的另一个特征，就是它永远随想象对象的变动而发生变异。天堂啊，地狱啊，妖魔啊，鬼怪啊，会拍马屁的狐狸啊，会说人话的小羊啊，外表更可以五花八门。幻想刚从感觉中挣扎出来，感觉是流动的、变动的。想象因为思维的深入而在某种程度上将对象间离下来，但仍然是不稳定的。不稳定的表象互相撞击，成为碎片。这些碎片在愿望的作用下重新连缀、组合、结构化，就不仅在局部而且在整体面貌上显出非生活本身形式的样态。一些艺术家也有意识地借用这种方式，以便自由地走入感觉、无意识的深处。"他（塞尚）使用色彩不在于重新复制出他看静物时所见到的东西，而几乎是用一种代数符号表现在这种探索中他所感受到的东西。"① 一些童话、儿童科幻小说中，也用非生活本身形式塑造艺术形象，但那只是模仿幻想的造型方式。想象的动力却常常不是愿望性，而是逻辑、理性。与幻想只有表面上的相似关系。指这种想象、思维为幻想，是一种误解。在中国儿童文学理论中，这种误解已经存在很久了。

幻想中的形象、形象世界还常常是虚拟的。这也是和感觉比较着说的。感觉的对象是真实的。看到一只小山羊，听到一只鸟在树林中歌唱，闻到一股香味，触摸到一块冰冷的石头，对象是实际在场的。感觉所以是转瞬即逝的，部分原因是实际的感受物是分分钟都在发生变化的。印象派画家莫奈的《日出》，画阳光中的池塘，不是恒在的池塘，而是瞬间的池塘。不同于前一刻的池塘也不同于后一刻的池塘，是转瞬即逝的池塘，唯此，才是真正的世界本身。真实的世界本身、真实的感觉本身是无法进入想象、思维的；进入想象和思维的是凝滞后的感受物。相对于运动着的真实感受物，想象和思维中的感受物已从真实的世界中疏离出来，是虚拟的。唯其虚拟，才能拉开与我们身体的距离，才能将世界作为一个对象去把握。这和童话、科幻中的超人等也是不一样的。童话、科幻中的超人只是一种语言中的存在，儿童一走入语言，就走入文化、走入理性，就不是真实的感受物而是虚拟的感受物。说儿童相信真实的超人在头顶上飞，是完全不符合逻辑的。

幻想从真实走向虚拟，使创造成为可能，一定意义上是创作的起点，在给创作带来巨大作用的同时，又给创作带来了某种程度上的危机。幻想规范情感，又激发情感。这情感可以释放在文本外的空间里，对生活本身产生影响；也可以直接释放在虚拟的空间里，不弥漫、延伸到实际的生活中去，即将对象激起的情感作为有意义的东西予以享受，科林伍德称此为娱乐和消遣。"吐火女怪会在真空里发出嘶嘶声，一个针尖上可以站上100个天使，沉湎在这种形而上学图画中可以获得一种快乐，有点像信口胡说的那种快乐。"② 因为娱乐的快乐，因为胡说八道的快乐，或者径直是为快乐而快乐，情感成了消费对象，娱乐化的幻想就变成了"腐化意识"。《卖牛奶的姑娘》《南柯太守传》等批判的就是这种腐化意识。童话中也有许多表现这种腐化意识的作品。这是我们讨论幻想、想象等现象时不能不特别予以关注的。

① 罗宾·乔治·科林伍德：《艺术原理》，王至元、陈华中译，中国社会科学出版社，1985，第148页。
② 同上书，第205页。

五、警惕理性在想象生成中的负面作用

想象是感觉被思维改造时呈现出来的新形式，思维和感觉一样在想象的生成和发展中起着至关重要的作用。但成也萧何败也萧何，思维对想象的某些可能的消极影响也在这一过程中表现出来。这既取决于影响的方式，也取决于思维本身的性质。

思维是偏向理性的。虽然思维也可以分出不同的类型和层级，不同层级的思维包含的理性内容也不一样。如形象思维用"象"去想，距离感觉更近；抽象思维用概念去想，离感觉、印象更远，但总体上都强调逻辑推理，突出理性对感觉、感性的控制，这种控制使感觉有了方向，有了轨道，将感觉从感性的自为状态中解放出来，控制感觉而不是被感觉所控制，这是人走向自由的关键的一步。"在心理经验的水平上，自我是由它自己的种种感觉支配的……在意识的水平上，各种感觉都是被拥有它们的自我所支配的。当这个小孩变得有意识之后，他不仅发现自己以各种方式在感觉，而且注意到这些感觉中的某些感觉，而不去注意其他那些感觉了。如果他现在因为愤怒而号叫，那就不仅仅是出于愤怒，而且也是由于他注意到了自己的愤怒。一个有经验的耳朵可以听出其中的不同。这种号叫并不是出于单纯愤怒的自动号叫，它是一个孩子带有自我意识的号叫，他注意到了自己的愤怒，似乎渴望要吸引别人对自己愤怒的注意。当这种对自己的意识变得更固定和更习惯以后，他发现单凭注意他所做的事情这一动作他就能够支配这种愤怒了，他于是停止了这种号叫，主宰自己的感觉而不是让感觉主宰自己。"[1] 对于人的成长，是怎样评价都不为过的。

但在这一过程中，我们确实要极其警惕理性的负面作用。概念使对象变得清晰，逻辑推理使思维、想象有轨道。但概念容易板滞，轨道容易僵化，板滞僵化的概念、轨道容易变成思维、想象的桎梏。诚如李贽说的："盖方其始也，有闻见从耳目而入，而以为主于其内而童心失。其长也，有道理从闻见而入，而以为主于其内而童心失。其久也，道理闻见日以益多，则所知所觉日以益广，于是焉又知美名之可好也，而务欲以扬之而童心失。知不美之名之可丑也，而务欲以掩之而童心失。"[2] 有人以为儿童年龄小，想象活泼，对僵化似乎有一种天

---

[1]　罗宾·乔治·科林伍德：《艺术原理》，王至元、陈华中译，中国社会科学出版社，1985，第215页。
[2]　李贽：《童心说》，载郭绍虞主编《中国历代文论选·第三册》，上海古籍出版社，1980，第117页。

然的免疫、化解能力，其实是不正确的。诺德曼说："认为儿童想象力与成人的想象力有质的差别，这种看法与其他任何关于儿童的一般化看法一样，都是没有根据的。"① 正因为儿童年龄小，知识少，给儿童的东西常常是最浅显、最基本的。最浅显、最基本的东西常常是长时间积淀下来，是忘了建构性的建构，处在一种"上手"状态，不知不觉就被纳入某种套路中去了。许多作家（如张之路、袁晓君等）都曾遗憾地发现，中小学生的作文，或举行一场有许多儿童参加的创作比赛，绝大部分作品都是非常套路化、模式化的，都是没有想象力的。这可能表明，在孩子们能够想象之前，社会已经为他们准备好了想象的模式、套路。至少，模式、套路是和幻想、想象同时发生的。不理解这一点，"保卫"云云，真正保卫的可能不是自己想要保卫的东西。

理性的负面作用并不会因为现代社会的到来而自动退出历史舞台。一般认为，现代社会是自我意识自觉的社会，是理性意识占主导地位的生活，其实不然。随着历史的进步，主体意识越来越自觉是事实。但越是逻辑的东西越容易有轨道，越容易被控制。自以为是主体，却常常是在别人的控制下生活、活动，"舒舒服服地不自由"（马尔库塞语）。特别是生活生产高度机械化以后，人的思维、情感、想象、感觉也容易板滞、僵化、机械化、自动化。用本雅明的话说，就是失去灵韵。于是，人们又想起了儿童，想起了童年，想起了乡村，想起了人类的童年时代。一些人对儿童、童年的怀念，包括"保卫童心""保卫想象力"等的提出，都与这种背景有关吧？心情可以理解，只是心里要明白，这样的儿童、童年、儿童想象力并不存在。要理解真实的儿童，还必须回到真实的生活、真实的儿童、真实的童年中去。否则，一味倡导和保卫那个实际上并不存在的童心和儿童的想象力，只会放弃儿童文学在培养儿童想象力的责任，害了儿童，也害了儿童文学。这方面，进化论要比退化论正确得多。

---

① 佩里·诺德曼、梅维丝·雷默：《儿童文学的乐趣》，陈中美译，少年儿童出版社，2008，第450页。

中国儿童文学中的身体意象

意象，一般指渗透了"意"的"象"，表现了人的思想情感的物象。这物象可以是具体的事物，如山、水、房屋、乡村、都市等，也可以是人，如孩子、老翁等。有时，一种行为、一种情景也可以成为一个意象，如凭栏、月夜等。身体意象，就是那些表现了人的身体的物象。儿童文学也写成人，理论上也可以把成人的身体意象作为讨论对象，但本文主要是就少年儿童的身体意象而说的。

中国儿童文学的自觉主要是在进入 20 世纪以后完成的，本文的讨论对象也主要集中在 20 世纪的儿童文学。但此前并非全无儿童文学及人们对儿童的感知的存在，所以，讨论中也必然向前有所延伸。

天之使者，自然。将儿童和"天"联系起来，甚至在某种程度上等同起来，最先出自谶纬学。谶纬学利用传统文化将儿童自然化、天真化、与"天"近的特点，将儿童无意中所说的某些话、随口念唱的某些谣曲看作"天机"的泄露。人们循着这些话、这些谣曲，可以窥测天意、天机。儿童无意中充当了"天"的使者。是统治者先制造这种现象以愚弄民众，还是民众中先有这种现象启发了统治者，这是研究统治术的人要深究的问题。统治者特别是那些权术家、野心家，确曾以此神化自己；民众也曾以此当作警告、劝诫统治者的一种方式。因此，本属儿童的童谣被拉入谶纬，成为权术、阴谋的组成部分。但也因此，"天"、自然成为中国文学中最早的儿童身体意象。

这种将儿童和"天"联系起来的理念在中国古代社会的后期虽得以延续，但内容却发生了较大的变化。宋明以后，中国的儿童教育迅速地发展起来，童谣也从谶纬及阴阳八卦中解放出来，成为儿童教育、儿童文学的主要材料。人们把这种流传在儿童中的谣曲称为"天籁之声"。天籁，一般指发自天然孔穴的声音，如从林间传来的风声等。引申开去，也可指来自自然界的各种响声。如雨声、雪声、雷声、小河流水的声音、田间风车转动的声音，也包括孩子的哭声、笑声，老农话桑麻的声音。清人搜集的几本童谣集就被有意识地命名为《天籁集》《广天籁集》等。儿童的谣曲被命名为天籁，负载这些声音的儿童的身体便有了“天”的含义。只是，这儿所说的“天”更多是天然、自然的含义，并不像早期的谶纬学所说的“天”那样有情感、有意志，虽无实体形象却仍然是一个人格神。从早期谶纬到后期儿歌，中国童谣中的“天”、天使等意象也经历了一个从神秘到世俗的过程。

这和西方文化中的天使形象是不同的。西方文化中也有将儿童比为天使的传统，而且是有实体的，是一个长了一对翅膀、在空中飞的无性别小孩。中国文学虽将儿童想象为天使，但一般是无实体且无具体形象的。这可能是因为西方的此类形象主要出现在宗教文本中，而中国没有那么明显的宗教传统吧。

妖。童谣既能预言吉凶祸福，这吉凶祸福对不同的人，含义自然是不一样的。对统治阶级而言，他们掌握着权力，自然要对那些对他们不利的预言进行预防和打击。打击的第一步，就是在舆论上将这些预言、预兆妖魔化，定性为“妖言”。在当时，这也是民间、知识阶层较为普遍的看法。

> 世谓童子为阳，故妖言出于小童。
>
> （王充:《论衡·订鬼》）

> 孙休永安三年二月，有一异儿，长四尺余，年可六七岁，衣青衣，忽来从群儿戏。诸儿莫之识也，皆问曰:“尔谁家小儿，今日忽来？”答曰:“见尔群戏乐，故来耳！”详而视之，眼有光芒，爚爚外射。诸儿畏之，重问其故。儿乃答曰:“尔恐我乎？我非人也，乃荧惑星也，将有以告尔:三公归于司马。”诸儿大惊，或走告大人，大人驰往观之。儿曰:“舍尔去乎！”耸身而跃，即以化矣。仰而视之，若曳一疋练以登天。大人来者，犹及见焉。飘飘渐高，有顷而没。时吴政峻急，莫敢宣也。后四年而蜀亡，六年而魏废，二十一年而吴平:是归于司马也。
>
> （干宝:《搜神记》卷八）

这种认识仍是与谶纬相关。当社会发展，谶纬渐渐淡出童谣、淡出人们的生活以后，将妖和儿童身体联系起来的想象也慢慢从人们的视野中消失了。

白纸。这认识来自荀子。荀子说："性者，本始材朴也；伪者，文理隆盛也。无性则伪之无所加，无伪则性不能自美。性伪合，然后圣人之名一，天下之功于是就也。"① 伪之成为伪是因为有"朴"的衬托。朴是无伪无饰，是本色，是质地。后来进一步发展，就是视儿童为一张白纸，白纸上一无所有，没有传承，也没有负担。西方的洛克也持类似的看法。

但这种关于儿童的观念并不是很正确的。说儿童生来性善、性恶固不一定正确，因为善、恶是一种道德观念，道德观念是一种处理人际关系的原则，刚生下来的婴儿还没有进入社会，不可能有自觉的关于人际关系的观念。但刚生下来的人也不可能真的是一张白纸。荀子所说的"性朴"不等于白纸、白板，"质地"是有自身的携带的。现代科学证明，不同的物种有自身的基因，带有自身的密码，这些基因及其排列方式决定了物种发展的大致程序及可能性。人们必须尊重这种程序及可能性，否则就会违背物种的自然天性，违背物种的天性肯定要付出代价的。

原始人，小野蛮。这认识来自西方的文化人类学。德国生物学家海克尔据解剖学发现，人在母腹中重演了人类从猿到人的历史，从儿童到成人重演了从野蛮人到文明人的历史。推算起来，个体的儿童期恰好是人类的野蛮期，儿童就是小野蛮，儿童文学就是原始人之文学。这种说法被引入中国以后，译名"复演说"，成为中国儿童文学自觉时期的基础理论。好长一段时间，儿童都作为"小野蛮"被人描写和谈论。

中国历史上原无建立在解剖学基础上的儿童／原始人同构论，但类似的意象还是存在的。老子描述的远古社会是"鸡犬之声相闻，老死不相往来"；是"俗人昭昭，我独昏昏。俗人察察，我独闷闷。澹兮其若海，飂兮若无止。众人皆有以，而我独顽似鄙"，② 是一个和现代文明特别是和现代成人文明有很大不同的世界，而这个世界和儿童是相通的。所以，当西方的重演律、儿童中心传入中国后立即得到儿童教育、儿童文学界的响应，发展出中国的复演说、儿童本位论。以这种将儿童和野蛮人等同起来的方式，成人将儿童推到一个和自己很远的距离，表明自己和儿童、原始人不同的现代人身份，但也因此将儿童作为一个和成人不同的群体"发明"出来了。

---

① 《荀子译注》，王威威译注，上海三联书店，2014，第208页。
② 《老子新译（修订本）》，任继愈译著，上海古籍出版社，1985，第233、103页。

但儿童和原始人在本质上是不同的。二者有相同的地方，可以比较，可以互相"发明"。但原始人处在未开化的野蛮时代，整个社会就是一个幼儿园，他们的文学差不多都是幻想的产物。现代儿童却处在整体文明的社会里，他们的文学多是成人创作的，是现代社会的意识形态；即使儿童的思维中包含了一些原始思维、万物有灵的残余，也处在理性思维的汪洋大海中。作为读者，他们也很难将这种思维在儿童文学文本中表现出来。所以，小野蛮作为儿童的身体意象主要出现在五四运动前后的那段时间。那段时间过去，人们就很少再提起了。

朋友，伙伴。中国人什么时候将小孩子称为"小朋友"？推想应在白话文兴起之后，且与西方传教士在中国出版的书籍和报纸有关。反正到五四时期，中华书局创办《小朋友》杂志，这个称呼就在社会上广泛地传播开了。将儿童视为小朋友，是从谁的角度说的？应该是成人。小孩子之间一般不会互称"小朋友"的。只有成人，弯下腰来，带点亲切、带点迁就、带点居高临下的姿态，说些或迎合或教训小孩子的话；但在实际上，是很少真拿小孩子当"朋友"看待的。不过这比那些直接将小孩子当作教训对象的做法，毕竟是温和、亲切了许多。特别是在将阶级斗争、政治觉悟看得高于一切的年代，这种说法一度使用得非常普遍。延续下来，成为社会对小孩子一种最常见的称呼。

"小伙伴"也不是小孩子相互间的称呼，是大人谈及空间上、人际交往上较为接近的孩子间关系时的说法。

花朵、幼苗、小树、小溪流等。这是 20 世纪 50 年代以后，特别是 50 年代人们对儿童象征性的说法。"我们的祖国是花园，花园里花朵真鲜艳……"将成长中的儿童喻为花朵、小树的说法历来就有，主要取其幼小但却充满生命活力、充满前景和希望的特征。在学校，将学生称为桃李，是将老师视为园丁的延伸。但从传统的将儿童视为小花、小树到将儿童称为"祖国的花朵"，还是包含了一种巨大的改变，就是将文学变成国家文学，将传统上主要属于家庭、家族的儿童变成了国家的儿童、祖国的儿童。国家从家庭、家族手里"接管"了儿童，花朵、小树等在这儿是带有政治含义的。比如，当时将儿童比作花朵，用得最多的是葵花（向日葵）。据说葵花（向日葵）有一种"向日"的特性，太阳在哪个方向，就转向哪个方向，以此表现儿童心向祖国、领袖的特点。20 世纪 50 年代的许多儿童文学都是这么表现的。

花朵、小树等虽然主要出自国家视角，带有政治含义，但就总体而言，还是较为柔和的。一则，花朵、小树等本身就是柔和、充满生机和活力的，和迅速成长中的儿童身体正好相似；二则，"祖国""国家"相对说来，也是较具普遍意义的内容。虽然中国文化向来将"祖国""国家""政权"混合在一起使用，出现"朕即国家"的说法，但多数情况下，人们说"孩子是祖国的花朵"，还是没有那么强的意识形态含义的。特别是在20世纪五六十年代，阶级斗争成为社会的主潮流，"祖国的花朵"听起来还是相对中性的。

花朵等作为儿童身体意象的含义也可以在较为否定的意义上使用，如"温室里的花朵"之类。在提倡参与阶级斗争，在阶级斗争中经风雨、见世面的年代，这种说法一度被使用得非常普遍。

早上八九点钟的太阳，接班人。早上八九点钟的太阳主要是对青年人而言，但和少年、儿童相通，有时也移用来指年龄偏小的孩子。相通点主要在"接班人"的含义上。讲早上八九点钟的太阳，是联系着太阳的全天运行轨迹而说的。有早上八九点钟的太阳，就有初升的太阳、正午的太阳、偏西的太阳、将落的太阳等。放在这个系列中，早上八九点钟的太阳就不仅有"朝气蓬勃，正在兴旺时期"的特征，而且担负着接替偏西的太阳、将落的太阳的重任。这是将青少年革命化、国家化思想的形象表达。

但在将青少年视为早上八九点钟的太阳的隐喻中，这层含义还是较为含蓄的，到后来，就直接称儿童、青少年为接班人了。当时中、苏论战，中国称苏联为修正主义。列宁、斯大林缔造的第一个社会主义国家所以"变修"，主要就在于接班人出了问题。中国要避免出现修正主义，就要警惕赫鲁晓夫式的人物，培养千百万无产阶级革命事业的接班人。和"花朵""小树""早上八九点钟的太阳"不同，"无产阶级革命事业的接班人"更强调的是"阶级""革命"，两条路线的斗争，意识形态的特征更为明显，所以在十年动乱中表现得更为突出。十年动乱之后，不再提"以阶级斗争为纲"，接班人的说法也渐渐淡化了。

工具，螺丝钉，砖。"文革"前不久，《中国青年报》上曾有一次关于青年人是否应该成为"驯服工具"的讨论。讨论的结果，是可以而且应该成为驯服工具，但这不妨碍青年人自身的进取、努力，青年人应该成为"奋发有为的驯服工具"。差不多同时，"螺丝钉""革命之砖"的说法也开始流行开来。"我是一颗革命的螺丝钉，把我拧在哪里，就在哪里闪闪发光"；"我是革命一块砖，想要咋搬就咋搬"。还有"小我""大我"之说：凡个人都是小我，集体才是大我，小我服从大我，融进大我，才能像小溪流溶进大江大海，产生无穷无尽的力量。这类意象在个人面临选择、被挑选，如升学、加入组织、招工、提干时，用得最为普遍。"一颗红心，两种准备"，"到广阔天地里炼红心"，这曾是当时许多儿童文学的共同主题。一定意义上，也是儿童国家化后一种符合逻辑的延伸。

这类意象可能是将儿童过于被动化了。十年动乱之后，个体有了较多的选择空间，儿童文学作品中这类描写也越来越少了。

宝葫芦。在许多民间故事里，宝葫芦是长生、治病、济世救人的意象。但在20世纪50年代张天翼创作的《宝葫芦的秘密》中，宝葫芦被描写为一个代表人的欲望、与成长中的王葆没完没了纠缠不已的怪异形象。欲望不分成人与儿童，用在儿童身上没有什么不可。但"葫芦"与"纠缠"在形象、精神上没有太多的相似处（在作品中，作者取的应该是"按下又浮起"这一特征），汉语文化也没有将葫芦与自私、欲望联系在一起的传统，在意象刻画上算不得成功。所以，除《宝葫芦的秘密》外，这一意象也没有延伸到儿童生活或其他作品中去。

镜像。镜子的主要功用是将人对象化，在对象身上看到自己，在自己身上看到别人，都是将自己放到一定距离之外去观照。唐太宗说：以铜为镜，可以正衣冠；以人为镜，可以明得失。现实生活中，我们也常常对照镜像，欣赏或检查自己。有时候，孩子也被要求着去"照镜子"。这时，这个镜子不是真实的涂有水银的玻璃平面，而是某个他人。我们从他人身上发现自己，看出自己与这个他人不同的地方，这个他人就成为我们的镜子。如对照英雄、对照先进人物，发现自己身上的缺点和不足，然后急起直追，向英雄看齐。当代儿童文学中塑造的各种英雄形象、各种先进人物，起的就是这种作用。

容器，作业机，蜗牛。1976年，延续十年之久的"文化大革命"终于结束了。国家恢复秩序，不再提以阶级斗争为纲，整个社会生活转移到经济建设的轨道上来。工人回到车间，农民回到土地，学生回到课堂，学习成为学生的主要任务。一时间，社会安静下来，课堂也安静下来。"把失去的时间夺回来"，从未见过如此自觉、奋发地学习，仅从情绪上就能感到，一个新的时期开始了。

但这种愿望也许过于强烈、过于急功近利了，结果带来一些很负面的效果。在教育战线，"文化大革命"是以否定十七年的成绩为开端的。动乱结束，人们自然又回到原来的轨道上，还因曾遭到的批判而显得更加理直气壮。成绩第一，分数第一，千军万马过独木桥，分快慢班，"满堂灌"又成了主流的教育方法。为什么满堂灌？就是将学生看作"容器"，一种外实内空的器物。按传统的说法，就是将人的身体看作皮囊，里面装着心、肺、灵魂一类东西。知识也是装进的东西之一。既是容器，能装，自然也可以"灌"，"灌"是"装"的方法之一。将活生生的人比作容器，教育变成"灌"，自然是带着批评、否定的含义的。

同样是将"文革"后的学生物质化、器具化，还有一种说法叫"作业机"。将人比作某种机械、器具，早已有之，比如"拿人当枪使"等，"枪"成了"人"的身体意象。因为学校要升学，又没有或无法采取新的教学方法，只能课堂里满堂灌，课后搞题海战术，这样，学生自然就成为作业机了。将学生比作作业机，不仅取其成天做作业的含义，更指学生陷在题海中的机械性、麻木性。

课内满堂灌，课后成为作业机，上学、放学的路上呢？作家们敏锐地留意到这一点，觉得上学、放学的学生都背着大书包，因为重，走不快，更无法自由自在地跑、跳，看过去就像一只爬行的蜗牛。这是一个儿童的身体意象，其实也反映着作者要表达的儿童精神上的内容：繁重的学业已使学生从外到内都异化了。

偏枯的树。将儿童、学生看作成长中的小树，前面已经说过，表现的是孩子身体幼小但充满生命活力的特征，但将孩子看成偏枯的树，一半活着，一半枯萎了，这便偏离了生命的正常状态，残缺了。"文革"后，年轻人要将失去的时间夺回来，社会也提倡快出人才、早出人才，采取了一些短平快的打法，随之就造成了一些偏枯的效果。一个学生，在学校里，只学知识，不讲全面发展，是偏枯；只讲学习，不讲文娱体育，不讲休息，是偏枯；只讲数理化，不顾语文德育，是偏枯；按成绩将学生分快慢班，集中力量抓升学率，也是偏枯。短平快、片面发展能造成短期效果；短时间内，成绩提高了，升学率上去了，但对许多学生造成的伤害是永生都难弥补的。这是20世纪80年代儿童文学集中批判的内容之一。

希望之星，学霸，学渣。"文革"之后，由于相对地注重个体，各种各样的"星"开始出现了。最先是在影视、体育领域，后来扩展到各行各业。在教育领域，也出现了各种各样的"星"。谈及这类孩子，人们常说"小明星""希望之星"等。成绩好的学生，有时也被冠以"学霸"的称呼。与之相对的，则被称为"学渣"。这几个称呼都没有实体形象，称之为身体意象有些牵强，但在学校流传甚广，儿童文学中也常常有与此相关的描写。

网虫，沙发里的土豆。进入世纪之交，音像、网络技术在中国飞速地发展起来。这极大地改变了儿童的学习方式和生活方式，包括课外接受文学艺术的方式。在没有文字的年代，儿童获得信息主要靠听；有了文字，除了听，还有读；进入互联网时代，有了音像艺术，人们的文学消费也主要是在网上进行的。在电脑上看新闻、看各种信息；在电视机上看电影、看电视剧，几个小时窝在沙发里，于是人们发明了新词，叫"网虫"，或"沙发里的土豆"。"沙发里的土豆"侧重人处在某种特定空间中的视觉形象，"网虫"则需要想象——一个人整天在网络上找来找去，和一只昆虫、一只蜘蛛整天在网上爬来爬去，确实是很相似的。

还原到现实生活中，人际关系也是一张大网。当人们忙着求生活、拉关系，在各种已知或未知的轨道上穿来穿去时，说他们是"网虫"，也是很合适、很形象的。

从逃亡到归来

——20 世纪 80 年代以来的生态儿童文学

　　生态文学的突然被关注是世纪之交中国文学的重要事件。这种关注很长时间没有延伸到儿童文学批评中来，并不表明它在儿童文学中不重要。儿童文学以儿童为目标读者，所写内容也多与儿童生活有关。和成人生活相比较，儿童生活是更接近自然而不是社会的，而生态文学表现的，恰主要是人与自然的关系。相比理论领域，创作领域的动作则迅速多了。早在 20 世纪 80 年代，生态文学已在儿童文学中崭露头角，之后一直绵延不已，认真追溯，应是世纪之交儿童文学中最靓丽的风景之一。

一

　　世纪之交生态儿童文学的兴起是以"野出去"的口号为标志的。

　　"野出去"的口号是班马等人在 20 世纪八九十年代之交最先提出来的。1989年，江西少年儿童出版社出版了一本《探索作品集》，收入的多是 20 世纪 80 年代带有探索特征的作品。编选时，出版社邀请班马写了一篇很长的"总论"。就是在这篇总论中，班马不仅打出了"野出去"的旗帜，而且提出了"原生性"等一系列与生态文学有关的主张。"近年来有探索新意的作品几乎有不约而同之势突然较明显地远离了'学校生活'，而广泛涉及荒野、江山、自然和文化背景中的生活空间、生命状态"；[①] "儿童文学成人作家更深层次地进入自身的无意识状态，正极有可能与儿童的自我中心状态达到某种沟通，在原生性心态'造象'

---

① 　金逸铭选编《探索作品集》，江西少年儿童出版社，1989，第 399 页。

上，迸发出有种种原型意味的艺术，浑然遥远又人心自通"①。一定意义上可以说，这篇总论成了世纪之交中国生态儿童文学的宣言。

谈及"野出去"和班马的相关论述，不得不先行理解其产生的背景。20 世纪80 年代中期，主流意识形态对十年动乱的批判已告一段落，整个国家社会生活的重心已逐步转移到经济建设的轨道上来，儿童文学中正在讨论如何"塑造80 年代少年儿童新形象"。由于急着要将十年动乱损失的时间夺回来，整个社会都充满了大干快上、跑步向前的精神氛围。但同时，新的问题也出现了。在儿童生活领域，最突出的就是在重新恢复高考后，在"早出人才""快出人才""让一部分人先富起来"等口号的激励下，升学率被提到压倒一切的地位。为了分数，为了升学率，学校、学生都被放到一台拧紧了发条的机器上快速地旋转。分快慢班，搞题海战术，进行各种各样的摸底考试，办课外辅导班，一天到晚生活在紧张的备战应战气氛中。问题的严重性还在于，这种紧张气氛不只存在于高中、毕业班，而是一直延伸到初中、小学甚至幼儿园。《黑色的七月》《女中学生之死》《雾锁桃李》《六年级大逃亡》，仅从儿童文学中的这些篇名，就不难想象当时的学校正在经历一段怎样的岁月。

应该承认，在当时特定的历史条件下，这种高强度的教育"大跃进"在"早出人才""快出人才"等方面确是产生了不少积极作用的。但也使刚刚从十年动乱中走出来的中国儿童的生存环境面临新的恶化，以致演化出许多悲剧。对于这点感受最深的莫过于身处其中的孩子了。在《六年级大逃亡》中，还是小学生的李小乔曾痛心疾首地说："学校根本就不是学校呀！是一座很没劲的大工厂。校长就是厂长，教室就是车间，老师就是车间主任。什么都像工厂那样管着。"②工厂是干什么的？生产机器、机器零件的！学校像工厂，就是像生产机器、机器零件那样生产人。人变成机器、机器零件，没有生命、没有活力，那还是人吗？那还是孩子吗？当时，教育领域中流行着一个词，叫"偏枯"。就像一棵树，一半活着，还有一半已经死去了。偏枯不可能是一种正常的生态。

这种不正常的生态很快被敏锐的儿童文学作家捕捉到了。如前文提到的《女中学生之死》《雾锁桃李》《黑色的七月》等，都站在批判现实主义的角度，对此进行了猛烈的抨击。只是，当时的多数批评都是站在社会学的角度进行的，即

① 金逸铭选编《探索作品集》，江西少年儿童出版社，1989，第 411 页。
② 班马：《班马作品精选》，21 世纪出版社，1997，第 72 页。

从社会生活内部来看待这种偏颇、失衡，揭露后面的社会原因，并提出各种各样的解决方法。在当时，这种批评是中肯的，有效的，尽到了现实主义文学的责任，也收到了一些实际的效果。但由于急功近利，不少作品落入问题小说的窠臼，影响了作品的艺术深度。正是在这样的背景上，"野出去"的口号应运而生了。

由此诞生了20世纪八九十年代第一批生态儿童文学作品。它们虽不像《雾锁桃李》等批判现实主义儿童文学那样对现实进行直接的抨击，但其实做得更决绝，因为它们将学校、家庭等主要属于社会生活的题材作为一个整体悬搁起来了。

二

"野出去"的文学作品当然不只是将学校、家庭生活悬搁起来，其更重要的意义是从"野"自身的特点中表现出来的。

学校、家庭和野外，是两个不同的空间，前者属于人类社会，后者属于自然或人类社会的边缘，人类社会与自然交界的地方。传统儿童文学一般都是在人类社会这个空间进行的。学校、家庭，一段时间还有大街、"三大革命运动"（阶级斗争、生产斗争和科学实验）的第一线。"野出去"在儿童文学中首先是一次表现空间的转移。有人将人类自己建造的世界称为第二自然，天然的、较少打上人工烙印的野外是第一自然。野出去就是从第二自然走向第一自然。在刘先平的《云海探奇》等作品中，故事空间就被主要安排在紫云山等深岭大谷中。金逸铭的《月光荒野》、左泓的《鬼峡》、沈石溪的《牝狼》等，都将故事放到荒野大漠等人迹罕至的地方。山、水、湖汊、河湾、大地、云雾、树木，散发出的也是山林田野的气息。一走进这样的世界，就觉得不仅环境，而且整个人都被更新了。

空间变了，生活于其中的对象自然也变了。到了野外，到了河湾湖汊，人烟渐渐少了，"野生"的植物、动物渐渐多了起来。老树枯藤，怪石奇花，还有各种各样的鸟兽虫鱼。一个明显的表现就是，在八九十年代，动物小说在儿童文学中一下子热闹起来。传统儿童文学也写动物，但多是拟人化形象。拟人化形象是把动物当人写，虽以动物的外貌出现，但实际写的是人，是人际关系。动物小说是把动物当动物写，读者只是通过这些动物、动物与其他动植物及人之间的关系来联想到人、人与人之间的关系。沈石溪的小说还带有拟人化童话的痕迹，故事中动物形象虽未被赋予人的语言但却被赋予人的情感、思维、道德观念；黑鹤小说中所写的，便多是狐狸、驯鹿、豺狼、黑熊、豹子、老虎、苍鹰之类，连兔子、鸽子也变成了野兔、野鸽。而在蔺瑾《冰河上的激战》中，一方是野狼，一方是一群野驴率领的其他动物，双方打得血肉横飞，对"蛮""野""力"的展现成了作品的主旋律。

"野出去"的儿童文学也写人，但主要不是都市里的人，而是活动在野外、活动在河港湖汊、荒山野岭中的人。老农、老渔民、老猎人、采药人、放排人，是生活在自然里、和自然融为一体、本身就是自然一部分的人。作品中的孩子也多是所谓的"野孩子"。他们的活动空间主要不在课堂而在荒野，和虫鱼鸟兽等在一起，"野出去"变成了"出去野"。王立春有一首诗《鞋子的自白》："……我喜欢钻进土堆 / 黑色的大甲虫 / 会让我浑身挂满泥巴 / 像个风尘仆仆的将军 / 为了追一只蛤蟆 / 我可以 / 义无反顾地冲进河里 / 宁可浑身湿透 / 也要把那个家伙踩在脚下 / 谁能像我一样能不停地 / 踢一个小石子呢 / 还能让小石子享受上天的感觉……"写鞋子，其实是在写人，写那个在野外疯爬疯跑的孩子。这是一种和都市儿童不同的生存状态和行为方式。如果将都市、学校生活看作苗圃，《鞋子的自白》等作品写的就是从苗圃到荒野的转变。

从"野出去"到"出去野"，我们在这里遇到了以往的儿童文学较少表现的角色，那就是自然、荒野。以往的文学也写自然，但多是作为环境在作品中存在和被表现的，但在20世纪八九十年代的生态儿童文学里，自然成了真正的主体，有生命、有力量，甚至有情感、有意志。在日本的生态文学理论中，人们一般是将这样的自然作为"他者"来看待的。"自然写作就是与作为他者的自然相遇的叙事，通过不断加强向自然敞开自我，来寻找自然的'声音与主体'的存在形式，意图在不安的激涡中立足。就像今村仁司所说的'即使自然是沉默的，人类就在沉默中与自然进行对话'。"[1] 自然成为主体，我们可以和它对话，和它成为朋友，互通有无，但不能强迫它、奴役它。人类中心主义在这儿慢慢消解了。在八九十年代那个特殊条件下，自然这个"他者"所以显得特别有魅力，关

---

① 陈多友、杨晓辉主编《日本生态文学前沿理论研究》，上海交通大学出版社，2016，第207页。

键在于它是一个"过剩和无秩序的世界"①。因为无秩序、无功利，便和现实的让人喘不过气来的管控约束及急功近利形成对照。走向荒野，就使整个人都获得解放。

三

将自然视为他者，不一定意味着自然就是外在于我们自身的，一定意义上，自然也是我们自身的一部分。梭罗曾说："湖是所有风景中最传神的部分，它就像大地的眼睛，人们望着湖可以测度自己天性的深度。"②人和自然从来都是互相发明的。面对世界，人总是努力将自己的内心调到与外面的世界相一致的频道上。"'探视'瓦尔登湖这一外部自然的人，实则在探测自己内部的自然。"当儿童文学主要转向野出去的世界，人物身上内在的自然也凸显出来了。

这首先便是身体的显现。身体是有机统一的，将身体分为"灵""肉"是一种二元论，但在观照和讨论的时候，人们确实可以最大限度地偏向某一边。"灵"是形而上，"肉"是形而下。突出"灵"，主张政治挂帅、思想领先，自然要抑制身体、欲望，努力让身体出局；而一旦从学校、家庭走出去，"灵"的约束作用弱化，感性的身体自然会受到更多的关注。乡野人、孩子，作为一个群体，本来就是相对城里人、有文化的人而说的。当班马等人将儿童文学的表现空间主要地转向乡村、野外以后，形而下的身体就自然而然地凸显出来。在韦伶的《出门》中，女孩凌子是在镜子中看到自己因换上泳衣而显得凹凸有致的身体时，才意识到自己已不是原来那个女娃娃的。在班马的《康叔的云》中，"你"是在突然降临的大雨里，整个身体被雨淋湿，才突然感到身体的存在的。"粗大的雨点直接打在你光身的肉体上，激起一股酥痒的感觉……你仰脸张口在大雨中这么想着，觉得自己真像原野上的一棵植物，心里、身上在长着什么……"这与其说是"出现"，还不如说是苏醒，身体在自然的激发下终于醒来。

同样是凸显身体，"野出去"的文学和以社会生活为主要表现对象的文学还是不一样的。身体的回归在十年动乱后的儿童文学中是一个普遍的趋向。如程玮、陈丹燕、曹文轩等的儿童小说中也用很多篇幅写到身体，但内容主要是青

① 陈多友、杨晓辉主编《日本生态文学前沿理论研究》，上海交通大学出版社，2016，第65页。
② 亨利·戴维·梭罗：《瓦尔登湖》，方凡、乐可帆译，安徽少年儿童出版社，2021，第127页。

春、自由、开放，突出与现代化身体相关的元素，如时髦的发型、吸引人的佩饰，以及与身体发育有关的诸种表现，但这些在班马等人写野外的儿童文学中很少出现。这儿突出的依然是原始的野性、粗粝性、简单性。身体不全指躯体及其构成，更主要指这个躯体处在什么样的环境里，怎么活动，在每一次的偶然情景中做出什么样的反应。"野出去"的文学将人物从学校中疏离出来，主要不是以学生的身份出现于故事，面对的不是学校、考试这一类一般儿童最常遇到的事情，身体自然就以不同的形式表现出来。比如，在这些故事中，很少出现戴眼镜的人、穿西装的人，更多的倒是光着膀子赤着脚的整个身体被晒得黝黑被戏称为"黑皮"的人。看起来，这似乎是一种倒退，是以野蛮对抗文明。但其实是以质朴清新的东西去揭示现代儿童成长中的纤巧和柔弱，恢复人原始的力量和感觉。这也是生态儿童文学中的动物由小狗小猫变成虎豹熊罴，似乎一夜间都变得凶猛起来的原因。

由于内外自然的互相激发，一种在生态学中被称为"魔法瞬间"的感觉对象得以生成。日本文学称这种激发方式为"交感"。交感也被称为"契合""照应""感应"等，原本是捕捉大宇宙和小宇宙之间对应关系的宇宙论概念，[①] 在生态文学理论中，就是人和自然间的突然相通，班马等人称这种与自然的交流方式为"暗语"。在《鱼幻》中，故事中的"你"沿黄浦江一路进入江南腹地，心底那个久被压抑的自我一点点苏醒过来，居然听到了那来自大地深处的声音。这听起来有些神秘，似乎是将人自然化、物质化了，但若放到大的生态系统中，也不是完全没有逻辑可循。人本来就是动物，就是生物，他和其他动物间、生物间，为什么不可以有互相听懂的沟通形式呢？但这和神话时期的泛灵论仍是不同的。泛灵论是从人出发，将原始人不太成熟的思维强行地投射于外物，使外物皆着我之色彩，本质上是人类中心的，但交感、暗语却是将人和外物放在交互主体的位置上，外物成了他者，人将对方作为主体与其对话，而且努力听懂对方的语言，用双方都能理会的方式进行交流，这就真正深入到世界的内部了。这不是运用语言一类象征符号的交流，而是用一般生物、动物都具备的原始感觉进行交流，就像和太阳和大海、云朵和树林的交流那样。

于此，儿童文学的生态叙事也进入了一个新的层次。这便是自觉的生态意识的层次。

---

① 陈多友、杨晓辉主编《日本生态文学前沿理论研究》，上海交通大学出版社，2016，第16页。

四

不是所有写野外、写自然的作品都有自觉的生态意识的。在 20 世纪八九十年代，很多作家不满学校题材的异化，将儿童文学的表现空间转到野外，写自然、写游戏，强调 "玩" 对儿童的意义，但真正从生态角度出发、属于生态文学的作品并不是很多。从生态的角度出发，就是将世界看作一个大的生态系统。这个大的生态系统包含了许许多多的小系统，这些小系统互有差别但彼此联系，互相促进又互相制约，人类只是这个大系统中的一个子系统，要随大系统一起运动。生态文学就是以这个大系统为出发点，以这个大系统的和谐均衡为价值判断的主要尺度。

生态儿童文学是对人类中心主义的反思。人类中心主义在儿童文学中有极其久远的传统。人们引导小孩子认识周围的世界，总是从最基本、最重要的东西开始的。这是什么，那是什么；什么是对，什么是错；什么是好，什么是不好，这里，据以对好坏对错进行判断的标准是什么？首先是相对于人而言。比如，说到动物植物，就想哪些对人有用，哪些对人无用，哪些对人有利，哪些对人有害，于是有了益虫益鸟、害虫害鸟等的划分；保护益虫益鸟、消灭害虫害鸟，就成了孩子们很小的时候就应该懂得的知识，其最初的伦理观念也是在类似的活动中慢慢建立起来的。20 世纪五六十年代就曾兴起过声势浩大的除 "四害" 运动，一段时间曾成为儿童文学中的热门主题。可是，放在完整的生态系统中，这种划分，这种除害运动，还能保证都是正确的吗？在沈石溪的《牝狼》中，一头幼狼在很小的时候就被人捉去，像小狗一样在人类社会中长大。后来它的母亲找到了它，将它带回森林，带回狼的世界，可它与狼群已经格格不入了。不会打猎，不会吃野物，尤其是不怕人，见了猎狗还像见了老朋友一样去亲近。无论母亲怎么教它，它都无法再获得它原来家族的狼性。绝望之极，母狼最后将它咬死了。这样的主题，在以往的儿童文学中是很难想象的。它不是否定人类群体的利益，而是引导孩子们看到，在人类之上还有一个更大的系统，这个更大的系统，以及包含在这个大系统中的各子系统，都可能有自身的追求，其利益都有其存在的合理性。

这和环境保护主义、动物保护主义也还是有区别的。环境保护主义又称 "弱人类中心主义" 或 "新人道主义"，号召保护环境，和动物成为朋友，这在儿童文学中有广泛的基础，至今仍是我们在儿童文学特别是生态儿童文学中要提倡的内容之一。但是，弱人类中心主义仍然是人类中心主义。一些环境保护主义者主张保护环境、保护动物，出发点仍是人类自身。一些作品甚至深受佛家慈悲为怀、不杀生等的影响，和真正的生态主题形成龃龉。黑鹤曾多次写到鄂温克人宰杀驯鹿的场面。一头头很大的驯鹿被带进屠宰场，刀光闪烁，鲜血喷涌，血像水一样在地上流淌着，男人划拳，女人尖叫，大碗喝酒，大块吃肉，宰杀驯鹿成了鄂温克人最盛大的节日。作者将这一血腥的场面写得激情四射。佛家见了，一定要说"罪过"吧？动物保护主义者看了，也要抗议吧？可放在生态的链条上，却是再正常不过的。生活在森林中的人，以游猎放牧为生，不宰杀羊、鹿，他们吃什么？也因此，他们才比任何其他人更懂得保护动物的重要。所以鄂温克人不杀幼兽，不杀怀孕的母兽，比谁都更注意对原始森林的保护，并由此形成他们很有特色的生态伦理学。不尊重这种生态伦理，就不可能走进鄂温克人的世界。

这样，世纪之交的生态儿童文学便接触到生态文学最核心的内容：生态整体主义，即从生态整体的均衡、和谐及发展的角度看待世界的观念。刘先平由写云雾黄山延伸到写帕米尔高原，邱易东由写远山、小城延伸到写海湾战争，班马由写江南腹地延伸到写神农架、写横亘川滇的大山脉，黑鹤则深入到内蒙古草原、大兴安岭的深处，作家们笔下的荒野也显得更五彩斑斓。更重要的，是作家们都有意识地将故事中的对象放到生态大系统中去表现和评价。如黑鹤的作品，不论是写獾、熊、狼、豹，还是写驯鹿、黄羊等，都有自己的世界。即使写狗，也不是人们熟悉的看门狗，而是警犬、牧羊犬、猎犬。它们与人与其说是一种主仆式的依附关系，不如说是一种朋友式的共存关系。在《驯鹿之国》这篇小说里，黑鹤曾借故事中一个名叫芭拉杰依的老奶奶的话说："羊食草，狼食羊，狼化为尘土，滋养春草，万物生死轮回，生生不已啊！"至此，中国的生态儿童文学终于和成人生态文学、世界生态文学接轨了。

五

于是产生了儿童文学发展过程中的一个悖论：因为走入荒野，进入 21 世纪的生态儿童文学的目光又一次被吸引到现实生活中来了。

20世纪80年代，班马等人提倡"野出去"，确实是因为不满当时儿童文学中的家庭学校题材，带有"逃亡"性质的。但逃亡不是逃跑，而是换一个地方坚持自己的理想追求，本身即可看作特定条件下儿童文学寻求自身存在和发展的一种策略。后来生态儿童文学终于发展壮大起来，壮大起来的生态儿童文学再一次回望现实，一种新的干预现实的欲望便萌动起来。也可以说，生态儿童文学从来就没有离开过社会现实，它只是拓展了自己的视野，拓展了儿童文学的艺术空间，站在一个新的基点上反观现实，因此看到以往儿童文学看不到的东西，成为一种新的批判现实主义儿童文学了。

首先是对现实的儿童生存状态的反思。"野出去"是有感于园艺教育带来的儿童的偏枯，想用荒野文化予以校正，这种用意在20世纪80年代以后的儿童生态文学中一直存在。只是当初人们主要是从社会生活的角度来揭示问题，而后来则偏向从生态恶化的角度思考了。再后来，随着社会上对这一问题的紧迫感趋于淡化，人们对儿童生存状态的关注也转移了目标、加入新内容。如随着经济建设热潮的兴起，越来越多的偏远乡村的人走向城市，出现了大批留守儿童的社会问题。虽然农民工离开乡村外出务工，改善了家庭的经济状况，对孩子们生存状态的改变是起了重要作用的，但由于父母不在身边，缺失了父母的感情滋润，缺失了父母的思想、知识、道德等方面的教育、影响，同样使留守儿童的生态特别是精神生态出了问题。一些关于留守儿童的作品，如雪燃的《离殇》、王巨成的《穿过忧伤的花季》等，都洞察到其中的生态问题，并以自己的作品进行了表现，可以看作新的历史条件下现实主义儿童文学的一个组成部分。

其次，环境问题也是进入新世纪后的生态儿童文学的重要内容之一。20世纪80年代以后，中国迅速进入商品经济社会，生产力发展了，社会的物质水平大幅度地提高了，但环境恶化的问题也随之出现。过分地关注自身的物质利益，促使一些人见利忘义，甚至做出一些伤天害理的事情来。假冒伪劣、坑蒙拐骗、三聚氰胺、大头娃娃、铅中毒、空气和水中有害物质超标等，其中受害最深的常常是儿童。更重要的是，这些行为极大地毒化了社会风气，破坏了整个社会的精神生态。这对儿童的成长是极其不利的。一些具有批判现实主义精神的儿童文学作品深刻地揭露了这种社会现象，对表现其中的人性恶进行了尖锐的批判。如班马《绿人》写的，就是广西一带剥红豆树皮熬制药品的事件。就是因为听说红豆树皮能熬制药品，一些人把许许多多的红豆树都剥皮了，近处剥，远处剥；大树剥，小树剥，最后连远在深山老林的古树也不放过。被剥光树皮的枝干白楞楞地刺向天空，整个山谷成了一片植物的坟场。这是多么触目惊心的场景！从中可以看到，人性可以堕落到什么样的程度！读到这样的文字，真是整个人都被震撼了。

生态恶化的更大表现还是从日常生活中显现出来的。本雅明说，我们正在进入一个机械复制的时代。物质性的产品在复制，精神性的产品也在复制。你复制我，我复制你，复制来复制去，信息本身没有增值。文件是复制出来的，观念是复制出来的，那人是不是也是复制出来的？本雅明说，复制使事物失去灵韵。一朵花在正常的情况下有色有形有香有韵，复制保留了其形、其色，甚至其香，但却没有了韵，比之原花，感觉便差多了。人是有生命的个体，其最宝贵处就在生气灌注，随机应变，是不可复制无法复制的。走向复制，就是走向抽象，走向中常个体，走向机械化，看起来所有的零件都一应俱全，甚至比传统的人更敏捷，更见多识广，但却没有生气，没有灵韵。这样的形象正越来越多地进入生态儿童文学作家的笔下。如现在不少作家笔下的学校便是这样的形象。生态儿童文学关注这样的形象，是批判现实主义文学在儿童文学中的一次复兴，不仅给生态文学而且给批判现实主义文学带来新的活力。

从"野出去"到新批判现实主义，20世纪80年代以来的生态儿童文学绝不只是绕了一个圈子，从疏离社会回到再一次关注社会的轨道上来。在演变中，生态儿童文学不只是开辟了新的艺术空间，而是改变了立足点，从社会、文化的视角转变到生态系统的视角，从生态系统的角度观照、反思儿童成长，在开阔视野的同时，提升了自身的思想、艺术品质。个体是一个生命系统，社会是一个生命系统，人类是一个生命系统，宇宙是一个生命系统，氤氲化合、生气灌注是所有这些生命系统的共同特征。儿童文学要深入地反映儿童生活，引领儿童的健康成长，不是要将自己融入这些生命系统、和这些生命系统同构、自己也成为一个生气灌注的生命系统吗？从这一意义看，20世纪80年代以来的生态儿童文学的演进，也是一个自我更新、自我成长的过程。在社会和文学都越来越开放的背景下，生态儿童文学有理由获得更旺盛的生命力。

刘先平大自然文学的叙述方式及其对"自然"的建构

写进文学中的自然都是风景。风景，如柄谷行人所说，是被颠倒着发现的。[①] 这在原则上也应适用于刘先平的大自然文学。大自然文学，在日本文学中称"自然书写"，大体是以自然为主要表现对象的作品。不同的人，采取不同的表现手法，尤其是不同的叙事模式，召唤出来的"自然"即风景是不一样的，即使是同一作家，不同的理解和表现也可以创造出不同的自然。正是从这里，我们找到了理解刘先平大自然文学的切入点。

一、作为神奇世界的自然

自然书写，以大自然为主要表现对象，这似乎是刘先平一开始创作就决定了的。但和后来的创作有些不同的是，他最初的创作是定位于儿童读者、主要属于儿童文学的。这从作者最初设置的叙事模式中就可以看出来：作者最初的作品如《云海探奇》《呦呦鹿鸣》《千鸟谷追踪》《大熊猫传奇》等是虚构的叙事作品，主要是叙述科学工作者在孩子们的帮助下进入深山探险的故事。出现在故事中的主要是这几类角色：科学工作者，包括作为叙述者的"我"；孩子；本地向导和老人；偷猎者或其他不法分子；还有就是大自然本身。在不同的作品中，这些角色在场的方式、结成的关系互有不同，但主要情节一般是这样的：科考工作者来到山野，和孩子们一起去寻找某一珍稀动物或植物，中途遇到种种艰难，甚至受到坏人的阻挠，但在科考工作者的坚持努力下，加之山中老人等的帮助，最后都胜利地完成任务。这里的科考工作者、山中老人、偷猎者所起的作用是显而易见的，但为什么要设置孩子呢？这与其说是实际的探险工作的需要，不

[①]　柄谷行人：《日本现代文学的起源》，赵京华译，生活·读书·新知三联书店，2006，第46页。

如说是叙事上的需要。因为有孩子的新奇身体感觉和心理欲望，作为被描写对象的自然也被调到相近的频道上。从这个频道上呈现出来的自然便是刘先平大自然文学最先构建出来的形象。

首先是神奇。《云海探奇》《大熊猫传奇》《野山奇趣》……都着眼于"奇"。《云海探奇》写紫云山，原型是黄山。黄山被称为天下第一奇山。奇山、奇石、奇松，还有许多珍稀的植物和动物，常年笼罩在神秘莫测的云雾之中。故事借助一支科考小队，将读者带进云海深处。故事的主线是寻找传说中的野人，最后发现那些所谓的野人其实是一种现在已很少见到的短尾猴。从野人到短尾猴，这本身就是一些充满传奇色彩的探索。在故事中，一行人进入深山大谷，不仅满眼神奇而且步步险峻。险比奇更具刺激性。奇是一种和现实的平庸不同的东西，猎奇能够将人从平庸的现实生活中间离出来，看到一种和现实生活不同的世界，但其本身没有危险性。险就不同了，险不仅和平庸的现实生活不同，而且有某种危险性。比如站在奇峰悬崖上，比如在野外与真实的豹子相遇，等等。《云海探奇》《大熊猫传奇》中多次写到这样的情景。但是，无论怎么险，读者都知道，这是在读小说，在听故事，对自己不会造成实际的伤害。这和在剧院里看杂技等是一样的。在儿童文学中，这是一种常见的吸引读者的方式。

其次是丰富。大自然本就是一座宝库，蕴含着无穷无尽的资源。孩子们充满求知的欲望，故事中设置几个孩子，一是用他们的眼睛去观察、探究大自然，二是给故事中的成人以机会，能抓紧一切时间向他们讲述大自然这一神秘的世界。这当然也是作者有意选择的叙事策略，借向故事内的孩子们讲述的方式向故事外的读者讲述无限丰富的世界。于是，熊猫、短尾猴、相思鸟、麋鹿、黑叶猴、大树杜鹃王……一个个见所未见的奇异事物，一个个闻所未闻的传奇故事，纷至沓来地出现在作者笔下。作者笔下的自然成了一座活的博物馆，作者的大自然文学具有明显的博物志的特征。

还有一个特点就是有趣。真实的探险，是一种工作。成年累月地在野外生活，一次次地寻找，一次次地探索，有成功，也有失望、失败，未必有那么多的趣味。但刘先平的大自然文学，特别是早期的虚构性小说，常常将探寻中的艰难与单调过滤了，成为充满趣味的旅游般的经历。"奇""险"本身就是一种趣味。在奇、险之外，作者更写了鹿仔如何在溪边嬉戏，小猴如何在树丛间打闹，天鹅用巨大的翅膀扇起水面的涟漪，金钱豹像闪电一样从山崖上跑过，还有大熊猫如何生养幼崽，相思鸟如何迁徙，这些都是在课本上从来都读不到的。作者的大自然文学描写的是知识的世界，也是充满趣味的世界。

　　奇、险、趣，综合在一起，构成了刘先平早期作品中的自然的主要特点，这是一个神秘的带点超越的世界。创造这样一个自然环境，和当时的社会阅读需求是相适应的。十年动乱，整个社会都卷入纷乱的政治冲突之中。动乱结束，人心疲惫，人们需要一个能把心放下来、安静地休息一会儿的地方，这时，充满奇趣的大自然是一个最好的选择。大自然没有直接的功利性。面对大自然，人不需要算计，不需要尔虞我诈，不需要活得那么苦那么累，只要有一点好奇心就行了。对儿童而言，这一世界还有更特别的意义。动乱结束后，为了将失去的时间夺回来，为了多出人才、早出人才，当时的学校为应对高考想出各种各样的奇招、险招，一时间使学生苦不堪言。此时充满奇、险、趣的自然就成了孩子们向往的地方。往更远点说，奇、险、趣的自然有着与现实生活的天然距离，对处在平庸的日常生活中的人有着永远的吸引力，十年动乱后的那个特殊年代如此，那个年代过去以后依然如此。在刘先平大自然文学中，这是一条具有久远魅力的风景线，吸引着一批又一批的读者。

二、作为环境、生活世界的自然

　　《云海探奇》《呦呦鹿鸣》等具有儿童文学特点的作品是刘先平大自然文学的起点，但延续的时间并不是很长。至 20 世纪 80 年代末，类似的创作就基本上停止了，接下去，写得最多的就是类似《走进帕米尔高原》的作品。这类书写在作者写作之初便已开始了，如《孤岛猿影》（1983）、《黄山山乐鸟》（1986）等，只是当时侧重《呦呦鹿鸣》等作品，没有太引起人们的注意罢了。

　　从《呦呦鹿鸣》等作品到《走进帕米尔高原》等，首先的变化是作品诉诸的对象变了，这一变化导致作品叙述模式的改变。《走进帕米尔高原》等不再将儿童作为自己主要的叙述接受者，不需要设置儿童喜欢的故事、创造能为儿童感受和喜欢的新奇的自然，所以一般不需要再将儿童引入故事，连带着在故事中向儿童讲述自然知识的山野老人也退出了。那个为吸引儿童而创设的神秘自然也淡化了。代之而起的主要是一种以大自然为表现对象的非虚构性随笔。这是后来的刘先平大自然文学的主要形式。

需要考察的是叙述者在这里的身份。在《云海探奇》等作品中，叙述者是超越的。他置身于故事外，但可以随时进入故事。他一般不在故事中直接现身，我们听到的只是他的声音，看到的只是他所处的位置。但在《走进帕米尔高原》等作品中，叙述者就是叙事中的主要人物，一个十分接近作者自身的人，由他来向读者讲述他看到、听到、感觉到的人物、故事，有些类似古代的徐霞客游记。只是，徐霞客游记偏重地理，刘先平的大自然随笔偏重动物和植物。这是一个科学考察者的视角，叙述接受者是对这些问题同样感兴趣的人，包括儿童，但主要是成人。

作者关心的主要问题是什么？

作为游记，作者写到祖国的河流山川，写到美丽的自然。无论是面对儿童还是面对一般的读者，这都是赏心悦目的部分，对培养读者热爱祖国也有非常积极的意义。但作者写的不是一般的游记而是科考游记，除了一般游记的内容，更主要是其中与科学相关的内容。在《黑叶猴王国探险记》中，作者深入云贵深山，和科考工作者一起寻找这种神异的动物；在《圆梦大树杜鹃王》中，钻进密林寻找一种只在传说中存在的杜鹃王树；在《追梦珊瑚》中，一直深入到祖国最南端的宝岛，寻找珊瑚礁，也寻找那些保卫海岛保卫珊瑚礁的人。这里的自然虽和《呦呦鹿鸣》中的自然在很多方面相似，但却不那么遥远，那么神秘，而是凡俗的存在。具体地说，他们是作为人类生活的环境出现的，是我们生活世界的一部分。所以，这里的自然是作为环境的自然，是属于生活世界的自然。

作为环境的自然，其首要特点是凡俗的。不是说这里没有神奇，如原产中国却在中国灭绝、最后又从国外引进的麋鹿；如因为外国人的记载才进入国人视野的杜鹃王树……但它不像《云海探奇》等作品中紫云山一样，遥远而神奇，而是属于环绕着我们人类、和我们人类休戚相关的命运共同体。人类离不开环境，环境也离不开人类——离开人类，自然就只是自然而不是环境了。但作者不是像一般的旅游者那样观照环境的，作者采取的是一个科考工作者的视角，探讨自然的神秘，探讨环境与人类之间的关系，这里的自然，总体是近切的、温暖的。

因为和人类存在着利害关系，作为环境的自然又是脆弱的、易被伤害的，所以作者这部分作品有许多写到人对自然的伤害。关于人对自然的伤害，作者在早期的《云海探奇》等作品中已经注意到了。那时主要是一些人打着革命的旗号，砸烂各级基层组织，使坏人有机可乘，如一些不法分子钻进深山，猎杀珍稀野生动物。后来，改革开放了，发展经济成了社会生活的主要内容，人们的内在欲望也被极大地调动起来，其中一些人在欲望的推动下，在利用自然的同时形成对自然的破坏。比如在《金丝燕，你在哪里》中，一些人为了获得名贵的燕窝，爬上金丝燕做窝的悬崖峭壁，将刚刚出壳的小金丝燕随意地掏出扔到海里，它们即便活着也没有了栖身之地。金丝燕换一个地方，这些人就追到另一个地方。追到最后，这些金丝燕只好流落国外去了东南亚。还有些地方刀耕火种，为了一点点粮食烧掉大片大片的林木；有些地方为了发展渔业和旅游业，不惜毁坏大片的珊瑚礁，如此等等，作者痛心疾首。

也因为如此，刘先平此类大自然文学的一个重要内容，就是对处在保卫环境、保卫大自然第一线的人们的肯定和赞美。这里，首先进入人们视野的仍是早期作品中已经多处出现的科学工作者，如《云海探奇》中的王陵阳等。在后来的非虚构性随笔中，则是作者科考路上遇到的当代环保部门的工作人员，当代从事环保的科学工作者，他们是中国环保事业的主力军。还有就是直接战斗在环保第一线的普通劳动者，如守卫海岛的解放军战士等。通过这些人，作者表现了自己关爱自然、与大自然和谐共处共同发展的美好愿望。

将自然看作人类生存的环境，在观照、评价时自然还是以人类为中心、从人类出发的，但和传统的人类中心主义仍是非常不同的。传统的人类中心主义突出人类和自然的对峙，要求人类对自然进行征服，口号就是所谓的人定胜天之类。主张人与环境和平共处的环境主义又称弱人类中心主义，不是突出人类与自然的对峙，而是突出人类与自然的和谐共生，是一种比较现代的自然观念，这和当前中国社会的现实也是相适应的。

三、作为主体、他者的自然

无论是超越的自然还是作为环境的自然，其实都是因为人类而出现和存在的。或者是为了矫正人类生活的偏颇，或者与人类社会融合和对峙，都必须联系特定时期的人类社会来对其进行理解。但是，自然也并不是仅为人类社会而存在的。一定意义上可以说，自然是一个比"人""人类社会"还要大的概念，我们只有从更大的、生态系统的背景上，才能对自然有更深的理解。这点，刘先平的大自然文学谈得不多，但偶然的涉及和表现还是一直就有的。

比如在《犀鸟、鼷鹿和绞杀树》中，作者写自己在热带树林看到一种自然界的奇观：一群并不美观的榕树围着一株本很美观的圆锥木姜子树，榕树蓬蓬勃勃，圆锥木姜子树却快要被缠死了。原来是一只鸟在圆锥木姜子树上拉粪，留下榕树的种子。种子发芽长成小树，小树长出许多气根垂下，接触地面变成实根，实根上又生出榕树。于是，许多榕树将圆锥木姜子树围在当中，榕树蓬蓬勃勃，圆锥木姜子树却快要被缠死了。从人类的眼光看，榕树寄生于圆锥木姜子树却反客为主，显得很残酷。可自然界奉行的是和我们一样的法则吗？

在《和黑叶猴对话》中，作者描写了黑叶猴王国中一种非常可怕的现象：猴王有点老了，一只年轻的公猴向它发起挑战。一番血腥的厮杀以后，年轻的公猴胜了。新猴王不仅驱逐了老猴王，占据了它原来的妻妾，而且将原群落中的小猴一个个扔下山崖，活活摔死。从人类的眼光看，这也是极其残忍的，可在自然界，这样的事情不是每天都发生着吗？

这就联系到人在和大自然相处时的一些行为了。在写于1981年的《胭脂太阳》中，作者写自己和一行人正在看怒江深处一场美丽的日落，突然间，本来呈现美丽的胭脂红的天空飞起无数黑乌鸦一样的碎片。人们告诉作者，那不是乌鸦，而是人们烧荒时飞起的残片。作者一时感到非常痛心，不只是因为一个美景被破坏了，而是现在还在进行的这种落后的生产方式，完全是通过对自然的破坏来实现的。作者对此当然是愤怒地谴责。但到2008年，作者重新出版这篇作品时，加了篇《后记》，其中写道："2002年，在怒江大峡谷高黎贡山的东坡海拔两千多米的山坡上，一片焦黑的直立的树桩触目惊心。近两天发生了火灾吗？ 同行的当地朋友说：烧火种地。这里的耕地金贵，经济落后，为了解决少数民族兄弟的生活，每年还是要划出一部分林子作为火烧地。口粮总是最重要的问题……"拉开距离看，我们的祖辈世世代代不就是这样走过来的吗？ 刀耕火种，用大片大片的树林换取一点点玉米、稻谷。可问题在于，这一点点玉米、稻谷却是山里人得以活命的依靠啊。这样看，烧荒种地不是也有合理或者说不得不这样做的原因吗？ 否则，在荒山野岭中他们靠什么来维持生计呢？ 在一个生产力极其低下、人们习惯了从土地刨食的地方，和他们谈环境保护多少是有点奢侈的。

从这样的视角，作者其实已引导我们进入一种新的、较深的思考：怎样在整体的生态系统中思考人与自然的关系。在探险性作品中，虽然自然作为一个对象已明显地凸显出来，但人无疑仍是作为主角出现的；在环保性文学中，自然的地位进一步提高了，一定意义上有了主体的性质，但环境仍是人的环境，人仍是中心和出发点，虽然人们常常将这类人类中心主义称为弱人类中心主义；但在《犀鸟、鬣鹿和绞杀树》《和黑叶猴对话》《胭脂太阳》等作品中，我们看到，自然是一个相对独立的系统，它们有自己的超越了人类意志的规律，我们无法让自然来屈从我们，而是要在一定程度上去适应它。"人定胜天"在这儿不一定好用了，人类社会的道德伦理在这儿也不一定灵验了。我们不一定完全要改造环境、让环境为自己服务，而是要站在生态大系统的角度来看待人、看待自然、看待人和自然的关系。在这样的视角里，一群榕树围困甚至缠死一株它们原来寄生的圆锥木姜子树，一只年轻的公猴驱逐原来的猴王甚至摔死它的后代，都有它们自身发生和存在的逻辑。烧荒垦地，未必都出于性恶；给猴子们喂食，将它们养得大腹便便，连一棵不高的树都爬不上去，于它们未必是善。我们需要站在生态系统的角度来看待和理解自然，而不是将人类社会的道德伦理强加在它们身上。这样，站在生态系统的高度理解自然、理解人与自然的关系，就非常地重要了。沿着这一线索，刘先平的大自然文学开始走向生态文学的深处，其反思深度也显现出来了。

四、刘先平大自然文学的叙事艺术

作为神秘的外部世界的自然、作为人类生活环境的自然、作为生态系统的自然，这是刘先平大自然文学建构的几种主要的自然类型，它们在作者的作品中是互有差别又紧密地联系在一起的。这些自然和作家的叙述方式是紧密地联系在一起的，很大程度上我们可以将它们看成作者不同叙述的结果。进入这些自然，就是进入作者的叙事艺术。

从纵向上看，作者对不同自然类型的建构是可以分出某些时间性的。作者早期的作品更倾向第一层次的自然，一个神秘的作为外在的未知世界的自然；近年的作品，隐隐约约地闪现出一个有机的、将自然作为一个整体系统来观照的世界的影子，即我们前文所说的第三层次的自然；但贯穿作者全部创作的，主要还是第二层次，即作为现实人类生活环境的那个自然。作者全部作品的着力点也在这里。只是前期创作的主要是面对儿童的虚构形式，这层含义多少是隐含的；但到后来，作者主要转向随笔性的自然书写，这层含义便显豁地表现出来了。

横向上，我们也可以将这些不同的自然看作空间性的不同层次的叠合。最上层是作为外部世界的自然，中间是作为环境的自然，最下面是作品关于整体自然的思考。这三个层次一开始就存在着，只是开始时偏重第一层次，后来，后两个层次凸显出来罢了。这三个层次当然也是非常大致的划分。不仅层次与层次间没有清晰的界限，各层次所占的比重也非常地不一样。作者主要是将自然作为人类生活的环境来思考和表现的。这也是中国近年的生态文学最着力的地方。这使中国近年的生态文学，包括刘先平大力推动的大自然文学，与中国的社会现实能产生紧密的联系，成为批判现实主义文学的一个组成部分。这使这些年多少有些暗淡的批判现实主义文学保留了光彩。

这种叙述方式和对自然的建构，使刘先平的大自然文学获得广泛的好评。不仅因为其极好的观光效应、知识启迪，更在其对生活的满腔热情，对人与自然关系的深入思考。特别是进入世纪之交以后的非虚构性自然书写，猎奇的特征少了，思考的特征却增加了。出现在这时作品中的外面的世界不再完全清新；不仅不清新，还带上一些被贪欲弄得昏暗的肮脏。但正是通过这些不完美，作者将现实中国的生态困境揭示出来，引起治疗的希望。这样，最先从现实生活中疏离出去、带有浪漫主义文学色彩的大自然文学又回到现实，有了些批判现实主义文学的特征。在文学批评领域，人们也主要从现实批判而非儿童文学的角度，对作者的创作进行解读和批评了。

这种叙事及其建构的自然也留下了一些可以进一步拓展的空间。大自然文学是一个相对模糊的提法，就字面意义而言，主要是就作品的题材说的。题材对作品的主题、叙述方式具有某种限定作用，所以在新时期之初，将儿童文学从枯槁的政治文化的题材中拉出来，起了那么有效的作用。但题材自身毕竟不是作品的意蕴，面对自然这一题材，文学作品完全可以有不同的写法。环境文学就是一个有意义的选择。刘先平大自然文学的成功也从这儿表现出来。特别是进入新世纪以后，中国的环境问题突显出来，给中国的文学创作提出来不少新问题，同时也就给涉足这一领域的作家提供了广阔的用武之地。也正是在这一过程中，中国的以大自然为表现对象的文学和世界范围内的生态文学接轨了，我们也就有机会从世界生态文学的视角来看待自己。从这一角度看，我们似乎还缺少世界生态文学整体主义的视野。我们的文学虽有批判现实主义的情怀，但也容易落入问题小说的窠臼。刘先平近年的文学随笔不能说全无这方面的倾向。

中国生态文学批评中有一种倾向，即认为环保主题多少还是从人出发的，是一种弱人类中心主义；而真正的生态文学应该完全从人类中心主义中跳出来，站在生态系统的高度看生态、看人类。这种观点作为一种理论很有吸引力，但要真正做到，恐怕是很难的。文学是人创作的，怎么能完全脱离人类的立场、将人和世界的其他部分完全并列去讨论人类的存在呢？站在系统的高度来看人类，在系统和谐的指引下谈可持续发展，不仍是在为人类利益着想吗？这牵涉到生态伦理中极其复杂的问题，也给生态文学的创作和研究提供了更多题材和话题。在生态文学的背景下，刘先平及其大自然文学会找到自己更广阔的空间。

离开作者的抒情言志，哪里是儿童诗的生存空间？

儿童诗是以儿童为主要目标读者的诗，但写作儿童诗的一般都是成人。按一般理解，诗抒情言志，偏重表现人的内心世界，诗人就是诗人自己诗歌的抒情主体，于是有了"诗言志""诗缘情""情动于中而形于言"等理论。世界其他民族也不乏类似的说法。如"愤怒出诗人"；"抒情诗被解作一种模式，突出了一种同时性，即投射出一个静止的格式塔的一团情感或思想。叙事以故事为中心，抒情诗则聚焦于心境"①。就是认为诗是作者真实情感的自然流露，情感越真实越强烈，流露得越自然，就越容易成为好诗。创作似乎也证明着这一点。在李白浩瀚的诗歌海洋里，挺立着的是诗人"摧眉折腰事权贵，使我不得开心颜"的自我形象；在杜甫沉郁顿挫的吟唱里，是诗人忧国忧民、"叹息肠内热"的自我形象。可是，在儿童诗里，这一理论一开始就面临挑战。儿童诗、儿童文学能够存在，就是人们认为儿童的心理和成人不同。如果儿童诗表现作为成人的作者的情感心志，它怎么和儿童读者沟通？在柯岩、林焕彰、邱易东、王立春的诗歌里，你能读出诗人的自我形象吗？不说清这一矛盾，儿童诗的合法性便成了问题。

一、"抒情言志"不太适合儿童诗

"诗言志""诗缘情"都是中国诗歌开山的纲领。放在世界文学中，抒情诗是中国文学最具特色的类型，带动"诗言志""诗缘情"成为中国最正宗的文学理论。"志""情"无疑都属于人的内心世界。内心世界是看不见摸不着的，要把人

---

① 苏珊·斯坦福·弗里德曼语，转引自詹姆斯·费伦《作为修辞的叙事》，陈永国译，北京大学出版社，2002，第6页。

的内心世界表现出来，就要因内附外、化情思为景物。中国古代文学中，不仅有无数的成功作品，还有诸多的理论阐释。西方文论所说的"聚焦于心境"，应是差不多的意思。只是他们常常将抒情文学和叙事文学对照起来说。叙事文学主要叙"事"，事、故事主要是人物的活动、人物活动引起的事态变化，是看得见摸得着的，较外在的而非内在的。"愤怒出诗人"等也和中国人的抒情言志传统相通。

但抒情言志也好，聚焦于心境也好，都只说诗偏重表现人的内心世界，偏重表现情、志、心境，但没有细说言谁之志、缘谁之情、聚焦于谁的心境，这就给不同的理解，包括误解，留出了空间。因为历史上确实有很多成功的诗篇是从作者自身出发的，是以作家自身的情感为表现对象的，自然就有了抒情言志就是抒作家之情、言作家之志的认识。中国是抒情诗大国，以抒情言志成为大家、名家的诗人特别多，所以，认为抒情言志就是从作家自身出发的理论的影响也就特别地深。但是，这只能说明诗歌中的情感可以以作家自己的情感为基础，作家真实情感的艺术表达容易成为优秀的作品。"可以"并不意味着"一定""必须"，诗歌完全可以不建立在以作家自身情感、自身经验为对象的表达上。这在诗歌的历史上同样可以找到许多成功的例证，如被许多人称为唐诗压卷之作的《春江花月夜》，就很难说是从作者个人经验出发、主要以作家个人的情感经历为基础创作的。

要揭示诗作中不同"情""志""心境"的具体所指及它们之间的关系，就必须深入到诗的内结构中去。诗歌呈现的不是自然的情感，不是真实情感的自然流露，除非这种自然流露的情感不自觉地具有了某种形式。这就是苏珊·朗格说的，诗不是一般地表达情感而是表达"情感概念"。[1] 情感概念是一个有意味的形式，是一个相对静止的情感格式塔，它同时包含了作为被表现对象的情感和作为选择、加工、改造这些情感并对其进行评价和再创造的思想情感。后者来自创作主体，前者呢？作为表现对象的情感、情绪、情致、情志等，相当于建造诗歌大厦的材料，或像我们日常说的文学反映生活中的那个"生活"一样，是可以来自作者自身，也可以不来自作者自身的。材料、生活包含着形式的基础，但本身还不是形式；没有形式化的情感不能放到一定距离外去观照。即使是作者

---

[1]　苏珊·朗格：《情感与形式》，刘大基等译，中国社会科学出版社，1986，第70页。

自己的经验、情感，没有距离，没有形式，再"愤怒"也出不了诗人。不仅成不了诗，有时还成为诗歌创作的干扰。正是在这一意义上，艾略特说，诗不是要表现情感，而是要逃避情感。

一面是作为被表现对象的情感，一面是自己对这些情感进行选择、加工、改造、再创造的情感，这二者在诗歌中自然不是分离的，或机械地拼合在一起的。没有一个先在的、完全客观中性的、放在那儿供人去选择和表现的"生活"或情感，当人们用先在的心理结构观照生活，用自己的心灵之光照亮生活，使生活以某种特定的形式浮现出来，它已经被注入人的情感和意愿，带上人的体温，向人生成，形式化、属人化了。这有些类似叙事文学中所说的"典型"。不管是典型人物、典型事件还是典型环境，都是作者用自己特定的目光、心灵从生活中召唤出来的存在，同时包含了对象和主体两个侧面。这儿的被表现对象，同样是可以来源于作者自身的生活，也可以不直接来源于作者自身的生活的。因为中国古典诗歌多是抒情诗，从自身情感出发的现象比较普遍，于是造成诗言志就是言作家之志、诗缘情就是缘作家之情的误解。这种差别在所有的诗歌创作、文学创作中都存在，儿童诗只是由于创作者和被表现对象间的明显差异而将这一矛盾凸显出来了。

做了以上的辩证，我们大致可以明白，儿童诗为什么不可轻易地说"诗言志""诗缘情"，儿童诗中很难看到作家的自我形象了。诺德曼说："所有被归属为儿童文学的各种不同类型的文本都有一个共同点，那就是作者和目标读者之间的鸿沟。"[1]这种鸿沟与年龄相关但不限于年龄。儿童文学作者不是指一般意义上的成人，而是指文化意义上的成人，属于成年人中的文化精英；而儿童，即使他们中的佼佼者，也会由于年龄的原因，文化、生活经验、审美能力等都较为有限。面对这样的接受群体，成人作家、诗人不可能像写一般诗歌那样，以自身的情感、经验为素材，将自己的情感一无遮拦地宣泄出来。这样的宣泄是很难在儿童那儿引起共鸣的（不绝对。个别有天分的学前儿童不仅能背整本唐诗，还能够自己写，有些还写得很不错）。也因此，儿童诗中很难见到作家的自我形象。但这不妨碍成人作为创作者在儿童诗中的出现。

但这也不是说儿童诗完全不能以作者自身的情感作为表现对象。一则，成人和儿童间、成人情感和儿童情感间没有绝对的界限。既然都是社会生活中的

---

① 佩里·诺德曼、梅维丝·雷默：《儿童文学的乐趣》，陈中美译，少年儿童出版社，2008，第19页。

人，总有些情感是共同、共通的，是老少咸宜、与年龄的关系不是很大的。如谢尔·希尔弗斯坦的《失落的一角》，是哲理诗，是儿童和成人都可以欣赏的；如普希金的《渔夫和金鱼的故事》，是写成人世界的，原来也没有将其作为儿童诗看待，但在流传的过程中，儿童成了其主要的读者群体；在中国，还被选进许多儿童诗的选本。二则，成人面对儿童，有自己的感受、理解、期望，也有与儿童有关的情感，如能恰当地表现出来，是可以成为适合儿童阅读的作品的。如王立春的《毛茸茸的梦》："在我很小很小的时候 / 就有了你了 / 我的孩子……"《女儿》："你是从哪棵树上飞下来的呢 / 你是哪一朵花变的呢 / 我的粉嫩的 / 小女儿……"这都是一个和现实作者相近的成人抒情主体的视角，表达的也是成人的情感、情绪，可在儿童诗中合理地存在。因为它们是面对孩子说的，是孩子可以和应该知道的，是他们能够感知、读懂，对他们的成长是有益处的。成人要了解、理解儿童，儿童也要了解、理解成人，这样的作品，是没有理由不将它们作为儿童文学来看待的。

二、儿童诗中的叙事因素

儿童诗不太适合表现作家的情感心志，不适合从作家自身出发去创造典型情感、典型情绪，那么，它应该从哪儿出发，以什么为基础去进行典型情感即苏珊·朗格所说的"情感概念"的塑造呢？

首先是直接写儿童，写儿童生活，较多将儿童的行为、儿童的外在活动作为表现对象。

将那些看得见摸得着的人物、人物的外在活动、由这些活动构成的事件称为生活的硬件；将那些看不见摸不着，没有视觉形象的情感、心理、氛围等视为生活的软件。叙事文学偏重以硬件为对象；诗，特别是抒情诗，偏重以软件为对象。中国传统诗歌多是抒情诗，所以"诗言志""诗缘情"也主要是抒情诗的理论。这和苏珊·朗格所说的"情感概念"，苏珊·弗里格曼所说的"情感格式塔"[1]等也大体一致。但这种区分是大致的。生活中，硬件和软件不可能机械地分开。诗较多表现人的内心世界，也只是相对侧重而已。写作儿童诗的主要是成人，不适合直接的抒情言志、表现自我，自然会站在一定距离之外观照儿童和儿童

---

[1] 詹姆斯·费伦：《作为修辞的叙事》，陈永国译，北京大学出版社，2002，第6页。

生活,那些具有视觉形象的对象自然较多地进入作家的视野。

20世纪五六十年代,柯岩的儿童诗在小读者中大受欢迎,学者也给予很高的评价,他的儿童诗就是偏重写儿童的外在活动、偏重叙事的。《小兵的故事》《看球记》《小迷糊阿姨》,有人物、有故事,一定程度上已接近小叙事诗了。西方文学理论较少论及这种现象,因为他们传统上是将叙事诗当作叙事文学而非抒情文学看待的。在中国,"诗"和"抒情文学"差不多是重叠的。我们尊重这种事实,小叙事诗就成为儿童诗中的一种主要类型了。从接受者的角度看,儿童年龄小、审美经验有限、不善于感受和把握没有实体形象的情感情绪,包括由"情思"转化成的"景物"、意象、意境等,有人物、有行为、有事件、有故事的小叙事诗通常更能受到他们的欢迎。

人的心灵世界和行为世界是统一、无法分割的,就是在心灵与行为的统一中写孩子,也有许多不同的写法。柯岩的儿童诗既有写成《小兵的故事》那样偏重叙事的,也有《题画诗》那样不偏重叙事的。林焕彰、邱易东、王立春等人的儿童诗也有很多不偏重叙事的。相对于《小兵的故事》那样对一个人、一个事件的叙述,更多的儿童诗偏重描写一个典型的儿童生活的画面,处在意境和故事之间,既有人物、行为等视觉形象,又淡化了时间性,情感、情绪得到了凸显。如邱易东的《一个小男孩的陀螺》:"雪花与北风一起飞扬的日子/小男孩做了一个陀螺,红色的/带着它到零度以下旋转……风抽打着旋转的小男孩/小男孩抽打着旋转的陀螺/小陀螺像一朵红色的火苗/就这么旋转出/一圈儿一圈儿花朵般的欢畅/一圈儿一圈儿旋涡般的阳光……"这是写具体的儿童生活的场面,但又包含了比单纯的儿童生活场面更多的东西,偏重场面、细节、氛围,是一个充满活力的生命瞬间。这个瞬间既是写实的,又是象征的;是具象的,又是超越具象的。这是儿童诗一种很有特点的表现方式。

儿童诗在表现对象上还有一个和成人诗不太相同的地方,那就是它常常用非生活本身的形式创造艺术形象。儿童诗中有大量的童话诗。童话诗以非生活本身的形式创造艺术形象,人物和环境多是虚拟的,但其折射的仍是儿童生活。因为这样的形象拉开了与现实生活的距离,将生活放到一定距离之外去观照,这对审美能力偏低的儿童读者是非常必要的。即便是那些不以拟人方式创造艺术形象、不将整首诗童话化的作品,也往往由于儿童心灵的折射而变得似真似幻,别有一种雾里看花的感觉。这方面最有代表性的是王立春的儿童诗。如《写给老菜园子的信·梨树讲鬼故事》："老梨树一到晚上／就讲鬼故事／你看把满园子的菜／脸都吓灰了／／有月亮的晚上／他一边讲还一边来回走／满园子都是他的影儿／他把自己快晃成鬼了／／癫瓜吓得靠在墙上／张大了嘴／黄花菜竖着耳朵／紧紧地闭上眼睛／辣椒赶紧转过身去／连一朵小花都不敢开……"老菜园子既是菜园子，又是一个儿童的世界，二者交融，将儿童世界艺术化了。

三、儿童诗如何表现情感

但儿童诗并不是真的就不能抒情言志、表现人的内心世界的。儿童诗也是诗，在大的方面，偏重表现人的内在方面，它和一般诗歌应该是一样的。那它怎样表现情感和人的内心世界呢？

首先还是需弄清儿童诗表现谁的情感，什么样的情感。和一般诗歌一样，儿童诗表现情感概念。这种情感概念是对生活的感悟、理解、命名，差别只在于，儿童诗要和儿童对话，对儿童的情感进行塑造，所以要以儿童情感为题材、为基础，在儿童情感的基础上创造出一个有意味的形式。成人作者如何从儿童情感出发、以儿童情感为基础去创造一个典型化的情感概念呢？儿童诗作者一般不是儿童，但他可以想象，通过想象进入儿童的内心世界，这就为儿童情感的表现甚至抒发提供了契机。

较常见的方法就是设置一个儿童抒情主体，用他的眼睛去看，用他的耳朵去听，用他的心灵去感受，用他的嘴巴说话。这有些类似叙事文学中的第一人称小说，人物（常常是主要人物）兼叙述者，自己讲述自己的故事。这样，儿童的情感、情绪、内心世界就可以显性地表现出来了。

　　不要送伞来／妈妈／我喜欢在小雨中／慢悠悠地走回家／我喜欢细细的雨丝／对我说悄悄话……（邱易东：《妈妈，不要送伞来》）

　　爸爸，天黑黑／要下雨了／雨的脚很长／它会踩到我们的／我们赶快跑！（林焕彰：《童话》）

　　骑扁马的扁人又从大门前／走过了／月光已经为他铺好了／一条白毯子／／我能听到嘀嗒嘀嗒的马蹄声……（王立春：《骑扁马的扁人》）

但这和叙事文学中的第一人称小说还是有些不同。小说多是事后叙述，作为人物的"我"和作为叙述者的"我"是分开的。虽然很多小说淡化了现在的作为叙述者的"我",只让读者看到经历时的作为人物的自己,但读者仍可清楚地感觉到故事外面的叙述者的存在。而儿童诗因为主要表现情感、愿望,时间是以将来时的形式展开的,展现在读者面前的是人物活动的瞬间。通过这个瞬间,读者可以看到人物说了些什么,做了些什么。作品既可以以人物说和做的方式感知人物,也可以以人物说的内容即抒发的情感感知人物。上引《妈妈,不要送伞来》和《童话》,吸引人的主要是人物说话的方式,从这种"说"中显现出来的孩子气的希望和想象;而《骑扁马的扁人》吸引人的则在孩子叙述的世界。总之,通过作者设定的儿童抒情主体,儿童诗是可以克服成人作家和儿童诗抒发对象之间的矛盾,将儿童情感等较为内在的内容展现出来成为审美对象的。

当然也可以采取超越性叙述者言说儿童心理、内心世界的方式。

> 男孩的童年充满战争的幻想 / 男孩的童年充满冒险的紧张 / 没有哪一个男孩没有过玩具枪 / 没有哪一个男孩没有过木头剑 / 每一个男孩都做过英雄梦 / 屹立山顶挂上刚刚升起的勋章……
>
> （邱易东:《男孩,关于战争的抒情》）

这是直接言说孩子的内心世界,但言说者即诗歌的抒情主体却不是孩子本人。从叙述语调看,是一个从孩子时代走过来但现在已不是孩子的人,是一个站在一定距离之外观照孩子、最能理解孩子的人。由于从孩子走过来,所以能体察、感知孩子的内心世界;因为现在已不是孩子,所以能站在高处,理解战争与男孩的关系,看得比一般男孩更远。在儿童诗的写作中,这也是一个常见的、非常有用的视角。

无论是偏重写儿童的外在活动、创造一个儿童抒情主体,还是从成人的视角抒写儿童的情感、感觉,都对儿童诗的成人写作者提出了一些特殊的要求:熟悉儿童,有感知儿童的思想、情感、感觉的能力,尤其是善于想象儿童的想象,并能将它们召唤出来,成为一个可视可感的艺术形式。儿童年龄尚小,没有深入地进入社会生活,他们与现实的社会生活有着天然的距离,这决定了他们的思维带有较多的想象性、幻想性。深入地进入儿童的想象、幻想,就深入地进入了儿童的精神世界。作家们一般都是知道这点的,所以,儿童诗常常将儿童的想象、幻想作为自己的表现对象。如王立春的《骑扁马的扁人》,画面上描写的,是迷蒙的月光中，一个全身盔甲的武士骑了一匹高大的白马，提着一杆长枪，嘀嗒嘀嗒，很威武地从窗前走过。"他是从山后过来的／身上背着皮口袋／还有剑一上一下／闪着亮光……"这当然不是实景，而是孩子的心像，作者将孩子的心像变成了画面上的风景。孩子为什么有这样的心像？因为白天看妈妈剪纸，剪纸中有骑扁马的扁人；到了晚上，白天的扁马扁人就成了月光中的武士形象。孩子的眼睛将妈妈的剪纸幻化成这个月光中威风凛凛的骑士。眼睛后面则是孩子的心灵，是孩子充满野性的想象力。表现孩子充满野性想象力的心灵世界，是儿童诗最具有诱惑力的地方。

四、儿童诗中的"反观"

世界是生成的，一个人看见什么是他能看见什么。他能看见树，是因为他头脑中有"树"的形象；如果没有"树"的形象，即使树摆在那儿也是看不到、认不出来的。头脑里没有"树"的形象，又遇到一棵真正的树怎么办？人们常用头脑中已有的近似的形象对其进行改造，将其纳入已有的认识模式中来，结果常常出现似树非树、非树似树的变形形象，神话、童话、民间故事中的许多怪异形象就是这样产生的。这就提供了一样特别的认识途径：在通过某人眼中的世界去认识世界的同时，通过这一世界去认识将世界如此这般呈现出来的那个人。

仍回到前面提到的《骑扁马的扁人》。一个孩子受妈妈剪纸的启发，想象出一个在月光中骑马从自己窗前走过的武士。我们是顺着孩子的目光看到那一画面的，但在这一画面中，孩子其实也是直接在场的；只不过我们较容易顺着孩子的目光去想象那月光中的武士，而忽视那伏在窗前观看（创造）这一画面的孩子。要反观这一孩子，需拉开距离，改变立足点，这样才能站在和孩子不同的立场上，将创造月夜武士的孩子作为审美对象。这很容易让人联想到卞之琳的名诗《断章》："你站在桥上看风景，看风景的人在楼上看你。明月装饰了你的窗子，你装饰了别人的梦。"一个似有似无的武士跨马提枪在月光中走过是一种风景，一个在楼上窗口看这风景的孩子也是一种风景。与卞诗不同的是，这儿的月光中的武士是孩子想象出来的，和窗口的孩子不处在同一平面上。我们可以顺着孩子的目光去想象那月光中的骑士，更重要的还在于反观那个创造这一风景的孩子。

《骑扁马的扁人》中的孩子毕竟还是在场的。在更多的儿童诗中，这个孩子常不实体地在场。

> 火车是个大烟鬼 / 每次看到他 / 都是边走边抽烟 / 像个外国人 / 只管抽雪茄 / 吐出来的烟圈儿 / 又黑又大 / 把自己都熏黑了。（林焕彰:《火车》)

这是写物，近似传统的"咏物诗"，但这"物"显然被拟人化了，成了一个似人似物但又非人非物的充满喜剧色彩的怪特形象。在作品中，这一形象自然是审美对象。但是，一辆运行中的火车为什么成了一个边走边干活边抽雪茄的烟鬼形象呢？这显然是出自一种特殊的目光。这是谁的目光？自然是叙述者的目光，或者说是作者模仿的观者、叙述者的目光。而这个观者、叙述者显然是一个儿童。何以见得？因为它将事物人化、儿童化了。按很多人的理解，儿童年龄小、知识少，还不能按世界本来的样子去认识它，只能按照认识论上的一般规则，由近及远，由浅入深，从熟悉的事物出发去推想不熟悉的事物，于是将从自己身上获得的认识推广到、投射到其他人、其他事物身上，使外物皆着我之色彩。于是，鸟会说话，树会思考，石头有意志，万物都有情感，整个世界都人化、儿童化了。在《火车》中，作者借儿童的目光将这样一辆火车召唤出来；反过来，也是借这样的一辆火车，将看火车的那种目光、那种心灵、那个人召唤出来了。犹如一个人坐在一条小船里，船随着波浪一上一下地起伏着，从这样的小船上看出去，远方的山峦、星星似乎也一上一下地起伏。其实，山峦、星星自然是没有起伏波动的，波动的是从起伏的船上看出去的目光。写从起伏的船上看山峦、星星是一种方法；倒过来，隐去船和船上的人，只写山峦、星星一上一下地起伏，让读者去想象那个使山峦、星星如此这般呈现出来的目光、人、小船，是另一种写法。辛弃疾词:"我见青山多妩媚，料青山，见我应如是。"《火车》一类诗，只写山峦、星空的妩媚，而隐去那个看山峦和星空、将青山和星空变得如此妩媚的人，其意图恰在让读者想象这个人的存在。

不管是写儿童想象、幻想中的世界还是通过烙印着儿童想象、幻想的世界反观儿童，其中的想象、幻想其实都是作家自己想象出来的。即作家不仅通过想象塑造儿童、描写儿童世界，还要想象儿童的想象、幻想，通过想象中的世界来推想那个想象者。就像没有一个现成的儿童生活放在那儿供人们模仿一样，也没有一个现成的儿童想象放在那儿供人们去模仿。所谓想象儿童的想象，就是在贴近儿童想象、把握儿童想象特点的基础上，为儿童想象命名，将儿童想象作为一个存在者召唤出来。在这一意义上说，不是作家模仿的儿童想象，而是作家创造了儿童想象。更进一步，也是创造了那个如此这般想象着、幻想着的儿童，成功与否，只在作者创造了怎样的儿童、怎样的儿童想象中的世界。

五、儿童诗怎样表现作家的声音

这样，我们又重新回到本文开头的问题：儿童诗不太适合作家的抒情言志，但儿童诗能离开作家的声音吗？离开了作家自己的抒情言志，成人作家的情、志如何在儿童诗中存在和出场呢？诗、文学作品是作家创作的，是作家思想、情感、情趣、审美意识的物化形态，不可能在自己的作品中不存在、不出场，只是存在、出场的方式有些不同而已。

文学作品中的作者一般都是隐含的，不是表现为一个具象的某某而是通过故事、画面流露出来思想意蕴、情感倾向。一个作品写了什么，表达了什么样的意蕴、情感倾向，当然要看作品写了什么，但更重要的是看作者对自己选择的对象进行了什么样的加工、改造，赋予它什么样的结构，变成了一个什么样的形式。将一首儿童诗看作一个有意味的"格式塔"，其意味主要是由作品的内结构即其组织形式决定的；而怎么组织，则取决于作家的思想、情感、审美趣味、艺术功力等，作者的情、志等也于此流露出来。柯岩20世纪50年代的儿童诗写小兵、小弟，用的是"姐姐"的视角，其实也是隐含作者的视角。诗中欣赏而略带揶揄的语调传达的就是作者的情感倾向［生活中，有些母亲喜欢在别人面前"埋怨"（实为显摆）自己的儿子多么淘气、多么不听话，使用的常常就是这种语调］。有些儿童诗中，隐含作者的情感倾向和叙述者的情感倾向不完全一致，于是出现了反讽诗等。儿童诗中作者思想情感的"隐含"程度也可以很不一致。柯岩儿童诗中的作家情感是隐含的，但感受起来并不特别困难，因为它们表现的偏向"情志"。王立春的《老菜园子》中隐含的意味则更淡远、深细，因为它们表现的更多是"情趣"。

深入理解儿童诗的情感倾向，我们再一次遇到佩里·诺德曼所说的儿童文学中的分裂性的问题。[1] 即面对自己笔下的同一描写对象，作者的情感倾向是矛盾

---

① 佩里·诺德曼：《隐藏的成人：定义儿童文学》，徐文丽译，中国社会科学出版社，2014，第192页。

的。既肯定又否定，既赞扬又嘲弄，既鼓励又揶揄，但却不是判断上出现困难、犹豫不定，而更像是逻辑上所说的"两难"。世界是多层次、多侧面的，作者也是多层次、多侧面的，相遇之后，生成的结果自然也常是多层次、多侧面的。同一个天真幼稚，成人作家和儿童读者的感受可能非常地不一样。林焕彰的《回去看童年》，以一个诗人重返故乡（是地理上的故乡，也是精神上的故乡）的经历，把经历时的童年和回忆中的童年叠放在一起，既写出经历时的天真美好，也写出回忆时的感伤忧郁。这两种情感间是有距离的。儿童读者可能更能感受前者；而对后者，则需要时间、空间上的距离了。儿童诗不宜让后者表现得过于浓重，但完全剔除也是不大可能的。这种分裂在一些叙事性的童年文学中一样存在。

儿童诗能形成创作者的个人风格吗？很难，但也不是绝对地不可以。风格是作家的创作个性在文本中的实现，深深地打着自己情感、思想的标记。儿童诗不太适合作者个人的抒情言志，自然在风格形成上出现许多的限制，实现上更有难度。但影响风格形成的因素是多种多样的，对儿童诗中个人风格的形成也不都是负面的。比如，同样是对英雄的向往，柯岩笔下的"小兵"向往解放军，在敌人面前坚贞不屈；邱易东笔下的少年则是站在山顶，胸前挂着刚刚升起的勋章。比较二者，明显感到时代的差异。林焕彰的《火车》是用反观的手法写的，王立春的《海水大被子》也是用反观的手法写的。前者把火车表现为边抽雪茄边干活的大烟鬼，更像男孩的目光；后者把海水退去后的海底拟人化为被子掀开后孩子玩具的世界，更像女孩子的视角，其中也有作者性别差异的投射。同样是从 20 世纪 50 年代走过来的诗人，人们不会把柯岩和金波混同起来。同样是十年动乱后走上文坛的作家，邱易东的儿童诗以远山和小城的孩子为主要表现对象，特别是以远山的纯净写乡村孩子对外面世界的向往，色彩浓郁；王立春的儿童诗似真似幻，带些童话色彩却不是童话诗，特别是想象儿童的想象，极其丰富并具深度。它们都是儿童诗创作中最成功、最富特色的作品。这看起来似是一个悖论：儿童诗不适合作者的抒情言志，但儿童诗中真正响彻的，依然是作者的声音。

反抗现代化

——20 世纪儿童文学现代性的一种表现形式

现代性是 20 世纪中国文学的基本内涵，这在儿童文学中不仅不例外，有时还表现得格外醒目，因为儿童文学很大程度上就是现代化的产物。无论是对较为实体的未来社会、未来民族、未来国家形态的想象，还是在现代意识的层面参与对大众，特别是对儿童的现代化启蒙，儿童文学与成人文学大体上都采取了同一步调。只是，由于面对的读者对象不同，作品涉及的内容不同，在具体表现形式上也有些差别。其中最明显的，就是许多儿童文学作品的内容常常以反现代化的形式表现出来。

一、以儿童的清洁精神批判现代社会的人性陷落

儿童文学中或者说自古以来以儿童为主要表现对象的作品中，以儿童的清洁精神批判成人特别是现代社会的成人的精神陷落，是一个历史久远的道德、审美视角。这种表现方式的理论基础就是所谓的"退化论"，即认为从原始人到文明人，从乡村到城市，从儿童到成人，人的精神呈现为一种退化的趋势。20世纪儿童文学对现代化的反抗，也首先从这儿表现出来。

中国的现代化是在传统的小农经济的基础上发展而来的。小农经济生产方式简单落后，生产单位极小，自给自足，人们的生活空间一般也很狭小，小得使人极易产生自己能把握自己命运的错觉。由此产生社会组织上的宗法性，家族成了社会结构中的最主要元素，家族以血缘关系为维系纽带，社会关系和生物性的血缘关系融为一体，成为体现中国人天人合一哲学观的深层基础，超级稳定也超级保守，能窒息任何新思想的火花，却披着一层温情脉脉的面纱。在

西方现代化刺激带动下发展起来的中国现代化进程，首先便是对这种生产方式、生活方式及建立在这种生产、生活方式基础上的人伦关系的突破。现代生产是社会化的大生产，现代经济是流动性的商品经济，大机器代替了耕牛犁耙，大流通代替了闭关自守，车水马龙的都市代替了炊烟缭绕的竹篱茅舍，以利益追逐为目标的商品交易代替了以血缘关系为基础的宗法礼仪，于是一些人感到失落，感到异化，感到无所适从，于是有了对已逝岁月的怀念，有了对现代化的某些批判。因为儿童处在社会生活的边缘，较少受到成人社会的文化的污染，人们很自然地将童心、母爱、自然放在一起，塑造出一种道德自然主义，对现代的成人社会进行批判。这种批评方式本有久远的历史，在20世纪儿童文学自觉后，几乎是顺理成章地就被引到儿童文学中来。

叶圣陶写于五四时期的童话，是被鲁迅先生称为"为中国童话开辟了一条自己创作的道路"的，其中许多可被视作专为批判、对抗正在兴起的社会现代化而作。《稻草人》的第一篇《小白船》，讲述两个孩子乘坐小白船被风吹到一个陌生的地方，蓝天白云，红花绿草，见人不去的小白兔和一个看似粗蛮但心底极善良的乡野人，完全是一个纤尘不染的世界。这其实是为全书竖起了一个道德的美学的尺度，书中的世界就是被放在这个尺度下予以观照和评说。在《眼泪》中，主人公满世界寻找同情的泪，但找到的只是虚伪之泪、幼稚之泪、穷苦之泪，最后还是在孩子那儿找到。《祥哥的胡琴》中，祥哥的胡琴纯朴美丽，在城里不被人欣赏，最后在乡间在清风流水中在孩子那儿找到知音。《大喉咙》中的"大喉咙"指工厂的汽笛，一个典型的现代工业的符号，在作品中却因打破了人们的美梦而受到怨恨。尤其是《克宜的经历》，少年克宜从乡村来到城市，满目灯红酒绿、车水马龙；可他举起进城途中得到的魔镜一看，满街的人大头细腿，皮包骨头，手如鸡爪，面无血色，一幅艾略特笔下的"荒原"景象。最后作者还是让他重返乡村，在乡村的原野上去寻找他的梦。与叶圣陶同时期的冰心、周作人、黎锦晖、俞平伯等人都赞颂自然、童心、母爱，在五四时期、20世纪30年代中国社会努力迈向现代化的背景上，形成一股怀乡、怀古、怀念童年的潮流。这潮流还由于当时的儿童文学理论奉行"复演说"，即认为儿童、儿童文学是原始人、原始文学的复演而进一步强化。

20世纪30年代以后，这一潮流由于阶级意识的勃兴而渐趋暗淡，但未完全退出历史舞台。进入20世纪80年代以后，就再一次借寻根文学而重返中国儿童文学的主潮，上演原始主义在儿童文学中的又一次复兴。从世界范围看，这和 18 世纪欧洲资本主义兴起时，一些作家目睹资本主义的物欲横流，提出重返自然、重返童年、重返中世纪的主张是一致的。只是中国资本主义的发展没有形成西方那样的气候，中国文学对资本主义、对现代化的批判也未像西方那样轰轰烈烈罢了。

二、以荒野文化反抗园艺文化

道德自然主义主要是一种道德理想，从道德自然主义出发的批判主要是一种社会批判、道德批判。但儿童文学的读者对象主要是少年儿童，少年儿童没有很深入地进入社会，儿童文学的基本主题在人的成长。20 世纪现代化的主题表现在儿童文学中，其核心内容便是人的现代化。20 世纪儿童文学反现代化的现代性也从这方面表现出来。

人的现代化有很丰富的内容和表现形式，而且是随着社会生活不断发生变化的。五四时期反传统，批判吃人的封建礼教，从西方请来"德先生"和"赛先生"，是人的现代化；20 世纪 50 年代新政权建立后，普及教育，让许多贫穷家庭的孩子都能走入学校，是人的现代化；20 世纪 80 年代，宣传知识，提倡个性，以知识、个性对人进行启蒙，更是人的现代化。在 20 世纪儿童文学对现代性的表现，启蒙文学是表现得最充分的一次。1985 年前后，启蒙文学拉开与政治文化的距离，半是抗议半是逃避地走进历史、走进文化、走进民间、走进荒野，兴起一个所谓的"寻根文学"运动。受这一文学思潮的影响，儿童文学中也刮起了一阵"野出去"的旋风。班马、常新港、沈石溪等人写荒山大漠，写江南腹地，写山林古寺，写远山孤村，写活动在这些空间中半开化未开化的人，尤其是老人、妇女和孩子；就连儿童文学中的动物，也由小猫小狗变成狮熊虎豹，一夜间变得凶猛起来。这里当然有对十年动乱将人机械化、工具化的疏离和反拨，有社会批判的性质，但更主要的，是透露出那代作家对当时儿童教育的不满。20 世纪 80 年代初，一面是"文革"后拨乱反正的需要，一面是现实的实现四个现代化的需要，工人回到车间，农民回到土地，学生回到课堂，特别是随着高考的恢复，千军万马过独木桥，"文革"前就受到批判的教育方式以一种变本加厉的方式重新回到教育中来，在正确地扭转读书无用论的同时，又给学生造成新的压抑和扭曲。如果说这仅仅是特殊年代特殊历史条件下的特殊现象，理解和纠正或许并不特别困难，可问题恰在于，这里包含着历史发展、现代化进程中某些必然性的东西。

在《立法者与阐释者：论现代性、后现代性与知识分子》一书中，齐格蒙·鲍曼曾引欧内斯特·盖尔纳的话，将前文明时代的文化称为"荒野文化"，将文明时代的文化称为"园艺文化"。荒野文化中的人一代又一代地复制自身，无须有计划的管理、监督和专门的供给；而园艺文化却只有靠专业阶层的培养、管理才能延续。"现代化的展开就是一个从荒野文化向园艺文化转变的过程。"[①] 园艺文化自有园艺文化的长处。计划、管理、精耕细作，人的成长受到很好的设计和培养，将人的潜能很好地发挥出来，尤其是对人的理性的培养具有优势，而理性恰是人的现代性的主要内容。但也因为过度地设计、管理、培养，过度的理性化指向，这一培养人的方式容易过分受教育者、管理者意志的制约，人的成长按教育者、管理者的预设一步步地进行，人被苗圃化、格式化，失去自由发展的空间，失去生命的活力。

新文化运动是一场声势浩大的社会批判运动，也是一次深刻的人的觉醒、人的改造运动。鲁迅疾呼"救救孩子"，周作人等力倡"儿童本位"。从人教育、成长的角度看，就是要用儿童的未受规范的自由精神拒绝、校正已经僵化、异化、格式化的成人世界。十年动乱后，人们又一次发出"救救孩子"的呼声，是人们又一次遇到相类似的状况。于是，荒野文化再一次出现在人们的视野中。在班马写于 1985 年的《六年级大逃亡》中，学生李小乔在小学毕业前夕主动辍学，跟几个大人到外面去贩黄鱼卖西瓜。他并非不爱学习，知道一个孩子的命运就是一个学生的命运。他之所以离开学校，并在与别人的谈话中声称自己"恨学校"，就在于他看到，或者说感觉到现在的学校生活中"包含了根本的不良之物"。"学校根本就不是学校呀！它像一个大工厂，什么都像工厂那样管着，老师就是车间主任……"就是说，当今学校是像生产物质产品如生产一台机器甚至机器上的零件那样生产人的。这里，我们显然又听到了欧内斯特·盖尔纳和齐格蒙·鲍曼等关于"园艺文化"的论述。只是，以生产机器、机器零件的方法生产人，比一般的园艺文化更野蛮、更机械、更易将人体制化、格式化，因此

----

① 齐格蒙·鲍曼：《立法者与阐释者：论现代性、后现代性与知识分子》，洪涛译，上海人民出版社，2000，第 67 页。

也更没有人性。作为对这种生产人的方式的反叛，班马主张"野出去"。在《鱼幻》中，班马让笔下的少年离开上海这样的大都市，沿黄浦江逆流而上，一步步走进江南腹地。刚离开上海时，少年面容苍白，身体纤弱，看见一条水蛇也吓得惊慌失色。但在乡下住了一段时间后，他不仅皮肤晒得暗红，来自心理遗传的原始密码似乎也被激活，不知不觉间唤回原始的灵性，能与动物、植物相通，有了自然的野性和生气勃勃。几乎同时，沈石溪等人的作品也表现出相同的内容和价值取向。

这在很大程度上也是对人的本我、潜意识的发现和尊重。弗洛伊德认为，人格系统包含本我、自我、超我，一个健康的人格应是这三者的合理组合。"园艺文化"强调理性、强调超我，本我处在一种被压抑状态，这就是马尔库塞所谓的"单维人"①。"单维人"是片面地拉长人格系统中的某一维，将立体变成平面，使人"偏枯"，使人失去有机性，可能适合某种体制，但不是人的和谐、合理的生存状态。而这恰是现代社会最普遍的生存状况。以荒野文化批判园艺文化，正是对这种生存状况的揭示和反拨。

三、以唤神精神反抗祛魅化

从某种意义上说，现代化就是一个祛魅的过程。古代文化、古代文学是充满神魅特征的。原始人不能很好地区分物我，易以己度人、以己度物，将在自己身上获得的经验推广到客体、外物，使外物皆着我之色彩，出现"万物有灵"，如此想象出来的结果便被称为"神话"。人们讲述、接受这些作品，便有一种与神相通、接受神启的感觉。原始社会以后，人智渐启，有这种信仰的人越来越少，但类似潜意识还在许多文学接受中存在着。一些人就认为，观剧将许多人集中在一个相当封闭的空间里，很大意义上就是许多人共同参加一个仪式，共同经历一个与神共在的时刻，人的情感也在与神的互渗中得到塑造。

在现代文学中，这种神魅性质还在。因为，现代文学多是从本质论出发的。只要认定这个世界有一个终极的本质；文学的任务就是揭示这个本质，文学能够反映这个本质，就不可能完全没有神启的性质。但就整体而言，这种神魅性在现代文学中是大大地淡化了。现代社会标示理性，特别是工具理性、技术理性，

---

① 单维人，是马尔库塞一本书的书名，也有人译为"单向度的人"。

不仅表现在意识形态领域，而且渗透到每个人的日常生活中，包括文学艺术活动中。现代文学强调的是欣赏。欣赏是清楚地知道对象的虚构性质的，是将对象放到一定距离之外，观照从对象身上反映出来的人的本质力量，欣赏对象也就是欣赏人自身。这种欣赏自然是不会有太多神启性质的。

至近年的后现代文学，则连现代文学仅剩的一点神魅性也祛除了。后现代文学强调的是消费，即将文学看作一般的物质产品，将接受时激起的情感当作有价值的东西予以享受。接受结束，消费结束，不把文学阅读激起的情感带到生活中去。我花钱，我消费，我是消费的主体，文学是我手中的玩具，对作品自然不存在任何敬畏之心。如一些后现代理论所说，人被召唤到广场上，大家都戴着假面具，去除了身份、地位、性别、年龄、文化、职业、宗教、信仰等的差别，尽情地狂欢，娱乐至死。人被"物化"，文学也被"物化"。以致有人疑问，在一个被"物"充斥的时代，在一个"理性极权主义"的世界里，文学还能继续存在吗？

这种倾向也影响到儿童文学。或者说，这种倾向在儿童文学中本就存在着，一遇风调雨顺，便更蓬勃地生长起来。热闹型童话、什锦拼盘小说、游戏文学等等，成为儿童文学中一道闪亮的风景。但就整体而言，儿童文学，儿童对文学的阅读，还是更偏向唤神精神的。儿童和原始人、半开化的乡野人一样，思维天然地具有"我向性"，即不能很好地区分自我与客观世界，以自己为中心，将外在世界看作自我的扩展、延伸，等物我，齐万物，不是将自己与世界的关系看作"我—他"而是看作"我—你"关系，和世界本能地具有一种亲和性。由于还没有很深入地进入文化，没有明显的异化，没有太多的故乡感，也没有太多的漂泊感，情感上天然地具有一些诗的特征、神话的特征，这使他们的文学阅读本能地具有天真性。

在近年有关文学是否走向消逝的讨论中，希利斯·米勒的意见是颇受人关注的。其新著《文学死了吗》深入地探讨了文学的主要特征，探讨了近年文学发展的历史，特别是探讨了当下文学面临的处境。他确实意识到大众传媒、后现代文化语境下文学的危机，但没有像许多人一样完全地陷入悲观，而未陷入完全悲观的理由，恰在他相信这世界还有超越娱乐、超越消费的精神需求，那就是孩子们的阅读、孩子般的阅读。作者称这种阅读为"天真的阅读"。作者并不完全否定"被质询、抵抗、去其神秘、去其魅力、重新将其纳入历史"的阅读，但却真诚地肯定和倡导孩子式的天真的阅读。"我对第一次阅读《瑞士罗宾逊一家》时的天真的轻信，有一种忧伤的怀念。那是一种已经失去、永远无法收回的东西。除非你已经做了这天真的第一次阅读，否则不会剩下什么让你去抵抗和批评的。如果自觉抵制文学的力量，书首先就被剥夺了对读者产生重大影响的机会，那么何必读呢？"① "要想正确阅读文学作品，必须成为一个小孩子"②，这是对文学阅读说的，但也不完全是对文学阅读说的。如果我们对文化、对真理、对世界全无敬畏，全无神秘体验，一切都是游戏，一切都是解构，会不会走到虚无、玩世不恭的道路上去呢？

近年的儿童文学，至少是相当部分的儿童文学，还是坚守着文学的唤神精神的。一本《365夜故事》，自1980年出版以来一再重版。这本书的内容主要是从传统的民间故事改编的。在遍地电视剧、遍地歌舞晚会、遍地KTV的今天，仍有人在火炉旁、在南瓜架下，听老祖母、听妈妈讲那遥远的、过去的故事。"月亮走，我也走，我和月亮手拉手……"人们似乎又被带到天地开辟，世界空蒙，物我界限泯灭，人和外物融为一体的境界，一种无机心无戒备对谁都不设防的天真状态。即使是在今天的创作性儿童文学中，这样的作品，这样的美学追求，仍是大量的、普遍的。班马的儿童小说，程玮的少女小说，黑鹤的动物小说，王立春的儿童诗，都是这方面的例子。相对于现代人的理性、解构、反思、祛魅、游戏心态，这或许有点"反动"，当放在人类精神的现象学中，这"反动"中不也包含着一些令人深思的东西？

四、以反现代化的形式呈现现代性

反现代化是一种外在的表现形式，透过这种表现形式，我们看到的实际上仍是20世纪儿童文学的现代性。在一般的理解里，"现代性"和"现代化"本是两个有紧密联系又有明显差异的概念。"现代化"说的是现代社会物质层面、生产层面、社会组织层面的特征，"现代性"说的是现代社会精神层面的特征。社会的精神特征，特别是具体作家的创作，具体的文学作品，和社会物质生产、社会的组织方面的特征可以同步也可以不同步，可以一致也可以不一致，这便

---

① 希利斯·米勒：《文学死了吗》，秦立彦译，广西师范大学出版社，2007，第229页。
② 同上书，第176页。

为一些作家、作品的反现代化，和现代化不一致提供了依据。20世纪的儿童文学中，许多以反现代化面貌出现的作品并非没有现代性，只是表现的形式不同，是以反现代化的形式表现现代性而已。

以反现代化的形式表现现代性，首先是因为现代化本身是一把双刃剑。现代化在极大地改变了社会生产力、极大地改变了社会的组织方式、极大地拓展了社会的理性空间的时候，也压抑了人的感性，抛弃了社会进步的清洁精神。人们在文学作品中对现代化的这些侧面进行批评是合理的、必要的。这种批评不独儿童文学为然，但在儿童文学中表现得更为集中，在一定意义上，成为这种文体的一种特征。因为如大卫·帕金翰等人所说，人们是在成人、成人文学的否定意义上使用儿童、儿童文学这些概念的。① 在20世纪初儿童文学刚走向自觉的时候，人们迫切需要将自己和传统区分开来，于是把传统、把历史、把儿童、把儿童文学建构为"他者"，自己作为现代人、作为现代社会的成人，已从传统、儿童中走出来，是在与自己、与成人、与现代社会、与现代化相对的意义上谈论儿童和儿童文学的。在大多数时候，人们是从正面、肯定的意义上谈成人、现代社会、现代化的。这时，儿童、儿童文学就成了一个被否定、被贬抑的对象，说儿童是幼稚的、浅陋的、无知的；说儿童文学是浅显的、简单的、寓言化的。但是，当人们用批判的眼光去看现代化，去看现代的成人社会，更多地注意到现代成人社会的腐朽、机心、功利、过分理性化的时候，儿童、儿童文学中的单纯、天真、快乐、美好便作为很正面的价值呈现出来，一些人甚至幻想将其作为一种校正异化的成人社会的力量。这正是我们在前面的评述中已经看到的状况。也正是在这一意义上，我们肯定儿童文学中反现代化的现代性，是20世纪中国儿童文学现代性一个重要的、不可或缺的组成部分。维柯说："人类事物或制度的次第是这样：首先是树林，接着就是茅棚，接着是村庄，然后是城市，最后是学院或学校。"② 已从森林中走出的人们不可能再回到森林中去，但在都市感到漂泊无依时会想起森林、想起故园。这是一种两难，也是一种宿命，只要生活在这个世界上，人就注定要在这种两难间挣扎，文学也在对这种生存状态的表现中获得自己的空间。

这种表现对儿童文学不全是正面的。一方面，儿童文学因这种表现而获得

① 大卫·帕金翰：《童年之死：在电子媒体时代成长的儿童》，张建中译，华夏出版社，2005，第6页。
② 维柯：《新科学》，朱光潜译，人民文学出版社，1986，第108页。

深度；另一方面，这种表现主要是从成人出发而不是从儿童出发的。成人经历了社会的腐败、堕落、钩心斗角、追名逐利、异化、漂泊感，于是回想到童年的单纯、美好、无机心，于是有了对现代化的种种反思。这些反思会抬高童年、儿童的地位，但在很多时候又是与儿童自己的文学阅读、与儿童自己的精神成长距离较远的。这或许就是五四时期以来一些写乡野、写童心的作品艺术水准较高、但在儿童中却常常得不到热烈响应的原因。不过，这不是绝对的。现代社会的异化是一种普遍的现象，对现代化的反抗是一种普遍的情绪，以反现代化的方式表现现代性在整个文学中都是一种普遍的方式；只要分寸把握得准确，这种表现方式是可以获得自己的空间的。何况儿童也会长大，儿童文学也不是只对儿童说的。

从《草房子》谈中国儿童文学之走向世界

在近年中国儿童文学发展中，曹文轩获得国际安徒生奖是一个重要事件。虽然获奖的原因可能有多种，其意义也可以从不同的角度去解读，但安徒生奖评委会在这个时候将这么一个奖项授予曹文轩这样一位中国作家，无疑是对曹文轩、对当前中国儿童文学创作的一种肯定。对于中国儿童文学批评，也是一次总结经验、探讨中国儿童文学如何走向世界的绝佳机会。本文以曹文轩的代表作《草房子》为主要对象，谈谈自己对这一问题的理解。

一、《草房子》如何表现时代背景

在谈及中国文学与世界文学的关系的时候，人们最常说的一句话是，只有是中国的才是世界的。这话自然不差。别人建一座金字塔，你也建一座金字塔；别人建一座空中花园，你也建一座空中花园，没有给世界文化提供任何新东西，怎么在世界文化中找到自己的位置？但这儿有两点需注意：其一，民族的东西也需是先进的有价值的东西；落后的没有价值的东西，如女人缠足、男人留辫子之类，再是中国的民族的也无法成为世界的。其二，毕竟有许多各民族共通的东西，表现这些共通的东西较容易获得别人的理解。当年西方儿童文学传入中国，就是因为表现童心、母爱、自然这些具有普遍意义的主题引起我们的共鸣的。从这样的角度看，中国儿童文学走向世界，题材和主题是否与世界儿童文学接轨，是一个特别需要考量的问题。曹文轩的作品首先在这方面做出了改变。

在很长一段时间里，中国文学都是以反映现实相号召的。《草房子》的故事时间在20世纪五六十年代之交。"那是1962年8月的一个上午，秋风乍起，暑气已去，十四岁的男孩桑桑，登上了油麻地小学那一片草房子中间最高的一幢的房顶……"接下去便是桑桑对自己在这儿的六年小学生活的回忆。推算下来，故事所写的应是 1956 年秋到 1962 年夏的事情。关于这段时间，留在文学中的主要是两种形态上有些相反的面貌。一是事件正在发生、和行进的时间同步出现的作品。总路线，"大跃进"，炼钢铁，办食堂，"反修防修"，一天等于二十年，一片莺歌燕舞、热火朝天的场面。一是十年动乱后的一些作品，如葛翠琳的《进过天堂的孩子》、虹影的《饥饿的女儿》等表现的，把天堂搬到人间，跑步进入共产主义，接着是饥饿和死亡，多少有些狂热、荒诞、错乱的情景。《草房子》和上述二者都不同，它将故事背景放在那段时间又拉开了与它的距离，几乎没有写到社会上正在发生的各种重大事件，出现在故事中的只是一座乡间小学的人物和故事，平静、和缓、诗情画意如世外桃源，如果没有故事开头叙述者的提醒，很难将它和"大跃进"、困难时期等联系起来。

这就很自然地受到质疑和批评。或许是受十年动乱后弥漫整个社会的反思思潮的影响吧，《草房子》诞生后，一些人很自然地将这种表现解读为对苦难的回避，一些人甚至批评其是对苦难的掩盖和粉饰。应该说，这种批评努力将作品放到特定的历史环境中，将人物、事件还原于历史现场，是有着强烈的社会责任感、有着批判现实主义的情怀的。但"现实"不等于"现在"，具体作品描写的时代背景和一定时期人们印象中时代状况也不是一回事。同样是"现实"，同样是历史上的一段时间，如 20 世纪五六十年代的那段时间，当初的莺歌燕舞不也是一种表现方式？如果将"时代背景"定于一尊，那就是将其本质化了。抗日战争无疑是一场民族大灾难，但以这一段时间为故事背景的作品不一定都要直接写到抗战，写抗战也不是只有一种写法。张爱玲的作品就几乎没有写到抗战，钱钟书的《围城》则将抗战处理为"一种遥远的无处不在"，它们一样有存在的价值。《草房子》对 1960 年前后的社会生活的表现，与张爱玲、钱钟书对抗日战争的表现，是有些相似的。

这样的表现其实是更符合儿童文学的自身特点的。布罗代尔论历史，有短时段、中时段、长时段的划分。①在现实生活中，这三种看似侧重时间性的历史是空间性地叠合在一起的。从浅层到深层，从短时段的政治经济，到中时段的文化风俗，到长时段的种族、自然、环境等，越显层的内容对我们的作用越直

---

① 费尔南·布罗代尔：《论历史》，刘北城、周立红译，北京大学出版社，2008，第 27—41 页。

接，越深层的东西对我们作用越深远。文学反映生活，根据内容和采用体裁等的不同，可以侧重不同的层面、不同的时段。儿童文学的特殊性在于：它面对的主要是年龄尚幼，生活经验、文化知识及接受能力都偏低的少年儿童。少年儿童处在社会生活的边缘，与政治经济有着天然的距离，其主要任务是"吃、玩、游戏，学些极普通极紧要的知识"（鲁迅语），这些"极普通极紧要的知识"常常是不同时代不同阶级、阶层的人都能认同的。对此，曹文轩是有着很自觉的认识的。"生活是有层面的，一层、两层、三层……小说应该注意的层面是在下面，更下面——最下面是普遍的、相对稳定的基本人性。这层面是隐秘的，但却不是变幻不定的。从这一层面说，中学生是永远的。每一个注意到并能有力量地把握这一层面的人都可以自信地说：我最熟悉中学生。"[1]《草房子》以1960年前后的某个中国小学为故事背景，却没有写到那段时间主导社会生活的"大跃进"、大炼钢铁、大办食堂等，就是因为写儿童而将目光投向边缘和深层，在回避生活主潮的同时完成对儿童生活的回归。

这不也是我们在世界优秀儿童文学作品中常看到的情景吗？安徒生的《海的女儿》写了一个海底世界，写了海公主为了成为人而做的挣扎和奋斗，那个故事发生在什么时间、什么地点？林格伦《小飞人三部曲》的故事发生在什么时候、什么地方？《马列耶夫在学校和在家里》是有时间和地点的，但突出的是"学校"和"家里"。这个"学校"和"家里"可以放在20世纪50年代，也可以放在80年代。这不是说儿童文学可以超现实，而是说儿童、儿童生活因为处在边缘，有着与现实主潮的距离。但有着与社会生活主潮的距离，并非真的不关心现实。《草房子》看似疏离社会现实，但还原到故事发生时的历史现场，还原到作者创作这个作品的具体时间，对当时极度膨胀的阶级斗争，对20世纪80年代仍在政治领域打转的儿童文学，不也是一种有意义的反思吗？后来的事实证明，无论是对作家自己还是对中国儿童文学，这都是一种有意义的探索。

二、《草房子》如何选择观照角度

文学不仅可以表现不同层次的生活，更可以从不同的角度去观照。《草房子》和20世纪30年代以来的儿童文学不同，更主要的是它观照生活、观照世界

---

[1] 曹文轩：《曹文轩儿童文学论集》，21世纪出版社，1998，第45页。

的角度发生了变化。

20 世纪 30 年代以来，中国儿童文学的主要观照角度是什么？是社会学，或社会人类学，即从社会的角度来看儿童、看儿童文学、看儿童文学中的成长主题。开始写压迫和反抗，写战场上的小战士、小英雄；后来写继续革命，塑造革命事业接班人；到十年动乱，则主要成了阶级斗争第一线的小闯将。即使十年动乱后相当长一段时间，人们的兴奋点也还是在社会生活的领域里腾挪回旋，如拨乱反正、现实教育对人的扭曲等。这种观照角度一般以社会为本位，即站在社会的立场上，从社会需要出发选择话题、塑造人物形象，对儿童读者进行引领和规训，将儿童传唤到社会需要的轨道上来。这和中国传统文学所主张的"教化"内容正好相适应，所以源远流长，在主流意识形态和大众那里都得到广泛的支持。这一视角今天依然有意义，近年反映留守儿童生活的儿童文学作品，很多就是从这样的角度出发的。

但在儿童文学中，社会学的切入角度也存在着明显的缺陷。其一，儿童处在社会生活的边缘，他们的活动场所主要在家庭和学校，而处在社会生活中心的主要是政治、经济、军事、外交等，是儿童不熟悉更是无法直接参与的。从社会学的角度切入，容易脱离儿童生活的实际，成为对儿童的扭曲。中国儿童文学在一段时间里写战争、写阶级斗争，很大程度上是不正常的社会生活、文艺观念使然，给儿童文学带来的伤害是明显的。其二，社会生活是以成人为中心的，社会本位必然导致成人本位。在儿童文学中谈阶级斗争、路线斗争这些主要属于成人生活的话题，不管价值取向如何，都会形成佩里·诺德曼所说的成人对儿童的"危险的强加"[1]。这也是中国儿童文学在相当长时间里无法与国际儿童文学接轨的重要原因之一。

曹文轩小说在这方面的最大变化，就是从社会的视角转向人的视角。人和社会当然是无法分开的，作为一种社会性存在，人的成长在很大程度上就是向社会生成。但向社会生成和文学的社会学视角不是同一回事。从总体上说，"人"应该是一个比"社会"更大的概念，可以从社会的角度看待人，更可以从人的角度去看待社会，从人的生成的角度看待儿童的成长。五四时期，周作人提出的"人的文学"，从整体上改变了中国文学的观照视角，带来中国文学划时代

---

[1]　佩里·诺德曼：《隐藏的成人：定义儿童文学》，徐文丽译，中国社会科学出版社，2014，第 185 页。

的改变。20 世纪 80 年代，曹文轩等人主张接通五四，很大程度上就是接通周作人主张的"人的文学"，在儿童文学中再次举起"人的文学"的旗帜。《草房子》不是一部事件性小说，从表层看，它以小主人公桑桑为线索贯穿起不同的人物和故事。第一节写秃鹤，一个有先天生理缺陷的人，从桑桑的视角感知人物的不幸及我们应该如何对待不幸。第二节写纸月，一个非常美丽的女孩却是私生女，一生下来母亲就跳湖，父亲则出家，她的苦难是社会的偏见造成的。她在作品里像唐诗宋词一样温润美好。"艾地"一节，秦大奶奶虽由于自留地问题和小学校争执不休，但最后却因救一个落水的女生死了，展现出一个生活在社会底层的老人渗透在骨子里的善良。"红门"一节，杜小康出生在一个富裕的家庭，人也聪明，自然是孩子们羡慕的对象。可突然间，父亲破产了，全家陷入困顿，他不得不辍学去放鸭子。但他仍像从前一样大方、潇洒，放鸭子也放得比别人有水平，显示出人在挫折面前的从容和优雅。而最后的"药寮"，则是让还是小学生的故事主人公桑桑邂逅死亡，将死亡提前，让儿童有机会在伸手即可触摸的死亡面前思考生的意义。所有这一切，都是作者设计的一个儿童成长时应该面对的问题，或儿童成长的不同侧面，儿童文学就是在这些侧面为成长提供人性基础。成长，这才是小说的灵魂，小说结构的深层线索。

这就将小说的描写对象和思想内容完全地统一起来了，将描写对象从现实的社会生活主潮中撤离出来，走向边缘，走向深层。深层是什么？是文化，是原型，是河水下面的河床，是普遍人性，是相对永恒的东西。这不正是儿童生活的内容，不正是童年时代的人需要学习、正在学习的东西吗？这和文学的社会性并不矛盾。社会性是包含在人性之中的，一定意义上，向社会生成也是向人性生成。在《草房子》中，作者其实也写到不少社会内容。在"白雀"一节，桑桑的语文老师蒋原伦爱上村上最漂亮的女子白雀，桑桑因为帮他们传递书信而目睹了他们从相爱到分开的全过程。其实作家是有意识地通过这一过程在桑桑面前掀起成人世界的一角，让他既看到成人世界的美好，也看到成人世界的残酷，而这正是作者理解的儿童成长的一个侧面。这里，对社会生活的表现是为了表现人的成长服务的。这可能正是儿童文学区别于成人文学的地方。国际安徒生奖评委们看中的，也许正是这一点。

三、《草房子》的叙述方式

这样的故事背景，这样的观照视角，直接影响和决定了《草房子》的叙述方式。

在谈及文学作品创作思维的时候，曹文轩曾反复强调一个观点，就是演绎重于归纳。"演绎是从点走向无限的面，而归纳是从无限（有可能是有限）的面走向有限的点。归纳法只能从有限的个别上升为一个一般的观念。如果这也算生产的话，那么，也只能称之为一次性生产。但演绎却可以进行观念的无限繁殖。"[①] 在一般印象中，现实主义文学更重视描写对象自身的特点、更强调细节真实，即更注重归纳，而浪漫主义、古典主义、象征主义则偏重意在笔先、偏重主观情志的阐发，即偏重演绎。曹文轩的小说总体上是偏向后者的。表现在《草房子》中，就是先有对儿童文学、儿童成长的理解，然后设置场景和故事，故事和场景就是作者意念的展开。也就是说，作者不是细致地观察生活，对生活进行具体的描摹，而是先有了对生活、对成长的认识，然后将其分成不同层次、不同侧面，用不同的故事、不同的人物对这些故事进行表演、演绎，将作者对生活、对成长的理解表现出来。这和作者突出中长时段的生活、突出人生的主题意向正好一致。

选择演绎就是选择凸显作者。这首先是就作者和表现对象之间的关系而言的。面对世界，作者居高临下，牢笼百态，挫万物于笔端，《草房子》使用的就是这种叙事方法。凸显作者的另一重含义是相对于读者而言的。文学活动是一种对话，作者为一方，读者为另一方。在这种对话中，作品可以最大限度地偏向读者，迁就读者的接受能力和兴趣，许许多多的娱乐文学、游戏性作品就属于这一类；但也可以最大限度地偏向作者，作者站在前面站在高处引领读者，将读者的认识、思想情感引导到文本的轨道上来。《草房子》是事后叙述，已经小学毕业就要离开油麻地的桑桑最后一次爬上小学的屋顶，望着他度过整个小学生活的学校浮想联翩，故事就在人物的这种回忆中展现出来。从经历到回忆，生活在这里已经经过一次重组，被赋予意义。但这种重组毕竟仍是在人物的思绪中进行的，且这个人物兼叙述者刚刚小学毕业，离经历很近，他尚没有能力对自己的经历进行很深入的认识。虽然作者赋予这个人物较高的悟性，但总体上仍是一个不甚可靠的叙述者。作品的真实含义是通过文本的整体结构表现出

---

① 曹文轩：《第二世界》，作家出版社，2003，第200页。

来的，真正设定这一结构、控制叙述的节奏和语调的是隐含作者。这就不仅将人物甚至将叙述者也放在观照和审视的视野之中了。

这就使《草房子》有了三重视野：一是经历时的人物即故事中的桑桑的视野，二是小学毕业、在屋顶上回忆小学生活的叙述者桑桑的视野，三是构建整个文本、从整个文本中表现出来的隐含作者的视野。第一重视野包含在第二重视野中，第二重视野又包含在第三重视野中。但这三重视野间距离很近，特别是第一重视野和第二重视野之间，因为是故事主人公兼任故事的叙述者，时间上又相距很近，很多时候是合二为一的。当读者通过阅读进入文本，自然可以有不同的选择。他可以像故事中的视点人物桑桑一样，平视故事中的人物，和他们处在同一世界；也可以站在叙述者桑桑的位置，站在高处俯瞰已逝的岁月；当然更需要站在文本给出的隐含读者的位置，在隐含作者的引导下俯视整个艺术世界，理解作者从这个艺术世界中表现出来的意义。这里每进一步，都是一种攀登。作者希望读者做的，就是在这种攀登中完成自身的塑造。佩里·诺德曼在《隐藏的成人：定义儿童文学》中曾发现，双重性是儿童文学的基本特征。"这些文本往往提供两种不同的视角，一种是儿童式的，一种是成人式的，（这是一种与已经提到的其他二元性伴行的双重性）。因为它们不同且经常对立，所以这两个视角隐含着儿童式的和成人式的看法和价值观之间的一种冲突。"[①] 冲突的结果，就是将儿童的看法和价值观转变到成人的立场上来。佩里·诺德曼是将儿童文学看作一种体裁，认为儿童文学有某种体裁特征的。《草房子》的上述表现，是否不仅在内容上而且在形式上也在向一种世界儿童文学都承认的文体形式靠近？形式是能够自我言说的，在曹文轩小说中，我们似乎听到了在凯斯特纳、林格伦等人的小说中也曾听到过的声音。

但拉开与现实生活的距离，侧重从人生的视角表现具体的现实生活下面的较为稳定的内容，更突出对作家思想情感的演绎而非细节的摹写等，都是有限度的。曹文轩的儿童小说之所以受到普遍的欢迎，并得到世界安徒生奖评委们的首肯，就是他较好地把握了"度"，将自己的表现控制在这种形式允许的范围内。肯定《草房子》一类作品的表现形式，并不代表对其他表现形式的否定。包括那些偏重归纳、偏重细节真实、偏重社会本位的作品，一定条件下，都可以在世界儿童文学中找到自己的位置。只是，那需要从另外的角度对它们进行讨论了。

---

① 佩里·诺德曼：《隐藏的成人：定义儿童文学》，徐文丽译，中国社会科学出版社，2014，第78页。

第二辑　对话诺德曼

儿童文学究竟是一项什么样的事业？

一

不知道是不是受了处在弱势地位的人总担心别人看不起自己、一有机会就要抬高和夸耀自己一类做派的影响，在中国，一些从事儿童文学写作、批评、出版的人也很喜欢夸耀自己，常说为儿童写作、从事与儿童文学有关的工作多么高尚多么光荣多么幸福之类，以致我们很难想象，如果有人突然站出来说"儿童文学是一项总体败坏的事业"，且说这话的不是别人，而是大名鼎鼎的儿童文学理论家佩里·诺德曼，还主要不是对那些以低俗的内容和形式取悦小读者以赚取大把利益的人（尽管这样的作者、出版商、阅读推广人、评论者大量存在），而是对很严肃的儿童文学从业者说的，他们会是一种什么样的表情。

佩里·诺德曼的这段话出自他的儿童文学理论专著《隐藏的成人：定义儿童文学》的第三章"作为一种体裁的儿童文学"，但不是以自己直接论述的方式说的。为了较全面、准确地把握这段文字，理解它和诺德曼理论的关系，我把这段话较完整地转录在下面。

> 也许人们所谓的"童年"总是成人思维的一个想象性建构，不仅向外运动，让成人看不到他们对当代儿童的实际感知，而且也向后运动进入过去，让他们看不到对过去经历的记忆。也许从来没有像成人愿意想象的那么纯真、那么富有创造性、那么自发、那么以自我为中心、那么有恋母情结的童年，也许儿童在其个体人性或压制潜能方面总是比成人能够看到的更像成人。

如果真的是这样，那么儿童文学作为整体就是对儿童的一个危险强加，一种让他们服务于成人目的的不道德操纵——总体来说是一个败坏的事业。[①]

这段话的含义确实不怎么显豁。短短的一段话用了三个"也许"和一个"如果……就是……"，但把握其含义并不特别困难。第一个"也许"："'童年'总是成人思维的一个想象性建构"，作者对此没有否定。"童年"确是成人思维的一种想象性建构，作者在自己的论著中多次谈及这一论题。在《儿童文学的乐趣》中，作者曾说："儿童文学的意识形态基础就是对于儿童的假设"[②]；在《隐藏的成人：定义儿童文学》中，作者也说："童年是他者，它使成人得以理解他们作为成人的存在。"[③]并得出结论："儿童文学是那种建构儿童以满足成人对儿童的需要和欲求的文学。"[④]在某种意义上我们甚至可以说，作者的整个理论都建立在这一认识之上。由此可见，作者质疑的不是儿童文学是成人的想象性建构，而是一些人进行这种建构时出现的问题。这直接导致后面的两个"也许"：向外运动，以自己的想象代替儿童的实际，离开对当前儿童的实际感知；向后运动，以自己现在的成人的想象代替自己当初的经历，歪曲记忆中的童年。不论是向外、向后，都以成人的想象代替儿童的实际，使自己想象的儿童和真实的儿童、儿童生活脱节，于是有了把不那么纯真的儿童写成纯真、把不那么具有创造性的儿童写得那么具有创造性的等等表现。作者认为，如果这样，儿童文学就是"对儿童的一个危险强加""一种不道德操纵"——"总体来说是一个败坏的事业"。

问题是，作者所说的这种现象是否存在？是个别的存在还是普遍的存在？如果是个别的，那很正常，每个人都可以对儿童、对生活作出自己的阐释，即使认识不一，也可以互相砥砺，相反相成，如此才显出文化的丰富性、多样性，有利于文化自身的发展。但如果这现象是普遍的呢？作者是在谈及儿童文学的"双重性"的时候谈及上述观点的。所谓双重性，就是认为儿童文学作品中存在着双重文本，作家创造这样的文本，建构这样的童年、儿童，不光是为儿童的，也是为成人自己的。"一些经常表达的关于儿童文学文类本质的观点试图做到两

① 佩里·诺德曼：《隐藏的成人：定义儿童文学》，徐文丽译，中国社会科学出版社，2014，第185页。
② 佩里·诺德曼、梅维丝·雷默：《儿童文学的乐趣》，陈中美译，少年儿童出版社，2008，第130页。
③ 佩里·诺德曼：《隐藏的成人：定义儿童文学》，徐文丽译，中国社会科学出版社，2014，第205页。
④ 同上书，第178页。

全其美——把儿童文学视为同时实现成人和儿童的愿望，同时给儿童提供他们喜欢的东西，又给成人提供他们认为儿童需要的东西。"① 在理想的状况下，"同时实现成人和儿童的愿望"当然是可能的，但这从一开始就埋下了矛盾冲突的种子。作品中的儿童形象是作家创造的，在成人创作者和儿童接受者这一对矛盾中，儿童接受者一般都处在弱势地位，这就出现了诺德曼看到的情况，成人按自己对生活、对人物、对儿童的理解塑造人物形象，包括儿童形象，这种现象常常是和儿童的实际状况不符的。明明不符又要固执己见地去做，其结果便是对儿童的强加。这样的作品、这样做的人实在太多了，以致使人觉得，他们所说的就是儿童，就是儿童文学，就是儿童文学事业。这就需要我们认真地对待了。

二

首先应该清楚，诺德曼在这儿所说的"强加"，不是我们日常生活、日常教育中所说的，把一套有违儿童接受能力和成长需要的知识、道德硬往儿童的脑子里灌，而是拿想象当现实，按自己的理解，甚至是按自己的愿望创造了自己心目中的儿童形象，将其当作真实的儿童呈现于公众的视野。就是说，主要出于认识上的偏差而非意识形态上的偏见。

诺德曼列举的人们创造的儿童形象首先是"纯真"。看来这不仅在东方，就是在西方，这也是一种普遍的看法。中国人讲"赤子之心"，讲童心，真心，讲"人之初，性本善"，坏和不善是在后来的社会生活中学会的，是被成人社会污染的。西方文化中，最著名的大概就是卢梭在《爱弥儿》的开篇中所说的，"出自造物主之手的东西，都是好的，而一到人的手里，就全变坏了"。儿童就是出自造物主之手的东西。为了使其不致迅速变坏，就要想法让其留在自然中，待人心固定之后再走向社会。于是人们创造了各种儿童文学，塑造了各种纯真的儿童形象，以艺术的方式强化、固化着以"纯真"为主要特征的童年版本。其中最著名的，如安徒生《皇帝的新衣》中的那个孩子，当大人们出于种种考虑都说皇帝穿着衣服时，他却实话实说，将皇帝没有穿衣服的事实直截了当地说了出

---

① 佩里·诺德曼:《隐藏的成人：定义儿童文学》，徐文丽译，中国社会科学出版社，2014，第185-186页。

来。巴利的《彼得·潘》则创造了一个神奇的永无岛，直接让孩子拒绝长大。这种认识无疑是有着现实的出自物种自身的依据的。"纯真""本真""性本善"等是从道德的角度看人的，道德是规范人在社会生活中行为方式的标准，是在社会生活中形成并随社会生活的发展而发展的。儿童还没有深入地进入社会生活，没有受到太多的濡染，因而不会用社会的有色眼镜看人是一种正常的现象；只是，没有受很多坏的濡染，也没有受很多好的熏陶。"天然"和"纯真"不是同一个层次的概念。人们讲纯真，更多是强调其"无邪"，而这儿所说的"邪"，常常是和欲望，尤其是性欲联系在一起的。"欲"就是邪，儿童被认为是无性欲的，所以无邪。西方宗教画中天使常常就是长着翅膀飞来飞去的孩子，这些孩子就是无性别的。中国人说得更绝对。所谓"万恶淫为首"，都是"淫"即欲望惹的祸。孩子没有达到性成熟的年龄，不像成人一样有明显的性欲望。但没有明显的欲望，不等于没有欲望。弗洛伊德就将儿童与性有关的欲望分成口腔期、肛门期、生殖器期等几个阶段，是逐渐发展、成熟的。更重要的是，欲望是生命力的自然表现，为什么要将其看成邪恶的呢？文艺复兴以后，这种看法已慢慢改变了。从这样的角度看，说"纯真"是对童年的一种"危险的强加"，就不是毫无依据的了。

关于儿童的"创造性"的认识也如此。不少人爱说儿童的创造性，特别是在语言、艺术等领域。有人举例说，一般人切苹果，总是将苹果平放在桌子上，竖着切下去；一个孩子不会切，将苹果横过来切，结果发现，切出来的苹果籽是一个很美丽的花纹。这样的现象自然是存在的。很多时候，人们按习惯思维想问题，按习惯思维做事情，结果老是落入某种套路、某种模式，结果，倒是没有知识但也不受习惯思维束缚、不按习惯套路出牌的孩子占了先机，出奇制胜或歪打正着，在常态之外开辟出一个新世界，上述苹果籽花纹就是这种发现的一个例子。这种思维方法和行为方式上都是有启示意义的，深入地研究这种现象是创造性思维的一个重要方面。但是，就总体而言，人类的发明创造毕竟多是在大量的知识积累的基础上发生的；儿童知识少，真正进入有创造性的机会是很少的；任何思维健全的人都不会把发明创造的希望寄托在孩子身上。因为孩子某些偶然性的发现，就以为其思维有多大的创造性，不是误解就是过于天真。

还有自我中心和恋母情结的问题。人确实有从自己身上获得经验、然后将其推广到其他人、其他事物的倾向，特别是在原始社会，整个社会的认识都处在人类的童年时代，从自身出发想象外物的特征十分明显。但是，即使是在那样的年代，人们对世界的认识也是不可能只注重自身而不关心外物的特征的。一只鸟长什么样子，一只老虎长什么样子，老虎在什么地方跑，鸟在什么地方飞，即使再自我中心的人，也不可能只关心自己的愿望而不从对方出发的。特别是随着社会的进步，人类从其童年中走出来，有了文字，有了文化积累，儿童，没有文化的成年人，有文化的成年人，不同的人群不断地拉开距离。这样，儿童一来到世界，就有各种各样的规则、规矩等待着他，他不再像原始社会的儿童一样主要和自然界交往，而是接受文化的熏陶，这时的社会显然是以成人为中心的。即使是在家里，即使是那些最受娇惯的儿童，别人也不可能真的都按他的愿望办事的。越是现代社会，儿童越不可能自我中心。即使是年龄很小的幼儿也如此。现在一些教科书动不动就说儿童自我中心，显然是受早年的儿童心理学的影响太深了。至于恋母情结，那更多是带点象征性的说法，表明儿童刚来到世界，更多地具有自然性，离母亲更近，而不是具有社会性，离父亲更近。这种现象也是不断改变的。不仅作为个体的儿童要逐步离开母亲走向父亲，作为群体的儿童也是降低着走向父亲即社会的年龄。恋母情结主要是心理分析中的概念，在人们实际对儿童的观念中，影响并不像一些人想象的那么大。在中国文化中尤其如此。

　　还可以列出其他一些说法，如儿童都是小野蛮等。总之，这些都是成人的想象，是成人根据自己的想象创设的标准的童年版本。创设当然不是无中生有，每种标准的童年版本中都包含了儿童自身的依据，但主导建构这些标准童年版本的毕竟都是成人；建构这些童年版本的目的与其说是为儿童的，不如说是为成人自己的，为社会的，即将儿童建构成社会和成人需要的人。从这样的视角和目标出发，歪曲儿童的自身需要，将成人强加给儿童，建构主要符合社会和成人而不是儿童自己的童年版本，也就不足为怪了。差别也许只在，这些标准的童年版本在多大程度上照顾到儿童自身的特点而已。

三

因为是在谈论儿童文学的双重性的时候谈及成人对儿童的强加的，诺德曼没有谈及成人、儿童文学对儿童思想、道德、知识上的规训；其实，这种规训才是儿童文学的主要内容，儿童文学中包含的对儿童的"强加"，也特别地从这些方面表现出来。

最集中、最典型的是对人的道德思想方面的规训。中国的传统礼教便是典型的代表。礼教是一套世代流传的行为规则，类似于公民守则、学生守则，不是法典，但起着类似法典的作用。礼比法典松宽，不像法典一样具有强制性，但却深入到人们的日常生活，深入到人们的行为方式，深入到人们的思维情感，尤其是变成人们的自觉行动，"非礼勿视，非礼勿听，非礼勿言，非礼勿动"，自觉地把礼当作自己的一切言行的标准。礼作为意识形态国家机器当然不是中立的。据彭林教授等人的研究，中国古代典籍中所说的井田制，很大程度上只是一种想象，一种类似柏拉图所说的理想国，礼就是这种理想国里的行为规范。这套行为规范的建立和维持，目的自然是为着维护贵族阶级的秩序、为当时的贵族阶级的利益服务的。怎么站，怎么坐，怎么说，甚至怎么想，都有极严格极具体的规定，人们要做的，就是按照这一套规范去实行。这种实行是一个人的童年时代便开始了的。中国文化向来漠视儿童，典籍中很少有关于儿童生活的记述和描写，但谈到礼的时候似乎是个例外，《周礼》《仪礼》《礼记》中的许多内容都是对儿童说的。生日礼、盥洗礼、上学礼、冠礼，一些家族、社会的礼仪活动，儿童也是要参加的。虽然那时的礼仪主要只是对贵族家庭的儿童说的，但因贵族在社会生活中占据统治的地位，其生活、行为方式自然成为社会生活的典范，成为所有儿童标准的童年版本。只是，这些礼仪、规范都是从儿童自身的成长需要出发的吗？

比之礼教，知识、文化对人的"强加"要隐蔽得多。在人们印象中，孩子总是要学习的，成长主要是在学习中实现的。"知识就是力量"，这句文艺复兴时的名言其实也是所有成长的规律。知识，特别是属于自然科学的知识，应该是较为中性的，是对各个阶层的人都普遍适用、普遍有效的。人们这样想的时候，隐藏在知识、文化后面的意识形态内容便被隐匿了。事实上，这种意识形态是一直存在的。孔子设定的学校课程，主要是"六艺"：礼、乐、书、数、射、御。礼、乐、书相当于现在的政治课、公民课、语文课，意识形态特征较为明显；数、射、御呢？"御"是驾车，似乎是纯技术，谁都可以学，对谁都可以有用。可当时谁有车？学了驾车的技术为谁所用？一般的老百姓，连最简陋的车都没有，学"御"干什么？"射"的情形也大体类似。这些功课其实都是为贵族子弟设置，为他们未来的生活着想的。而与普通人关系密切的农桑之类却没有进入教育者的视野。将一部分人的生活方式变成普遍的知识、文化，对许多人不能不是一种强加。"御""射"如此，其他的知识是不是亦如此呢？古代如此，今天的知识教育是不是也如此？

人的现实生存状态和他的内心世界是不可分割地统一在一起的。当人们用礼仪、用自己选定的文化知识规范儿童的言语行为时，自然将这些规约赋予了他们的内心世界，塑造了他们的思想、情感和思维。现代心理学一般都认为，儿童的思维是带有较多的感性、形象成分的。他们将在自己身上获得的经验投射到外在的世界，使外物都带上自己的特征，将外物都拟人化了。这种思维的好处就是没有将自己和世界严格地分隔开来，使世界打上自己的烙印，带着人的体温。可随着社会的发展，人渐渐从外在的世界中疏离出来，站在一定距离之外打量、审视世界，将自己对世界的感觉分类、命名，有了关于世界的各种范畴、概念，并用它们对感觉中的世界进行思考。视野开阔了，对世界的理解和把握准确深入了，但也付出了远离对象、使世界变得冷冰冰的代价。这恰也是人们从童年疏离出来的过程。童年时期的人类是等天地齐万物的，随着文明社会、现代社会的到来，理性越来越占据统治地位，被认为仍像原始人一样思维的儿童就被视为野蛮人。儿童是不是野蛮人，儿童思维在被成人的理性思维取代的时候是不是也丢失了一些可贵的东西，人们似乎是来不及顾及的。

礼教、道德、知识、文化等对人的作用当然不都是负面的。成长需要规训，没有道德，人不可能走出动物世界。而文化知识，是提升人、解放人的主要手段。这里所说的对儿童"危险强加"的礼教、文化知识是那些已经僵化、异化的礼教、文化知识。但礼教、文化是否已经异化，却不是一目了然地放在那儿的。加之统治者对自身秩序的维护，礼教、旧文化即使僵化、异化了也不一定被抛弃。相比"儿童是纯真的"等童年版本，礼教等对儿童的强加常是以肆无忌惮的方式进行的。因为它们根本不在乎儿童原来是什么，不在乎他原来有什么基础，有什么愿望，有什么发展的可能性；它们在乎的只是自己要将儿童培养成什么，建构成什么。这种强加太普遍了，太寻常了，以至于人们已分不清它和寻常的教育的区别。五四时期那一代人那么痛恨旧礼教，那么渴望从那个让人窒息的铁屋子中挣扎出来，应该是有了对那种强加的觉悟。只是，五四时期以后，那铁屋子是不是真的拆除了呢？

四

还有些强加更隐蔽，看起来不仅出自儿童成长的需要，而且出自儿童自身的欲求；出自儿童自身欲求的东西，怎么会成为一种强加呢？

在儿童文学中，人们谈得最多的出自儿童自身的欲求是娱乐和游戏。儿童需要娱乐，儿童需要游戏，儿童需要玩，这种呼吁即使在礼教盛行的中国古代，也仍绵延不已。"大抵童子之情，乐嬉游而惮拘检，如草木之始萌芽，舒畅之则条达，摧挠之则衰痿。"[①] 20世纪80年代，中国儿童文学要挣脱僵化的政治文化对儿童文学的桎梏，也是从批判"儿童文学就是教育儿童的文学"、为"童心论"平反、提倡以游戏和娱乐为主要特征的热闹型童话、通俗性儿童小说等开始的。郑渊洁、杨红樱等人的作品长期在儿童中走红，也是因为它们注重游戏、娱乐，适应儿童接受文学时的游戏心理。近几十年，儿童文学领域关于游戏精神已有多次探讨，尽管人们的观点不甚相同，但在儿童需要游戏娱乐，游戏精神在儿童文学的发展中扮演着重要角色的认识，还是没有太多异议的。

孩子为什么喜嬉戏而厌严苛？喜自由而厌被规训？人们一般都会将这一问题追溯到人的本性，人的生物性。"各个物种的学习潜能似乎完全是由它们大脑的结构、激素分泌的顺序以及基因决定的，而基因是最终的决定因素，各种动物学习哪些刺激、不学习哪些刺激、对学习哪些刺激保持中立是早就'预备'好了的。"[②] 弗洛伊德认为，人从本性上说都是好逸恶劳的。能使人感到轻松愉快

---

① 王守仁：《训蒙大意示教读刘伯颂等》，载毛礼锐等编《中国古代教育史》，人民教育出版社，1979，第444页。
② 爱德华·奥斯本·威尔逊《论人的本性》，胡婧译，新华出版社，2015，第65页。

的，常常是那些外来刺激和自己原有的心理模式同构的内容。因为同构，将外来的刺激吸收到已有的心理模式中，平稳顺畅，没有难度还感到认同的快乐。而较低层次的刺激作用的不是人的精神而是人的肌体，比如某些搞笑，用一种一般人都能感知的包袱、技巧、笑料使人突然地紧张和放松，这种紧张和放松能使肌肉获得快感，儿童阅读中的许多快感就是以这种方式获得的。快感既主要是生物性、动物性的，与生俱来，自然是喜放纵而不喜被规范的。

可是，人像世界一样，也是一个系统，包含了各种复杂的因素，只有当这些因素有机地统一在一起，互相协调，互相促进，生命才会作为充满活力的整体发挥作用。如果破坏这种协调，片面地拉长某一维，哪怕是很有合理性的一维，也会破坏结构的整体性、和谐性，使结构向负面的方向发展。就像一株黄豆，它本身是包含了发展的方向和节律的。什么时候播种，什么时候发芽，不同时期施什么肥料等，都有大致的规定。如果离开事物自身的发展规律，比如在植株成长的过程中施加过多的氮肥，使黄豆的叶子过度地生长，就会抑制成长的其他方面，如茎梗不够粗壮，不能支持叶片，或到时不能开花、结果，其作为黄豆的生命就走向反面了。儿童中由于过度的游戏、娱乐而被荒废的人实在太多了。

娱乐、游戏在人的生命系统中不仅只是一个侧面，而且处在较低层次，如果将这种较低层次的欲求扩展开来，蔓延到整个生命结构，就必然形成对生命结构中较高层次的内容的挤压、排斥甚至驱逐。这样将精神和与肉体相关的欲求视为较高和较低层次的分法也许不够恰当，因为高和低是相对而言的，在不同时期、不同人的生命结构中，对生命不同内容的要求也不一样。像在五四时期，人们面对的是旧礼教，是旧礼教对人的禁锢和异化，迫切需要将儿童从这种禁锢和异化中解放出来，生物性、动物性的内容就成为最迫切需要的东西。但进入新世纪的消费社会以后，各种诱惑铺天盖地而来，娱乐、游戏成为重要的异化儿童的内容，再去强调娱乐、游戏就有些不恰当了。

还不应该忘记，欲望其实是建构出来的。儿童喜欢与快感相联系的游戏、娱乐，但游戏、娱乐也是内容各异、形式各异的。旧时的儿童游戏是踢毽子、跳房子，20世纪五六十年代的游戏是举着大刀长矛抓特务、斗地主，现在流行打电子游戏，其中都包含着社会意识形态的内容，体现着不同阶级对儿童的期望，体现着不同的人对儿童的生命结构及娱乐、快感在儿童生命结构中的不同位置和作用的看法。消费社会为什么引起许多人的警惕？因为消费社会是一个物质化的时代，对物质的崇拜达到前所未有的程度，人们不仅需要物质维持生命、促进生命，而且将物质作为存在的资本，其实是被物质所奴役，整个人都被物质控制和淹没、物化了。这种淹没、物化是不是对人的一种强加？只是它们迎合人的低层次需要，使人舒舒服服地堕落，感觉不到这种强加罢了。

<h1 style="text-align:center">五</h1>

儿童文学之所以常常成为一种"总体败坏的事业"，因为它的内容和形式常常是一种对儿童的"危险的强加"；这种强加造成了儿童身体和心灵的扭曲，贻误和损害了儿童的正常成长；这在儿童文学史、儿童教育史上有太多太多的例子，以致任何新的论述都显得多余了。

明明是危险的强加，人们为什么还要继续这种强加呢？

这里确有认识能力的问题。人对自身的认识是一个漫长的过程。人确实是常常从自身获得经验，然后推己及人、推己及物，对自身的认识成为认识世界的起点；但也正因为如此，有时更容易造成遮蔽。自我认识的前提是将自我对象化，将自己放到和其他人和物相同相近的位置上去观照，这对自省能力偏弱的人已是一种难度。真正的儿童心理学、教育学，是到启蒙运动时期才进入人们的视野的。如将"纯真"作为一个标准的童年版本，人们一般都是出于善意，以为自己是从儿童出发，尊重儿童，把握了儿童自身的特点的。我们看不到这一认识后面的隐藏的成人，看不见后面隐藏的意识形态，看不到它和童年的实际生存状态的一些不符，很大程度上是认识能力的局限造成的，这种局限将永远地存在。

更重要的是这种误判中包含着合理性。将纯真作为童年的典型特征，并以此作为校正成人社会的社会良方固然有偏颇，但儿童没有深入地进入社会，没有涉及太多的人际关系，心灵较为单纯，却又是事实。特别是礼仪、知识文化一类社会规约、社会经验、人生经验，是人们长期生活经验的总结，其中无疑包含了相当多的合理部分。人是一个文化共同体，成长就是将这一整套象征秩序引向自己，向社会生成，不接受社会规范的成长是不可想象的。即如五四一代人猛烈抨击的旧礼教，其对儿童成长的影响也不都是负面的。这也是五四时期以后，旧礼教的许多内容，包含了旧礼教许多内容的一些儿童读物还被人一再提起的部分原因。至于那些主要建立在理性基础上的现代思维，则更多地反映着文化发展的方向，只要不将其推向极端，对成长的作用应是积极的，和儿童思维中的积极部分也不一定都形成矛盾。上述内容为什么有时成为对儿童的危险的强加，部分原因是人们没有分清其积极部分和消极部分，部分原因是使用的时间、对象、方式不正确，把不属于童年的内容强加在童年身上了。

但"危险的强加的内容"确有很多是不正确甚至完全错误的。马尔库塞在谈及弗洛伊德人格系统中超我对本我的压抑时，曾在必要压抑外区分出一个"额外压抑"。额外压抑是人的成长需要以外的压抑。我们前面谈及中国的传统礼教，是旧时代规训儿童的主要方式，其中有相当部分是合理的，有存在依据的，在历史上也是起过正面作用的。成长总是要被修剪被规训的，只要是从儿童自身的成长节律和需要出发，不是从外面强加的，压抑就是成长的一部分。成问题的是那些离开、违背儿童成长需要的压抑和规训。如中国的礼教，规定儿童到了什么地方就该怎么站、怎么坐，见了什么人就该说什么话、怎么说，极细极具体，这些都是儿童成长必需的吗？当然不是。个体之为个体，生命之为生命，就在他是活生生的、具体的，随机应变、随缘化生的，将人往死里规训，是反生命本性的。反生命本性为什么还有人青睐？因为它突出秩序，符合统治阶级的利益。每个人都按统治者规定的秩序行动，叫干什么就干什么，统治者就好统治了。这不是成长的需要而是统治者维护自身秩序的需要，对儿童而言，就是额外压抑。这样的额外压抑在中国传统文化中是大量存在的，是诺德曼所说的"危险强加"最严重的部分。

文学对人的塑造和建构是一个极其复杂的系统工程。有些内容，看起来再正常不过了，却可能是社会的建构，反映着成人、主流意识形态的意志，习惯成自然，预设成天然了；有些眼前看起来非常实用、非常有效的内容，时间长了，其负面性会渐渐地暴露出来；有些儿童不喜欢、不感兴趣的东西，却代表着成长的方向，在儿童日后的成长中扮演重要的角色，发挥重要的作用。问题的重要性在于，儿童文学是主要给儿童读的，却是成年人创作。儿童作为接受者固然能对文本、创作产生影响，但真正起决定作用的却是成人，是成人创作者、出版者、评论者、管理者，而这些创作者、出版者、评论者、管理者又不只是孤立的个人。在他们的背后，是社会，是文化，是不同的意识形态，这些不同的文化和意识形态可以互相促进，也常常发生龃龉。儿童文学作家、文本只是这张大网上的一个小小的点，它的每一个变化都受那张大网的影响。是从儿童自身的成长节律和需要出发，还是从统治者的需要出发；是合乎规律地修剪，还是粗暴地施行额外压制；是让人快乐地成长，还是将人压制成扭曲的病梅，就看儿童文学作者如何把握了。

儿童文学是一项总体败坏的事业？也许这一问题的提出方式本身就不够正确。为儿童写作、出版、评论就是一份工作，和许许多多的工作一样，本身并不注定高尚或败坏，关键是看人们怎么做。儿童文学可能解放儿童，也可能成为对儿童的一种"危险的强加"，在现实生活中，后者的可能性确实更大一些。因为儿童年幼，对错误的东西还没有相应的辨别、抵抗能力，他们真诚地相信一切写在书上的东西，即使错了，也一股脑儿地吞下去，受了毒害一时半会儿也看不出来。这时，儿童文学很容易成为"一种新的镇压儿童的方式"。五四时期，鲁迅沉痛地发出"救救孩子"的呐喊，这呐喊至今也没有从我们的耳膜中散去。部分原因可能就在我们对这句话还缺乏真正的理解。礼教吃人可怕，更可怕的是被吃者被吃之后，变成"伥"，再帮老虎去吃人。每个从事与儿童成长相关工作的人都要时时扪心自问：我是"伥"吗？我是在被旧礼教吃了后又帮助旧礼教去吃人吗？从这个意义上，说从事与儿童文学相关的工作是一个危险的职业也许不完全是夸大其词。对此，所有从事儿童文学的人，特别是那些荣誉感强、对自己在别人心目中的形象较为在意因而特别喜欢自嗨的人，应该有足够的警惕。

儿童文学是一种保守的文学？

在《隐藏的成人：定义儿童文学》中，佩里·诺德曼曾多次谈及儿童文学的保守性。

> 在赋予过去的价值观以高于未来发展之上的特权方面，这些文本（指作者此前分析的典型儿童文学文本《紫色的罐子》等——引者注）有一种保守主义倾向，有一种阻止事物改变的愿望，并且当变化发生时对此不感兴趣。[1]

> 作为一种典范文学，儿童文学具有固有的保守性。[2]

这不是就某个具体的作品而说的，而是就儿童文学整体而说的。作为整体的儿童文学是一种类型，其读者对象主要是朝气蓬勃的少年儿童，有许许多多的作者参与创作，包括许许多多的作品，它们怎么都是保守的呢？如果真是这样，我们应该怎样看待和对待这种保守性呢？

——

儿童文学的保守性在它诞生的那一天就表现出来了，在某种意义上我们甚至可以说，它本身就是保守思潮的产物。

世界范围里的儿童文学最早是在启蒙运动时期的欧洲走向自觉的。其最主要的标志，一是纽伯里创办太阳社，出版从民间搜集改编的小开本"口袋书"，一些可供儿童和一般民众阅读的文学作品，到格林童话集大成；一是贝洛尔、豪夫、彭斯等人的个人创作，至安徒生达至高峰。这些作品不一定都是纯然的儿

---

[1] 佩里·诺德曼：《隐藏的成人：定义儿童文学》，徐文丽译，中国社会科学出版社，2014，第80页。
[2] 同上书，第243页。

童文学，但具有早期儿童文学的一些基本特点，事实上也成为后来儿童文学之滥觞。这些作品的出现都和早期资本主义的发展紧密相关。资本主义是建立在自由贸易基础上的生产、生活方式，必须将人从土地和封建庄园主的压迫和束缚中解放出来，于是有了自由、平等、博爱等一些基本诉求，有了个性解放的呼吁，有了包括"妇女""儿童"在内的一些群体的"发明"和发现，儿童文学也在这一过程中应运而生。只不过不全是以同向、同步的方式出现，而是以多少有点反向的形式出现的。现实的英国正在搞圈地运动，资本主义生产方式狂飙突进，文学中的华兹华斯等湖畔派却呼吁回到自然、回到童年、回到中世纪，出现《抒情歌谣集》《天真之歌》等歌颂自然、童年的作品；德国的豪夫等看到资本主义原始积累时出现的人欲横流、人和自然的疏离，在《冷酷的心》等童话中对其进行了猛烈的抨击。这些作品多是向后看的。以这种方式，人们不仅将儿童、儿童文学和成人、成人文学区分开来，使儿童文学走向自觉，而且创造了可以用"纯真"予以概括的儿童、儿童世界形象，这成为后来儿童文学典型的精神特征。

中国的情形与此相近。中国儿童文学自觉在清末民初到五四运动的这段时间，自觉的理论基础主要是从西方借鉴过来的文化人类学，或曰复演说。复演说认为，儿童的心理是原始人心理的复演，儿童是小野蛮。原始人由于不理解事物就变成事物，以己度人，以己度物，按自己的心理去想象自然界，把自然界人化，出现万物有灵的想象。这种想象的结果便是神话等原始人的文学。这种文学经过世代演变，成为民间故事、童话，童话即今天儿童之文学。经过这么一番推理，将儿童文学和当前人们看到的其他文学区分开来，也即将儿童文学"发明"出来了。这种儿童文学观显然是朝后看的。在这种儿童文学观的影响下，中国最早出版的准儿童文学丛书《童话》刊登的大多是民间童话、民间故事一类的作品。一些作家创作，如叶圣陶的《小白船》《克宜的经历》等，以清雅的文笔创造出一个个纯净的纤尘不染的世界；生活在这一世界中的，主要是孩子、小山羊、小白兔，以及像孩子一样质朴单纯的乡野人；也是以向后看的方式塑造出一个纯真的儿童世界以和现实的成人世界相区别。

这显然不是偶然的。诺贝特·埃利亚斯的《文明的进程：文明的社会发生和心理发生的研究》中有一个重要的观点：越是古代，成人与儿童间的距离越小；越是现代，成人与儿童间的距离越大。"在文明的进程中，儿童的心理结构及其行为与成年人的距离越来越大。这就是为什么有的民族和民族群体显得'幼稚'和'年轻'，而另一些则显得'成熟'和'年长'的关键所在。"①资本主义登上历史舞台，现代社会要和传统社会相分离，需要创造出一个他者形象，将自己要分离的特点放到这个他者身上去，自认为现代、文明、理性的成人创造的野蛮、原始、非理性的儿童和原始人便是这样的他者形象。儿童、原始人成为这样的他者形象，确实有着他们自身的依据。原始人生活在文明未启的时代，其思维具有较多的互渗性，他们心目中的世界具有较多的万物有灵的特点；原始社会以后，文明开启，这种思维越来越受到挤压和排斥，占据的空间越来越小，但在文明程度尚低的乡村及生活在这里的乡野人的思维中还有很大的市场，儿童也被认为是与此相近的人群之一。相对于文明、理性的现代人，这样的原始人、乡野人、儿童无疑是一个保守的世界，反映着社会的保守主义倾向。儿童文学这种新兴的文学样式在这片保守主义的土壤中孕育成形，看似有点阴差阳错，其实并不矛盾，因为这种保守主义本身就是现代社会生活、现代意识的产物。

二

从复演说的角度将儿童、儿童文学和原始人、原始文学等同起来，是儿童文学自觉初期人们理解和看待儿童文学的一种主要方式，但这种理解和看待儿童文学的方式毕竟是就童谣、民间童话、民间故事及其改写的作品而言的，受民间口头文学的影响较为明显，当儿童文学真正自觉、成为文学中一个相对独立的分支，作家个人创作的作品成了儿童文学的主要类型后，保守性还是儿童文学的一个主要特征吗？

儿童文学是以少年儿童为主要读者对象的文学，"以少年儿童为主要读者对象"并不意味着儿童文学就是由少年儿童决定的。读者的声音在文本中是隐含的，只有当作者、叙述者意识到读者的需求并将其反映在文本中，读者的意愿才能在作品中表现出来。所以，佩里·诺德曼说："作为一个场域，儿童文学是一种成人活动，它最重要的话语和对话是成人之间的那些，而不一定是跟儿童进行的那些。即使完全由这些活动产生的、声称对儿童说话的文本，也是间接

---

① 诺贝特·埃利亚斯：《文明的进程：文明的社会发生和心理发生的研究》，王佩莉、袁志英译，上海译文出版社，2013，第3页。

这么做的。"① 按照诺德曼的理论，儿童文学一般都是双重文本，即在表面的为儿童讲述的声音下面，隐藏着一个为成人讲述的声音，讲述成人自己的欲望。最常见的就是怀旧，即对自己曾经经历的童年岁月的怀念。不仅仅是像林海音的《城南旧事》那样，通过对作家自己已逝童年的回忆表达对往昔生活的怀念，而是将整个儿童文学看作一种群体性的童年回望。作为经历，童年有快乐幸福的，也有不快乐不幸福的，但是，长大以后，面对眼前现实生活中更切身、更具体、更实际的不顺利、不愉快，回忆中的童年可以因为拉开距离、脱落了经历时较为功利的部分，作为一个单纯美好的世界浮现出来，成为不如意的现实生活的一个比照。这时的"童年"，与其说是对一种现实生活的摹写，不如说是一个美学范畴，是对一种特殊的美学类型的表现。儿童文学主要表现儿童生活，作家的创作又多少与自己的生活道路联系着，怀旧自然成为儿童文学的常见题材、常见主题和常见情绪。怀旧自然是朝后看的。

但儿童文学更可能是成人塑造儿童形象以满足成人对儿童的愿望的文学，人们在文学中形塑孩子即在形塑自己的未来。不同的人、不同的阶级对未来、对孩子的期待自然是非常不一样的。但比较而言，儿童期是人的心理、文化、知识、思想、人际关系等最少分化的时期，社会提供给他们的知识、经验，也是各个阶级、阶层的人最能达成共识、最易互相认同的。其中最重要的，便是标准的童年版本。标准的童年版本并不像一些人想象的那样，是从不同文本中创造的儿童形象中抽象概括出来的，而是社会按自己的理想想象和创造的。只是，由于社会认识的趋同性，这种标准的童年版本常带有社会公约数的特征。中国人为什么喜欢既忠厚、懂礼、讲规矩，又聪明、机灵甚至有些反叛的孩子？懂礼、讲规矩是对自身而言的，机灵、能打能闹是对别人而言的。这样的人长大后不仅适合作顺民，而且能在需要时召之即来、来之能战、战之必胜。人们口头上可能不这么说，但内心却心照不宣。在各种不同文化的交流中，儿童文学也是最易被人们认同、最少障碍的。《伊索寓言》《格林童话》《安徒生童话》，这些都是最早介绍到中国来的文学作品。斗转星移，从最初的引进到现在，政权都翻了几个个儿，它们仍是儿童书包里常见的书籍。在中国文学里，只有唐诗宋词才有这种地位。而唐诗宋词，正是因为表现了人类心底最普遍的审美情绪而万古长新的。这恰好成

---

① 佩里·诺德曼：《隐藏的成人：定义儿童文学》，徐文丽译，中国社会科学出版社，2014，第170页。

为安徒生童话一类儿童文学作品倾向稳定性的佐证。

从社会和创作者的角度看，儿童文学的保守倾向还有更深层的原因，那就是，儿童文学的存在和发展，和中产阶级的兴起是紧密地联系在一起的。中产阶级是社会生产力发展到一定阶段的产物。是社会的发展创造了某些需要较高文化、较高管理能力、较高技术能力的岗位，处在这些岗位上的人能充分发挥自己的才能，在为社会提供较高层次的服务的同时，自己也获得较高较稳定的收入。有了较高较稳定的收入，就有了较好的购买力。从社会的角度说，就是出现了一个稳定的有购买力的集团。有稳定购买力的人可以对自己的未来进行规划，其中一个最重要的方面，就是对子女的教育特别关心，肯在这方面做大的投入。这就是儿童文学最先在大都市出现的原因。中产阶级的生活特点使他们的子女所受的教育较少受偶然因素的影响，不特别保守也不十分激进。这种需求反映在儿童文学中，也成为保守主义的一个来源。

三

儿童文学是以少年儿童为主要读者对象的文学，其类型学上的保守性自然与儿童读者的特征有关。

儿童作为一个读者群体的明显特点是他们的接受能力偏低。古代有儿童、有文学，为什么没有儿童文学？因为那时教育不发达，能上学读书的人很少；文学作品又多是文言文，即使上学读书，读到能自己阅读，一般也不是儿童了。没有一个儿童的文化接受群体，人们不可能在创作中将儿童设定为目标读者。现代教育发展了，在文化较多的成人和没有文化的文盲之间，出现了一个有些文化但其接受能力又较为有限的儿童群体，儿童文学才应运而生。儿童文学自觉前，儿童的文学需求主要是通过口头文学来实现的。口语在大众中流传，不易表现出有个性的内容。一个环节出现有创造性的内容，下一个环节可能又被忽略了，最后留下的一般都是大家都能接受的公分母。这样的文学不可能不是保守的。这种特点多少也延续到自觉以后的儿童文学。由于文化水平、生活经验、审美能力等的限制，儿童文学作为一个整体只能是浅语文学、简单文学。像幼儿文学，只能在千把个常用字的范围内花样翻新。花样翻新当然需要技巧，但受到的限制也十分明显。狄德罗曾说，美是难的。过于浅显、简单的作品是很难给人深刻的美学感受的。像现代派、后现代派文学中许多极有价值的表现手法，就很难在儿童文学中出现。

更重要的是，此时的儿童的精神世界还没有明显的分化。文学强调个性，强调对生活的发现。米兰·昆德拉甚至说，没有发现的文学是不道德的。但是，过于个性化的东西在儿童文学中是很难被接受的。儿童的生活不分化，思想不分化，情感不分化，审美意识甚至没有从一般意识中分离出来。所以，儿童文学，特别是面对低幼儿童的儿童文学，不仅多是文字和图画并重的综合性图画书，而且内容也和教育、历史、道德、艺术混杂在一起，有一种杂文学的性质。这和人类童年时期的神话非常相似。神话是宗教，是历史，是道德，是科学，是哲学，是文学，是艺术，其作为真正的文学是人类童年社会过去很长时间、各种实用功能逐渐脱落以后才转变而来的。儿童文学的文学性也是随着其目标读者的年龄逐渐增长而慢慢增加的。由于受到各种文学的和非文学的因素的影响、牵制，儿童文学的发展变化也比其他文学类型的变化缓慢得多。

还有一个关于趣味的问题。谈论儿童文学的人喜欢谈论趣味。向往新奇啊，好幻想啊，喜欢听故事啊，许多儿童文学理论也将趣味作为作品成功与否的标准。趣味确实在儿童的文学阅读中扮演着重要的角色，儿童读者对趣味的追求确是儿童文学发展的一个重要的推动力。但成人文学也讲有趣，有无趣味不能成为区别儿童文学的标志。所谓趣味，和一般的欲望一样，主要是在阅读的过程中建构出来的，成人在这种建构中起着主导的作用。诺德曼在谈及儿童文学中的乐趣时曾说："它允许乐趣是为了指派并控制它，这样做的方式是给儿童提供一种对其孩子气之重要性的成人意识——以及一个内部人对儿童们自己的外在性的意识，这种意识即使在赞美孩子气时仍操控并遏制它……其结果当然是矛盾：控制被颠覆了，但是颠覆也被控制颠覆了。这个体系的所有参与者自己都是他们所殖民的人，也是抵制殖民的人，由此产生的停滞表明了儿童文学为什么在不同时间和地点依然有那么多相同之处的一个更深层的原因。"[①] 有的作品偏重儿童的趣味、欲望，有些作品偏重社会、成人的教训，二者间形成一种互相制约的张力关系，两者在不同的背景下可以有所偏向，但斗争的结果，仍是回到中点附近，避免发生任何真正激进的变化。

---

① 佩里·诺德曼：《隐藏的成人：定义儿童文学》，徐文丽译，中国社会科学出版社，2014，第267页。

四

作者的、读者的、历史演进中的特点最后都体现在文本上，说儿童文学有一种浓重的保守主义倾向，最后也是通过文本表现出来，并在发展中成为一种"惯例"，制约着儿童文学的变革求新。

首先是作品的题材。儿童文学一般谈论哪些话题？原则上说，儿童文学作为一种文学类型什么都可以写；但作为一个整体，儿童文学还是有自己的优势领域。儿童生活在社会的边缘，生活空间主要在家庭和学校，生活内容主要是"吃、玩、游戏，学些极普通极紧要的知识"[1]。儿童文学的题材、内容也主要是中时段和长时段的。童话是儿童文学中的一个重要类型，童话以非生活本身的形式塑造艺术形象，一般都是没有背景时间的。"从前……""老早，老早……""前"到什么程度？"早"到什么程度？都没有。其实是将时间虚化了。找不到故事在时空坐标上的位置，就无法用历史时间对其进行验证，从历史时间中飘浮出来了。飘浮的故事并非完全没有时间，而是对应所有时间，意谓自己表现的是具有普遍意义的、在一切时间中都起作用的内容。这和布罗代尔所说的"中时段""长时段"时间正好相适应。但历史时间都是具体的，从历史时间中飘浮出来，就拉开了与具体生活的距离，缺失了些生活本身的鲜活了。这种现象在写实性的儿童小说中得到部分弥补，但儿童文学作为一个整体与现实生活的距离仍是存在的。

影响儿童文学文本建构的还有一个问题，就是成人作家和儿童文学作品中的描写对象的距离。一般情况下，我们都认为文学是作家思想情感的真实流露，诗缘情，诗言志，情动于中而形于言，可这在儿童文学中是很难实现的。"儿童文学的成人从业者必须为儿童说话、说关于儿童的话、向儿童说话，儿童被推定不能为自己说话、不能谈论自己（至少以文学文本的形式）对自己说话，就像东方主义者推定东方人是这样一样。"[2]代儿童说话、向儿童说话、说关于儿童的话，就很难表现创作者自我，儿童文学是最无法形成作者风格的类型。但儿童文学毕竟是作家个人创造的，不一定能抒发自己但能表现自己对儿童的愿望，这就形成儿童文学文本的双重性：表层，是简单的、趣味的、儿童的；深层，是相对复杂的、理性的、成人的，二者形成张力，目标就是将小读者从表层的简

---

① 鲁迅：《鲁迅经典全集·杂文集（下）》，北京理工大学出版社，2016，第1003页。
② 佩里·诺德曼：《隐藏的成人：定义儿童文学》，徐文丽译，中国社会科学出版社，2014，第170页。

单、趣味转变到深层的复杂、理性上来。这个张力结构虽不是凝滞、僵化、一成不变的，但却是相对稳定的。这种稳定性是就个体作者的创作而言的，也是就一定时期的儿童文学创作而言的。

这就使儿童文学的叙事有了某些程式化的特征。在《通俗文化、媒介和日常生活中的叙事》一书中，阿瑟·阿萨·伯格总结过童话的常见叙事模式：一般以"从前"开头，以男主人公或女主人公的胜利结尾；具有基本的对立结构；以男女主人公的动作为中心；善与恶无处不在，两者泾渭分明，等等。"童话是历代相传的非常公式化的故事，往往有约定俗成的开头和结尾；童话的描写很简单，一般没有太多的细节；童话有年轻、普通、平常的主人公，对他们的刻画与那些和他们斗争的各种坏人截然不同。一般说来，这些男女主人公不是和某个坏人发生冲突，就是努力对付某种匮乏，并且在帮手和神物的帮助下这么做。"① 人们曾注意到，儿童文学中，不仅是小说，还是诗歌，也有很强的叙事性。因为故事、情节是作品中的硬件，容易把握。儿童文学中的叙事多是第三人称故事外权威叙述，即叙述者和人物不处在同一世界，叙述者大于所有的人物。童话不用说了，叙述者不可能和拟人化、神话化的人物处在同一世界；就是一般的写实性儿童小说，叙述者也常常站在故事外，俯视故事中所有的人物和事件，叙述者近似等于作品的隐含作者，叙述多是可靠叙述。儿童文学中喜欢讲故事，而且常常是离奇怪诞的故事，小猫钓鱼，小狗背小房子，少先队员遇到宝葫芦，王子斩妖除怪，公主遇到老妖婆，等等，是现实生活没有出现也不可能出现的人物和事件。为什么会出现这些故事？就是要将人物、事件、艺术世界从日常生活的背景上间离出来，间离得越远越好把握。而故事，按福斯特的说法，是小说中最低级最基本的一个面，低级的基本的东西总是倾向稳定的。② 这点，儿童文学和民间故事相似，千变万化又千篇一律。表现在语言上，儿童文学一般都是浅语文学，如老舍先生在谈到儿童剧的语言时说的，用不多的词儿，短短的句子，来回调动，说出很有趣的话来。用浅显的语言说出很有趣的话是一种技巧，也是一种限定，同样带来儿童文学与现实生活的距离。

---

① 阿瑟·阿萨·伯格：《通俗文化、媒介和日常生活中的叙事》，姚媛译，南京大学出版社，2006，第76页。
② 佛斯特（通译"福斯特"）：《小说面面观》，花城出版社，1981，第22页。（此书未标译者姓名——引者注）

五

儿童文学是一种保守的文学类型？人们有没有夸大导致儿童文学保守倾向的各种因素？应该说，这种可能性是存在的。因为人们"发明"儿童主要是为了确证自己，要确证自己的理性、文明的现代人身份，自然要努力发现甚至放大原始人、乡野人、儿童这个与自己相对的他者的野蛮、幼稚、保守、未开化特征，就像西方殖民者对东方殖民地人民所做的那样。但任何命名都是既包含了主体的尺度又包含了物种自身的尺度的。说儿童文学作为一个整体都建立在保守主义的基础上有些夸张，但说保守性是儿童文学的一个主要特点，是可以成立的。虽然作为个体的儿童读者以极快的速度成长着，但"铁打的营盘流水的兵"，一批儿童长大了，走过去了，另一批儿童又走过来，读者不断地变化、流动，那个相近的儿童文学模式却长时间地存在。

但这儿所说的"保守性"主要是一个事实判断而非价值判断。模式相对稳定以致保守，但对读者的作用却不全是负面的。稳定的模式使事物保持相对熟悉的面貌，使运动有相对确定的运行方式，减少了把握的难度，这对年龄较小、接受能力偏低的儿童是非常必要的。一个模式能较长时间稳定地起作用，其本身必然包含了某些合理性。荣格谈集体无意识，认为负载这些无意识的原型、原始意象就是童年时期的人类一再反复的生活经验留下的精神原型，这种原型隐匿在人类意识的下面，一遇到与之结构相似的人、事、景象，就会不期然地浮现出来，显得栩栩如生。儿童文学中某些常见的人物、事件、情景、叙述模式是不是也有类似的特征？审美保守性和社会发展中的保守性不是一回事情。社会发展中的保守性常常是一种向后的拉力，在社会向前发展时成为一种拖累力量；文学审美中的保守性却常常是功利的现实生活的一种平衡力量，当人们被飞速发展的现实生活弄得疲惫不堪的时候，为心灵提供一块栖息的绿洲。这是人们一面肯定早期资本主义生产方式的进步性，一面又喜欢华兹华斯等人主张回到童年、回到中世纪的原因，也是社会发展到商品经济互联网时代，人们依然赞颂儿童文学中的单纯、稚拙、浑然、童心等的理由。

但保守毕竟是一种惰性。儿童文学中的保守性，既有以向后看的方式实现向前看的叙事策略的问题，也有儿童的审美能力偏低不得不予以照顾的问题。而且，由于一再地适应、迁就，保守会由叙事策略向作品的题材、主题、艺术形式延伸，使作品的内容和形式都趋向僵化、固化，这样，保守就真的都走向负面了。所以，在肯定儿童文学保守性的某些积极意义、某些应该照顾的表现以后，我们一定要看到其消极的一面，并在创作中想办法地予以克服。儿童文学不是命定保守的。在总的方面，它和所有文学一样，是随时代和生活的发展而发展的。中国儿童文学自觉至今只有短短的一个世纪，但今天的儿童文学和初创时期的儿童文学还能同日而语吗？这里有整个文学发展变化的原因，也有儿童文学自身的原因。儿童生活的变化，儿童接受能力、审美能力的提高，儿童文学叙事方式的更新，其中，成人对自己未来的理想和儿童自身对新奇事物的向往应是最深层的动力。儿童文学是成人创造儿童形象以满足自身对孩子的欲望的文学，成人对孩子的欲望无疑是随着时代发展，而且常常是走在时代前面的；儿童的优势在于他们没有因袭的重负，零小于所有的正数却大于所有的负数。缺失使他们向往新奇，缺失使他们善于学习。虽然他们对新奇的理解常常是表面的，但这多少也是儿童文学范式更新的一种动力。

这正体现在当前儿童文学的发展中。按玛格丽特·米德的说法，我们正进入一个并喻文化和后喻文化的时代，知识周期更新极快，不是青年人向老年人学习，而是老年人向青年人学习。[1] 随着后殖民理论的深入人心，一直被排斥被压抑的东方思维正越来越多地受到人们的关注。近些年，一些成人文学正在推崇所谓的"穿越"，即同一作品中出现双重时空，这一时空中的人物突然出现在另一时空中的现象，认为是一种很新颖的表现方式；但其实，这种表现方式在传统童话中早已运用了，儿童文学在20世纪末还进行过关于"亦真亦幻"的大讨论。几年前，我在《走向广场的美学》中，讨论过杨红樱儿童小说中的半抽象时空的问题，这和文学理论中正在讨论的赛博空间也有些相近。还有诺德曼所说的"双重文本"，麦克卢汉所说的"重新部落化"[2]，这在整个文学中都是有前途的表现方式。儿童文学也许很难完全改变其偏重保守性的整体面貌，但其和激进的实验文学、先锋文学之间构成的张力模式却可以不断前进，并在这样张力结构中找到自己最佳的存在空间。

---

① 玛格丽特·米德：《文化与承诺：一项有关代沟问题的研究》，周晓虹、周怡译，河北人民出版社，第51、76页。

② 埃里克·麦克卢汉、弗兰克·秦格龙《麦克卢汉精粹》，何道宽译，南京大学出版社，2000，第288页。

儿童文学不只是写给儿童的
——关于儿童文学中"双重隐含读者"问题的探讨

　　儿童文学是按读者区分出的文学类型，按理应特别关注读者的特点和读者接受作品的方式，但事实却有些相反，谈儿童文学的人很少是真正从读者的角度切入，很少对读者的接受心理进行认真的分析和思考的。原因是，人们谈儿童读者只是将其视为一个被动的接受群体，给儿童写作文学作品只是把社会、成人认为重要的东西往他们脑子里灌，而把现成的东西往某个容器里灌是不需要太了解对象自身的特点的。虽然偶尔也说些要了解儿童的接受兴趣、接受能力的话，但一般出自两个目的。一是为了更好地对他们进行教育，即在不改变教育内容的条件下做些教育方式上的调整；二是为着作品发行量上的考量，要求顺应甚至讨好小读者的兴趣和能力。但他们所说的兴趣和能力大多是以生物年龄为主要依据推导出来的，说来说去，也多是儿童的思维是直观的、好奇的、万物有灵的，所以喜欢热闹、喜欢趣味、喜欢听故事等。可是，儿童是建构出来的，儿童的兴趣、能力等也是建构出来的。将儿童文学理解为以少年儿童为主要隐含读者的文学，这个隐含读者是作家设定的，他们与其说是读者兴趣、需求的体现，不如说是作家的共谋者，是作家的"托儿"。但设定又不能完全脱离现实读者，即如马克思说的，既要考虑主体的尺度，又要考虑物种自身的尺度，使儿童文学中的隐含读者显出复杂的状况。其中最引人兴趣的，就是认为儿童文学中存在着双重隐含读者的议论。

　　关于儿童文学中双重隐含读者的讨论在西方已很有一些时日了。佩里·诺德曼认为儿童文学中存在着一真一假两类读者。[①]芭芭拉·沃尔在《叙述者的声音：

---

① 佩里·诺德曼、梅维丝·雷默：《儿童文学的乐趣》，陈中美译，少年儿童出版社，2008，第30页。

儿童虚构文学的两难》中对儿童文学的接受者进行了更深入更细致的分析，但认为"文本内发言的都只是叙述者，而他（她）所面对的听众，也永远只是受述者而非作品的隐含读者"[①]，这样，作者就把"隐含读者"转变成了"受述者"，将双重隐含读者问题变成了双重受述者的问题。从技术的角度说，沃尔的说法具有较多的可操作性，因为受述者和叙述者相对，出现在叙述行为层面，而隐含读者和隐含作家相对，出现在作品意蕴的层面，前者比后者较易感受和把握。但这二者毕竟是不同的。如王立春的《毛茸茸的梦》："在我很小很小的时候 / 就有了你了 / 我的孩子……"受述者是"我的孩子"。傅天琳的《月亮》："妈妈你走了多久我记不清了 / 你走了我天天晚上趴在窗口念月亮……"受述者是"妈妈"。她们都不是隐含读者。我倾向继续沿用隐含读者的概念，但具体使用中会参考沃尔的论述。

双重隐含读者最常见的表现是一部作品既适合成人也适合儿童，即中国人说的"老少咸宜"。"老少咸宜"是从效果的角度说的。能产生这种效果，从文本的角度说，很可能就是同时将"老"者和"少"者作为自己的接受对象，在文本中设有双重隐含读者。这有些近似沃尔所说的"双受述"。但沃尔所说的"双受述"是"同一文本有时以儿童为受述对象，有时以成人为受述对象"[②]，窃以为这种现象较难把握，即使有也是少数。"老少咸宜"的情况却是大量的。《海的女儿》表现处在低级存在状态的人为获得较高级存在所进行的挣扎和奋斗，是既适合儿童也适合成人的。中国的《西游记》，如果不特别考虑其文字上的难易，不特别考虑其内容上的某些社会讽刺，不特别考虑其"三教合一"的宗教含义，只注重其成长主题，也是既适合成人也适合儿童的。还有大量的民谣、童谣、民间故事，特别是与儿童生活较为贴近的部分，如三兄弟、三姐妹、三个教训、三个愿望、童养媳、孤儿后母等，大多也是老少咸宜，既适合成人也适合儿童的。出现这种现象并不奇怪。"隐含读者"不是具体的个人，也不是某一现实的读者群体，它是文本内作者为读者设置的一个理解作者意图的位置，如诺德曼所说，是一个"知识集"。不同的"知识集"之间没有绝对的界限，有界限也不会是刚性的，可以互相重叠、互相渗透、互相融通、互相改造。"老少咸宜"突出

---

① 钟宇:《关于"说"的困惑：儿童文学叙述之难——评芭芭拉·沃尔〈叙述者的声音：儿童虚构文学的两难〉》，载《中国儿童文化（第五辑）》，浙江少年儿童出版社，2009，第409页。
② 同上书，第414页。

的就是"儿童"和"成人"两个"知识集"间共同的部分。如"成长",不仅归属于少年儿童,就是成人也存在着一个成长的问题,虽然二者成长的具体内容并不完全相同。这样,当《海的女儿》《西游记》等作品在较为抽象的层面表现成长时,儿童和成人便成了共同的隐含读者,"老少咸宜"的现象便出现了。

"老少咸宜"可以说包含了"老""少"双重隐含读者,但也可以说,在这类作品中,"儿童"和"成人"完全重合在一起,是一而二、二而一的,年龄作为隐含读者设置中的一个因素被极度地淡化甚至忽略了,是双重隐含读者的一种特殊情况。所以,我倾向将"老少咸宜"拿出来,不在儿童文学双重隐含读者的讨论中做过多的关注。本文讨论的"双重隐含读者",只指隐含读者中同时包含了成人与儿童,儿童和成人又有明显区别,因而有"双重"感觉的那种叙述。这在儿童文学中不仅普遍存在,而且彼此间还有许多差别。

最显见的双重隐含读者有时并不是由文本自身的题材、主题、作者与读者的对话需要等引起的,而是出于文本外的一些考虑。《大英百科全书》的"儿童文学"条目中说,作家们都知道,虽然他们为孩子写作,要将书卖出去,要顺应儿童的兴趣,讨小读者的欢心,但掌管钱袋的毕竟是他们的父母,是大人,所以,在说服孩子的同时也要说服他们的父母,让他们的父母也喜欢上自己的作品。为了钱,作家们也会自觉不自觉地将大人设定为作品的隐含读者。如在作品中表现一些有教育意义的主题,代父母对儿童进行思想品德和文化知识方面的教育,甚至讲一些大人都觉得有趣的故事等,使大人觉得钱没有白掏。这或许是最俗气的例子,但类似的以文本外的原因在儿童文学中设定成人隐含读者的情形并不鲜见。比如,一个作者写一篇稿件向一家儿童文学杂志投稿,或写一部作品到出版社寻求出版,他是只考虑读者,还是要同时考虑到诸如杂志的风格、编辑的兴趣爱好、当前社会的价值取向等等一些其他的因素?而这些多是成人性的。

20世纪50年代,陈伯吹先生说过一段很有名的话,意思说审读儿童文学作品,要站在儿童的角度,用儿童的眼睛看,用儿童的耳朵听,用儿童的心灵去感受,否则,发表出来的作品,成人叫好儿童却不理会。这是对编辑说的。但之所以要对编辑说,是因为它在编辑那儿是一个问题,即编辑审稿时容易把自己作为成人的思想、情感、审美观念带到审稿过程中去。编辑作为成人的思想情感会影响到审稿活动,延伸开去,会不会影响到创作者?不少作家都说过,他们写稿,是要考虑编辑、揣摩编辑的意图的。更重要的是,编辑是具体的个体又不只是具体的个体，在很多时候，他们是某种权力意志、政策路线、审美思潮、大众习俗的代言者和执行人。在中国，审稿首先看政治标准，作者要想让自己的作品和读者见面，就必须首先理解、把握政治上的标准、尺度，让自己的作品为那个标准和尺度所认可，即在某种程度上将那个标准和尺度作为作品的隐含读者。我们很难将这个标准和尺度具体化为某个个人，但有一点可以肯定，那不会是一个孩子。这种现象在西方也存在，只不过出发点可能有些不同而已。齐普斯说："纯正的儿童文学并不存在。那些为青少年读者创作的作品，往往是为作者本人或为编辑们而写的。他们通过对作品文本的投入，通过市场将这些作品传播到青少年读者当中，从而获得其预期的利益。"[1] 近年的中国儿童文学也在向这个方向靠拢。

但此类儿童文学中的成人隐含读者形象毕竟还是基于文本外的一些因素设置的，当作者根据文本自身题材、主题、审美理想的需要，自觉不自觉地将成人作为隐含读者引进儿童文学时，儿童文学中的双重隐含读者形象便变得较为内在，成为作品有机的构成部分。最常见的就是那些以儿童、儿童生活为主要描写对象，也以儿童为隐含读者，但事实上主要为成人写、以成人为主要隐含读者的作品。如叶圣陶写于五四时期的《小白船》《克宜的经历》等，以儿童、乡野人的单纯、质朴反衬现代人、都市人的腐化、堕落、退化，主要对话者显然是和隐含作者一样对单纯、质朴等审美范畴抱热烈欣赏态度的成人；但作品以儿童、乡野人为主要表现对象，以儿童为主要观照视角，内容也对儿童有益，艺术表现也契合儿童的接受能力，儿童应该也是文本的隐含读者（事实上我们也一直是将这些作品作为童话、儿童文学来看待的）。差不多同时，周作人力主童话、儿童文学即"原始人之文学"，"儿童""原始人""乡野人"同为童话、儿童文学、原始人文学的隐含读者，虽然作者将他们归入同一"知识集"，但原始人、乡野人中的成人毕竟也是成人，和彼时彼地的儿童不可能完全没有区别。虽在某些作品中同为隐含读者，但彼此间总还是有差别的。英人布莱克的《天真之歌》、日人高岛平三郎编的《歌咏儿童的文学》、周作人 20 世纪 40 年代写的《儿童杂事诗》，都可以作如是观。

与此相近的是一些作家以自己的童年为主要表现对象的作品，人们一般称这些作品为童年小说、童年文学。童年小说是现在的"我"写的童年时的"我"

---

① 杰克·齐普斯:《冲破魔法符咒：探索民间故事和童话故事的激进理论》，舒伟主译，安徽少年儿童出版社，2010，第 228 页。

的故事，是人物兼叙述者，是第一人称事后叙述。由于同一文本中出现两个"我"，在不同文本里，两个"我"的距离、思想情感关系等互不相同，形成童年小说一些不同的特点。一些童年文学侧重现在的作为叙述者的"我"，是从成年人的视角回忆自己童年经历的事，现在的成年人的身影较为明显，作品中的隐含读者也主要是成人，主要属成人文学，如鲁迅的《朝花夕拾》、萧红的《呼兰河传》、林海音的《城南旧事》等。另一些童年文学侧重童年的经历时的"我"，视点在故事内，主要写童年时自己经历的或看到的、听到的故事，如任大星的《湘湖龙王庙》、林焕彰的《回去看童年》、吴然的《铜墨盒》等。无论是前者还是后者，一般都有双重隐含读者。前者以成人为主，儿童为辅；后者以儿童为主，成人为辅。两类作品间没有明显的界限。从内容上说，它们和我们上节说的《歌咏儿童的文学》也无明显的界限。一些写童年、将童年作为一个美学对象予以赞颂的作品不一定有作家生活的影子，但多有作家情感体验的成分；一些写作家自己的童年生活的作品在回忆中都经过时间的虚化、过滤、重组，从自己个人当初的经历中升华出来，获得超越的、普遍的意义，已不复是当初自己经历时的面貌了。这时，阅读这些作品，读者无须汲汲于作家个人的生活背景，只需从文本出发，体味其中面对成人和儿童或主要面对成人或儿童的意趣。双重读者的影像在这儿也不是十分分明的。

设置双重隐含读者，更多的还是既写儿童也写成人，将儿童和成人放在一起表现，但彼此在趣味、情感、成长、愿望等方面却又不尽相同的作品。生活本来就是一个整体，有儿童也有成人，儿童和成人同处在一个具体的环境中。虽然具体的文学作品可以主要写成人而不涉及孩子，或主要写孩子而不涉及成人，但二者间的联系肯定是无法割裂的。当作品主要面对儿童和成人重叠较大的那部分生活，如主要写学校和家庭时，儿童和成人的身影都会凸现出来。于是，同一作品，就既有对儿童的内容，也有对成人的内容；甚至同一问题，对儿童和成人，却有不同的含义。由此形成既有对成人也有对儿童，儿童和成人同时成为文本中的隐含读者，但对各自的意义却不完全相同的作品。特别是在时代发生转折性变化、人们的成长观念分歧、作者面对主流成长观念进行抗争的时候，文本的这种特征会明显地表现出来。如程玮的《白色的贝壳》，作品中的作家伯伯忘记了和孩子们的约会，见了孩子又撒谎说自己去开了一个紧急会议，使孩子们突然窥视到成人心灵中并不光明的一角。在孩子，是对成人、成人世界有了一种新的理解；在成人，面对孩子们的真诚则需要一种诚实的反思。作品是为孩子们写的，但对成人有更现实的意义。陈丹燕的《黑发》《上锁的抽屉》《女中学生之死》，表现在新时期到来时，一些少年在启蒙意识的引领下开始主体意识的觉悟，要从成人和主流意识形态的束缚中解放出来，引起个人和群体、这一代人和上一代人之间尖锐的矛盾冲突。特别是在《女中学生之死》中，敏感而脆弱的宁歌竟付出了生命的代价。在表现这种冲突时，作者写了少年们在面对社会的规训、修剪时表现出的惊悸、慌张、不成熟，但作者更多批评和拷问的却是成人。一种缺少关爱的生存环境，一种冷酷不合理的教育制度，学校、老师为了升学率不惜摧残人的个性甚至身体，社会在少年彷徨痛苦时没有施以援手。人人似乎都在关心宁歌，没有人是杀害宁歌的凶手，但一朵还未绽放的花朵就这样凋谢了。"宁歌是黎明以前爬到这七层楼上跳下来的。那时候大人们在哪儿？男人和女人为了自己的希望累了一天，睡着了……他们没醒。"无声中饱含着悲愤，饱含着对社会的控诉和抗议，显然也希望这女孩的死能使一些大人从睡梦中醒来。"他们没醒"，这是一种状态的描述，也是一种呼唤。在这一意义上，我们可以说，成人应是这篇儿童小说主要的隐含读者。也许正是在这一意义上，齐普斯认为："绝大多数儿童文学主要是由成人来阅读的，尤其是图书管理员、教师和孩子的母亲。"① 话说得有些绝对，但其中包含的道理还是很值得注意的。

在更深层次，就是一些典型的、从表面上看纯然只写给少年儿童、只以少年儿童为隐含读者的作品，其实也可能是双重叙述，有着一个成人的隐含读者，包含了与成人对话的内容。佩里·诺德曼说，隐含读者是一个"知识集"，但这个"知识集"自然不是单质的，而是包含了许多内容的集合。就儿童这一"知识集"而言，能力、兴趣、成长需要应是最重要的。而它们无疑都代表着成人的意志、是经过成人修辞的。能力首先指一般的阅读能力，但不只是阅读能力，除阅读能力外，还有把握文体惯例的能力，再造艺术形象的能力，理解生活经验的能力，感受不同艺术美的能力等。这些能力主要经由成人塑造，打着成人的思想情感烙印是显而易见的。兴趣似乎带有较多的个性特征，更多与人的先天因素有关，但其实也主要是社会、成人塑造的。旧时的儿童爱听老奶奶讲狼外婆的故事，20世

---

① 杰克·齐普斯：《冲破魔法符咒：探索民间故事和童话故事的激进理论》，舒伟主译，安徽少年儿童出版社，2010，第228页。

纪五六十年代的儿童爱看革命小说，现在的儿童爱玩电子游戏，这些表现在儿童身上的兴趣，有多少是与生俱来或由儿童自己决定的？成长需要更主要是由社会和成人决定的。儿童的能力、兴趣、成长需要主要是成人设定和塑造的，儿童作为一个"知识集"主要是社会和成人设定和塑造的，文本中的隐含读者自然也是社会和成人设定和塑造的，反映着成人的观念和理想。日本学者柄谷行人说儿童是像"风景"那样被颠倒着发现的。"欲望是他者的欲望"，人们从对象中发现的东西常常是自己放进去的东西。这样，儿童文学文本中设定的成人隐含作家和儿童隐含读者的对话，一定程度上成了成人与自己的对话，是成人自己对未来的希冀，是对自己心目中另一个自我的塑造，这或许就是佩里·诺德曼和许多理论家都认为的，儿童文学文本拥有"一真一假"两种隐含读者、"儿童作为儿童文学文本的法定读者，并不能完全理解文本，对文本来说，儿童更多的是一种借口，而不是其真实的读者"①的原因。如孙幼军的《小狗的小房子》，写两个拟人化的幼儿的一次带游戏性的经历，画面简洁，色调明媚，是较典型的儿童文学作品。可是，孩子们的单纯、稚拙、天真、美好，不是同样可以使成人发出会心的微笑吗？特别是那些处在现代社会的矛盾冲突中，被各种各样的争斗搞得疲惫不堪的人们，看到孩子们的单纯美好，不是如发现一块生命的绿洲，有一种重回精神家园的喜悦吗？在这些儿童身上，不也寄托着成人的理想和对未来的渴望吗？如此，一篇看似"单叙述"，看似只为儿童甚至幼儿创作的作品，其实也有成人隐含读者的身影。这显然是在最宽泛的意义上，就所有儿童文学文本即儿童文学这一类型而言的，和芭芭拉·沃尔所说的"单叙述""双叙述""双重叙述"的概念并不完全一致。但二者间绝不是没有联系的。

在同一作品中，既是面对儿童，又是面对成人，有儿童和成人双重隐含读者；可从年龄的角度说，人群不是由成人和儿童两部分组成的吗？既然同时包含了儿童和成人，那就是面对社会全体，为什么还要提出包含了儿童和成人的双重隐含读者的问题呢？"儿童"和"成人"合起来固然就是全体的"人"，但将人分成不同的群体，却不只有"儿童"和"成人"这样一种分法。按性别，可以将人分为男性和女性；按职业，可以将人分为工人、农民、学生等；按国籍，可以将人分为中国人、美国人、英国人等。如此推延，每一种分法都包含、暗示了不同的内容。不说一些儿童文学面对全体读者，而说一些儿童文学包含了"儿童"和"成人"双

①　佩里·诺德曼、梅维丝·雷默:《儿童文学的乐趣》，陈中美译，少年儿童出版社，2008，第30页。

重隐含读者，就暗示作品表现的是儿童的问题或成人面对的与儿童有关的问题。如《女中学生之死》，表现的就是一个儿童的成长及成人如何对待儿童成长中出现的各种困惑、迷茫、惊悸等问题。儿童和成人是一对矛盾。在许多问题中，儿童为一方，成人为另一方，当文学表现这些问题的时候，就会同时涉及儿童和成人，但涉及的内容却是有所不同的。在《女中学生之死》中，孩子的问题是如何面对成长中修剪、打击、挫折等问题，成人面对的是儿童在成长中出现这样那样的问题时，自己如何做的问题。由于同一作品中出现了不同的隐含读者，二者的要求有重叠但又不会完全相同，创作时就有一个如何统一的问题。有的处理得好，有的处理得不好。比较常见的缺陷是自觉不自觉地偏向成人，使儿童文学成人化。虽然诺德曼说儿童文学中有一真一假两种隐含读者，真实的读者是成人而不是儿童，但要真的主要为成人而写，那就是成人文学而不是儿童文学了。

儿童文学并非一味简单的文学

——关于儿童文学中"双重文本"问题的探讨

和《儿童文学的乐趣》一样，佩里·诺德曼的另一部专著《隐藏的成人：定义儿童文学》（The Hidden Adult: Defining Childen's Literature）也是取了一个颇难理解的名字——比《儿童文学的乐趣》更难理解。"儿童文学的乐趣"本身并不难理解，人们疑惑的是为什么以此去命名一部教科书。《隐藏的成人：定义儿童文学》可是连语意都有些难以把握了。如果没有中间的冒号，"隐藏的成人定义儿童文学"，这好理解；但有了这个冒号，还能按原来的词义去理解吗？冒号有解释、引申前文的作用，"中华民族：一个伟大的民族"，"一个伟大的民族"解释、引申了中华民族某方面的特点，可"定义儿童文学"能解释"隐藏的成人"吗？

但这部专著提出的却是儿童文学中最重要的问题；儿童文学中存在双重文本，在显性的儿童文学文本下面，隐藏着一个影子文本，这个影子文本不一定是对儿童的。这就将研究儿童文学的目光真正深入儿童文学的深层肌理中去了，顺着这一目光，作者将我们带入一个幽深、但充满魅力的世界。

一、什么是影子文本

影子文本的前提条件是同一作品中出现了双重文本。为什么同一文本中出现了双重文本？按诺德曼的说法，儿童文学多是作品中实际写出来的东西远少于实际上要表达的东西。"《紫色的罐子》开篇句子中说出的东西远远少于可能被说出的东西……这个简单的文本暗示了一种未说出的、更为复杂的集合，相当于一个隐藏的第二文本——我把它称为'影子文本'。"① 可任何文学作品（包括那些最细致或最啰唆的作品），不都包含了省略、写出来的东西少于实际上要表达的东西吗？否则，作品怎么叙事？（我们能说的，无论是关于一个人、一个物、一件事，抑或只是一个细节，都只是"剪辑本"。）怎么给人以想象的空间？诺德曼所说的"影子文本"不只是同一叙事中的正常省略、隐含，而是这些省略、隐含的东西经过读者的想象和再创造，能形成一个新的意义指向，类似中国文艺评论常说的"潜文本"。如《紫色的罐子》，女孩和妈妈一起上街，看中了一个很漂亮的紫色罐子，最后买了它，而没有买她更需要的鞋子——她的鞋子早就穿着不舒服了。过了一段时间，罐子的颜色完全褪了，而她的鞋穿着更不舒服了。诺德曼认为，这篇作品写出来的是小女孩买漂亮的紫色罐子而没有买更实用的鞋子的故事，隐藏的是成人觉得应该先讲实用、先买鞋子的观点。这个没有说出来的部分便是影子文本。

这很容易让人联想到人们常说的象征主义文学。这类作品在儿童文学和成人文学中都多有存在。象征主义文学是在写出来的有限文本中包含了一个潜在的、虚拟的、更大的艺术空间，人们可以通过作品有限的艺术描写走进那个艺术空间，人称象外之象。像安徒生的《海的女儿》，实际写出来的是一个生活在海底的小人鱼经历千辛万苦终于走向人间，但最后仍是一个悲剧的故事。在这个故事后面，我们看到的是作者从丑小鸭变成白天鹅的历程，是可能发生在我们每个人身上的挣扎、奋斗，从较低级的自我蜕变、升华的历程，甚至是整个人类从原始野蛮状态中一步步走向文明的历程。这后一个文本是隐藏在写出来的文本之中的，是通过写出来的文本暗示出来的。但诺德曼所说的似乎并不是这种状况。《紫色的罐子》没有太多的象征义，他所列举的其他几个文本，如《杜立德医生》《爱丽丝漫游奇境记》等都没有明显的象征义。象征义和写出来的文本虽处在不同层次，却处在大致相同的视野中，而诺德曼所说的影子文本和写出来的文本似乎是由不同的目光看出来的。象征主义文学有影子文本，有影子文本的不一定是象征性文学作品。

我理解，隐藏也是有不同类型和深度的。有些影子文本处在较浅的层次，稍有阅读经验的人都能够很轻易地看出来；有些处在较深隐的层次，要有较多的阅读经验才能把握；还有些作品，初看几乎不觉得有一个深隐文本的存在。下

---

① 佩里·诺德曼:《隐藏的成人:定义儿童文学》,徐文丽译,中国社会科学出版社,2014,第9页。

面，我们便循着由浅入深的层次，借用诺德曼的影子文本、双重文本理论，对儿童文学中与此相近的作品做一个较符合中国儿童文学特点的读解。

二、成人回忆童年的作品

最明显的双重文本是成人回忆童年的文本。作品一般总是成年人写的。成年人写作可以选择各种不同的体裁。现实的、历史的、心理的、外部世界的、成人的、儿童的，其中之一是回忆自己童年的。在儿童文学中，这是一个重要的类型，出现过许多重要的作品。中国读者耳熟能详的，如《城南旧事》（林海音）、《回去看童年》（林焕彰）、《湘湖龙王庙》（任大星）等。

将童年作为题材，作家其实有许多表现方式。最常见的一种方式，是把回忆中的童年当作主要表现对象来写。叙述者是现在的成人（一般可看作现在的作家自己），虽用第一人称，但站在故事外，不参与当初的故事，出现在故事中的只是他的声音，是第一人称在故事外叙述；这样，当初的儿童生活就能如其经历时一样表现出来。如任大星、任大霖兄弟的浙东小说，在文本中设置一个成年叙述者，这个成年叙述者面对今天的读者讲述自己的童年，讲述自己童年时经历的一段岁月，讲述当时看到的、听到的一些事情。这时，出现在画面中的完全是儿时的"我"和"我"当初看到的、听到的故事。因为人物、事件是如其发生时一样显现出来，故事具有写实的性质。因为是围绕着童年时的"我"或从童年时的"我"的感觉、感受、理解中呈现出来的，所以主要是一个儿童的世界。在有双重文本的作品中，这类作品是最易被儿童理解、成为真正的儿童文学作品的。

另一种也是第一人称叙述，也是以叙述者的童年生活为主要表现对象，但现在的作为成人的"我"在作品中出现的机会要比前一种多，身影自然也浓重一些。在有些作品里，现在的作为成人的叙述者还会时不时地作为人物出现在读者的视野中，或评论，或解释，总之是读者能感觉到他/她的存在。如林海音的《城南旧事》，写的是作者/叙述者的童年故事，但在每一章节的开头和结尾，现在的成人叙述者常常出现在叙事中，有时是说明，有时是评论，有时是感慨。这些评论、感慨和在叙事中不时出现的叙述者身影，以及渗透在叙事中的忧郁、感伤融合在一起，成为表层叙事后面的深层文本。这个深层文本虽然依旧是"影子文本"，但比《湘湖龙王庙》等是靠前多了。类似的还有林焕彰的收集在《回去看童年》中的作品，如《钟声》：

> 钟声打"国民"小学那边 / 有心无心地，飘过来 / 在一棵老龙柏树的顶端 / 绕了一圈，谁也没有看见地 / 飘过来，飘过来 // 夏天，是闷热的 / 且常常下着阵雨 // 我坐在一张爱打盹的 / 旧藤椅中 / 慢慢地，慢慢地，醒转过来 // 钟声也有意无意地 / 敲打着我的内耳膜，停在 / 一条狭窄的小巷中

闷热的夏天，一个人坐在一张旧藤椅中刚刚醒来，朦朦胧胧中感到有钟声从小学那边传过来。是现实的钟声吗？是的。但也可以说是旧时的、出现在回忆中的钟声。因为出现在诗中的事物，如小学、老龙柏树、旧藤椅、小巷等都和旧时联系着，当然还有"回去看童年"这个大背景。作者小时候可能曾在这所小学读书，小学门口有一株老龙柏树，上学回家都穿过那条小巷，听惯了从小巷那边传来的钟声。现在，坐在老屋的旧藤椅中，朦朦胧胧中听到那熟悉的钟声，不由自主地想起那熟悉的小巷、小学，旧时的事物和眼前的事物完全融合在一起了。这里存在着两个世界，两重文本，现在的、眼前的世界清晰度高，回忆的、儿时的世界朦胧、淡远、呈碎片状态，但很难将它们清楚地分开。

也有些以作者 / 叙述者的童年为表现对象的作品，没有很明显的回忆的特征，出现在作品中的人物、事件也很少有作者 / 叙述者童年生活的影子，一般情况下，不熟悉作者的读者也很少将其作为童年回忆的作品来看待。如王立春的组诗《搬家的日子》，没有一处说到作品中要搬离的家就是作者 / 叙述者曾经生活过的故乡，也没有说过作品中的抒情主人公就是作者自己，但弥漫全文的温馨、忧伤情绪，还是让我们感觉到叙述后面的那种成人的目光在。这目光、这情感，既是那个童年小女孩的，也是现在回忆童年的成人的。这两重目光、两重情感很难分开，只有深入作品才能体味出来。

三、将儿童作为视点人物的作品

回忆童年的作品一般都是故事外第一人称叙述，主要人物多为童年时期的"我"，叙述者是现在的长大了的"我"，两个"我"之间隔着一段长长的时间距离。也有这样的作品，作品中存在着两重世界，作为人物的"我"身上可能投射着叙述者童年生活的某些影子，特别是童年时感受、经历过的某种情感，但

不以"我"的身份出现，作者／叙述者在讲述一个可能和自己的童年有关、也可能无关的故事。它们和回忆性童年作品的最大区别，就是不用主要人物第一人称叙述，而是用故事外的第三人称叙述；即使用第一人称叙述，作为叙述者的"我"和故事中的主要人物也不是同一个人。这类叙事的典型代表是人们常说的第二人称小说：叙述者给你讲你的故事。如班马的《鱼幻》：

> 你第一眼就识出了那红底蓝十字的挪威旗……你可万万没想到，那一天，你竟会逆着这条黄浦江驶向你从没有去注意过的那另一头。

这是《鱼幻》开头的句子。这儿的"你"是小说的主人公李小乔，与"你"相对、讲述李小乔故事的，是被李小乔称为叔叔的叙述者"班马"。"班马"没有实际地进入故事，故事中只有李小乔和李小乔看到的人物的活动，但读者会感到"班马"的目光的存在，因为整个故事都是通过他的声音展现出来的。为什么要对"你"讲述"你"的故事？因为故事中的李小乔作为事件的经历者，对自己的经历不是全都理解得了的。叙述者既向李小乔讲述他当初的经历，讲述他当初不知道的事情，更将他的故事放到广阔的社会、人生的背景上，引导他对自己的经历进行理解。读者既读到李小乔的故事，也像李小乔一样听到了叙述者对这些经历的阐释。李小乔的经历是一个世界，叙述者的讲述、阐释是另一个世界。这两个世界构成作品中两重不同的文本。

类似的表现方式也出现在曹文轩的《草房子》中。《草房子》说的是刚刚小学毕业的桑桑即将跟着要调往他地的父母离开他读了五年的小学，爬上草房子的屋顶，看着自己熟悉的一切，回忆起自己在这儿度过的岁月的故事。作品用的是故事外第三人称叙述，叙述者不直接出现在故事中，但知道故事中的一切。虽然桑桑是故事的主人公兼视点人物，故事是从他的经历和感觉中呈现的，是他的回忆，但却不是直接从他的嘴巴中说出来的。这样，作品中就出现了两重世界：桑桑经历和感觉到的世界，以及作者／叙述者讲述的桑桑回忆中的世界。桑桑只是一个小学生，他能经历和感觉的世界是有限且凌乱的，只有经过叙述者的整理、提升，才能以这样的形式呈现出来。《草房子》是一部意念性很强的作品。用作者自己的话说，演绎重于归纳：每一章都表现了作者认为的儿童成长应该包含的一个方面，如何对待不完美的自己，如何对待不幸的他人，如何对待挫折，如何看待死亡，等等。故事不同，但都是成长的一个方面，合起来，就是作者对儿童成长的理解。这一理解和故事人物所在的世界拉开距离，处在不同的层级上。这就像佩里·诺德曼论述《爱丽丝梦游奇境》等作品时所说的："这些文本中不仅有儿童主人公，还通过这些主人公聚焦行动，并要求读者根据发生在主人公身上的事情考虑自己。我认为通过一个中心的儿童人物来聚焦是标志着一个文本专为儿童所写的又一特征。"[1]

也有写儿童、写从儿童的目光中看世界但不属于儿童文学的作品。如鲁迅先生的《孔乙己》。这个作品写的主要是在咸亨酒店当小伙计的"我"眼中的世界。"我"不是故事中的主要人物，其在故事中的作用主要是提供一双相对中立的眼睛，让故事中的人物、事件较为客观地表现出来。叙述者是已经长大了、不在酒店工作了的小伙计。但无论是当初的小伙计还是现在已经长大了的小伙计，都是无法理解故事主人公孔乙己的命运的。能理解孔乙己命运的是隐含作家。这在作品中是通过故事结构的整体表现出来的。所以，《孔乙己》虽然写了孩子，写了孩子眼中的世界，有双重文本，但并不是儿童文学。

四、成人赞美童心童趣的作品

在儿童文学中，经常能看到一些作品，极力描写儿童的稚拙和天真。一些理论也认为，稚拙和天真是儿童的主要特点，是写儿童的文学作品的主要审美对象。无论古代还是现代的儿童文学，中国还是外国的儿童文学，都可以找到大量此类作品的例子。如白居易的《池上》：

小娃撑小艇，偷采白莲回。不解藏踪迹，浮萍一道开。

一个小娃偷采白莲，自以为做得很秘密，掩饰得很巧妙，可他没想到，池上是有浮萍的，小艇划过，浮萍被划破，就把自己踪迹暴露出来了。作品表现的就是幼稚和可爱之间的张力：想掩饰又不会掩饰，是幼稚；但正是这种幼稚，将小娃的可爱表现出来了。

当代如孙幼军的《小狗的小房子》。这是一篇童话，出现在故事中的是两个拟人化形象：小狗是一个善良憨厚的小男孩的形象，小猫是一个娇嗔聪明的小女孩的形象。但这种善良忠厚和娇嗔聪明是从谁的眼睛里呈现出来的？是谁觉得

① 佩里·诺德曼：《隐藏的成人：定义儿童文学》，徐文丽译，中国社会科学出版社，2014，第19-20页。

他们善良忠厚和娇嗔聪明？是谁在欣赏这种善良忠厚和娇嗔聪明？应该是成人，是正在讲这个故事的作者和叙述者。作者/叙述者既写了两个孩子的幼稚，又对表现在这种幼稚中的美好心灵进行了赞美。这两个层次是否形成双重文本？诺德曼的回答是肯定的。

> 一方面，大多数儿童文本所宣称的主题和要旨几乎总是与不要那么以自我为中心、要更理性等有关——也就是不要那么像小孩，他们教育儿童如何成为大人。另一方面，他们也教育儿童如何像小孩，给他们提供童年形象，秘密地或不那么秘密地劝告儿童读者维持或采取这些形象。他们矛盾地努力既让儿童更像成人，又让他们保持与成人的对立——既让儿童走过天真无知，又鼓励他们继续保持天真。[①]

　　诺德曼的感悟和分析都是很精致的。读《池上》《小狗的小房子》一类作品都会感到，作品写的是小孩子，写的是小孩子的稚拙和天真，但在这些可爱的小孩子后面，明显有一双欣赏孩子的目光。他看出了孩子的幼稚，也看出了表现在这种幼稚后面的天真和美好。一般说来，幼稚总不是一种特别值得肯定的人格特征，鼓励小读者看出这种幼稚，站在高处意识到自己对人物的超越，这是作品美感的主要来源之一；但正如马克思谈希腊神话时所说的，作为人类一个特定的历史时期的产物，这种幼稚和天真不也是很美好的吗？我们不是应该在一个更高的层次上将其再现出来吗？于是形成了长大和留在童年的矛盾。赞美童心童趣的作品所说的双重文本也由此表现出来。

　　但这里有一个同样需要精细地阅读才能体悟的问题。读《池上》，读者可能不需要费多少力气就能看出作者对小娃的揶揄，可在《小狗的小房子》中，读者能轻易地做到这一点吗？在《小狗的小房子》中，出现在故事中的只是以小狗、小猫面目出现的两个拟人化形象，读者能够感受到那个欣赏孩子的成人目光，可是，读者能读出作者虽带揶揄，但又热切盼望孩子长大的愿望吗？我以为有些难。这至少提醒我们，同一儿童文学作品中，可能存在着双重文本。这双重文本的特点和呈现方式可能是非常复杂的，不一定都"既让儿童走过天真无知，又鼓励他们继续保持天真"。《小狗的小房子》主要写孩子的天真和美好，即使有"让儿童走过天真无知"的一面，也是非常淡化的。

[①]　佩里·诺德曼:《隐藏的成人：定义儿童文学》，徐文丽译，中国社会科学出版社，2014，第172-173页。

五、以教育为主要取向的作品

这就涉及诺德曼所说的另一类作品：以教育为主要取向的儿童文学作品。

> 如果看起来最热衷于提供乐趣的文本假装在教育，而看起来最热衷于教育的文本却声称提供乐趣，那么得出这个结论就是合理的：在取悦或教育的可能程度所构成的光谱上，占据中段位置的那些不太极端的文本总是既提供乐趣，又进行教育。取悦和教育的双重目的意味着儿童文学文本典型地、矛盾地倾向于既教育、又取悦它们的隐含读者。

这段话的意思和我们中国的一些论者（特别是那些株守本质论的人）不同，不是简单地将儿童文学的功用分为教育和娱乐这样有些对立的两个侧面，或把娱乐看作实现教育的手段（包裹教训的糖衣），而是同时包含了乐趣和教育的一段"光谱"。根据二者所占的比重不同，可以最大限度地偏向其中的一者。在诺德曼的理论中，乐趣适合儿童，教育倾向成人，由此形成两个有差异的文本。

但多数儿童文学作品趋向光谱的中段，既提供乐趣又进行教育。但问题在于，既有倾向光谱中段、融合了乐趣和教育的作品，自然也有最大限度地偏向乐趣或教育，属于娱乐性儿童文学或教育性儿童文学的作品。我们前面提到《紫色的罐子》，讲述一个小女孩面对一双鞋和一只紫色的罐子，是选鞋还是选紫色的罐子的问题。作者想以此告诉小女孩和读者，实用比爱美更重要。前者是作者的声音，后者是小女孩的声音，两个声音构成两重文本。但这样一来，不是所有的作品（包括给成人的文学作品）都成为双重文本了？一个作品（作者）的声音和作品人物（包括兼作叙述者的主要人物）的声音总是不可能完全一样的。

类似的作品在中国儿童文学中也大量地存在。比如《小猫钓鱼》，小猫需要的是快乐，一会儿抓蜻蜓，一会儿抓蝴蝶；妈妈（也是隐含作者）进行的是教育，做事要一心一意，不能三心二意，确实形成了两个声音。这两个声音间的矛盾，就是作品的叙述张力，故事的叙事空间。但随着故事的发展，小猫的声音遇到挫折，妈妈的教育得以实现。我觉得，这两种声音是实现了统一的。如仍坚持说作品中有两个不同的文本，两个文本的概念是不是也太泛、太滥了？

六、儿童文学真的都是双重文本吗?

这就来到了诺德曼双重文本理论中我认为最值得商榷的部分了。

首先要辨析的是,诺德曼所说的双重文本,是就部分儿童文学作品而言的,还是就作为一个整体的儿童文学(即所有儿童文学)而言的?若是就部分儿童文学作品而言的,我没有异议。从上面的梳理中可以看出,在儿童文学中,双重文本确实是一个重要的艺术现象,不仅普遍存在,而且还可以分成不同的类型;同一类型,还可以因为题材、内容、表现形式等的不同,而区分出不同的层次。诺德曼精细、深入地发现、论述了这种现象,反映了其良好的艺术感受力和深厚的理论功底,对人们深入地理解儿童文学是有很重要的意义的。但诺德曼在这一问题上似乎一直有些游移,在更多时候,他说双重文本是将其作为整体儿童文学的一个特点来看待的。

> 儿童文学就是一种典型拥有双重童年幻景的文学。①

> 儿童文学文本的简单性只是其真相的一半,它们还有一个影子,一个无意识——对世界、对人的一种更复杂、更完整的理解,这种理解在简单的表面之外处于未被说出的状态,但又为那个表面提供了可理解性。那个简单的表面升华了——隐藏了,但仍然设法暗示了——某个不那么简单的东西的在场。②

这些都是将儿童文学作为一个整体来论述的。就是说,儿童文学作为一个整体,所有作品,至少是处在核心区域的作品,都具有双文本性。这就有值得商榷的必要了。

这儿涉及的主要是标准的问题。什么是双重文本?作者说,双重文本就是一个简单的、说出来的文本后面包含了一个复杂的、没有说出来的文本,这个没有说出来的文本常常是无意识的。如果这样,所有的文学作品都是双重文本了,因为所有的作品都包含了深隐的没有完全说出来的东西。所有的叙事都是剪辑本——生活的剪辑本,社会的剪辑本,人生的剪辑本,总之是从生活中选择、创造出一些现象、细节,按自己的理解将它们组织起来,成为不同的蒙太

① 佩里·诺德曼:《隐藏的成人:定义儿童文学》,徐文丽译,中国社会科学出版社,2014,第187页。
② 同上书,第214页。

奇。为什么就儿童文学是双重文本呢？这显然有些牵强。我理解，双重文本不仅在一个叙事中有双重或多重的声音，还在这双重、多重的声音没有且不能被完全统合在一起，在主题的层面出现了双重或多重的声音。我为什么觉得《紫色的罐子》《小猫钓鱼》一类作品不能算双重文本？因为作品中虽然有双重或多重声音，但这双重或多重声音在主题的层面被整合、统合在一起了，主题层面只有一个声音，那就是隐含作家的声音。假设一下：如果在《紫色的罐子》的结尾，作者不是让女孩因为鞋子破了而后悔当初不该买了罐子而没有买鞋子，而是让她一面因为没有买鞋子而疼痛着，一面想念着美丽的罐子给她带来的种种快乐；《小猫钓鱼》不是让小猫完全听从妈妈的教训，从此一心一意地钓鱼，而是在钓到鱼的同时为不能捉蜻蜓蝴蝶而有些闷闷不乐，主题层面就变得有些复杂，向双重文本的方向滑动了。当然，那时的《紫色的罐子》《小猫钓鱼》可能就不是现在的《紫色的罐子》《小猫钓鱼》了。

如何看待"教"与"悦"的关系，也是我们讨论诺德曼的儿童文学双重文本问题无法回避的。诺德曼说，西方儿童文学中也存在着更重"教育"还是更重"取悦"的问题，并因二者在文本中所占分量、所起作用的不同，分成教育型、教育取悦并重型、取悦型等类别，构成一个类似于光谱仪那样的谱系。这确实是从主题的层面上说的，而且在儿童文学中具有普适性。但是，一，这和作者原来所说的影子文本就是隐含在文本中没有说出来的那部分的理论形成矛盾。毕竟未说出来的部分不一定就是教育，教育也未必都是隐含的。像《小猫钓鱼》那样的作品，几乎全文都是为着教育，教育被清楚地放在桌面上了。二，虽然作者说整个儿童文学是一个有着教育与取悦的双重色调的谱系，但其实心里未必赞成这种状况。如前所述，在《儿童文学的乐趣》中，他是将乐趣作为贯穿性的主色调来看待的。三，作者说儿童文学有着教育和取悦的双重色调，到底是就儿童文学整体而言，将儿童文学看作一个由取悦性作品到教育性作品的系列，还是就个别的具体的作品而言，认为每个儿童文学作品都存在着从教育到取悦的层次呢？作者的论述并不是很清晰。

尽管有着这样那样的疑惑，我还是觉得，双重文本是儿童文学中一个非常重要的理论命题，不仅涉及儿童文学的意义而且涉及儿童文学的内结构。诺德曼敏锐地发现了这一课题，进行了颇为深刻的论述，也留下了问题待我们去做进一步的探讨。深入下去，一定会大大加深我们对儿童文学的理解。

分裂性是儿童文学的宿命？

在诺德曼的理论中，儿童文学不仅有双重文本，而且是分裂的。

双重文本不一定必然地构成分裂。如果双重文本处在不同的层次，下一层次是上一层次的基础，上一层次是下一层次的逻辑必然，这两层文本间就不是分裂；如果双重文本处在不同的侧面，互相映衬又相辅相成，这两层文本间也不一定就是分裂。分裂是同一作品中不仅有双重文本，而且这双重文本在意蕴上常常是有裂隙的，甚至是矛盾的、呈反方向的。有裂隙的、呈反方向的文本就是分裂的文本。

诺德曼视野中的儿童文学呈现的正是这种状况。"这些文本往往提供两种不同的视角，一种是儿童式的，一种是成人式的（这是一种与已经提到其他二元性伴行的双重性）。因为它们不同且经常对立，所以这两个视角隐含着儿童式的和成人式的看法和价值观之间的一种冲突。"[1] 既是"对立"，又是"冲突"，分裂便无可避免。这便是我们要探讨的问题。

一、分裂的起因：创作者和接受者之间的鸿沟

分裂首先是从作者、叙述者意识到自己和叙述接受者、隐含读者间的巨大距离开始的。

文学是一种对话，对话的形式和内容可因作者、读者、作者／读者间形成的关系的不同而有不同类型。郭沫若的《女神·序》："《女神》哟／你去，去寻那与我的振动数相同的人／你去，去寻那与我燃烧点相等的人／你去，去在我可

---

[1] 佩里·诺德曼：《隐藏的成人：定义儿童文学》，徐文丽译，中国社会科学出版社，2014，第78页。

爱的青年的兄弟姐妹胸中／把他们的心弦拨动／把他们的智光点燃吧。"①这表明，作者设定的隐含读者是和自己的思想、感情很接近的人。大多数情况下，作者们都习惯于将读者面设得很宽，姜太公钓鱼愿者上钩，读者努力适应作者；作者和读者间可以有距离，但不一定呈现为裂隙。儿童文学则不同。儿童文学是先确定了大致的读者范围，而后再进行创作的。虽然文本中的隐含读者不等于现实生活中的实际读者，但既然将现实生活中的儿童作为自己的读者范围，设定文本中的隐含读者就不能不受这个读者范围的影响。而现实生活中的儿童作为一个群体与成人的差别，主要是从文化差距上表现出来的。佩里·诺德曼《儿童文学的乐趣》中，将不同的文化群体称为不同的知识集。"成人"和"儿童"不仅属于不同的知识集，彼此间还有巨大的"鸿沟"。儿童文学中作者和读者的对话，就是两个不同的、有巨大差异的知识集之间的对话。既是"鸿沟"，既是有巨大差异的知识集，反映到文本中，使儿童文学文本出现某种形式的矛盾、对立和裂隙，也就不难理解了。

意识到自己的工作对象是儿童读者，儿童读者是一个和自己有鸿沟般差异的知识集，这在很大程度上就决定了儿童文学的对话方式。"一想到这首诗是给孩子看的，他们就忽略了自己的回应，而一味去猜想假想中的孩子可能会如何反应。许多成人对儿童文学的判断都是基于这种猜想。"②有了自己对儿童读者的判断，事实上就决定了自己在对话中的立场、态度和方式。比如，如果知道自己面对的是一个还基本不识字的幼儿群体，他就不会去写小说和诗歌，不会设想怎么去抒情言志，怎么设计宏大主题，而是想到怎么讲一个小故事，把故事变成一个个画面，于是图画书可能就成为最佳的表现方式；如果想到自己的读者是现在被一些不怎么有趣的测试题搞得焦头烂额的小学生，可能就会设计有趣的人物和故事，给他们送去一阵清凉的风。总之，读者一旦确定，而且这个读者群体还是一个和自己、和社会生活中的其他读者群有明显不同的知识集，作品的叙述方式，包含主题、题材、体裁、语调、语词、节奏等，就大致地确定下来了；变，也只是在这个大的框架内部做细微的变动，这个大框架就是儿童文学的整体面貌。

但是，这多少还是作者的一厢情愿。文学既是一种对话，对话的话题、内容、形式，包括使用的语词、语调等，都不是对话的一方决定的，哪怕这一方

---

① 郭沫若：《女神》，台海出版社，2021，第 1 页。
② 佩里·诺德曼、梅维丝·雷默：《儿童文学的乐趣》，陈中美译，少年儿童出版社，2008，第 21 页。

是站在鸿沟的上面、具有绝对优势的一方。儿童读者作为弱势的一方，也不是真的就那么被动的。他们有许多表达自己愿望的方法。最简单、最直接也是最有效的方法，就是对自己不喜欢的作品，不买、不借、不读。学校的图书馆就是一个最后的测试器。那些刚上架不久就被大量借阅，被读旧、翻破的书，一般都是受欢迎的书；那些长年累月躺在书架上，放了几年还崭新的书，一般都是无人、很少有人问津的书。作者、出版商要将书卖出去，对此是不能不顾的。文本中的隐含读者是作者设置的，但如何设置？是不能置广大现实读者的声音于不顾的。作家们为了吸引儿童读者，或使文字更加通俗，或创作能吸引儿童的奇遇记、历险记、各种各样的幻想故事，理论上也提出要弯下腰来和儿童说话，要尊重儿童的阅读兴趣和能力，要将"教训"包上糖衣，让儿童高兴地将各种教训吞下去，等等。中国的儿童本位论、儿童中心主义，很多说的就是这些内容。所有这些，都可以看作弥补那个作者和读者间的鸿沟所做的努力。但不管怎么弥补，都无法完全抹平那个鸿沟、那个裂痕的存在。

鸿沟和裂痕也不只表现在作者和读者间。作者不是孤立的个人，当作家意识到自己与儿童读者间的鸿沟，有意识来用自己的作品提高读者的时候，他可能也是代表社会或社会中某一些阶层对儿童提出要求，对儿童进行规训和整合。中国儿童文学很长一段时间一直是强调培养无产阶级革命事业接班人的。这就是社会的视角，社会主流意识形态的要求。这样，具体文学作品的对话，可能就是社会主流意识形态和儿童个体间的对话，代表主流意识形态将儿童询唤到革命接班人主体位置的努力。这二者间显然也是有着明显距离的。而从作者面对的对象看，也不只是一个儿童读者或一个儿童读者群那么简单。儿童作者的写作首先面对出版社的编辑，编辑既要想到读者又要想到管理出版社的机构，如此互相限制互相缠绕，有互相促进的，也有不那么相互促进的。处处都可能出现裂隙，这些裂隙都可能来自作者和儿童读者的距离，或因这一距离而被放大。

二、分裂的表现：教育和取悦

确定了自己的读者是与自己有着巨大差异的儿童群体，接下来就有一个问题：如何对待他们？这点，中国和西方似乎有些相似：要么是教育，将他们引入自己的轨道；要么是取悦，即注重儿童自身的乐趣，将儿童文学变成主要为他们带来乐趣的文学。

> 一方面，儿童文学特有的那些隐含读者期待着因文本给现在的他们提供乐趣的能力而得到满足……另一方面，这些隐含读者也被期待愿意被新知识扰乱，愿意从新知识中学会做不一样、也许更好的人。体验这些矛盾冲动不可避免的结果就是在它们之间被拉过来扯过去。典型地，这些文本解决这种张力的方式似乎是，它们最终要么摒弃了乐趣的价值，要么摒弃了一个人学会抵制乐趣的必要性的价值；它们实现幸福结局的方式是否认它们本身隐含并努力建构的那些分裂主体的其中一半。但这种表面上的解决只是表面上的，这也很典型。只要成人关于童年的观点中的那种矛盾还在，那个隐含的儿童读者中的分裂就在。①

若说文学的教育功能，一般的文学作品也存在；若说文学的娱乐功能，一般的文学作品也需要，为什么将儿童文学的教育和乐趣特别地拿出来，作为儿童文学与非儿童文学的区别性特征，并认为这样的特征导致儿童文学的分裂性特点呢？这需要到儿童生活、儿童文化、儿童文学的深层去寻找。儿童处在生命的源头处，整个生命处在一种浑然的状态。生命是浑然的，生活是浑然的，知识也是浑然的。在儿童生活中，游戏与学习、劳作还没有很好地分开，很多学习都是在游戏中完成的。精神的东西和身体的东西也没有很好地分开，有时候，歌、哭、玩笑是伴随着歌吟进行的。"一会儿哭，一会儿笑，两只黄狗来抬轿。"文化更没有很好地分开。一首儿歌，可以是文学，可以是游戏，可以是知识，可以是教育，各种体裁更常常混杂在一起，不细腻不精致，却有一种原始的生命活力，就和许多野树杂生的荒野一样。日后许多具体的门类就是从这儿开始的。这种杂然性使人们可以从不同的角度去看待。在文化的光谱上，也可因目光的不同而排出不同的系列。诺德曼所说的从教育到文学就是可以采用的系列之一。一端是教育，一端是乐趣，中间有千万种形式。随着各种条件的变化，这个系列还处在永恒的变动中。

为什么强调"取悦"？为什么将"取悦"和"教育"对应着作为儿童文学的另一极？印象中，教育总是带点强制性、带点硬性规定的。儿童文学要对儿童进行教育、规训，是不可能一点没有规定的。但正如我们在前面的讨论中已经看到的，

① 佩里·诺德曼：《隐藏的成人：定义儿童文学》，徐文丽译，中国社会科学出版社，2014，第192页。

佩里·诺德曼在《儿童文学的乐趣》等著作中，是将乐趣作为儿童文学最主要的特征予以认定的。儿童喜欢乐趣，希望通过儿童文学作品获得乐趣，乐趣能够取悦儿童，乐趣便成为儿童文学取悦儿童的一种手段、方式。在诺德曼这儿，目的和手段是完全统一的。《儿童文学的乐趣》的全部论述，也主要围绕着这一点而展开。怎么设置有趣的话题，怎么配置色彩鲜艳的图画，怎么节奏鲜明，怎样故事有趣，怎样创造有特点的人物性格，等等。这应该也有现代社会精神产品工业化的原因。仅从近几十年中国的情形就可以看到，儿童文学不只是一种影响儿童成长的方式，也是一种产业。在近年中国出版不是很景气的条件下，儿童文学产品逆势上扬，成为出版业中的佼佼者。物质产品的儿童文学是讲究对读者的取悦的。

　　一面是教育，一面是取悦，在儿童文学中，两面就这么艰难地拉扯着。拉扯的结果，往往就是走向系统的中段：既教育又取悦。这也是我们在许多儿童文学作品中所看到的状况。理论上的"糖衣说"：儿童不喜欢吃药又必须吃药，就设法将苦口的药物包上糖衣，儿童就高兴地将有益的药物吞下去了。但这最多只是解决教育与取悦的矛盾的一种方法。而且，就是在这种方法中，我们也看到矛盾双方坚硬地存在。这种矛盾很可能要到儿童稍微长大，物质生活和精神生活都明显分化，审美性的文学艺术和非审美的文化明显地区分开来，儿童文学才有可能成为真正的文学。而且，这种现象也不是因为读者是成人就可以一劳永逸地解决的，因为在给成人的文学中，教育和取悦分裂着出现的现象也大量地存在。

三、分裂的表现：成人化和儿童化

　　儿童文学分裂性的又一表现，是成人化和儿童化的矛盾。

　　儿童文学是成人为儿童创作的。儿童被设想为不能说自己要说的话，成人代替他们说他们要说的话。这种代替引起了文本中一系列复杂的关系。

　　代替可以指人物。儿童文学作品较多写儿童生活、创造儿童想象，这就要想象儿童的行为和心理，在特定的场合怎么说，怎么做。儿童文学中很多作品写得很生硬，不熨帖，就和这种想象的不到位有关。但这儿所说的儿童，还主要是就将儿童作为读者来说的。儿童需要什么？应该写什么？成人自己和儿童读者的实际需要肯定不会完全合拍。上面刚论及的问题：儿童是应该被教育还是应该取悦？教育者用什么东西教育？取悦用什么东西取悦？成人和儿童的意见不可能一致。更重要的是，无论是教育抑或取悦，作者在文本中塑造的不可能是完全适合儿童自己想象的形象。不管成人是否听到儿童的声音，是否尊重儿童的声音，其在文本中都不会是沉默的；特别是在成人不尊重儿童的声音的时候，这种声音会响亮地表现出来。

从成人创作者一端说，作品是作家创作的，总要表现作家的声音。儿童文学确实和其他类型的作品不一样，它要代儿童说话，说和成人不一样的话；如果成人作家只管说表达自己思想感情的话，那就不是儿童文学了。但是，儿童文学写儿童生活，塑造儿童形象，反映儿童的成长愿望，其中必然要渗透着作为成人作家自己的评价。这种评价常常是通过文本的整体结构表现出来的。这尤其表现在儿童诗中。儿童诗不适合成年诗人的抒情言志，但它不可能没有对自己选择的对象的情感评价，这种评价构成儿童诗另一层次的情感特征。再深点说，即使是在表现对象的层次，儿童文学一点不表现自身的情感也是不可能的。写进作品的不一定就是形象，有些自身的情感，在写作过程中也会不期然地流露出来。童年，在儿童文学写作中，永远是一种忽明忽暗或深或浅的存在。

成人化和儿童化，在具体的儿童文学作品中能不能有机地和谐地统一起来？在理论上是可以的。儿童生命最大的欲求是什么？是成长。身体上的成长，知识上的成长，文化上的成长，精神上的成长，成长是儿童生活、儿童文学的永恒基本主题。儿童的生活、学习都围绕着这个基本主题而展开。社会、成人对儿童的最大希望是什么？也是成长。成长为家族的孝子贤孙，成长为积极的接班人。许许多多的儿童文学也是朝着这个方向努力的。包括不同人为儿童设立的标准童年版本，也包含了对儿童成长特点的一些迁就。但这毕竟是就理论上的情形而说的，实际的情况要比这复杂得多。关键仍在成人和儿童间的巨大鸿沟。有了这个巨大的鸿沟，儿童获得较大的自由，对行使自己的权利充满幻想；而成人则想利用这个空间对儿童进行更多的规划，这两方面常常是不合拍的，这就出现了历史上的儿童文学或偏重成人，把儿童变成缩小的成人；或偏向儿童，主张儿童本位等一系列矛盾的主张和做法。这种拉扯还会进行下去。

也有技术方面的问题。比如中国古代的孩子，一进学校就是文言文。文言文是一种主要在官方和精英阶层使用的传递信息的方式，由于各种历史条件的限制，也由于反复使用，从语词、语句到叙述方式，都深深地打上了上层文化的烙印。一走入这种语言，一走入这种叙事方式，就走进统治阶级的意识形态，被统治阶级的意识形态所塑造。因为这种文化弥漫于全社会，标准的童年版本多半也是按这种文化建构起来的。所以，在一般情况下，儿童个人的意愿多处在被压抑的状态。这也是儿童文学中，成人化和儿童化成为一对矛盾，儿童化总是受到压抑、排斥的原因。

如何处理这一对矛盾，对所有的儿童文学都是一种考验。偏重成人的立场，只将自己认为重要的，将自己背后的主流意识形态认为重要的东西往儿童脑子里灌，将儿童塑造成自己理想的样子，制造出许多小大人，成为一代代连绵不已的悲剧。由于成人和儿童间存在巨大的鸿沟，要完全超越这种差距，一点不将成人的立场观念带入儿童文学是不可能的。较理想的方法，就是尽量尊重儿童的自我，在文本中将作为成人的自我隐藏起来。在表层，是儿童的乐趣，是儿童很喜欢的人物、故事；在深层，表现着成人的愿望，两相结合，努力将成人的欲望变成儿童自己的欲望。成人在前面牵引，儿童在后面跟进，一起走向文化的新层次。

四、分裂：快快长大和留驻童年

儿童文学最深刻的分裂表现在作者对童年的矛盾态度上。

> 一方面，大多数儿童文本所宣称的主题和要旨几乎总是与不要那么以自我为中心、要更理性等有关——也就是不要那么像小孩，他们教育儿童如何成为大人。另一方面，他们也教育儿童如何像小孩，给他们提供童年形象，秘密地或不那么秘密地劝告儿童读者维持或采取这些形象。他们矛盾地努力既让儿童更像成人，又让他们保持与成人的对立——既让儿童走过天真无知，又鼓励他们继续保持天真。[1]

到底要不要长大？这是一个问题。一个看似不大但其实很大的问题。

一方面，人不可能不长大，父母辛辛苦苦养儿养女，目的就是为了其长大。从社会的角度说，哪个民族都将希望寄托于未来。未来在哪里？在孩子身上。我们说儿童文学永恒的基本主题是成长，也是从这方面着眼的。放眼世界儿童文学史，就是一部表现儿童成长的历史。儿童生活、儿童文学中的世界，所以朝气蓬勃，所以充满希望，也是这种向上的朝气所决定的。

---

① 佩里·诺德曼：《隐藏的成人：定义儿童文学》，徐文丽译，中国社会科学出版社，2014，第172-173页。

但是，从另一方面看，成长也是一种失落。童年是幼稚的，也是天真单纯的。单纯对应复杂，复杂可能是一种丰富，也可能是一种杂乱、脏乱，甚至堕落；天真是对世界充满了信任，这和成人世界可能存在的奸诈、机巧也形成对照。所以，古往今来，许多人失望于现实的成人社会，总是将目光投向童年，以向后看的方式创造一个美妙的充满希望的世界。而且，成长总是要付出代价的。最常见的做法，就是按自己的意愿对儿童进行修剪，这种修剪对儿童未必都是有利的。一个典型的表现，就是儿童文学创作的都是标准的童年版本，成人社会就是要用这些标准的童年版本对儿童进行询唤，询唤到成人、主流意识形态需要的轨道上来。

> 成人给儿童提供他们希望后者为了成为正确种类的儿童而去模拟的童年形象。这个过程本身就刻写了它不可避免的失败：儿童还不是，或不真正是成人希望他们假装是的人，这正是成人为了自己的利益而希望他们假装是这样……他们必然是双重的、分裂的——他们既是他们所模拟的东西，即成人设想并强加给他们的童年，又是成人的童年版本的基础，且幸免于并违反了这个版本……分裂的儿童是儿童文学所建构的唯一可能的儿童。我认为这解释了儿童文学如何典型地设法既确认成人文化、又颠覆它确认的东西。既是颠覆性的，又颠覆它自己的颠覆——因而，也解释了为什么它的成功总是隐含着它的失败……儿童需要一种儿童文学来保卫他们，这一点牢固地确立了那种保卫本身和他们受到永久保卫的不可能性。①

这是一段很有点绕口的话，或许正是这种绕口，揭示了儿童成长、儿童文学在儿童成长中的作用的两难。儿童需要成长，成人设立了标准的童年版本以引导儿童成长，这种标准的童年版本并不是完全没有儿童生活基础的。但是，它既是成人设定的，主要反映着社会和成人的意志，对传统的处于天真状态的童年意识是一种颠覆；但它既是从社会和成人出发的，又从反面显示着天真的童年观念的合理性，于是，颠覆者被颠覆，认知就在这种反复中被拉扯着，显示着矛盾的双方都有其合理性，我们很难用一个去绝对地反对另一个。于是，也就解释了"为什么它的成功总是隐含着它的失败"。

这或许也是成长自身的两难。人不能不长大，儿童文学的永恒主题就是成

---

① 佩里·诺德曼：《隐藏的成人：定义儿童文学》，徐文丽译，中国社会科学出版社，2014，第194页。

长，但成长的结果并不一定就意味着美好。这是一种矛盾，一种两难，人们就是在这种矛盾与两难中从上一代走向下一代，从现在走向未来。

五、分裂不一定都是负面的

怎样看待儿童文学中的这种矛盾性、分裂性？

儿童文学的分裂性起因于文本中隐含作者和隐含读者之间的裂隙和鸿沟，这种裂隙和鸿沟是现实生活中社会、成人与儿童间裂隙和鸿沟的表现。可以看看动物界的情景：很多动物，包括一些大体的动物，都是生下来几个小时就能跑能跳能自己找东西吃的。它们都没有童年。优点是极快地适应世界，减少了因为年幼而受到伤害的概率；缺点是本能地重复父母的生活，完全从头开始。人有一个长长的童年，不仅能使肌体慢慢地发育成熟，更重要的是，积累了一个经验、文化的世界，有充裕的时间继承前辈积累下来的东西，这样，我们就无须每件事都从头开始，可以"接龙"，可以从先辈停止的地方开始，真正将人类变成一个"类的存在物"，这是任何其他动物无法比拟的。

由于符号的使用，由于经验的积累，儿童出生时面对的文化世界是在不断壮大的。所以，越是古代，成人和儿童间的距离越小；越到后来，距离越大。但不管大小，自从印刷术发明以后，"成年就变得需要努力才能挣来了"[1]。要挣得成人使童年变得丰富、有意义。成年越远，儿童与成年的距离越大，"远方"越是有诱惑力。儿童文学也如此，表现的内容越新颖，或在平凡的日常生活中看出越不平凡的东西，越是能吸引读者。20世纪80年代，曾有关于儿童文学要更多表现儿童熟悉的生活还是儿童不熟悉的生活的讨论，结论是不管写什么，关键是有所发现，儿童的生活是向上的，喜欢"巨人"而非小矮人。"远方"，对儿童文学来说，始终是一个魂牵梦萦的世界。

但拉开儿童和成人的距离确实也会带来许多问题。由于两个世界的距离，作品又是作为成人的作家创造的，作家很容易站在高处，像俯瞰小人国一样俯瞰儿童世界，心里有一份优越感，这使他们把自己看作规则的制定者，读者要做的就是接受他们的训诫、询唤，将思想情感转变到成人的轨道上来。所谓教育儿童的文学，所谓成人化，所谓让儿童快快长大，弄不好，都会变成一种殖

---

① 尼尔·波兹曼：《童年的消逝》，吴燕莛译，广西师范大学出版社，2004，第53页。

民者对待殖民地民众的态度，儿童文学也变成了成人对儿童进行"殖民"的文学。这在现实生活中，是可以找到许多例子的。

但这一切都随着现代社会的到来正发生着根本性的变化。一是教育的普及，大多数儿童进入学校，社会的文盲率大幅度降低。在一些教育普及较好的国家，已几乎没有文盲了。原来的文盲、儿童和儿童水平的成人、成人三个档次变成了儿童和儿童水平的成人、成人两个档次。尼尔·波兹曼说得更极端："在电视时代，人生有三个阶段：一端是婴儿期，另一端是老年期，中间我们可以称之为'成人化的儿童'。"① 几乎只剩下"儿童"一个档次了。二是以电子传媒为代表的新媒介的出现。电子传媒传递的主要是视、听形象，视、听主要诉诸人的视、听觉，虽然也有难度上的差异，但没有像文字那样，不识字就走不进艺术世界的程度。这样，主要建立在视、听效果基础上的多媒体艺术，如电影、电视剧、动画、图画书、网络文艺等，成了社会文化的主要样式。人们接受文学作品主要不是个体化的阅读，而是孩子、老年人、青年人围坐在一起看电视，犹如古代大家围坐在一起听人讲故事一样。这自然提出一个问题：诺德曼等提出的儿童读者和成人读者间的裂隙、儿童文学创作和接受中的分裂性被弥合、克服了吗？这和诺贝特·埃利亚斯所说的"在文明进程中，儿童的心理结构及其行为与成年人的距离越来越大"② 的判断是否构成矛盾？

这些问题太大了，本文不可能进行深入地讨论。根据有限的经验，我觉得，在电子传媒走向普及的时代，儿童和成人之间的裂隙正在被弥合，它们之间的界限变得模糊，是现实存在的，现在还只是开始，以后会变得越来越明显。但这种弥合、淡化主要表现在第一个裂隙，即"儿童"与文盲的界限的淡化和消逝上。至于第二个裂隙，即"儿童"与成年、精英的裂隙，有弱化、弥合的趋势，但不是很明显。在任何社会，儿童和成人之间的距离总是存在的。儿童还小，能学到的东西有限；儿童文学和主要面对"成人化儿童"的通俗文学也是不一样的，儿童文学的通俗主要表现在形式上，其内容和通俗文学常常有很明显的距离。这些变化都是在文化进化的背景上出现的，所以，在文明社会里，说成人与儿童在心理结构方面的距离在扩大，并没有失去意义。

---

① 尼尔·波兹曼：《童年的消逝》，吴燕莛译，广西师范大学出版社，2004，第141页。
② 诺贝特·埃利亚斯：《文明的进程：文明的社会发生和心理发生的研究》，王佩莉、袁志英译，上海译文出版社，2013，第3页。

怎样看待"乐趣"在儿童文学中的地位

中国读者接触佩里·诺德曼的理论多是从《The Pleasures of Children's Literature》的中译本开始的。这本专著在中国台湾被译成《阅读儿童文学的乐趣》，在大陆被译为《儿童文学的乐趣》（二者依据的似是不同的版本），书名中有"阅读"和没有"阅读"二字有没有不同？最令人疑惑的是，一本数十万字、"为教育学、英语系和图书管理学系的本科生及研究生课程而写的"[①]教科书，为什么取了一个与"乐趣"相关，看着只够写一篇论文的名字？诺德曼是一位著名的、见解深刻的理论家，他这样命名，从这样的命名出发建构自己的理论系统，一定包含了他自己关于儿童文学的独特看法。

一、《儿童文学的乐趣》的理论聚焦点和论述线索

同样是面对教育系、本国语言文学系、图书管理系的教材，《儿童文学的乐趣》和中国的儿童文学概论、教程之类在切入角度、聚焦点和论述线索上是有很大不同的。中国的同类教材多立足本质论，将教材看作现成的有关儿童文学知识的较为全面的传输。一般是先确定儿童文学作为一种类型的理论基础和包含的范围，由此确定自己的论述线索和教材结构，大体是：儿童文学作为文学的一般性；儿童文学作为一个类型的特殊性；儿歌、童话、儿童诗、儿童小说、儿童散文、图画书、儿童电影电视的特点；儿童文学的阅读；儿童文学产生和发展的历史等，四平八稳，也容易干巴、沉闷和呆滞。《儿童文学的乐趣》不怎么讲究面面俱到，它不是将儿童文学理论作为一套现成的知识体系来编撰的。"整本书中，我们采用建构主义的切入方法……不仅探讨文学文本、电视节目和玩具表

[①]　佩里·诺德曼、梅维丝·雷默：《儿童文学的乐趣》，陈中美译，少年儿童出版社，2008，第 1 页。

达社会价值的方式，也探讨它们何以能促使儿童无意识地赞同这些价值。"① 它是一种探索，有某种"专著"的性质。我说《儿童文学的乐趣》看着像一篇论文的题目，最早的感觉可能就是从此而来。

《儿童文学的乐趣》的切入点就是"乐趣"。

> 本书的书名，《儿童文学的乐趣》，暗示本书的焦点问题应是文学的乐趣……儿童文学的乐趣从本质上讲就是所有文学的乐趣。②

"乐趣"为什么会成为一本教科书的理论基础、出发点和聚焦点？

作者解释，这首先是儿童文学的学科性质决定的。教育、英语和图书管理学等专业的本科生及研究生将来可能从事的与儿童文学有关的工作是什么？是儿童文学的写作和编辑，是大、中、小学的儿童文学教学，是图书馆儿童文学图书的采购、编目和借阅……作者认为，所有这些，都与儿童文学的阅读有关，而儿童文学阅读的关键点在乐趣。

> 乐趣很重要，是关于文学最重要的事情。不管大人还是孩子，喜欢阅读的人都知道，他们之所以阅读，是因为他们享受这个过程，而非阅读对他们有好处。③

不难看出，诺德曼所说的"乐趣"和我们所说的乐趣是有相当大的不同的。我们许多人讲乐趣，常常是将其作为文学作品的效果的一部分来看待的。20世纪五六十年代，有人还曾经将其视为实现教育效果的手段，如所谓的"糖衣说"之类。西方似乎也有这种看法。诺德曼在《儿童文学的乐趣》中曾说："（西方儿童文学）一个普遍的假设是：文本提供的乐趣就像用来下药的糖一样，是为了让有益的信息更容易被吸收。"④ 诺德曼对此是批判的。"文革"后，这种观点很少说了。人们开始将乐趣看作相对独立的价值，但也只是将其视为文学的一部分特点，或一部分作品的特点。诺德曼则是将乐趣作为儿童文学主要的或最高的价值来看待的，认为儿童文学教学就是要让学生和他们将要培养的儿童理解和获得阅读的乐趣。所以，在《儿童文学的乐趣》中，乐趣不仅是出发点，也是全

---

① 佩里·诺德曼、梅维丝·雷默：《儿童文学的乐趣》，陈中美译，少年儿童出版社，2008，第3页。
② 同上书，第31页。
③ 同上书，第33页。
④ 同上书，第33页。

部理论的核心，全书都是围绕着这个核心来进行论述的。

由此决定了全书的论述线索。一、确立、占据全书的制高点：乐趣，乐趣的具体内容和获得途径，学习儿童文学课程首先就是要懂得如何引导儿童从儿童文学中获得乐趣。（1—4章）。二、"儿童"和"童年"都是设定的，把儿童变成成人已然相信的样子，童年的假设就有可能成为自我实现的预言①，帮助儿童获得乐趣是儿童文学的主要功用（5—8章）。三、儿童文学作为一种类型主要在其建立在一种相对特殊的知识集上，这个知识集的中心是乐趣。不同的文学理论对儿童文学可以从不同角度进行不同的理解（9—10章）。四、儿童文学、儿童文学不同体裁的文本特征：乐趣在儿童文学作品中是如何具体表现的（11—13章）。

这样，一个以乐趣为中心的儿童文学理论系统就建立起来了。

二、诺德曼所说"乐趣"的主要内容及其在作品中的表现

既然将"乐趣"作为儿童文学的中心概念，整个儿童文学的理论系统都围绕着这个中心来建立，那我们要理解诺德曼的儿童文学理论，就必须先弄清楚他所说的"乐趣"的具体内容是什么？在具体的儿童文学作品中，究竟是如何表现的？

在《儿童文学的乐趣》的第二章，作者为"乐趣"和"乐趣"的来源列了一张表，将儿童文学作为艺术的效果都涵盖其中。我们用自己的语言稍作梳理，可以将它们归纳为以下几方面的内容：

艺术符号有自身的乐趣。比如声音和图像的乐趣，文字本身的乐趣等。诗歌的节奏、韵律，插图的视觉效果，文字本身的艺术感，都可以给文学带来乐趣。作者认为，"这是纯粹的外部感官活动，与文本的意义和形式无关"②。这是与读者的身体、感觉关系最密切的层次，也是最不易被普遍化、公共化的层次。

破译符号，和故事、故事中的人物及整个艺术世界相遇的乐趣。诺德曼称此为文字所激发的图像和观念的乐趣、运用知识库和理解策略的乐趣、认识到

---

① 佩里·诺德曼、梅维丝·雷默：《儿童文学的乐趣》，陈中美译，少年儿童出版社，2008，第145页。
② 同上书，第36页。

自己知识集中的空缺得到的乐趣、故事的乐趣、讲故事的乐趣等①。通过破译符号，人被带进另一世界，看到许许多多有趣又有益的人物和故事，孩子喜欢童话、小说等，便多属于这一类型。

和艺术世界的人物进行交流、认同或拒绝认同艺术世界的人物、思想、情感的乐趣。诺德曼称此为激发人情感的乐趣、认同文本中虚构人物的乐趣、逃避的乐趣、文学与社会的乐趣。沟通的乐趣。文本的乐趣均来自与他者的沟通等②。这儿所说的沟通，既包括与虚构世界的人物的沟通，也包括与作者的沟通，甚至包括和其他读者、和社会的沟通。儿童文学所提供给大人和孩子的乐趣大多来自对话，即与别人一起谈论、思考甚至争辩。在儿童文学中，"认同"常常起着最重要的作用。如把自己想象成故事中的英雄，上天入地，惩恶扬善，做在现实生活中想做不能做的事情，也获得在生活中无法获得的赞誉和快感。与此相反，"逃避的乐趣"则是避开生活中超我的监管，一定程度上放纵自己，这就拉开了与生活中自我的距离，也可以说是从日常生活中的自我中超越出来了。

感知和把握艺术形式的乐趣。诺德曼称为辨认形式和文类的乐趣、结构的乐趣、发现文本空白的乐趣等。但他所说的发现"空白"和我们寻常所说的空白有所不同。我们常说的空白一般指文本自身的空白，如叙事时间的中断、叙事空间的跳跃等，主要是叙事形式一类的。诺德曼所说的空白是从内容上说的，是明明在场却没说的，是既包含在文本中、比写出来的东西更多但又未直接说出来的东西；就像作者在自己的另一部专著《隐藏的成人：定义儿童文学》中所说的，那个"隐藏"在文本中的成人及其他未直接说出来的世界。儿童阅读文学作品偏重内容，常常知其然而不知、不求其所以然，对艺术形式本身的乐趣不够敏感，这恰是儿童文学作品要努力培养的任务之一。

还有理解的乐趣、探索的乐趣、思考的乐趣。《儿童文学的乐趣》的一个基本原则就是，乐趣并非思考的对立面——思考本身就是一种乐趣，乐趣事实上是可以被思考的。另外还有洞察历史和文化的乐趣，与他人分享文学经验的乐趣。③

至此我们可以看出，诺德曼所说的乐趣，有和中国人所说的乐趣、趣味、

---

① 佩里·诺德曼、梅维丝·雷默：《儿童文学的乐趣》，陈中美译，少年儿童出版社，2008，第36—38页。
② 同上书，第36—38页。
③ 同上书，第36—38页。

情趣相同的部分，但包含的内容要比我们所说的宽泛得多，也重要得多。他几乎将儿童文学，其实也是整个文学的功用、艺术效果都包含在里面了。如果一定要找对应的名词，有些接近中国文学理论所说的"美感"。中国人所说的美感是一种美的、艺术化的感受，也是渗透在整个艺术作品中，表现在艺术作品的一切方面。艺术作品中可以包含教育、知识等内容，但都是溶解在美感中的。但乐趣毕竟偏重"乐""趣"的方面，不能将二者完全等同起来。

三、快乐文学与快感文学

在诺德曼对乐趣的论述中，还有一种划分方法，就是将乐趣区分为快感和快乐两大类。相应的，儿童文学也被区分为快感文学和快乐文学。这种区分方法来自罗兰·巴特。在《儿童文学的乐趣》中，诺德曼引罗兰·巴特的话说：

快乐之文本：这种文本让人感到满足、充实、心情愉快；它源于文化且不会打破文化，是跟舒适的阅读实践联系在一起。

快感之文本：这种文本让人感到挫败和不安，甚至有些无聊乏味，它扰乱读者的历史、文化和心理假设，打断读者的趣味、价值和记忆的连续性，给读者和语言关系带来危机。[①]

在中国儿童文学理论中，很少有这种划分。与之相近的是，文艺美学中有快感和美感的区别，但含义和罗兰·巴特所说的不完全相同。在中国的文艺美学中，快感多指与身体相关的愉悦感，与通俗文学关系较为密切，如一些情节紧张的冒险故事，一些带恐怖性的场面，一些血腥的场面，一些带色情的荤故事，等等；而美感是偏重精神性的，是一种精神上的愉悦。这两者之间，隐隐地有一种层次上的划分。感觉中，人们对偏重身体的快感有一些警觉和歧视，而精神上的美感、认知上的教育性则受到更多的关心和提倡。

回到罗兰·巴特和诺德曼的划分，二人所说的快感、"快感之文本"，也多与身体相关。诺德曼谈及声音和图像的乐趣时曾说，"这是纯粹的外部感官活动，与文本的意义和形式无关。这是快感的本质——身体的乐趣"[②]。但这种快感是

---

① 佩里·诺德曼、梅维丝·雷默：《儿童文学的乐趣》，陈中美译，少年儿童出版社，2008，第 34 页。

② 同上书，第 36 页。

如何引起的？价值几何？中国文学理论将快感看作由较低层次的感官刺激形成的愉悦。罗兰·巴特所说的快感，是由能引起读者挫败的不安刺激引起的身体感觉；这种感觉在我们的文化里，一般是很难将其作为愉悦感来感受的。它有些近似中国美学理论中所说的"痛感"。罗兰·巴特提及的例子有怪诞的形象、出格的动作和语言等，诺德曼所举的例子有无政府主义、怪诞、形式和内容上的创新等。为什么这些怪异的形象和内容能引起读者的快感？罗兰·巴特说："文本的乐趣就是我的身体追求它自己的想法的那一刻——因为我身体的想法跟我本人的想法不一致。"[①]诺德曼说："阅读文学一个主要的乐趣就是文学能让我们脱离自我，想象自己变成另外一个人。"[②]意思是说，人的阅读、通过阅读发生的成长，都是主客交融的。有时同化，将自己伸展出去，将对象纳入自己的先在模式；有时顺应，改变自己以适应对象。"快感"所说的应该是后一种状况。由于改变自己以适应对象，原有的模式发生裂变，裂变带来旧图式的破裂，所以产生痛感，产生不舒适的感觉，产生身体、感觉和人的精神的不一致。但这也是一个改变的时刻。通过裂变，原有的模式被破坏，身体本能地凸显出来，人在返回大地时找到新的支点，重新出发，站到阅读和成长的新层次。所以，痛感转变成愉悦感。快感最后也成为美感的一部分。这种快感，不是中国人理解的文学阅读中较易获得的那一部分，而是较难获得的那一部分。

但在儿童阅读中更受欢迎的还是快乐文学。快乐文学就是能给人带来舒适、惬意的文本，如故事书、图画书、动画片、儿童歌谣、歌舞性的电影戏剧，乃至大部分的诗歌小说等。这些作品往往画面鲜艳，故事简单，充满喜剧感。就整体形式而言，就是适应大部分读者已有的心理图式，按大部分读者已有的心理图式安排内容和情节；这样，作品的内容较符合大部分读者的心理期待，容易将外来的信息整合到自己的心理模式中来，舒适感就是在这一过程中产生。这种阅读具有保守性，但绝不是凝滞不变的。所谓读者已有的心理模式是一个极富弹性的结构，其可容纳的内容绝不是完全单纯的。一首《静夜思》，儿时读，大了读，老了读，感知的内容各不一样，但接受的模式是大体相近的。这就为相近的心理图式的阅读开辟了广阔的空间。不同接受模式之间的转换，也常常是在这一过程中完成的。时代变化，读者变化，快乐文学却具有永恒性。

---

① 佩里·诺德曼、梅维丝·雷默：《儿童文学的乐趣》，陈中美译，少年儿童出版社，2008，第35页。
② 同上书，第24页。

阅读需要快乐文学，也需要快感文学（巴特、诺德曼意义上的快感文学）。有模式又不墨守模式，一步步走向深邃、广阔，乐趣也是不断发生变化的。

四、乐趣也是生成的

诺德曼既将乐趣看作阅读儿童文学的主要目的，除了引导学生知道儿童文学的乐趣是什么，更重要的，就是要引导学生如何去获得乐趣，或告诉学生，在他们将来的工作中发现并引导儿童从他们的文学阅读中获得乐趣。诺德曼将此视为学习儿童文学专业的学生最主要的任务。但在引导学生懂得如何获得阅读儿童文学的乐趣之前，诺德曼还给学生确定了另一项任务，就是认识到，趣味、乐趣等其实也是生成的。中国儿童文学理论界很长时间没有认识到这一点。因而我们现在看到的教科书常常将儿童趣味、情趣看作先在的、给定的东西。

儿童好幻想，所以需要童话；儿童喜欢听故事，所以儿童文学特别强调故事性；儿童喜欢游戏，所以童谣中有游戏歌，好多儿童文学都是为游戏而写的……至于这些幻想、好奇心、游戏精神是从哪儿来的，则语焉不详。说来说去，最后都归结为年龄，主要是生物性。不否认年龄中包含了生物学上的含义，但主要仍是文化上的。孩子喜欢听故事，是因为故事较为简单，接受起来较为容易；孩子好幻想，是因为他们还没有学会理性地思考，往往将现实生活中没有逻辑关系的东西联系起来。而这些，是随时间发生变化的，是因人而不同的。

孩子对哪些东西感兴趣，则往往受到教育、周围生活的引导和暗示。《史记·孔子世家》载："孔子为儿嬉戏，常陈俎豆，设礼容。"一个小孩子，为什么喜欢玩祭器、喜欢排练礼仪？一种可能，是孔子小时候玩过各种游戏，后来成为礼仪大家，人们追溯其成长道路，只找出其"陈俎豆，设礼容"的内容，仿佛其很早就有这方面的天资；更可能是孔子幼时的生活环境就有这方面的条件和导向，他是在环境的作用下喜欢上这些内容的。《闪闪的红星》中，潘冬子和小伙伴们一起游戏，玩的是批地主、斗恶霸、给地主恶霸戴上纸糊的高帽子游街。这也是孩子的天性？主要还是环境启发，后天教育、培养的。"欲望是他者的欲望"，成人、社会、意识形态的欲望变成了儿童的欲望。所以，我们应该在成人、社会、意识形态与儿童自身的身体基础、文化能力等的双向互动中理解儿童的趣味，提供给他们真正有乐趣的东西。

这里还涉及一个问题：乐趣是可以共通的吗？是可以说的吗？人们获得乐趣的方式是可以传授的吗？诺德曼将获得乐趣作为文学阅读的主要价值，将引导学生获得乐趣作为儿童文学教学的主要任务。但如果乐趣不能共通，获得乐趣的方法不能传授，《儿童文学的乐趣》作为一本教科书的意义又在哪里呢？这确实是一个值得讨论的问题。

很多人都认为乐趣无法共通，因而也无法沟通和传递。《庄子·秋水》就载有庄子和惠子关于这一问题的讨论。"鯈鱼出游从容"，庄子感受到鱼"乐"，惠子不同意，说你怎么知道鱼乐？你又不是鱼。"乐"是一种与身体紧密相关的感觉，是不能传递的。你的快乐不能传递给我，我的快乐不能传递给你，更不要说人、鱼之间了。陶潜《拟挽歌辞三首》："亲戚或余悲，他人亦已歌。"我死了，亲人可能还在悲痛，别人已经放声高歌了。从这一意义上说，惠子是有道理的。这也是生活中，惠子的话更能为一般人认同的原因。在《庄子·秋水》中，庄子对惠子"你又不是鱼，怎么知道鱼快乐？"的回答是："我不是鱼，但你也不是我。你怎么知道我不知道鱼的快乐呢？"这回答好像不仅没有回答惠子的问题，倒像反过来强化了惠子的观点。（"你又不是鱼，怎么知道鱼快乐？""你又不是我，怎么知道我不知道鱼的快乐？"二者在逻辑上是一致的。）但庄子的观点其实是有道理的。感觉作为一种肌体感觉不能传递，但有不同感觉的肌体呈现出来的形态是不一样的。庄子为什么认为鱼快乐？因为其"出游从容"。从人、物的外在表现，可以追溯人、物的内在心理；从人、物肌体的存在、行为方式，可以想象人、物的肌体感觉，这成为后来西方移情美学的主要内容。甲没有失过恋，可能不能直接感知乙失恋的痛苦；但通过乙失恋期间的一系列表现，将这些表现和自己因为别的痛苦而导致的行为方式放在一起进行比较，能从中看到相同、相近的行为模式，这就为自己理解对方找到了共通的语言。戏剧、电影、小说、诗歌，整个文学、艺术，不是都建立在与此相同、相近的基础之上吗？这样，"乐趣"也就成了可学习、可模仿、可传递、可接受的了。惠子说的是我们普通人的自然感觉，庄子是从美学家的角度对这种自然感觉所做的美学分析。诺德曼的乐趣理论，也建立在美学分析的基础上。

五、几个可以讨论的地方

《儿童文学的乐趣》无疑是一部非常优秀的教材，特别是其开放的视野，对20世纪现代主义、后现代主义文学理论（特别是读者反应和文化批评理论）的创造性运用，是同时期的中国儿童文学理论无法望其项背的。这不是一部普及性的儿童文学教材，而是一套相对完整的儿童文学理论。直到今天，仍是引导我们前进的旗帜。

不知是不是积习太深的缘故，我读《儿童文学的乐趣》，钦佩之余，也觉得仍有一些可以进一步探讨的地方。诺德曼的论述聚焦于乐趣，我们的讨论也集中在这一问题上。

首先仍是切入点的问题。一部面对普通学生的教科书能否以"乐趣"为切入点和聚焦点？从理论探讨的角度说，没有什么不可以。接受美学、读者反应理论在西方20世纪的文学理论中属于显学，许多有创新精神的文学理论家参与其中，诺德曼将其引入儿童文学阅读，是有开拓性的贡献的。但接受问题毕竟只是儿童文学理论中的一个问题。除了接受，作为一本教材，应该还有其他要涉及的问题。比如，儿童文学作为一个相对独立的文体的理论基础和涵盖范围的问题，儿童文学创作和作家的问题，儿童文学文本的问题，儿童文学批评的问题，儿童文学的发展历史的问题等。这些问题，《儿童文学的乐趣》有的完全没有涉及，有的涉及了，如儿童文学的理论和批评，但放在接受美学和读者反应理论的大背景里，和主要论述线索是有些矛盾的。这应该是全书看上去有些凌乱的原因之一。

其次，关于将乐趣作为教材出发点和聚焦点的问题。诺德曼说，"长久以来，老套的文学批评一直认为文学应该为读者完成两件事：教与娱"[1]，且对其中的"娱"还是排斥的。中国的情况与此相似，而且更盛。诺德曼将其颠倒过来，是做翻案文章，从此开辟了一个全新的角度。但从聚焦教育到聚焦乐趣，结果变了，思维上是否仍留有"教"与"娱"的二元对立的问题？虽然我们上面说过，诺德曼所说的"乐趣"和我们常说的娱乐等有区别，但它既将儿童文学的功用、儿童文学理论的出发点都放在乐趣上，就不能不受"乐趣"一词的基本含义的影响。乐趣能涵盖儿童文学的全部功用吗？我们谈儿童文学，能完全跳出"教"与

---

[1] 佩里·诺德曼、梅维丝·雷默：《儿童文学的乐趣》，陈中美译，少年儿童出版社，2008，第32页。

"娱"的二元对立吗？我们说人是环境的总和，改变一个人就是改变他的环境。文学将人从功用、实用的日常生活的逻辑链条中解放出来，在虚拟的世界中看到、体会到、经历到一种新的生活方式，这必然对人的感觉、感性、心理、认识、理性等进行综合的塑造，这显然是用单一的"乐趣"难以涵盖的。总之，以乐趣为儿童文学阅读的制高点，总体上还是将儿童文学的意义窄化了。还可以讨论的是，即使是在西方文艺理论中，"乐趣"也不是至尊无上的。在《艺术原理》等著作中，美学家科林伍德对乐趣、对娱乐文学就是持明显的否定态度的，他甚至整个地将娱乐、娱乐艺术排除在真正的艺术之外。科林伍德所说的艺术是表现情感的艺术，而娱乐艺术充其量也只是再现艺术。观点有些偏激，但也启示我们，将整个儿童文学放在"乐趣"的标题下，是不是也有些需要斟酌的地方？

还有乐趣的实现方式。乐趣总是带点娱乐文化、消费文化性质的。娱乐文化、消费文化是文学作品当作本身有价值的东西予以享受，由娱乐文化引起情感自行释放在虚拟的空间中，消费结束，感情的释放也就结束，不会延伸到现实的空间中去。这也是诺德曼说的："热爱文学的人阅读文学主要是因为他们享受这个过程，他们喜欢的是文学本身。"[①]这从一方面看自然是现实的、深刻的，但是，整个文学的阅读绝非仅仅如此。前面说的，文学创造一个虚拟的世界，改变人的存在方式，将人的感觉等进行解放。虚拟世界和现实世界间没有绝对的界限。特别是在感觉、心灵、理性等非实体的世界，界限更是模糊的。何况文学本来就有教育、认识等等的提倡呢？从这一意义上说，文学阅读不仅仅是过程，也关系到结果。文学阅读是可以而且必然要弥散、延伸到现实生活中去的。以为文学阅读只是享受阅读过程，似乎是从一个极端走向了另一个极端。

也许，这也是一种片面的深刻。比起中国一些教科书的呆滞和沉闷，这种片面的深刻仍是有意义得多。

---

① 佩里·诺德曼、梅维丝·雷默：《儿童文学的乐趣》，陈中美译，少年儿童出版社，2008，第44页。

从行为语言／言语行为的角度看图画书

进入 21 世纪以后，图画书的突然流行是中国儿童文学发展中一个引人注目的事件。与之相应的，人们对图画书的认识也变得深刻和细致起来。因为同一文本中存在着两种符号系统，如何认识理解这两套符号系统及它们之间的关系便成为图画书讨论中一个突出的问题。

儿童为什么喜欢图画书？是图画比文字更容易把握吗？图画与文字，谁在深层谁在浅层？松居直说，图画与文字的关系不是相加而是相乘，怎么叫"相加"，怎么叫"相乘"？怎么相加，怎么相乘？这方面，佩里·诺德曼的《儿童文学的乐趣》《说说图画：儿童图画书的叙事艺术》等已做出很专业很深入的回答，但也留下了一些问题，激发了人们进一步讨论的兴趣。正是受诺德曼等人的启发，本文想借鉴行为语言学的一些理论，谈谈自己对这些问题的疑问和理解。

一、"图画"与"行为语言"

图画书在低幼儿童中受到普遍的欢迎是不争的事实。走进任何一家幼儿园，甚至小学，图书室的书架上放的，多是琳琅满目的图画书。对此，人们较普遍解释是，图画是直观的，可以用视觉直接把握的，和儿童相对偏重具体、形象的思维较为切近。但诺德曼却不是很同意这种看法。

成人相信儿童需要书中的图画，是因为他们觉得，图画比文字更容易理解，而且儿童需要依靠图画信息的指引才能对文字信息作出回应。这种理论依赖于两种假设：一种是关于孩子的，另一种是关于图画的。关于孩子的假设是，孩子凭借"形象的"想象力能够直觉地理解图画信息；关于图画的假设是，图画可以自动被解读。这两种假设都不正确。[1]

不正确在哪里？关于后一个问题，作者说："图画并不比文字更'具体'，文字也不比图画更抽象。它们都是符号学专家所说的符号——代表物，其意义依赖于一个后天习得的策略知识集。"[2] 图画书中的图画不是生活中的事物，是"范畴"。"图画书里的图通常表现的是范畴，而不是某个具体的东西。明白这一点，是欣赏幼儿书最基本的一个技巧。"[3] 一个画出来的香蕉无论和实物香蕉多么相似，它都是一类事物——香蕉的代表。没有香蕉的概念，具体的香蕉就算摆在那儿，人们也不会称其为香蕉并感知它作为香蕉的特征的。如何获得"香蕉"概念？如何辨认图画中的香蕉？这就需要学习（不一定是读书），获得一个相应的"知识集"。否则，图画一样不会自动被读解。关于前一个问题，作者认为这可能和让·皮亚杰的发生认识论理论有关。皮亚杰认为，认识既不起因于一个有自我意识的主体，也不起因于一个业已形成的能把自己烙印在主体之上的客体，而是起因于主客体之间的互动。这种互动的形式和内容，在不同年龄的儿童那儿都有所不同。从出生到十四五岁，儿童的认识经历了感知运动、前运演、具体运演、形式运演等几个阶段，形象思维在整个儿童阶段都起着非常重要的作用，而图画恰恰是直接的视觉形象。诺德曼似乎不是很同意这种说法。而且，他认为图画是符号而不是具体事物的摹写，也不会认为形象思维是与生俱来的。对此，他论述得不多。对于儿童对图画书的亲近，他有时将其归因于儿童的某种特殊的能力。"许多儿童在早期就能看懂许多不同类型的图画，这一事实并不意味着图画书就容易理解。相反，我们认为，原因在于儿童具有极强的适应性，他们理解图画就像他们学习口语一样都是巨大的成就，能够神奇地无师自通。"[4] 一方面是后天习得的知识集，一方面又无师自通，诺德曼的论述在这儿显然是存在着某种矛盾的。

为什么会出现这一矛盾？或如何解决这一矛盾？我觉得诺德曼对文字和图画两种符号系统的差异性和趋同性的解释可以更细致一些。

文字是一种符号，其所指是概念而不是具体的事物，其形象是间接的。读

---

[1] 佩里·诺德曼、梅维丝·雷默：《儿童文学的乐趣》，陈中美译，少年儿童出版社，2008年，第450页。
[2] 同上书，第451页。
[3] 佩里·诺德曼：《说说图画：儿童图画书的叙事艺术》，陈中美译，贵州人民出版社，2018，第67页。
[4] 佩里·诺德曼、梅维丝·雷默：《儿童文学的乐趣》，陈中美译，少年儿童出版社，2008年，第452页。

以文字写成的作品，无论是具体的人、物、场面、事件、故事，都要借助读者的想象再现或创造出来，对读者的先在的阅读能力、经验有较大的依赖性。而幼儿（图画书的接受对象主要是幼儿）在这些方面恰恰是欠缺的。书页上出现一个"熊"字，然后用文字或口语向孩子解释什么是"熊"，孩子没有这方面的经验储备，理解会变得很困难。而图画书中的图画是直接的视觉画面，只要画面上出现一只熊，就一目了然了。这还是就具体的个别的事物而说的。如果是一个场面，一个变化着的事件，这种特点会变得更加明显。"白雪公主走进了一片大森林……"然后讲了她在那儿遇到七个小矮人的故事，孩子没有"森林"的概念，没有森林生活的经验（不一定来源于真实的生活），想象更困难。但一片画出来的森林，几个表现森林生活的截图，叙事便变得直观得多。视觉能力也需要培养，但因略去了文字只有通过读者的想象才能再现形象的环节，把握起来要容易得多。所以不仅幼儿，就是一般儿童甚至成人，也喜欢有图画的作品。只是图画也是有不同难度的。图画书偏重叙事，要理解图画书的图画的难度，需首先理解画与画之间的连接，即图画间的连接形式。即便是单幅画，儿童图画书中的画和凡·高等的绘画也是非常不一样的。

问题在于图画也是一种符号。一只出现在图画书中的熊，意指一只漫步在森林中的熊，但又不等于真实的熊。理解图画书中的熊，不是将其放到实物中而是放到符号系统中去理解。明明是对具体事物、人物、事件的模仿和呈现，为什么具有符号性呢？我们的文学理论一直说，文学反映生活。可什么是"生活"？一个孩子，早晨起来，穿衣、刷牙、洗脸、吃饭、背着书包去上学，这是"生活"吧？可从什么样的床上起来，穿的是什么样的衣服，刷牙用的什么牌子的牙膏、牙刷，吃的是什么早点，背的是什么样的书包，书包里放的是哪些东西，上学是走着去还是坐车去，坐车坐的什么样的车，诸如此类，在不同孩子那儿，可能是非常不同的。这种不同就包含着不同的意指性。选择、创造不同的孩子、不同的行为，就构成不同的行为语言。阿恩海姆说，在观看一个物体时，我们总是主动地去探查它。视觉就像一种无形的"手指"，运用这样一种无形的手指，我们在周围空间中运动着，我们走出好远，来到能发现各种事物的地方，我们触动它们，捕捉它们，扫描它们的表面，寻找它们的边界，探究它们的质地。因此，视觉是一种主动性很强的感觉形式。[1]文学创作（包括图

---

① 鲁道夫·阿恩海姆：《视觉思维——审美直觉心理学》，滕守尧译，四川人民出版社，1998，第25页。

画书的创作）就是同时使用行为语言和言语行为，用言语行为去意指行为语言。图画书的特殊之处，就是将两种语言同时呈现出来。

行为语言的获得有人类作为一个物种的遗传因素，更有后天习得的因素。庄子为什么说看到鱼在水中的游动状态便能够判断其是"乐"还是"不乐"？因为乐或不乐的行为方式是不同的。所以，人们可以根据对象的行为方式去推测他们的感觉和情绪。这方面，人和动物在一定程度上是可以相通的。这就为婴幼儿接受先在的行为图式、先在的行为语言提供了解释。婴儿的情绪情感最早也是通过行为语言表现出来的。要吃了就哭，吃饱了就笑，哭和笑都是一种行为语言。

当然，大部分行为语言还是在漫长的社会生活中经由社会契约生成的，虽然其生成过程常常由于"上手"而被遗忘了，成为一种似乎是自然而然的存在。这种行为语言也是需要学习的。幼童其实是在学习口语的同时就开始学习行为语言的，因为大人在说话的时候常常是伴随着某种身体动作的，声音的响度、速度、节奏、语气、语调也会因情绪而发生变化，接受者不只是在听也是在看。比如，儿童成长中有一项内容就是"看脸色"，或曰"识相"。妈妈今天下班回来满脸笑，一面做饭一面哼哼唱唱，说明妈妈心情好；今天老师一进教室就脸色阴沉，说明老师心情不好。聪明点的孩子会根据妈妈、老师的"脸色"调整自己的行为。不会看脸色，大人心情不好的时候还硬往枪口上撞，说明这孩子没眼色、不识相。在成长过程中，学会识相、看脸色，其实是很重要的。仅就图画书的接受而言，从颜色、色彩中读出心情，从画面、场面中读出气氛，从人物的打扮、举止中读出含义，也是一种不可或缺的能力。

二、表层与深层

同一文本中存在着两套符号系统，它们之间的关系如何？它们是平行地并列地出现在文本中，还是处在不同的层次？如果处在不同的层次，谁在浅层谁在深层？深层和浅层是如何关联并互相作用的？

按习惯的理解，这两套符号系统是平行的，一面看图画一面看文字，图画和文字相辅相成；有层次也是图画在表层，文字在深层。但诺德曼认为，这两套符号系统是分层次的，文字在浅层，图画在深层。

在图画书中有一种固有的双重性：它提供了看待相同事件的两种不同方式。简单的文本和它更复杂的影子拥有一种类似的双重性，因此，图画书故事与它的两个分离的信息渠道，一个简单些，一个较难理解，是以儿童为对象的叙事的一个基本模式。①

《下雪天》里的图画要比文本复杂……这些图画提供的视觉信息的细节所具有的含义远远超出文本隐含的那个简单故事。②

认为同一儿童文学文本中存在双重文本，一个是表现出来的显层文本，一个是隐含的深层文本，这是诺德曼儿童文学理论最深刻、最具创造性的地方。一部《隐藏的成人：定义儿童文学》，阐释的主要就是这方面的含义。将这一理论延伸到图画书中来，文字传达的信息是显性文本，图画传达的便是深层文本了。

图画在这儿的作用是读者的附加知识库所提供的影子文本的视觉对等物，它们填充了细节，提供了物体和人物是什么样子的事实性信息以及面对这些物体和人物时有什么感觉的情感信息（这种信息由特定的风格、颜色、质感、形状等的内涵所表达）。③

以《荷花镇的早晨》为例，写成文字只有"早晨""熙熙攘攘的人群"等简单的几个字，但到了图画里，就成了一个视觉里的小镇。房屋、树木、烟囱、小桥、流水、街道、商店、人流等。同样是房屋，不仅和别处的房屋不同，就是画里的房屋也各不一样。总之是将文字后面包含的细节都显现出来了。这至少可以分成两个层次：一是文字的实际所指，这是读者阅读时通过再造想象可以重现出来的，如小镇的大致形貌、小桥、流水、荷花等；二是事物的具体形态、场面的具体细节，从场面中表现出来的神态、气氛、韵律，以及作者对这些人物、事物、场景的情感态度等，是读者需要利用自己的"附加知识库"去补充和创造的。这也是诺德曼说图画书中的图画比文字深隐、复杂的含义。

这仍然可以用行为语言和言语行为的关系的理论来解释。言语行为，包括

---

① 佩里·诺德曼：《隐藏的成人：定义儿童文学》，徐文丽译，中国社会科学出版社，2014，第77页。
② 同上书，第11页。
③ 同上书，第11页。

文字和口语，是抽象度极高的符号系统。虽然中国的文字有"象形"的特点，但在长期的进化中，这种象形性已非常淡化了，更不用说西方的拼音文字一开始就完全以音而非参照形为特征的。而图画作为一个符号系统，却主要是建立在象形的基础之上的。画出来的香蕉不等于实物的香蕉，但有实物的形貌，接受者用视觉能把握事物的外在特征，所以，在较少接受经验的读者、观者那里，常常将图画和实物等同起来看待，认为图画就是实物的摹写，图画表现的就是生活、世界。我们前面说过，生活、世界都不是完全沉默的，包括行为，都是能自我言说的。一颦一笑，一举手一投足，都可能包含了内容，包含了意义指向，属于行为语言。图画书中的图画，展现的就是这个世界，模仿的就是行为语言。这就解释了图画书中同时使用文字和图画两种符号系统的问题了：文字在显层，以间接的方式指涉世界；图画在深层，以直接的方式显示行为语言。"行为语言是利用'肢体信息'来建立差异性的，本身就是身体行为，它深深嵌入人的身体，是一种不具有独立性的符号系统。"① 不具独立性的行为语言经过画家的选择、加工改造、重新排列组合，就成为和文字一样的符号系统了。只是，因为表现的主要是行为语言，自然成为图画书的较深层次。

这在不同类型的绘画中也是非常不同的。可以先对照文字的例子。文字中有较为象形和完全不象形的区别，前者接近视觉中的世界，后者则完全拉开与世界的距离。但图画中，这种差别一样存在，而且更突出地、多层次地表现出来。写实画、风俗画、抽象画、立体画、卡通画，离世界的距离各不相同。同样偏重写实，西方的定点透视和中国的散点透视也颇不一样。卡通画是儿童图画书中最常见的一种。"卡通之所以具有这样的表现力，部分原因在于它的简化处理；卡通艺术家经过考虑之后，往往会把所有不重要的线条删掉，仅留下少数最能切中问题核心的线条。卡通这种用部分表示整体的做法，更像是比喻和象征，而不是字面表达。""卡通插图的叙事功能大于真正的视觉功能。孩子看这些图画就像玩玩具一样，是某些投入了想象的东西的替代品。"② 这也是卡通画更受幼儿欢迎的原因。

① 马大康：《文学行为论》，中国社会科学出版社，2017，第112页。
② 佩里·诺德曼：《说说图画：儿童图画书的叙事艺术》，陈中美译，贵州人民出版社，2018，第131页。

三、文字与图画：相辅相成和相反相成

图画和文字，一个在显层一个在深层，在具体文本中，它们是如何互相作用的？松居直说，二者不是简单地相加而是相乘。我理解这句话，一是二者间不是隔离的而是交互的，互相渗透、互相激发、互相阐释，作为一个整体而不是两个差距明显的个体各自独立地发挥作用；二是图画和文字互相渗透、激发会产生一些新质，这种新质可能是原来的图画和文字都不具备的；三是由于新质的生成，图画书的意蕴、效果可能比图画和文字合在一起更多，即所谓1+1>2。但是，在具体作品中，"相乘"是怎么操作的呢？

设想一本图画书是一段有一定长度的叙事。这个叙事包含了三个向度：长度、宽度和深度。当长度等于零或接近等于零的时候，叙事就成为一个画面。一个有一定长度的叙事可以切分成无数个画面。这些画面还不一定在一条共同的时间轴线上。图画书就是假定在这无数幅的画面中选出有数的十几幅、二十几幅处在不同时间点上的画面，将它们按时间顺序排列起来。为什么选择这些画面而不是那些画面排列在一起？通过这些联系起来的画面，可以发现其后面的某种因果关系。这种因果关系反映着作者的意愿。或者说，正是作者的意愿，才选择和创造出这些画面，并将这些画面如此这般联系起来的。"文字能提供认知图谱，即图式，我们可以将这样的图式用到本质上不表达观点的图画上去，从所发现的细节里决定不同的意义。"[①] 一个单一的画面很难表达较为明确的含义，一个有结构的绘画系列很容易就做到了。若说文字和图画的相辅相成，这种结构应该是这种合作的最主要表现。

图画叙事中长度与深度的关系也大体如此。文字是言语行为，偏重时间，偏重理性，偏重逻辑，而生活、世界是理性、逻辑难以涵盖的，比如细节、氛围、情感、情绪、意识等，在图画书中，主要是通过画面来表现的。在一幅图画中，往往是越细腻越有深度。像《荷花镇的早晨》，不仅将清晨小镇的生活细节细致地表现出来，还传达出这种生活画面后面作者清新的感觉，对生活、对生命的热爱。这些生活、生命感受属于行为语言，是很难用文字表达的。在图画书中文字和画面有机统一，是画面和文字相辅相成得很好的例子。

但图画书中的画面和文字不是什么时候都和谐一致的。很多时候，图画书

---

① 佩里·诺德曼：《说说图画：儿童图画书的叙事艺术》，陈中美译，贵州人民出版社，2018，第244页。

中的图画和文字是互相补充、互相发明甚至是互相矛盾、互相冲突的。诺德曼重点论述的反讽就是一例。比如画面上是一张唾沫四溅的大嘴巴，文字却是"他说他喜欢安静、很谦虚"，画面和文字表达的是相反的意义。"图画破坏了我们对字面意义的信任，文字也破坏了我们对图画表层含义的信任。图画和文字之间互相破坏，从而使我们不会相信其中任何一方单独呈现的意义。"① 文字突出图式，图画突出细节，放在一起，互相补充，在看到图画和文字都不完整的同时，一些新质生成了。相反相成，使我们对人物、生活的认识升华到一个新的层次。

从行为语言和言语行为的角度看，图画偏重表现行为语言，行为语言看起来就是"生活""世界"本身。动作、语言、表情、微表情，有些是与生俱来的，有些是在长期生活中自然形成的，是由社会规约延伸、深化而来的。像中国的礼、礼仪，在周公以前，很多已是氏族社会的规定，周公制礼以后，更延伸到社会的各个层面。一再重复，反复循环，时间久了，人们忘记了其原来的人为的规定性，成为一种类似原型的内容，沉淀到人们的行为、情感中，沉淀到感觉里，变成人们的一种习惯性行为，这就变成无意识、集体无意识了。从理论上说，图画书中的图画就是截取生活和创造一个个生活片段，进行新的排列和组织，虽已拉开与生活的距离，但离生活还是颇为近切的。（这在不同类型的绘画中，如现实主义绘画、古典绘画、焦点透视绘画、非焦点透视绘画、漫画、卡通画等，也是非常不同的。）这是一个集体意识、集体无意识占主导地位的世界，所以常常是混沌的、模糊的、多义的。而文字创造的世界主要是理性的。理性的世界是有逻辑的。图画提供细节，文字提供图式，无论是相辅相成还是相反相成，二者在统一中增值了。

当然也有"相辅""相反"都不成的状况。出现在图画书中的图画应该是一条时间轴线最具生发力的瞬间，做不到这一点，会形成对故事的简单图解。出现在图画书中的文字，不仅要将不同的画面有机地联系起来，而且要激发读者深化对画面的想象，有些图画书的文字没有显出与语言文学的区别，没有给图画留出空间。这点，图画书和戏剧有相似之处。图画书是有两种符号系统的艺术，这两种不是彼此独立的存在，而是要静、动结合，画面和文字互相激发，这样才能达到松居直所说的相乘的效果。

---

① 佩里·诺德曼：《说说图画：儿童图画书的叙事艺术》，陈中美译，贵州人民出版社，2018，第257页。

四、图画书接受中的易处和难处

图画既处在深层，涉及的更多是行为语言，是潜意识无意识的世界，为什么图画书更易被儿童接受、更受儿童读者的喜欢呢？诺德曼说这是因为儿童有"极强的适应性"，能像口语一样"无师自通"。我不是很同意这种观点。其一，口语并不是完全"无师自通"的；其二，图画书不只是看几幅独立的图画，它偏重叙事，而读懂叙事是需要思维能力、需要知道相应的社会规约的。但我仍觉得诺德曼的论述中包含了合理性。一个幼儿，拿到一本图画书，饶有兴致地翻来翻去，最先是什么东西吸引了他呢？应该是图画的色彩和外观。图画书将文字的间接形象变成了直接形象，直接形象可以通过视听觉直接把握，"文字不容易传达物体的外观信息，而图画却轻易就能做到"①。视听觉也需要培养、训练，但对一般形貌、色彩的把握应该包含了先天的因素，学起来也是一学就会的。图画书接受中的易处首先从这儿表现出来。

把一幅幅处在不同时间点上的图画联系起来，读出图画后面的故事，这就有些难度了。但图画书中的故事一般都是较为简单的故事，特别是卡通绘本，通过夸张、变形、比喻、拟人等艺术手段，拉开图画、故事与生活的距离，即将对象放到很远地方去观照，看到的主要是事物的轮廓、事物的主要特征，大大降低了认识的难度。如果再加上较为简单的带解释性、说明性的文字，是比单独的文字描写、叙事更好把握的。

再进一步，就是感知、把握图画书中的细节，感知和把握图画书的意蕴、情感和氛围等了。幼儿初读图画书，能不能注意到图画中的一些具体的细节？有点难。像《荷花镇的早晨》，不少小读者会注意到早晨出来买东西的女子，但有没有将其放到整个叙事中，意识到我们很多时候也是通过她的眼睛在看，就不一定了。在《桃花源》中，从绚烂的景色中感受一个仙境般的世界，许多小读者也能做到，但要体会到这个世界是黑暗现实的批判，就难了。这就涉及诺德曼说的，读懂这些话后面的意境、含义，需要相应的知识集。这个相应的知识集，可不是想得到就能得到的。

还有就是作品的隐含文本了。诺德曼说："在图画书中有一种固有的双重性：它提供了看待相同事件的两种不同方式。简单的文本和它更复杂的影子拥有

---

① 佩里·诺德曼、梅维丝·雷默：《儿童文学的乐趣》，陈中美译，少年儿童出版社，2008，第254页。

一种类似的双重性，因此，图画书故事与它的两个分离的信息渠道，一个简单些，一个较难理解，是以儿童为对象的叙事的一个基本模式。"① 很显然，这儿所说的双重性不是图画和文字的双重性，而是在图画书中，较浅的文本后面有一个更深、更复杂、更难理解的文本。对于这种双重性，我们在前面的讨论中已经论及。仅仅是用想象重现细节，或者用想象填补文本中的空白，把作品从"乐谱"变成"音乐"，这对小读者也有难度，但并不是最难把握的，最难把握的是读懂象外之象、弦外之音。不过，我一直认为，在儿童文学作品中，在儿童图画书中，这种文本是较少出现的。大部分作品，其内容都隐含在图画和故事之中，小读者能读懂故事，大致就达到目的了。

总之，阅读是分层次的。不仅不同的图画书有不同的深度，就是同一本图画书，也可以分出不同的层次。也因此，感受、理解图画书是需要不同的能力的。其中，有些确实是与生俱来、可以无师自通的，但主要还是需要学习和培养。这是一个无限的过程，永远没有终点，主要是在接受作品的过程中逐渐形成。如果能有一些指导，那就更好了。

---

① 佩里·诺德曼：《隐藏的成人：定义儿童文学》，徐文丽译，中国社会科学出版社，2014，第77页。

让读者学会抵抗文本是儿童文学文本的一项职责

在文学接受中，"孩子般的阅读"一直被看作一种美好的经历。一书在手，物我两忘，废寝忘食，如醉如痴。"作为阅读的'非逻辑'的第一方面，我鼓吹要天真地、孩子般地投身到阅读中去，没有怀疑、保留和质询"①；"每个文学作品都打开了一个独特的世界，只有通过阅读才能达到它，那么阅读就应是毫无保留地交出自己的全部身心、情感、想象，在词语的基础上，在自己内心再次创造那个世界。这将是一种狂热、狂喜、狂欢，康德称之为'癫狂'"②。中国古代有父母受不了孩子的吵闹，"给钱令听三国"的例子（《东坡志林》）；今天的孩子，不管多淘气，一让他看动画片，便安静了。自从接受美学诞生以来，曾有许多关于这种现象的探讨和论述。

佩里·诺德曼也关注到这种现象。在《儿童文学的乐趣》《隐藏的成人：定义儿童文学》等著作中，他都进行过很专业的探讨。最使我感兴趣的是，在肯定"孩子般的阅读"的同时，他还注意到问题的另一面："孩子般的阅读"可能存在的负面效应。他不仅深入地探讨这种可能存在的负面效应，还提出一个和沉浸式阅读很有些相反的命题：抵抗文本，不仅不要完全沉浸到文本中去，还要拉开距离对文本进行审视和抵抗；并认为，培养儿童读者抵抗文本的能力，是儿童文学文本的重要任务之一。理解诺德曼的儿童文学理论，这是一个很值得进一步探讨的话题。

一、儿童为什么容易沉浸于文本

沉浸于文本是文学接受中一种很普遍的现象，儿童如此，许多成人也如此。

---

① 希利斯·米勒：《文学死了吗》，秦立彦译，广西师范大学出版社，2007，第175页。
② 同上书，173页。

有文本的因素，有读者的因素，更有某一文本和某一读者突然相遇时各种条件互相激扬的因素。有些因素可以很轻易地追踪，有些因素追踪起来则困难得多。

幼儿拿到一本图画书，首先能让他们兴奋、喜悦的是什么？很可能是色彩和一些比较滑稽的人物、动物图像；如果是儿歌，吸引他们的可能是节奏，是一些类似颠倒歌那样的能够搞笑的艺术描写；现代的电视、电影，是多媒体艺术，形象是直接呈现在读者面前的。视、听形象直接诉诸人的感官，虽然艺术的视听觉也需要培养，但不至于到没有专门的学习和训练就完全走不进艺术作品的地步。特别是给儿童的图画本、歌谣、卡通片等，色彩鲜艳，节奏简洁、响亮，形象夸张变形，更减少了感受、理解的难度，所以较容易将文化层次不高、接受能力不强的人群吸引其中。现在一些人喜欢看短视频，吃饭看，走路看，连骑车、过马路也看，或可称为"目中无人"的一代。这些人主要出自大众群体，一些儿童也是其中的一部分。

另一个吸引读者沉浸其中的是故事。故事是一连串有因果关系的事件，时间扮演着重要的角色。时间是事物的连续性，只要顺着"后来……后来……"的路子往下走就行。给儿童讲的故事常常人际关系简单，情节曲折，引人入胜。奇遇、历险，看似五光十色，却常常是现实生活的简单隐喻。故事中的世界和现实世界不同。现实世界虽然充满意指性，但一般都是潜意识和无意识的。人们按照潜意识和无意识意指的方向去做，但却意识不到这种意指性的存在。文学的虚构创造了一个类似现实又和现实明显不同的世界，读者借助想象进入这个世界，就突破现实的藩篱，走进一个与平庸的日常生活不同的世界；或者说，将自己从平庸的日常生活中间离出来，走入一个个或神奇或瑰丽或与现实有些相近的世界，可以看到现实生活的影子但又与现实生活不同，它们其实都比现实生活简单，或者只是有意识地强化了某些方面，虽神奇了但却好感受好把握了。许多让人流连忘返的童话、小说就属于这种类型。

故事是有组织的事件，事件主要是人物的行动、人和环境的矛盾冲突、冲突导致的情景的变化等因素决定的，人物的行动在其中起着决定性的作用。人物为什么这样行动？这又涉及行动的动机，动机后面的社会、文化因素，特别是人物的性格。人物性格是一个非常迷人的东西。特别是那些塑造得很成功的人物形象，那些符合读者心中正义、高尚、伟大等理想性的英雄的形象，或英勇无敌又幽默机智的平民性英雄形象，如黄继光、董存瑞、张嘎子等，这就是我们平时所说的性格魅力、人格魅力等。儿童特别喜欢这类人物，这些人物在儿童成长中起着特别重要的作用，有这些年意识形态提倡的作用，更主要是儿童处在成长阶段，视角本来就是向上的，所以，文学作品中出现了各种各样的英雄形象时，很容易就被吸引住了。

沉浸常常出自共鸣，共鸣主要是情感性的，所以，讨论文学作品对人的吸引，最后都要落实到情感、情绪上来。如果一个作品创造了一个让人向往的美好的世界，塑造了一个或一群让人敬服的人物形象，表达了一种能深深触动读者心灵的情感、情绪，特别是这种情感、情绪和读者此时的情感、情绪正好具有某种同构性的时候，读者就会被深深地感动，引起强烈的共鸣。共鸣的基础是认同，不是一般的认同而是发自内心的认同，一定程度上是全身心的投入人物，和人物融合成一体，变成人物，分不清哪是人物哪是自己，即人们所说的"自居"状态。这恰是作者设计某一人物时的愿望。诺德曼说："隐含读者不仅仅是文本的一种特征，而且是文本中隐含的一个角色，它邀请读者去扮演。"[①] 沉湎、沉迷、迷狂，就是在这种状态下发生的。从肯定的方面看，阅读时能深入地沉浸于作品，应属于接受中的高光时刻。王国维说"入乎其内，故有生气"[②]，这是就创作说的，也适用于阅读。《东坡志林》记载民间艺人讲《三国》时听众的反映，闻玄德败，众蹙眉叹息，闻曹操败，众欢喜雀跃，就是例子。但是，换一个角度，这种入而不出、全身心投入文本的接受方式，是隐含了文学阅读的巨大危机的。这种危机对所有的读者都存在，但对阅读经验较少的儿童尤为突出、紧迫。正是看到了这种危机，诺德曼提出了"抵抗文本"的要求。

二、沉浸于文本很容易被操控

谈及沉浸于文本的负面效应，人们首先想得到的，可能是那些表现了不健康、不正确情感和认识的作品，如为谏君而磕头流血，为孝母而挖地埋儿，今天看着有些不可理喻，但当初是感动过许多人的。更普遍的，是一些低级趣味的东西。如暴力，中国儿童文学很长一段时间都有赞颂暴力的倾向，游戏中举着大刀长矛互相追赶，故事中挥着明晃晃的大刀向别人的光脑袋上砍去；如情

---

① 佩里·诺德曼、梅维丝·雷默：《儿童文学的乐趣》，陈中美译，少年儿童出版社，2008，第24页。
② 王国维：《人间词话新注》，滕咸惠校注，齐鲁出版社，1981，第100页。

色，这在儿童文学中一直是有争议的题材，其中不乏写得不错的作品，但很多也是以此招徕读者的。想以此招徕读者，是作者知道读者喜欢这类作品或这类描写。尼尔·波兹曼说，儿童成为一个群体是成人意识到他们应该与成人社会的某些秘密保持距离开始的，这秘密主要指的就是性秘密。可对儿童来说，越是不想让他们知道的秘密他们越想知道。何况性成熟本来就是一个过程，不是从年龄达到成年人的那一刻突然开始的。如果儿童文学涉及这方面的内容又没有把握好尺度，让少年儿童沉湎其中，是很容易产生不良效果的。

但让小读者沉湎其中产生负面效果的，更多的是那些自己不觉得其中有误甚至还觉得很有意义的，但实际上却有不好影响效果的作品。沉湎文本的基础是共鸣，只有那些和读者趣味、情感、意识形态相一致的东西，才能将读者吸引其中并流连忘返的。比如上面说到的表现忠、孝的作品，说其负面主要是从我们今人的角度说的。在其对读者产生作用的年代，往往是作为肯定的价值甚至是最高的价值而说的。如果说低级趣味的作品较难抵制但辨别起来尚不是特别困难，识别那些和读者意识形态相一致的文本就比较难了。"文本中的价值标准越接近我们自己的意识形态，我们就越难反读作品。"① 比如宗教，马克思称其为统治者用以禁锢人民的鸦片。为什么人们甘愿被其奴役？因为在信徒那儿，这是价值。不是一般的价值，而是最高的价值。文学阅读也是这样。沉迷于某个作品的读者，他也觉得他正在读的作品是最有意义、最能感动他的。他会把自己崇拜的人物看作神，恨不得马上去为他去赴汤蹈火。他被一种狂热的情感所推动，根本想不到自己被操控了。

反传统也能够成为一种操控读者的方式。反传统也是一种传统，而且是历史悠久的传统。人按其本性——人格系统中的本我的倾向而言，是向往自由的。但在社会生活中，这种自由或多或少地受到压抑，很多时候还被禁锢、被奴役，于是人就有了反抗的愿望；在文化中，在文学作品中寻找反抗的人物，把他们当作自己心目中的英雄。"我不下地狱谁下地狱"，看到理想中的英雄为包括自己在内的民众而承担起苦难，会感动得热泪盈眶。一些聪明人自然知道其中的奥秘，会在作品中塑造反抗的英雄。读者不明就里地跟着走，不知不觉就走进别人为自己铺设的轨道上了。

文学作品特别是儿童文学作品，操控读者的最隐晦、最不容易被觉察的方

---

① 佩里·诺德曼、梅维丝·雷默：《儿童文学的乐趣》，陈中美译，少年儿童出版社，2008，第249页。

式，是诺德曼所说的"空白"。"阿尔都塞认为意识形态的运作就是彰显'明摆着的事情'，在此之上他进一步指出，意识形态有效运作的主要标志就是每个社会成员都认为他们的信仰是自由的：'每个个体都被阐释为一个（自由的）主体，这样他就会自由地服从这个主体的戒律，也就是（自由地接受他的服从地位，也就是'自主地'）服从的姿势和行动'。"①"明摆着的事情"有些是人们有限的认识能力造成的，有些是历史、文化造成的，更有些是统治阶级为操控民众故意制造的。阿尔都塞曾说："意识形态性的后果之一，就是在实践上运用意识形态对意识形态的意识形态特征加以否认。"②每人都不说自己的论断是自己的论断，而说是客观真理，是客观规律，既是规律，是放之四海而皆准的真理，自然只能服从了。可世界上有所谓的绝对真理吗？"在同一平面上，过两点可以作一条直线且只能作一条直线"，这是公理，是明摆着的，不证自明的，整个几何学的大厦就建立在类似的几条公理上。可是世界上有绝对的平面吗？即使是一块玻璃，放在放大镜下，也是坑坑洼洼的。在有坑洼的平面上作出来的直线是直线吗？两点中"点"多大？针尖大的点放到高倍放大镜下，也可能变得近似篮球。过这两点，真的是"只能作一条直线"吗？如果公理都是相对的，其他有关社会、历史、道德等的命题能不是相对的、能不是建构出来的吗？可是由于种种原因，这些建构被遮蔽了，显出来的都是"明摆着的事情"。既是明摆着的事情，是真理，是规律，自然感觉不到自己被操控了。

文学作品中吸引人、让人沉溺其中的东西，有很多是积极的、健康的、催人向上的。如何看待这些描写对读者的作用呢？真理是相对的，但相对真理也是真理。作品表现的是积极的、健康的情绪、情感，和那些表现了错误的、不健康的情感、情绪的作品自然是不同的。儿童被这类作品所吸引，深情地投入其中，不仅自己的情感、思想得到塑造，就是这种专注、投入本身，也是值得肯定和羡慕的。但是作为一种阅读方式，只入不出是不太有理性的。按黑塞的说法，这是马和马槽、马和马车夫的关系：给什么吃什么，朝哪儿牵往哪儿走。给的东西好，走的道路正确，那当然好；要是不好、不正确呢？严格地说，这不是一个很合格的读者，"出乎其外，故有高致"③，一个不太合格的读者是很难达到高致的。

① 佩里·诺德曼、梅维丝·雷默：《儿童文学的乐趣》，陈中美译，少年儿童出版社，2008，第234-235页。
② 阿尔都塞：《意识形态和意识形态国家机器（研究笔记）》，载陈越编《哲学与政治：阿尔都塞读本》（第二版），吉林人民出版社，2011，第306页。
③ 王国维：《人间词话新注》，滕咸惠校注，齐鲁出版社，1981，第100页。

三、如何抵抗文本

抵抗文本，首先要有抵抗文本的意识。抵抗文本的意识表现在许多方面，首先是接受者要意识到自己有抵抗文本的权利。文学是一种对话，作为对话的一方，接受者和创作者是平等的。这种平等，是作者开始创作的那一刻就出现了的。中国儿童文学中有一种流传颇广的理论，说儿童文学是教育儿童的文学。既然是教育，我是教育者，你是受教育者，你自然无权抵抗，至少不能像两个平等的个体那样进行反抗了。若真这样，那就真的没有什么可说的了。好在事实并非如此。文学是对世界的探索和发现，创作者和接受者是同一战壕里的战友。诺德曼不是说儿童文学的最大特点就是创作者和接受者之间的巨大鸿沟吗？中间隔着巨大的鸿沟怎么平等？创作者和接受者之间的鸿沟是就文化、知识、审美能力等而言的，不是就双方的人格而言的。在人格上，成人作家和小读者，哪怕是幼儿接受者，都是平等的。体现在文本中，就是隐含作家和隐含读者之间的平等，是叙述者和叙述接受者之间的平等。做不到这一点，作家一开始就抱着教训人的态度，将孩子设定为被动的接受者，抵抗文本云云自然无从谈起，也很难将文学看作真正的对话了。

要有抵抗文本的意识，也要有抵抗文本的能力。这里的关键是，文本接受者要了解创作者将读者导入文本的策略，弄清创作者是怎样一步步牵着读者进入文本规定的艺术情景并沉迷其中的。文本吸引并操控读者，最先的也是最主要的策略就是隐含读者的设定；读者抵抗文本的艺术策略，首要的也是洞悉作者的这套策略。隐含读者是文本的一部分，是为文本服务的；但是，要吸引和引领读者，就要在一定程度上适应读者的兴趣和能力，就像中国古人说的，驱赶小鸡，不能硬赶，要"顺其性"，比如抓把米哄着它，是为"不驱之驱"。儿童文学创作者大多知道这种不驱之驱的艺术。鲜艳的画面，响亮的节奏，吸引人的故事，更重要的，是把自己的描写宣传为世上最美好的情感。对此，很多小读者是很难识别和抗拒的。对抗这种疑惑的最好办法就是识别文本的建构性。"儿童文本的聚焦大多是通过成人出于自身目的而发明的幼稚视角来实现的，而非实际的儿童视角。"[1] 文学作品的世界原本就像电影中的画面一样，是作者给出的，是主观的，但为什么阅读时常常感觉不到作家的在场，而是觉得它们是客观的，

---

[1] 佩里·诺德曼、梅维丝·雷默：《儿童文学的乐趣》，陈中美译，少年儿童出版社，2008，第340页。

是世界的"本来样子"呢？因为作者把"镜头"掩盖了。这时，读者要做的，就是拉开一段距离，对文本，包括作者给出的隐含读者的位置进行审视。这就在一定程度上挣脱了文本的操控，至少是为挣脱文本的操控创造了条件。

怎么做到逃逸作者设定的隐含读者的位置并对其进行审视呢？

审视要有审视的经验和能力。这种经验和能力是在长期的阅读中形成和发展的，重要的是不要只读一种类型、只发出同一种声音的作品。只让人读一种类型的作品、只听到一种声音，是统治者操控民众的主要方式，挣脱的方法也只能是从这种单一的声音中走出来。诺德曼说："儿童（当然也包括大人）可能很容易就被大众电视、玩具和配套书所传达的价值标准掌控，无意识地接受那些关于性别和权力的危险观念，从而失去了选择其他的自由，因为他们根本不知道其他选择的存在。"① 只有有了不同声音，不同声音的比较，才能做出较为客观、正确的选择。张中行先生曾在一篇文章中谈及：德国的小学教科书上说打败拿破仑完全是德国人的力量；英国的小学教科书说打败拿破仑是英国人的力量。怎么办？罗素主张把这两种小学教科书都发下去让孩子们念。有人担心，说你这样让孩子信什么呢？罗素说，你教的东西学生不信了，你的教育就成功了。成功是读者获得了辨识、选择的权力，不管后来他选择认同英国或德国教科书的说法，或者两个都不认同，都和原来没有选择权的接受完全不同。我们的许多儿童文学作品的可怕之处就是完全的一言堂，根本没有给读者任何的选择空间，甚至让读者连诸如此类的念头都不敢产生。一些人还视此为巨大的成功。但按鲁迅先生的说法，其实是接近瞒和骗的文艺的。

还要洞察文本引导读者的艺术策略。上面说的设置最能理解文本的隐含读者（也称理想读者），将"镜头"掩藏起来的做法只是其中一例。作家一般都知道，直接地把作品的意蕴说出来，耳提面命地要读者认同隐含读者，是很愚蠢的。他们都懂不驱之驱。像20世纪五六十年代一些人主张的，即使一些儿童不愿吃的药，也要包上糖衣，让他们很乐意地吃下去。为此，文本有各种各样可采取的手段，或曰艺术策略。图画书用尽量鲜艳的色彩，文字作品中用各种插图，故事努力曲折，情感追求动人，包括一些撩动人心的话题，还有文字上、声音上各种艺术表现，等等。儿童读者阅读经验不丰富，不被诱惑是很有难度

---

① 佩里·诺德曼、梅维丝·雷默：《儿童文学的乐趣》，陈中美译，少年儿童出版社，2008，第234页。

的。这是一个漫长的过程，只能在文学接受的过程中慢慢地去解决。

最重要的还是要有反思能力。图画书、卡通片为什么特别能吸引幼儿读者？因为它们诉诸感觉，不需要反思。文字创作的作品需要反思能力，但在读者那儿，这种能力也不是能自动获得的。20 世纪 80 年代以来，中国儿童文学接受政治文化狂热的教训，转而提倡个性、情趣、热闹，取得了不少成果。但个性、兴趣、趣味也可能是塑造出来的。过去有些人为某个政治口号热血沸腾，现在有些人为一个搞笑的小视频如醉如痴，看着都是个人的选择，但用以选择的眼睛却是被别人戴上有色眼镜的。所以，关键还在于有反思精神。阅读时，不仅要警惕文本的诱惑，还要检查自己的眼睛是不是被别人蒙上了什么颜色。

四、抵抗与美感

诺德曼谈儿童文学，是将乐趣放在较突出的位置的。如果太注重对文本的抵抗，会不会对阅读的趣味带来影响，与阅读时的美感产生矛盾呢？

从美学的角度说，接受中沉浸于文本，感同身受，如醉如痴，物我两忘，是一种极佳的状态，人们肯定孩子式的阅读，也主要是从这个角度说的。特别是在走向后现代社会的今天，感觉、经验碎片化，一键在手，要风得风要雨得雨，人可以在不同的时空中穿梭，在获得自由的同时也将自身碎片化、网络化，这时，沉浸式的阅读便显出巨大的优越性。希利斯·米勒甚至将这种儿童化的阅读当作拯救当代文化的一种方式。"要想正确阅读，必须成为一个小孩子。"[1] 这方面，偏重"出"的阅读方式是有其自身的局限的。

相比沉浸式的阅读，拉开距离的阅读是审视式的阅读。"出乎其外，故有高致。"什么是"高致"？高致应该是一种超越性美感体验。这种超越主要表现在两个互相联系又有所区别的层面上。一是就艺术世界中的人物、故事而言的。看出人物的缺陷，看出故事的错讹，自己就从故事中超越出来了。有段时间，中国儿童文学中热衷于创造 20 世纪 80 年代新型少儿形象，天不怕地不怕，一副反潮流的时代小英雄的劲头，但拉开距离看，不过是成人文学中改革人物的儿童版。明白了这一点，再回过头去看，就觉得那些人物形象显得粗糙和幼稚了。深一层次，就是看出作者在思想上观念上乃至艺术手法上的局限。像所谓

---

① 希利斯·米勒：《文学死了吗》，秦立彦译，广西师范大学出版社，2007，第 176 页。

的热闹型童话，尽管读者众多，但艺术上是十分粗糙的。能看出作品艺术上的粗糙，即感觉自己站到高处，会心一笑，心情也就愉悦了。

理性本身也可以成为审美对象。理性不一定都要表现为概念、逻辑。钱锺书说，在文学作品中，"理之于情，如水中盐、蜜中花，体匿性存，无痕有味"。关键看作品如何表现。历史上一些优秀的文学作品，其实都渗透着理性思考的。曹文轩强调"悲悯"，是一种情绪性很强的美学追求。一部《草房子》，涉及个体成长的各个侧面：有顺利的，有不顺利的；有成功的，有失败的；有心灵留有伤痕的；有年龄尚幼突然邂逅死亡的……总体上都表现着作家对一个人如何成长的思考。这种思考显然是渗透着理性的。不了解这一点，可以说没有读懂《草房子》。这不是个别现象。讨论儿童文学，人们常常把寓言作为一个整体列入其中，这不正确，但人们为什么还要常常这么做呢？因为寓言是小说的童年，不是很成熟的文学类型。儿童文学作为一个整体是不是也有这种特点？寓言是偏重说理的，中国儿童文学理论不是很长一段时间也曾将"主题鲜明"作为其特点、优点？主题鲜明和偏重理性可是隔得很近的。抛弃"主题鲜明"是对的，但在儿童文学中渗透较多的理性是很难避免的。关键是怎么表现。表现得好，读者在接受的过程中感到自己面前打开一扇又一扇的窗，洞悉世界，洞悉人生，是一样可以获得审美愉悦的。

最好是沉迷和超越统一起来，能入能出，这是一个问题的两个侧面。在儿童文学中，能出比能入确实更有难度一些，但真正的阅读必须跨越这个门槛。在后现代文化背景下，这一点变得格外重要。碎片化、娱乐化的东西铺天盖地，特别是一些看似顺应读者没有迫使读者而实质是对读者进行规训的作品防不胜防，站出来、拉开距离、抵抗文本就显得越来越重要。学会抵抗文本是为了在文本的海洋中更好地挑选。存在就是选择，只有会挑选的人，才是会阅读的人。最终，也是最能从阅读中获得快乐的人。

五、培养读者抵抗文本的能力也是儿童文学文本的职责

这听着确实有些矛盾：作品写出来就是为着读者阅读的，能让读者着迷，是作者的成功，甚至是梦寐以求的效果；培养读者抵抗文本的能力，不是自己给自己刨坑、自己给自己培养掘墓人吗？

一个作家想着自己的作品能深深地吸引人，这没有问题，长期以来，都是一股推动文学发展的动力，至今仍是。问题是，一种很积极的追求可能带来负面的效果。一定条件下，这种负面的效果还会上升到矛盾的主要方面，将本来积极的追求都遮蔽、掩盖了。儿童文学的特点首先来自创作者和接受者之间的巨大的鸿沟，本就易于居高临下，把自己变成教育儿童的文学；在长期的发展过程中，又由占主导地位的统治阶级意识形态控制着，把统治阶级的意志塑造成天经地义、明摆着的事情。久而久之，连创作者自己都觉得自己在代天牧狩，代圣贤立言了。自己当初用作品吸引读者的愿望，也变成包裹教训的糖衣了。这种叙事的精神和方式也延伸到现当代的儿童文学中来。

谈现当代儿童文学史，人们似乎都遗漏或回避了一个本不该遗漏和回避的问题，那就是仇恨叙事。五四时期儿童文学是推崇具有普遍意义的爱的，叶圣陶童话、冰心散文、黎锦晖儿童歌舞剧，都是这方面的代表性作品。可那时，这类叙事都被仇恨叙事所替代。即便是亲兄弟，道路上也泾渭分明，战场上杀得难解难分。连古代文学作品中的哪吒，一个明显犯有罪、错的不良少年，也被请出来，以各种方式包装成敢于反抗的少年英雄。延伸到日常生活，就是儿童在游戏中举着"大刀""长矛"喊打喊杀场面；再延伸，就是"文化大革命"中的横冲直撞的红卫兵了。诚然，人被压迫了，为什么不反抗？但在儿童文学中，是不是该有自己的题材范围和表现方式？不讲对读者负责，创作者对自己的作品总该负责吧？对照红卫兵的表现，那些一味宣扬仇恨的作品、作家是不是也该有一些反思？

如果说在传统儿童文学中，作家即使受到抵抗也还能维持局面、采取唯我是听的叙事方式，这种叙事方式在今天是越来越难了。由于多媒体的使用，由于读者接受能力的提高，由于个性、兴趣在文学接受中所起的作用越来越重要，读者也变得越来越难以驾驭了。

> 只有"无知的"儿童才会相信芭比娃娃代表着最完善的女性，才会相信像金刚战士那样打击别人既好玩又有益。如果孩子认识到文本可能会塑造他们顺从的姿态、控制他们的反抗，那他们反而最有可能发展出抵抗这种控制的能力。[1]

---

[1] 希利斯·米勒:《文学死了吗》，秦立彦译，广西师范大学出版社，2007，第235页。

作家们应该意识到这一点。这是一种历史的进步，自己应该为此感到高兴而不应该觉得是一种失落。其实，控制和反控制在很多时候也是相辅相成的。反控制的能力增强了，控制的能力和办法也会增长。现代西方国家一直是以自由为标榜的，阅读中也强调个性和乐趣，但有完全自由的个性和乐趣吗？"欲望是他者的欲望"，主体常常是屈从的主体，那里的作家也常常是通过写"明摆着的事情"来控制读者的兴趣，让读者"自由地"选择别人给出的选择，心甘情愿地为看似是自己的其实是他人的欲望赴汤蹈火。我们的作家们要意识到这一点，不仅自己要保持警惕还要提醒读者保持警惕，这是儿童文学文本的一项职责。

说到底，就是要有现代社会的民主精神。不是老想着培养接班人，老想着把读者当作自己课堂上的学生，老想着在文本中设定一个是自己的"托儿"的隐含读者，而是要在作品中留出各种空白，使读者有充分的选择空间。比如，一段时期内曾在中国文学中被许多人提倡的"开放性"结尾。要想象，真理本来就是相对的，不要动不动就喊什么本质论，动不动就讲什么社会发展的客观规律。人是环境的产物，环境不同，生成的人就会不同，而环境是无限多样且无时无刻不在变化的。作者有选择理想的权利，读者有抵抗这种选择的权利。操控、抵抗，一定意义上是一个文本内的权力再分配的问题。走向民主，是社会发展的趋向，无论是作者还是读者，这都是一个双赢的局面。

诺德曼与中国儿童文学理论的现代转型

20 世纪和 21 世纪之交，中国儿童文学理论正在发生某种艰难的、却具有划时代意义的转变，我们或可称之为转型。在成人文学中，这种转型在十年动乱之后不久便开始了。1985 年被称为中国文学理论的"方法年"，就是一个突出的例子。儿童文学理论迟缓得多。就那么几个人，就那么几本书、几篇文章，大部分都运行在旧轨道上，有点新气象也成不了气候。但变革还是有的。只要将 1950—1990 年有代表性的儿童文学理论和近二三十年有代表性的儿童文学理论放在一起稍加比较，便可清楚地感觉出来。不仅讨论的话题变了，出发点和视野变了，接触到的侧面和层次变了，使用的方法变了，连语词、语音、语调、语气等都不同程度地改变了。没有所谓的思潮，更没有许多人参与其中的运动，就那么一篇一篇文章、一部一部专著地发表着、出版着，没有人叫好，也少有人打击，无声无息地走着；有一天，突然拿出来翻检一下，发现还是走过了很长一段距离。其中，启发最多的，一是来自同时期的成人文学理论，二是西方的儿童文学理论。就我个人而言，受益最多的还是佩里·诺德曼的著作。下面的讨论主要围绕诺德曼的理论进行，但也不局限于诺德曼。很多时候，我是将诺德曼作为西方儿童文学理论的一个代表来看待的——虽然一般说来，理论、理论家是很难被代表的。

一、出发点：社会，还是人

世纪之交儿童文学理论的转型，最初是从一些最基本的出发点开始的。

传统中国文学、儿童文学的出发点是什么？是社会本位、家族本位，是官本位、尊者本位、老者本位。所谓文以载道，载的就是官方的意识形态，是大一统的儒家思想。即便是在知识阶层和在广大的民间，确实有一些和官方意识形态不完全相同的东西，但社会的统治思想是统治阶级的思想，精英文化、民间文化的主流仍是被官方意识形态控制，跟着官方意识形态走的。只要看看旧时的蒙学教材，就知道儒家的思想控制有多么深、多么广、多么细密。只有一些官方意识形态管不过来，也似乎不屑于管的民间歌谣、故事中，才偶尔透露出一些清新的空气。直到五四时期才发生了变化。

尽管人们对五四运动的看法有种种不同，但谁也不否定它划出了一个历史的新时代。五四文学最闪亮的旗帜是周作人提出的"人的文学"。人的文学包含很丰富的内容，周作人五四时期打出这一旗帜主要表现在三篇文章：《人的文学》《平民的文学》《儿童的文学》。这三篇文章，《人的文学》是总纲，《平民的文学》《儿童的文学》是两个主要的侧面，合在一起，使五四文学理论相对于传统的旧文学理论换了一个基石：从社会本位转到人本位，不是从社会出发要求人，而是从人出发去看待和评价社会。（"人的文学"对应的是以社会为本位、以官方的主流意识形态为本位的文学，这在五四文学的讨论中是基础性的共识，无须再议——除非在象征性的意义上将中国的传统文化看作"男性文化"，是男根—逻各斯中心主义文化，在女性文化的视野中对传统的中国文化进行批评和反思——现在有人说他反复阅读《人的文学》，"发现"这儿的"人"只包括"妇女和儿童"，而不包括"男人"，真是匪夷所思。那第二篇《平民的文学》呢？"平民"中也只有"妇女和儿童"而没有"男人"？浅陋、混乱至此，只当是个什么都不懂的外行人的笑话罢。）这种理论在何种程度上渗透、转化成实际的创作，不同人或许有不同的看法，但一个新时代就这样诞生了。幸运的是，刚刚浮出历史地表的儿童文学在这个转折的时代中扮演了一个重要的角色。遗憾的是，这一时期未能较长时间地延续下去、扩展开来。虽然作为一面旗帜，其精神永远闪亮；但作为一场运动，五四运动短短几年便结束了。至少在儿童文学这个领域，社会本位、官方意识形态本位、尊者本位、成人本位再一次卷土重来。到后来，整个文学成为国家文学，人的文学多少被看作具有资产阶级人性论色彩的理论被抛弃，原来的社会本位基石又回来了。

这就是十年动乱后中国文学、中国儿童文学面临的现实情景。面对这种情景，人们发出了不同的声音。一是按照原来习惯了的道路走下去，只在局部做些改变；一是重返五四，重拾"人的文学"的旗帜。如在创作领域，虽然很长一

211

段时间依然是社会规训的路子（记得当时有一篇很受好评的儿童小说《白脖儿》，说是一个名叫张小明的男孩直到小学毕业都没有被批准入队。不是他不想入队，作者通过一系列描写让人体会到，没有组织的个体就是孤儿，张小明就感到自己是孤儿。作者的原意就只是对故事中的权力方——包括一些还是小学生的学生干部——有意无意拔高加入组织的标准的批评。如果这样的作品出现在五四，让周作人看到了，他会说什么？（对于类似的用社会本位规训儿童的行为，他可是说过脏话的。）但在经历了最初的和整个文学相似的伤痕文学、反思文学等以后，儿童文学开始回到家庭、学校、野外，共同特点是疏离以所谓的"三大革命运动"为主要空间的社会，走向人，特别是作为个体的儿童自身。理论领域，给"童心论"平反；提出"为儿童提供人性基础"（曹文轩）；回到自然，特别是回到创作者的深层无意识（班马）等，都有回到"人的文学"的趋势。但在相当长的时间里，这还是少数创作者、理论工作者的个人主张，未改变主流层面的从社会出发的大局面。直到进入 21 世纪以后，一批西方儿童文学理论被介绍进来，局面才慢慢地起了变化。这方面，佩里·诺德曼的几部著作所带来的启发是最具关键性的。

> 文学文本作为沟通行为，是具有社会性的。作者写作时希望读者分享他们所表达的意义，从而成为互相理解的群体中的一分子。[1]
>
> 如果儿童文学致力于建构主流的民主主体性，那么它是根据当前既允许自由，又限制自由的霸权价值观来建构的。[2]
>
> 不论这些文本是否满足了现有品位或塑造了那些品位，是生产者的判断而不是读者的实际特点产生了它们。[3]
>
> 读者要能够反读文本，而不是符合文本中隐含的价值标准。[4]

诺德曼对儿童文学出发点的论述是极为丰富的，仅从上引的这几句话，就至少能读出以下几层意思：一是儿童文学作为一种沟通行为具有社会性；二是儿童文学很大程度上反映着社会、成人的意志，反映着社会、成人对儿童进行"殖民"的努力；三是儿童阅读文学作品，要洞悉作者提供的包含在隐含读者中的社

---

[1] 佩里·诺德曼、梅维丝·雷默：《儿童文学的乐趣》，陈中美译，少年儿童出版社，2008，第 79 页。
[2] 同上书，第 185 页。
[3] 佩里·诺德曼：《隐藏的成人：定义儿童文学》，徐文丽译，中国社会科学出版社，2014，第 5 页。
[4] 佩里·诺德曼、梅维丝·雷默：《儿童文学的乐趣》，陈中美译，少年儿童出版社，2008，第 285 页。

会、成人的意图；四是要学会反读文本、抵抗文本。诺德曼虽然身处我们所说的资本主义社会，谈儿童文学时，却很少从那个社会出发，要求用在社会生活中占主导地位的资产阶级的利益、用在西方占主导地位的宗教意识形态——基督教出发，去规训儿童，而是一再提醒人们要对这些内容保持警惕。他的出发点是人，是一个个具体的个人。离开一个个具体的个人，从人出发会变成一句空话。这从诺德曼的角度说，可能是一些很平常的话，但放在世纪之交的中国儿童文学理论中，却有一种振聋发聩的力量。我自己就是在学习诺德曼的过程中，才慢慢形成自己对儿童文学的看法的。

二、主要研究对象：儿童，还是成人

这听着像是在找碴儿：儿童文学当然要主要研究儿童，要不为什么要叫儿童文学呢？女性文学主要关注女性，军旅文学主要关注军旅，民间文学主要关注民间，十七年文学主要关注十七年，儿童文学主要关注儿童，有错吗？这话就要看怎么理解了。很长时间以来，我们的儿童文学理论确实较多都在说儿童、儿童生活、儿童兴趣，五四时期后的各种儿童文学概论或其他的儿童文学教科书，包括一些理论专著和论文，主要在说儿童生活的特点，儿童成长的特点，儿童文学的特点，儿童文学的各种体裁，如童话、儿童诗等的特点，但人们似乎很少深入地追问一句：这儿的"儿童"指谁？是文本内的还是文本外的？是作为读者的"儿童"还是作为被描写对象的"儿童"？如果连这些问题都没有搞清楚，就奢谈儿童、儿童生活、儿童文学的特点，只能说明这种谈论很不专业。不信拿着上述问题到幼儿园随便找个阿姨问问，多半也能说出些类似的道道来。

在日常生活中，我们谈儿童，很多时候确实是文本外的。要教育儿童，要培养接班人，要培养儿童的好习惯等，这些话可以与文学活动有关，也可以毫无关系。文学活动中的儿童，主要出现在两个领域。一个是读者。儿童作为读者既可以在文本外也可以在文本内。我们的一些儿童文学理论教科书，说儿童有这个特点那个特点，常常是指文本外的读者说的。这样的儿童可以是儿童文学的潜在读者，但要真正成为儿童文学文本内的读者，还有一个复杂的转化过程。谁来转化？当然是作家。作家依据自己对儿童、儿童生活的感知，按自己在文本中的需要设置隐含读者。这里，作者所起的作用是占主导地位的。另一个是被描写对象。儿童文学主要表现儿童生活，塑造儿童形象，描写儿童的心灵世界，这些都是文本内的。文本内世界、人物、情感、思想等，都是作家创造的。怎么创造，创造成什么样子，自然是首先取决于作家。将文学作品看作一种对话，看作一对矛盾，成人作者都是矛盾的主要方面。而事物的特征主要是由矛盾的主要方面决定的。我们过去的儿童文学理论，恰恰是在这个至关重要的问题上，忽视了，甚至是弄颠倒了。

诺德曼在这个问题上给了我们重要的启示。

> 作为一个场域，儿童文学是一种成人活动，它最重要的话语和对话是成人之间的那些，而不一定是跟儿童进行的那些。即使完全由这些活动产生的、声称对儿童说话的文本，也是间接这么做的。它们最先、最有影响的读者是成人编辑，然后是成人书评者，因此，文本必须，且不可避免地吸引这些成年人的口味和需求——这就解释了它们为何把焦点放在把儿童转变成控制着儿童阅读的那些成人想让他们、需要他们成为的人。[1]

诺德曼列举的只是与儿童文学相关成年人的一部分，这个名单还可以长长地延续下去。比如家长，他们被孩子吵得受不了，或觉得需要让孩子既玩得有趣又有所受益，会想到儿童文学；学校和幼儿园的老师，当他们想让孩子们学得有益又有趣时，会向孩子们推荐儿童文学；还有些与儿童、与儿童教育有关的部门，他们为了自己的工作和形象，也会关注儿童文学。这是显而易见的事实，但又常常被儿童文学理论忽视了。"资本主义成人把他们自己孩子的童年想象为外在于他们自己的东西的一种形式——想象为可以销售他们商品（即成人价值观）的一种市场，想象为某种可以征服并变成他们自己的东西。"[2] 儿童文学是一种文化产业，一种成人就业的职场，一种很多人在其中挣钱的商业，儿童文学作品是成人作家创作的，是出版社的成人编辑的，是图书馆的成人管理员采购的，是成人学者评论、评选的，怎么可能不反映成人从业者的意志，不表现他们喜欢的话题！所以，儿童文学表现的不只是儿童的事情、成人与儿童之间的事情，更是成人的事情、成人和成人们之间的事情。

这些成人主要还是文本外的，他们如何进入文本，还需要作者的选择和创

---

① 佩里·诺德曼、梅维丝·雷默：《儿童文学的乐趣》，陈中美译，少年儿童出版社，2008，第170页。
② 佩里·诺德曼：《隐藏的成人：定义儿童文学》，徐文丽译，中国社会科学出版社，2014，第263页。

造。诺德曼论儿童文学，最有创造性的部分还是他对文本中隐藏的成人的论述。不是每部儿童文学作品都写到成人，毋宁说，大部分儿童文学作品都不直接写到成人，至少不是将成人作为主要描写对象来表现的。但是，按诺德曼的理论，每部儿童文学作品中都有一个隐藏的成人形象，看不见，摸不着，不直接站出来和读者说话，但却无处不在。这有点类似我们文学理论中所说的"意蕴"，但反映的却是成人的目光，成人的意志，是作品包含却未说出的东西，越是优秀的作品隐藏得越深。这个隐藏的成人在文本中的作用，有时比作家精心创造的儿童主人公还要重要。

很多时候，我们可以将这个隐藏的成人等同于作家自己的声音。但是，复杂的是，什么是"作家自己的声音"？有纯粹的"作家自己的声音"吗？每个人都是关系中的存在，是他自己又不是他自己。阿尔都塞说得很清楚，每个主体都是有限的主体。在每个具体的主体上面，都还有一个更高的主体，一个看不见却清楚地存在着的大他者。人们是被这个更高的主体或大他者询唤成主体的。而且，这个询唤在人的整个生存过程中还一直存在着。因此，一个作品对儿童的询唤，很大程度上是代表着那个更高的主体在询唤，作家是询唤者也是被询唤者。这个更高的主体或大他者无疑是来自成人社会的。儿童文学既然是来自成人社会的更高的主体或大他者的询唤，儿童文学研究还能说主要不是对成人、成人世界的探讨吗？那些一天到晚都在奢谈什么儿童本位，把自己想象成儿童本位扛旗手的人，该醒醒了。

三、本质论，还是建构论

为什么20世纪30年代以来的儿童文学理论谈及儿童文学的时候，喜欢将社会作为出发点，而不是将人作为出发点？原因之一是当时的人们持的是一种反映论的文学观。文学是生活的反映，生活是第一性的，文学是第二性的；作品写得好不好，主要就看反映了什么，反映得准确不准确，深刻不深刻。这一理论暗含的前提是，生活是客观存在的，是有本质的，反映、揭示了生活的本质，就正确地反映了生活，有深度；反之，就是歪曲生活，就不正确，就没有深度。这个本质是什么呢？就是社会发展的规律性。从原始社会到奴隶社会到封建社会到资本主义社会到社会主义社会，尽管前进中可能出现曲折，但大方向是确定了的。判断文学作品反映生活本质的程度，就看作品描写的内容与社会发展规律符合的程度。

这便是一种本质论的文学观，只是，其实际内容要比一个单纯的本质论更宽泛，不仅涉及文学作品中的社会内容，还涉及作品中的人物形象、环境描写、历史背景、文化传统等。在儿童文学中，有人说儿童是小野蛮，有人说儿童是小懵懂，有人说儿童是小天使；有人说儿童天生是真诚的、纯洁的、充满爱心的、实话实说的，有人说儿童和大人一样，在一定的阶级地位中生活，从小受环境的濡染，和大人一样属于阶级的人。富人家的孩子残忍、凶恶，对穷人毫无同情心；穷人家的孩子受剥削受压迫，天然的有一种反抗的心。张天翼的《大林和小林》塑造的就是这样的形象。这种本质论的文学观影响了儿童文学的一切方面，是长时间以来中国儿童文学理论的基本出发点。

但是，在世纪之交，这种文学观不断地受到质疑。问题其实显而易见：如果生活存在先验的本质，为什么人们对生活的理解和看法那么地不一样？文学作品中会出现那么多神采各异的儿童形象？一些评论已经指出，"现实"不同于"现在"，"现在"只是一种时间标记，"现实"却是注入了本质的时间，各人注入的本质不同，其所说的"现实"自然也大不一样。某段时间，某种"现实"能作为普遍真理为人们尊奉，起作用的是权力、文化而不是这种理论自身。以此看儿童文学中有关儿童形象的种种议论，如视儿童为小野蛮，视儿童为小天使，视儿童为阶级斗争的小战士，其实都是一种话语建构，是人们戴着自己的眼镜"透过现象看本质"看出来的。佩里·诺德曼说的：

> 儿童文学的意识形态基础就是对于儿童的假设。[1]
>
> 成人为儿童写的书中所隐含的读者总是从成人的愿望和欲望中建构出来的。[2]

有了这样的视野，不同的儿童文学作品都是从不同视角出发产生的话语，儿童文学理论就是对这些不同话语的研究了。

这正是中国儿童文学理论近年正在出现的情况。一个最主要的表现是，人们不再像 20 世纪后半期的大多数时间那样，先确定有一个所谓的社会现实，然

---

[1] 佩里·诺德曼、梅维丝·雷默：《儿童文学的乐趣》，陈中美译，少年儿童出版社，2008，第 130 页。
[2] 佩里·诺德曼：《隐藏的成人：定义儿童文学》，徐文丽译，中国社会科学出版社，2014，第 166 页。

后拿具体作家的具体作品和这个所谓的"现实"相对照，判断其是真实地反映了现实还是没有真实地反映现实，抑或歪曲了现实，而是首先看作品实际地写了些什么，为什么这样写，写得怎么样，并将其放到现实社会生活的语境中，对其在文学、在社会生活中的作用做出判断。如同写世纪之交的学校生活，有些作者偏重的是学业对儿童的压迫、扭曲、异化，描写儿童在激烈的竞争中奋斗和挣扎；有些作品写普及教育给下层民众一些乡村孩子带来的机会，展现的是一个光明、热情的世界；更有些作者以幽默、搞笑的方式写学校生活，字里行间是一种戏谑的情调。这里无所谓对与不对的问题，只有写得好与不好的问题。这便是一种超越了本质论的看法。一般来说，建构论、非本质论不是一种创作理论，只是一种看待世界、看待文学的方式。从意识形态上说，是现代人的民主意识在世界观、文学观上的投射。在目前的中国儿童文学理论领域，持这一观点的主要是一些中青年的评论者，如张嘉骅、杜传坤、张梅、谈凤霞等。他们在十年动乱后受教育，熟悉西方文学理论，视野开阔，思想开放，有较好的理论功底，是当前中国儿童文学理论的中坚力量。

建构当然不是完全随意的，它们在遵循"主体的尺度"的同时，也要遵循"物种自身的尺度"。"儿童"和"童年"都是建构起来的，不同民族、不同文化都有自己的童年观、儿童观，但世界范围内的儿童观、童年观，包括古代人对儿童、童年的看法仍有趋同的一面。中国人讲"童心"，说其是"赤子之心"；诺德曼说儿童、儿童文学区别于成人、成人文学的首要特点也是"纯真"，这不能说都是巧合。如何在作家与读者、作家与环境、作家与意识形态、作家与文学惯例的互动中把握具体的文本，就给儿童文学的理论研究留出了广阔的空间。但这是一件严肃、认真的事，任何偷奸耍滑、投机取巧都是行不通的。本质论在那么长的时间里为那么多的人所信奉，肯定有其存在的依据。严肃认真的态度，应该为这种存在的合理性作出说明，而不是见风转舵地搞出一个什么建构主义的本质论来。方的圆或圆的方只是一个笑话。

四、重外部研究，还是重内部研究

五四时期以来，中国的儿童文学理论都是重外部研究的。一则，当时的中国文学理论都偏重外部研究（和中国古代"诗话"的传统颇不一致）；二则，儿童文学和儿童教育等的关系更为密切，有部分杂文学的性质，客观上养成了偏重外部研究的习惯。自然也有儿童文学理论从业者自身素质的问题。谈什么、怎么谈首先取决于谈论者能谈什么、能怎么谈。"文革"后，班马写过一篇短文：《任溶溶的句子》，我印象很深，在许多场合推荐过，甚至告诫过自己带的学生：学写论文就是要从这样的文章开始。连别人作品句子上的特点都看不出来，而奢谈什么本质、大方向、新趋势，除了显示自己的不专业，不知道还有什么意义。中国儿童文学理论喜欢外部研究的传统多少也可以作如是观。

儿童文学研究如何回到文学自身？这里真没有什么严格的"内""外"之分，关键看理论、评论是不是从文学自身出发。从文学自身出发，谈文化、谈意识形态、谈题材、谈主题、谈结构、谈节奏、谈句式、谈语气，都可以看作"内部"研究。按伽达默尔等人的说法，真理问题就是方法问题，内容和形式是不可分的。诺德曼、世纪之交传入中国的西方儿童文学理论，都反映着这方面的特点。

儿童文学研究回到文学自身，首先就是回到感性学。文学艺术表现情感，文学理论就是要用理性的语言将这种"表现"、将这种表现中的形式化的情感再现出来，并进行自己的评价。庄子看到鱼"出游从容"觉悟到鱼"乐"，因为"出游从容"是鱼"乐"的表现形式。人不能直接感知鱼之"乐"，但能看到鱼之"出游从容"，可以从"出游从容"之外在形式间接地感知鱼之"乐"。人和鱼之间尚且如此，人和人之间更是如此了。文学之为文学，就是表现情感，将情感语言化（包括行为语言和言语行为），将本来属于人的内心世界的、很难传递的情感、情绪变成可以传递的东西；文学理论作为感性学，就是将这种感性诉诸人的理性。但长时间以来，中国儿童文学理论讲什么教育呀、娱乐呀，都没有深入到文学的内部去。没有深入到文学内部，站在外面指手画脚，不管说得如何，都与文学没有什么太大的关系。中国儿童文学理论的许多毛病，溯其源，就在对文学的感性特征缺少体会。世纪之交，西方儿童文学理论对我们的启发，首先是从这些基础性的东西开始的。

儿童文学是文学，但又是一个特殊的、有自身特点的文学，探讨这种特点自然成为儿童文学理论重要的课题。这点，五四时期以来的儿童文学理论说得不谓不多，但大部分一样不着调。教育性啊，儿童性啊，娱乐性啊，幻想性啊，故事性啊，很少能说得上中肯的。诺德曼很少说这个性那个性，但很多真正深入到儿童文学的内在肌理中去了。如对儿童文学中"隐藏的成人"的发现和发掘，就是至今儿童文学理论中最具深度、最具启发性的问题。很长时间以来，我们是将儿童文学中的"成人化"当作"痼疾""顽疾"来看待的。不会说几句"儿童中心""儿童本位"，是不配在这个圈儿里混的。这是这个圈儿里的"政治正确"，聪明的人，就是想方设法把这面旗帜攥在自己的手里。也许因为诺德曼不是中国人，没有那么多的顾忌，可以说句老实话；也或许，他没有一些中国儿童文学理论家想象的那么笨，看出了些门道，使那些"聪明"的理论家在麒麟皮下露出了马脚。"赞美行为最清楚的受益人是发出赞美的那个人……老练世故的成人经常赞美童年的明智纯真，将其作为攻击其他不太明智的成人的一种方法。"[①] 在儿童文学中，不管你喜欢不喜欢，绝大多数时候都是成年人说了算的。只是他常常隐藏在文本的深层（也有直接出现在显层的，那是一些比较笨的儿童文学作家）。儿童是成人塑造的，儿童的兴趣也是成人塑造的。可以为儿童的权利奔走呼号，但所谓的儿童中心和儿童本位是不可能的。诸如此类的论述在诺德曼的理论里比比皆是。

进一步是研究方法。方法不是某些人想象的纯技巧、纯形式的。有什么样的方法就有什么样的真理。世纪之交，中国儿童文学理论改变了视野，也自然改变了方法；这话反过来也对：因为改变了方法，所以看到不同的内容，改变了视野。泛政治化的批评、泛教育学的批评依然存在，但已大大地缩减了市场。代之而起的主要有历史的美学的批评、精神分析、原型批评、新批评、形式批评、解构主义批评、后殖民主义批评，等等。其中，历史的美学的批评，将作品提到一定的历史范围内，将人看作环境的产物，从大的历史背景上理解具体的作品，能深化人们对具体作品的理解；新批评偏重文本细读，是一种所有文学类型都适用、儿童文学尤其需要的批评方式；精神分析，从文本追溯到作家自己的童年精神创伤，对作家为什么创造诸如此类的作品很有意义；后殖民批评，跳出西方殖民主义者的视野看东方，看出许许多多的儿童、儿童文学观念其实是成人的建构，借以理解儿童文学，非常有用处；还有形式批评、语言批评等。近年兴起的行为语言批评，对儿童文学应该是一种非常有前途的批评方式。

经由从观念到方法的一系列改变，世纪之交，一个新的、较为现代的儿童文学理论和批评模式正慢慢地走向成型，中国儿童文学理论也呈现出前所未有

① 佩里·诺德曼：《隐藏的成人：定义儿童文学》，徐文丽译，中国社会科学出版社，2014，第174-175页。

的繁荣局面，出现许多有成绩的儿童文学研究者、学者、专家。班马、曹文轩是作家，但在 20 世纪八九十年代，他们对儿童文学的一些论述已表现出儿童文学理论转型的意向；张嘉骅是中国台湾的学者，熟悉西方的儿童文学理论，他来大陆还在求学时期，最早的西方儿童文学理论有些就是他帮助介绍进来的，他后来的《儿童文学的童年想象》也有许多新见解；王泉根对中国儿童文学史的研究卓有成就；方卫平的《中国儿童文学理论批评史》，韩进的《中国儿童文学源流》，汤锐的《现代儿童文学本体论》，都是自己领域有开拓性的专著；刘绪源的一些论文也有自己的观点。

一些中青年理论工作者，在"文革"后文化背景中成长起来，主要接触的，就是新时期后发展起来的文学理论，特别是从西方介绍过来的现代派、后现代主义的文学理论，论述中很自然地带上时代的新气息。杜传坤的《中国现代儿童文学史论》，讨论的是许多人说过的问题，但采取了建构主义的新视角，很多问题都作出了全新的解释；张梅的《晚清五四时期儿童读物上的图像叙事》，很得中国传统学问人的真传，立足资料，条分缕析，颇见功底；吴翔宇、谈凤霞是近年儿童文学中风头正劲的中年学者，熟悉中国文学理论的大背景，熟悉学术前沿的新变化，具体阐释也有深度。吴翔宇的《五四儿童文学的中国想象研究》、谈凤霞的《边缘的诗性追寻——中国现代童年书写现象研究》等，是近年儿童文学研究中令人瞩目的成果。舒伟的《走进童话奇境——中西童话文学新论》、李学斌的《童年审美与文本趣味》、胡丽娜的《大众传媒视阈下中国当代儿童文学转型研究》、韩雄飞的《身体的变迁——中国儿童文学与儿童形象（1917—2020）》、赵霞的《童年的秘密与书写》、钱淑英的《追寻童话的意义》、李利芳的《中国发生期儿童文学理论本土化进程研究》、崔昕平的《出版传播视域中的儿童文学》、谭旭东的《童书出版观察》、齐童巍的《20 世纪 80 年代中国儿童小说史论》、赵琼的《儿童剧场基础理论研究》等，都显出理论批评的新气象。

特别要感谢的是那些儿童文学理论的译者，如陈中美、徐文丽、舒伟、赵萍、王林、张举文、宋国芳等，他们在中西儿童文学理论间搭起一道新桥梁，或如采薪者，从彼岸采来我们正需要的亮光。儿童文学理论注定只是一块小小的园地，要想在这个小小的园地怎么红怎么火，怕是一开始就走错了地方。但小小园地也有小小园地的风景，要使这块小小园地有声有色，需要许多人默默地努力。

第三辑　中西儿童文学理论对话的现代性

阿尔都塞的主体理论对儿童文学的意义

《意识形态和意识形态国家机器（研究笔记）》是阿尔都塞一部非常重要的著作，不仅发展了经典马克思主义关于经济基础和上层建筑的理论，提出了"意识形态国家机器"的概念，而且对"主体""主体的生成"进行了极为深刻的阐述。因为作者探讨的是主体的生成的问题，这种生成又是从人的出生的那一刻就开始了（作者在很多地方直接谈及儿童和儿童教育），所以就和儿童教育、儿童文学有了紧密的联系。探讨《意识形态和意识形态国家机器（研究笔记）》的有关论述，对儿童文学就有了特别的意义。

一、"主体"的含义

阿尔都塞是著名的西方马克思主义理论家，他对意识形态和意识形态国家机器的论述是从马克思主义经济基础／上层建筑（国家机器／意识形态）理论入手的。经济基础决定上层建筑，上层建筑反作用于经济基础，国家机器和意识形态同属上层建筑，国家机器，如军队、警察、法院、监狱等，属于硬件类的；"意识形态是指在某个人或某个社会集团的心理中占统治地位的观念和表述体系"[1]，属于软件一类的。阿尔都塞沿用了经典马克思主义的基本观念，但又作了重要的补充：就是在"国家机器"和"意识形态"之间发展出一个"意识形态国家机器"的概念。意识形态国家机器是意识形态，但又像国家机器一样是有形的，是看得见摸得着的。如基督教信仰，是由洗礼、坚振、圣餐、忏悔和终傅等一系列仪式构成的，进入这些仪式，就进入基督教的信仰，进入基督教的意

---

① 阿尔都塞:《意识形态和意识形态国家机器（研究笔记）》，载陈越编《哲学与政治：阿尔都塞读本》（第二版），吉林人民出版社，2011，第 292 页。

识形态。中国也一样，当你进塾学，拜先生拜孔夫子，读四书五经，不管你读得如何，都已进入儒家意识形态。即使你不读书，没有拜过孔夫子，但你见人拱手，见长辈鞠躬，早晚向父母请安，也是进入儒家意识形态、进入儒家意识形态国家机器，被这种意识形态国家机器所塑造。这种物质性的意识形态渗透在社会生活的一切方面，表现在个人生活的一切行动中。

但在我们的一般理解中，意识形态是由经济基础决定的，要和经济基础相适应；经济基础是发展变化的，意识形态也应该是发展变化的。但阿尔都塞认为：意识形态没有历史[①]，意识形态是超越时间存在于所有社会组织后面的东西。这里，阿尔都塞又引入一个新观念，就是将"政权"和"意识形态国家机器"分开：政权是特定人群建立的权力机构，是经常发生变化的；意识形态国家机器相对稳定，一定意义上甚至可以说是超越阶级和时代的。如欧洲有许多国家，每个国家都可能随时发生政权变动，但他们的日常生活、宗教信仰却可以较为普遍地存在并一代一代地向下传递。中国的唐、宋、元、明、清，朝代更替，有时还是少数民族执掌政权，但占主体地位的儒家文化、中国人的生活习惯，却仍然得到延续。西方政治文化中有一个概念叫"深层政府"。如美国，一会儿民主党掌权，一会儿共和党掌权，但其四年一次的大选，合格选民一人一票的选举模式，三权分立的国家架构，军队、警察甚至组成国家基本管理队伍的公务员人群，都是相对稳定的。阿尔都塞说的"意识形态国家机器"，和这个隐藏在显性政府下面的"深层政府"是非常相似的。

接下去要问的就是这个隐性的意识形态国家机器的意义。

在日常生活中，我们常倾向于认为生活本身是无所谓意义的，意义是人赋予它的，如一定时期的社会生活，不同的人站在不同的立场上，选择不同的人物、事件，组成不同的故事系列，表达不同的主题、意义等。但事实和我们的直观经验可能非常地不同。现实生活是包含了意义的。语言有意义，宗教活动有意义，游行示威有意义，聚集娱乐有意义，连日常的带孩子逛公园都是有意义的。也就是说，在生活中，我们面对着一堆各种各样的文本、互文本，这些潜在的文本、互文本都在引领人、塑造人，在人的生成中发挥作用。但"把个人

---

① 阿尔都塞：《意识形态和意识形态国家机器（研究笔记）》，载陈越编《哲学与政治：阿尔都塞读本》（第二版），吉林人民出版社，2011，第293页。

传唤为主体，是以一个独一的、中心的、作为他者的主体的'存在'为前提的，宗教意识形态就是奉这个主体的名把所有个人都传唤为主体的"[1]。意识形态国家机器就是通过这些隐藏在显性的意识形态后面的隐性意识形态，对人进行召唤，将人召唤到国家意识形态的轨道上来，将具体的个人变成"主体"。主体是一个既自由又驯顺的个体。佩里·诺德曼在介绍"主体"这个名词时曾说：

> 在通常使用时主体这个说法实际上意味着：（1）一种自由的主体性，主动性的中心，自身行为的主人和责任人；（2）一个臣服的人，他服从于一个更高的权威，因而除了可以自由接受这种服从的地位之外，被剥夺了一切自由。[2]

又独立又臣服，又自由又被操控，这不是非常矛盾的吗？意识形态国家机器的作用就是要将这种矛盾化为不矛盾。马克思论资本主义国家的工人时曾说，你可以不为这个、那个资本家打工，但无法不为资本家阶级打工。延伸到意识形态领域，资本主义国家向来是提倡信仰自由的。你可以信教也可以不信教，可以信这个教也可以信那个教，但所有的信仰后面都有着更高的"主体"的作用。就像孔子说的，人到七十，可以从心所欲不逾矩。"从心所欲"是一面，"不逾矩"是另一面，是"规矩"内化成了"从心所欲"。《西游记》中，孙悟空最后成佛了，原来戴在头上的那个箍也被观音取下来了，但这并不表示他从此绝对自由了，而是他把紧箍咒的要义内化在心底了，也可以从心所欲不逾矩了。这时的孙悟空，已成为他后面的设计者们需要的"主体"了。

二、主体是如何生成的

意识形态国家机器是如何一步步将具体的个人变成主体的呢？

阿尔都塞依然是从马克思主义的经济基础—上层建筑理论开始的。经济基础决定上层建筑，经济基础主要表现为生产力和生产关系的矛盾。资本家要生

---

[1] 阿尔都塞：《意识形态和意识形态国家机器（研究笔记）》，载陈越编《哲学与政治：阿尔都塞读本》（第二版），吉林人民出版社，2011，第309页。

[2] 同上书，第312页。

产，要获得最大的利润，就必须计算成本，而成本中最重要的是人力。人力不只是指劳力、技术，更重要的是指顺从、有献身精神、善于与其他人或群体协作共同执行决策者的意志，既顺从又能干的人。由于意识形态国家机器是物质性的，是渗透在人们的日常生活和行动中的，其对人们成为主体的召唤从个体出生的那一天便开始了。"人从学说话的那一刻开始就成了主体……世界把孩子召进语言的过程中，为他们提供了各种各样的主体的位置：也就是各种传统的为人的方式，接受这些就可以让我们理解自己和他人。布朗因·戴维斯把主体位置称为'生命叙事'，'构成人之生命的故事情节'在接受主体位置时，我们会进入它的语言并按照它所暗示的故事情节来生活。"① 说西方语言有作为西方人的历史，说中国语言有中国人的历史。见面说"吃了吗？"是一种主体位置，见面说"久仰、久仰！"是另一种主体位置。孔乙己满口之乎者也却爬不进上等人的圈子，成为一个穿长衫却站着喝酒的人，这属于找不着位置的人。找不着位置也是一种位置，一种飘浮着的生存状态。

"言"如此，"行"就更是如此了。欧洲人多信基督教，自然要按照基督教的教义来规范自己的行为。但中国有中国的"习惯法"（李泽厚语），就是由元圣周公开创、由孔孟等发扬光大的仪礼传统。翻开《仪礼》《周礼》《礼记》等经典，触目皆是规定人们怎么站、怎么坐、怎么看、怎么说、怎么笑、怎么哭，具体而微，严丝合缝。然后一代一代传下来，成为所有人行为的准则。做错了，不照着做，就是不懂礼数，不懂规矩，就会受到批评和惩罚。中国有句成语，叫"蓬生麻中，不扶而直"。麻都是笔直向上长的，且可以栽得很密。蓬草生麻中，犹如生活在四壁极为狭小的深井里，只有拼命向上这一条出路。我们一般都是从肯定的角度去理解这句成语的。说一个人生活在一个好的环境中，不用特别地去教，就能积极向上。这意思自然是不错的。可草不是多种多样的吗？有的喜欢趴在地上长，有的喜欢散开来长，有的喜欢先直着长后散开来长，有的喜欢边向上边散开来长……"蓬草"，顾名思义，是喜欢长成一蓬一蓬的草。既为"蓬"，自然有向上长的，有向旁边长的，有横枝逸出的……这是它们作为"草"的天性，为什么一定要逼着它们一律向上长呢？这就是一种按人的意志确定的

---

① 阿尔都塞:《意识形态和意识形态国家机器（研究笔记）》，载陈越编《哲学与政治：阿尔都塞读本》（第二版），吉林人民出版社，2011，第285页。

意义指向。推广到人类社会，就是一种物质性的意识形态。若问什么是"意识形态国家机器"？这就是意识形态国家机器。由一个更高的主体控制着，然后到民众中去"招募"信徒，有人信了，跟着走了，就成为主体，由此普及开来，传播下去；即使政权发生变化、更迭，这个物质化的意识形态国家机器也不受大的影响。有人说中国古代的社会构架是一个超稳定结构，应该主要是就这个意识形态国家机器而说的。

意识形态国家机器"招募"主体的最主要途径是教育。"在占据前台的政治的意识形态国家机器的幕后，资产阶级建立起来的头号的、占统治地位的意识形态国家机器，就是教育的机器。"[①] 中国学校喜欢说，学生上学就是学习前人留下的文化、知识、经验。可这些文化、知识、经验是超然的吗？中国的旧塾学，学生入学的最初几年，一般都是认字、写字。认字、写字也是有意识形态指向性的吗？是的，语言反映人的生存状态，是人的边界，认字、写字都是人的生存状态的反映。书面语、文言文主要在统治阶级、文化精英间使用，意识形态的特征就更明显一些。进学校当然不只是识字、写字，中国塾学的孩子在稍有阅读能力之后，马上就要读经、背经。西方标榜自由民主，但其儿童教育一样是有意识形态指向的。"自由""民主"本身就是一种意识形态指向。阿尔都塞这样描写西方资本主义国家的教育："孩子们在学校还要另外学习良好的行为'规范'，即每个当事人在分工中根据他们'被指定'要从事的工作所应遵守的姿态：道德规范、公民良知和职业良知；实际上就是关于尊重社会技术分工的规范，说到底，就是由阶级统治建立起来的秩序和规范。"[②] 教室就是车间，老师就是车间管理者，教科书就是设计图纸，一级一级升上去就是图纸的内在结构，目标就是将儿童培养成合乎设计者需要的标准件。而且，教育也不只是学校教育。家庭、社会，各种各样的组织、仪式、交往，到处矗立着逼着"蓬草"向某个方向生长的"麻"，有些"麻"还是由原来的"蓬草"变来的，就像"伥"是原来被老虎吃掉的人变来的一样。

---

① 阿尔都塞：《意识形态和意识形态国家机器（研究笔记）》，载陈越编《哲学与政治：阿尔都塞读本》（第二版），吉林人民出版社，2011，第289页。
② 同上书，第273页。

三、询唤主体生成的意识形态国家机器是如何被掩盖的

蓬草生麻中，人在井中，给出的生存空间都是极其逼仄的，成长只能在这个极其逼仄空间里按社会给定的方向生长。这些"麻"，这些四壁，有些是看得见的，有些是看不见的，看不见是因为有人将其隐藏起来了。这使被"诱拐"过的身体依然觉得自由，依然觉得自己是自己的主体。

最典型的掩盖、藏匿就是那些所谓的"明摆着的事情"。"阿尔都塞认为意识形态的运作就是彰显'明摆着的事情'，在此之上他进一步指出，意识形态有效运作的主要标志就是每个社会成员都认为他们的信仰是自由的：'每个个体都被阐释为一个（自由的）主体，这样他就会自由地服从这个主体的戒律，也就是（自由地）接受他的服从地位，也就是'自主地'做出服从的姿势和行动'。"[①]

中国有类童谣叫"大实话"，"明摆着的事情"就是说大实话。"大实话，没有差，小孩没有大人大。黑豆黑，黄豆黄，谁的孩子叫谁娘。"是啊，小孩当然没有大人大，否则也不会称其为小孩了。黑豆当然是黑的，黄豆当然是黄的，不是她家的孩子谁会叫她娘呢？显而易见，有目共睹。可仔细想想，这些判断真的就这么毋庸置疑吗？仅以"黑豆黑，黄豆黄"而言，"黑""黄"都是一种颜色，对应光谱仪上的一段波长，但无论是"黑"还是"黄"，它们和邻近的颜色间都没有绝对的界限，故而有"大黄""橙黄""淡黄""鹅黄"和"漆黑""昏黑""灰黑"等的区分。往绝对里说，每一种颜色的可区分性是无限的，和邻近颜色的绝对界限是根本不存在的。而且"黄""黑"是人类的命名，命名具有社会的约定性，如果当初把黑豆叫黄豆，把黄豆叫黑豆，也不是绝对地不可以。只是约定成立、整个社会都承认以后，就不能以某个个人的意志为转移。再后来，人们忘记了当初的约定，把约定当作事物的客观属性，"黑豆黑，黄豆黄"就成为"明摆着的事情"，成为显而易见、有目共睹的"大实话"了。

因为自然的事情较易引起共鸣，易被大家所认同，于是，有些人想把自己的主张变成"明摆着的事情"，方法之一就是将自己的主张比照自然、放到自然身上去说。达尔文的进化论是关于自然界的理论，当这一理论深入人心以

---

① 佩里·诺德曼、梅维丝·雷默：《儿童文学的乐趣》，陈中美译，少年儿童出版社，2008，第234-235页。

后，一些帝国主义分子便拿来为自己的强盗行径辩护：优胜劣汰、适者生存。我为什么能打你？我"优"啊！你为什么被打？你"劣"啊！保障"优"的，淘汰"劣"的，社会、人种才能进化啊！将人类社会的问题自然化，没理也显得有理了。在中国，类似问题有一个更好听的说法，叫"天人合一"。"人法地，地法天，天法道，道法自然"，据说这就是人和自然的和谐统一。可是，在这个将自然人化、将人和人际关系自然化的美好境界的后面，是有着统治阶级的意识形态考量的。在中国文化里，"天"是一个无实体的人格神。虽然无形，但却有情感、有意志，无时无处不在。"天"常常被描述为公平的、公正的、充满慈悲心的，上至达官贵人，下至平头百姓，有事都可以求天。灵不灵则是另外一回事了。可以确定的是，中国的皇帝称"天子"，任务是代天牧狩，下面的百官则是代天子牧狩，一级一级下来，老百姓就是被牧狩的牛羊。这还不是意识形态国家机器吗？在"天""天意""天人合一"等的掩护下，一切都被自然化了：不是我要这样，而是天意，天要这样。你可以不信我，还能不信天吗？

掩盖意识形态国家机器的另一种手法是嫁名"规律"。规律是事物间的内在联系，具有普遍性、必然性，不以个人意志为转移，对每个人都是一样适用的，将某个人、某个群体的认识、要求规律化，其实就是有意无意地将认识、要求的意识形态性掩盖了。世界，特别是自然界，当然是有规律的。但任何规律都是相对的，有时间、有地点、有条件的，离开时间、地点及各种条件，将规律绝对化，或利用自己的权力、影响将自己的主张说成"规律"，都是对规律的滥用，这种滥用后面往往有着掩盖意识形态的考量。

关于人类历史的发展，不同的人画出了不同的图，进化论说优胜劣汰，世界会变得越来越好；退化论说，从黄金时代到白银时代到黄铜时代到黑铁时代，世界越来越差，理想就是回到童年、回到原始初民的生活中去。有人说，世界发展到未来，是一场末日审判；有人说，世界发展到未来，是世界大同。还有人说，世界的资源是有限的，总有用完的那一天，到时，住在地球上的人要么设法搬到其他星球上去，要么和地球一起毁灭。如此等等，都是有自身意识形态立场的，但谁都不承认自己是从自己和自己小群体的利益出发的，都说自己发现的是普遍规律，是历史大趋势。是"普遍规律"，是"历史大趋势"，你能不跟着走吗？

掩盖意识形态的意识形态性的还有一种方法叫"省略"。如果将主体的生成看作生命叙事，这个叙事有细节、有结构、有灵性，是生气充盈的。如果省略细节，就会干枯；如果省略一些情节，就会改变生命的结构，而结构是存在的内形式，结构变了，叙事自然会发生改变。而给小孩子的东西，无论是教育还是文学，都常常是省略的。"儿童文学是省略东西的文学……这是巴托在提及'一种必定有局限的文学'时暗含的立场，也是 C.S. 刘易斯说出这句著名的话时所采取的立场：'这种形式允许或者迫使一个人省略掉我曾想省略掉的东西，它迫使一个人把书的全部力量投入被做和被说的东西中。它遏制了我心中一位宽容但有眼力的批评者所谓的阐释的恶魔'……为儿童写的文本形成了一种建立在排除和限制之上的文学，这种文学说给儿童的话少于成人自己知道的或能够听到的东西。就像玛利亚·尼古拉耶娃所说的那样：'儿童小说最强大的传统之一就是人类（即成人）文明的所有突出方面的缺席，包括法律、金钱和劳动……虚构的和真实的儿童都被认为应该在意识不到成年时期的这些象征、不受其限制的情况下长大。'"① 省略常常意味着"不言而喻"，你知我知大家知，不需要再说，结果往往就把隐藏在这后面的叙述者给掩盖了。给小孩子讲故事，"自从盘古开天地，三皇五帝到如今……"听着完全是客观叙述，是事实本身。可非中国人、非汉族人会这样叙述吗？这是中国人、汉族人的历史想象；也不是所有汉族人都这样想象。三皇五帝，再接上秦皇汉武、唐宗宋祖……说的显然是官方的正史！但在省略后的叙事中，这种意识形态倾向性都被遮蔽了。

阿尔都塞说："发生在意识形态内部的事，也就好像发生在它之外。这正是那些待在意识形态内部的人总是凭定义相信自己外在于意识形态的原因：意识形态的后果之一，就是在实践上运用意识形态对意识形态的意识形态特性加以否认。意识形态从不会说：'我是意识形态'。"② 操控意识形态的人有意掩盖意识形态的意识形态性，被意识形态操控的人意识不到这种操控，就是在这种看似无意识的默契、配合中，意识形态国家机器不动声色地将人传唤成了国家意识形态需要的主体。

---

① 佩里·诺德曼：《隐藏的成人：定义儿童文学》，徐文丽译，中国社会科学出版社，2014，第 206-207 页。
② 阿尔都塞：《意识形态和意识形态国家机器（研究笔记）》，载陈越编《哲学与政治：阿尔都塞读本》（第二版），吉林人民出版社，2011，第 306 页。

四、阿尔都塞主体理论与儿童文学

　　将人，特别是儿童，传唤为主体，教育起着最主要的作用。教育是有组织、有计划、有系统进行的传唤活动。在《意识形态和意识形态国家机器（研究笔记）》中，阿尔都塞引圣保罗的话说：我们都生活在"逻各斯"中，也就是说在意识形态中"生活、动作、存留"的，一种教育就是一种教人"生活、动作、存留"的逻各斯。①教育具有指令性、强制性，当儿童沿着某一种教育逻各斯走下去，大概率会成为这种教育后面的意识形态国家机器需要的主体。

　　比较之下，文学显得宽松一些。儿童的文学阅读主要是在课外进行的。没有检查，没有考试，没有人规定一定要读这篇小说或那首诗歌，也没有人规定在某个故事中一定要喜欢这个人或那个人，读者感到自己是"自由"的，是自己的主人。而且，文学不像教育那样主要是理性的，按照教育设定的罗各斯一步一步往前行，文学偏重形象，偏重情感，情感比理性具有更多的弹性。这点，文学更像现实生活。现实生活主要是物质性的，看起来似乎没有方向，这个人这样想这样做，那个人那样想那样做，但事实上，现实生活是有方向的，政治、宗教、仪式、道德、文化、艺术，乃至娱乐，都是物质性的意识形态，每时每刻都在提供各种各样的方向，对人进行询唤，只是人们的选择空间比教育等较大而已。文学提供的也是一个"物质性"的世界。像现实生活一样，是空间性、实体性的，有声有色、有画面、有氛围的。只是，这种空间、实体是在想象中出现的。读者不能像在现实生活中一样直接置身其中，但不能直接置身其中不等于真的不能参与其中。读者读某一故事，喜欢某个人物，不喜欢某个人物，为某个人物、某个事件所感动，为某个人物的遭遇伤心落泪，等等，其实已将感情投入其中，自己的感觉、感性、情感已在阅读的过程中被塑造了。"阅读文学一个主要的乐趣就是文学能让我们脱离自我，想象自己变成另外一个人。"②这"另一个人"可能就是意识形态国家机器需要的人。这方面，文学与教育而不是与日常生活更近一些。

---

① 阿尔都塞：《意识形态和意识形态国家机器（研究笔记）》，载陈越编《哲学与政治：阿尔都塞读本》（第二版），吉林人民出版社，2011，第304页。

② 佩里·诺德曼、梅维丝·雷默：《儿童文学的乐趣》，陈中美译，少年儿童出版社，2008，第24页。

还有一种更特别的情况，就是所谓的"认同"。"身份认同就是在理解过程中把文学作品中的人物等同于自己。"①特别是那些英雄式的人物，斩妖除魔，祛邪扶正，打遍天下无敌手；那些美丽善良但命运凄苦、最后有善报的人物，最容易获得小读者的认同，即使这些人物是神话人物、动画人物，如孙悟空、变形金刚之类。一旦认同某一人物，就不仅将感觉、情感、思想都投射到虚构的艺术世界，爱人物之所爱，恨人物之所恨，而且在相当程度上将身体也投入故事，觉得自己就在自己所认同的人物身上活着。所谓"感同身受"，说的大概就是这种境界。至此，读者其实已被作者物化在作品中的意识形态操控了。"身份认同之后就是操控。如果你把自己认同成小兔子，那故事里发生在小兔子身上的一些事情就会给你以教训。"②这是一种不合格的阅读，但常常受到人们的肯定和赞许。如"深深地被故事所吸引"，"沉浸在故事中"，"手不释卷"，"废寝忘食"，"如醉如痴"，等等。阅读最好能做到"能出能入"，能深入故事又能拉开一段距离，对故事、人物、主题等进行审视。

文学对人的操控也不只是物质性的意识形态。在作家的叙述将读者带进作品的艺术世界时，读者其实是在借助作者／叙述者的眼睛去看，借助作者／叙述者的耳朵去听，借助作者／叙述者的心灵去感受，读者的感觉、知觉、情感、认识等不知不觉就被物质性的艺术世界塑造了。但文学世界不同于现实世界，它的形象是作家创造的。所以创造这些艺术形象，将这些艺术形象以这种方式排列在一起，其中是表现着作家的主观意愿的。这些意愿，或曰意蕴、意义，是看不见摸不着的，是需要读者自己去感悟的。这就将作品中物质性意识形态和精神性意识形态很好地统一起来了。儿童文学面对年龄较小的读者，艺术世界常常是高度简化的，主题倾向也常常更为显露，这和儿童文学更多用"明摆着的事情"来规训读者的倾向是一致的。

阿尔都塞的主体理论也带来人们对儿童文学理解上的变化。文学更接近物质性的意识形态，其意识形态内容是渗透在作品的细节、故事、人物的言行、人物间的矛盾冲突和解决等物质性存在中的。特别是儿童文学面对年龄较小的孩子，说的多少"明摆着的事情"，孩子很容易在不知不觉中被询唤、被规训，

---

① 佩里·诺德曼、梅维丝·雷默：《儿童文学的乐趣》，陈中美译，少年儿童出版社，2008，第103页。
② 同上书，103页。

被塑造成"臣服的主体"。儿童文学理论要做的事情之一，就是揭露资产阶级意识形态国家机器的虚伪性，培养儿童识别资产阶级意识形态国家机器的能力。这是一个长时间的任务，需要付出许多艰辛的努力，但要让儿童健康地成长，就必须一步一步踏踏实实地去做。

贝特尔海姆的童话精神分析及齐普斯对他的批评

在 20 世纪众多的现代批评理论中，精神分析应是最适合童话和儿童文学的。精神分析理论的最伟大贡献是发现潜意识。弗洛伊德认为，潜意识是个体童年创伤性经验的压抑和淤积，将这种潜意识转移和升华，便成为梦或艺术作品。循着梦或艺术作品，我们可以走进创作者的潜意识，走进作者童年的创伤性经验。荣格将精神分析理论推广到人类群体，潜意识就是形成于人类童年时期，主要储存于原型或原始意象中的集体无意识。理解文学，特别是理解那些世代流传的童话文学，就要借助原型或原始意象，深入到民族文化的集体无意识中去。由于群体童年和个体童年在很多地方相通、相近，精神分析不只专对童话、儿童文学，但与童话、儿童文学的关系更为直接、密切。

将精神分析运用于童话文学、儿童文学批评，布鲁诺·贝特尔海姆是最为出色的一位。他的《永恒的魅力：童话世界与童心世界》（舒伟、樊高月、丁素萍译，西南师范大学出版社 1991 年版）[①]，以欧洲世代流传的童话，启蒙运动以来改编、创作的童话为主要研究对象，对许多我们耳熟能详的作品如《小红帽》《灰姑娘》《青蛙王子》《白雪公主》《睡美人》《蓝胡子》《三只小猪》等作出全新的读解，令人耳目一新。而且，具体作品读解的意义远不止于具体的作品。通过一个个具体作品的读解，作者将精神分析理论落到了实处，将精神分析理论从一种理论原则变成了一种操作系统，大大拓宽了人们的理论、批评视野。我个人就从作者的理论和批评实践中受益匪浅。

但在翻译到中国来的杰克·齐普斯的两部著作（《冲破魔法符咒：探索民间故事和童话故事的激进理论》和《作为神话的童话／作为童话的神话》）中，我

---

① 这是最初的译本。2015 年，社会科学文献出版社重出新的译本，题名《童话的魅力：童话的心理意义与价值》，译者也调整为舒伟、丁素萍、樊高月。

们却听到另一种声音，即对贝特尔海姆及其理论的严厉批评。"贝特尔海姆喜欢夸大事实，通过编造有关自己的故事来掩盖无知，用虚假的知识和尚待证实的论断来恐吓批评者以及持不同意见者"；"他喜欢骂人。行动诡秘，盛气凌人"；"他有关儿童文学、儿童阅读习惯和习性爱好的知识粗浅得令人难以想象"；"《童话故事魅力的价值》中许多观点抄袭了朱利斯·休舍尔的《童话故事的精神病学研究——童话故事的起源、意义和价值》"①等等。杰克·齐普斯是一位著名的学者，在童话研究上卓有成就，他对贝特尔海姆的批评应不是意气性的。其对贝特尔海姆人品上的指摘我们无从置喙，但其对后者文学理论和实践上的批评却提供了一个新的视角，使我们有机会对贝特尔海姆的理论和整个精神分析在童话批评中的运用进行新的审视，这对中国的童话批评应是十分有益的。

一

齐普斯对贝特尔海姆的批评首先是指出其理论过于心理化，以及对童话的心理治疗功能的夸大。"贝特尔海姆的主要观点很简单：'童话故事的形式和结构为儿童提供了种种意象，根据这些意象，他可以构建自己的白日梦，并通过这些白日梦更好地把握生活的方向'……他坚信能够揭示童话故事的隐含意义以及它们对儿童成长具有无可比拟的重要性的，主要还是心理学研究模式。""贝特尔海姆以一种武断的方式过分夸大了童话故事的心理治疗功能，然后用童话故事的这一功能来印证自己关于神经疾病和家庭关系的对号入座的理论，这正是他正统的弗洛伊德研究模式的典型特征。"②这种批评不只是针对贝特尔海姆的，也是针对整个精神分析批评的。

心理化是精神分析的理论基石，整个精神分析、精神分析治疗都建立在心理化的基础上。弗洛伊德说，儿童由于俄狄浦斯情结的失败，将对母亲的恋情压抑到意识以下成为潜意识。这种潜意识多了、久了，会累积成疾，这就是精神病的成因。只是，时间久了，情感扭曲了，当初的成因被遗忘了。精神分析师的任务就是通过谈话，诱使病人回忆起当初的情景，将当初的压抑"谈出来"

① 杰克·齐普斯：《冲破魔法符咒：探索民间故事和童话故事的激进理论》，舒伟主译，安徽少年儿童出版社，2010，第199页。
② 同上书，第202页。

（talk out）。说出来就是解阀，解阀就是去除压抑。从压抑中走出来，病就痊愈了。弗洛伊德当初曾做过这一工作，荣格、贝特尔海姆也都做过类似的工作。效果如何，不得而知，有些材料确实讲到了治愈的例子。但齐普斯有些怀疑，认为效果被夸大了。"（贝特尔海姆）从不允许专家们亲眼观看他发明的对有心理问题的孩子们进行治疗的方法和过程，实际上，他声称的在这所学校取得的85%的治疗成功率从未得到证实，也没有留下任何记录。"[①] 从大多数医生的医疗实践看，精神病的起因是非常复杂的，治疗时多数也是要辅以药物的，仅靠"谈出来"可能是不够的。

不过齐普斯的主要用意并不在此。他不是要对贝特尔海姆将童话用于精神病治疗作出评价，而是要讨论他依据潜意识理论对童话文学所作的文学批评。齐普斯称贝特尔海姆是一个正统的、保守的弗洛伊德主义者。弗洛伊德认为文学艺术是潜意识的转移和升华，是作家潜意识的化妆表演，精神分析的任务就是透过作品中化了妆的人物和故事，追本溯源，恢复原来的潜意识，恢复化妆前的潜意识的真实面貌。贝特尔海姆在分析传统童话时所做的正是这一工作。《童话故事魅力的价值》分上下两部分，第一部分侧重理论，但辅以案例；第二部分侧重具体作品分析，但也常常将具体分析上升到一般理论，无论是理论阐释还是具体的作品分析，都极具穿透性，给人以启迪。如《三只小猪》被解读为对快乐原则和现实原则的不同选择；《白雪公主》被解读为女人对比自己年轻漂亮的女孩的嫉妒、人对时间的恐惧；《三只熊》是孩子对成人世界的一次偷窥；《睡美人》是女孩初潮后一段时间的性沉睡；《美女与怪兽》是两性矛盾中女性对男性的征服；《蓝胡子》是女孩面对诱惑时对禁忌的突破，如此等等，每一个解读，确都在人们面前开辟出一个新的世界。就是齐普斯，对此也没有提出太多的异议。

在读解童话时，贝特尔海姆不仅常将作品内容心理化，有时还将内容和性、性心理联系起来，对作品作出泛性化的解释。这也是精神分析文学批评常见的思路。弗洛伊德将人格视为一个有本我、自我、超我构成的系统，本我是这个系统的动力源，而构成本我的主要是性力。精神分析追本溯源常常追溯到性。弗洛伊德如此，贝特尔海姆也如此。《杰克和豆茎》是一个在欧洲流传甚广的童

---

① 杰克·齐普斯：《冲破魔法符咒：探索民间故事和童话故事的激进理论》，舒伟主译，安徽少年儿童出版社，2010，第199页。

话，讲一个名叫杰克的男孩顺着一株巨大的豆茎爬到天上，在那儿发现了一个神奇的世界，经历了一番充满奇趣的冒险。人们一般认为这是儿童的幻想创造了一个奇异的世界，通过幻想世界的历险表现了儿童的游戏精神。贝特尔海姆却将其解读为儿童的手淫，男孩玩弄自己的生殖器所获得的快感。《青蛙王子》中，公主丢了一颗宝珠，允诺说谁帮她找回，她就让他和自己睡在一起。一只青蛙做到了，公主将其滑腻腻的身体捧到床上时，他变成了一个王子。在一般的解释里，这是一个然诺的故事，但贝特尔海姆却将其完全性化，说公主捧起青蛙的滑腻腻的感觉，就是女孩第一次接触精液的感觉。更匪夷所思的是，在对《灰姑娘》的解读中，竟将故事中的银冰鞋解读为女孩的阴道。并说这在西方文化中是一个有传统的说法。这使不熟悉西方文化的人多少有些兀然（强以求索，中国民间将性生活混乱的女人称"破鞋"，似有这方面的含义）。齐普斯对此也颇有微词。"贝特尔海姆挥舞着正统弗洛伊德学说的魔杖，无论指向什么童话故事，它都将转变成讲述自我实现和积极的性成熟的象征性寓言。"[1] 类似的解释在贝特尔海姆的著作中远非个别。

齐普斯对贝特尔海姆将童话过分心理化的更直接的不满，是他认为后者将童话的表现内容抽象化、静止化。"在探讨文学与人类心理之间的关系时，（贝特尔海姆）使用了一种单维度的方法。他宣称外部生活隔绝于内心生活，认为存在一种主要针对读者内心问题的文学，这完全抹杀了本质和表象之间的辩证关系。客观存在和主观想象分离了，一个静态的领域被构建起来，这个领域恰似一个正统的弗洛伊德学说信奉者的实验室，这个信奉者一心一意地在里面对那些'应当'发生在儿童内心世界的事情进行着实验。"[2] 这其实也是整个精神分析较为共同的特点。心理、潜意识本也是有其外部来源的，但弗洛伊德、贝特尔海姆等只将文学作品看作潜意识的化装表演，精神分析的任务就在追溯这表演后面的内容，追溯到潜意识，任务就大体完成了。至多也只是寻找后面的童年的创伤性经验，而童年的经验是远离现实、和现实无关的。从现实中超越出来，拉开与现实的距离，童年经验、潜意识自然变得相对的静止。可是，文学不可能是单维度，只反映心理、潜意识而不反映现实生活的。割断文学与心理、

---

[1] 杰克·齐普斯：《冲破魔法符咒：探索民间故事和童话故事的激进理论》，舒伟主译，安徽少年儿童出版社，2010，第212页。

[2] 同上书，第202页。

潜意识以外的生活的联系，将心理、潜意识看作精神分析的实验室，无异于画地为牢、自断源泉。从这点说，齐普斯的批评是有道理的。但是，这毕竟只是问题的一面。人的心理、潜意识是有其生理基础，有其生理性和动物性内容的。就是社会文化，也有相对抽象、超越的一面。相对抽象、超越的内容总是偏向静止的。说《白雪公主》表现了人对时间的恐惧，表现韶华将逝的王后对青春美丽的公主的嫉恨，是一种抽象；说《白雪公主》表现后母对继女的迫害，有较多的社会内容，其实也是一种抽象。可见，问题并不全在表现对象是否静止，是否抽象，而在是否有深度、有发现、有见解，许多作品，如20世纪的现代派文学，表现内容都是相对抽象、静止的，但因有揭示的深度，表现出强大的、震撼人心的力量。贝特尔海姆的不少揭示也如此。

二

外在的社会现实和内在的人物心理，是同一问题的两个侧面，精神分析既将文学的内容聚焦于人的心理、潜意识，必然带来对社会现实的忽视，齐普斯批评贝特尔海姆的童话分析专注于人的内在心理，相对静止，当然不会放过这一侧面。

首先是时间问题。齐普斯作为法兰克福学派的一员，信奉马克思主义文艺学，认为文学是一种社会意识形态，产生于经济基础又服务于经济基础，不可能是无时间的。"童话故事指的是由16世纪、17世纪和18世纪的中产阶级或贵族阶级作家改编创作的文学故事类型"，"这一童话故事类型（艺术童话）可以像短篇小说和戏剧一样被称为民间故事的资产阶级化"。并认为："对于原始先民们自己培育的民间故事所描绘的有关他们的规范行为和劳动过程的情况，人们是无法用现代精神分析学理论加以阐释的。"[1] 所以，他认为贝特尔海姆将童话从时间中抽离出来的方法是不科学的。"尽管贝特尔海姆意识到了童话故事的历史起源，他并没有去思考童话故事的象征和模式反映了社会行为和社会活动的特定形式，它们通常可以追溯到冰川时代和巨石器时代。"[2] 如《灰姑娘》，贝特尔

---

[1] 杰克·齐普斯：《冲破魔法符咒：探索民间故事和童话故事的激进理论》，舒伟主译，安徽少年儿童出版社，2010，第210页。
[2] 同上书，第210页。

海姆将其解释为家庭内部兄弟姐妹间为争夺父母的爱所进行的争斗，一般是没有具体时间和社会背景的。但齐普斯倾向于接受尼兹切克的解释:《灰姑娘》的故事最早形成于冰河时代末期，讲述一个女子从她的母亲和其他动物那里获得馈赠。"《灰姑娘》故事的社会是一种游牧社会，在这样的社会里女人享有尊贵的地位。人们不惧怕死亡，而且女人被当作献祭的牺牲品，因为她们能以树木或动物的形式获得新生，对她们的子女的成长提供帮助。生命被看作一个连续的过程，而且是永恒的。这样，一个人就融进了他或她所处的时代，然后通过死后的转变，得到一种时间的更新。"[①] 如《美女与怪兽》，贝特尔海姆认为表现了两性间的矛盾和斗争，表现了一定条件下女性对男性的征服。但在齐普斯的眼里，则是文艺复兴后女权主义兴起的表现，当然是和具体的时代紧密地联系在一起的。

童话不仅是和时代、具体的社会现实联系在一起的，而且是和作家、故事的讲述者联系在一起的。这一点，人们常常是忽视的。一句"创作的集体性"，就将民间文学、童话文学创作中极为复杂的内容完全抹平、遮蔽了。民间文学、童话文学有在讲述中不断修改、走向公约数的现象，也有先有一个创作者而后进入民间流传、一些民间故事被人用文字记录然后在更大范围的民间流传、一些民间故事被作家改编改写、一些民间故事作为题材被作家采用进行再创造等现象。就是民间讲述，也有种族、环境、时代等因素。"如果心理分析模式要确认一个童话故事的基本心理意义，那么它就必须首先考察这个童话故事的讲述者，他们的社会行为和习俗以及这个故事在不同文化背景中的演进。"[②] 贝特尔海姆对这些复杂状况显然是缺乏细致的考订和探索的，或者说，他根本没有注意到这种情况，自然不可能有兴趣对此进行考订和探索。比如，作者的《永恒的魅力——童话世界与童心世界》中研讨的童话有很多取自格林兄弟、博蒙夫人、贝洛尔等人搜集、整理、改编的童话，据现在的考证，这些童话在变成文字时都有具体的讲述者，一些讲述还有不同的版本，这些不同的版本都打着具体的讲述者的思想、情感烙印，完全不考虑这些情况，是很难对这些童话进行深入、准确的理解的。

---

① 杰克·齐普斯:《冲破魔法符咒:探索民间故事和童话故事的激进理论》，舒伟主译，安徽少年儿童出版社，2010，第214页。
② 同上书，第214页。

甚至接受者也是一个不容忽视的问题。在传统的、典型的民间童话中，故事在民间流传，民众既是受述者也是讲述者，受述者直接参与故事的改编、创造，直接影响着文本的呈现形态，自然是不能被忽视的。在"说大书"等"说—听"文学中，受述者不直接参与文本创造但直接在场，"说"的人必须考虑"听"的人的愿望、兴趣、接受能力，受述者直接影响到文本，自然也是不能忽视的。变成文字以后，讲述者和受述者都内化了，但"内化了"不等于消失了。文学是一种对话，对话的结果既包含了作者、叙述者的声音，也包含了受述者、隐含读者的声音。完全脱离受述者、隐含读者，是无法对文本进行准确、深入的阐述的。贝特尔海姆的童话精神分析便有这方面的缺陷。"贝特尔海姆的论著主要是从男性视角出发的，没有细致地区分儿童的性别差异、年龄差异、种族差异和阶级背景。"① 贝洛尔的《小红帽》是向宫廷里的女孩讲的，不了解 17 世纪法国宫廷女孩的生活，便无法理解《小红帽》;《美女与怪兽》是博蒙夫人向自己的女学生讲的，作者是女性，受述者也是女性，而且不是一般的女性，是文艺复兴后经过启蒙主义思潮洗礼的女性。不了解这一点，也无法真正理解《美女与怪兽》。这些方面，齐普斯的批评都是中肯的。

三

齐普斯对贝特尔海姆最尖锐、最激烈的批评，还是表现在对童话功用的理解和把握上。在《冲破魔法符咒：探索民间故事和童话故事的激进理论》一书中，作者专门批评贝特尔海姆一节的标题是："民间故事和童话故事对于儿童的作用和滥用：论布鲁诺·贝特尔海姆的道德魔杖"，意谓作者完全将童话故事道德化了：

> 正如许多维护道德文化审查者一样，贝特尔海姆相信只有表现和谐圆满、有序发展的文学才应当提供给易受感动的儿童的心灵，应当让儿童远离冷酷的现实，由此，童话故事是最好的选择。②

---

① 杰克·齐普斯:《冲破魔法符咒：探索民间故事和童话故事的激进理论》，舒伟主译，安徽少年儿童出版社，2010，第 208 页。
② 同上书，第 203 页。

他接受了"新弗洛伊德主义"或"后弗洛伊德主义"最糟糕的一面——对弗洛伊德理论进行道德化解读。贝特尔海姆的基本论断读起来就像"礼拜的布道"，贝特尔海姆"致力于让难以下咽的东西变得美味可口"，他的著作有些"实用育儿手册"的意味。贝特尔海姆对有关治疗性的自助自立进行道德说教，拼凑了自己的官方正统观点。①

听着，贝特尔海姆简直有些反动了。

贝特尔海姆的童话研究为什么给齐普斯这样的印象？这在很大程度上是由精神分析这种研究方法决定的。精神分析将文学心理化、潜意识化，这潜意识主要来自童年的俄狄浦斯情结，而俄狄浦斯情结主要涉及父子间的矛盾，因此齐普斯认为，贝特尔海姆将童话中的社会问题都转变成了父子间的问题。"贝特尔海姆提出了如下观点：'如果更多的青少年在成长过程中能够接触童话故事，他们就会（无意识地）认识到这样一个事实：他们经历的冲突不是与成人世界或者整个社会发生的冲突，而只是与他们的父母之间的冲突'。"②这当然是作为马克思主义批评家的齐普斯无法同意的。马克思主义关注社会矛盾、阶级斗争，关注经济基础和上层建筑间的矛盾冲突，不可能将现实的社会矛盾还原到个人的心理领域，变成父子间的俄狄浦斯情结。"按照他的说法，社会与个人之间多层面的对立关系不复存在了，即使有任何冲突的话，也被误置于孩子与父母之间，这样就转移了导致压抑的真正原因，从而使得某些造成心理和社会冲突的具体的现实因素变得模糊起来。"③在贝特尔海姆看来，《灰姑娘》表现了家庭内部兄弟姐妹为争夺父母之爱所产生的矛盾，只要调整好各自的心态，这类矛盾就随之化解；但齐普斯认为，《灰姑娘》表现的是一种男性话语，一种男性对女性的期待和塑造。灰姑娘要改变命运只有将希望放在男性身上，没有王子，灰姑娘只能永远待在灰暗肮脏的厨房里。因此，在齐普斯看来，要理解《灰姑娘》一类的童话，就必须批判其包含的社会观念，进而批判产生这些观念的社会。

由于专注于心理、潜意识，精神分析一般都不太关心具体的社会矛盾。贝特尔海姆以世代流传的传统童话为主要研究对象，在这方面表现得更突出一些。

---

① 杰克·齐普斯：《冲破魔法符咒：探索民间故事和童话故事的激进理论》，舒伟主译，安徽少年儿童出版社，2010，第206页。
② 同上书，第205页。
③ 同上书，第207页。

在齐普斯看来，贝特尔海姆是一个保守的弗洛伊德主义者，他不仅将社会矛盾变成家庭的、个人心理的矛盾，而且对童话中的正统观念，包括其某些反动性视而不见。在齐普斯的理解里，"大多数童话故事的中心内容是关于强大力量的概念：强力来自哪里？是谁在施展强力？目的何在？怎样才能更好地施展强力？许多童话故事表明了一个原始的或者封建的观念：强权制造公理。"① 人们有一种认识：童话文学主要是在民间流传的，反映的是民间的道德理想和价值观念，和正统的、主流意识形态的道德、价值观应是矛盾的、对峙的。其实大不然。一个时代的统治思想是统治阶级的思想，在经济上政治上受压迫受剥削的阶级在思想上道德上也常常受控制，被欺骗着相信统治阶级的道德观就是普遍的道德原则，出现被剥削阶级维护的不是被剥削阶级的利益而是剥削阶级的利益的现象。这在中国童话中也可以找到许多现成的例子。20世纪30年代，张天翼就在《大林和小林》《秃秃大王》等作品中揭示过这种现象。贝特尔海姆的童话研究对此至少是忽视的。

这就涉及童话文学对当今读者，特别是对当今儿童的意义的问题。为什么许多传统的童话文学在当今还被许多人阅读？当今儿童能从传统的童话文学中获得些什么？我们应该用什么样的态度来对待传统的童话文学？这当然是和人们对传统的童话文学的认识紧密相关的。贝特尔海姆视童话为人类特别是童年人类的梦、潜意识，阅读这些作品能将压抑的创伤性经验"谈出来"，童话文学成了净化儿童心理的"良药"，自然是肯定的、提倡的。齐普斯认为传统的童话文学中浸透着统治阶级的正统意识，传递历史上的各种强权制造的"真理"，对其保持着警惕，对贝特尔海姆无原则地将传统童话推向儿童自是不满意的。"正如许多维护道德的文化审查者一样，贝特尔海姆相信只有表现和谐圆满、有序发展的文学才应当提供给易受感动的儿童的心灵，应当让儿童远离冷酷的现实，由此，童话故事是最好的选择。"② "更糟糕的是，他还像一个清教徒牧师那样使用弗洛伊德学说的术语，鼓励父母相信童话故事无所不能的魔力，这种魔力将引导孩子穿越恐惧的深谷，走进美丽的王国。"③ 用中国人熟悉的术语说，齐普斯认为贝特尔海姆在用童话将儿童培养成符合统治阶级需要的"顺民"。这是站在

① 杰克·齐普斯：《冲破魔法符咒：探索民间故事和童话故事的激进理论》，舒伟主译，安徽少年儿童出版社，2010，第211页。
② 同上书，第203页。
③ 同上书，第207页。

法兰克福学派惯常的批判立场上的齐普斯无法认同的。在这点上，齐普斯甚至认为贝特尔海姆也背离了弗洛伊德。因为在《文明及对文明的不满意》中，弗洛伊德对传统文明是表现出强烈的批判意识的。齐普斯不仅对传统童话文学的内容充满警惕，而且对童话文学作用儿童的方式，特别是贝特尔海姆所说的"内化"原则十分地不以为然。内化是将社会规则变成个体人格结构中的"超我"。贝特尔海姆等精神分析主义者提倡，社会互动的结果是人类去遵守法律，而不是试图去改变它们。这样的理论必须认识到，内化是针对难以忍受的现实的一种防御，而不是建构意识的一种自然模式，它由于人性本能的反对而显得更有必要。这种内化方式甚至渗透到教育和日常语言活动中。儿童听故事、学习语言，其实也是在体验历史，学习一种生存、生活方式，贝特尔海姆将童话文学抽象化、理想化，将儿童听故事的过程变成一个没有差别的学习过程，"教育过程似乎成为一种民主化的历程，似乎在公众语言和私人语言中，或者在童话故事里没有符码的存在。"① 这不仅是对历史上统治阶级"强权制造公理"的掩盖，也是对真正的文学功用的歪曲。"从来就没有一种绝对'美好的'、理想的或可靠的统治秩序或家庭结构。如果要让我们的社会和政治领域达到理想的境界，人们必须对它们进行不断的颠覆和改变。正如布鲁纳所提出的，一个故事必须采取一种反对各种道德立场的道德立场。为儿童创作的优秀文学作品，要促使孩子们哪怕不情愿地去严肃地、批判性地进行思考，并且要给他们提供希望：他们能够迸发出道德和伦理的活力，不是为了单纯地活着，而是为了能够在他们自己创造的、称心如意的社会规范和安排下幸福地生活。"②

齐普斯不愧为法兰克福学派的干将，他的理论表现了法兰克福学派激进的社会立场。贝特尔海姆等人的精神分析将文学归结为潜意识，又按俄狄浦斯情结对潜意识进行解释，有把社会矛盾转变为父子冲突的倾向。但精神分析所说的"父""子""父子关系"并不只是从较为严格的生理意义上说的。特别是后期精神分析如拉康等人的著作，"父"更多指文化传统、"大他者"。虽然依然有着与现实生活的距离，但显然已从生理意义上的"父""子""父子关系"中超越出来了。贝特尔海姆主要研究传统童话，他所说的"父""子""父子关系"主要

---

① 杰克·齐普斯：《冲破魔法符咒：探索民间故事和童话故事的激进理论》，舒伟主译，安徽少年儿童出版社，2010，第210页。
② 同上书，第255页。

是文化意义上的。关键是将文化看作相对静止的深层社会心理存在，还是将其看作更为显层、更为运动、直接作用于现实的社会力量。贝特尔海姆倾向于前者，齐普斯倾向于后者。即便如此，齐普斯的批评依然是有道理的。在对待童话文学的作用方面，贝特尔海姆确有将传统童话过分心理化、道德化、理想化的一面。

四

精神分析和法兰克福学派是 20 世纪学术前沿的两个著名的流派，立场不同，观念不同，在童话文学的认识和理解上出现歧义是可以理解的。我们掌握的资料有限，不知贝特尔海姆生前是否见到过齐普斯的批评文章（贝特尔海姆1990 年去世，齐普斯的批评论文写于 1977 年，两人都是德裔美国人，都研究童话，按理他是有机会看到齐普斯的论文的），更不知他看到齐普斯论文后的反应。由于没有贝特尔海姆的回应，我们偏向从齐普斯的视角看问题，不知是否包含了对贝特尔海姆的不公平。

但有一点缺陷似乎是贝特尔海姆和齐普斯共有的，那就是对童话文学的艺术特性的忽视。贝特尔海姆以童话治疗精神疾病，主要探索形象后面的潜意识内容，一部《永恒的魅力：童话世界与童心世界》就是对西方传统童话的心理解析，他不会太关心童话的艺术特征。齐普斯关心社会批判，他对童话的艺术特征多少也是忽略的。他虽然既关心传统童话也关注现代童话，包括许多艺术童话，但很少从艺术的角度对它们进行分析和思考。

比如，王尔德是欧洲艺术童话最重要的作家之一。作为唯美主义的代表人物，他把诗和童话有机地结合起来，虽是童话作品却有诗的意境。《巨人的花园》写一个巨人开始不让孩子们到他的花园里去玩，后来在上帝的感召下改变态度，让孩子们到他的花园里去玩，并和孩子们一起玩的故事。我理解是以上帝无私的爱化解人内心的冰冷，从以邻为壑的孤独中走出来，在他人的欢乐中获得欢乐，那个变化中的花园就是他内心世界的外化。以冬天的冰冷的花园和春天的万象更新的花园的对比，显示上帝之爱融解一切的力量和在其普照下大地回春的景象。整个作品表现着诗一般的美好。但齐普斯却认为，"这个童话故事的重要主题涉及社会群体和个人主义的对立以及针对个人财产的冲突。那群孩子结成一伙，代表着一种社会互动、同舟共济和同享欢乐的原则，而巨人则显然代表着独断专权的贪婪本性"；"这个故事提供了这样的希望，如果孩子们聚合在一起，应用主动性，他们就能够折服那些压迫者，使他们改变自己的行为方式"。① 这理解很别致，也能给人以启发，但和我们阅读作品时感受到诗化意境颇有些不一致。再如，贝特尔海姆和齐普斯都谈到"三"这个数字在童话文学中的高频率出现，他们都从内容上将其解释为选择、试错、不同品格和智慧间的对比等。这并不错，但"三"的高频率出现的原因主要还是艺术上的。"三"是重复，重复带来简化、突出，这是说—听文学的一般特点。重复形成节奏、韵律，这种节奏、韵律也是童话的审美对象。这种形式化的审美对象也是儿童童话接受中需要把握的重要内容。

　　贝特尔海姆和齐普斯是西方童话研究的重要学者，精神分析和法兰克福学派也是 20 世纪学术前沿的重要学派，所操之术不同，认识上有分歧是很正常的。也因为这种不同，开辟了童话研究的新领域、新视野，使人们对童话的认识走向新的深度。在某种意义上，这正是中国的童话文学研究所缺乏的。

---

① 　杰克·齐普斯：《冲破魔法符咒：探索民间故事和童话故事的激进理论》，舒伟主译，安徽少年儿童出版社，2010，第 217 页。

关于"童话的神话化"

在《作为神话的童话／作为童话的神话》一书中，美国著名文化学家齐普斯注意到西方文学发展中一个颇为有趣的文化现象：即在神话走向童话化的同时，童话也在走向神话化。神话的童话化不难理解。中国人谈神话，最熟悉的就是马克思说的"任何神话都是用想象和借助想象以征服自然力，支配自然力，把自然力加以形象化；因而，随着这些自然力之实际上被支配，神话也就消失了"[1]，以及鲁迅说的"迨神话演进，则为中枢者渐近于人性，凡所叙述，今谓之传说"[2]。神话是神的故事。童年时期的人类不能很好地将自己和外在的世界区分开来，遵照互渗律，以己度人、以己度物，使外物皆具人之情感，将自然力形象化，无意中创造出许多神异的形象、神异的世界。但随着社会的发展和人自身认识能力的提高，人渐渐摆脱互渗律，不是想象某种真实的东西而是真实地想象某种东西，主、客间有了明显的界限，人能够将世界放到一定距离外去观照，理性思维走向自觉，建立在互渗律基础上的神话和神话思维便渐渐淡出人们的视野，神话便向传说、志怪传奇、民间童话、写实主义小说的方向转化了。

但童话何以会神话化呢？

一

童话的神话化和神话的童话化，在人类文明的初始阶段其实就没完没了地纠缠在一起。人们说童年时期的人类受互渗律的影响，神话建立在互渗律的基

---

[1] 马克思:《〈政治经济学批判〉导言》，载中央编译局译编《马克思恩格斯选集》（第二卷），人民出版社，1972，第113页。

[2] 鲁迅:《中国小说史略》，商务印书馆，2017，第17页。

础上，是就大的、主导面上的情形说的，深入的、具体的情形可能要比这复杂得多。马林诺夫斯基就曾说，世俗社会和神话社会之间的界限，在原始社会，在某种程度上也是存在的。面对生老病死这些超出他们实际能力的事情，他们可能很"迷信"，去求神保佑；但面对打猎、种庄稼这类事情，他们仍然很现实，该播种的时候播种，该收获的时候收获。只是这两个世界界限不清，常常互渗，神能走入人的世界，人也能走入神的世界，就像我们今天在希腊神话中经常看到的那样。神话本来就是生活在世俗社会的人想象、幻想出来的，打着世俗社会的烙印是一种很正常的现象。最典型的是那些被称为"神话传说""英雄传说"的作品。《伊里亚特》《奥德赛》，历史上都有某种现实的人物、事件原型，但都在传说中被神化了。中国的舜的传说、禹的传说、李冰父子的传说，历史上都有某些史实的依据。舜由一个原始社会的酋长变成神话英雄再变成两兄弟故事的原型，由凡俗的世界进入神的世界再成为虚构的艺术世界的主人公，一定意义上正反映着文学中创作思维的觉醒，反映着文学从神话到传说到民间童话的变化。禹的故事也是如此。新婚三天便出门治水，在外十余年，三过家门而不入，无疑是非常人间化、凡俗化的；但到九天玄女娘娘授无字天书，治水途中遇神龙划地，又完全是神的世界了。在原始人的观念里，这两个世界间有差异但没有界限，自由互渗，许多人物亦人亦神，在两个世界间来回穿越。所以，建立在这种思维基础上的神话、传说、民间童话等，有时候是很难区别的。周作人就认为，神话是原始人的宗教，传说是原始人的历史，童话是原始人的文学，是一而三又三而一的。

进入文明社会以后，理性思维、自觉的创造思维渐渐地成为社会主导性的思维形式。但这是一个漫长的过程，而且即使理性思维、自觉的创造思维成为社会主导性的思维形式以后，互渗性的神话思维仍会长期地影响着人们，就像一个长大了的人仍保留着童年的思维和行为方式一样。志怪小说就是明显的例子。志怪小说搜神述异、集灵志怪，以为神异灵怪实际存在，但又朦胧地意识到它们和自己不在同一世界，只是在某种特殊的情况下，在某种特殊的境遇里，才和我们这个世界的人有所交集，显出原始人互渗性思维遗留。其实，即使在后来的文明社会里，人们也会创造出新的超现实、超自然的形式，激发、激活互渗性思维，创造出新的神话，为想象中的别一世界留出空间。最典型的即巫术和宗教。巫术在原始社会曾大量存在，在进入文明社会后，更多地留存在民间；宗教在很多民族则成为主流意识形态，它们都信仰、尊崇别一世界。这种信仰、尊崇都为新神话的创造提供了广阔的天地。《西游记》既受到印度文化的影响，也是中国传统的神话思维的集大成。在《西游记》中，是明显有着那个时代、那个社会的影子的，一些评论也据此认为它和当时的一些现实主义小说一样，有很强的社会批判意义。但就主导倾向而言，《西游记》仍是一部向佛向神的小说，它不是将人的目光引向现实、引向大地，而是引向佛境，引向天国，引向神与佛的世界。从这一意义上说，它仍是一部神魔小说，类似的作品并不只有《西游记》。在文学研究领域，人们常常将《西游记》和班扬的《天路历程》放在一起比较、评论，它们在"神话性"这一点上确实是很相似的。这也说明，即使在科学技术高度发达的文明社会，新神话的创造仍是可能的。

还有一些作品，从总体上看，无疑是自觉的创造思维的产物，是后来社会的意识形态，但因是从原始文化脱胎而来，常常自觉不自觉地带有其脱胎而来的那种文化的印迹，甚至保留了那种文化的某种深隐结构或情节、形象的片段。五四时期，周作人、胡适等以复演说解释儿童与原始人、儿童文学与原始文化之间的关系，以为儿童与原始人心理同源，文化相近，所以原始人之文学便是当今儿童之文学，满足现今的儿童精神上的需要，就是尽量搜集原始人的文化遗留物给他们看。一时间，不仅一些给儿童的刊物、教科书中充满了各种从民间搜集来的童谣、童话、故事等，就是一些作家个人的创作，也套用民间叙事的模式，借用民间故事中的情节和形象，使人感觉到在新文化波涛汹涌的时候，插入一个古老神话的复兴。黎锦晖的《十顽童》《十兄弟》《十姐妹》等，就是在一个个神话故事的框架里，植入实业救国、儿童本位教育等内容，即马克思说的，穿着古人的服装，说着古人的语言，演出的却是历史的新场面。这在世界文化史上并不是个别、偶然的现象。欧洲资产阶级登上历史舞台，就是从文艺复兴，即打着复兴古希腊文明的旗帜以批判中世纪的愚昧落后，拉开与眼前占主导地位的中世纪文化的距离开始的。五四运动和文艺复兴一样，都是新文化和古文化结成联盟以对抗当下的主流旧文化。一定意义上，也是新文化借助古文化将自己神圣化了。就如齐普斯谈及欧洲启蒙主义时期的童话时所说的，"经典童话让我们所有人仿佛成了一个普遍共同体的一部分，拥有共同的价值观念和标准规范，共同追求同一种幸福；它使这个世界看似存在着某些永远合理的愿望和梦想，而一种特定的行为方式就能够保证确定的结果，比如伴着万贯家财在一座金碧辉煌的城堡里永远幸福地生活下去，而我们的这座城堡和堡垒将永远保护我们免遭有敌意和不可测的力量的侵害。我们只需信赖和忠于经典童话"①。

创作童话也可以借鉴神话的形式和内容。艾略特的《荒原》、马尔克斯的《百年孤独》等都有某种神话结构。中国的《红楼梦》也套有神话的框架。黎锦晖写于 20 世纪 20 年代的《月明之夜》《七姊妹游花园》，葛翠琳写于"文革"后的《进过天堂的孩子》等，都是在表现现实生活的作品中引入神话的元素。还有一种形式，就是将某些传统的神话、童话文本倒过来，以反弹琵琶的方式与原文形成互文。安徒生的《海的女儿》是一个拖着鱼尾巴的海公主历尽艰辛将鱼尾巴变成人的双脚，走入人间成为人的故事；安吉拉·卡特的《老虎新娘》却是一个人间的女孩变成虎，回到兽的世界的故事；张天翼的《大林和小林》也是将传统的小叫花子遇富翁、遇仙女的故事倒过来，写当了富翁干儿子的大林抱着金元宝死在富翁岛的故事。这是一种特殊的现代童话神话化的方式，以解构的方式重现现代童话与传统神话、民间童话之间的联系。

二

但齐普斯讨论的童话的神话化却主要不是就此而说的。神话文学之后的英雄传说等表现出或多或少的神话特征，主要是互渗性思维的遗留，偏重神话对童话的影响；而童话的神话化却偏向于自觉的文学创作中的神话倾向，和物我不分的互渗性思维不是完全无关，但也关系不大。

这便又一次牵涉到对神话、童话、童话的神话化等的理解。齐普斯说："神话所叙述的是超自然生命体的行为，它就借此为人类行为设立了榜样，使他们能够以此为参照，有序地编制和安排生活。通过把神话展现并融入他们的日常生活，人类获得了一种真实的宗教体验。事实上，正是借助于对过去神明的回顾和重忆，个体才得以与神明同在，与此同时，他也被带入那原始或神圣的时间里。这种带入也是一种联系，通过它，个体获得一种'根'的感觉，并对当下的历史进程和时间产生出一种神圣感。"② 具体点说，神话首先是超越的。神话

---

① 杰克·齐普斯：《作为神话的童话／作为童话的神话》，赵霞译，少年儿童出版社，2008，"绪论"第 5 页。
② 杰克·齐普斯：《作为神话的童话／作为童话的神话》，赵霞译，少年儿童出版社，2008，"绪论"第 1 页。

写神，主要是神的故事，神和我们凡人不属同一世界，是超越于凡俗世界之上的。比如，我们凡俗人是和具体的时空联系在一起的，有生有死、有病有灾、有七情六欲，有这样那样的限定；神却是不受限定的，不受空间的限定，也不受时间的限定。奥林匹斯山上的诸神，天地开辟时就这样活着，现在还这样活着，以后还这样活着，他们代表的价值自然也是普遍的、永恒的。进一步说，神、神代表的价值不仅是超越的而且是神圣的。神和我们不在一个世界，其在位格上远远超过人的凡俗的世界。神属于天国，天国是我们向往、仰望但却永远不能到达的地方，除非我们自己也变成神。五四时期，周作人说人性中包含了神性和动物性，神话代表的应是属于神性的那一部分。神话还有一个特点，就是它的自然性。自然性就是非人为性、非建构性，与生俱来，天然如此。人法地，地法天，天法道，道法自然，真正的神就是自然神。这和我们凡俗的在世状态恰恰又形成对照。因此，要从凡俗的生存状态中走出来，就要设法走向神话、走向神的世界。这也成为包括童话在内的文学的使命。"我们社会的任何一则童话，假如它想成为自然的和永恒的，就得变成神话。"① 这种神话化的倾向在整个中国童话创作中都随处可见。

首先是对自然、童心、母爱这些所谓的普遍人性的表现。自然、童心、母爱作为一种文学主题，不是到现代童话中才出现的，但在五四时期，却表现得最为集中和炽烈。在叶圣陶的《小白船》《芳儿的梦》《克宜的经历》《眼泪》等作品中，作者不仅塑造了一个个冰清玉洁的世界，而且将乡村、儿童、自然、母爱等作为对抗剥削压迫、改变世道人心的救世良方。冰心的《寄小读者》，更将母爱作为温暖这个世界的几乎唯一的源泉。而在黎锦晖的《月明之夜》等童话中，自然、母爱、童心原本就是和仙女、女神等连在一起的。这些表现显然是打着那个时代的烙印。五四时期是一个审父的时代，为了批判、颠覆处在中心的父权文化，人们必然要动员边缘、调集边缘、组织边缘、联合边缘一起行动。自然、童心、母爱这些向来不在文化中心的力量就是在这样的背景下被集合起来，组成了一支向旧礼教这个传统文化的堡垒发起冲锋的大军。为了师出有名，为了显示自己的堂堂之阵、正正之旗，人们将这个本具有资产阶级性质的文化思潮自然化、永恒化了：不是我们要这样做，而是人的本性如此，我们不过是奉

---

① 同上书，"绪论"第5页。

天承运、替天行道罢了。这自然使当时着力表现自然、童心、母爱的作品有了神话的性质。这和文艺复兴、启蒙运动时期西方资产阶级将《美女与怪兽》等童话神话化的做法是一样的。《美女与怪兽》本也有民间文学的基础，但博蒙夫人将其改写为一篇标准的启蒙主义童话时，显然是带有时代特征的，不仅其内容上的女性对男性的改造是早期女权主义的宣言，就是其形式上的特点，如将接受者定位为有条件接受教育的青年女性，故事中美女教怪兽如何在吃饭时使用刀叉等礼仪细节，叙述上充满上升阶级信心满满的语调等，也都和当时资产阶级的特征是一致的。包括作品将这种本属资产阶级的特征扩展开来，当作整个人类的价值尺度，也是上升时期资产阶级精神气象的表现。正如西奥多·阿多诺和马克斯·霍克海默等指出的："我们这样做不过是用一个属于我们自己的新神话代替另一个旧神话罢了，而这个新神话是建立在这样的基础上的，亦即我们相信自己开化了的理性具有改善全部人类的生活和工作境况的真实力量。于是，能够拯救人类的不再是上帝，而是那正在兴起的资产阶级，他们以全人类的名义发言，事实上却只为自己的利益说话，而这些利益正是今天我们的生活中所弥漫着的神话。"①

　　将自身的价值自然化、神圣化、神话化，不独资产阶级为然。五四运动退潮以后，带有资产阶级启蒙色彩的新文化运动逐渐淡出人们的视野，自然、童心、母爱又一次被挤到边缘，随之而起的是革命的神话。阶级斗争成了解释一切历史和现实现象的不二法门。张天翼是 20 世纪中国童话创作中最有才气的作家，但他的作品大多带有一个阶级斗争的框架。《大林和小林》的内容表现在两方面：一是社会分裂，一对孪生兄弟由于不同的生活道路走入两个敌对的阵营；二是反幻想、反阶级调和，大富翁不会救助小叫花，除非小叫花心甘情愿背叛自己的出身，成为剥削阶级的孝子贤孙。后一内容在作者的另一童话《秃秃大王》中得到进一步的强调和深化。同时期的《华家的儿子》（陈伯吹）、《小草》（贺宜）、《黑鬼脸壳》（金近）等，都是这一主题的不同变奏。至后来的《马兰花》《闪闪的红星》等，终于达到话语的最强音。包括五四时期被视为人类童年文化遗留物的民间童话的搜集整理，也被纳入阶级斗争的大框架中重新编码。那时出现在书刊中的民间故事，一般都是地主老财怎样剥削压迫劳动人民，劳

---

① 杰克·齐普斯：《作为神话的童话／作为童话的神话》，赵霞译，少年儿童出版社，2008，"绪论"第 4 页。

动人民怎样在一次次失败了的反抗中认识到团结起来的重要，最后依靠群体的力量推翻了地主老财和他们背后的反动政府，获得解放，过上幸福的生活。连《蛇郎》这样明显表现人性恶的作品，也被放到赞美勤劳，警惕阶级敌人篡夺人民的劳动成果等主流话语里重新书写。其实，劳动也好，革命也好，都不是万能的。马克思早就分析过，异化劳动不仅不能提升人，而且还会压抑人、毁坏人。革命的本义也只是激烈的变革；社会需要激烈的变革，也需要一点一滴的改良、推进。暴力革命也只是推动社会变革的手段之一。但在很长一段时间的中国文学和中国人的社会生活中，这些都被压抑和排斥了，革命、阶级斗争被推到中心甚至独占一切的文化霸权位置，被极度地神化，直到"文革"时期，整个文学和社会生活都付出了极为惨痛的代价。

不仅社会价值，就是一般的生活现象、生命现象，也会因为某些特殊的境遇而被神话化。在童话、儿童文学中，游戏、娱乐是一个经常被提及的内容。它可以是作品的被描写对象，可以是作品的精神内涵，可以是作品的美学特征，可以是评价作品的价值形态，还可以是作品叙事时的技术手段和精神状态。如何游戏、娱乐，在儿童文学中如何表现和评价游戏、娱乐，在童话和儿童文学中一直是起起伏伏飘忽不定的，有段时间还整个地被从文学中驱逐出去。但在近年的童话和儿童文学中，这一价值不仅被重新找回来，而且被推崇到神话般的高度。游戏、游戏精神，不仅充斥在作家笔下，也充斥在理论家笔下。开讲不谈游戏乐，纵读诗书也枉然，西方的迪士尼等早已做到了。迪士尼是一个极其成功的商业操作，它把现实加工成梦，把梦加工成童话，把童话加工成神话，又将神话渗进自己的商业运作。以致齐普斯说，从迪士尼乐园走出来，看见美国的国会大厦，都有些疑惑它是不是真实的了。中国的商业运作似乎还没有达到这样的水平，但正在向这个方向奋进。一些写得并不成功的作品的发行量达到天文数字，一些由出版社给出的，反映着商业化价值取向的指标，如趣味、故事、引人入胜等，正成为童话、儿童文学的评价尺度。现在，很少有人反对在童话、儿童文学中写游戏、表现游戏精神了。不仅不反对，还将其张扬为整个童话、儿童文学的美学旗帜。其实，游戏和审美是既重叠又有距离的。它们都是现实的日常生活的中断，都没有直接的功利性，但审美有着与对象的距离，有着对对象的理性观照，其愉悦主要是精神层面的；而游戏却常常和游戏对象融为一体，缺少与对象的距离，因而容易为欲望所制约，其愉悦也更多与身体性快感相关联。看不到这些差别，一味鼓吹游戏、玩，很容易将人导向没有理性提升、任由欲望宣泄的道路上去，而这正是商业文化所需要的。迪士尼神话、芭比娃娃神话、流行小说神话……在所有这些神话后面，则是欲望、商业文化的神话。

理解到童话（及一切文学类型）创作及传播中的神话化过程，自然给文学理论和读者的阅读提出一个任务，就是在阅读和理解童话的时候，不仅要看到童话的神话化表象，而且要看到这种表象后面的建构过程。"齐普斯的许多童话研究正是致力于揭示藏匿在各种'经典'童话文本中的那些已然被'神话化'了的传统意识形态内容……通过这种揭示使人们意识到在童话仿佛无害的表面下所隐藏的伪真理，并就其'真实'和'永恒'的性质提出质疑。"[①]就像我们前面谈及的出现在中国 20 世纪 80 年代的所谓"热闹型"童话，一力宣扬所谓的热闹、游戏、幻想，将其抬捧到儿童的"天性"、儿童文学的"本体"的高度，仿佛儿童文学就是为此而存在。但事实证明，那是"文革"后环境稍有松动，人们急于借助原始的生命力从中挣扎、逃逸出来，是打着明显的时代烙印的，只不过为了突出自己的行为的正当性，同时也为了避免意识形态上的纠缠可能带来的麻烦，有意识地祭起"天性""本体"的旗帜罢了。而当时过境迁，意识形态的压力大为淡化，仍极力鼓吹玩、游戏、热闹，就可能落入消费文化的圈套走向负面了。

只要童话、文学还在，这种立足创魅、复魅的神话化运动就会继续不断地进行下去。

三

随着后现代主义、解构主义的兴起，创魅、复魅、神话化也面临着危机。

理解这种危机需回到人为什么需要"魅"？为什么能够创"魅"？魅是一种充满神秘感、诱惑感的征服力。就像着了魔一样，不知不觉中就被魔住了，整个人被吸引，全身心地投入其中，自己也成了对象的一部分。这是一种非理性状态，一种将自己融化在对象中的忘我状态。人类的童年时代，自己尚是自然的一部分，因此不可能有一个作为客体的对象世界。以己度人，以己度物，万物皆备于我，神话的世界就是一个魅化了的世界。一旦人拉开了与对象的距离，

---

① 赵霞：《童年的秘密与书写》，安徽少年儿童出版社，2010，第 146 页。

将世界放到一定距离外去观照、去研究、去认识，祛魅便开始了。这便是理性的自觉。理性的自觉是一个漫长的过程，今天，我们站在这一点，掀开世界的这一角；明天，我们站在那一点，掀开世界的那一角，看到的都极为有限。而且，世界是生成的，不同的心灵之光照亮的是不同的世界，一个世界的照亮很可能形成对别的世界的遮蔽。祛魅的过程常常伴随着复魅。所以齐普斯说我们这样做不过是用一个属于我们自己的新神话代替另一个旧神话罢了。神话的内容变了，神话的性质没有变，这正是我们从许多童话的复魅、再神话化的过程中看到的状况。创魅、复魅、神话化、再神话化，在这些不断的、反复的变化后面，我们不难发现一个持续的动力，那就是人们的本质性思维。发现世界、认识世界，是人类永恒的欲望，支持这一欲望并将其不断向前推进的，是人们相信在纷繁复杂的表象后面，有一些本质性的东西，人们通过实践、认识、再实践、再认识，无限循环以至永恒，可以把握，至少是无限接近那一本质，这种认识便是真理。因为真理是对本质规律的把握，所以是确定的、绝对的；不确定、不绝对的认识算不得真理。

中国人说，一生二，二生三，三生万物，本质就是那个绝对的"一"。至于这个"一"到底是什么，是水？是混沌？是以太？理论家的认识又是颇为歧异的。但不管人们对终极世界的看法如何，这种认识已有些接近神话了。神话之为神话，就是将对象看作自然的、永恒的东西。一个认识，一个对象，如果被视为天经地义、必然如此，被理解为放之四海而皆准，它就成了神话。天道被视为自然、永恒，天不变道亦不变，天道成了神话；理性所向披靡，在理性之光的照耀下，阳光下面没有不可认识的事物，理性成了神话。

童话、儿童文学以上述认识观察生活、理解生活，以上述认识作为创造和评价艺术世界的标准。童话、儿童文学必不可免地创魅、复魅，使自己成为神话。这正是我们在自觉了的童话、儿童文学中常看到的现象。

解构主义、后现代主义的兴起却使这种思维和建立在这种思维基础上的复魅、新神话运动受到了挑战。后现代主义认为，认识是主客体之间的对话、交融。我们能够认识，在于我们不是一张白纸，我们有一种前视野，我们以这种前视野去观照对象、理解对象、剪裁对象，将对象纳入我们的心理结构中来。但对象也不是完全被动的，它总要以自身的特点拒绝主体前视野的规范、纳入，在与主体的对话中发出自己的声音。当这种声音足够强大时，就能发生主体向对象的顺应，原结构破裂，认识进入到新的层次。由于主体前视野的存在，主体将自己烙印于对象，主体从对象身上抽取出来的东西常常是自己放进去的东西。这样，认识的纯客观性便被消解了。我们接触到的世界其实都是生成的，是我们建构出来的。我在我的世界中，你在你的世界中，我们在我们的世界中，我们的世界和我们是同在的。这正是我们在童话、儿童文学发展中看到的现象。由于不满旧礼教的神话，儿童本位论建立了自然、童心、母爱的神话；由于不满自然、童心、母爱等普遍人性的神话，红色儿童文学建立了革命、阶级斗争的神话。它们都以全人类的名义说话，都以普遍规律、绝对真理的名义说话，但实际表达的都是自己阶级的理想、信仰，是一种特定的话语，有自身的基础和边界。通过这种解构，世界在根基处被解构、被平面化了。

　　这是不是一劳永逸地解决了童话的复魅、再神话化问题，从此再没有复魅的冲动了呢？事实恐怕未必如此。追求普遍真理、自我神话是一种永恒的冲动。解构一种神话常常就创造了另一种神话，批判别人的"真理"的人往往以为真理就在自己的手里。当后现代主义否定本质论、否定绝对真理，强调世界的建构性的时候，他们是否在某种程度上将建构、非本质当成了本质，创造了又一个神话呢？虽然这和本质论的神话非常不同。迪士尼、芭比娃娃、元小说、反故事、戏仿、反讽，包括近年在中国童话中大行其道的游戏、热闹、魔方化、碎片化，都是后现代主义的典型标志或宠儿，受到许多人的热捧。它们在成功解构现代主义的时候，不正以某种形式将自己神话化？看来，解构、祛魅、非神话化和复魅、再神话化的游戏还会继续下去。

四

　　一方面是祛魅、非神话化，一方面是复魅、再神话化，这种矛盾、斗争不仅贯穿全部童话文学，而且事实上成为童话文学发展的一种动力。

　　文学自觉本身就是祛魅、非神话化的结果。神话是文学的源头，但其本身并不是纯然的文学，作为文学也是不自觉的。要想文学成为自觉的创造，就必须从这种不自觉的、总体上被互渗律制约着的想象中走出来，变想象某种真实的东西为真实地想象某种东西。这是一个艰苦而漫长的过程，像童话文学这样主要植根在民间的口头文学形式尤难一些。但人们最后毕竟还是走出来了。不仅是个体创作的文学童话，还有仍主要在民间流传的口头童话，也逐渐改变了内容和形式。三兄弟，三姐妹，三媳妇，三长工，斩妖除魔，英雄救美……不管它们保留了多少互渗思维的遗留，主体上都是后来社会的意识形态，反映着后来的社会和人生。

祛魅、非神话化当然不只是克服互渗性思维，变不自觉的神话想象为自觉的艺术创造那么简单。因为自觉的文学作品一样需要想象，一样需要艺术魅力。这就需要将理性的洞察力和形象的感染力结合起来，将理性的穿透力溶解在形象的感染力中，使读者感受到一种非神话的艺术魅力。《马兰花》是一部充满神话魅力的作品，一朵神奇的马兰花能变出勤劳的人们想要的任何东西，甚至让人起死回生，吸引了许多少年儿童观众、读者。但"文革"后改编的动画片《马兰花》，却将神奇的马兰花变成一朵普通的花，老猫以为它能变出各种各样的东西，为寻找马兰花而走进山里，为寻找马兰花而刨石翻地，没找到马兰花才将翻过的地种上庄稼，结果却结出了果实，改变了生活，改变了自己。从神奇的马兰花变成普通的马兰花，是祛魅、非神话化；从相信马兰花的神奇力量到接受劳动改造世界的观念，作品开启了读者眼前的新理性的世界，理性成了艺术感染力的源泉。

复魅也可以是推动童话发展的力量。魅是一种绝对的、无从拒绝和反抗的吸引力和征服力，因为绝对，所以常常表现为非理性。神话既是认识也是信仰，自然包含了非理性特征；后来理性思维自觉，魅便渐渐向艺术魅力的方向转化。理性本身也可以是有魅力的。理性的穿透力让我们进入世界的最深处，而处在最深处的世界又是混沌的，与自我相关的；为这样的世界命名，明显地受到观察者自身情感思想的干扰，回到神话般物我不分、物我同一的情境上去。米兰·昆德拉说："小说作为建立在人类事物的相对与模糊性基础上的这一世界的样板，它与专制的世界是不相容的。这一不相容性不仅是政治或道德的，而且也是本体论的。"① 于是出现这样矛盾的场面：艺术需要理性，艺术依靠理性的穿透祛除神话，进入世界的深层；而越进入深层，越感到理性的局限，被祛除的神话又以某种形式被再次召唤回来。

20世纪的现代派文学是人类理性的高峰，而恰是在现代派文学中，人们发现了它的神话性，艾略特的《荒原》就是最典型的例子。在童话领域，《米老鼠和唐

---

① 米兰·昆德拉：《小说的艺术》，孟湄译，生活·读书·新知三联书店，1995，第13页。

老鸭》等也是典型的例子。《米老鼠和唐老鸭》等在改编中解构神话，同时又把自己变成神话。但这绝不是简单的重复。经过创魅、祛魅、复魅，我们对世界的理解更深入了。

神话的童话化和童话的神话化是童话文学演进中的两个侧面，它们的存在和矛盾已延续了数千年，今后也还会继续下去。但有一点也是清楚的，就是就整体趋向而言，童话文学是向着祛魅、非神话化的方向发展的。理性是照亮人类前进的灯塔，也是照亮文学发展的灯塔；理性的巨大力量在于它不仅能照亮别人，还能照亮自己。理性也能被神化，但理性的反思能力又使它能及时地检讨自己，从遮蔽中走出来。以此观照童话的神话化，在今后的岁月里，它即使存在也不会是以往神话的简单重复，它会在新的高度展现世界并展示自己。

建构论和文化达尔文主义

儿童文学是一种以少年儿童为目标读者的文学。我更倾向于说儿童文学是因对话类型不同（成人和儿童）而区分出的文学类型。一般而言，在儿童文学活动中，"儿童"主要出现在两个地方：其一，指读者；其二，指作品中的表现对象。我们常常忽视，儿童文学中的"儿童"还有另一层更重要的含义：就是作者通过作品所建构的对象。无论在哪一层次、哪种意义上使用，"儿童"都是儿童文学理论甚至儿童文学创作中最核心的概念。对"儿童"理解不同，对儿童文学、对不同的儿童文学作品的评价，自然也非常地不一样。目前中国儿童文学领域存在许多争议，追根溯源，多与此有关。

一

在目前的儿童文学领域影响最大的，仍是本质主义的儿童观。这是一种源远流长影响深远的儿童观，即使是对儿童的理解非常不同的人，如"性善论"和"性恶论"，在儿童是有本质的这一点上，看法也常惊人地一致。在中国历史上，从"性善论"的角度看儿童的人显然更多一些。"赤子之心"啊，"纯真绝假"啊，天真啊，幼稚啊，单纯美好啊，包括那些以阶级斗争为出发点的儿童文学，说着说着，就滑到这种带人性论倾向的儿童观中去了。现在儿童文学中许多持本质论儿童观的人，不管具体说法多么歧异，总体认识和上述认识一脉相承。

谈起当前儿童文学领域中的本质论，不能不提及朱自强教授，他有本著作的名字就叫《儿童文学的本质》，里面的论述也全是按求本质的方式进行的。后来他改口说自己信仰的不是一般的"本质论""本质主义"，而是什么"建构主义的本质论"。我在为自己的论文集《走向儿童文学的新观念》所写的后记中曾说：

"看到一些铁杆的本质论者在建构思潮的冲击面前节节败退，不得不改变口风，称自己现在信的是建构主义的本质论，不由想起逻辑学上的著名例子如'圆的方'和'方的圆'之类，觉得挺好玩。"没有点名，所指大体明确。至今仍是相似的看法，不是任何两个矛盾的东西放在一起都能融合的，"建构主义本质论"和"方的圆""圆的方"大致即属于这一类。

刘绪源先生持的也是相近的观点，他说得稍有理论性。所以，在下面的讨论中，我将以他的一些论述为主要对象。为了不误解作者的观点，我将其在《美与幼童——从婴幼儿看审美发生》一书中比较全面反映他这方面观点的话完整地抄在下面。

> 我们并不认为人的理论能够最终把握事物的本质，但不能最终把握，与干脆不去把握，是不同的两回事。对本质的把握，是一个不断渐进的过程，这也就是皮亚杰在发生认识论中所强调的，通过"图式—同化—顺应—平衡"的过程，一次次地达到较为高级、较为完善的地步。一切理论都是人建立的，是人对于客观事物的理解的表述，它确实是"建构"的，但那是朝着本质的建构，是对本质日益接近的努力（这中间也会有错觉，也会走歪路，但这一努力的方向是明确的）。"建构论"只有和"本质论"结合，才会有意义。二者合则两利，分则俱伤。对"本质"的追寻，只有在不断的积极的"建构"中，才可能不断实现，也即无限接近最后的真相。离开了"本质论"，建构论就是无本之木；同理，离开了"建构论"，本质论就是无源之水。①

这意思大概是说，世界、事物是有本质的，虽然理论不一定能达到它，但可以无限地接近它。不同的探索形成不同的建构，不同的建构形成不同的理论，不同的理论共同指向世界和事物的本质，这就是本质论和建构论相结合，即建构主义的本质论（我不知道朱自强教授所说的"建构主义本质论"是否即来源于此）。在讨论和辩论中，一方说向左，一方说向右，然后就有人站出来说，向左不对，向右也不对，不左不右才对，是一种常见的现象。作者的这些论述是在与朱自强的唱和中表现出来的，自然表现着对我的批评，只是我实在想不起我在哪儿说过因"不能最终把握"就主张"干脆不去把握"的话。

更有趣的是，即使是在观点相近的讨论者之间，深入下去，彼此的实际看

① 刘绪源：《美与幼童——从婴幼儿看审美发生》，江苏少年儿童出版社，2014，第17页。

法也可能一样地存在歧异。在儿童文学理论这个圈子里，我和杜传坤博士都被视为主张建构论的，彼此论文中的一些说法也确实较为接近。2013 年 8 月，全国师范院校儿童文学研究会在安徽合肥幼儿师范高等专科学校召开年会。朱自强教授发言，谈及对童年、本质、建构等的看法，将我和杜传坤博士归为一派。后来杜传坤博士发言，说世界总体上是没有本质的，但每个具体的人还是要将世界做本质性的探索。我发言的内容与上述论题无关，且发言在前，本与此话题无涉，但大会发言结束时，主持人让我做个点评，我特别提到朱自强、杜传坤的发言，说：朱自强老师将我和杜传坤老师归为一派，现在看来，我和杜老师的分歧也不小。会后，我对杜传坤博士说，她的观点其实更接近朱自强。她没有否认，但认为我有些接近……她没有说出具体名词，我猜想她想说阐释学中"过度阐释"。因彼此较熟悉，一笑了之。

我虽被视为建构论者，表现中还有些"过度阐释"之嫌，但我明白，自己与本质论的关系其实是"剪不断理还乱"的。我最初的一些论文和专著，如《写给春天的文学》《中国童话史》等，大体都是按本质论的思路或在本质论思维的影响下写成的。这些，我在后来的《告别本质论》等论文中都做过检讨；并且说过，直到今天，也不敢说自己真的挣脱了本质论的束缚。讨论儿童有无本质，其实就是讨论人和世界有无本质的问题，是讨论认识有无真理及如何看待认识中的真理性的问题，这是令许多大哲学家都头痛不已的问题，自己何敢置一言。所能做的，就是老老实实地学习前辈先贤的有关论述，看能不能有点心得。这个问题太重要了，深入下去，对进一步理解儿童、儿童文学肯定是有益处的。

二

讨论、争论，首先要弄清讨论争论的关键点之所在，知道自己在说什么，也清楚别人在说什么，有的放矢，针对别人的观点，将自己的不同看法说出来，而不是一上来就自以为是地先入为主，在自己的论点之下设置靶子，甚至没看懂、看不懂别人的意思，按自己的主观臆断去剪裁别人的观点，把一些并不一定是对方观点的内容强加于对方，然后一顿猛批，得胜回朝。这样的胜利就算辉煌，与被批判者又有多大关系？所以，谈论儿童文学领域关于本质问题的探讨，首先得弄清楚，彼此的分歧点究竟在哪里。

从表面看，是怎么看"儿童""童年""童心"等问题。性善啦，性恶啦；教育啦，趣味啦；儿童本位啦，成人本位啦……都说自己符合实际，都说自己更接近真理。为什么很多人主张不同，但采取的方法、标准等都属于本质论？因为他们都认为有一个所谓的"客观世界"（具体到儿童，就是所谓的"天性"）。客观世界外在于人，有自己存在和运动的规律；人对世界的认识，就是要努力去观察、认识这个世界，在事物的联系中去粗取精，去伪存真。谁准确地把握了事物的特征，发现了事物存在和运动的规律，谁的理论更符合客观实际，谁就发现了真理。真理只有一个，谁发现了真理，不靠自己的主观宣称，而靠客观实践。由于规律是世界的本质，隐藏在纷繁复杂的现象后面，所以发现规律是一件艰苦细致的工作，但要获得对世界的正确认识，使自己的认识具有真理性，就必须付出这样的劳动。实践、认识、再实践、再认识，无限循环以至无穷，真理就蕴含在这种无限的探索中。从这样的出发点看建构论，自然是反唯物论，放弃对世界的探索，放弃对真理的追求了。刘绪源、朱自强所持的其实就是这种世界观、真理观，不论他们自己叫它本质论或本质主义、本质主义的建构论或建构主义本质论之类。我们过去的教科书其实也都是这么讲的，比之教科书，刘绪源、朱自强等人的说法只不过换了几个新名词（朱自强尤其如此），绕来绕去，变得较为含混难懂而已（刘绪源的说法稍清楚一些）。

可建构论就是从颠覆这类世界观、真理观开始的。建构论的理论基础是现象学，现象学并未否定世界的物质性存在，但认为我们永远达不到那个世界本身。当我们将某物称为"树"，某物称为"草"，某物称为"山"，某物称为"河"，将某对象称为"人"、某对象称为"世界"的时候，我们已进入语言、符号的世界，已经将"世界"符号化了。我们能够谈论的是语言、符号，是用语言和符号建构的世界，是"意向性客体"，而不是客观的世界自身。"我"和"世界"是互相缠绕、互相生成的，"我"和"世界"自我相关，"我"生活在"世界"之中，而不是"世界"之外。正如莫奈的《日出·印象》，画的是日光雾气中的池塘，它是世界的一个瞬间，但不是客观世界的一个瞬间，而是画家感知中的日光雾气中的一个瞬间。画家的思想情感就渗透在那片表现日光雾气的画面中，或者说，正是画家那双眼睛，才捕捉到、发现了、发明了那个池塘。"不是歌德创造了浮士德，而是浮士德创造了歌德。"说得更准确一点，"歌德"和"浮士德"是互相创造的。其他画家、作家笔下的世界不都如此吗？任何绘画都是有焦点的，是特殊镜头里的世界，是"人"化了的世界，"我"化了的世界。包括中国的古代绘画，看起来无距离、无阴影，只不过将不同视点里的影像综合后放到一起进行表现而已。就像许多童话、童谣、儿童故事，没有时间，其实是观照者极大地拉开了距离，将立体的三维世界压进近似二维的平面而已。说到底，一切图画、摄影，一切文学艺术，一切有关世界的谈论，都是镜头中的世界，只是那个镜头常常被撤掉、被掩盖了而已。这样，关于世界有无本质，儿童有无本质，世界是不是建构的等等谈论，都是在本体论的意义上而不是在一般的方法论的意义上进行的。刘绪源、朱自强的要害是站在世界外面看世界，在抽象与演绎的意义上谈本质与建构，是在出发点上、立足点上出了问题。

本质论的要害不仅是将"世界"客体化、非人化，而且将世界静止化。"世界"不是静止的，是处在永恒的变动之中的。这主要可以从三个层面去理解。其一，对象世界本身是多种多样、千变万化的。这个池塘和那个池塘不同，此刻的池塘和上一刻的池塘不同，人的一生不能两次踏入同一条河流。其二，作为主体的人也是多种多样、千变万化的。这个人和那个人不一样，这时的人和那时的人不一样，彼此的文化、心理结构等更不一样。其三，主客相遇，交融、占有的方式更是多种多样、千变万化的。有时，主体占据较优的位置，将对象纳入自己的心理模式，是为同化；有时，刺激对象占据较优的位置，主体改变自己以适应对方，是为顺应，不断地同化和不断地顺应，生成中的"世界"就处在主、客间的某个地方。犹如一株树，春天和夏天不一样，夏天和冬天不一样，小的时候和大的时候不一样，大的时候和老的时候不一样，站在这个角度看和站在那个角度看不一样，站在近处看和站在远处看不一样，心情好的时候看和心情不好的时候看到的不一样，将树当作建筑材料看和将树当作"风景"看不一样。人们看到的是他能看到的东西，没有特定的目光，某个东西即使现成地放在那儿也是看不见的（在木材商眼里，树从来就不是"风景"；在饥饿者的眼里，兰花更不是"风景"）。让人们将自己看到、感觉到的树或其他某个东西说出来，或画出来，其结果能是一样的吗？可不同的人在不同的时间，站在不同的距离和角度，带着不同的心情看到的"树"都具有真实性、合理性。我们现在所说的"树"，包括自然科学中所说的"树"，正是由这些"谈论"中的"树"构成的。人和世界不可分，世界就是人的世界，人的边界就是世界的边界。正是在这里，建构论的世界观和本质论的世界观划出了清楚的界限：建构论的"世界"是内在于人、内在于语言的，而本质论的"世界"是外在于人、外在于语言的。说到底，就是本质论和建构论所说的"世界"不在一个维度上：本质论所说的"世界"是客观的、对象的世界；建构论者所说的"世界"是话语中的世界。在建构论者看来，世界不是一枚核桃，砸开果壳就能得到果肉，透过现象就能看到本质；世界是话语的织体，层层话语就像层层洋葱皮，洋葱头就是由层层洋葱皮构成的。

此外还有一个语言的问题。本质论、建立在本质论基础上的认识论不仅以历史理性为自己的立论基础，其实也将自己置放在语言理性的基础上。语言理性就是相信语言能准确、正确地揭示对象，能准确、正确地反映人的内在经验。可事实上这也是不可能的。语言表现的是事物的概念（这和我们所说的"世界"是语言的世界而非实体的世界正好一致），而任何事物、人关于事物的任何经验都是具体的，以抽象的概念反映具体的、千差万别的经验，怎能将经验、将经验中的世界真实无误地表现出来呢？以我们这儿正在谈论的"儿童""儿童文学"为例，什么是儿童？按最宽泛的理解，儿童是相对于成年人的未成年人。可未成年人是一个很大致的范围，不仅和成年人没有确切的界限，而且内部包含了不同的梯级。婴儿算儿童吗？幼儿呢？少年呢？这个儿童和那个儿童能是完全一样的吗？我们能找到一个确切的"儿童"的所指吗？而且，这是仅从生物学的角度着眼的。而我们现在说儿童是建构的，恰恰是要批判这种只从生物学着眼的儿童观，认为儿童主要是一个社会学和文化学的概念，是在社会生活、文化发展中建构出来的。不同的文化有不同的文化结构，怎么能找到一个大家都认同的有确切所指的有关儿童的观念呢？这样，我们就将"儿童"拆卸、消解，至少是悬搁起来了。"儿童"被拆卸、消解、悬搁，"儿童文学"自然难逃同样的命运了。

三

这自然引出"认识如何可能""真理如何可能"的问题。这也是建构论最易被人诟病的地方。传统真理观的依据是符合论：世界是客观存在的，客观存在的世界是有自身的规律的，这些规律是不以人的意志为转移的，我们能做的就是格物致知，使自己的认识符合客观规律，利用规律为人民谋福利。谁的认识符合客观规律，谁就发现了规律，获得和拥有了真理。符合论的真理是终极真理、绝对真理（因为规律是终极的、绝对的）。可现象学悬搁那个外在的客观世界，世界被理解为语言中的世界；人站在自身的立场，从不同的角度和距离看世界，让世界向人生成，这在一定意义上就是将主体烙印于对方；我们从对方身上发现的东西一定程度上是我们预先放进去的东西，不可能全然不带偏见。可这如何保证认识的有效性？公说公有理，婆说婆有理，大家都有理，"理"似乎也就不存在了。对此可以这样回答：真理是相对的；相对的真理也是真理，和无真理、不讲理，"此亦一是非彼亦一是非"的完全相对主义不是一回事。

认识不只是受主观意志影响的。在受主观意志影响的同时，它还受到来自客体即认识对象的制约。在不同的认识中，这两方面所占的比重还非常地不一样。这就使人们关于世界（如对儿童）的认识在包含主观偏见的同时具有客观评价的尺度。有人说人之初性本善，有人说人之初性本恶，有人说人之初一团肉，观点不同，角度不同，作为一种话语，都有自身的合理性。中国历史上的"儿童"，其实就是由这些话语组成的。认识其实就是和认识者自我相关的认识。真理的可能性也蕴含在这种自我相关性中。因为不仅认识对象具有客观性，认识主体同样具有客观性。我生活在现实社会中，我是网络上的一个点，我的思想情感是在我的具体生活环境中形成的。一定意义上，我也是一个文本，我和认识对象是文本和文本的关系。我的认识正确与否，不是由我个人而是由网络主体来决定的。这就使对不同话语的判断具有了客观性。这看起来不像符合论那样简单清楚，但我们既不能达到那个所谓的"客观世界"，正确不正确云云又从何说起呢？事实已经证明，许多人所说的绝对真理，只不过是他们自己的标榜，或借助自己的权力，将自己的观念强加于人，是一种霸权主义行径，与认识、真理并无多少相关。

为了更好地理解这一问题，我们可以先从一个借用的例子开始，这就是艾柯的文本诠释理论。艾柯是意大利的作家和符号学家，这种双重身份使他习惯于同时站在阐释者和文本的角度去思考。在《诠释与历史》《在作者与文本之间》等论文中，他一方面尊重阐释者的权利，不认为文本有一种终极的意义，不认为作品的意义就在文本或作者的意图中；另一方面也认为阐释者的权利不是无限的，不能将文本看作一个面团，阐释者爱捏成什么样就捏成什么样。在《诠释与历史》中，他曾引用托多洛夫用过的例子：阅读像是作家和读者的野餐会，作家带去词语，读者带去意义。但他补充说，即便如此，作家的词语也不应该被置之不理。所以，一部作品的读解，既不完全取决于读者，也不完全取决于作家，而是在他们中间的某个地方。那如何比较不同读者的不同阐释呢？这里，艾柯引进了一种新方法：文化达尔文主义。《诠释与过度诠释》的编者柯里尼在为这本书所写的"导论"中说："他（指艾柯——引者注）再一次重申，本文自身的特质确实会为合法诠释设立一定的范围和界限。他并不认为存在某种'形式'方面的标准，据此标准，我们可以用理论化的术语对这些界限加以确认；相反地，他求助于一种'文化达尔文主义'的策略：认为在'历史选择'过程中，某些解释自身会证明比别的解释更能满足读者群的需要。"[1]可惜的是，这部论文集虽然收集了艾柯的几篇论文，但似乎都不是为阐释"文化达尔文主义"而写的。我们只能根据自己的理解，对这一理论做一些自己的阐述。

文化达尔文主义来源于生物达尔文主义。生物达尔文主义认为，进化是在选择中进行和实现的。比如圣地亚哥岛上有许多蝴蝶，有的翅膀大，有的翅膀小。岛上经常刮风。翅膀过小的根本飞不起来，翅膀过大的又容易被吹到海里去，只有那些翅膀适中的才能存活下来。这种"适中"，这种能够存活下来，能够进一步发展的，便是正确的、便是真理。但问题的复杂性在于，岛上的各种气象条件是各不相同且不断变化的，温度、湿度、风速、风向、风的强度、刮风的时间、海流、表层海流和深层海流间的融合交汇，以及岛上植被的变化等，1740 年不同于 1640 年，1840 年又不同于 1740 年。就空间而言，山坳里不同于海边，山脚下不同于山顶上，阴坡不同于阳坡，它们对蝴蝶翅膀的影响、作用都不一样。在这样的环境中，何谓"适中"？为适应这样的标准，蝴蝶的翅膀怎能有一个固定的标准？如果说在岛上复杂的自然条件下能活下来并获得发展就是真理，这真理显然是相对的、不断变化的，任何将蝴蝶的翅膀、将蝴蝶活下去的真理绝对化、固定化的想法都是错误的。

将此运用于文学阐释中，作品意图和作者意图一样可以成为一种"谬误"。也就是说，阐释不能将"符合"作家、作品的"原意"作为阐释正确与否的全部依据。但取消"符合论"不等于真的就完全没了标准。实际上，所有的阐释者，"不管其公开声称的理论观点如何，实际上都会在同一作家所创作的诸多文学文

---

[1] 《导论　诠释：有限与无限》，载艾柯等著《诠释与过度诠释》，王宇根等译，生活·读书·新知三联书店，1997，第 20 页。

本背后去寻找某种连贯的、一致的东西"①，而且，总有一些阐释者的阐释"比别的阐释更能满足有关读者群的需要"②。看似毫无标准的阐释又有某种标准了。

将此推广到社会、文化领域，人对世界的认识、文化文学的发展也是有标准、有真理的，但这真理、标准同样是无法完全绝对化、固定化的。关于人类社会的存在和发展，许多人都给出了自己的判断和预测。有说是从游牧社会到农业社会到工业社会到后工业社会；有说是从原始社会到奴隶社会到封建社会到社会主义共产主义社会；有说是从乐园到失乐园到复乐园，最后是末日审判；中国古代一些人想象原始初民如何美好，后来堕落了，但最后还是会走向世界大同，等等。这还是偏乐观的。也有偏悲观的，说地球资源总有用尽的时候，那时人类不是灭绝就是想方设法搬到其他星球上去。每一种说法都是一种话语，世界就是由这些不同的话语组成的。但这也不是说就完全取消了标准，因为在历史发展中，总有一些理论、一些话语更能适应环境、更能反映实际、更能代表发展的方向；只是没有一个先在的"本质""规律"作为标准，其正确性就存在于其历史与现实的联系中。

四

绕了这么一个圈子，现在我们可以回到儿童和儿童文学自身了。

何谓"儿童"？儿童是一类事物。认识一类事物，传统的本质论者几乎本能地认为，就是在同类事物中进行抽象并找出普遍性，在与其他事物的比较中找出特殊性。前为内涵，后为外延。由此引申出儿童文学领域中关于儿童、儿童文学的种种说法。孺子啊，童心啊，赤子之心啊，小天使啊，小野蛮啊，明明都是一些社会意义、文化意义上的建构和命名，追溯到最后，都不约而同地趋向刘绪源等人所说的"天性"（"文化大革命"中被称为"资产阶级人性论"），即生物学意义上动物本性论。这样看，"文化大革命"中，批评陈伯吹，说他一些有关"童心"的论述，具有"资产阶级人性论"的倾向，真的不怎么冤枉。

这点，一些敏锐的学者早就发现了。学者熊秉真曾说："从人性论的角度出

---

① 《导论 诠释：有限与无限》，载艾柯等著《诠释与过度诠释》，王宇根等译，生活·读书·新知三联书店，1997，第20页。
② 同上书，第20页。

发，常常会追到孩子身上，因为人性论所探讨'人性'到底是什么，一个机械性的解决之道，常是把问题追究到人生最初发生的时刻，假设'最初的人'可能也就是'原本的人'，最后往往引出'童心是否等于人性'的议题。"①波伏娃在某种程度上也持类似的看法。在《第二性》中，她设置了一个儿童阶段的前社会性别，即一个纯生理的性别。"一个儿童，就他存在于自身并为自身存在而言，很难意识到自己是一个有性别的人。无论是男孩子还是女孩子，他们的身体首先是一种主观放射，是他们认识世界的工具：儿童是通过眼睛和手，而不是通过性器官去认识世界的。"②巴特勒不同意这种设定，因为设定了一个前社会的纯生理领域，就为男性的生理优越论留出了空间。巴特勒认为，不存在一个前社会的纯生理性别。性别是社会看人的方式，这种方式在个体来到世界之前已经存在了，要解构男根—逻各斯中心主义，必须从解构前社会的纯生理性别开始。③

　　事实也可为我们提供一些证明。一个婴儿还在母腹之中，应该是还无人的意识、还无社会偏见的吧？如果说有所谓的共通的人性，是最能表现在他们身上的吧？可是，一个孕育在贵妇肚子里的孩子和一个孕育在山村农妇肚子里的孩子所受的待遇是一样的吗？而且，中国的家庭常常是有家谱的。是姓张还是姓王，是嫡生还是庶出，是男孩还是女孩，是老大还是老二，是降生在官宦之家还是平民百姓之屋，如此等等，孩子还没有出生，许多东西就已经决定了。现在据说还在提倡一种新科学，就是所谓的"胎教"（这种教育在中国古代早就有了，据说周文王正妃、周武王之母太姒夫人就是最早的实践者）。方法之一，就是母亲怀孕时，多听和谐的气质高雅的音乐。这样，孩子来到世界，就拥有一个具备高贵精神气质的基础。但什么是"和谐"？什么是"高雅"？标准不同，孩子通过母亲接收到的讯息能是一样的吗？这样，孩子来到社会之前，人们对他的设定、塑造不是早就开始了吗？他的人生舞台不是早就开始搭建了吗？人的共同"本质"、本性又表现在哪里？

　　出生后的孩子更是如此了。环境、人际关系、语言、文化、教育等，就像北岛诗里说的："生活：网。"无所不在网中。孩子就是由那张网、由自己在网上的位置等生成的，包括儿童兴趣。研究儿童文学理论的人喜欢讲"兴趣"。尊重

---

① 熊秉真：《童年忆往：中国孩子的历史》，广西师范大学出版社，2008，第9页。
② 西蒙娜·德·波伏娃：《第二性》，陶铁柱译，中国书籍出版社，1998，第309页。
③ 转引自欧阳灿灿：《当代欧美身体研究批评》，中国社会科学出版社，2015，第143页。

儿童的爱好啦，要有儿童情趣啦，要保卫童心、保卫儿童的想象力啦，似乎兴趣都是天生的，是儿童独有的标志性特征似的。皇帝的儿子没事爬龙椅玩，鞋匠的儿子拿锥子扎树皮玩，乡村的孩子踩泥巴玩，几十年前的孩子跳房子玩，现在的孩子打游戏机玩，有亘古不变的兴趣吗？尤其是学校，那是一座专职生产人的工厂。生产什么样的人？那就要看什么样的环境、什么样的国家机器、什么样的意识形态了。阿尔都塞说，最重要的生产是生产关系的再生产，生产关系中最重要的又是人、劳动力的再生产。意识形态要将人询唤成符合社会需要的主体，成为什么样的主体并不是主体自己说了算的。这种询唤关系到社会的每一个人，但集中的、大规模的询唤是在学校、在儿童中进行的。①

这就涉及我们要说的儿童文学了。关于儿童文学的性质、特征、作用，人们已经说得够多的了。无可否认的是，它是意识形态的一种形式，和其他意识形态形式一样，成为意识形态询唤人的一种手段。

刘绪源说："儿童文学的产生是不是先有儿童，才有为儿童的文学？当然是，我想这是确定无疑的……原因无他：儿童是第一性的，儿童文学是第二性的；同理，文学是第一性的，文学史和文学理论是第二性的。在文学产生以前，写文学史或设计文学理论，无疑是不可想象的事。儿童文学面对的儿童是一种真实的存在，他们的'天性'或曰'本质'，是每一个作家、理论家不可忽视的。"②不错，过去的教科书都是这么说的，但所谓的第一性、第二性有严格的区别吗？物质与意识真的能那么清楚地区分开来吗？真的是先有儿童再有儿童文学、先有创作后有理论吗？在漫长的古代，"儿童"和"儿童文学"都是萌芽状态的，不自觉的。只是进入现代社会以后，人们有了关于"儿童"、儿童成长的新观念，"儿童文学"才浮出历史的地表。

和刘绪源等人的观点相反，诺德曼说："不是'儿童'产生了儿童文学，而是儿童文学产生了'儿童'。"③我们没有必要把诺德曼的每一句话都当成金科玉律，但这显然要比说儿童是第一性、儿童文学是第二性的认识要深刻得多。这依然是一个自我相关、互相缠绕、鸡生蛋蛋生鸡的问题。"儿童""儿童文学"长时间没有被发现，有儿童的问题，更有成人目光的问题。晚清至五四时期，人们的

---

① 阿尔都塞：《意识形态和意识形态国家机器（研究笔记）》，载陈越编《哲学与政治：阿尔都塞读本》（第二版），吉林人民出版社，2011，第289页。

② 刘绪源：《美是不会欺骗人的》，青岛出版社，2017，第64页。

③ 佩里·诺德曼：《隐藏的成人：定义儿童文学》，徐文丽译，中国社会科学出版社，2014，第262页。

目光变了，"儿童""儿童文学"也就被发现、发明出来了。被发现、发明的"儿童""儿童文学"自然带有发现、发明它的目光的特点。复演说认为儿童是小野蛮，带有本质论的特征；儿童本位论说要顺应儿童自身的特征，这种"特征"显然打有五四文化的烙印。五四文化一退潮，儿童本位论又被推到边缘去了。以后的红色文学等，依然是不同意识形态目光中呈现出来的世界。不同的儿童文学也只是在不同的意识形态国家机器中发挥作用。

这里有绝对的标准吗？或以为，"标准的童年版本"是一定时期一定文化范围里的人们给出的一个关于儿童成长的公约数，不一定都正确，但反映着较为普遍的社会意志。其实大不然。中国传统喜欢忠厚、谨慎的孩子，十年动乱中倡导造反精神，红卫兵式的儿童形象被推到前台，事实证明，那都不过是一定时期占统治地位的意识形态的意志罢了。前一段时间，人们痛恨不正常的社会生活对人的扭曲，一再呼吁救救孩子，将孩子从过度繁重的学业和不正常的政治文化中解救出来，从所谓的"扭曲""偏枯"状态中解放出来，还儿童一个健康正常的童年。用意不谓不好，但什么样的童年是正常的、没有扭曲、没有异化的童年呢？有一个先在的正常童年吗？没有。对于十年动乱中被教唆着到处疯跑的孩子，最重要的是重回课堂，安安静静地读书；对于新时期初一段时间被繁重的学业压得喘不过气来的学生，最该提倡的是劳逸结合、娱乐、游戏。这些标准也只有放在当时的背景上，才是正确、合理的。

没有一个在任何情况下都正确、合理的"儿童"和"童年"，正常的儿童、童年都是比较中的存在。重要的不是设定一个本质化了的"标准的童年版本"，如天真活泼、好幻想、喜欢游戏之类，而是深入到现实的社会生活中去，发现在当时当地的背景下，儿童、学生的现实状况，儿童、学生最迫切需要解决的问题，找出最好的解决问题的途径。这是一项很艰苦很细致的工作，需要很多人坚持不懈地努力。不仅需要立场，而且需要智慧。从这一角度看，将儿童本质化，认为最好的教育儿童的方法就是引导儿童回到正常的标准儿童版本上去，其实是一种懒汉思维。没有了"符合论"真理观赖以存在的童年底本，判断不同童年版本的任务只能留给现实和历史。就像圣地亚哥岛上的蝴蝶，在复杂的环境中找到最佳的存在方式。

把成长的过程看作表演的过程，这种表演是没有现成的剧本的。剧本是现演现编、在演的过程中生成的。现演现编的剧本没有先在的绝对的标准，但有

"比较好"和"比较不那么好"的。我们能够做的，就是找到在每个具体环境中、对每个具体个体"比较好"的那个选择。个体如此，群体也如此。

说明：《建构论和文化达尔文主义》是我为自己的论文集《走向儿童文学的新观念》（方卫平主编的"中国儿童文学名家论集"之一，青岛出版社，2017）所写的后记，因内容与西方文化、与现在在西方风头正劲的文学阐释学有些关系，便拿到这里。大致保留了原来的结构和观点，但也做了较大的修改，有些部分是重写的。

在对童年的表演中建构童年

在《隐含的成人：定义儿童文学》一书中，佩里·诺德曼曾说："童年也是一套不仅在文学中，而且在成人与儿童的所有交流中被重复表现的行为。这说明了另一个具有其他含义的定义：儿童文学是鼓励儿童读者表演特定童年版本的文学。"[①] 这一理论的源头应该是朱迪斯·巴特勒。后者在《性别麻烦》等著作中多次说到，女性是在对"女性"的表演中被建构出来的。本文无意考察这些理论资源间的复杂关系，只想结合中国儿童文学，对这一理论的具体内容做一些更细致的探讨：既然"儿童""童年"都是被建构出来的，那是怎么建构的？为什么表演能在儿童、童年的建构中起重要的作用？深入地研究这些问题，不仅涉及成长的内在机制，也涉及儿童文学在成长中所起作用及如何起作用的问题。

一

表演是以身体为媒介对某个对象的模仿和表现，表演表现在儿童生活的各个方面。

如游戏。游戏是儿童对未来生活的预演。当孩子将某种人、某种生活作为对象进行模仿的时候，他们事实上已拉开与现实生活的距离，在某种程度上将自己从现实生活的背景中间离出来，进入一种虚拟、半虚拟的情境，具有一些戏剧表演的特征，不管这种表演是有意识的还是无意识的，是自觉的还是非自觉的。在"过家家"一类游戏中，有人扮爸爸，有人扮妈妈，有人扮哥哥，有人扮姐姐，还可能随意取来一个布娃娃当孩子，总之是模仿一个他们见过但其实是想象中的家庭，是在表演儿童想象中的世界，把想象具象化了。通过这种扮

---

① 佩里·诺德曼：《隐含的成人：定义儿童文学》，徐文丽译，中国社会科学出版社，2014，第 201 页。

演，孩子将自己放在"角色"的位置上，获得了一个想象的身份，同时也将身体纳入另一网络和另一秩序，并在这种网络和秩序中被重新建构了。

与此相近的是儿童参加的各种礼仪活动。礼仪是一套规范人的行为系统，是一套特定的在空间安置人的身体的艺术。中国的孩子是从小就被安排着参加各种各样的礼仪活动的。祭祀时怎样烧香，怎样磕头，男孩站什么地方，女孩站什么地方；上学时怎样拜孔夫子，怎样拜老师，见谁磕头，见谁长揖；日常起居，什么时候起床，什么时候向父母请安等，都有极其具体而严格的规定。学礼，就是学习、实践这些规定，或者说，就是学习表演这些规定。封建社会结束以后，这些礼仪并没有完全消失，而是渗透在知识里、文化里、风俗习惯里，表现在人们的日常生活里，只是形式和内容都发生了改变而已。

但真正大量的表演是在普通的日常生活中进行的。现在，一些理论家将人的语言区分为行为语言和言语行为两个层次，[1] 行为语言是通过人的行为表现出来的意义指向。怎么站、怎么坐、怎么说、怎么做，仅从其行为方式就传达出一定的含义。就是说，人的行为方式就像语言一样，具有某种符号性，是一种物质化了的意识形态。行为方式直接与人的身体相联系，是身体自身的行为并最后作用于、落实于身体的。当儿童长时间地、反复地按照某一套行为方式行为时，就会自然而然地为这套行为方式所制约，按这套行为方式指向的方向生成和成长。人们平时感觉不到这种表演，意识不到自己在表演，因为表演已经深深地渗入到我们的日常生活中，模式化了，自动化了，成为一种挥洒自如的"上手"状态，习惯成自然了。自然化的东西我们是感觉不到其存在的。

最集中的表演应该就是参加文学艺术活动了。作为对生活的象征性表现，文学作品中充满着对生活的表演，或者说，它本身就是一种戏剧，一种对生活的表演。一个孩子参加一种文学活动，无论是读诗、读小说或是实际地看戏剧、电影、电视，他都在某种程度上被放到文本设定的隐含读者的位置上，将生活放到一定距离之外去审视，包括对一些自己心仪的对象的模仿。这种表演、扮演是在想象中进行的。由于有了与现实生活的距离，建构也主要表现在精神、情感的领域，从现实读者到隐含读者再到现实读者，文学作品的潜在价值就是在这一过程中实现的。

无论是在日常生活中还是在艺术活动中，表演的方式、内容、目的都是极

---

① 马大康:《文学行为论》，中国社会科学出版社，2017，第6页。

其多样的。在这许许多多形式各异、内容各异的儿童表演中，最容易引起人们关注的可能是他们对成人社会的模仿。儿童的"过家家"就是典型的对成人世界的模仿和表演。这种表演或将自己置入未来的世界，也可说是将未来的生活引入现在的世界，在当下与未来的交融中，将现在未来化、将未来现实化了。这对儿童的成长无疑是有重大意义的。但在儿童的各种模仿和表演中，最具意义的还是对童年自身的模仿和表演。中国的父母教育孩子，常常要求他们要有某种"样儿"、某种"相"。孩子要有孩子样儿，学生要有学生样儿，男孩要有男孩样儿，女孩要有女孩样儿；具体到行动中，就是坐有坐相，站有站相，吃有吃相，睡有睡相。当儿童按照成人和社会的要求来安排和调整自己的"样儿"和"相"的时候，其实便是在按成人和社会的要求表演童年和儿童了。这应该就是佩里·诺德曼所说的对标准的童年版本的表演。这是我们讨论儿童表演最有意义、最值得关注的内容。

二

接下来的问题自然是：什么是"标准的童年版本"？这种标准的童年版本是谁确定的？从哪儿来的？

标准的童年版本不是从儿童生活、儿童文学中抽象出来的。抽象以对象的先在为前提，"儿童""童年"这些概念本身都是在文化中生成的，怎么能作为进一步抽象的对象？有一段时间，中国儿童文学理论曾热衷于搞抽象，一些教科书也细致地开列出儿童、儿童文学的特点，如好奇、爱幻想、喜欢听故事等，儿童文学创作就是要根据这些特点创造相应的作品给孩子们阅读。事实证明，这些抽象是不科学的。儿童有好奇的，也有不好奇的；有好幻想的，也有不好幻想的。关键还在于，读者的阅读兴趣如好奇、爱幻想、喜欢听故事等，本身都是文化、文学接受的产物。"儿童""童年"是建构的结果而不是建构的来源。如果客观化的"儿童""童年"都不存在，我们到哪儿去抽象一个标准的童年版本呢？

标准的童年版本也不是儿童与生俱来的自然本性的显现。儿童文学中历来有一种看法，就是认为出于造物主之手的东西都是好的，只是一经人手，一切都被搞坏了（卢梭语）。所以，儿童文学就是要永葆童年，防止异化；或是正本清源，回到童年的天真无邪上去。由此出现了在上帝的殿堂里自由飞翔的小安琪儿的形象，出现了中国儿童文学中与成人世界的腐朽奸巧相对立的天真未凿的儿童形象。仔细推勘，这些形象虽然都有着儿童自身生理上、生活上的特点，但无一不打着现实生活和创作者思想情感上的烙印。在中国，最常见的就是一些知识精英绝望于社会的腐朽，绝望于他们所在的官场的黑暗，或是痛惜于自己的年老体衰力不从心，于是想起童年，创造出天真稚拙、纯真可爱、充满生命活力的儿童形象。其实，这种回忆是经过过滤和再创造的，这样的童年不仅不准确而且从来没有存在过。朱迪斯·巴特勒谈女性的身体建构，和波伏娃一样认为女人不是天生的而是被塑造的，但和波伏娃不同，她不认为女人有一种先在的本质，只是后来建构造成了她的异化。① 儿童、童年也如是，没有一种先在的立足于人的自然本性的"儿童"和"童年"，一切都是建构，按朱迪斯·巴特勒的看法，甚至他们的自然本性也是如此。

标准的童年版本来自何处？来自社会、成人、意识形态的建构。传统中国为什么总是凸现谨小慎微、唯唯诺诺的儿童形象？因为等级秩序需要这样的形象，这样的形象适合做顺民的材料。这种形象在《仪礼》《礼记》等一些古代典籍中确定，然后一代一代地延续下来；为什么一些作品中又凸显天真无邪的儿童形象？除了表现一些人对社会现实的不满，那也是人们的一个梦，一个永远单纯、永远快乐、永远无忧无虑的梦。就是西方文化一再塑造的像汤姆·索亚那样聪明淘气充满创造力和生命力的儿童形象，不也是美国开拓时期迫切需要的开拓精神、进取精神的象征？佩里·诺德曼谈及儿童文学中的天真形象时说："一个社会对于儿童的观念是一种自我满足的预言。那些描述孩子真正像什么或真正能够达到什么的观念，可能是不正确的或不完整的，但一旦成人相信了，他们就不仅会让这些观念成真，还会成为全部的真实。换句话说，这些观念是作为社会意识形态的一部分在运作：意识形态这个观念体系控制着（至少是试图控制）社会成员看待世界和理解自身位置的方式。"② 童年的建构当然也要考虑"物种自身的尺度"，即儿童自身的特点，但作品总是成人创作而不是儿童创作的，反映的主要是生产者的判断，而不是使用者的判断。正是在社会、成人、意识形态的作用下，这样的"童年""儿童"被大规模地再生产了。

---

① 朱迪斯·巴特勒:《性别麻烦:女性主义与身份的颠覆》，宋素凤译，上海三联书店，2009，第17页。
② 佩里·诺德曼、梅维丝·雷默:《儿童文学的乐趣》，陈中美译，少年儿童出版社，2008，第122页。

标准的童年版本既不是先验的，也不是静止不变的。每种文化、每种社会、每种意识形态都有自己的童年版本。但是，在现实生活中，在文学文本中，这些版本却常常被描述为超阶级、超时代的，如我们前面提到的天真无邪的儿童形象，似乎就是这样的一个版本。这一方面是不同的文化都有相同的一面，用以观照社会现实，容易看到一些共同的结果；另一方面也是如阿尔都塞说的，掩盖意识形态的意识形态性，是一切意识形态的基本特征。通过一再地、反复地扮演和表演，人们慢慢地忘记了其建构性，将它们自然化了。这是我们谈论表演童年时不能不予以注意的。

三

人们也许永远拿不出一个具体的标准童年版本，但是，当人们认定儿童应该有某种"样儿"某种"范儿"某种"相"，并要求儿童按这种"样儿""范儿""相"去做，儿童也真的按照这些"样儿""范儿""相"去施行的时候，对标准童年版本的表演便开始了，不管这些要求、行为是自觉的还是不自觉的，是有意识还是无意识的。

一个孩子被告知，好孩子应该懂规矩，不懂规矩不是好孩子，于是，每天早晨去向父母请安，路上遇到老人赶快站到一边让路，在公共场合不大声喧哗，时间一长，大家都夸他是好孩子，他自己也觉得自己符合好孩子的形象。

一个小孩子，在家里被父母宠着，谁的话也不听，但一到学校，马上变好了，按时起床，按时到校，上课坐得笔直，作业做得整洁正确。为什么？因为学校有纪律，有要求，大家互相比较，做得好的人可以得到小红花，可以被评为好学生。他照着做了，或者说，照着表演了，自然得到大家的认可。

有时并没有很明确的标准和要求。一个孩子长得好看，会淘气，会说一些很逗人笑的话，做一些很逗人笑的事情，很招人喜欢，不自觉中符合了人们潜意识中的让人爱怜的孩子的标准。若说表演，这是一种本色的表演。"清水出芙蓉，天然去雕饰"，无心插柳柳成荫了。

表演是以身体为媒介对某个对象的模仿，其对人的建构自然也首先是身体上的。在日常生活中，最能引起儿童表演感的可能是仪式。比如说祭祖，这在旧时是一种非常重要的家族活动，它引导儿童进入家族群体，分享家庭的荣誉也承担家族赋予的责任。儿童作为家族传承人的身份感，很大程度上就是在这种仪式活动中培养起来的。仪式活动中最重要的注意事项是秩序。主祭人站在什么位置，随祭人站在什么位置；大人站在什么位置，孩子站在什么位置；女孩能不能参加，如果能参加站在什么位置；参加的人各穿什么样的衣服，戴什么样的头饰，等等。按照仪式的要求参加这样的活动，就有些类似今天随处可以看到的集体表演。这种仪式活动在今天的儿童生活中也随处可见。如参加少先队，参加一次欢迎活动，熟悉自己的位置，熟悉自己的身份，下次自觉地按照这个身份、这个位置的要求去做，就使自己的身体得到塑造。如果将这种有形的仪式活动加以延伸，不难理解，阅读文学作品时其实也在熟悉类似的秩序，进行类似的演练，对人进行类似的塑造了。

日常生活中的表演主要是身体性的，但身体性的表演从来都不只是身体的。文学阅读中的模仿、表演是在想象中进行的，在想象中观照秩序，在想象中进入秩序，在想象中使自己的视觉、听觉甚至整个感觉得到塑造，是想象中的身体建构。但想象中的身体建构和现实生活中实际的身体建构毕竟是有着不同的。那是一个虚拟的世界，一个从现实生活中超越出来的世界；更重要的，是作家经过自己的想象加工建构出来的世界，是建立在理性的基础上的，是有规则、有方向的。虽然文学世界中的理性、秩序和理论中的理性、秩序不一样，但总体上已进入精神的领域。所以，当小读者进入文学的世界，按文本设定的思路解读文本、再现形象，模仿故事中的人物，其实已经进入精神的领域，或者是将身体和精神有机地统一起来，作为一个完整的人在进行表演，其获得的塑造也是完整的人格的塑造了。

一般来说，表演总是有着与被表演者的距离的。我模仿 A，我表演 A，因为我不是 A；如果我是 A，我就没办法表演 A 了。但表演者和表演对象的距离是可以无限接近的。或者说，在表演的过程中，表演者可以无限地接近表演对象，或在表演后极大地缩短与对象的距离，甚至在某种意义上成为对象。在日常生活中，在儿童们的阅读活动中，我们常常看到一种被称为"自居"的现象，就是完全地、无保留地把自己交出去，设身处地和人物合二为一。比如把自己想象成《西游记》中的孙悟空，随便找根棍子当金箍棒，挥舞着上蹿下跳，就算大闹天宫；把自己想象成《林海雪原》中的杨子荣，只身闯进威虎山，将匪巢闹得天翻地覆。自居是一种认同，不是一般的认同，而是一种完全的、无条件的认同，将自己完全等同于某一人物。因为认同对方，将自己置入对方，把自己当成了对方，于是模仿对方的一言一行、一颦一笑，连感情、思想都努力和对方融为一体。时间久了，自己都有些分不清对方和自己，以为自己就是那个人物了。"自居"现象不只出现在儿童生活中，但在儿童生活中最为常见。这常常是设计这种表演的人最希望看到的结果。

四

但表演者和被表演对象之间的距离是客观存在的。在更多情况下，表演者，无论是儿童还是成人，是专业的演出还是生活中的表演，都会在不同程度上意识到自己和表演对象之间的距离。在生活中，鼓励孩子学习、模仿标准的童年版本的人，也总是有意无意地提醒他们这种距离的存在。如在各种学习先进人物的活动中，一项重要内容就是"找差距"，认识上的差距，思想上的差距，行动上的差距。找到了差距，才能奋起直追，向先进人物看齐，将差距缩小到最低限度。认识差距和缩小差距的过程，就是学习和表演的过程，就是进步的过程。

不是所有的表演都是被动的。在很多时候，社会、成人给出一个标准的童年版本，孩子们知道学习这个童年版本，向这个童年版本靠近，会得到成人的赞赏，于是便努力给人留下自己接近这个童年版本，正在按这个童年版本行为的印象。换句话说，就是以自己的表演来影响甚至控制别人对自己的评价。欧文·戈夫曼说："不管个体心怀何种特定目的，也不管他怀有这种目的的意图何在，他的兴趣总是在于控制他人的行为，尤其是他们应对他的方式。这种控制主要是通过影响他人正在形成的情境定义而达到的。他能通过表达自己来影响这种定义，给他人留下这样一种印象，这种印象将引导他们自愿按照他自己的计划行事。"① 这儿所说的"情境定义"，应该是一种由特定情景构成的意义指向。在一个班级里，几十个同学和一些老师在一起学习和生活，怎么上课，怎么做作业，怎么游戏娱乐，自然而然地形成所谓的"班风""校风""学风"。这些"风"有些来自学校的明文规定，有些来自传统习惯，有些则来自人们的共同感觉，由此形成人们看待人和事的标准。一个同学按照标准做了，如按时到校，

---

① 欧文·戈夫曼：《日常生活中的自我呈现》，冯钢译，北京大学出版社，2008，第3页。

遵守学校纪律，上课安静听讲，按时做好作业，成绩优秀，关心帮助同学，在体育文艺竞赛中有好的表现，自己什么都不用说，自然成为老师同学心目中的好学生。现在，一些小学、幼儿园时兴"小红花"，就是给一些表现好的小朋友发一朵小红花以资鼓励。一些小朋友想得小红花，就自然会在老师和其他小朋友面前努力表现自己，这种表现就是一种表演。有人表现得较为到位，使人看着不露痕迹，有人表演得不太到位，但似乎都将命运掌握在自己的手里，自己决定自己在秩序中的位置，是命运的主人了。

但规划这些表演的"剧本"及最后的评价标准是谁设定的？这儿所说的"剧本"，当然不像真正的剧本那样确定和具有限定性；一般只是一个大致的意义指向，一个大致的思路，一个大致的情节梗概；具体细节是表演者根据现实语境，自己想象和创造的。一个孩子被父亲和族人带着进入祠堂，他对祖先、对朝祖先的牌位磕头有什么意义几无理解，但他知道这是父亲、族人希望的，认真地做了，会获得他们的好感，说不定还会给自己一些物质上的奖励，于是表现得很虔诚地一路磕过去。这其实就是以自己的方式控制情境定义，使情境朝着有利于自己的方向倾斜。"你要像亨利一样孩子气，这样你就会让别人，尤其是有成人知识程度的成人和儿童感到快乐。但是既然你只有自己拥有那些成人程度的知识才能得到这个信息，那么它的性质就变了。为了取悦成人，你必须假装自诩有一种你已不再拥有的孩子气的纯真。实际上，你必须为一群成人读者扮演童年。"[1] 这也是意图用自己的方式影响别人对自己的印象，把别人看待自己的方式控制在自己的手里。但是，见了祖宗的牌位要磕头，这些活动、这些规矩是谁制定的？谁做得好，谁做得不好，是由谁来判定的？当然是由父亲、族人制定、判定的，是由成人和社会制定、判定的，因此，当儿童参加这些活动，运用这些规则、规定，以为自己控制了情境定义、控制了别人对自己的印象时，他已经落入社会和成人确定的轨道，在按社会和成人创作的剧本进行表演了。控制者被控制，儿童在这一过程中不知不觉地被塑造了。或者，按阿尔都塞的说法，被传唤为主体了。

这种被传唤、被塑造和一般意义上的被教育是有所不同的。一般意义上对儿童的教育，是将儿童作为被教育的对象，放在与成人教育者相对的位置上，

---

[1] 佩里·诺德曼：《隐含的成人：定义儿童文学》，徐文丽译，中国社会科学出版社，2014，第29页。

聆听成人的教诲，按照成人的教诲去行动，本身是较为被动的。这种传唤甚至不同于现代文学理论中所说的对话。对话突出对话双方的平等性。在对话中，对话的题材、内容、语式、语调等都受到双方的影响和制约，对话的结果也打着双方思想、情感的烙印。但表演中的儿童是作为主体出现的。至少从表面上看，是他自己在选择表演对象，选择表演方式，是他自己在努力控制情境定义，控制别人对他的印象，他有选择做和不做、这样做还是那样做的自由，但是，这种自由是表面的。因为剧本是别人给出的，他是在按照剧本表演。虽然表演者也有自己的主体性，也有自己的选择空间，但大的情节已经决定了，大的结局已经决定了，越是努力，表演得越是成功，越得到社会和成人的首肯，越是陷入剧本设定者的套路，特别是那些剧本的创作者隐藏较深的剧目。

但自然也有这样的情况：表演者清楚地意识到自己和对象之间的距离，他对对象的"表演"是在这个词的原本意义上进行的。就是说，他意识到自己在表演而且是有意识地进行表演，他是将生活中的行为当作"戏"来处理的。意识到是戏仍一本正经地表演，是意识到剧本后面的眼睛而有意识地表演给眼睛看的。如同边沁的圆形监狱里的犯人是知道监狱中间监视塔里的眼睛的，所以有意识地表演给眼睛看；监视塔里的眼睛知道犯人在表演，不仅不戳穿他，还鼓励这种表演，因为这种表演是自己需要的。其一，不管这种表演是否真诚，他表现了对方对自己的顺从、臣服；其二，真正的顺从和臣服就是在这种表演过程中实现的。即使原来不信的，也会在这一过程中被规训，成为虔诚的信徒。许多儿童的身体就是这样生成的。

当然也有这样的情况：就是整个表演过程都是假装。表演者并不喜欢他要表演的人物，并不喜欢他要表演的行为，但知道父母喜欢，老师喜欢，领导喜欢，自己照着某种人物、某种"样儿"做了，就能得到父母、老师、领导的欢喜，讨得他们的欢心，从而对自己有个好印象，于是便假装表演。这时，表演者是很清楚自己与角色之间的距离的，知道距离而继续假装，就会导致人的内心和外表的不一致。这种不一致可以产生各种各样的效果。最常见的一种，就是人格分裂。阴一套，阳一套；人前一套，人后一套，严重者便成为社会生活中的两面派。这是一切从事儿童文学、儿童教育的人需要认真看待的。

五

标准的童年版本既是社会、成人给出的，社会不同、成人的世界观不同，给出的标准童年版本自然也非常地不一样。这样，有许许多多的社会，有许许多多的成人群体，自然有许许多多的标准童年版本。不同的童年版本互相矛盾、撞击，所谓"标准"云云，很大程度上就成为一家之言了。这不正是我们在以往的文化中看到的状况吗？古代有古代标准的儿童形象，现代有现代标准的儿童形象；中国有中国的标准的儿童形象，西方有西方的标准的儿童形象；贵族阶层有贵族阶层标准的儿童形象，平民有平民阶层标准的儿童形象，我们能在这些不同的形象中，找到较为终极的标准儿童版本吗？

事实上，自有对儿童、对儿童文学的谈论以来，人们一直在寻找这种终极的标准童年版本——是本真的、纯洁的、稚拙的、无邪的、诚挚的、不作假的、向往新奇的、充满生命活力的，自老子、孟子以来就绵延不已。1960年前后还发生过一场有关童心论的大辩论。肯定者言之凿凿，反对者也并非言之无据。儿童生来就是纯真无邪的吗？看起来是如此。年龄小，不懂得作恶，不懂得作假，不懂得掩盖，一任天真，让真性情表露出来，性善论都侧重从这一角度去看。可性恶论不是也有道理的吗？不懂得恶，一般也不懂得善。同样一件事，在这些人这儿是恶，在另一些人那儿就可能是善。反过来也是如此。人性中有善的种子，也有恶的种子，关键是播种在什么样的土壤中。土壤不同，结果必不一样。忽视后天的环境，或将自己设定的环境绝对化，肯定无法得出大家都能认同的结论。

为了避免意识形态的干扰，寻找终极童年版本的人继续向前追寻，最可能的结果就是走向生物化，从纯生物的角度去谈论儿童，年龄于是成为一个主要的衡量尺度。年龄是生物体已经存活的年数，它对生物体的生命体征，即发展可能性，有很大的制约作用。但年龄是植入社会的函数，依然受着社会的影响，绝对的生物性是不存在的。如好奇、好幻想之类，一段时间也被作为儿童的普遍心理特征而受到推崇，但事实证明，那不过是人们的一种想象。生物性很大程度上也是人们的一种建构，想从生物性中寻找终极的、标准的童年版本，最终总被证明是一种徒劳。

但问题的难处不在无法寻找终极的标准童年版本，而在说明，既然不同的童年版本是一种必然的现象，那么，不同的童年版本是否可以互相比较，以找到大家都能认同的、具有真理性的标准？正是在这里，巴特勒显出和波伏娃的不同。巴特勒和波伏娃一样，都认为女性是在文化中造成的，而不是先天生成的。不同处在于，波伏娃倾向于认为女人有某种先天的内容，在后来的文化中被扭曲了，产生了异化，好的文化就是要防止、校正这种异化；巴特勒则从一开始就不认为有这种先天的内容的存在，巴特勒的表演理论是从对波伏娃的建构论的批判开始的。建构论设置一个前社会的儿童，一个没有被社会污染纯自然的人，为男根—逻各斯中心主义留出了空间。巴特勒就是要消解这个空间，并在消解的过程中进行选择，正确的结果可能就表现在这种选择中。巴特勒说："考虑一下医学质询的情形，这种质询（尽管最近出现超声波扫描）把一个婴儿从'它'转变成'她'或'他'，在此命名中，通过对性别的质询，女孩被'女孩化'（girled），被带入语言和亲属关系的领域。但这种对女孩的'女孩化'过程（girling）却不会就此完结；相反，这一基本质询被不同的权威反复重复，并不时地强化或争议这种自然化的结果。命名既没有设立界限，也是对规范的反复灌输。"[1] 举例说，长江从遥远的雪山上流出来，事先并没有一个先在设计和规划，它是在流动的过程中变成了现在的样子。这里有水性的原因，有山川地貌的原因，有气候变化的原因，有人工改造的原因，总之是各种各样的原因塑造了它，使它"流"成了现在的样子。它每前进一步都面临着选择，只能根据实际的结果去判断选择的是否正确。流成现在的样子，可能是最好的，也可能不是最好的。

"儿童"不也是这样生成的？人们不断地给出各种各样的标准的童年版本，儿童按这些不同的童年版本进行表演，有演得好的，有演得不好的，由此形成各种各样的儿童，我们只能放到历史中去评说其优劣得失，却无法找到一个先在的版本去指摘其是否异化和扭曲。个体成长是一个过程，历史发展也是一个过程，只有将个体放回历史的进程中，才有可能正确地认识人的成长，使成长变得尽可能的健康顺利一些。

---

[1] 转引自欧阳灿灿:《当代欧美身体研究批评》，中国社会科学出版社，2015，第148页。

人格面具和面具人格

将儿童文学看作"鼓励儿童读者表演特定童年版本的文学"，这里的"特定童年版本"是语境中的存在。语境不同，不仅特定童年版本的内容不同，实现方式也会大不一样。一部儿童文学史，就是人们鼓励儿童扮演不同版本的童年的历史。理解人格面具及其在儿童文学中的运用，也是理解"表演"在儿童文学、儿童成长中作用的一个重要内容。

一、人格面具及其在现实生活中的表现

面具有时候是有形的。如巴赫金所说的广场上的狂欢，有人为更好地悬置日常生活、更好地将自己从日常生活中间离出来，也为了不想让别人认出自己，戴上假面具，这假面具就是有形的。西方贵族社会有些假面舞会中使用的面具也是有形的。中国京剧里所说的"脸谱"，是用油彩在演员脸上化妆，这些"妆"按类型分成不同的"谱"，这些不同的"妆""谱"表现不同类型的人物特征，也是不同的人格面具。

但人格面具在更多的时候是无形的，不以实体面具的形式表现出来的。脸谱的心理基础是人们相信表里如一，内心的想法通过外在的表情、言行表现出来，人们可以通过外在的表情和言行推测、洞悉人物心理。所以，即使没有有形的面具、脸谱，人们也可以通过人物的外在行为对人物的内在心理进行读解。据说戏剧学院招考学生有一个经典的保留节目，就是要求考生用尽可能多的身体动作表现"喜悦"或"悲伤"等，结果，不同考生做出来的动作大体是相同的。这里，人物的外在行为可以看作人物内在性格、情感的人格面具。从符号学的角度说，人的行动是一种行为语言，行为语言更多与人的潜意识、无意识相联

系，所以能泄露人物自己都未必感受到的内心秘密。这也是社会交往、人与人之间进行沟通的一种主要方式。

但其实，人的外在表现、人的言语行动和人的内在心理、人的所思所想不是在什么时候都一致的。一个人在家里可能极其霸道，在外面却见人就点头哈腰、满脸堆笑；或脸上挂着笑，心里却窝着火；同在公共场合，对不同的人有不同的说话行事方式。记得报上载过一幅漫画，说的是某官员的"坐"：见上级，欠着身坐在凳子的边边上，一脸谄笑地看着领导；见下级，整个身体陷在沙发里，从后面看去，只能看到他的半个脑袋和一只指向空中的手，可以想见，下属在他眼里是整个地不存在了。行为也是一种语言。不同的身体姿势，不同的言语，包括不同的音响、语调、节奏、语气、语词、句子等，都反映着不同的情感态度和意义指向，反映着人们间不同的物理距离和心理距离等。和已成符号系统的言语行为相比，行为语言相对模糊、含混，但一样有自己的语法，一样受社会规约的约束。特别是当它们形成一个相对稳定的表现模式，在某些人类群体中有大家认同的含义，就成为我们上面所说的人格面具了。

人格面具主要是社会的、关系中的存在，是人们在公开场合展现出来的语言、行为、身体姿势等，作为一种行为语言，就和社会关系、人与环境的关系密切相关。一个人为什么在家里和在单位里的表现不一样？因为面对的人不一样，彼此间的关系不一样。同样，一个人面对领导和面对下级表现不一样，也是因为彼此间的关系不一样。就是面对同一个人，在公共场合和私人场合，表现也可以有很大的差别。把人际关系比作一张网络，这网络不仅联系着许多的点，还联系着许多的面，是立体的、多侧面的。从这点说，我们不应该将人格面具、变脸甚至"变色龙"都看作否定性的词汇。"人格面具"等在词性上应该是中性的，关键看人们用在什么场合，怎么用。人们常常赞美儿童、乡野人、原始人的单纯、质朴，以此来贬抑成人、都市人，说他们复杂、奸巧、诡计多端。其实，儿童、乡野人、原始人不一定都单纯、质朴。儿童、乡野人、原始人较多地表现为单纯、质朴，不是他们生来即单纯、质朴，而是他们的人际关系简单；更多时候他们不是在和人交往，而是在和自然交往，和自然交往是不需要什么人格面具的。

人格面具是可以"遗传"的，主要不是个体的、生理上的遗传，而是群体的、文化上的传承。这种遗传有先天的因素，如人作为一种类的存在物的生物基础，人类在长期的发展中积淀的肌肉记忆，长期的社会生活形成的集体无意识等，但主要是在后天习得的。这就凸显出表演、人格面具等在个体成长中的作用。婴儿躺在摇篮里，妈妈轻轻地哼着摇篮曲，声音和缓而温馨，伴随着摇篮轻轻地晃动，节奏、韵律和身体有机地合成一体了。有时，妈妈还会说："宝宝好""宝宝乖""宝宝听话"等。此时的宝宝还不知道"好""乖""听话"的含义，但从妈妈的表情里，他多少感觉到妈妈的这些话、这些行为的意义指向。如果他真的做出"乖""听话"的反应，不吵了、安静了、睡觉了，就在不自觉中符合了大人的期望，不自觉进入表演的系列，戴上大人期望的人格面具了。如果进了幼儿园，老师说，幼儿园有纪律，上课要安静，不要随便说话和跑动，表现好的小朋友奖一朵小红花。小朋友们听了，连平时最爱乱跑的小朋友也坐下了。这便是将一种人格面具戴到孩子的脸上，以后的许多表演就是从这里开始的。

二、人格面具的主要含义：顺从与操控

人格面具是表现在人际关系中的一类行为语言，放在社会生活中，这类语言的主要特点是什么呢？这当然要看时间、空间、具体的语境等。同样是握手，与朋友握和与敌人握，含义是完全不一样的。前者是友情、礼貌，后者可能是屈从或投降。将人格面具看作行为语言的一种类型，荣格认为，其特点主要是顺从。

> 在荣格心理学中，人格面具……保证一个人能够扮演某种性格，而这种性格不一定就是他本人的性格。人格面具是一个人公开展示的一面，其目的在于给人一个很好的印象以便得到社会的承认。它可以被称为顺从原型（conformity arechetype）。[1]

人为什么在不同的场合戴上不同的面具，有不同的表现？一个孩子在家里可能是饭来张口，衣来伸手，油瓶倒了都不愿扶一下的；但到了学校，听说只有为集体做好事的人才能得到小红花，集到一定数量的小红花可以成为班级里的先进个人，当选班干部，他可能就会抢着为老师收作业本，抢着扫地。一个人

---

[1]　霍尔等：《荣格心理学入门》，冯川译，三联书店，1987，第48页。

在家里作威作福表现得像个霸王；但一到单位，小心得像第一天来上班的人，见谁都殷勤，见谁都笑容可掬，仿佛那笑容早就凝结在他脸上了。为什么有这样的反差？因为人一走出家门就会发现，社会和家是不一样的。学校有学校的标准，单位有单位的规则，这些不一定都写在纸上，但都是能约束人的社会规约。社会是网络，人就生活在这张网络中。网络有纲有目，纲有主纲次纲，目有大目小目。个人的利益往往就是根据自己在网络的位置来确定的。如何在网络上占据一个有利的位置？如何使自己在网络上的位置发生自己想要的变化？这可能取决于许多条件，但首先的，是符合单位的要求，让别人，特别是领导，觉得你在网络上的那个位置是最合适的。这里，不是个人的需求，而是单位的需求占据主导地位，是单位选择你而不是你选择单位。不管你多么有个性，服从、顺从常常是第一位的。这就使许多人戴上了人格面具，造就了许多人的顺从人格。不管你喜欢不喜欢，现实社会很多时候就是这样运作的。

从社会的角度说，这就是操控。阿尔都塞在《意识形态和意识形态国家机器》中设想过这样一个情景——走在熙熙攘攘的大街上，空中突然传来"喂"的一声喊。你回过头去看，那声音就说："对，说你呢！"你循着声音走过去，就在这一刻，你成为这声音询唤的"主体"。不同的声音把人询唤成不同的主体。教育是一种询唤。老师在墙上挂了一张表，上面是全班同学的名字，然后说，表现好的同学，为班级做好事的同学都被记录在"档案"里，到学期结束，记录好的同学可以评先进，这等于是大街上的那一声"喂"。你上去看那张表了，认同表里的条件，计划按表里的要求做了，就成了大街上回过头，被那声音说"对，说你呢"指的那个人；当你按表格的要求做，不管有没有评上先进，你都已成为表格要求的主体。这是比较显性的，看得见摸得着的；更多的时候，这种询唤和对询唤的回应是在潜意识无意识中进行的。有询唤，有回应，有对询唤的迎合，有因为回应而做的种种表演，就戴上询唤者设定的人格面具，成为特定的主体了。对于询唤者而言，便是一种对人的塑造，一种对人的操控。尽管这种操控也常常是在无意识中进行的。

顺从与操控，是一个问题的两个侧面。这两个侧面常常是统一的。操控的目标是顺从，顺从是操控的实现。但是，这两个侧面也常常是矛盾的。面对操控，有的人愿意顺从，有的人不愿意顺从。就像阿尔都塞所说的大街上的那一声"喂"，有人回过头来，有人没有回头；有人应了，向那个声音走去；有人没有应，也没有向那个声音走去；走去的人怀有的想法也不完全一样。从召唤者的角度说，自然希望登高一呼应者云集，人越多想法越一致越好。但从大街上众人的角度说，每个人生活在不同的环境中，身份不同，地位不同，文化不同，思想不同，面对召唤，肯定有不同的想法。这就在操控和挣脱操控间形成一种张力，斗争常常是在这个张力结构间进行。相对说来，占有资源和话语权的统治者总是处在较为强势的一边。即使一些看起来很中立、很客观的认识、理论、伦理，也常常渗透着统治者的意志，是统治者把自己的意志普遍化、公理化了。比如宗教，是一种信仰体系，信什么，不信什么，是自己选择的。但是，为什么选择信这种宗教而不信那种宗教？那就要看你生活在什么样的环境之中了。如果周围的人都信某一种神，拜某一个菩萨，你自然也会信某一种神或菩萨。信徒和扮演者不同，就在于将面具的要求内化在心里，变成信仰，不是被动地接受面具，按面具的要求去扮演，而是积极主动地追求，为神去献身。就像彭学军的一篇小说里写的，面具长在人的脸上了，拿不下来了。这大概是扮演、人格面具的极致了。

三、儿童文学与人格面具

上面的讨论主要是就现实生活而说的。现在，我们可以回到儿童文学与人格面具、儿童文学表现标准的童年版本的问题上来了。

在宽泛的意义上，我们可以说日常生活中人格面具的运用已具有某种文学性。一种仪式，一套家规，一个大会，一场游戏，其中都包含了表演的因素。一定意义上，现实生活也是一种文本，或者说是包含了许多文本的合集，不是无意义无指向，而是包含了太多的意义和太多指向。文学创作"反映社会生活"，首先就是将这些文本看作互文本，和这些互文本对话。对话是互相影响的，生活影响文本，文本影响生活。从语言的角度看，就是行为语言和言语行为的互相选择、激发和生成。文本的意义，在它选择不同的"生活"时，已部分地确定了。

但"生活"、行为语言毕竟是朦胧、多义的，具体的创作选择不同的细节，以不同的方式展现出来，就反映了作者自己对现实生活的理解，表达了其情感态度；读者进入作品，就进入作者具有个性的艺术世界了。但作家的具有个性的艺术世界绝不是完全由作家自己决定的。不仅自己的思想情感受环境的影响，就是其选择的题材、其表达的情感思想、其使用的艺术手段，无一不来自环境，被各种社会规约所限定。所谓的"标准的童年版本"，就是在这样的背景下被提出来的。不同的社会有不同的童年版本，这给作家一定的自由选择的空间；但既是"标准的"，这选择的自由也必然是有限的。说儿童文学是表演特定童年版本的文学，表演者只是儿童读者吗？恐怕首先还是作家，还是文本。人格面具的主要内涵是顺从。当作家面对复杂的、多义的现实生活，他选择什么？创造什么？以什么样的方式将情节组织起来？是较多地听从自己内心的声音还是更多地听从环境的指令？不同的作家有不同的态度，但就我们看到的情形而言，可能是环境的指令所起的作用更重要一些。回到阿尔都塞所说的大街上，作者既是召唤行人的声音也是大街上被召唤的行人，先是被召唤的行人而后变成召唤人的声音，先是戴着面具表演的演员而后成为指导别人表演的导演。在儿童文学中，作者的表演其实起着比读者的表演更重要的作用。

读者的表演是从认同隐含读者的时候开始的。文学世界是一个虚构的世界，相对于现实的生活的世界，文学世界具有较大的自由性。但是，这样的自由性也不是不受限制的。将文学看作一场对话，作者一开始就为读者设定了隐含读者的位置，要进入作品中的艺术世界，就必须不同程度地站在隐含读者的位置上。隐含读者的位置相当于电影中的镜头，作品中的世界就是通过这个镜头给出的。所以，读者看到的世界是作者想让你看到的世界。这就要将自己从日常生活中间离出来，允许另一个人在自己的身体里活动；或者说，自己在一定程度上借给了另一个人，戴上假面具，用另一个人的眼睛看，用另一个人的耳朵听，甚至用另一个人的思维去思维。更极端的，就是沉浸于艺术世界，分不清艺术世界和现实世界的界限，以作品中的某一人物自居，爱其所爱，恨其所恨，自己的所有情感、思想完全被另一个人物占有了。用戏剧表演的话说，进入了一种本色表演，是戏剧表演中一种较为理想的状况（至少斯坦尼斯拉夫斯基是这么认为的）。一本图画书写的，一个女孩子参观一个歌颂英雄事迹的展览馆，展览馆里陈列着许多英雄的雕像。她一路看过来，深深地被英雄们的事迹所感动。正在这时，一个破坏分子溜进来搞破坏，要炸掉雕像，她立即跑过去和破坏分子搏斗。英雄雕像被保护下来了，女孩却因为受伤过重而死去了。后来，一个雕塑家为女孩创造了一座雕像，放进展览馆的雕像群，她成了她崇拜的英雄行列中的一员。因虚构世界的表演延伸到现实生活，就是人格面具生成人的过程。

标准的童年版本要起的就是这种作用。标准的童年版本并不是所有童年版本的平均、抽象，而是一种有标准的社会选择。鲁迅曾说，看日本孩子的照相，多是活泼的、好动的、天真烂漫的；看中国孩子的照相，多是静态的、沉稳的、老实憨厚的。其实，儿童有动的时候，也有静的时候，中、日儿童皆然。中、日儿童在照片上的不同表现，是两国大人不同选择的结果。日本大人看中动，选择孩子动的时候拍摄，照片上的孩子是活泼好动的；中国大人看中静，选择孩子静的瞬间拍摄，拍出来的结果自然是沉稳老实的了。其实何止是照片，我们的礼仪、法度、规矩、文学艺术，无一不是这种导向。所以低眉敛目成了中国孩子标准的童年版本，我们在文学作品乃至现实生活中看到的孩子，多是这种版本的复制品了。反思传统的中国文化，这是我们不能不特别关注的一个方面。

四、如何理解人格面具在儿童成长中的意义

怎样看待人格面具和人格面具表现的顺从意识？在荣格列出的四种人格原型中，人格面具可是排在第一位的。在我们的儿童日常生活中，在我们的儿童文学阅读中，人格面具不说排在第一位，也是非常显著的位置吧？作为原型，它是人类童年生活的产物，历经漫长的历史依然葆有旺盛的生命力，不可能没有原因。

人格面具包含了巨大的合理性。"一切原型都必须是有利于个体也有利于种族的；否则它们就不可能成为人的固有天性。人格面具对于人的生存来说也是必需的，它保证了我们与人，甚至那些我们不喜欢的人和睦相处。它能够实现个人的目的，达到个人成就，它是社会生活和公共生活的基础。"[1] 人是一种社会性的、类的存在，有个体性也有集体性。很多事情依靠个体是做不了的。这时，个体必须拿出部分个体权利交由集体，如战争、外交、抗灾、建设、大的工程等，经由集体来实现个人利益。就是从个人交往、儿童成长的角度说，顺从、人格面具也是一个必需的条件。不同的场合戴不同的人格面具，面对不同的人有不同的举止，是礼貌，也是自身修养的体现。一个人，如果在什么场合都说着一样的语言，表现着一样的行为，至少给人一种机械呆板滑稽可笑的感觉。

---

① 霍尔等：《荣格心理学入门》，冯川译，三联书店，1987，第48页。

引申到文学阅读，就是读者要学会理解故事，进入故事，认同作者设定的隐含读者的位置，一定程度上接受作品对自己的规训。否则，对话是无法进行的。

但是，人格面具毕竟主要是从群体、从统治者、从占主导地位的意识形态出发的，其核心内容是顺从。顺从是部分或全部交出自己，虽然这种交出不一定就是对个人权利的剥夺，不一定和个人利益完全矛盾，但矛盾肯定是存在的。不要说旧时代的专制主义统治，权力、资源集中在少数统治者手里，人民成了被任意驱使的奴隶，除了顺从以外别无选择，就是正常情况下的顺从，也未必都是能准确地划分和遵从群体与群体、群体与个体、个体与个体之间的界限的。为了获得权利而放弃权利，放弃权利意在获得权利，但放弃权利易，获得权利难，于是出现许许多多义而见疏忠而见放的感叹，使文化也充满怨谤之气。大家巨匠尚且如此，遑论普通百姓？在个体，特别是儿童的成长方面，顺从、人格面具的消极后果也是显而易见的。

对标准的童年版本的扮演有时是自觉的、有意识的。知道自己与对象之间的距离还是去扮演，去戴上对方需要的人格面具，就是自觉地将自己放在"演员"的位置上，不管是愉快地去扮演还是不愉快地去扮演，总是有一种假的感觉。知其假还要假着去做，心口不一，言语和行为不一，多少会感到一些异化，感到有两个我在自己的身体里活动，自己不完全是自己的主人，可能会带来一些不愉快的感觉。正常地在不同场合调整自己的行为方式，和不真诚、逢场作戏是不同的；没有真诚的意愿，完全靠装，别人也是很容易感觉到的，最后也未必能达到自己想要的效果。这样的人，在日常生活中到处都能遇到。人们赞美孩子，赞美童心，就是因为孩子入世未深，还没有被污染，还没有学会那种人前一套人后一套的处世方式，还没有戴上表演式的人格面具。但这些是很容易学会的。社会是一个大熔炉，也是一个大染缸。人格面具主要是行为语言，别人怎么做你就怎么做，不需要特别的学习，不需要特别的理解能力。过于顺从，过于在意自己在别人心目中印象，努力表演给别人的眼睛看，是很容易丧失自我，甚至成为阴一套阳一套的两面派的。这样的例子在日常生活中实在太多了。

如果说全身心地投入，忘记了自己和角色之间的界限，把自己等同于人物式表演呢？在这类表演中，人们更突出角色，尽量向角色靠拢，沉溺到角色中去，在某种程度上达到"忘我"的境界。沉溺于事物就是完全地、无保留地把自己交出去，设身处地、感同身受，和对象合二为一。文学阅读中的"自居"现象便是如此。自居是一种认同，不是一般的认同，而是一种完全的、无条件的认同，将自己完全等同于某一人物。过分沉溺于人物会完全地失去自己。"忘我"会令人失去理性，失去判断力，这样的人多了，结成一定的群体，就会变成一种可怕的破坏力量。

这时，抵抗的积极意义便显示出来了。标准的童年版本是从不同眼睛中给出的，有较正确，也有较不正确的。正确或不正确，需要自己做出判断。抵抗就是拒绝扮演，或者拒绝完全按照标准童年版本给出的样子扮演。扮演是入乎其内，拒绝完全按对方给出的样子扮演是出乎其外，站在一定距离之外对角色进行审视，永不忘记自己是生活中的自己。引申到文学接受中，就是拒绝无条件地站在创作者给出的隐含读者的位置上，按作者设定的立场去观照艺术世界中的人物，按作者设定的要求去扮演。对于一个缺少文学阅读经验的孩子，要做到这一点是很难的。但要保护和实现自己，必须迈出这一步。这是一个复杂的系统工程。如何做到这一点，那就需要放在另外的背景上去探讨了。

"儿童的秘密"和"对儿童的秘密"

近年，对"秘密"的探讨在儿童文学中是一个热门的话题：什么是秘密，秘密是如何产生和发展的，秘密在儿童成长中有什么作用，等等。其中，人们引用最多的，是马克斯·范梅南、巴斯·莱维林的《儿童的秘密——秘密、隐私和自我的重新认识》（以下简称《儿童的秘密》）和尼尔·波兹曼的《童年的消逝》。但是，一些讨论似未充分意识到，这两本书中所谈论的秘密是非常不同的——尽管它们对儿童、儿童文学都十分重要。厘清这两部著作所谈的秘密及它们之间的关系，对理解与儿童相关的秘密及对儿童文学、儿童成长具有重要意义。

一

如题所示，马克斯·范梅南、巴斯·莱维林的《儿童的秘密》说的是"儿童"的秘密，是儿童自己知道而别人不知道的东西，儿童是秘密的拥有者，是主体。这主要是就具体的作为个体的儿童、或由个体儿童结成的小群体而言的；不可能有一种作为群体的儿童都知道而成人却不知道的秘密。一部《儿童的秘密》就是探讨儿童对秘密的获得，秘密如何在儿童心中生成、扩展、外化及其对儿童成长的意义等相关问题。在范梅南等看来，儿童获得秘密、与人分享秘密的过程就是儿童主体意识生成的过程。秘密首先是一种关于自我的意识。很小的孩子是没有关于自我的意识的，因此他不能从意识上将自己与他人区分开来。他可能有 I 的概念但没有 ego 或 self 的概念。据范梅南等人的意见，儿童关于"自我"的意识是在获得秘密的过程中建立起来的。"当孩子得知思想和想法可以放在脑子里，别人不知道时，孩子就认识到在他或她的世界中有某种'内'和'外'

的分界线。在关于心理疗法的文献中，这常常被称作'自我领地的形成'。"① 我拥有一个秘密，不只是我拥有一些只有我知道而别人不知道的东西，而且还有我对这些只有我知道而别人不知道的东西的觉悟。在日常生活中，我们每个人，包括孩子，在言语、行为、情感、思想以及潜意识上，都不可能是和别人完全相同的，但我们不一定有能力觉悟到这种不同，并在经验、意识上将它们区分开来。这时，这些所谓的不同对我们不可能是存在的对象。获得和保守秘密便是从对这些不同的觉悟开始的。"一旦人们能够保守秘密，他们就开始生活在两个世界里。而且，这第二个世界对基本的现实有着深刻的影响。"② 随着秘密的出现和保守，ego 或 self 的概念产生了。"当孩子们不愿意将某些感觉告诉父母或家里其他人的时候，他们会第一次体会到秘密神奇的分隔力。当他们觉得自己与别人不同时，他们也就有可能获得一种自我认知。在体验秘密的过程中，孩子们会发现一些新的东西：内在的灵性、隐私以及内心世界里其他看不见的东西。因此孩子们对自己的感觉的隐藏其实是一种成长的标志，是他们走向成熟的标志。"③ 陈丹燕的《上锁的抽屉》对此就有很生动的描写。一个女孩子因为胸部发育突然意识到"我要变成大人了，变成一个真正的女的"，感到兴奋和激动，又觉得随便和别人说这种事不好意思，于是开始写日记，并找来一把锁将放日记的抽屉锁起来。一个上锁的抽屉隔出了一个自己的世界，这个世界装有的就是自己的秘密。秘密带来"我是谁"的觉悟。这种觉悟不断地增多、扩大就是"自我领地"的扩大，作为主体的自我就在这一过程中逐步地建立起来。

获得和保守秘密不仅滋生"我是谁"的意识，也滋生"我不是谁"的意识，"我是谁"的意识要在"我不是谁"的意识中得到确认和巩固。保守秘密就是不让别人知道自己的秘密。不让别人知道自己的秘密，首先需将自己和他人区分开来。我不是你，你不是我，哪怕这个"你"是自己的父亲、母亲或最好的朋友。这是一个既充满成长喜悦又带来与环境的矛盾，因而使人变得焦虑和尴尬的过程。保密就是封闭自己，就是和别人划出界限，这首先就遇到向谁保密、与谁划出界限的问题。孩子的活动空间非常有限，他能接触到的人多是与他最亲近的人。父母、兄弟姐妹、伙伴、闺蜜、老师同学，和这些人划出界限就是和这

① 马克斯·范梅南、巴斯·莱维林：《儿童的秘密——秘密、隐私和自我的重新认识》，陈慧黠、曹赛先译，教育科学出版社，2004，第48页。

② 同上书，第8页。

③ 同上书，第78页。

些人撕裂开来，这必然带来撕裂的疼痛。《上锁的抽屉》中的女孩想到要写日记，想到要把日记锁起来，就是感到、发现自己有不便向父母说的东西。用一把锁将放有自己日记的抽屉锁起来，其实就是向父母宣告：这是我的秘密，这是我的世界，希望你们尊重我的权利。保密是相对于特定的对象而言的。只有有了"你"的观念、"他"的观念，才能真正清晰地建构起"我"的观念。这种观念可以表现在各个方面，因此也必然是一个复杂而漫长的过程。在陈丹燕的另一部小说《一个女孩》中，女孩三三不认可"女人"，并将"你怎么像一个女人"看作最厉害的骂人的话。可有一天她遭到同班女生的反驳：你不是女的吗？你不是女的，你为什么不去上男厕所？三三顿时语塞，"惊痛"地发现自己"是女的"并将成为"女人"这一无法改变的命运。就是说，自己"是女的"是通过"不是男的"（不能上男厕所）来确认的。推而广之，自我意识不仅要有"我是我"的意识，而且要有"你是你""他是他""我不是你""我不是他"的意识，"我是我"的意识要通过"我不是你""我不是他"的意识来确认。秘密不仅确定了一个属己的内在的世界，也创造了一种属己的与外部世界的联系。于是，这个特殊的外部世界也成了"我的世界"的一部分，就像某只蜗牛壳只属于这只蜗牛、蜗牛不能和它的壳分开一样。蜗牛带着它的壳在世界上活动，我们也带着我们的"世界"在世界上生活。

秘密是属于自己的，但属于自己的秘密却常渴望分享。儿童是通过秘密的分享来扩展自我、将小我变成大我的。分享首先是一种外化。当秘密只属于自己时，它是内在的，是自己对自己内在世界的觉悟；但当秘密被分享时，它便需要被说出来，或用其他方式将其表现、暗示出来，以便让秘密的分享者也感受、理解到这一秘密。就是说，要将秘密符号化、公共化，哪怕是极其有限的公共化。因为符号化、公共化，秘密由完全私密的东西变成了某种敞开的东西；由于敞开的有限性，秘密依然拥有自己的边界，是边界内的敞开。这样，原来完全内在的秘密变成了某一小圈子里的秘密。这种小圈子性带来双重的效果。一是圈子内的人由于分享某一秘密而意识到自己和圈子里的人是一伙的，变得亲近、亲密，"我"变成了"我们"，有一种自我被扩大了的感觉。这种感觉的内容因秘密的性质、秘密扩展的范围的不同而不同。秘密扩展的范围越小，圈子里的人的互相认同感越强；圈子越大，认同感越淡化，亲密感越稀薄。秘密的性质越重要，圈子里的人越有被人看得起的感觉，对将秘密分享给自己的人心生感激。

有的秘密的圈子很小，可能只有两个人知道；有些秘密的圈子很大，如身体性的秘密，有些女生来例假了，有过类似经验的女生都心领神会却心照不宣。因为圈子里的人掌握圈子外的人不掌握的东西，所以，背叛能给圈子里的人带来特殊的伤害，这也是人们最痛恨被很亲近的人背叛的原因。圈子的另一个效果就是将圈子和圈子外的人区分开来。个体秘密的获得是儿童有了自我意识，一旦将这种自我意识外化出来，与人分享，在将"我"变成了"我们"的同时就产生了"你们""他们"概念，"我们"是相对于"你们""他们"而言的。从"我"到"我们"，一定意义上是自我的延伸，但也很可能成为自我的异化。因为"我们"的概念不一定都是由秘密引起的。即使从秘密分享的角度说，分享秘密在一定程度上也是为秘密、圈子所制约的。这种圈子既可以扩展自我也可以压制自我，许多家族、秘密团体、宗教等的秘密就起着这样的作用。

二

和《儿童的秘密》不同，尼尔·波兹曼的《童年的消逝》所探讨的秘密主要不是"儿童的秘密"而是"对儿童的秘密"，即社会有意识不让儿童知道、对儿童保密的东西。这次，社会是主体，是秘密的拥有者，儿童是保守秘密的对象。这当然不是对一个个具体的儿童说的，而是将儿童作为一个整体来看待的。也因此，"对儿童的秘密"的产生和存在被看作"儿童"作为一个群体得以产生和存在的主要原因。

按尼尔·波兹曼的理解，中世纪是不存在童年的观念的。因为那时候，教育、印刷、出版都不发达，人们传递信息、表达情感主要依靠口语，口语不能分隔受众，不能像阅读那样将感受、经验内化，不能产生自我意识，因此也就不能将不同的人群分开。"中世纪的人，不论年龄大小，其行为都以幼稚为特征。"[1] 但印刷术的发明和广泛使用却改变了这种状况。文字、书面语言、以文字书面语言编码的读物是可以有不同的难度的，这就像在不同的文本上加上了不同的密码，有人能走进文本，有人不能走进文本；走得进这一文本的人，不一定能走得进那一文本。这就使人们有可能按难度对文本进行分类，延伸开去，就是对能走进不同难度文本的读者进行了分类。这种分类便为包括儿童和成人在

---

[1] 尼尔·波兹曼：《童年的消逝》，吴燕莛译，广西师范大学出版社，2004，第266页。

内的不同类型的人群的产生提供了契机。中国儿童文学领域中有一种模糊的看法，觉得似乎是社会的儿童意识的自觉使人们看到儿童与成人的不同，将儿童作为一个群体从一般人群中分离出来，于是有了"儿童"和"儿童文学"，这其实是不太正确的。事实不是"儿童"作为一个群体分离出来，而是"成人"作为一个群体分离出去。印刷创造了一个新的成年定义，即成年人是指有阅读能力的人；相对地便有了一个新的童年定义，即儿童是指没有阅读能力的人，这界定的后半部分颇值得商榷，因为"没有阅读能力的人"①是文盲，文盲中有相当一部分是生物年龄上的成人。按我们的理解，"儿童"应该是一个既着眼文化年龄又兼顾生物年龄的概念，应是有一定阅读能力但阅读能力又未达到有文化的成年人标准的未成年人。这样，我们就至少有了三个层级的概念：文盲（没有文化的成人和儿童）、儿童（有些文化的未成年人，在宽泛的文化意义上，也包括部分有些文化但文化不多的成年人）、成人。这在很大程度上是从成人的否定意义上定义儿童的，但毕竟将儿童作为一个群体"发明"出来了。

这种发明是偏重从能力（特别是文化接受能力）的角度着眼的，但儿童作为一个群体的生成绝不只是一个接受能力的问题。印刷术的普遍使用首先导致人的理性发展、人的内心世界的拓展，包括羞耻感的生成。"由于印刷将信息和送信人分开，由于印刷创造了一个抽象思维的世界，由于印刷要求身体服从于头脑，由于印刷强调思考的美德，所以，印刷强化了人们对头脑和身体的二元性的看法，从而助长了对身体的蔑视。印刷赋予我们的是脱离躯壳的头脑，但却留下了一个我们该如何控制身体的其余部分的问题。羞耻心正是这种控制得以实现的途径。"②一个不能产生秘密、保守秘密的社会，是不会产生羞耻感的。羞耻感使人有畏惧心，不同的羞耻感、畏惧心将不同的个人和群体区分开来，"儿童"便是一个对成人社会的一些秘密如暴力、性感到羞耻、畏惧，与之保持距离而形成的一个群体。仍以陈丹燕的《上锁的抽屉》为例，女孩因为胸部发育突然意识到一些身体的秘密，她为什么不将这些秘密告诉父母、老师，或与父母、老师进行沟通，而是要写日记，把自己的秘密放在日记里？因为她几乎是本能地感到，"随便议论这种事是不好意思的"。没有谁做出过人在这种场合该怎么说怎么做的规定，也没有谁站在那儿进行监督，但监督已经内化在人的心

---

① 尼尔·波兹曼：《童年的消逝》，吴燕莛译，广西师范大学出版社，2004，第 26 页。
② 同上书，第 71 页。

理结构中了，看不见，摸不着，却影响着人、限定着人，不知不觉中规范着人的行为，包括他们获得和处理秘密的方式。《上锁的抽屉》中的女孩面对自己身体发育产生的羞耻心，按波兹曼的理论，就是儿童成为儿童、女孩成为女孩的原因。

　　"对儿童的秘密"及由此而培养出的羞耻心其实是对儿童的一种保护。"人们可以说，成人和儿童的主要区别之一，就是成人知道生活的某些层面，包括种种奥秘、矛盾冲突、暴力和悲剧，这些都被认为不适宜儿童知道；若将这些东西不加区分地暴露给儿童，确实是不体面的。"[1] "童年要回避成人的秘密，尤其是性秘密"[2]，这首先是儿童自身身体的原因。儿童身体还没有发育完善，过早地知道成人的秘密，特别是性秘密，对他们的成长发育是不利的。在当代少儿文学中，人们曾对此进行过多次讨论，文学作品中也有过许多探索性的描写，总的趋势是朝着越来越开明、越来越开放的方向发展的。但开明、开放的限度在哪里？这恐怕是一个永远没有现成结论的问题。儿童的身体是以极快的速度变化着的。一件衣服，今天正合身，明天可能就穿不进了；一个秘密，今天还是禁忌，明天可能就是公开的行为了。其实这也不是一个纯生理的问题。儿童处在集中学习的时期，没有对欲望、诱惑的适当压抑，顺利、健康地成长也是不大可能的。新时期以来的儿童文学中，如谷应的《危险的年龄》、肖复兴的《早恋》等，对此都有过很深入的探索。而在深层，秘密、羞耻心的产生和存在更是一个有深厚历史底蕴的文化问题。波兹曼曾说羞耻感来源于恐惧，为什么来源于恐惧，什么样的恐惧，他没有进一步细论，推想应和弗洛伊德所说的"恋母情结"有关。弗洛伊德说，男孩天生有一种恋母弑父倾向，但环境一开始就让他明白，这种倾向是罪恶的，由此他感到来自父亲的阉割威胁，不得不将这种念头压到心底，变成潜意识，在实际生活中接受父亲的规训，将爱转移到另一个女子身上，最后自己也成为父亲。不管人们对弗洛伊德的理论如何阐释和评价，都不会忽视一点：必要的秘密、压抑、禁忌、羞耻心，对儿童的成长是不可或缺的。秘密、羞耻心不仅创造着儿童，也保护着儿童。

---

① 尼尔·波兹曼：《童年的消逝》，吴燕莛译，广西师范大学出版社，2004，第22页。
② 同上书，第13页。

三

一方面是作为个体的、儿童自己的秘密，一方面是社会的、面对儿童群体的秘密；一个从内部拓展自己、对外在的限定进行冲击，一个从外面对儿童群体划出边界、做出限定，两者所起的作用不同，但都在根基处决定着儿童的生存状态和发展趋向。如果说，社会对儿童的秘密像一把大伞罩着儿童，防止外面的风雨对儿童造成伤害；个体儿童自身的秘密则使儿童像这大伞下的小小幼苗，由于受到保护，一点点扩展开来，成长起来，扩展、成长到一定程度，便冲破那外在于他们的大伞，飞到外面，融入成人的世界，成为成人世界的一员了。成人社会自然仍有成人社会的秘密，不同的个体、不同集团和群体间都有别人不知道或别人不让你知道的东西，但那同社会将儿童作为一个群体用秘密对其进行限定的情形毕竟不同了。

这两种秘密间显然是有矛盾的，因为它们同时作用于儿童但在用力方向上是相反的。"对儿童的秘密"由外向内，像一个无形的罩一样，为作为整体的"儿童"划出一个大致的范围，用这个范围将儿童和成人做了某种区隔，使"儿童"作为一个群体得以出现，同时就为每个儿童个体的行为和心理做出了大致的规定；超出这个规定就算触犯禁忌，自己也会感到羞耻而退回到原来的位置。"儿童的秘密"是由内向外的，儿童在心里有了自己的秘密，觉悟到自己与他人的区别；通过分享别人的秘密和与别人分享自己的秘密，不断地扩大了自己的领地，知道的秘密越多，自我的领地越大。在这一过程中，他们很可能与社会施加的"对儿童的秘密"相遇，即在某种程度上触及社会的禁忌。一方要获取秘密，一方要保守秘密；一方要扩大领地，一方要限制领地，冲突有时是难免的。在前面提及的《上锁的抽屉》中，"我"因为觉悟到身体的变化开始写日记，并将日记放在抽屉里锁起来，一把锁锁出了一个自我的领地，这便和父母产生了矛盾冲突。因为她原来没有自己的天地，她的世界是完全从属于父母的，父母为她安排一切，可以在她的生活里任意驰骋，可现在不行了，一把锁等于挂出了"谢绝参观"的牌子，父母被挡在了门外，这自然引起父母的不习惯、不满甚至伤心。这还只是发生在家庭里的事。放大一点，在陈丹燕的另一篇小说《男生寄来一封信》中，女生陈致远很正常地收到一个男生和她讨论一篇作文的信，受到母亲、老师的怀疑，以为她在早恋，开始了一连串的盘问，或循循善诱或声色俱厉，总之是要她把她们想象的"事实"经过讲出来，保证以后不再来往。毋庸置疑，她们都是出于好心，她们都在关心子女、学生的健康成长，但她们的做法却和女孩正在成长的自我形成冲突，这种冲突在世纪之交这种社会转型的时期表现得格外明显。

但这两种秘密也是统一的、相反相成的。除了矛盾冲突，"儿童的秘密"和"对儿童的秘密"也互相吸引、互相渗透、互相融合和互相推动。"对儿童的秘密"主要是对儿童的禁忌，但这些禁忌对儿童的成长是必要的。成长有时需要温室，需要一把大伞，防止外面的寒冷、风雨的侵入。更重要的是，这种秘密和禁忌也是儿童自我形成的重要来源。儿童因为对他们的秘密和禁忌的存在，知道生活中有些领域是作为孩子的自己不能碰的，从而有所畏惧，产生羞耻感，这种羞耻感一定程度上就是社会道德、伦理在儿童心灵中的内化，成为儿童人格结构中与"本我"相对应的"超我"，是儿童人格结构的重要层次。"如果我们把自我认同等同于精神和自我的结合，那么自我就是由'主我'和'宾我'构成的。'主我'就是具有自发性（spontaneity）的那部分自我；'宾我'就是具有社会性的那部分自我，是他人角色的一种内化。在某种意义上说，'宾我'就是社会在自我中的反映。'主我'是一个具有内省能力和创造能力的部分，在'宾我'的形成过程中起一个回应和反馈的作用。米德认为，真正的自我就是一个内在的讲坛（an inner forum），在这个讲坛上，'主我'和'宾我'正在进行对话，'宾我'代表和反映的是他人的观点。"[①]"宾我"反映他人的观点，但他人的观点经过内化成为我的人格结构的一部分。所以，自我的生成，在某种意义上也就是向社会生成。如果将儿童的内心世界看作一个讲坛，出现在这个讲坛上的不同的声音所起的作用是各不相同的。作为社会、成人的声音，"对儿童的秘密"不仅像一把伞那样为儿童挡风遮雨，而且也是一种引领，一种召唤；"儿童的秘密"则是一种自我的探索，一种出自儿童自己的、对社会和成人世界的应答。禁忌和探索间、召唤和应答间不是什么时候都同声相求、和谐一致的，但总体上都引领和推动着儿童的健康成长，使儿童更好地走向未来。

儿童成长的秘密很大程度上就植根在这种对话中。社会和儿童的对话不仅发生在日常的社会生活中，发生在课堂上和实际的谈话里，更发生在儿童的心

---

① 尼尔·波兹曼：《童年的消逝》，吴燕莛译，广西师范大学出版社，2004，第114页。

中。要使这种对话健康、顺利地进行下去，在儿童的人格建构中发挥积极的作用，社会和儿童双方都要正确地理解秘密并把控自己的行为。儿童要理解禁忌的积极意义，理解成长是有某种轨道的，不要一遇到限定、一遇到社会对自己的秘密就觉得受了压抑，恨不得马上"揭竿而起"；社会更要清楚，孩子总要长大，总要有自己的秘密，他们在获得秘密的过程中建立起自己的主体意识，对秘密的探索是成长的永恒动力。将儿童的心灵世界看作一个讲坛，社会、成人和儿童自己都发出自己的声音。儿童要积极主动但不要偏执，要在进取的过程中使自己变得深邃、开阔；成人不仅要立足高远，而且要宽厚、包容，二者共同的要求则是要有现代人的现代意识，使"儿童的秘密"和"对儿童的秘密"的对话一开始就具有站在时代前沿的深度。

　　这方面，肖复兴的作品《红脸儿》是一个可以给人启发的故事。大院里突然来了一个叫大华的孩子，清秀的脸上有一大块很刺目的红色胎记。同来的还有他的小姑。小姑三十多岁了还没有结婚，她说大华是她二姐的孩子，二姐去世了，她收养了大华，并带他到北京来找大姐，即住在这座大院中的方老师，想让孩子在北京读书。院子里的人颇狐疑，暗地里猜大华是小姑的私生子。孩子们好奇，去问大人，大人们都讳莫如深，说不该小孩子知道的事不要乱打听，同时告诫他们，不要随便欺负人，特别是那些遭遇不幸的人。一些孩子开始不听，但随着秘密的一点点被揭开，大家才逐渐知道大华的身世，对他产生出深深的同情，并在他最艰难的时候帮助了他。从好奇到不屑到同情到帮助，孩子们在探索秘密的过程中也逐步地认识了自己，理解到大人们当初对他们说的话是对的。最后，大华脸上那块红色胎记褪去了，其实也是孩子们心灵中那种幼稚时不懂得尊重人的恶的被消除（过去，老是盯着别人身上的缺陷看，对别人的隐私充满好奇，不知道那隐私中可能包含着别人巨大的伤痛。现在不了）。有了这样一番经历，他们都长大了。这是一个很具体的故事，但在日常生活中，这样的"大院"不是到处存在，这样的故事不是每天都上演着吗？

大众传媒和儿童文学存在论上的危机

在世纪之交，中国儿童文学中最令人瞩目的现象是：一方面，作品铺天盖地，呈现前所未有的繁荣；另一方面，理论领域又不断传出一阵紧似一阵的儿童文学即将走向消逝的声音，二者形成强烈的反差，即使身处其中的人有时也会感到困惑。

预言儿童文学即将走向消逝的议论主要是从尼尔·波兹曼的《童年的消逝》一书的引进开始的。之后，涉及这一问题的讨论便持续不断。这一讨论还得到来自成人文学的强劲推动力。新世纪伊始，《文学评论》发表了希利斯·米勒的长篇论文《全球化时代文学研究还会继续存在吗？》，把西方自黑格尔以来就聚讼不已的文学消失论以新的方式呈现在中国读者面前，引起众多的关注和讨论。虽然这是两个不同层面的问题，但都与儿童文学生死攸关：文学消逝了，儿童文学必然消逝；文学不消逝，儿童文学也可能消逝。儿童文学正面临双重的存在论上的危机。

先说第二个层面即儿童文学自身的问题。波兹曼认为，现代童年主要是印刷术"发明"出来的。印刷文化因其可控性分割了受众，儿童因其文化限定不能接触成人社会的秘密，对秘密的这份羞耻心演化为儿童世界的道德和自律，但这种羞耻心、道德和自律在电子传媒时代受到全面的侵蚀和消解。波兹曼说，电视侵蚀了童年和成年的分界线。这表现在三个方面：第一，因为理解电视的形式不需要任何训练；第二，因为无论对头脑还是行为，电视都没有复杂的要求；第三，因为电视不能分离观众……电视媒介不能保留任何秘密。如果没有秘密，童年这样的东西自然也就不存在了。电子传媒使成人社会洞开，人们想将儿童世界与成人世界区分开来已是防不胜防。闫旭蕾举过一个很有趣的例子：一个女孩和爸妈在客厅看电视。来了爸妈的一个朋友，刚坐定，电视屏幕上出现了男女接吻的镜头，妈妈忙让女儿给来访的阿姨倒水。不一会儿，电视中又出现接吻的镜头，妈妈再次让女儿给阿姨倒水。过了一会儿，接吻的镜头又出现了，这次，不等妈妈说话，女孩就问："妈妈，还要去给阿姨倒水吗？"中国进入电视时代的时间并不长，但人们已经清楚地感到电视文化无所不在的渗透力，看到电视文化对童年的快速消解。在这一意义上，波兹曼的观察和论述是敏锐而又深刻的。

　　但问题似乎还可从另外的角度去看。首先是区分童年的标准的问题。尼尔·波兹曼认为这一标准是羞耻心。这从某一侧面看自然是深刻的。在儿童尚未长大的年龄引进性的内容，自然是对儿童成长节奏的破坏。但区分儿童和成人，是否只有羞耻心这一尺度？即使是性秘密、羞耻心，其本身是否也呈现为某种梯度、是一个渐变的过程？至少在弗洛伊德理论中，性生理、性心理可以区分出若干阶段，只要不大幅度地破坏其自然进程，儿童期其实并不完全拒绝谈与性有关的内容。现在一些中小学就设有生活老师，对儿童特别是对进入青春期的女孩进行与身体发育有关的指导，并不是越封闭就越好。而且，即使是在印刷文化的时代，完全封闭也是未曾完全做到的。在童谣、民间故事、笑话、歌曲中，夹带大量的"荤话"是一个普遍的现象。一些人甚至认为，古代儿童的性启蒙，就是依靠这些"荤话"进行的。"荤话"的作用不全是负面的。即使是在印刷文化中，性的内容其实也是可以通过"浅语"来传递的。此外，儿童还可以去看成人通俗文学，去看手抄本。所有这些都说明，将性秘密、羞耻心作为区分童年与成年的主要的甚至是唯一的标准，以为童年完全是由印刷文化建立起来的，多少有些天真和不完全切合实际。

　　如果秘密、羞耻心不是分离童年主要的甚至是唯一的标准，那么，我们应该怎样看待童年与成年、儿童与成人的区别？我认为，童年与成年的区别主要表现在他们的存在方式及存在状态的不同上。这可主要从三个方面予以说明。一是生理上的不同。从生理上说，儿童就是未成年的人。未成年可以表现在许多方面，最突出的就是未达到性成熟。生理年龄不等于文化年龄，但生理意义上的儿童群体对文化意义上的儿童群体应是一个大的限定，而生理意义上的儿童群体是永远不会消逝的。二是存在方式和状态上的不同。由于年龄较小，儿童还不能进入社会生活的中心，他们的生活空间主要在家庭、学校，生活内容也是学习前人的经验。古代没有一个社会学意义上的儿童群体，因为那时尚无普遍存在的学校，现代意义上儿童和现代意义上的学校几乎是同时产生的。这种与成人有区别的生活方式在短时间内也不会发生大的变化。三是文化上的差异。存在决定意识，生理上、存在状态上的差异最后必然要在文化上表现出来。我认为，尼尔·波兹曼所说的主要就是这一层次上的差异。文化上的差异是较易受到外部条件的影响的。所以，使用的媒介不同，接触的内容和方式不同，都会对童年的存在，童年与成年的区别产生即时的影响。电子传媒使童年与成年的区分变得模糊。但模糊不等于不存在。在上述各点中，第二点，即儿童相对有特色的存在方式、状态是最重要的。只要这种存在方式、状态不完全被成人社会同化（目前尚无这种迹象），童年就还会继续存在下去。

问题还在于，"童年"是发明的，但不是发明之后就一成不变的。"童年"不仅是发明的而且是不断发明的。启蒙运动以来，尽管人们的出发点不同，形塑出来的儿童形象不同，但有一点是相似的，那就是都采取了现代性的视角，不仅把自己形塑的儿童形象看作终极的儿童形象，而且是按二元对立的思维模式，将儿童作为成人的"他者"来进行想象的。后现代主义解构了这种二元对立，还儿童与成人既差异又融通的生存状态，可能是对儿童生活一种更真实的把握。所以，波兹曼等人所说的童年消逝，更多是一种建立在现代性基础上的童年的消逝。消逝了现代性意义上的童年，我们仍有可能形塑新的儿童形象，儿童文学仍有可能在这儿找到新的空间。

主要的还是第一个层次，即儿童文学作为一般意义上的文学所面临的危机。儿童文学在这一层面临的危机不像第二层那么受人关注，但其实是更为严重、更为紧迫。这主要表现在以下几个方面：其一，距离感的消失。文学是以距离为其存在基础的。文学表现生活但又不等于生活。文学是生活、世界的隐喻，隐喻模拟生活又是对生活的整理、秩序化、象征化，是对生活的理解、解释。这在传统文学中，首先是通过语言形象的间接性来保证的。语言提供了一个想象的空间，形象是可视的，具体可感又充满无限的可创造性。电子传媒创造的形象却是确定的，可用人的感官直接把握的，因此更偏重感官刺激而非理性感悟，偏重快感而非美感。其二，机械复制。机械复制的结果是失去韵味。大众文艺如电视、电影、网络等，建立在大量的机械复制的基础上。不仅同一拷贝自我复制，不同拷贝之间也充满了互相复制。复制使众多的观众参加到文化行列中来，但内容却趋向单质化，没有"韵味"。其三，审美的泛化。审美本来是一个发生在精神领域的事件，在文本"总谱"的基础上自我想象、创造，是很个性化、私人化的。电子传媒却将文学接受从个人空间引向公共空间，从精神空间引向物质空间，从虚拟空间引向实体空间，出现"拟像""拟现实""仿真世界"，自然也就有了"拟审美""仿审美""伪审美"。服装美学、运动美学、生态美学……审美被泛化，同时也被稀释，什么都是美学也就什么都不是美学了。美成为一件普通的消费品，人们对美、对艺术品的态度不是欣赏而是消费；美、艺术在回归世界的同时，也消失在世俗的现实生活之中了。这种现象在儿童文学中不仅表现得很普遍而且表现得很突出。郑渊洁的童话，杨红樱的小说，还有蒋方舟等人的作品，都是努力填平生活和艺术之间的界限，平面化、碎片化、快餐化，以一种幽默、搞笑的方式将生活审美化、趣味化。阅读这些作品，人不再有传统剧院的仪式感，而是被带到广场，没有权威，没有崇高，有的只是游戏，只是欲望的宣泄。而且，这不是个别现象，它已经形成一种潮流，甚至是主流，变成出版商、文化经纪人、作家以及广大读者都乐在其中的集体意识，理论也不仅不予阻击还推波助澜，各人都从这消费文化的大潮中分得一杯羹，而无人关心儿童文学的文学性是否存在。一类事物要走向消亡常常是从其边缘处开始的，儿童文学正处在文学的边缘。在大众传媒的语境里，所谓文学的消逝，不是消逝在"文化大革命"那种作品匮乏的文化真空里，而是消逝在到处是创作、到处是作品、到处是讲座、到处是评奖，即到处是"文学"却没有文学性的消费文化的大潮中。

在这样的语境中，文学、儿童文学还能突围吗？这是一个很难直接回答的问题。但换一个角度，我们还是可以看到一些积极的因素。首先，从电子传媒自身说，虽然它是一种大众媒介，创造的音像艺术直接诉诸人的感官，但也不是绝对地不能拉开与感官的距离、创造较为诗化的形象。比如电影《城南旧事》，取材于林海音的同名小说，又以电影的方式进行了新的创造，应是一部很诗化的作品。动画片《小蝌蚪找妈妈》《雪孩子》等，虽不像许多动作性卡通在儿童中那么普及，但看上去像一首首抒情诗，表明音像艺术也可以有很细腻的表现力。其次，在电子传媒时代，音像艺术也不会完全取代语言艺术、取代文学。彭亚非在《图像社会与文学的未来》一文中曾谈及这样一种现象：近年许多文学名著如《红楼梦》、鲁迅的小说等都被搬上银幕或改编成电视剧，但在读过原著的观众那里，反映大多不好。这里有改编者、导演、演员自身的问题，更有两种艺术媒介、两种艺术类型天然的差异。文学形象是间接的、朦胧的、多义的、不确定的，留给读者的想象空间是无限的，比较适合表现人的形而上的焦虑，人对世界、社会、人生的超越性的思考。而影视形象是具体的、个别的、与感性的世界相联系的，对人的想象有很大的制约性，这正是文学永远不能为音像所取代的地方，是文学具有永恒魅力、能永恒存在的依据。而且，将文学区分为大众文学和精英文学，快感和美感，可能仍是从现代性、从二元对立的思维模式出发的，是以精英文学为主要评价尺度的。大众传媒、音像艺术消弭了精英文化和大众文化的界限，创造出新的艺术形式，可能也会给文学、儿童文学带来新的机会。

在电子传媒和消费文化的语境下，21世纪的中国儿童文学正迎来它历史上最惬意也最艰难的一个时刻。它会不会走向消逝？回答是：有可能，但不必然。一切取决于我们怎么做。已经走到后现代的人们，应该有智慧找到一种新方式，对抗大众传媒、消费文化对人的精神的销蚀，因为任何成长都离不开一片精神的绿洲。

读图时代：成长的洒脱和困窘

我们正在进入一个读图时代。据彭亚非在《图像社会与文学的未来》一文中说："有人做过一项调查，证明我们今天所掌握的社会信息，有 60% 到 70% 是通过图像的方式获得的。"① 电视、电影、漫画、图画书、广告、卡拉 OK、网络视频……现在，无论去到哪里，似乎都被无边无际没完没了的音像所包围。这种现象，越是面对年龄小的孩子越明显。幼儿园、小学低年级的孩子，还没有独立的文字阅读能力，获得信息，过去主要是靠听故事，现在则主要是靠看图画书或看卡通片了。在中国，这种状况还只是刚刚开始，以后只会越来越明显。这对儿童的成长会带来深远的影响。

一、受众趋同化和儿童/成人界限的消融

读图对儿童成长的影响首先是促进了儿童和成人之间的界限的消融。

儿童与成人的界限是历史地形成的。虽然有各种各样的偶然和例外，但作为一种趋势，总是年代越远，儿童和成人间的距离越小；年代越近，儿童和成人间的距离越大。扩大的原因，自然不可能单一，但其中，信息媒介的发展变化所起的作用是最为重要的。

远古时期，文字尚未发明和使用，传递信息的媒介，特别是全社会都认同的媒介，主要是口语。同一民族的口语、方言很难进一步分隔受众。接受文学，就是大人、孩子挤在一起听老人讲传说和故事，不仅使用的形式还有接受的内容都颇为接近。口语文学的接受者和创作者是大体同一的。同一批人，在创作中接受，在接受中创作，整个社会都处在蒙昧状态，就像一个很大很大的幼儿

---

① 彭亚非:《图像社会与文学的未来》,《文学评论》2003 年第 5 期。

园。和今天的幼儿园不同，那个幼儿园是没有教师和教材的，回到家里，也没有在知识、文化上远高于他们的父母。大家都是孩子，都生活在自己幻想出来的情景中。神话是他们共同的集体表象，全社会几乎没有文化意义上的成人和儿童的区别。

后来，人类发明了文字，文字不仅能在广大的不同的时空中传递信息、储存信息，还能保证信息不在传递的过程中被磨损，比起口语有巨大的优越性，所以，社会的重要信息都由文字承担了。文字也是一种社会性的符号系统，它的一个主要特点是，它能根据对文字的不同选择和编排形成不同难度的符码序列，从而形成对不同文化的受众的分隔。文字及其形成的文化是需要学习的——不仅学习符码表现的内容，而且学习符码和符码的构成规则本身。没有相当长时间的学习，根本走不进这个领域。就是这种对媒介的学习和掌握，创造了一个被称为文化人的群体。这个文化群体最先从混沌、蒙昧的背景上分离出去。组成这个群体的基本都是成人。正如尼尔·波兹曼说的，"印刷创造了一个新的成年定义，即成年人是指有阅读能力的人；相对地便有了一个新的童年定义，即儿童是指没有阅读能力的人"[1]，相应地，有了印刷术以后，"成年就变得需要努力才能挣来了"。许多人终其一生都没有读书认字，没有获得必要的阅读能力，就是一直没有长大，一直留在蒙昧的文盲的行列里。在中国，由于教育不发达，由于统治阶级和精英阶层对文化的有意识垄断，特别是文言文这种言文分离的存在方式，等于在文化王国前面筑起一道高高的门槛，以致在整个漫长的古代社会里，无文化群体一直是十分庞大的。据统计，至 20 世纪初，中国的文盲率还高达 90%。而儿童，除少数出生在贵族家庭的幸运儿以外，绝大部分都未进入有文化的行列。这是古代社会很难产生儿童文学的基本原因。

这种状况在近代社会发生了改变。由于教育发展、白话文兴起等原因，文化下移，识字、有阅读能力的人大幅度地增加，许许多多原来不识字没有阅读能力的人有了基本的阅读能力。在全无文化的文盲和文化更高深的知识精英之间出现了一个有些文化，但文化能力又不是很高的群体。这个群体大致可分为两部分：一是以城市市民为主的成人群体（这个群体在古代社会就存在，但由于主流文化都使用文言等原因，规模和在社会生活中所起的作用及产生的影响都很小），二是

---

[1] 尼尔·波兹曼：《童年的消逝》，吴燕莛译，广西师范大学出版社，2004，第 26 页。

以在校中、小学生为主的儿童群体。影响到文学，与前者兴趣、能力相对应的是大众文学；与后者兴趣、能力、成长需要相对应的是儿童文学。就是说，在社会上已经出现了一个介于文盲和文化精英之间的大众和儿童群体的情况下，"童年"也要自己去挣得了。这个时间点，西方在 16—17 世纪，日本在 19 世纪末，中国在 20 世纪初，即清末民初那段时间。从清末民初到现在，时间只过去短短的一个世纪，但中国的儿童文学主要是在这段时间发展起来的。至今，作品的内容、形式都非一个世纪前可以比拟。即从媒介的角度说，就不仅有语言艺术，还有图画书、戏剧、电影、电视等。但就整体而言，仍保留在传统的以语言文字为中心的均衡状态。

但读图时代的到来打破了这种均衡。一是现代社会的发展，教育在全社会得到普及，比如中国，从普及小学那年开始，此后的人群基本就没有文盲了。二是随着多媒体时代的到来，信息的传递越来越多地依赖图画、形象。图和文字不同，不仅其内部没有明显的难度不同的符码系列，而且整体难度不大，至少没有达到像文字那样不经过漫长的学习训练就完全不能破译符码的程度。这样，社会的文化水平提高了、接受能力上升了，文化的接受难度却下降了。一升一降，一个庞大的介于文盲和文化精英之间的接受群体（儿童和大众）及相应的文化消费市场便急剧地膨胀起来了。从文学的角度说，就是儿童文学和通俗文学（特别是以音像形式出现的儿童文学和通俗文学）的勃兴。

儿童文学和大众通俗文学自然是有差异的。当我们说大众通俗文学的时候，是将其作为成人文学的一部分，相对于成人文学中的高雅文学、严肃文学而言的。而在儿童文学中，虽然俗文学和雅文学的差别一样存在，但人们一般很少做这样的区分。儿童文学由于与儿童成长的紧密联系，内容上偏向严肃；由于是浅语文学，形式上更倾向通俗，总体上与成人文学中的大众文学更为接近。随着读图社会的到来和中偏下文化类型的膨胀，儿童与成人间、成人和成人间、儿童和儿童间的各种差异都被极大地淡化，转而走向趋同化了。尼尔·波兹曼说："在电视时代，人生有三个阶段，一端是婴儿期，另一端是老年期，中间我们可以称之为'成人化的儿童'。"① 成人化的儿童既是儿童的成人化，更是成人的儿童化，许多成人即使有着大人的身躯，也顶着儿童的脑袋，像儿童那

---

① 尼尔·波兹曼：《童年的消逝》，吴燕莚译，广西师范大学出版社，2004，第 141 页。

样思考。读图文化创造了趋同化的受众，趋同化的受众反过来极大地影响了读图文化。

受众单一化、文化趋同化导致的后果，与儿童成长关系最为密切的，就是儿童与成人间差异的淡化和消解，即将波兹曼所说的"童年的消逝"落到了实处。读什么样的作品就是什么样的人。读的东西没有差别，其精神世界也不可能有多大的不同。过去，我们曾常常看到大人和孩子一起围着火炉听人讲故事，现在，这种现象似乎又回来了。不只在乡下，就是在城里，我们又常看到爷爷奶奶父亲母亲和孩子坐在同一电视机前看同一电视剧，在同一时刻欢呼，在同一时刻伤心，在同一时刻流泪，孩子像大人，大人像孩子，孩子和大人处在差不多的精神维度上。由此带来最重要的变化是，以往在儿童成长中扮演最重要角色的"父亲"、传统被淡化，甚至被驱逐出局了：大家在一起看同一部电视剧、同一部电影、同一本图画书，成人的理解并不一定比儿童快，并不一定比儿童深入和正确，成人有什么理由继续充当儿童成长的领路人呢？历史、传统、"父亲"在这儿都变得似乎不那么重要了。

二、视像外化与成长中的身体前置

读图不仅消融了儿童和成人间的界限，也缩短着人的身体和心灵的距离，在读图时代，不是心灵而是身体在儿童成长中的地位被凸显了。

谈及儿童成长，人们历来是偏重从精神方面着眼的。旧时讲"礼"，长大就是懂礼，能按照"礼"去说话行事。知礼了，懂规矩了，知道在什么情况下说什么话，做什么事情，怎么做，就是长大了；该懂未懂，该做未做，就是不懂事、未长大。进入现代社会以后，启蒙文化受到推崇。启蒙文化突出个性，于是有独立见解、敢独立担当，就成为长大的标志。这在西方文化中表现得更明显一些。中国的红色文学强调革命利益，"思想觉悟"便成为儿童成长的尺度。先是阶级斗争的觉悟，后是路线斗争的觉悟，至今仍是培养优秀的革命事业接班人的主旋律。

人是一个灵肉统一的整体。灵与肉，犹如一枚硬币的两面，谁也离不开谁，可人们谈及成长的时候为什么总是偏向强调"灵"而排斥、压抑"肉"，即强调精神而忽视身体？人从动物中分离出来，就是因为他有精神、有文化，人类只要不想再堕落到动物的世界中去，突出精神是一个必然的选择。回避身体，压抑身体，多少反映着人对重新堕落到动物世界的恐惧。但人们实际所想的绝不只是这些。身体、感觉的差异很多是先天性的，是最难规范最难整齐划一的，主流意识形态要规范人、统一人，最易规范统一的也只是人的精神、人的思想，从形而上到形而下，通过对人的精神、思想的整合去规训人，包括规训人的身体，是最直接最有效的路径。历代的统治者其实都是懂得这一点的，要不，礼教、宗教、思想教育等怎会被抬到那样的高度呢？

但在深层，还有一个更原初、更基本的原因，那就是，这在很大程度上是文字、印刷文化造成的。文字是一种符号，符号之所以为符号，就是它指代的对象不直接在场。印刷符号的特殊性不仅在它的形象是间接的，更在其排列顺序是线性的、逻辑性的。因为形象是间接的，读者要借助自身的经验对形象进行再创造，其对读者的知识库有极大的依赖性，读者最后感知的对象也带有强烈的个性特征。"河边有一株树"，什么样的河？大河还是小河？什么样的河边？是一个小村庄还是无人的旷野？一株什么样的树？大树还是小树？春天的树还是秋天的树？是柳树、杨树还是其他的什么树？所有这些，都要在读者的思维中进行，视像都是内视像。内视像与读者个人思想情感的联系十分紧密。因为形象的展开是线性的，遵循的是雅各布逊所说的相邻性规律，更强调理性、逻辑性，语言文字的这种排列组合方式决定了思维的运行方式，也可以说，带线性的思维方式凝定下来，就成为我们看到的语言、文字的存在方式。这样，我们走进语言，走进文字，就走进理性，走进语言文字的逻辑链条。"一个部落人学会使用拼音文字之后……他开始用序列、线性的方式推理。又开始对数据资料进行分门别类。由于知识是以拼音字母的形式延伸的，知识就发生局域定位，分割成专门的类别，造成功能、社会阶级、种族和知识的分割。在这个过程中，作为部落社会特征的丰富的感官互动就牺牲掉了。"[1] 使用文字势必凸显逻辑，凸显逻辑势必强调理性，突出人的精神世界，与之相适应，便是对身体、对人的感性的压抑和排斥。

但读图却是非常不同的。图像诉诸人的视觉。如果是电视电影等音像艺术，图像之外加上声音，视觉之外加上听觉，视觉听觉都属于人的感觉，感觉总是

① 埃里克·麦克卢汉、弗兰克·秦格龙《麦克卢汉精粹》，何道宽译，南京大学出版社，2000，第281页。

切己的，直接属于身体、发自身体。感觉中也渗透着理性，艺术中的声音、画面也是符号，但和语言、文字等是非常不同的。同样是"河边有一株树"，图画呈现出来的是直接的视觉形象。直接的视觉形象总是较为具体的。它表现的不是一般的"河""河边""树"，而是"这一条河""这一个河边""这一株树"，它们与其他河、河边、树的联系是通过典型性表现出来的。直接的视觉形象和听觉形象直接地诉诸接受者的视觉听觉，对于读者来说，它已经是现成的、具体的了。外在的形象减少了对读者自身经验库的依赖，在使阅读变得轻松的同时，也使接受变得浅近、外在、确定、缺少个性色彩了。在接受时，人不需要太多的反思，不需要太多的理性追求，"跟着感觉走"，轻轻松松地将人的精神悬搁起来了。

这就将身体在成长中的地位凸显出来了。图像是感性的具体的存在，图像主要诉诸人们的感觉而不是思维。一幅图画，什么颜色，什么构图，和观看者构成什么样的距离和角度，一切都那么直观地摆在那儿。一部卡通片，没有背景，或者说，人们已经将其从背景上间离出来，简单、单纯，意义指向浅近而又明确，自然形成对接受者视觉、听觉的塑造。更进一步，也是对接受者整个感觉的塑造。相对于传统的偏重精神、偏重从形而上到形而下的路径，这是一种偏重身体、偏重从形而下到形而上的路径。虽然精神和身体是不可分割的，阿恩海姆在《视觉思维——审美直觉心理学》中曾极力证明，人的感觉中渗透着理性并受理性的制约，但既然切入的角度发生了变化，必然会影响到人们的成长观念，影响到人们关于儿童成长的具体做法。无论如何，身体这一侧面是被前置、被凸显出来了。

三、视像公共化及文化的时髦化

内在视像外在化必然导致人的内心世界的公共化。

印刷文化创造的图像自然有公共性，绝对私人化的图像是无法传播的。我们认出一株树，是因为我们心中有树的图像；没有树的图像，树即使摆在我们面前，我们也是无法认出树的。但文字指代的形象的不直接在场特征，使它易于表现那些含蓄的、隐秘的信息，包括内心的情感方面的信息。在接受的过程中，读者在想象中再造形象，每一形象都打着读者自己情感、经验的烙印，创造出一个个带着读者体温的艺术世界，其间有千万种形式，这些内容和形式都和读者的个人经历、心理储存紧密地联系在一起的。"一千个读者有一千个哈姆雷特"，这正是印刷文化、文学生机盎然生生不息的秘密。

但图像却是倾向公共化的。一幅画就是一个你能看我也能看的情景、场面，自然适合表现有视觉感的形象，而不适合表现没有视觉感的情景、画面，如氛围、心理等。如果将前者看作世界的硬件，后者则是世界的软件，图画突出硬件而非软件。关键还在于，和文字提供的间接形象不同，图像提供的形象是直接在场的。文字提供的是"树"，要经由读者的想象变成"这一株树"，而图像提供的是直接的"这一株树"。是大树就不是小树，是柏树就不是杨树，是春天的树就不是夏天的树，是挺直的树就不是弯曲的树。这些年来，中国儿童都在按演员六小龄童的样子想象孙悟空，现在可能又要按动画电影《哪吒》中长着两只巨大的卫生球般的眼睛的样子去想象哪吒。这种公共化的人物形象创造了公共的集体表象，在凝聚群体的同时又形成了对个体、对人的内心世界的限制和压抑，导致人的内心世界的萎缩，特别是人的想象力的简化、套路化：图像都是现成的、想象好了的，轻车熟路，还要自己劳神费力地想象什么呢？时间一长，想想象也想象不出什么了。

形象的公共化自然会导致人的感觉、情感乃至人的身体的趋同化。人的感觉、情感本是最私密最个人的，心里想什么，不说出来，别人谁也不知道你的想法，感觉的、潜意识的东西，有时自己都不能意识到，而按弗洛伊德的说法，那是冰山没入海水（八分之七）的部分，意识不到却影响着人的行为。公共化的东西自然是能意识到的部分，不只是一个人意识到而是许多人意识到的部分，自然将许多无意识的内容（既包括个体无意识的内容也包括集体无意识的内容）排斥了。同一时间，千千万万的人看同一场球赛，在同一刻兴奋，在同一刻沮丧，在同一刻欢呼，在同一刻热泪盈眶！许许多多的人在同一时间看同一电视剧，我高兴时，我知道许许多多的人也高兴；我流泪时，我知道许许多多的人也在流泪。我这样推想别人，别人也会这样推想我。设想，一个外星人站在远处目睹这一情景，他会作何感想？趋同化容易形成风潮。有人说某个电影好，大家都去看这个电影；有人说这种服装样式好，大家都去买这种服装样式。刮风，赶时髦，今天兴这个，大家一窝蜂地去追这个；明天兴那个，大家又一窝蜂地去赶那个，别人怎么说我也怎么说，别人怎么做我也怎么做，别人怎样追新求异我也怎样追新求异，别人怎样与众不同我也怎样与众不同，人像被置入一张巨大的、无形的网中，随网行动，想停都停不下来。

趋同化、公共化的东西容易被简化。最具体的东西是最丰富的。具体的事物、事件都是和具体的时间、空间联系在一起的，而具体的时间、空间自然是各不相同的。犹如地球，这儿和那儿不一样，昨天和今天不一样，加之人的感觉不同，没有两种时空的感觉是完全一样的。但一变成地图，哪怕是再具体再写实的地图，都从真实的世界中飘浮出来，拉开与真实世界的距离，抽象化、简化了。简化扩大了覆盖面却使内容变得稀薄，向公约数的方向转化。公约数过滤了具体的、个别的、感性的东西，容易导向浅化。深度即区分，越是能将差别微细的对象区分出来，感觉、认识越是有深度。孩子的感觉认识是粗线条的，所以较缺乏深度。图像的公共化导向公分母，公分母的内容因为为大众所认同往往取消了难度，使人舒舒服服就进入音像的世界。如闫旭蕾在《教育中的"灵"与"肉"——身体社会学研究》中所说的："沉湎于图像世界的人们很难对文字的阅读感兴趣，高速观看电视，一往无前的线性过程，容不得观众驻足联想，它更像是一种欲望的文化，一看即上瘾，却又一看即忘却。速度的提高会滋长人们的惰性，洗衣机代替了搓板、车代替了脚步、电话代替了情书，图像渐渐代替了阅读。消费主义的文化纵容大众的惰性和被动，主动的反思日趋艰难。"[1] 这或许就是一些人鼓吹的游戏和解放了。

从众和求新并不矛盾。一定条件下，从众还是求新的一种动力。俗言的赶时髦就同时包含了这两方面。看别人穿了一件时髦的新衣服，我马上赶着去买；别人讲了一句时髦的流行语，我马上赶着去模仿；我把别人当成我的镜像，别人也把我当成他的镜像，复制成了我们存在的主要方式。复制只是失去灵韵，并不排斥求新，人们复制某个东西常常是因为它新才去复制的。只是，这种复制常常在较浅的层次进行。"在复制文化和消费文化的共同作用下，图像审美就有一种从深度审美向浅度审美、纯感性审美滑移的天然趋势。而在大众文化的语境里，这种趋势尤其会变得不可阻挡，会不断加速，会日益极端化。"[2] 在时髦文化中，年轻人一般都走在前列。

---

① 闫旭蕾：《教育中的"灵"与"肉"——身体社会学研究》，南京师范大学出版社，2007，第180页。
② 彭亚非：《〈读图时代〉导言》，载彭亚非选编《读图时代》，中国社会科学出版社，2011，第16页。

四、成长的洒脱与困窘

读图、音像文化带来对成长的利好是显而易见的。读图突破文字对文化的垄断，将文化、文学从精英的圈子中解放出来，加速文化的下延，使亿万民众走进文化，这对整个社会无疑是一次巨大的解放和提升，儿童是这一社会大变动中获益最多的群体之一。何况阅读也不只是一个文字接受能力的问题。和艰深古奥的文字相适应，中国古代文学、文化表现的主要是知识精英、主流意识形态的思想意识，儿童获得阅读能力进入那种文化，就不由自主地接受那种文化的塑造，接受那种文化表达的情感，甚至接受那种文化表达情感的方式，不知不觉就泯灭个性、离开广大的民众了。读图消解了这个门槛，这就不仅为儿童进入文化、也为他们摆脱旧文化的束缚提供了机会。就个体而言，由于读图，由于身体前置，原来很容易被压抑的本我、欲望、动物性，终于能较为自由、较为公开地表现出来了。本我、欲望虽是人格系统中较为低层的内容，但却是人的生命的原动力。过去对儿童、对人的扭曲大多是由对欲望的过度压抑造成的，读图时代给欲望的正常出场提供了历史性的机会。再者，读图作为一种新的符号体系，它不仅反映着时代的进步，反映着把握和创造世界的能力的提高，它本身也是充满活力、不断前进的。消费文化、音像产品虽然强调复制、强调生产的批量性，但其本身也有着强烈的求新趋向，特别害怕被湮没在没有特色的普遍性中，这多少也成为人们追求个性的动力。纵然是一片漂浮的树叶，也漂浮在不断前进的浪头中。这使成长几乎是本能地呈现出轻松、洒脱的姿势。

但读图文化也带来儿童成长上的困窘。

有些困窘是显性的。印刷文化设置了儿童和成人间的文化壁垒，相当程度上阻隔了成人文化向儿童文化的蔓延和渗透，有将儿童封闭在童年状态的作用，也保护儿童在幼稚时不过多地受到童年外的文化的侵扰。读图文化销蚀了这一界限，使成人文化包括成人文化中许多不适合儿童成长的内容像潮水一样朝他们涌来，他们甚至没有任何选择的余地。一打开电视，画面里就会出现暴力、色情、吸毒、凶杀、斗殴的场面，直接刺激人的感官。即使是一些内容很正面的故事，也往往在局部在细节中带有一些诸如此类的场面，使人防不胜防。甚至一些很美好的儿童生活的画面，也常常由于某些成人目光的渗入而改变了味道。如"萌"啊，"靓"啊，"帅"啊，"酷"啊，动不动就"傻傻的""萌萌哒"，包括"清纯""真拙"之类，儿童明显地成了被消费的对象，同时也就在鼓励、引导儿童朝这方面生长，按这样的"样儿"进行表演。在这样的语境中，要儿童成为儿童，保持自己作为儿童的天性，有自己作为儿童的个性，不说难乎其难，也是有些莫衷一是，会陷入选择窘境。

更深层次的困窘和迷茫发生在成长的向度上。因为出现了一个庞大的"成人化儿童"群体，电视就是与这个文化群体相适应的娱乐方式。尼尔·波兹曼说："电视是为12岁儿童的心智设计的，但忽视了电视极具讽刺性的一面，即电视不可能设计其他智力层次的节目。"① 那么，儿童还能以成人为自己的成长方向吗？如果没有了成人的榜样，儿童向何处成长、如何成长呢？人们也许会说，远古时期，成人和儿童都没有文化；进入文明社会以后，大部分成人仍没有文化，处在和儿童差不多的层次，为什么不说那时儿童的成长也存在着方向上的问题呢？这二者间看似相近，但其实是非常不同的。在远古时代，在印刷文化兴起前大部分时间和大部分地方，儿童和大部分成人确实都没有文化；但都没有文化、都没有阅读能力，不等于他们之间没有经验上的差距。那时的经验传递主要是口口相传，依靠近距离的身体示范（行为语言）进行的。成人生活的时间长、经验多，在社会生活和经验传递中占据绝对的主导地位。尤其是传统中国，一个小农经济的国家，社会发展缓慢，一种经验可以用很长的时间，父母的道路甚至祖父母的道路就是子女、孙辈的道路，父母、祖父母现在的形象就是孩子未来的形象，人们也自然地按父母、祖辈的形象理解、想象自己，这时的父亲无疑是强势在场的。就整个社会而言，有文化的人可能只有1%—5%，但他们为社会制定游戏规则，引领着社会文化的大方向，人们在心里也对文化、对有文化的人充满了敬畏感。

到了读图社会，这种情形极大地改变了。首先，在大众文化（包括儿童文化）和精英文化之间，不再是文盲和文化人之间的关系，而是文化较少和较多的关系。在许多人那儿，甚至是不同文化类型之间的关系。加之大众文化人多势众，一定程度上成为社会文化的主流，有文化但文化不多的人不仅缺失了对精英文化的敬畏感，而且在某种程度上吸引着精英文化向大众文化靠拢。其次，在大众文化和儿童文化内部，虽然他们在文化上依然处在差不多的层次，但不

---

① 尼尔·波兹曼：《童年的消逝》，吴燕莛译，广西师范大学出版社，2004，第166页。

是都无文化而是都有些文化，且由于使用新媒介、文化更新周期大幅度缩短等原因，许多成人相对儿童不仅没有接受能力上的优势，也失去了经验上的优势。历史呈现为某种断裂、碎片化状态。"父亲"、传统被悬搁起来，年轻人更注重向同辈人学习，特别是向经常出镜的"网红"们学习。在读图时代，更能叱咤风云的是那些在视觉文化中站立潮头的弄潮儿，尽管他们未必是在道德、思想、文化知识、审美等领域走在前沿的人。是他们在引领时尚，引领潮流，引领年轻人，引领儿童和儿童文学。这给儿童的成长以机遇，也给儿童和儿童文学带来危机。

我们能走出这种困境吗？在读图时代，儿童文学能做些什么？不能不说，在这些问题上要取得统一的认识是很困难的。文化下延，成千上万原无文化的人走进文化，分得社会发展的红利，他们感到的是解放、是提升，事实也确是如此。和一个过马路时还如醉如痴地看手机上的小视频的人谈图像文化的困境，是肯定得不到赞同的回应的。

认为精英文化和大众文化是两种不同的类型，应该彼此鼓励、彼此竞争也是有道理的。水涨船高，不仅精英文化带动了大众文化，大众文化的发展也推动了精英文化。说读图文化带来了成长的某些困窘，是从社会整体、从文化发展的大方向上着眼的。电视、图画书等读图文化现在已成一个很大的产业，产业总是要强调效益的。音像艺术效益的基本指标是观众的多少。而无论在哪个社会的文化谱系里，中偏下的人总是占据大多数，这也正是各种音像艺术重点瞄准的对象。由此形成一种潮流，一种导向，用中偏下的思想去统一人们的思想，用中偏下的情感去统一人们的情感，用中偏下的感觉去统一人们的感觉，长此以往，就非常地可虑了。不过，这毕竟主要是从读图文化的角度着眼的。除了图像，影响现代文化的还有许多其他因素。将这些因素综合起来，放到一个很长的时间过程中去考察，事情的性质就可能发生某些变化。一个简单的事实是，西方的读图文化、音像文化已经兴盛了很长一段时间，虽然在相当程度上改变了文化的进程和面貌，连20世纪艰涩的现代派文学也被认为是有意识地对图像文化进行反击而形成的风格，但精英文化引导下各类文化均衡发展的局面并没有大的改变。中国也不乏类似的例子。一段时间，风靡留长发、穿喇叭裤，一些少年儿童也被裹挟其中，声势不可谓不浩大。但不久，它们便烟消云散了，生活重回理性的轨道，人们该留什么样的发型还是留什么样的发型，该穿什么样的衣服还是穿什么样的衣服。其实，也不光是发型和服饰的问题，思想、情感、意识、信仰的问题多半也如是。

从20世纪80年代开始，通俗文学在成人文学和儿童文学中都曾一浪高过一浪。近年图画书、卡通片大行其道，但所有这些，能不能长时间维持下去仍是疑问。许多事实似乎都表明，尽管受到音像文化、大众文化的猛烈冲击，精英文化引导社会文化的大方向、大格局并没有发生大的改变。

从人类文明的总体发展而言，总是从粗糙走向细腻、从浅陋走向深邃、从情绪走向理性、从野蛮走向文明。任何进步中都可能包含了非理性的因素，但是，总体上总是由理性开拓、牵引着。无方向又有方向，无规则又有规则，任何成长都充满困惑，历史是这样走过来的，也会这样走过去，只是形式不断变幻而已。在读图时代，儿童的成长应该有更美好的前景。

成人儿童化对儿童文学的意义

五一劳动节本是一个纪念劳动者争取权利的日子，在中国差不多成了旅游节。2023 年五一劳动节，恰逢刚从疫情的影响中走出来，欢乐、热闹是预料之中的。有点出人意料的是一个幼儿园老师教念儿歌的视频在节日前后突然爆红，一不小心，将五一劳动节过成了六一儿童节。

一、成人的儿童化

这首儿歌的名字叫《小小花园》。

> 在什么样的花园里面，挖呀挖呀挖？种什么样的种子，开什么样的花 // 在小小的花园里面，挖呀挖呀挖。种小小的种子，开小小的花 // 在大大的花园里面，挖呀挖呀挖。种大大的种子，开大大的花 // 在特别大的花园里面，挖呀挖呀挖。种特别大的种子，开特别大的花。

开始是 4 月 24 日一名网络账号为"毛葱小姐（桃子老师）"的杭州幼儿园老师将其发到网上，引起许多网友点赞，但还谈不上普遍的关注；真正引起普遍关注的是 4 月 28 日，一个网络账号为"音乐老师花开富贵"的武汉黄老师发布也是教这首儿歌的视频，一下引爆网络、冲上热搜，真正"火"了。点赞的，留言的，转发的，打赏的，评论的，起哄的，吃瓜的，五花八门，应有尽有。更有甚者，是各行各业不同年龄层次的都开始模仿，开始自己的挖呀挖呀挖。

> 在黑黑的地底下挖呀挖呀挖，修长长的地铁，连接千万家。
> 在手机里面刷呀刷呀刷，把挣来的 money（钱）全给骗子花；在电脑里

面押呀押呀押，挣的钱都打了水漂还要被我抓。

在深深的地底，挖呀挖呀挖，打开亿万年恐龙之门，看看恐龙有多大。

在深深的水井里，挖呀挖呀挖。挖到一只青蛙，正在往上爬。白天爬上三尺整，晚上退下二尺八。

在小小的公司里，爬呀爬呀爬。挣少少的工资，不够花。

在小小的城市里，被抓呀抓呀抓。摆小小的摊子，养小小的家。

……

（节选自网络）

一时间，全国上下，网络内外，一片"挖呀挖"之声，还很快被译成英语。表现方式更变得五花八门，视频有幼儿园老师给孩子演的，有夫妻一起演的，有儿子和妈妈一起演的，甚至有养老院的老人一起演的，更多的还是发文或在别人的视频、网文下留言。真正一片节日的喜庆气氛，全民的狂欢节。

就在整个网络"挖"声震天的时候，不和谐的声音也悄悄开始了。开始是有人在网络上发了一张据说是黄老师的素颜照片，看上去和视频中的形象相去甚远；再就是说黄老师本就是做网络的，后面有一个团队，去幼儿园上课是兼职的；还有说就这几天时间，打赏已经达 200 万；更说黄老师爆红以后，已经辞去幼儿园的工作，专业做网络去了，一时真假难辨。黄老师那边也有澄清、说明，但网暴依然不绝于耳。在更多的网友那儿，挖呀挖的游戏依然热火朝天地进行，形成赞赏和网暴互相激扬的场面。狂欢成为潮流，类似脱缰的野马，已很难被某个个人驾驭了。

五月中旬，央视发布了一篇对黄老师的采访，算是给黄老师一个说明的机会。她说她就是一名幼儿园老师，但平时也做网络直播，团队就是自己的家人。视频引起关注以后，有人打赏但绝对没有网络传说的那样多。自己也不清楚为什么被网暴。解释没人听，就和家人一起到北京旅游来了。没有辞职的打算，回去后还会继续自己喜爱的幼儿园工作。

按说，事情到此也该大致结束了。但事发近三个星期后，湖北随州等两个县开始推广旅游。黄老师作为当时的网络红人也被邀请参加，活动期间许多照片被发到网上，这一下让人们直接看到了黄老师的真颜。多少坐实了黄老师没有原视频中的漂亮的传言，于是一片议论。刚好这时网络又出现某公司的艺人涉嫌辱军的事件，这是一个更吸引人眼球的事，许多网民又一窝蜂地跑那边看热闹去了，挖呀挖的声音终于弱了下来。一看日历，已近六一儿童节。劳动节和儿童节、成人和儿童，原来真的不是很遥远。

一个本属成人的节日里一首儿歌爆红，没有征兆，没有来由，完全无厘头。虽然视频的场景发生在幼儿园，有幼儿跟着老师念儿歌的声音，但画面中只有老师而无孩子。在随后的进程中，孩子也很少出现。在一场以儿歌、儿童、幼儿园、幼儿园老师为关键词的活动中，儿童基本缺席，看起来有些不可思议。但是，经常玩手机、看小视频的人都知道，这是网络的常态。能引爆网络、引起许许多多网民关注并参与的事，只能是那些和儿童的认知能力和兴趣相近但又多半不属于儿童自己的事。电视是为且只为 12 岁儿童的智力准备的。小视频更是如此。而像围坐吃瓜，玩梗说荤话，一般儿童是插不进去的。《小小花园》是一个与儿童有关的话题，消费这个话题的并不是儿童。

《小小花园》的真正主体是成人。不是一般的成人，而是儿童化的成人。

二、儿童化成人的主要特点

关于这种"儿童化的成人"，在尼尔·波兹曼的《童年的消逝》中早有论述。

> 在电视时代，人生有三个阶段：一端是婴儿期，另一端是老年期，中间我们可以称之为"成人化的儿童"。
>
> 成人化的儿童可以定义为一个在知识和情感能力上还没有完全发育成熟的成年人，尤其在特征上跟儿童没有显著的区别。①

从《小小花园》爆红到退场的全过程，可以看出儿童化的成人及其文化的一些主要特点。

首先，这是一个因大众传媒而结成的文化共同体，具体地说，就是以现代电子传媒为中介链接起来的网络存在。这个共同体是实在的，也是虚拟的；是近在眼前的，也是远在天边的；是看不见摸不着的，也是极有现实力量的。大众传媒——在《小小花园》中就是短视频——为什么有这种能力？因为其产生于现代科技，有极快的传播力，一个消息，一段短视频，能在极短的时间里传遍整个

---

① 尼尔·波兹曼：《童年的消逝》，吴燕莛译，广西师范大学出版社，2004，第 141 页。

网络。关键还在，其较易把握，因为其是以"看""听"为主要特征的。视听不需要专门的训练。这当然也和传播的对象是儿歌、是一个教儿歌的场面直接相关。《小小花园》就是放在儿歌里，也算不得好作品。语言浅显，内容直白，韵律也很粗简，但节奏感强，非常好把握和记忆，几乎一听就会，听一遍就能记住。特别是年轻漂亮的女教师很生动、很有亲和力的表演，和大众的生活节奏、情感节奏相吻合。加之某些偶然因素，如节日里很多人闲得无聊想找点刺激看些热闹等，一个引爆网络的事件就这样产生了。

其次，儿童化的成人成为一个文化共同体，将这个共同体连接起来的纽带是趣味、娱乐。本来，一个发生在幼儿园的教学场景是很难进入娱乐圈的，更不用说冲上热搜了。《小小花园》走红以后，有人究其原因，说现在的成人生活都很累，有一种集体返回童年的冲动，《小小花园》就是这种情绪的表现。不能说一点道理没有，但基本上不正确。精神返乡是一种从故乡走出去的人的情绪，站在高处远处回望故乡、回望童年，欣慰中有一种失落的感伤，是一种非常个人化、非常诗化、非常有深度的情绪，和网络上的集体情绪、大众情绪是不相容的。其实，波兹曼早就发现，在大众传媒的背景下，教育早就娱乐化了。儿童生活、儿童文化、儿童文学讲求趣味，喜欢听故事，喜欢看热闹，喜欢搞怪，喜欢稀奇古怪的人物和事物，这些稀奇古怪的人物、事件最具娱乐性，最能满足人们的好奇心。儿童化的成人也如此。初看，《小小花园》并不怪，不是以搞笑为特征的，毋宁说它是从"美"开始的。为什么杭州桃子老师的视频没有爆红，而武汉黄老师的视频爆红？除了一些有意识的操作外，更主要的是黄老师更显年轻漂亮，教儿歌也更生动、活泼，符合广大网友对此类视频的期待心理。为什么引来那么多的人围观？为什么那么多人出钱打赏？这可能和荣格所说的集体无意识有关，更和弗洛伊德所说的什么欲望、潜意识有关。网上看热闹就和广场上的假面舞会一样，人们把日常生活中面目遮盖了，可以在共我中宣泄自我，就和乡村里曾经盛行的闹洞房一样，把平时压抑的情绪尽情地宣泄出来，达到某种意淫的效果。后来翻车，让一些人"大失所望"，也和旅游宣传中再出镜时，人们发现女主并不像原来见到的那样漂亮有关。成了萧何败也萧何，兴奋点和儿童不同，但追求兴奋突出娱乐的追求是一样的。这从叙事艺术上也表现出来。大众文化潮流常常起因于某些偶然因素，发展趋向也缺乏逻辑，但也不是全无规律。《小小花园》由一首儿歌引起，很快达至高潮，但要将高潮维持下去，仅靠这个画面显然是不够的。于是出现了另一种形式的"挖"，或曰"扒"，就是揭发所谓的内幕：女主是摆拍的啦，女主不像视频上那么漂亮啦……前面的叙事是"起""承"，这就是"转"。转是出现反面因素，于是有矛盾、有冲突，互相激扬，波澜起伏，一波三折，将叙述推向"深层"，显得有"厚度"。不过这之后未必有"合"。看热闹容易疲劳，没有新料了，或出现另外新的热点事件了，看热闹的人如鲁迅的《示众》所描写的，马上呼啦啦地转向别的"瓜"了。没有结果，没有真相，在后真相时代，没有结果就是结果，没有真相就是真相。

再者，儿童化的趣味也是很容易被引导的。这看起来有些矛盾：大众化情绪喜欢求新求异，喜欢赶时髦、追潮流，一窝蜂地捧这个，一窝蜂地摔那个，一旦成为趋势、潮流，常不受控制。《小小花园》最初一段时间的表现就有这种特点。但是，仔细观察就会发现，其运行常常是有轨道的。表现出来的潮流很新，潮流下面河床常常很旧。赶时髦也是随大流，别人怎样说我也怎样说，别人怎样做我也怎样做，别人怎样与众不同我也怎样与众不同。没理性，不过脑子，这就为别人有意识地引导、带节奏提供了机会。谁带节奏？大方向有主流意识形态，具体行动的常常是一些网红、大咖。在《小小花园》的游戏中，人们一开始就怀疑武汉黄老师后面有一个团队。事实证明，团队虽然没有传说的那么大，但其实是存在的。就是说，一开始就有引爆网络的动机。后来有人发掘出这个团队，扒出一些所谓秘密，显然也是想带节奏。而两位县旅游局长请黄老师宣传自己县，则显然也是想利用其名人效应，使潮流为自己所用，只是弄巧成拙、没带好而已。至于一些评论者，显然也有蹭流量愿望。有的想出名，有的想捞钱，更多的可能是想二者都沾。网络时代，活得最明白、最能利益最大化的常常就是这些人。而一些人受了潮流的影响，大把地往里面砸钱、打赏网红，也不是完全没有想法的吧？只是犯傻了，别人想拦也拦不住的。

从上述内容人们不难看到，这儿所说的成人儿童化，和传统美学所说的"有童心的成人"是完全不同的。有童心的成人不是大众而是小众；不是大批有着成人的身躯却只有儿童见识、儿童文化能力的人，而是少数像儿童一样单纯、美好的人。这样的人不能说生活中完全没有，但主要是一个美学概念。

三、为什么说成人儿童化也是一种进步

把五一劳动节过成了六一儿童节，明明是大人却变成了孩子，是纯粹的偶然还是包含了某种历史的必然？如果包含了必然因素，如何理解其原因并做出评价？

某首儿歌、某个教儿歌的视频在劳动节前后走红，自然是偶然。但出现这一现象，却包含了必然的因素。为什么突然出现儿童化的成人这么一个庞大的群体？波兹曼说，在现代社会，除了婴儿和老人，其余都是儿童化的成人。这有些夸张，但确也说出了这个群体在短时间内突然膨胀起来的事实。具体时间，西方大概在 20 世纪的中后期，中国则在进入 21 世纪以后。这一方面是因为新媒介的广泛运用，另一方面是因为近年来国家层面的义务教育，使许许多多的人脱掉文盲的帽子、走进文化人的行列，此外也在于人们儿童和成人观念的变化。过去，我们谈儿童、成人、儿童和成人的关系，多是将儿童和成人作为两个有较大差别的群体并列起来，在比较中谈他们的特点，更多是在成人的否定意义上谈儿童的。这种谈论方式明显具有从生物学出发的痕迹。但事实上，我们这儿谈的儿童也好，成人也好，主要是一个文化概念。从文化上谈儿童、成人、儿童和成人的关系，这种二元并置的谈论方式多少有些简单了。我倾向于从文化上将人群分为"文盲—儿童—成人"三个层次，在三个既有联系又有区别的层次组成的系统中分析他们各自的特点。"文盲"（包括部分成人和儿童）是基本没有文化的，获得和交流信息的方式主要是口语；"儿童"是有些文化但又不是很多的人；"成人"则是完全意义的文化人。其中"儿童"又分为一般的儿童和儿童化的成年人两个亚群体。前者是文化意义上的儿童，也是生物学意义上的儿童；后者是文化意义上的儿童，但在生物学意义上却是成年人。

放在这个系统中，儿童化成人的进步意义便明显地显示出来了。"儿童"是比较居中的存在，其特点既在和完全意义上的"成人"相比，也在和文盲即完全没有文化的成人和儿童的相比中显现出来。特别是后者。因为，在很长的时间里，文盲占总人口的比例一直是非常高的（20 世纪初还超过 90%），直到 20 世纪和 21 世纪之交，文盲率才大幅度降低。这些人都去哪儿了？都去了文化"儿童"的行列，所以使得这个群体急剧地膨胀起来，加之大众传媒的普遍使用，他们不仅能听能看，而且能写能建公众号，能发朋友圈，把自己的声音、自己的

审美需求在网络上公开地表现出来。放到人类历史发展的长河中，这是一个具有划时代意义的改变，是无论怎样评价都不为过的。

文化问题也不只是读多少书识多少字的问题。文化在很大意义上也表现着人的情感、修养、感知世界的方式，特别是人们在审美上的趣味。"儿童"的审美趣味是文化较低的群体的趣味，在大众传媒时代，这个"儿童"还是包含了较特殊、较具时代特色的含义：就是它表现的主要是都市市民阶层的能力和趣味，如突出身体、突出快感、赶时髦、求刺激等。表现在《小小花园》爆红的过程中，就是对美女、对别人隐私的关注，有某种窥淫倾向。谈不上多美好，但和人的低层次快感相连。在主流意识形态文学、精英文学中，这个层次的趣味一般都是被压抑的。现在，大众文化将其揭示出来，在那么多的人那儿引起反响，显示出其存在的合理性。从这个角度看《小小花园》的爆红，即使有些粗俗，也有其合理的一面。

关键还在于，这种低层次的、带动物性的审美需求，不仅存在于浅文化层次的人群中，也是所有人的心理中的一个层次。弗洛伊德说人是一个动力系统，包含本我、自我、超我三个层次，而本我是一个最基本的层次。五四时期，周作人提倡人的文学，将人性看作神性和动物性的复合，旧文学一味突出神性，发生异化，作者提倡人性，首先就是从尊重人的动物性开始的。这就回到我们在本文前面引用的波兹曼的那段话上。为什么在大众传媒时代，除了婴儿和老人，所有人都是儿童化的成人。不仅"儿童"这个群体急剧膨胀，而且整个社会的较低层次的欲望、心理都凸显出来，从原来的被压抑状态走到前台，且一发而不可收。这也是不能完全否定的。

但可忧的问题也开始了。

四、成人儿童化的负面效应

按理说，随着教育的普及和提高，不仅众多的文盲摘去了文盲的帽子，有文化的人大幅度地增加了，从较少文化到较多文化也应相应地增加，这样，社会的几个层次及其顺序没有改变，但整体的文化能力、审美能力作为系统整体就向前推进、向上提高了。事实也是，进入 21 世纪的中国社会，其文化、审美能力都非 20 世纪末、20 世纪 50 年代可以比拟的了。但是，从《小小花园》的例子看，社会最高层次的文化能力、审美水平的变化却不是很明显，甚至还有些倒退。个中原因是什么呢？

应该说，前面说到的推动文化大众化的两个原因——"儿童"群体的膨胀和人们内心"本我"的凸显——都在起作用。儿童化的成人多了，他们的声音可以表现出来了，人多势众，所以能形成浪潮。更重要的，是后面的原因：在大众传媒的条件下，人们的本我被凸显出来了。"儿童"群体的人，本我在人格结构中所占的比重本来就比较大，有表达的机会，表现出来的自然主要是接近本我的东西，如娱乐、赶时髦之类。文化层次偏高的精英阶层，人格结构中也有着本我的层次。在主流文化占主导地位的时代，是被压抑着、很难表现出来的；但在大众传媒时代，有了外面的环境，这个被压抑的层次也显现出来了。何况，社会的审美水平和社会的文化水平并不是什么时候都成正比。进入现代社会以来，文化人的群体也极大地扩展了，但主要是操作性知识分子。这些人在自己的专业领域都是能手，但在审美领域，在情感、情趣领域，却未必有多大的进步。何况，审美、文学艺术，对于大多数人，都是在业余进行，本来就属于娱乐消遣，追求轻松、乐趣，玩个梗，取个乐，是很自然的事。网红们自然知道其中的道理，于是想着法儿找一些能耸动人心的话题，呼风唤雨，推波助澜，这只要稍微留意一下网络，就清楚了。

如果仅如此，虽然文化环境不理想，但也不至于有大碍。真正可怕的是此长彼消：随着大众文化走向舞台中心，甚至在某种程度上占领舞台，精英文化被挤到边缘，主要由大众文化来领导新潮流。前现代时期，文盲比现在多得多，精英的人很少，但整个文化的导向完全是由政治精英和文化精英控制的。在中国就是儒家思想、孔孟之道。小孩子一上学，学的就是诗云子曰、四书五经；不上学读书的人，耳濡目染的也是统治阶级的道德文化，以致像阿Q那样的人，穷得只剩一条裤子了，还时时想着男女之大防。进入现代社会以后，印刷文化有了大的扩展，但大众还是无法将自己文化需求表现出来，即使有面对都市市民的通俗文学，也是处在底层。直到大众传媒时代，局面才发生根本性的改变。大众不只是看者、听者、读者，很多时候还是作者。一条信息，一段视频，你转我转大家转，不一定升值但扩大了影响。这些文化占据了社会文化的中心，成为社会文化的引领者，精英文化很大程度上陷落了。这是自人类有文化以来从未有过的。

　　还有一点，就是这种文化和主流意识形态的关系的问题。在漫长的古代，大众文化不能表现出来，主流意识形态文化和知识阶层的精英文化往往结合较为紧密。知识精英制定游戏规则，为帝王师；帝王要借用知识精英控制社会思想、文化，二者也有矛盾、冲突，但主流意识形态与知识精英合谋主导社会舆论的大格局是清楚的。进入现代社会特别是大众传媒时代以后，这种格局发生了变化。知识精英强调人，强调个体，强调个性，从人、从个体个性的角度来反观社会；加上知识分子和人文知识分子的分裂，人文知识分子对社会的影响大幅度衰落、越来越边缘化了。倒是大众文化，常常和主流意识形态走到一起。在《小小花园》爆红的过程中，也可以看到这一点。

　　大众文化也是分层次和侧面的。不同的层次和侧面有不同的内容。但是，作为一个整体，其公分母是娱乐和消遣。"现代技术与大众传媒就其实质而言都只是一架欲望机器。欲望的制造、欲望的复制、欲望的批发、欲望的消费、欲望的诱导、欲望的催生，就是它们的全部内涵。"[1] 这和儿童生活、儿童文化、儿童文学的启蒙精神是非常不一致，甚至是不相容的。而现在，一个儿童化的成人社会正将它们提送到我们的面前。

五、成人儿童化对儿童文学意义

　　《小小花园》是一首儿歌，爆红之后引来的许多仿作，它们算不算儿歌、算不算文学作品都很难说，但这恰好说明电子传媒时代群众狂欢的一个特点：抹平文学和非文学、儿童文学和非儿童文学甚至虚构和非虚构之间的界限，大家在狂欢中进入一个亦虚亦实的类艺术境界，有时人们也称此为赛博空间。这对儿童文学创作和接受的影响有正面的，也有负面的。

　　从较为积极的方面说，儿童文学和儿童化成人的文学都面对有些文化但又不是很高的受众，在文学需求、作品的内容和形式方面，必定有许多相同、相通的地方，如浅近、通俗，喜欢讲故事，喜欢用非生活本身形式创造的艺术形象，喜欢用夸张、变形等表现手段，喜欢宏大叙事，喜欢道德说教，重时间甚于空间等。当这些大众化的文学或类文学作品在社会上广为流传，形成一种氛围，一种环境，出现许许多多类儿童文学的作品，增大了儿童对艺术作品的选

---

① 潘知常、林玮：《大众传媒与大众文化》，上海人民出版社，2002，第9页。

择空间，为儿童文学创作提供了更多的题材和范例，会促进儿童文学的发展。《小小花园》，特别是其爆红后出现的许多仿作，谈不上优秀，但大众传媒时代，最受欢迎的常常就是这一类东西，这是真正的儿童文学创作不能不重视的。

从另外一个角度看，这类视频的爆红对儿童、儿童文学的影响也是消极的，有时甚至是灾难性的。因为大众文化、大众文学与儿童文化、儿童文学在内在精神、发展趋向上是非常不同的。大众文学主要是娱乐、游戏、玩梗、狂欢，甚至在狂欢中宣泄某些与身体、欲望相近的内容，属于视听快餐一类，精神上没有一个向上的维度，而这种向上维度却是儿童文学最重要的东西。粗看，儿童文学也较浅，但像一条山涧、一条小溪，虽浅，但清净、明亮，有无穷尽的前进的动力。有目标，就是远方的大江、大海。但大众文化却像一个渺无际涯的沼泽地，不仅浅浊，而且杂乱。虽然有时也能给人宽广浩渺的遐想，但鱼龙混杂、泥沙俱下，没有前进的原动力，往往只能在相同的水平上一次又一次地自我重复，和儿童文学的启蒙精神是对立的。更可怕的是其在孩子周围形成一种环境，一种无边无际沙漠一般的存在。人是环境的产物，当孩子被这种浅俗甚至低下的音像包围和侵蚀，环境不是正数而是负数，健康成长就有些难了。有人说，现在毁灭一个孩子的最好办法，就是给他买部手机，让他随意地看。人们谈及留守儿童，多说缺失了父母的关心，情感干涸。其实最重要的是少了家庭的文化上的引导、约束。（也不光是留守儿童，许多父母都是儿童化的成人，还以为这是长知识呢。）本就在很多方面与大众文化相同、相通的儿童文学，也很难不受其影响了。尼尔·波兹曼所说的儿童化的成人，是不是因为这种环境才大规模地生成的？没有大众化的儿童，哪来儿童化的大众？处在这样的环境中，儿童、儿童文学能不能成功突围？

应该说，要是真入了这个格局，再走出来，是很难的。人是环境的总和，当环境被儿童化以后，本来还是儿童的人如何"长大成人"呢？但环境也是可以进一步划分的。在《消失的地域》中，约书亚·梅罗维茨在地域与媒介信息的统一中划出不同的场景，儿童主要生活在家庭和学校两个场景中，尤其是后者。"儿童"本来就是伴随着现代教育而生成的，现在，其内容也随现代传媒的改变而发生了许多改变。但作为一个生成儿童的场景，依然和社会的其他场景在一定程度上区分开来，这儿指的主要是学校。学校学习的是前人积累下来的经验。看看中小学课程，旧时读四书五经，内容不论，角度是精英、主流意识形态的；

这个角度今天依然延续着。仅看现在的语文教材，较多仍是古典诗词，先秦、唐宋散文；现当代作家的优秀作品，老师推荐的课外阅读，也多是格林、安徒生、王尔德、叶圣陶、张天翼的童话，冰心的散文，曹文轩的小说等，大体仍属精英文化（也包括主流文化）的思路。这就在儿童生活、学生生活、学校和社会间建立一道看不见的墙，一定程度上将大众文化的潮流挡在外面。（有人极力反对这道墙，提倡学校社会化，我却认为这道墙是必需的。）不是说大众文化全部不好，也不是说主流文化、精英文化全部适合儿童成长，只是说，在学校里，人们还是要求学生所学的东西有一个向上的维度，这就是萌生美好精神的天地，也是对抗大众文化的堡垒。不能保证从这儿走出去的人不会变成儿童化的成人，但多少让人看到，精神中有这么一个维度。这个维度像天上的星星一样，鼓励人们把目光投向远方的世界。虽然从这儿走出去的人，很多人仍会精神沦陷，变成儿童化的成人，但小时候有没有这片精神天地是非常不一样的。

回到《小小花园》走红的事件上来。在一个成人的节日，一首儿歌爆红，这与其说值得欢呼、庆祝，不如说值得警惕。在大众传媒时代，儿童的成长、儿童文学的发展，变得太容易了，也变得更难了。到处是儿歌，到处是童话，到处是游戏，到处是娱乐，到处是儿童化的成人，连整个环境都有亦真亦幻、充满童话色彩的性质，但最后是促使儿童成长呢，还是走向儿童化的成人呢？尼尔·波兹曼的观点也许太悲观了。大众文化不是完全负面的，一定条件下还有消解僵化文化的作用。儿童文学可以从大众文学中学习有用的东西，但是，在精神的层面上，必须与其拉开距离。成长是少儿文学永恒的基本主题，向上是少儿文学的天然维度，一旦失去这个维度，就会陷入大众文学的泥潭，为大众文化所收编。在大众传媒时代，这是一个艰巨的任务，但儿童文学的意义也在这里。而这，正是一个严肃的儿童文学工作者的任务。

后殖民视野中的中国儿童文学

"后殖民"是文学研究中的一种理论视角，其基本含义是：当一种文化被另一种非自身的文化所主宰，便是被殖民；从这种被殖民中走出来，对原来的殖民文化进行审视，便成为后殖民。这一理论后来也为一些研究儿童文学的学者，如佩里·诺德曼等所借用，含义被引申为：一种儿童文学，如果其主要内容和基本表现形式都从成人出发，表现成人的意愿并引导儿童也屈从于这种意愿，这种现象即可被视为成人对儿童的"殖民"；从这种儿童文学观念中走出来，并对其进行审视，便成为儿童文学中的"后殖民"。本文同时在这两重意义上使用这一概念，但侧重在引申的意义上展开对中国儿童文学的反思。

一

中国儿童文学很大程度上是在西方文化的启发、示范、带动和实际的参与下走向自觉的。作为一个文明古国，中国曾有过灿烂的文明，即使是在儿童的精神建构这个小小的领域，也产生过许多可供儿童接受的儿童文学和准儿童文学作品（如大量存在的童谣、民间童话等）。但到封建社会后期，随着社会发展的停滞，文化也走向衰落。鸦片战争失败以后，中国进入半殖民地半封建社会，西方文化大举入侵中国，中国文化在经历惨痛失败的同时发生裂变，出现许多带有西方文化特点的新形式，现代儿童文学便是其中之一。

西方文化对现代中国儿童文学的启发和示范主要表现在一大批西方儿童文学作品的翻译和引进。中国对西方文学的翻译和引进早就开始了，最初的翻译相当一部分就是各民族都能认同的民间文学和儿童文学作品。如《伊索寓言》，在明朝就被介绍到中国，以后一再重版、重译，以致后来研究这些不同译本及这些译本在中国翻译史上的地位成了一个专门的课题。特别是进入 19 世纪后半叶以后，西方传教士在中国创办了大批教会学校，实施和中国传统的私塾非常不同的西式教育。中国传统教育主要是为科举服务的，上学主要是为了识字、读经、做八股文；西式教育主要是培养适合现代社会的各种有用人才，除宣传他们的价值观外，特别强调个人知识、技能的学习和培养。教会学校主要是按西方教育制度和方法实行的。教会学校都重外语教学（当时中国的教会学校多是美国人办的，英语自然成了主课）。语言不只是一种传递信息的工具，更是一种形式化了的意识形态，当学生走近这种文字，就走近了一种思维方式甚至行为方式，久而久之，就按这种语言、文字规定的方式思维和行为了。教会学校的教科书，包括自然科学方面的教科书，都是按西方的知识体系编制的，即使是很初级的，看似所有国家所有民族都能认同的东西，其实都和他们的文化背景联系着。为了方便学生学习，许多教会学校都把《圣经》故事改编成"三字经"，以便在中国儿童中传播。除了教科书，还提倡个人的课外阅读，有些就是启蒙运动后在西方已日渐繁荣的儿童文学或准儿童文学。这些学习内容和学习方法后来也传播、推广到中国人自己办的中小学，培养出一个儿童文学的接受群体，从市场、读者一端向文学创作施加影响，成为呼唤儿童文学的动力。这些作品以及推行这些作品的动机和方式都带有殖民文化的性质，但中国儿童文学的自觉就是从这儿开始的。

西方文学作品的翻译和引进也不只是作品的问题，同时也是一种文学观念、看待世界的方式。读惯了四书五经、唐诗宋词的中国人突然读到《伊索寓言》《一千零一夜》、格林和安徒生童话，发现这儿还有这么一个世界，还有一个由这批作品培养出来的读者群，自然对文学、对世界有了一种新的认识和思考。西方的儿童文学观念也不是完全一致的。最初在中国教会学校出现的儿童文学作品多是工业革命以前的作品，如《圣经》故事、传统的民间童话等，带有较多的宗教性；清末民初，周作人等经由日本接受西方的文化人类学，将儿童和原始人、文明社会的乡野人等同起来，创造一个和现代文明人相对的野蛮人、未开化半开化人的群体，认为儿童文学即原始人之文学；至五四运动前夕，胡适等一批留学欧美的人借鉴杜威的儿童中心主义，在中国教育界掀起一个儿童本位论的思潮，旋即影响到儿童文学，和文化人类学即复演说融合在一起，成为初创时期儿童文学的立论基础。对于这些作品和理论的传播，当时的中国文化界，无论是民间大众、知识精英甚至是政府当局，态度基本都是积极的、欢迎的。这和儿童文学、儿童教育偏重普遍价值的特点相关，也和五四时期思想活跃、没有一个强大的统一的主导性意识形态有关。

这随即影响到中国的儿童文学创作。古代没有自觉的儿童文学创作，但有许多适合儿童阅读的文学作品。当新教育创造出一个儿童文学的接受市场时，人们首先想到的就是和西方的纽伯里一样，搜索、整理这些东西给他们看，这和当时正在宣扬的复演说也正好相一致。1909 年，商务印书馆创办中国第一份准儿童文学丛刊《童话》，所载作品大多是改写的儿歌、寓言、民间童话、民间故事之类，有中国的，也有外国的。再后来，一些中国人受了西方文学的启发，产生了"自己也来试一试的想头"（叶圣陶），本土化的创作便开始了。但就是这些本土化的作品，不仅在表现形式上而且在思想内容上，都明显地受到西方文化的影响，如叶圣陶五四时期的作品就明显有着王尔德童话的影子。叶圣陶、冰心、黎锦晖作品中爱的主题，童心、自然的主题，乃至黎锦晖的《三蝴蝶》《月明之夜》等作品中表现出来的带有基督教色彩的艺术氛围，都更多地带有西方文化的色彩，而非传统中国文化的色彩。

我们当然不能简单地将上述一切都视为殖民文化的表现。即使是在西方列强侵略中国最肆无忌惮的时候，中国也只是一个半殖民地半封建国家，这和完全丧失主权的殖民地是有着本质区别的。中国是文明古国、文化大国，历史上虽多次被外族侵占，但其文化传统却从未中断。现代以来，中国落后了，但其文化底蕴仍在。虽然这底蕴未必都是好的，但却有极其顽强的生命力。所以，当带有殖民色彩的西方文化随着其坚船利炮疾风暴雨般袭来时，中国文学在被宰制的同时也进行顽强的反抗，按自己的模式进行了选择。复演说看似怪特，但和中国人的崇古情怀、赞赏古朴单纯的传统相一致，所以一拍即合；而儿童本位论，虽然经胡适等人的大力提倡，还被写进当时教育部的文件，被规定为各中小学都要执行的教育方式，但其在人们心底并没有扎下根来。因为其重个体的理念和中国传统的重群体的理念龃龉颇深。不管怎样，近代以来西方文化在中国的大规模传播，既催生了中国的儿童文学，也使中国儿童文学像喂洋奶粉长大的孩子，一开始就有些不接地气，这些不足在以后的岁月里会一再地表现出来。

二

西方帝国主义侵占东方国家，包括文化上的侵略，是一种实际的殖民半殖民。倘若进一步分析，就会发现，这种殖民主义，主要是文艺复兴后迅速崛起的资本主义生产方式、生活方式及与之相适应的精神文化。因为当时欧洲人的科学技术、政治体制、文化艺术确实走到了世界的前列，大幅度地拉开了与其他民族特别是与东方各民族的距离（其实也包括与他们自身的古代文化的距离），很自然地站在高处，睥睨一切，俯瞰其他民族，言语行为中充满了优越感。这种优越感、傲慢感也出现在人们的许多其他行为中。如城里人看待乡村人，有文化的人看待没有文化的人，其中，许多成人看儿童、儿童文化的方式，便是最常见的一种。当时从西方介绍进来的儿童文学，特别是当时作为儿童文学存在基础的复演说，是明显包含了这种特点的。复演说将儿童和原始人等同起来，要人们像现代人看原始人、原始文学那样去看儿童和儿童文学，无形中便在儿童和成人间拉出一个极大的距离，成人看儿童就像现代人看原始人一样有毋庸置疑的优越感。这便成为他们对儿童进行殖民的理由，儿童文学因之也成为成人对儿童进行殖民的手段。"儿童文学代表了成人对儿童进行殖民统治的努力；让他们认为自己应该成为成人希望中的样子，并为自己本身难以避免不符合成人模具的各个方面感到羞愧。"[1] 这和实际的殖民文化一起叠加在中国早期的儿童文学中，甚至比实际的殖民文化更影响深远。因为实际的殖民半殖民是可以被推翻的，而生活中儿童与成人的落差现实地摆在那儿，在中国人自己的观念里有着深厚的基础。所以，在中国人民走向独立，实际的半殖民地半封建统治被推翻以后，成人对儿童的"殖民"还以显著的形式在儿童文学中表现出来。

引申意义上的"殖民"，在儿童文学中主要表现为两种成人看待儿童和儿童文学的方式。

一种是站在高处俯视儿童和儿童文学，把自己或曾有过但现在已经超越了的、现在急着要分离的东西，如天真、幼稚、野蛮、无知、非理性等，放到"儿童"这个他者身上，拉开自己与他们的距离，显示自己对这个他者的超越。既然如此，成人面对儿童，主要任务就是教育他们、引导他们更好地"长大成人"。这一认识在儿童文学中的理论概括就是"儿童文学是教育儿童的文学"。因为和

---

① 佩里·诺德曼、梅维丝·雷默：《儿童文学的乐趣》，陈中美译，少年儿童出版社，2008，第149页。

传统的"教化"文化相一致，所以深入人心，在主流意识形态和广大民众那里，都获得了广泛而持久的支持。在20世纪中国儿童文学中，这是一个延续时间最长、影响最为深远的文学思潮，至今还常是一些人创作儿童文学的出发点。这不也是殖民主义者看待殖民地人民的方式吗？在西方殖民主义者眼里，东方殖民地是落后的、未开化的。不仅土地蛮荒，风俗原始，住在这儿的人更是愚昧、落后。如何对待这些野蛮、落后的东方人？最好的办法就是教化，就像《鲁滨孙漂流记》中鲁滨孙教化、改造礼拜五一样。这一教化与其说是为了将野蛮的原始人带向文明，不如说是为了显示自己的进步，显示自己的宽厚和仁慈。所以诺德曼说："儿童文本的许多成人叙述者的声音都是一个以友好但坚决控制的方式对待那些被殖民者的仁慈的殖民官员的声音。"[1] 20世纪中国儿童文学的许多作品中响彻着这种声音。

成人"殖民"儿童的另一种表现形式虽然一样强调儿童和成人的不同，但价值取向上却是偏向对儿童的肯定的。儿童入世未深，睁着一双天真的大眼睛打量着世界，对什么都好奇，对什么都信任，自己单纯，以为别人也单纯。"赤子之心""童心"，自古以来，人们对这一形象向来不缺夸赞、溢美之词。西方的传教士进入中国以后，也常用类似语言诗化儿童和儿童世界。1909年，英国传教士坎贝尔·布朗士在为自己的书《中国儿童》所写的序言中说，中国的群山中有一个美丽的地方叫"孩儿谷"，那就是孩子们居住的地方。"中国成年人的日常生活大多是贫瘠单调的，就像那条在小山丘中蜿蜒盘旋的荒芜小道。但说到孩子们的生活，情形就大不一样了。就像你走在这条小道上，满目都是荒山秃岭，突然间却发现一个姹紫嫣红的花园。长者对孩子们无微不至的关怀和无私的爱，就像这迷人的花园里的鲜花。"[2] 这依然是从成人的角度给出、反映着成人的情感和意志的。成人对他们自己所在的成人社会、对自己也不是什么时候都满意的。一个成年人可能因为自身被柴米油盐等琐事所包围，庸庸碌碌，想起童年的单纯、蓬勃、积极向上；一个人在社会生活中遭遇倾轧、看惯成人间的尔虞我诈，也会想到童年的单纯美好。这时，他们是以向后看的方式表达自己的理想、愿望，忧郁中有一种怀旧的情绪。将童年、儿童美好化的人一般都不处在童年、不再是儿童，这正

---

[1] 佩里·诺德曼：《隐藏的成人：定义儿童文学》，徐文丽译，中国社会科学出版社，2014，第221页。

[2] 泰勒·何德兰、坎贝尔·布朗士：《孩提时代：两个传教士眼中的中国儿童生活》，魏长保等译，群言出版社，2000，第4页。

应了赛义德的话："东方学的一切都置身于东方之外：东方学的意义更多地依赖于西方而不是东方。"①一些西方的殖民主义者，他们来到一块殖民地，也会赞美这儿的原始、自然、没有污染，赞美土著人的简单、淳朴、善良，甚至把它当作腐朽的西方社会得救的希望。殖民主义者希望保留这样一个"他者"形象，不仅闲时可以来开心、取乐，犹如吃惯了鱼肉大餐的人偶尔也到乡村的农家乐找点野菜换换口味，更重要的是，这个"他者"是对自身的衬托，经由这个"他者"可以更好地显示和抬升自己。一些儿童文学赞美儿童，持的大体也是同样的想法。

这两种想法显然是矛盾的。前者希望儿童快点长大，后者希望把儿童封闭在童年的天真中。这种矛盾不仅出现在作为整体的儿童文学领域，甚至出现在同一作家的同一作品中。正是从这里，佩里·诺德曼发现了儿童文学一个本质特征：分裂性。他在分析《杜立德医生》时曾说："邀请儿童读者发展一种双重意识——既快乐得像孩子一样，又脱离那种孩子样，从一种成人视角看待和理解孩子样。"②既要求读者"快乐得像孩子"，又主张他们尽快"脱离那种孩子样"，一篇作品怎么能同时发出这么两种有些相反的声音呢？其实，西方殖民主义者不就是这样看待和对待东方的被殖民对象的？一方面指责、抱怨他们落后、不文明，要对他们进行教化；一方面却又欣赏他们的原始、野蛮、质朴、天真，而且不期望这种鸿沟很快消失。诺德曼认为，这种分裂渗透到所有为儿童创作的文学作品中，只有深入理解这种分裂性，才能对儿童文学文本和创作有更深的理解。

三

前面两种看待儿童的方式，不管是偏重肯定还是偏重否定，都是站在当今的时间点上回望当初，是俯瞰式的，儿童文学中的殖民意识，一定意义上就隐含在这种看待对象的方式中。但是，儿童文学中看待儿童的方式，有时也可以是从未来的角度进行的。从未来的角度看当下，在当下和未来间拉开了一个巨大的距离，不知不觉间为未来对当下的殖民提供了机会。

在最一般的意义上，我们可以将时间分为过去、现在、未来三个维度。过去是已逝的时间，现在是正在经历的时间，未来是尚未到来的时间，这三个维

---

① 爱德华·W. 萨义德：《东方学》，王宇根译，生活·读书·新知三联书店，2007，第29页。
② 佩里·诺德曼：《隐藏的成人：定义儿童文学》，徐文丽译，中国社会科学出版社，2014，第48页。

度不是互相分离而是有机地统一在一起的，甚至不是简单的线性排列而是空间性地并置、融合在一起的。我们能经历的只是现在，但"现在"中既包含了"过去"也包含了"未来"。在"现在"的维度中突出"未来"，就如在道路的前方亮起一盏灯，灯光穿透时间照亮"现在"，使"现在"也变得光明、充实起来。《礼记》描绘的大同世界，柏拉图创造的理想国，基督教描绘的天国，都以在远方创造一个美好世界的方式引导人们从现实中超越出来，使还在山间的小溪就能看到远方的那一片海。群体如此，个体更如此。认识到这一点，历来的儿童文学都突出理想、突出未来，儿童文学一定意义上就是指向未来的文学。即如那些以作家个人经历为蓝本的作品，初看是将目光投向过去，投向已逝的岁月，在已逝的岁月中流连光景，徘徊沉吟，但其实，他是在已逝的岁月中发现了他现在缺失的、没有的东西，发现了现在向往的东西，本质上仍是将目光投向未来的。

但是，这里仍有一个"度"的问题，如果在过去、现在、未来这一有机的整体结构中片面地、过度地拉长"未来"这一维度，以致用"未来"挤压"现在"、排斥"现在"，甚至抽空"现在"，使"现在"只是"未来"的准备，成为"未来"的附庸，"现在"被"未来"殖民的现象便发生了。这正是我们在这些年的儿童文学中常看到的现象。一段时间，我们强调自己是一个发展中的国家，一穷二白，但前景光明，现在要做的就是艰苦奋斗。特别是青少年，只有通过艰苦生活的考验才能成为革命事业的接班人。为此，儿童文学中出现过许许多多战胜资产阶级糖衣炮弹，在艰苦的环境中磨炼自我，顽强地成长起来的优秀人物的事迹。严文井的《"下次开船"港》便是一个典型的例子。进入经济建设年代以后，思想教育的内容淡化了，儿童文学中又出现一批代表作家声音的家长、教师，苦口婆心循循善诱地教导孩子，运动的时代过去了，祖国进入建设时期，各行各业都需要人才。人才从哪里来？当然从你们年轻人、年幼者中来。搞建设不能靠喊口号，要真才实学，所以要好好学习，把一天的时间当两天用，否则，考不上大学或考不上好的大学，那时后悔就来不及了。张微的《雾锁桃李》、陈丹燕的《女中学生之死》等都讲过类似的故事。毫无疑问，这些要求中都包含了非常合理的部分。只是过度地强调未来，为了牺牲现世的幸福，结果闹出许多悲剧。

以未来"殖民"现在，从效果上说，就是为了目的而牺牲过程。这是极度功利主义的观念。功利主义是只讲目的而不在乎过程的。一个人为了赶到机场，坐地铁也行，坐出租也行，坐公交也行，跑步行走也行，可生命也是为了赶完一段旅程吗？生命犹如漫步，目的内在于过程。一株黄豆种在地里，发芽、出土、长成植株、开花、结果、成熟，变成更多蕴含了新生命的黄豆；第二年，在更大的范围里、更高的层次上开始新一轮的旅途。就黄豆而言，它的意义是内在于自身的。播种时就想到收获，那是农人的想法而不是黄豆的想法。所以，为了目的而牺牲过程，是很容易将生命异化，让别人为着别的目的将自己当作工具来使用的。生命是具体的、感性的、充满偶然性的；忽视过程，就是省略具体的细节，榨干生命的汁液，使生命走向干巴和枯萎。可在日常生活中，在儿童文学作品中，甚至在一些专门为儿童而制定的教育理论中，这种为了目的而牺牲过程、牺牲感性生命的表现，直到今天的儿童文学中，不仍是随处可见的吗？

　　未来对现在的殖民很大程度上仍是成人对儿童的殖民。当一位父亲对儿子说："你要好好读书，要不将来会像爸爸一样没出息。"当一位老师对学生说："你们要好好学习，祖国的未来寄托在你们身上。"他们所说的那个未来的"你""你们"是谁？当然是长大的孩子和孩子们。长大了的孩子是成人，为了未来的自己牺牲现在的自己，仍然是为了成人而牺牲童年，只是那个成人不是别人，而是长大了的自己而已。这看起来比要求孩子为了某个自身以外的利益而牺牲自己显得更合乎情理，所以常不仅理直气壮而且情意满满。可为成年的自己而剥夺童年的自己不一样是剥夺吗？而且，这个未来的"你""你们"是谁设计的？当然还是今天的父母、老师、社会！是今天的成人！"这是为你好！"可常常就是在这种"为你"的好意中，童年被成人"殖民"了。在世纪之交的不少儿童文学作品中曾反复写到一个情节：高考结束后，一批中学生将几年来伴随他们的教材、参考书、复习资料都烧了、埋了，一面烧、一面埋还一面说，今生今世再也不愿见到它们。痛恨如此，那个想象中的未来对现实生命的压抑是可想而知了。

四

　　关键是如何从这种带有殖民色彩的困境中走出来。

　　作为一种社会形态，半殖民地半封建在中国早已成为历史。殖民文化的流毒虽不能说彻底消除，但毕竟已进行过多次的清算。困难的是引申意义上的成人对儿童的"殖民"。因为其生成虽然与西方的殖民文化有关，但却是一种普遍的看待儿童和儿童文学的方式，这种看待儿童和儿童文学的方式，在中国甚至比西方更有基础。

在分析殖民思想和殖民意识产生的时候，人们有时可能会觉得，这是殖民者和被殖民者之间巨大的实力和文化落差造成的。工业革命后的西方殖民者携着他们的坚船利炮来到东方，看到这儿的人们还俯伏在黄土地上讨生活，产生些自以为是的优越感不是可以理解的吗？推而广之，现代人面对原始人，都市人面对乡村人，成人面对儿童，情形不也如此？这儿涉及的至少是两个方面的问题。其一，在工业技术方面走在前面是否意味着在所有方面都走在前面？其二，走在前面的人和民族是否就有权对其他人其他民族进行殖民？

无可否认，社会、人类的发展有很多共同的东西，从而形成人类发展的某些共同的、大家都可以认同的指标；在某一时段，某一民族在某些方面走到前面，与其他民族形成落差，是一种常见的现象。这时，处在落后地位的民族和个人要勇敢地承认这个落差，急起直追，赶上或缩小这个差距。但从另一方面看，不同民族不同文化都有自己的特点，不仅不能彼此替代，有时甚至是无法比较的。汤因比研究世界历史，将文明的起源划分为不同的区块，每个区块都有自己的特点、自己的发展规律，谁都不应该将自己的特点强加给其他方。西方殖民者因为自己在某方面走在世界前面，就歧视、压迫、剥削其他民族，对其他民族进行殖民，不仅野蛮霸道，而且违反世界文化发展的规律，否认了民族文化发展的多样性。

同理，从社会的、理性的角度看，成人和儿童间的巨大落差也是显而易见的，但这也不应该成为歧视、漠视儿童，对儿童进行"殖民"的理由。如果换一个角度，不是从社会的而是从人生的角度看人、看人生的不同阶段，情形可能马上发生变化。童年处在生命的源头，是人生的春天。处在童年的生命如小苗刚刚出土，如小溪在山间潺潺流动，不一定有多大的力量，但有无限的前途，无限的发展可能性。如果以和谐为生命存在的理想状态，童年未必一定比成年逊色吧？这至少也是生命发展中一种不可取代的形态。一个世纪前，我们从西方引进儿童本位论，开启了一套全新的规训、建构儿童的方式，这极大地改变了中国人的儿童观，改变了中国儿童文学的面貌。儿童本位不是一切围着孩子转，孩子要什么就给什么，而是深入地了解儿童、读懂儿童，从儿童自身的成长节律出发，确定对儿童进行教育的内容和方式。儿童不是容器，想往里面填什么就往里面填什么；儿童不是橡皮泥，想怎么捏就怎么捏。儿童有自身的物种尺度，什么时候独立走路，什么时候学会跑步，什么时候可以上学读书，先学什么，后学什么，虽无刻板、硬性的规定，但有大致的节律。这样看来，学习、长大都不是外在于儿童、是成人的危险强加，而是生命体本身的需求。这其实是一项艰苦、细致的工作，要深入地了解自己的对象：他已建立了什么样心理图式，现在应输入和原图式相近的信息，使原图式进一步巩固，还是输入明显超越这一图式的信息，使原结构破裂，由此进入一个更高的层次？这些都没有绝对的定例，一切都是随缘化生、当场生成的。儿童文学如果能深入地认识这一点，创造出能真实地反映儿童生活的作品，引导和促进儿童健康、和谐地成长，成为人生中一个有自身特色的阶段而不是成人的附庸和预备，"殖民"云云也就不存在了。

即使从社会的角度看，儿童与成人的关系、儿童在社会生活中的地位也在发生着某些微妙的变化。远古时代，成年人与儿童的距离很小，整个社会都处在人类的童年期。进入文明社会以后，人们发明和使用文字，文字能分隔受众，一些有文化的成年人从原先混沌的背景上分离出去，成为成人（即有文化的成年人），儿童和成人的距离迅速地扩大了。社会的主导文化主要是精英文化，中国的精英文化多是从社会出发的。政治、经济、军事、外交等，这些无疑都是成年人占绝对主导地位的空间。这种落差自然为成人对儿童的"殖民"创造了条件。但随着后工业、后工业社会的到来，这种现象也在发生改变。一方面是教育的普及，文化下延，统治者无法像过去那样对知识进行垄断，进入知识殿堂的门槛大为降低；一方面是知识更新的周期明显缩短，一种知识范式，前不久还风靡一时，现在却无人问津了，4G还在热卖，5G已经悄然登场了。在这样的语境里，传统、成人、父亲都不像过去那样拥有毋庸置疑的权威了。于是，前工业社会我们见惯了的几代人坐在一起听人讲故事的场面又出现了：成人和儿童围坐在一起看同一场球赛或同一部电视剧。这便是尼尔·波兹曼所说的"童年的消逝"。童年的消逝不是童年被成年吞噬，而是童年和成年间的双向运动，成人和儿童在某种意义上合二为一，变成波兹曼所说的"成人化的儿童"了。既如此，成人，至少是相当多的成人，在与儿童的比较中，不仅在阅读能力上不一定占优势，就是知识、经验上的优势也大大地弱化了。联系到前面说的，人是一个比社会更大的概念，成长应该放到人生和人类发展的大背景上去理解，后工业社会的文化确实正在向有利于儿童的方向倾斜。从人的建构和成长的角度看，童年比此前更有可能做到自身的和谐，成为一个和青年、壮年、老年一样有价值的阶段。这样，成人和儿童的关系就不可能是殖民和被殖民的关系，他们之间真诚的对话也就变得可能了。

走出现代性

中国儿童文学自觉于清末民初，距今已整整一个世纪。在这一个世纪中，儿童文学的发展和整个社会生活、整个文化和文学大体是同步的。当我们将20世纪儿童文学的一些基本内容放在一起探讨时，发现其深层都关联着一个共同的我们在过去的讨论中还较少涉及的内容，那就是人们所说的现代性。现代性是20世纪中国社会生活、文化艺术的一个主要特点，作为20世纪文学一个部分，儿童文学的发展自然无法摆脱与现代性的纠结。

"现代"原是一个时间概念，相对于"古代"，指现在的时代。可什么是现在的时代？古代人将时间看作循环的，转一个圈后，现在成了过去，过去成了现在，现在是过去某个阶段的重复，仅从时间上无法见出现在和过去的区别。只是进入现代社会，特别是引入进化论等观念以后，才突出线性时间观。过去、现在、未来，世界成了一个不断向前的运动过程。从这一意义上说，"现代"本身就是现代社会的产物。但在机械的钟表时间里，时间是抽象的、同质的、匀速的，抽象同质匀速的时间自见不出阶段上的区别；能见出阶段上的区别的，不是时间的形式而是其内容。"古代""现代""后现代"都不只是一个时间概念，而更是一个价值判断。"现在的社会"不一定是一个现代化的社会，生活在现代社会的人、产生在现代社会的文学作品也不一定自动地具有现代性。关于现代化的理解，不同的人不尽相同。一般认为，"现代化"主要指社会生活、社会生存方式方面的特征，如工业化、现代社会体制的建构；"现代性"则主要是现代社会的精神表征，虽然这二者是紧密联系的。

现代社会生活的变化虽主要属于物质的层面，但对儿童文学的影响却常常是很直接的。儿童文学本身就是现代社会生活、现代教育、现代生存方式的产物。古代没有自觉的、作为一个类型的儿童文学，因为那时没有现代型的儿童教育，没有一个儿童的"知识集"，也没有相应的能与儿童沟通的艺术媒介，这些都在进入 20 世纪后发生转折性的变化并获得解决，而解决这些问题的原动力便是中国社会的现代化进程。

1840 年，列强用枪炮打开中国的大门，给古老的中国大地带来战火、带来苦难，也带来先进的科学技术和生存方式。在西方人坚船利炮的刺激下，一批先进的中国人被惊醒，睁开眼睛看世界，主张"师夷之长技以制夷"，开洋务，办学校，改革文言，出版杂志，特别是在沿海地区，迅速地加快了现代都市化的进程，等等。初看，这些似乎都与儿童文学无关，但都在深层创造了儿童文学产生和发展的条件。

除教育、出版等一些基本因素外，还有两个内容对儿童文学是十分重要的。

第一，随着现代社会，特别是现代都市的发展，原来带封建庄园性质的大家族及附着于这种大家族的乡民社会走向瓦解，出现一些都市中产阶级家庭。都市中产阶级家庭既不同于封建大家族，也不同于乡间农户家庭结构，一般以成年夫妇为中心，上有老，下有小，接近后来人们所说的核心家庭。核心家庭的出现，不仅极大地淡化了家族的影响力，而且削弱了"老者"在家庭中的作用，而儿童的地位却有明显的上升。对于这样的家庭和生活在这样家庭的人，更重要的不是在家族内部处理彼此间的关系，而是在社会上，在单位里、学校里处理彼此间的关系，人真正成为马克思所说的"社会关系的总和"。都市中产阶级家庭的经济，更多与资本主义生产、经营方式相关，而不是与土地相关；是商品经济，而非自给自足的小农经济。这样的家庭对培养孩子的个性品质、在复杂的人际关系中的交往能力也更为在意，欣赏能力和趣味也与大众通俗文学相近。加之他们有较好购买力，在儿童文学自觉后相当长的一段时间里，出版者们主要瞄准的就是这个阶层。许多人都曾指出，中产阶级的大小，直接影响到儿童文学的发展状况。

第二，从生产者（创作者）和出版者的角度看，现代商品经济的兴起也对儿童文学的发展起着极重要的作用。由于现代印刷技术的发展和读者群体的扩大，出版业已成为一个大的产业。这一方面给那些由于旧科举的废除断了晋升之路的文化人找到一种新的谋生手段，依靠稿费不仅一样过上优裕的生活，而且活得相对的自由；另一方面，也给出版社创造了巨大的利润。儿童处在集中学习的阶段，精力旺盛，兴趣广泛，面对儿童的读物一开始就是一个活跃的市场。

1919 年，商务印书馆委托孙毓修创办《童话》，在儿童文学发展中是带标志性的一步。我们以往的评论较多关注其在文学上的意义，其实这更重要的是一个出版商的眼光。创办者看到课外儿童读物的广大市场，是有着明显的商业动机的。这很可能受到纽伯里的启发。纽伯里当年也是因为大量搜集出版民间故事，极大地推动了欧洲儿童文学的发展才名垂史册的。《童话》之后，《小朋友》《儿童世界》等相继创办，其他出版商也争相出版儿童读物。在整个现代儿童文学中，上海一直是中心、是旗帜、是主要阵地，说到底，主要在它是商业中心、出版中心，有杂志，有出版社，吸引了一大批儿童文学的编者和作者，或曰儿童读物的从业者，他们首先是将儿童文学、儿童读物作为一个产业来开辟和经营的。这种状况在世纪末再次显现。只不过这一次不再局限于上海，而是普及到全国各地。大量的刊物，大量的出版社——不仅各省（除西藏）都有少儿出版社，许多成人出版社也参与其中。可以说，这三十余年儿童文学的发展主要是由经济杠杆撬动、由出版社导引的。这里自然还有科技发展的因素，印刷、排版、插图、装帧、制作，甚至纸张，每一项都包含了现代化生产的内容，它们构成了另一种形式的儿童文学史。

现代性的更重要指涉当然是其精神内涵。在这方面，儿童文学所走的道路与成人文学是有所不同的。成人文学从漫长的封建社会走过来，有着沉重的旧文化的负担；现代性要从这种重负中挣扎出来，首先就要对这种旧文化进行批判、清算，在荆棘丛中开出一条通向未来的路。古代没有作为一类的儿童文学，一些包含儿童文学的元素、较适合儿童阅读的文学作品主要存在于民间口头文学中。口头文学主要反映民间、下层劳动者的情感、思想、价值观念，历来处在文化的边缘，处在被漠视、被歧视、被压抑、被打击的地位。现代化兴起以后，特别是到五四时期，封建旧文化成了主要的批判对象，一些边缘的、被压制的文化浮现出来，作为新文化的同盟者参与了对旧文化的战斗，儿童文学的方向和整个新文化的方向是一致的。或者说，它本身就是现代文化、现代意识的产物。但这绝不是说儿童文学天然地具有现代意识，和旧文化没有关系。旧时代没有为儿童创作的儿童文学但有教育儿童的思想，民间文化虽处在边缘却一样受到主流文化的深刻影响。比如《二十四孝图》，就是在民间广泛流传，给旧时的儿童带来深重精神压力的旧儿童读物之一，其封建意识是不亚于任何一部给成人的文学的。就是一些民间童谣传说、故事，也常常包含许多忠孝节义的说教。所以 20 世纪 30 年代张天翼写作《大林和小林》时对它们是那样的深恶痛绝。

儿童文学在精神上受惠于现代性，首先表现的就是后者的科学民主精神，即五四时期所说的"赛先生"和"德先生"。民主理念使儿童、儿童文学的独立、民主诉求有了依据，科学精神则在更深层次为这种诉求、依据提供基础。人们可以理直气壮地说，人格平等，儿童和大人一样有完整的人格，儿童有自己的文学需求，儿童文学应该有不同于成人文学的特点，这不是某个人的想象而是社会发展的"规律"，犹如旧时所说的"天意"，是不以个人意志为转移的东西。这很快影响到儿童文学的内容，出现叶圣陶、冰心、黎锦晖等作品中一系列具有启蒙特征的主题。处在这些诉求最中心的当然是周作人的"人的文学"。人的文学强调"个人主义的人间本位主义"，首先要将人从神权、皇权的枷锁下解放出来，将人还原为真正的人；进一步要将妇女、儿童从夫权、父权的束缚中解放出来，使他们同样成为和男人、大人一样平等的人；再进一步要将人从某种抽象的、同质的群体的人中解放出来，使人成为相对独立的个体；还要将人从理性的桎梏中解放出来，成为具体的、感性的、活生生的人。"人的文学"涉及的是一个广阔的、意蕴深刻丰富的人道主义体系。这个人道主义体系在五四新文化中产生极大的反响，因为它击中了中国传统的儒家文化以道为本位、以国为本位、以官为本位、以公德为本位，以致形成一种无"人"的文化现象的要害，将封建文化作为一个整体悬搁起来；而儿童在旧文化中处在最底层，所受苦难最为深重，将它们悬搁起来，儿童、儿童文学自然成为最大的受益者。所以，五四启蒙主义者反对旧文化，将妇女、儿童作为主要领域；妇女、儿童出于自身解放的需要，反对旧文化也表现得格外积极。

如果说五四儿童文学主要反抗旧文化、旧道德对人的压抑、漠视，20 世纪 80 年代新启蒙主义者则更多是揭示抽象化、同质化的群体主义原则对人的异化。它们的共同指向都是要将人还原为具体的、活生生的人，追求生命本身的和谐。这当然也是在现代性中占重要地位的理性精神的一种体现。封建文化建立在等级制的基础上，强调服从、崇拜，只问是什么、怎么做，而不让问为什么，而现代文化则建立在个性自觉、主体意识觉醒的基础上；封建文化培养顺民，现代文化培养的则是公民社会的公民。

在谈论 20 世纪中国儿童文学与现代化的关系时，有一个现象会引起人们特别的关注，那就是一些以儿童生活为表现对象的作品，其价值取向与社会的现代化进程常常是相悖的。如五四时期叶圣陶的《小白船》《克宜的经历》，40年代周作人的《儿童杂事诗》，80年代的寻根文学等，常常是绝望于现代的、都市的、成人的喧嚣、拥挤、倾轧、虚伪、钩心斗角等，转向赞赏儿童的单纯、真实、不伪饰、天然的和谐等。这和英国湖畔派、卢梭的《爱弥尔》等在资本主义兴起时对童心的表现是一致的。文学中的现代性是一种用现代艺术方式表现的现代人的思想意识，并不要求与生活层面、社会制度的现代化进程的价值取向完全一致。肯定现代化进程可能是一种现代意识，对现代化持一种批判态度，表达一种和现代化进程格格不入的情感，也可能是一种现代意识。20世纪儿童文学中有许多作品正是以反现代化的姿态将其现代意识表现出来的。

现代性也体现在儿童文学的形式方面。中国古代没有创作型儿童文学，少数能为儿童接受的作品主要是在民间流传的童谣、童话、故事等。在20世纪初儿童文学走向自觉的那段时间，儿童文学作家也主要是搜集、整理、改写这些作品，口头文学的影响非常明显。这种影响一直延伸到以后自觉为儿童创作的书面文学中。重故事、重情节，高视点权威叙述，假定性艺术形象在儿童文学整体中占用较大的比重，人物性格扁平化，浅近通俗，重讲述、轻描绘，等等。但这毕竟是在书面文学、创作文学的大背景下进行的。有时，它不一定是来自口头文学的影响，而是一些儿童文学，如幼儿文学的一般特征。自觉后的儿童文学主要是"写"的。而且一开始就曾达到很高的艺术水准。叶圣陶的《小白船》《芳儿的梦》等清雅细腻，深受中国古代诗词意境的影响；冰心写得温婉柔和；黎锦晖写得明媚纯净，用的都是很规范很艺术化的白话。张天翼借鉴西方怪诞派童话的写法，形象夸张变形，近似漫画，与作品内容上的讽刺、嘲弄正好相适应。红色儿童文学重讲述、重故事。特别是20世纪五六十年代的儿童文学，结构简洁，语义确定，语言几近透明。那主要是红色儿童文学被看作教育儿童的文学，是国家意识形态；国家意识形态当然不允许任何模糊、歧义、不确定，不能随意采取朦胧的、诗化的叙述方式。20世纪80年代以后的一批作家则对此进行了反拨。班马、曹文轩、陈丹燕、张之路、秦文君、梅子涵、王立春等，抒情叙事都更具个性化。他们不再只关心故事的编织，也注重人物心理的刻画，注重环境氛围的营造，更关心语言自身的美感。20世纪90年代一些作家，如李国伟、夏辇生等，还实验后现代主义的表现方法。有些方面，和成人文学已无太大的区别。

现代性形塑了 20 世纪儿童文学的基本面貌。但这条路走得并不平坦。不仅有各种各样反现代性的思想、观念造成的艰难、曲折，在深层，更大的缺陷还来自现代性自身。余虹说："'现代性'术语被用来指述一种本体论的、目的论的、决定论的元话语品质，以及由此推论派生的其他话语式实践的品质。现代性话语实践的背后是历史理性信仰（相信历史是一种有本质的、有目的的、被决定的时间序列）和语言理性信仰（相信语言能客观地再现这一历史），其表现形态是意识形态化的历史大叙事。"① 这完全适合 20 世纪的儿童文学。儿童文学只是 20 世纪中国文学中小小的一支，处在社会话语的边缘，但其言说的内容却常停伫在社会生活的中心。梁启超笔下的少年中国，周作人笔下的"人的文学"，红色儿童文学中的阶级斗争，20 世纪 80 年代的人性启蒙、拨乱反正、现代化建设等，都是历史大叙事，连游戏也被放在反异化、复苏人性的大背景上。而作为这些大叙事核心的，正是"历史理性信仰"和"语言理性信仰"。如相信真理只有一个，而这个真理现在正在自己手里，于是，文学的全部努力就是去发现这个真理，宣传这个真理，实现这个真理，对不符合自己这个真理的东西自然是全力地排斥。张天翼说，只要不是一个洋娃娃，是真的人，在真的世界生活，就要懂得一些真的道理。他所谓的"真的道理"，就是表现在《金鸭帝国》等作品中，以马列主义政治经济学为基础的阶级斗争理论。作者是将他理解的阶级斗争作为世界上唯一的、终极真理来表现的。这种思维方式贯穿于 20 世纪绝大多数儿童文学作品，包括那些并不赞成张天翼阶级斗争论的作品。理论界更是如此。儿童文学本质论，儿童文学本体论，儿童文学是教育儿童的文学，儿童文学是娱乐儿童的文学，都是要在纷繁复杂的现象后面找出一个作为终极存在的元话语，或者说自己捏在手里面的就是那个"一生万物"的"一"的元话语。既然自己是"一"，是元话语，是放之四海而皆准的真理，别人自然只有洗耳恭听的份了。在儿童文学中长期盛行独断论、教育论，高视点权威叙事等，也就不足为怪了。

可尼采说了，"现实只是一种美学现象。"陈晓明说："'现在'与'现实'有着本质的不同，'现在'（present）不过是无规定的存在，是历史发展至今一个暂

---

① 余虹：《革命·审美·解构》，广西师范大学出版社，2001，第 1 页。

时的时间标记；而'现实'（reality）则是注入本质的'现在'，通过规定、命名和定义，'现在'有了确定的内容，'现在'成为历史的必然环节，成为可以把握的对象。"① 将 1976 年以后的一段时间称为"新时期"，将"现在"称为改革开放、走向商品经济的时代，无一不是人的命名，是"注入本质的'现在'"。这同样适用于我们所说的"儿童""儿童文学"这些概念。我们在前面已经论及，阿利埃斯认为中世纪没有儿童的概念，波兹曼认为童年是欧洲人在 16—17 世纪"发明"的，日本文学理论家柄谷行人则认为儿童是像"风景"那样被颠倒着发现的。可问题就在于，明明是颠倒的发明，可人们为什么就不承认这是一种建构呢？关键就在人们持一种本质论的世界观，现实、历史后面有一个本质的、不以人的主观意志为转移的东西在那儿，人们的任务只是去探索它、发现它。很多时候，如此说的人都以为这个真实正被自己发现，真理正在自己手里。可是，自己发现的东西常常是自己放进去的东西，"成人真正相信的并不是儿童纯真无邪，而是儿童应该纯真无邪。"② "纯真无邪"也好，本质、本体也好，其实都不过是一种话语。我们能接触到的，只是话语，除了话语还是话语。世界不是一只鲜桃，啃掉果肉就能露出果核；世界是一只洋葱，剥开洋葱皮还是洋葱皮，洋葱就是由一层层洋葱皮组成的。

现在要做的就是从这种现代性的世界观中走出来。把自己的理解、建构当作儿童文学的普遍性，不仅独断，而且虚幻，是现实的集权意识在儿童文学中的一种投影，和现代社会的民主意识是不相融的。无论就创作还是就理论而言，都是一种误区。走出这一误区，首先就要消解成人与儿童、客观与主观、教育者与被教育者等一系列二元对立模式；尤其是从 20 世纪儿童文学中争论不已的成人本位和儿童本位的思维中超越出来，还世界以建构性；将儿童文学变成成人与儿童两个平等的主体间的对话，把握儿童成长的节律，儿童想要的正是成人想给的，使人成为一个和谐社会里和谐发展的公民。

① 转引自余虹《革命·审美·解构》，广西师范大学出版社，2001，第 262 页。
② 佩里·诺德曼、梅维丝·雷默：《儿童文学的乐趣》，陈中美译，少年儿童出版社，2008，第 140 页。

••• 参考文献 •••

阿里亚斯 . 儿童的世纪：旧制度下的儿童和家庭生活 [M]. 沈坚，朱晓罕，译 . 北京：北京大学出版社，2013.

埃利亚斯 . 文明的进程：文明的社会发生和心理发生的研究 [M]. 王佩莉，袁志英，译 . 上海：上海译文出版社，2013.

班马 . 前艺术思想——中国当代少年文学艺术论 [M]. 福州：福建少年儿童出版社，1996.

班马 . 中国儿童文学理论：批评与构想 [M]. 武汉：湖北少年儿童出版社，1990.

贝奇，朱利亚 . 西方儿童史 [M]. 申华明，译 . 北京：商务印书馆，2016.

贝特尔海姆 . 童话的魅力：童话的心理意义与价值 [M]. 舒伟，丁素萍，樊高月，译 . 北京：社会科学文献出版社，2015.

波兹曼 . 童年的消逝 [M]. 吴燕莛，译 . 桂林：广西师范大学出版社，2004.

曹文轩 . 曹文轩儿童文学论集 [M]. 南昌：21 世纪出版社，1998.

陈伯吹 . 儿童文学简论 [M]. 武汉：长江文艺出版社，1982.

陈定家 . 身体写作与文化症候 [M]. 北京：中国社会科学出版社，2011.

陈越 . 哲学与政治：阿尔都塞读本 [M]. 长春：吉林人民出版社，2011.

DEBORAH COGAN THACKER，JEAN WEBB. 儿童文学导论：从浪漫主义到后现代主义 [M]. 杨雅捷，林盈蕙，译 . 台北：天卫文化图书有限公司，2005.

单小曦 . 现代传媒语境中的文学存在方式 [M]. 北京：中国社会科学出版社，2008.

杜传坤 . 中国现代儿童文学史论 [M]. 北京：中国社会科学出版社，2009.

杜威教育论著选 [M]. 赵祥麟，王承绪，编译 . 上海：华东师范大学出版社，1981.

儿童的发现：现代中国文学及文化中的儿童问题 [M]. 徐兰君，安德鲁·琼斯，主编 . 北京：北京大学出版社，2011.

樊国宾.主体的生成：50年成长小说研究[M].北京：中国戏剧出版社，2003.

方卫平.儿童文学的当代思考[M].济南：明天出版社，1995.

方卫平.中国儿童文学理论批评史[M].南京：江苏少年儿童出版社，1993.

弗雷弗特，等.情感学习：儿童文学如何教我们感受情绪[M].黄怀庆，译.上海：上海人民出版社，2021.

高小弘.成长如蜕——二十世纪九十年代女性成长小说研究[M].北京：人民出版社，2011.

古希腊教育论著选[M].张法琨，选编.北京：人民教育出版社，2007.

顾广梅.中国现代成长小说研究[M].北京：人民出版社，2011.

韩进.中国儿童文学源流[M].长沙：湖南少年儿童出版社，1999.

黑伍德.孩子的历史：从中世纪到现代的儿童与童年[M].黄煜文，译.台北：麦田出版社，2003.

胡丽娜.大众传媒视阈下中国当代儿童文学转型研究[M].北京：中国社会科学出版社，2012.

江立华，符平，等.转型期留守儿童问题研究[M].上海：上海三联书店，2013.

卡什丹.女巫一定得死：童话如何塑造性格[M].李淑珺，译.北京：机械工业出版社，2014.

科茨.镜子与永无岛：拉康、欲望及儿童文学中的主体[M].赵萍，译.合肥：安徽少年儿童出版社，2001年.

勒若.儿童文学史：从《伊索寓言》到《哈利·波特》[M].启蒙编译所，译.上海：华东师范大学出版社，2020.

李丽.生成与接受：中国儿童文学翻译研究（1898—1949）[M].武汉：湖北人民出版社，2010.

李利芳.中国发生期儿童文学理论本土化进程研究[M].北京：中国社会科学出版社，2007.

李学斌.童年审美与文本趣味[M].合肥：安徽少年儿童出版社，2010.

卢里.永远的男孩女孩：从灰姑娘到哈里·波特[M].晏向阳，译.南京：南京大学出版社，2008.

卢梭.爱弥儿 论教育[M].李平沤，译.北京：商务印书馆，1978.

鲁迅.鲁迅论儿童文学[M].徐妍，辑笺.北京：海豚出版社，2013.

米勒 . 文学死了吗 [M]. 秦立彦，译 . 桂林：广西师范大学出版社，2007.

内罗杜 . 古罗马的儿童 [M]. 张鸿，向征，译 . 桂林：广西师范大学出版社，2005.

诺德曼，雷默 . 儿童文学的乐趣 [M]. 陈中美，译 . 上海：少年儿童出版社，2008.

诺德曼 . 说说图画：儿童图画书的叙事艺术 [M]. 陈中美，译 . 贵阳：贵州人民出版社，2018.

诺德曼 . 隐藏的成人：定义儿童文学 [M]. 徐文丽，译 . 北京：中国社会科学出版社，2014.

帕金翰 . 童年之死：在电子媒体时代成长的儿童 [M]. 张建中，译 . 北京：华夏出版社，2005.

潘知常，林玮 . 大众传媒与大众文化 [M]. 上海：上海人民出版社，2002.

齐普斯 . 冲破魔法符咒：探索民间故事和童话故事的激进理论 [M]. 舒伟，主译 . 合肥：安徽少年儿童出版社，2010.

钱淑英 . 追寻童话的意义 [M]. 合肥：安徽少年儿童出版社，2010.

荣格 . 荣格文集（第五卷）原型与集体无意识 [M]. 徐德林，译 . 北京：国际文化出版公司，2011.

萨义德 . 东方学 [M]. 王宇根，译 . 北京：生活·读书·新知三联书店，2007.

舒伟 . 中西童话研究 [M]. 长春：吉林大学出版社，2006.

斯特拉利 . 维多利亚儿童文学中的进化与想象 [M]. 宋国芳，叶超，译 . 南京：译林出版社，2022.

宋莉华 . 近代来华传教士与儿童文学的译介 [M]. 上海：上海古籍出版社，2015.

谈凤霞 . 边缘的诗性追寻——中国现代童年书写现象研究 [M]. 北京：人民出版社，2013.

王海英 . 儿童共同体的建构 [M]. 北京：高等教育出版社，2008.

王泉根 . 现代中国儿童文学主潮 [M]. 重庆：重庆出版社，2000.

王泉根 . 中国儿童文学史 [M]. 天津：新蕾出版社，2019.

吴翔宇 . 五四儿童文学的中国想象研究 [M]. 北京：北京师范大学出版社，2014.

新中国儿童文学 70 年 [M]. 王泉根，主编 . 武汉：湖北少年儿童出版社，2019.

熊秉真 . 童年忆往：中国孩子的历史 [M]. 桂林：广西师范大学出版社，2008.

徐丹 . 倾空的器皿：成年仪式与欧美文学中的成长主题 [M]. 上海：上海三联书店，2008.

杨适.中西人论的冲突——文化比较的一种新探求 [M].北京:中国人民大学出版社,1991.

余虹.革命·审美·解构——20世纪中国文学理论的现代性和后现代性 [M].桂林:广西师范大学出版社,2011.

张嘉骅.儿童文学的童年想象 [M].福州:福建少年儿童出版社,2016.

张梅.晚清五四时期儿童读物上的图像叙事 [M].北京:中国社会科学出版社,2016.

张之路.中国少年儿童电影史论 [M].北京:中国电影出版社,2005.

赵霞.童年的秘密与书写 [M].合肥:安徽少年儿童出版社,2010.

中国现代儿童文学文论选 [M].王泉根,评选.南宁:广西人民出版社,1989.

周作人.周作人散文全集 [M].钟叔河,编订.桂林:广西师范大学出版社,2009.

••• 后 记 •••

　　本书是一部偏重理论探讨的著作，重点在中西儿童文学的对话上。这包含两层意思。其一，中西儿童文学理论对话是中国儿童文学发展中的一个重要现象，本书对这种现象、对表现在这种现象中的某些重要问题，进行了回顾和探讨；其二，是作者自己学习、探索西方儿童文学理论的一些体会、感想。两相比较，着重点显然在后者。前者，即中西儿童文学理论交流史，是一个很有意思的题目，自己没有能力去做，但我相信，今后一定会有人进行这方面的探讨。

　　既是对话，双方就应该是平等的。西方有西方的文化传统，中国有中国的文化传统，用不着特别的自傲或自卑。但在某些具体领域，比如儿童文学理论方面，西方走在我们前面、有很多值得我们学习的地方，也是事实。这方面，我觉得还是谦虚一点好。不要因为对方的观点和自己几十年来信奉的不同，一上来就哇啦哇啦地批。和自己信奉的不同，不一定就是对方的错。批也可以，包括西方儿童文学理论中的重要人物，如佩里·诺德曼，但要先把对方的观点看懂。如果连对方的观点都没有看懂，或根本看不懂，就拿着自己的尺子四处丈量，指手画脚地乱指摘，最后出洋相的还是自己。这种人或许想显示：你们那么看重佩里·诺德曼，可我却能找他的碴儿，我厉害吧？可自大的人常常也自卑。鲁迅说过一个故事：某赵太爷在乡里向来是目无下尘的，乡里的人也以能和他攀谈为荣，可一般人很少有这种机会。一日，某混混很得意地告诉乡人：赵太爷和我说话了。众人大讶，问其所以，混混曰：今日我路遇赵太爷，本想凑过去问个安。未及开口，他瞪了我一眼，说："滚开！"看来，傍大款也有不同方式、不同技巧。批大款、碰瓷大款有时也是有着傍大款的动机的。

　　本书在写作过程中得到过许多人的帮助。我最早是从现已回台湾的张嘉骅先生那里知道佩里·诺德曼等现代西方学者的，他的《儿童文学的童年想象》就有许多关于现代西方儿童文学理论的介绍。很感谢《儿童文学的乐趣》《隐藏的成人：定义儿童文学》《说说图画：儿童图画书的叙事艺术》等书的译者。这几年，这几本书是伴我时间最多的。感谢我所在单位及有关负责老师，没有他们的支持，这本书是很难在不长的时间内出版的。感谢我的女儿吴翔之，我退休后，和单位的来往联系都是她帮助做的。有些资料的查找，也是她帮助做的。感谢责编平静老师，她为本书的出版付出了很艰辛的劳动。感谢儿童文学理论界的许多朋友，不管是否同意本书的观点，我写本书，常常是将你们作为隐含读者、对话对象，你们是真实地在场的。

希望这样的对话能继续进行下去。